D1933100

Anne Lise
Marstrand-Jørgensen

Das indiskrete Leben der Alice Horn

Roman

Aus dem Dänischen von
Ursel Allenstein

Insel Verlag

Die dänische Originalausgabe erschien 2012 unter dem Titel
Hvad man ikke ved bei Gyldendal, Kopenhagen.
© Anne Lise Marstrand-Jørgensen & Gyldendal, Copenhagen 2012.
Published by agreement with the Gyldendal Group Agency.

Der Insel Verlag dankt dem Dänischen Kunstrat
für die Förderung der Übersetzung.

STATENS
KUNSTRÅD
DANISH ARTS COUNCIL

Mein großer Dank geht an alle, die ihre Geschichten mit mir geteilt haben,
und alle, die dafür gesorgt haben,
dass wir heute mehr Wahlmöglichkeiten haben als früher.

Erste Auflage 2014
© der deutschen Ausgabe Insel Verlag Berlin 2014
Alle Rechte vorbehalten, insbesondere das
des öffentlichen Vortrags sowie der Übertragung
durch Rundfunk und Fernsehen, auch einzelner Teile.
Kein Teil des Werks darf in irgendeiner Form
(durch Fotografie, Mikrofilm oder andere Verfahren)
ohne schriftliche Genehmigung des Verlages reproduziert
oder unter Verwendung elektronischer Systeme
verarbeitet, vervielfältigt oder verbreitet werden.
Satz: Greiner & Reichel, Köln
Druck: CPI – Ebner & Spiegel, Ulm
Printed in Germany
ISBN 978-3-458-17613-8

Das indiskrete Leben der
Alice Horn

TEIL 1
1969

Kapitel 1

Der Sommer '69 war außergewöhnlich warm. Schon am Tag der Arbeit herrschten siebenunddreißig Grad, und die Liveübertragung aus dem Stadtpark in Farring zeigte die Linken, wie sie unter Sonnenhüten und roten Fahnen schwitzten. In den neuen Bungalows in Vase begnügte man sich damit, den Fernsehbericht zu sehen, der mehr vom Wetter handelte als vom Kampf der Arbeiter. Im Schmetterlingsquartier gab es keine Sozialisten, nur die brummende Stimme des Nachrichtensprechers, die durch die offenen Terrassentüren drang und sich mit dem Geräusch von kreischenden Kindern unter Rasensprengern und dem Geruch von Grillkohle und gebratenem Fleisch vermischte.

Im Juni wurde dann ein Bewässerungsverbot erteilt, die Explosionen von Bougainvilleen, Oleander und Wandelröschen verglühten und erloschen. Der Fluss floss träge dahin, goldfarben und übelriechend. Kurz vor der Schlucht, an der tiefsten Stelle nach den Steinstufen, betrug der Wasserstand im Juli statt der üblichen drei Meter nur noch einen halben, und obwohl die Klippen den Strom beständig auseinanderrissen, zischelte er gedämpft und unheilverkündend voran, um schließlich am Wasserfall einen Schwall aus Schaum und Blasen in die Luft zu stoßen.

Barbara André erzählte ihrer Freundin Alice Horn, dass sie der Hitze wegen keinen Slip unter dem Kleid trug und hin und wieder dem Bewässerungsverbot trotzte und sich nackt unter den Sprinkler im Garten stellte, sobald die Kinder im Bett waren. Alice lachte sie aus und fragte, ob sie nicht wie alle anderen mit einer kalten Dusche im Haus vorliebnehmen könne.

In den Vorgärten lagen Kinderfahrräder, Tretroller, Bälle und Springseile, achtlos hingeworfen und verlassen. Bei diesen Temperaturen hielten sich die Kinder lieber drinnen auf, die Sonntagsaktivitäten beschränkten sich auf abendliche Ausflüge in den Wald oder ins Freibad. Zwei Wochen lang war das Viertel so gut wie ausgestorben. Die meisten Bewohner fuhren ans Meer im Süden oder in die Berge im Norden. Die Daheimgebliebenen versanken in Trägheit; man brauchte einen guten Grund, um in diesem Sommer nicht die Flucht zu ergreifen. Es war reiner Zufall, dass die Familien André und Horn – aus den mittleren Häusern im Lindenschwärmerweg und im Glasflüglerweg – beide hiergeblieben waren.

Alice bekam fast jeden Vormittag Besuch von ihrer Freundin. Obwohl Barbara einst geschworen hätte, dass sie nicht mehr als ein Kind, höchstens zwei bekommen würde, erwartete sie in diesem Sommer ihr drittes, das sie zum Missfallen ihres Mannes nur »den Ausrutscher« nannte. Die letzte Geburt hatte sie fast das Leben gekostet, und so verreiste sie lieber nicht, zu Hause in Vase fühlte sie sich jetzt am sichersten. Die Gespräche mit Alice unter dem Sonnenschirm heiterten sie auf, und ihr Thomas war weniger quengelig, wenn er mit Alices Martin spielte. Als die Sommerferien begannen, brachte sie auch ihre Älteste mit. Eigentlich bevorzugte Patricia die Gesellschaft von Flora, der jüngeren von Alices Töchtern, aber die gehörte zu den wenigen Kindern, die der Hitze trotzten und auch vormittags im Wald spielten, und dafür fühlte Patricia sich zu alt. Also saß sie mit Marie-Louise im Mädchenzimmer im ersten Stock, und sie blätterten in Zeitschriften, tauschten Glanzbilder und redeten über die Schule oder über Filme, die sie gesehen hatten. Nachdem sie fünf Tage so zugebracht hatten, blieb Patricia lieber zu Hause. Barbara konnte sie gut verstehen.

»Die Leute haben schon recht, dass Marie-Louise ein reizendes Mädchen ist, aber in meinen Augen ist sie genauso nichtssagend wie eine graue Tapete«, stimmte sie ihrer schmollenden Tochter zu. »Ich finde, Alice übertreibt, wenn sie behauptet, Flora wäre ungestüm. Sie ist ein tolles, wildes Kind.«

So etwas sagte sie natürlich nicht zu Alice, die sich Sorgen machte, wenn Flora vorwitzig war oder jähzornig wurde, weil irgendetwas sie störte: Schnürsenkel, Zöpfe, hartnäckige Nester im Haar.

»Ich glaube wirklich nicht, dass du Grund zur Beunruhigung hast«, sagte Barbara. »Flora ist eben ein bisschen lebhaft.«

»Manchmal begreife ich einfach nicht, was in ihrem Kopf vorgeht«, erwiderte Alice, »sie sagt die merkwürdigsten Sachen.«

»Wir wissen doch nie, was im Kopf anderer Menschen vorgeht. Flora spricht die Dinge wenigstens aus, anstatt sie in sich hineinzufressen.«

»Das kann man wohl sagen. Neulich meinte sie, sie wolle allein im Wald wohnen, wenn sie erwachsen ist, und dass sie eher einen Hund heiraten würde als einen Mann.«

Barbara lachte, das klinge nicht verkehrt, so ein Hund ließe sich bestimmt leichter erziehen als ein Mann. »Stell dir das doch mal vor, dein Eric mit Halsband oder mein Alan mit Pelz am ganzen Körper.«

Alice fand das nicht besonders lustig, aber Barbara machte ein solches Gesicht dazu, dass sie trotzdem lachen musste.

»Und dann will sie nur noch nackt herumlaufen, sagt sie«, fügte Alice hinzu, als Barbara aufgehört hatte, wie ein Hund zu kläffen, und ihr Lachen verebbt war.

»Das kann ich gut verstehen. Besonders bei dieser Hitze. Der Ausrutscher macht die Sache nicht besser, ich bin kurz vorm Eingehen.«

Normalerweise mieteten die Horns jeden Sommer ein Ferienhaus auf der Insel Lilleø nördlich von Farring. Einmal waren sie mit den Andrés zusammen dort gewesen, aber die Männer hatten nicht viel gemein, und obwohl Barbara und Alice seither ein paarmal darüber gesprochen hatten, war insgeheim klar, dass solche Ferien sich nicht wiederholen würden. Dieses Jahr hatte es an Erics Arbeitsplatz zudem einige Umstellungen gegeben, und so hatte die Familie Horn beschlossen, früher zu verreisen als alle anderen.

Alice wusste, dass sie sich nach einer Pause sehnen würde, wenn die Sommerferien begannen, und hatte die Kinder zu einem zweiwöchigen Ferienlager angemeldet. Dort würden sie ums Lagerfeuer sitzen, reiten und paddeln, die Älteren würden eine Hütte bauen. Marie-Louise und Flora waren schon allein verreist, Martin hingegen war noch nie von zu Hause fort gewesen. Alice hatte sich gesorgt, ob ihr Jüngster vielleicht noch zu klein dafür wäre, doch Eric hatte darauf bestanden, das Ferienlager würde Martins Selbstständigkeit fördern, und das sei von Vorteil, wenn er im September in der Schule anfinge. Martin war ein Junge, der sich vieles zu Herzen nahm und dem es schwerfiel, seine Bedürfnisse zu äußern. Eric und Alice waren sich nicht immer einig, wie man mit ihm umgehen sollte. Sie meinte, er hätte ein sensibles Gemüt, Eric schätzte ihn dagegen als unreif, aber stabil ein und ärgerte sich, wenn Alice ihm durchgehen ließ, dass er sich wie ein Baby benahm.

1969 gehörte Vase den Frauen. Der Vorort lag außerhalb von Rossel, der zweitgrößten Stadt des Landes, und war, nur wenige Jahre bevor Alice und Eric im Juni 1959 dorthin zogen, erbaut worden. Barbara und Alan wohnten damals schon ein halbes Jahr in Vase, und zum ersten Mal seit ihrer Kindheit hatte Alice wieder eine beste Freundin. Damals war sie hochschwanger, und kaum waren die Umzugskartons ausgepackt, musste sie schon in die Geburtsklinik. Sie waren aus der Hauptstadt Farring nach Vase gezogen, weit weg von allem, was ihnen vertraut war, weil Eric eine Stelle bei Yves & Sohn bekommen hatte, dem renommiertesten Wirtschaftsprüfungsunternehmen der Region. Sie hatten nicht lange gezögert, denn enge Verwandte hatten sie nicht mehr. Damals war Marie-Louise gerade zwei gewesen und Flora unterwegs.

Farring war zwar wunderschön gelegen, in der Bucht am Meer, dafür gab es in Rossel die Herzberge, die Wälder und den Fluss. Sie hatten die beste Fußballmannschaft des Landes, und die Stadt bestach durch ihre charmante Mischung aus Großstadtleben und Dorfgemeinschaft. Die meisten Einwohner waren nicht in der Gegend geboren. Rossel war seit Mitte der Dreißigerjahre explosiv gewachsen, nachdem einige große Industriefirmen in weiser Vorausschau ihre Hauptsitze dort angesiedelt hatten, wo die Gründungskosten und die Grundstückspreise geringer waren als in Farring, der Fluss und die neugebauten Straßen aber eine gute Infrastruktur boten. Während des Krieges hielten die Frauen den Laden am Laufen. Als er vorüber war und sie erfuhren, dass sie ihre patriotische Gesinnung am besten unter Beweis stellen konnten, indem sie ihre heimgekehrten Männer unterstützten und ihnen die Arbeit wieder überließen, belohnte man sie im Gegenzug mit ordentlichem Wohnraum und gleichgesinnten Nachbarn. Viele zogen in die Neubaugebiete, wo es moderne, günstige Wohnungen mit einer schönen Aussicht und viel Grün zwischen den Häusern gab. Doch im Einklang mit dem Wirtschaftswachstum im Nachkriegsjahrzehnt träumten die Hausfrauen schon bald von eigenen Gärten und noch mehr Raum.

Der Flugplatz wurde zu einem gut funktionierenden Inlandsflughafen mit neuen Landebahnen und einem preisgekrönten Terminal erweitert, die Autobahn ins Landesinnere wurde ausgebaut, zudem gab es Pläne, einen Tunnel durch die Herzberge zu sprengen, damit man Rossel aus allen Ecken der Welt mühelos erreichen konnte. Von oben betrachtet, glich die Stadt einem schläfrigen, mandelförmigen Auge. Der Fluss verlief quer durch die Stadt und trennte das obere Lid vom unteren, trennte Reich und Arm. Die neuen Vororte bildeten einen Halbkreis, der die wohlhabenderen Stadtteile wie eine Glorie umschloss. Vase war zuerst entstanden. Als der Bauherr seinerzeit das Land zwischen Bahnstrecke und Wald gekauft hatte, schrieb er einen Architekturwettbewerb aus. Es sollte ein Paradies für die gehobene Mittelschicht werden, und genau das hatte der Bürgermeister in den Skizzen mit den großzügigen ein- und zweistöckigen Bungalows gesehen, die der Gewinner der Stadtplanungsgesellschaft präsentiert hatte. Die Architektur war modern, aber nicht allzu gewagt. Reihen von nahezu identischen Häusern mit Gärten, die an unzähligen schmalen Wegen aneinandergrenzten; wie sanft geschwungene Rippen zweigten sie von den größeren Straßen ab, die das Viertel mit dem Rest der Welt verbanden. Die Häuser sollten aus Gasbetonelementen mit schieferfarbenen, leicht angeschrägten Eternitdächern errichtet werden, die Wände mit Gipsplatten verkleidet. Der Architekt hatte weißverputzte Fassaden und größere, durchgehende Fensterpartien vorgeschlagen, das hätte dem Viertel nach Meinung des Bauausschusses jedoch eine kühle und futuristische Prägung verliehen, von der man fürchtete, sie könnte abschreckend auf Familien wirken, obwohl man gerade diese ansprechen wollte. Der Architekt argumentierte, er wolle eine Brücke zur künftigen Moderne schlagen. Doch trotz seiner Beredsamkeit setzte am Ende der Ausschuss seinen Willen durch, und die Außenmauern wurden mit hellgelben Ziegelsteinen verkleidet.

Der Erfolg war größer als erhofft. Als die Fläche gerodet

war und die Bauarbeiten begannen, errichtete man einen Container, in dem potentielle Käufer Pläne und Schautafeln der künftigen Häuser besichtigen konnten. Jeden Sonntag bildeten sich lange Schlangen, und noch bevor man ein einziges Fundament gegossen hatte, waren mehrere Kaufverträge unterschrieben. Als im Spätsommer 1958 die ersten Bewohner einzogen, war die Presse geladen. Der überregionale Fernsehkanal filmte das Geschehen, der Bericht lief noch am selben Abend in den Nachrichten. Es war ein schöner und sonniger Tag, nicht zu warm und nicht zu kalt, die Reporterin trug der milden Brise wegen ein Kopftuch, und während sie von der Geschichte des Bauprojekts erzählte und erklärte, dass die Vororte nun eine feste Realität in diesem Land waren, glich sie aufs Haar jenen Frauen, die in der darauffolgenden Zeit die Umzugshelfer dirigierten, kaltes Bier servierten und ihre neue Umgebung mit wahrem Pioniergeist eroberten. Der einzige Unterschied bestand darin, dass die meisten Frauen in Vase nicht arbeiteten und viele auch im darauffolgenden Jahrzehnt keine finanzielle Veranlassung dazu sahen, obwohl immer mehr Frauen auf den Arbeitsmarkt strömten, voller Eifer, ihre Talente und Kräfte einzusetzen und eigenes Geld zu verdienen.

Ehe sie nach Vase zogen, wohnten Eric und Alice etwas beengt, aber keineswegs schlecht in dem hübschen, wenn auch langweiligen Randgebiet Drosselhöhe in Farring. Sie waren in das Haus von Erics Eltern gezogen, in ein Viertel, in dem fast ausschließlich ältere Menschen wohnten. Alice, die mit Marie-Louise zu Hause war, fühlte sich dort einsam. In ihrer Umgebung gab es keine anderen Familien mit Kindern, der Spielplatz war verlassen und in keinem guten Zustand. Um Spielkameraden für ihre Tochter zu finden, musste sie den ganzen Weg an der vielbefahrenen Ringstraße entlang bis zum Winterpark gehen. Eric hatte das Haus geerbt, als er noch an der Universität war und Wirtschaftswissenschaften studierte. Er hatte es sofort zum Verkauf angeboten, doch noch bevor sich die ersten Interessenten melden konnten, war Alice schwanger. Sie heirateten standesamtlich im Frühjahr 1957, der Bauch war schon zu sehen. Eric hatte nie daran gezweifelt, dass sie die Richtige war, und obwohl er lieber sein Studium beendet hätte, bevor er Vater wurde, war es so auch kein Drama. Alice begann damals gerade das letzte Jahr ihrer Ausbildung zur Krankenschwester und würde ein halbes Jahr vor ihm abschließen. Sie waren sofort in das Haus der Eltern eingezogen. Damals hatten sie kaum Geld, Eric strich die Zimmer gemeinsam mit einigen Künstlerfreunden, die gerade von einem dreimonatigen Studienaufenthalt in Mexiko zurückgekehrt waren. Die jungen Männer trugen zerschlissene Leinenhosen und bunte Strohhüte und zogen bei der Arbeit ihre Hemden aus, sodass man die Sehnen und Muskeln an ihren mageren, sonnengebräunten Oberkörpern sehen konnte. Einen von ihnen nannten sie Pancho, nach dem Revolutionsgeneral Pancho Villa. Alice fand nie heraus, wie er wirklich hieß. Obwohl sie Menschen wie ihnen noch nie begegnet war, musste sie zugeben, dass sie zuvorkommend waren, sie gingen mit Elan ans Werk, lobten ihre Kochkünste und aßen mit großem Appetit. Sie erzählten von ihrer Reise; bei ihrem Aufenthalt hatten sie sich mit Mitgliedern der verbotenen kommunistischen Partei Mexikos angefreundet, und sie waren von Diego Riveras politischen Wandbildern fasziniert. Sie schlugen vor, die Wände im Wohnzimmer ebenfalls mit leuchtenden Farben zu bemalen, was Eric und Alice ablehnten – er zögernd, sie äußerst entschieden.

Alice durfte ihr erstes Zuhause ganz nach ihrem Geschmack einrichten, ungeachtet dessen, wie es früher ausgesehen hatte. Es gelang ihr, die schweren, klobigen Möbel von Erics Eltern bei einem Trödler gegen ein Sideboard aus Palisander und ein kleines, rotes Sofa mit geschwungener Rückenlehne einzutauschen, und obwohl Eric sich mit Alices einfacher, geschmackvoller Einrichtung, den hellgrauen Wänden und den gelben Gardinen schon viel wohler fühlte, verspürte er noch immer ein leichtes Unbehagen, wieder im Haus seiner Kindheit zu leben. Die Bedingungen, unter denen sie dort wohnten, waren besser als in den winzigen Zweizimmerwohnungen in Farring, mit denen sich Frischverheiratete ohne Geld in der Tasche üblicherweise zufriedengeben mussten, aber es kam ihm dennoch wie ein Rückschritt vor.

Trotz der Heirat und Alices wachsendem Bauch sah Eric damals keinen Grund, seinen Lebensstil zu ändern. Er trug weiterhin schwarze Rollkragenpullover und ließ sich ein Ziegenbärtchen wachsen, er nahm seine schwangere Frau zu Lyriklesungen mit und besuchte noch immer die studentischen Debattierklubs. Man sprach über Politik und Literatur und Film – lebendige und inspirierende Diskussionen, in denen sich die Teilnehmer eigentlich über fast alles einig waren. Hin und wieder begleitete Alice ihn auch dorthin, doch wie die meisten anderen weiblichen Teilnehmerinnen hielt sie sich zurück. Eric war kein typischer Student der Wirtschaftswissenschaften – seine Kommilitonen waren grauer und konformer. Obwohl er sich bei der Wahl seines Studienfachs immer sicher gewesen war, fand er seine Freunde eher unter den Kunst- und Musikstudenten, mit denen die Wirtschaftswissenschaftler die Kantine teilten.

Kapitel 2

Eric hatte das Haus in Vase im Frühjahr 1959 entdeckt, am selben Tag, als er bei Yves & Sohn zum Vorstellungsgespräch gewesen war. Er hatte nie daran gezweifelt, dass er in genau dieser Firma arbeiten wollte, und obwohl er erst in der darauffolgenden Woche Bescheid bekommen würde, war er sich so sicher, dass die Sympathien gegenseitig waren, dass er noch am selben Nachmittag das Büro eines Immobilienmaklers in Rossel aufsuchte, das ihm früher am Tag bei der Anreise aufgefallen war. Die Bilder vom neuen Vorort hatten seine Aufmerksamkeit geweckt. *Die Aussicht bestimmt, wo Sie zu Hause sind,* stand auf einem Plakat über einer Luftaufnahme von Vase. Aus den Häusern stiegen weiße Sprechblasen auf: *Mutti, wir gehen draußen spielen* und *Aber sei um sechs wieder zu Hause, dann gibt es Abendbrot* oder *Wie wär's mit einem Ausflug in den Wald, mein Schatz?* Auf einem anderen Plakat war eines der Häuser in dem neuen Wohngebiet zu sehen, davor eine junge Familie mit zwei Kindern, deren Vater dem Makler die Hand reichte, um den Kauf zu besiegeln. Dazwischen waren kleinere Bilder der unterschiedlichen Haustypen, Fassaden und Grundrisse abgebildet, und ganz oben stand in großen, roten Lettern: DEINE ZUKUNFT IST DEINE WAHL.

Am späten Nachmittag fuhr der Immobilienmakler Eric nach Vase. Als er die Häuser gesehen hatte, die noch zum Verkauf standen, bat er den Makler, ohne ihn nach Rossel zurückzufahren. Er wollte sich einen eigenen Eindruck von dem Viertel bilden und dann den Zug nehmen. Vor Ort kam er mit einem Ehepaar ins Gespräch, das in einem der Häuser am Wald wohnte. Manchmal kämen die Tiere bis zu ihnen in den Garten, erzählten sie, Rehe, Hasen, Fasane, und einmal hätten sie spätabends sogar einen Dachs gesehen. Vase vereine das Beste aus allen Welten, sagte der Mann, und seine Frau schwärmte von den guten Schulen, den guten Einkaufsmöglichkeiten und der guten Nachbarschaft. Es ging etabliert, ordentlich und solide zu, und doch war alles so neu und spannend, dass das Gefühl entstand, am Aufbau von etwas Neuem beteiligt zu sein.

Auf der Zugfahrt zurück betrachtete Eric sich selbst von außen. Als Kind hatte er sich oft vorgestellt, er würde in einem Film mitspielen, hatte sich fantasievolle Geschichten mit sich in der Rolle eines heimgekehrten Entdeckungsreisenden oder Goldgräbers ausgemalt und dem Spiegel im Badezimmer Interviews gegeben. Er wollte nicht von seinen Eltern dabei erwischt werden, denn seine Träume vom Ruhm hatten auch etwas Schamvolles an sich, und so begnügte er sich damit, die Lippen zu bewegen und die Worte zu denken. Als er älter wurde, veränderten sich seine Träume. Aus den imaginierten Heldentaten von früher wurden schlichte, realistische Filme über einen Jungen, der interessant genug war, um einen Dokumentarfilm über ihn zu drehen. Die Angewohnheit, sich selbst von außen zu betrachten, war ihm geblieben, eine Möglichkeit, das Hamsterrad zu verlassen, eine Form der Zerstreuung, bei der er seinen Gedanken freien Lauf lassen konnte, ohne sich dafür rechtfertigen zu müssen. Auf der Zugfahrt ließ er seine Fantasie schweifen, stellte sich vor, wie er jeden Morgen während der halben Stunde, die die Fahrt von Vase nach Rossel dauerte, am Fenster sitzen, die Zeitung lesen und die Stille genießen würde; er achtete darauf, sich würdevoll und elegant zu bewegen, malte sich seine Kleidung bis ins kleinste Detail aus, die blankgeputzten Schuhe, die Aktentasche, den Schlips, den zu lockern er sich erst auf der Heimfahrt erlauben würde. Das Gehalt bei Yves & Sohn war sehr verlockend – einer der Gründe, warum er sich auf die

Stelle beworben hatte –, sie würden sich ein Auto leisten können, mit dem man zum Bahnhof nur fünf Minuten bräuchte. Er band Alice in sein Gedankenspiel mit ein, stellte sich vor, wie sie ihn morgens zum Zug fuhr, wie sie ihn umarmte, sich auf die Zehenspitzen stellte und ihn zum Abschied küsste. Er sah sie beide vor sich, sah, wie sie ihm den Arm um den Nacken legte und ihm mit ihrer hellen, sommersprossigen Hand über die Wange strich. Er dachte daran, wie ihre Lippen den Charakter verändern konnten – wenn sie ihn morgens küsste, waren sie zart und kühl, wenn sie miteinander schliefen von einer anfänglichen Zögerlichkeit, die sich allmählich in lustvolle Gier verwandelte.

Der Zug fuhr durch den Wald, alles flimmerte grün und frisch, das Frühjahr brach stets unvermittelt herein, wie eine plötzliche Erleichterung nach dem langen Winter. Erics Tagtraum wuchs durch das Zugfenster hinaus und breitete sich zwischen den Bäumen aus, wurde zu einer schneebedeckten Landschaft mit schmalen Wegen zwischen schwarzen, nackten Baumstämmen, wo Alice und er zusammen Ski liefen, sie war vor ihm, ihr Gesicht glühte in der Dämmerung, sie bewegte den Mund, rief nach ihm. Dann war es mit einem Mal Hochsommer, weiches Gras, große, moosbewachsene Steine, die einen Kessel mitten im Wald bildeten, und sie zog sich vor ihm aus, so langsam und aufreizend, dass sie nicht mehr nur seine Alice war, sondern alle Frauen, mit denen er zusammen gewesen war; sie verschmolzen zu einer einzigen Frau, in ihre Form gegossen. Er betrachtete sie vom Boden aus, die schmalen Füße, die Schenkel, ihre Haut, die in der Hitze glänzte, sie war nackt und lehnte sich gegen den groben Stein, während sie einladend lächelte und schamlos ihre Beine spreizte. Solchen Fantasien sollte er nicht im Zug nachhängen, also richtete er sich auf und zwang sich, seine Gedanken in eine andere Richtung zu lenken, etwa wie er mit Kunden sprach und sie in ein Restaurant in der Stadt einlud, wie er ihnen Gerichte und Weine von der Karte empfahl und sie auf lockere Weise mit Anekdoten unterhielt. Aber er hatte mit Alice zu kämpfen, die immer wieder auftauchte. Und obwohl er den Film gern umgestaltet hätte zu einer Familienserie mit Marie-Louise in dem kleinen weißen Kinderwagen, zu einem Ausflug in den Zoo mit ihr und dem Kleinen in Alices Bauch, von dem er hoffte, es würde ein Junge, schließlich mit größeren Kindern, Sommerferien, dem ersten Schultag, all jenen Dingen, von denen er wusste, dass Alice bereits über sie nachdachte, gelang es ihm nicht, Alice zu verdrängen, und so stieg er in Rossel erregt und wütend aus dem Zug, bis er auf dem Spaziergang zurück ins Hotel dachte, dass er eigentlich froh sein sollte, seine Frau derart zu vermissen, obwohl die erste, spannende Zeit ihrer Beziehung schon vorbei war und sie nicht mehr nur füreinander Augen hatten, sondern sich in Tausend Teile reißen mussten, wie alle anderen Menschen auch. Außerdem war er von der Erkenntnis überrascht, dass seine Träume noch nie zuvor so sehr mit der Wirklichkeit übereingestimmt hatten, und das verschaffte ihm Ruhe und Selbstsicherheit.

Er konnte es kaum erwarten, Alice zu erzählen, wie wunderbar das alles war, und musste sich beherrschen, noch nichts zu verraten, als er sie anrief, um ihr eine gute Nacht zu wünschen. Die Aussicht auf eine solch grundlegende Veränderung in ihrem Leben konnte sie leicht nervös machen, vor allem, wenn sie größere Ausgaben mit sich brachte, aber das war wohl normal für jemanden, der aus einfachen Verhältnissen stammte, und Eric glaubte Alice besser beruhigen zu können, wenn sie einander gegenübersaßen und er ihr das Material vom Makler und seine eigenen Berechnungen zeigte.

Alice hatte ein gutes Gefühl dabei, dass Eric das Haus aussuchte, das sie kaufen würden. Sie hatten die Grundrisse studiert, und er hatte ihr alles erzählt, was er über das Wohngebiet wusste. Als er vierzehn Tage später wieder nach Rossel fuhr, um seinen Arbeitsvertrag bei Yves & Sohn zu unterzeichnen, waren Alice und er bereits bei der Bank gewesen und hatten grünes Licht bekommen, noch am selben Tag auch den Hauskauf zu besiegeln. Dann war alles ganz schnell gegangen. Eric sollte sofort in der neuen Firma anfangen, also fuhr er allein nach Rossel, während Alice noch einige Wochen in Farring blieb. Das neue Haus war sauber und frisch gestrichen, Eric wollte mit dem Einzug allerdings warten, bis Alice auch da war, und nahm sich so lange ein Hotelzimmer im Stadtzentrum. Das Umzugsunternehmen unterstützte Alice beim Packen und holte die Sachen bereits am Abend vor ihrer Abreise nach Vase ab, sodass sie und ihre Tochter die letzte Nacht bei einer hilfsbereiten Nachbarin verbrachten, die hin und wieder auf Marie-Louise aufgepasst hatte. Alice fuhr mit dem Zug nach Rossel. Es war eine anstrengende Reise, mit einem kleinen Kind und einem großen, unbequemen Bauch, aber Alice wagte es nicht zu fliegen und war sich außerdem gar nicht sicher, ob die Fluggesellschaft sie in ihrem Zustand überhaupt befördern würde. Sie bestach Marie-Louise mit Schokolade, damit sie ruhig blieb, und hatte Bilderbücher dabei, aber das Kind verlor bald das Interesse und wollte lieber im Waggon auf und ab laufen, schließlich warf es sich auf den Boden und brüllte, bis die anderen Passagiere von Buch und Strickzeug aufsahen – mahnend und erstaunt, als hätten sie vergessen, wie es war, kleine Kinder zu haben, oder als meinten sie, eine Mutter sollte ihre Zöglinge besser im Griff haben. Als Marie-Louise endlich in ihren Armen einschlief, waren sie beide verschwitzt und schokoladeverschmiert. So hatte Alice sich ihr Wiedersehen mit Eric nicht vorgestellt. Marie-Louise war sonst immer unkompliziert und umgänglich, aber womöglich spürte sie die Nervosität ihrer Mutter. Als Alice ihr das Gesicht mit einem Taschentuch abwischen wollte, wand sich das Mädchen, fing an zu heulen und schlug die Hände weg, als Alice versuchte, sie zu frisieren und die Schleife neu zu binden, die halb aus dem Haar geglitten war. Alice stiegen die Tränen in die Augen; sie vermied es, die anderen Passagiere im Wagen anzusehen, die mit sturem Gleichmut entweder die Landschaft anstarrten oder sie, während sie sich abkämpfte und nichts so war, wie sie es sich vorgestellt hatte. Irgendwann kam ihr ein älterer Mann zu Hilfe; er reichte Marie-Louise ein Bonbon, und obwohl Alice fürchtete, sie könnte sich daran verschlucken, sagte sie nichts, denn er schnitt lustige Grimassen, sodass das Mädchen ruhig saß und Alice in der Zwischenzeit ihr Haar richten konnte. Als sich Marie-Louise dem Fremden in die Arme warf, versuchte Alice verlegen, die Tochter wieder loszueisen, die sich beharrlich an ihren neuen Freund klammerte. Eigentlich gefiel es Alice nicht, dass ihre Tochter so ohne weiteres Kontakt zu Fremden aufnahm, doch der Mann wirkte wie ein freundlicher Großvater und störte sich nicht daran. Er las ihr aus dem Buch mit den Katzenjungen vor, und Marie-Louise zeigte ihm, was sie schon alles konnte: die Augen und die Schnurrhaare und die Schleifen benennen, miau sagen und wau, wenn der Hund kam, der die kleinen Katzen unter einen Eimer jagte. Er lobte, sie sei ein braves Kind, und Alice entspannte sich und hätte am liebsten gesagt, dass dies die wahre Marie-Louise sei: brav, schlau und pflegeleicht.

Eric hatte ein Auto gekauft, gebraucht, aber in gutem Zustand, es hatte die Farbe von Enteneiern und cremefarbene Sitze, die nach Plastik und synthetischem Raumspray rochen. Er holte sie damit in Rossel am Bahnhof ab. Marie-Louise schlief sofort auf dem Rücksitz ein, ihre blonden Locken klebten ihr an der Stirn, ihren Daumen hatte sie halb in den Mund geschoben, in Schokoladenspucke getaucht.

Es war Sonntag, und Eric hatte frei. Er hatte den ganzen Tag im neuen Haus verbracht, die Umzugshelfer empfangen und Abläufe dirigiert. Alice kamen vor Erschöpfung beinahe die Tränen, als er sie umarmte; er spürte es und ließ ihre Hand nur los, wenn er schalten musste.

»Es ist so schön da draußen«, sagte er. »Und das Bett ist schon gemacht.«

Sie nickte tapfer und lehnte den Kopf an die Scheibe. Er hätte sich gefreut, wenn sie etwas zu dem Wagen gesagt hätte – dass er ihr gefalle oder dass es ein guter Kauf war –, aber sie hatte es nicht kommentiert. Er erkundigte sich nach der Reise, sie antwortete in kurzen Sätzen, und das Gespräch verebbte, noch bevor sie die Stadt hinter sich gelassen hatten.

Sie mussten eine Weile durch ein langweiliges Gebiet mit hässlichen Bürogebäuden fahren, und Eric ärgerte sich, dass er nicht den anderen Weg genommen hatte, wo sich die Gegend von einer ansprechenderen Seite zeigte. Alice saß mit aufrechtem Rücken da und betrachtete alles. Sie sagte nichts, aber er meinte, in ihrem fast ausdruckslosen Gesicht Missfallen erkennen zu können.

»Es gibt einen etwas weiteren Weg um die Stadt herum«, erklärte er, »aber ich dachte, du willst möglichst schnell nach Hause.«

»Nach Hause«, sagte sie, lächelte ein wenig und sah ihn zum ersten Mal an, seit sie in das Auto gestiegen waren. Er beugte sich zu ihr hinüber, um sie zu küssen, und das Auto scherte halb auf die Gegenfahrbahn aus.

Nachdem sie angekommen waren, legte Alice Marie-Louise in das Gitterbett im Kinderzimmer und lehnte die Tür an. Als Eric seine Frau anschließend durch ihr neues Heim führte, musste sie sich beherrschen, um keinen Kommentar über die schrecklich vielen Umzugskartons zu verlieren oder darüber, wie schäbig ihre alten Möbel in den hübschen, frischgestrichenen Zimmern aussahen. Alles war genau so wie auf den Bildern, und ihre Zurückhaltung war eher einem Gefühl der Beklommenheit geschuldet als der Enttäuschung; sie hätte sich nie träumen lassen, dass sie einmal so schön wohnen würde. Die Küche war schlicht und praktisch, mit einem Linoleumboden mit Schachbrettmuster und abgerundeten Arbeitsplatten unter den hellgelben Oberschränken. Eric hatte den kleinen Klapptisch mit den Metallbeinen und die vier Stühle mit dem minzgrünen Vinylbezug aufgestellt; er hatte auch einen Strauß Blumen im Garten gepflückt und sie in einem Glas auf dem Tisch platziert.

Alice ließ sich auf einen der Stühle fallen, sie hatte das Wohn- und das Esszimmer gesehen, die fünf kleineren Zimmer oben, die Waschküche mit Waschmaschine und Wäscheleinen, das moderne Badezimmer mit den taubenblau gemusterten Fliesen und der feingeblümten Tapete, sie hatte in der Frühjahrsdämmerung auf der Terrasse gestanden, sich an Eric gelehnt und versucht, sich ihr neues Leben vorzustellen. Er hatte ununterbrochen geredet und ihr eifrig alles erklärt, was er dachte und was er sah, während sie fast nichts gesagt hatte.

»Es ist ein schönes Haus«, meinte sie nur, »und der Garten sieht pflegeleicht aus.«

Er legte die Arme um sie. »Ist es so, wie du es dir vorgestellt hast?«

»Es ist noch viel besser. Ich bin sehr glücklich und dankbar, Eric, das musst du mir glauben.«

Alice versuchte, das Glück festzuhalten, aber es flatterte ihr ständig davon, verfolgt von einer Unruhe, die immer größer wurde, bis sie sie nicht mehr beherrschen konnte und ihren Kopf so heftig auf die Tischplatte in der Küche fallen ließ, dass der Tisch wackelte und das Blumenglas fast umgefallen wäre.

Eric wischte das verschüttete Wasser auf, er war verärgert und gleichzeitig besorgt und kniete sich neben sie, strich ihr über den Arm und legte seine Hand auf ihren großen Bauch. Das Kind bewegte sich nicht, es schlief in seiner dunklen Höhle, spürte den Aufruhr der Mutter nur schwach und die Hand seines Vaters gar nicht.

»Ich bin so müde«, sagte sie, und obwohl das stimmte, war es dennoch der kleinste Grund.

Eric brachte sie nach oben, das Bett hatte er schon am Nachmittag gemacht, er half ihr aus den Sachen und holte das Nachthemd und die Zahnbürste aus ihrer Reisetasche.

»Es war so heiß während der Fahrt«, murmelte sie, »und Marie-Louise …«

Er legte seinen Finger auf ihre Lippen, und sie schmiegte sich unter der Decke an ihn.

»Ich finde nicht, dass ich das alles verdient habe«, flüsterte sie, als er glaubte, sie wäre schon eingeschlafen, und er zog sie noch fester an sich.

»Dann wüsste ich nicht, wer es sonst verdient haben sollte.« Er vergrub sein Gesicht in ihrem Haar. Sie duftete nach süßem Shampoo und säuerlichem Schweiß; er hatte Lust auf sie, doch der Zeitpunkt war unpassend.

Sie schüttelte den Kopf, hob den Oberkörper, damit er den Arm unter ihr wegzog, sie sagte nichts, er lauschte dem fernen Geräusch einer Tür, die zuschlug, einem Motor, der angelassen wurde, dem Widerhall des Weltraums im Schädel, dem Nachtgesang der Nerven, der wie eine gedämpfte Sirene klang. Alice atmete in langsamen Zügen; es war merkwürdig, Marie-Louises leises Schnarchen nicht zu hören – in der Drosselhöhe hatte ihr Bett im Elternschlafzimmer gestanden. Jetzt lag sie in ihrem eigenen Zimmer, irgendwo in der traumgeballten Dunkelheit.

Kurz vor dem Morgengrauen wurde Alice davon wach, dass Eric sie liebkoste. Er hatte die Decke zur Seite geschoben, damit er sie sehen konnte. Sie lag mit dem Gesicht zu ihm gewandt auf der Seite, das Nachthemd spannte über ihrem dicken Bauch. Er hatte den Ausschnitt zur Seite gezogen und ihre Brüste entblößt, er betrachtete sie, während er ihre Brustwarzen mit seinen Fingern sanft dazu brachte, sich aufzurichten. Sie schloss die Augen, damit er nicht merkte, dass sie wach war. Zu spüren, wie seine Lust wuchs, gefiel ihr; seinen schweren Atemzügen zu lauschen, sich von seinen Händen einspinnen zu lassen. Er klemmte ihre Brustwarzen zwischen Zeigefinger und Daumen, erst ganz leicht, dann fester – bis sie ihm nicht mehr länger etwas vorspielen konnte, nach Luft rang, seine Lippen suchte, sich an ihn presste, spürte, wie hart er war, ihn in ihre Brüste beißen und sie kneten ließ, dass es sie gleichzeitig schmerzte und erregte.

»Ich bin so dick«, sagte sie, »ich kann mich kaum noch bewegen.«

Er lächelte sie im Dämmerlicht an, ließ ihre Brüste los, die nach seinen groben Liebkosungen brannten. Das Fenster war gekippt, sie war von seiner Spucke benetzt und bekam eine Gänsehaut.

»Auf alle viere«, flüsterte er.

Er drehte sie halb herum, sodass ihre Füße über die Bettkante ragten und er stehen konnte, als er sie von hinten nahm. Er schob ihre Schamlippen mit den Fingern auseinander und betrachtete sie lange auf diese Weise, die ihn, wie sie wusste, erregte, ließ seinen Finger an ihrer Öffnung auf und ab gleiten, ohne in sie einzudringen, sie hörte die rhythmischen Geräusche, mit denen er dabei sein Geschlecht rieb, die Vorhaut vor- und zurückzog. Als er sie zu lecken begann, sank sie nach vorn auf die Ellbogen, der Bauch ruhte schwer auf ihren Oberschenkeln, das Kleine zappelte und kam zur Ruhe; sie wünschte, er würde weitermachen, bis sie kam, aber er konnte nicht warten und stieß in sie hinein, stieß und stieß, sodass ihr Bauch sich zusammenzog und sie es kaum aushalten konnte, schmerzlich, gespannt, lustvoll, und er hielt mit der einen Hand ihre Schulter und mit der anderen ihr Haar, zog ihren Kopf nach hinten und hörte nicht auf, bis er mit einem heiseren, gedämpften Stöhnen kam.

Anschließend lagen sie zusammen, er hielt sie von hinten umschlungen, sie brannte noch immer vor Lust; es ärgerte sie, dass sie auf diesem Weg keinen Orgasmus bekam. Sie hatte versucht, es ihm zu sagen, aber die Angelegenheit war so intim, dass sie nicht mit ihm darüber sprechen konnte. Obwohl es schön war, wenn er in sie eindrang, und sie auch eine gewisse Befriedigung empfand, wenn er tief in ihr war, spürte sie schon nach kurzer Zeit nichts mehr. Anfangs hatte sie sich unzulänglich gefühlt. Sie hatte gedacht, dass etwas mit ihr nicht stimmte, und schon mehrmals mit ihrem Arzt darüber reden wollen, doch sie besann sich jedes Mal, da sie doch im Grunde genommen zufrieden war. Eric wollte ihr im Bett gern zu Genuss verhelfen, und manchmal liebkoste er sie auf eine Art und Weise, die es ihr leichter machte, zu kommen. Und so konnte sie auch damit leben, dass es nicht jedes Mal gelang.

Eric war zeitig zur Arbeit gefahren, um früh wieder zu Hause zu sein. Alice begann, die Kisten auszupacken, doch es fiel ihr schwer mit dem großen Bauch und mit Marie-Louise, die alles anfassen musste und lieber in den Garten hinauswollte. Zuletzt war Alice so müde, dass sie neben Marie-Louises Bett auf dem Boden einschlief, als die ihren Mittagsschlaf halten sollte. Sie hatte nur einen Moment dort sitzen wollen, kurz die kleine, warme Hand zwischen den Gitterstäben halten, doch dann war sie im Nu eingenickt. Von einem fernen und fremden Bimmeln wachte sie wieder auf, benommen und desorientiert, das musste die Türklingel sein – ein weiteres Geräusch in dem neuen Haus, das sie noch nicht kannte.

Es war ihre erste Begegnung mit Barbara. Die Nachbarin hatte einen Kuchen gebacken. Für die Jahreszeit war sie außergewöhnlich sonnengebräunt, trug ein knisterndes, weißes Kleid und hielt ihre kleine Tochter an der Hand. Alice war verschwitzt und verschlafen, sie bat die beiden herein und entschuldigte sich viel zu oft für das Durcheinander.

»Du bist doch gerade erst eingezogen«, sagte die fremde Frau und legte ihre Hand auf Alices Arm. »Wie sollst du da schon alles eingeräumt haben? Ich habe gestern den Umzugswagen gesehen und mich mit deinem Mann unterhalten. Er hat erzählt, dass eure Tochter im selben Alter ist wie Patricia. Ich wollte mich nur kurz vorstellen.«

Alice versuchte sich zusammenzunehmen und servierte auf der Terrasse verdünnten Sirup, Patricia saß auf der Stuhlkante und hielt ihr Glas mit beiden Händen, ohne die fremde Frau aus den Augen zu lassen. Alice versuchte, sie anzulächeln, doch die Miene des Mädchens blieb ernst. Barbara bewunderte den Magnolienbaum und erzählte, wer in welchem Haus wohnte – ein Strom aus fremden Namen und Informationen, der sich wie Schaum in Alices Kopf ausbreitete.

»Du bist gestern mit dem Spätzug aus Farring gekommen, oder? Du musst müde sein«, unterbrach Barbara sich selbst und angelte eine Zigarette aus dem kleinen, goldfarbenen Etui. »Dein Mann hat sich wie ein Kind darauf gefreut, dir alles zeigen zu können.« Sie legte den Kopf ein wenig in den Nacken und blies den Rauch in die Luft. Ihre Augen waren so dunkel, dass die Pupillen kaum zu erkennen waren.

»Er war ganz aufgedreht«, fuhr Barbara fort, »er hat mir das Haus gezeigt und mich um Rat gefragt, wo im Schlafzimmer er die Kommode hinstellen soll.« Sie lachte, rieb etwas eingetrocknete Zahnpasta von Patricias Kinn, zog ihr den Stuhl zurück und tätschelte ihr den Rücken, als sie die Stufe zum Garten hinunterwackelte. Das Mädchen hielt eine Puppe im

Arm, warf sie ins Gras und hockte sich hin, um irgendetwas näher in Augenschein zu nehmen. »Ich hoffe, du bist mit allem zufrieden?«

Alice nickte. Barbara war freundlich und entgegenkommend, und sie musste sich keine Sorgen machen, dass Eric die Nachbarin hereingebeten und um Rat gefragt hatte. Er wirkte auf andere Menschen sofort anziehend, viele wollten gerne etwas für ihn tun. Alice wünschte, sie könnte etwas sagen, aber ihre Gedanken stauten sich.

Eine Weile saßen sie schweigend da und sahen Patricia zu, wie sie ihre Puppe auf dem Boden liegen ließ und ihr Gesicht in die Tulpen steckte, die entlang der Hecke wuchsen.

»Lass das, Patricia«, rief Barbara, aber das Kind reagierte nicht. »Keine Blumen pflücken!«

»Sie schnuppert doch nur daran«, sagte Alice, »das macht nichts.«

»Ich kenne sie«, erwiderte Barbara und stand auf. Doch noch ehe sie das Mädchen erreicht hatte, war es schon wieder zu der Puppe im Gras zurückgekehrt. »Sie sind schnell in dem Alter, was?«

Sie waren schnell. Niedlich und gleichzeitig unmöglich, darüber waren sich Alice und Barbara rasch einig. Über Kinder zu reden war leicht, Barbara erkundigte sich nach dem Kleinen in Alices Bauch und stieß einen leisen Pfiff aus, als sie hörte, wann der Termin war. Alice prahlte ein wenig mit Marie-Louise, sie konnte es einfach nicht lassen, sie sprach schon so gut und hatte früh laufen gelernt.

»Meine ist wohl nicht die Hellste«, sagte Barbara lachend, und Alice schämte sich. »Sie redet zwar eine Menge, aber niemand versteht auch nur einen Deut.«

»Das kommt schon noch«, versuchte Alice zu glätten, aber es klang falsch.

»Ja, das wollen wir hoffen«, sagte Barbara lächelnd und

drückte ihre Zigarette im Aschenbecher aus. »Sonst können wir nur beten, dass sie wenigstens hübsch wird.«

Alice schüttelte den Kopf. Ihr war klar, dass Barbara einen Witz gemacht hatte, aber sie fand ihn nicht lustig. »Sie ist doch schon hübsch«, flüsterte sie, »sie ist dir wie aus dem Gesicht geschnitten.«

Barbara lachte laut. Sie hatte einen breiten Mund und eine gebogene Nase, die im Verhältnis zum Gesicht zu groß wirkte. An den Schultern schmal, wurde sie nach unten hin breiter, besaß jedoch schöne Hände und jene Art von gepflegten Nägeln, von denen Alice immer träumte. Anschließend beobachteten sie erneut Patricia, die ihrer Puppe jetzt etwas vorsang, ein kurzes, heiseres Kauderwelsch-Lied.

»Es ist auch nicht fair«, brach Barbara schließlich das Schweigen, ohne den Blick von der Kleinen abzuwenden, »dass es das Einzige ist, worauf man wirklich Wert legt.«

Alice verstand nicht, was sie meinte, kam aber auch nicht dazu, nachzufragen, da Barbara bereits weiterplapperte. »Dass sie hübsch und brav sind, nicht wahr?« Sie zündete sich eine weitere Zigarette an, der Rauch verflog im Sonnenlicht, und Alice zuckte mit den Schultern.

Barbara blieb den ganzen Nachmittag. Sie half Alice, die Küche einzuräumen, irgendwann wachte Marie-Louise auf und war zunächst etwas eingeschüchtert, wurde dann aber zugänglicher, nachdem sie eine Weile bei Alice gesessen hatte. Die Mädchen spielten zwischen den Umzugskartons und balgten sich nur ein einziges Mal um ein Spielzeug. Bei der Arbeit konnten sie sich besser unterhalten, Barbara war geschickt darin, Alice Fragen zu stellen, sie zum Reden zu bringen. Als sie sich schließlich verabschiedeten, wusste Barbara mehr über sie als ihre Freundinnen in Farring. Barbara hatte auch von sich erzählt. Sie war mit Alan verheiratet, der als Anwalt in einer

Großkanzlei in Rossel arbeitete. Sie träumte davon, eine Ausbildung zu machen, Sekretärin oder sogar Korrespondentin zu werden, aber Alan und sie waren übereingekommen, besser damit zu warten, bis die Kinder größer wären.

»Die Kinder?«, hatte Alice gefragt; sie hatte geglaubt, dass Patricia Barbaras einziges Kind sei.

»Er hätte gern einen Jungen, so wie alle Männer. Das Problem ist nur, dass ich es nicht ausstehen kann, schwanger zu sein, also versuche ich es die ganze Zeit zu verhindern.«

»Ich glaube, Eric ist das Geschlecht seines Kindes egal«, sagte Alice, bereute es aber im selben Moment. »Oder er redet einfach nicht darüber«, fügte sie schnell hinzu und stellte ein Glas in den Schrank über der Spüle.

»Das tun wohl die wenigsten Männer.« Barbara hielt prüfend eine Glaskaraffe ins Licht, ehe sie sie einräumte.

Alice wusste nicht viel über Männer und was sie üblicherweise taten. Verglichen mit ihrem Vater war Eric übersprudelnd und redselig.

»Vielleicht ist auch nur mein Mann so«, wunderte sich Barbara, lehnte ihren Rücken gegen den Küchentisch und schob die Hüften ein wenig vor. »Er ist nicht so mitteilsam, ich war oft überrascht, wenn …« Sie hielt inne und sah aus dem Fenster. Dann verschränkte sie die Arme vor der Brust, lächelte und schüttelte den Gedanken ab. Sie stapelten die leeren Kartons übereinander, und Barbara schleppte sie hinaus, darauf bestehend, dass Alice nicht schwer heben durfte.

»Es muss schlimm sein, in deinem Zustand umzuziehen«, sagte sie und wedelte vor Alices Bauch mit der Hand durch die Luft. »Ich hätte das nicht überstanden. Ich war völlig gaga, als ich schwanger war.«

»So schlimm ist das nicht«, antwortete Alice. »Ich habe ja Eric und …«, sie machte eine Kopfbewegung in Richtung Wohnzimmer, »und hier ist es so schön.«

»Ja, du hast Eric.«

Alice meinte einen Anflug von Kälte in Barbaras Stimme wahrzunehmen. »Er hat das Haus ausgesucht«, erklärte sie und ärgerte sich im selben Moment darüber. Das klang, als müsste sie Eric verteidigen, als hätte Barbara ihn angegriffen.

»Allein?«

»Ja.«

»Mutig!«

»Mutig?«

»Er muss wirklich toll sein, dein Eric«, meinte Barbara lachend und tätschelte Alice versöhnlich den Arm.

Vielleicht werde ich auch gaga, weil ich schwanger bin, dachte Alice, als sie Barbara den Rücken kehrte, um ihre feuchten Augen zu verbergen. Es gelang ihr, ins Bad zu gehen, sich zu schnäuzen und ihr Gesicht mit etwas Wasser zu kühlen, ohne dass Barbara etwas bemerkte.

»Empfindlich bist du jedenfalls«, flüsterte sie ihrem Spiegelbild zu, »und undankbar, wo sie doch nur helfen will.«

Trotz dieser kleinen Episode waren sie gut durch den Tag gekommen, Barbara hatte ihr sehr geholfen und darüber fast die Zeit vergessen, sodass sie sich schließlich sputen musste, lachend und lautstark und mit Patricia an der Hand.

Alice stand auf der Treppe und winkte der Nachbarin nach, Marie-Louise klammerte sich an ihr Bein. Damals weinte sie immer, wenn jemand ging. Alice schien das eher ein Reflex zu sein als wahrer Kummer, wegen dem man besorgt sein müsste, und sie begnügte sich damit, ihrer Tochter geistesabwesend über das Haar zu streichen.

In Farring hatte die Sonne seit Anfang März fast ununterbrochen geschienen, hier war es kühler, und die Luft wirkte frischer. Wenn der Wind in Farring vom Meer heraufzog, roch es stark nach Salz und Tang, es war ein öliger und schwerer Geruch, den andere Menschen liebten, Alice jedoch konnte ihn nicht ertragen. In Vang, wo sie aufgewachsen war, roch es nach Flusswasser und Dung, nach Ackergewächsen und Schmutz. Hier, in dieser Welt aus neuen Häusern und Anwaltsgatten, wo alles einfach und unkompliziert wirkte, war sie eine Fremde. Sie blieb noch lange auf dem Treppenabsatz vor dem Haus stehen, Marie-Louise hickste und schniefte und warf sich im Flur auf den Boden. Die Schatten reckten sich nach Alice, während sie ihren Gedanken nachhing. Selbst die Bäume wirkten unbeschwert mit ihren gefleckten Kronen, die am Himmel schwebten, und ihren Blättern, die wie kleine Ballons an zarten Fäden im lauen Wind baumelten. Die Leichtigkeit dort draußen schob in ihren Gedanken etwas zur Seite und schaffte Platz, und sie wusste, dass sie sich genau danach gesehnt hatte, dass sie das brauchte, um zur Ruhe zu kommen und sich geborgen zu fühlen. Gleichzeitig konnte sich aber auch die Unruhe weiter in ihr ausbreiten. Sie entsprang einem geheimen Ort tief in ihren Gedanken, entfaltete sich, schlug immer energischer mit ihren breiten Schwingen, bis Alice ganz schwindelig wurde und über sich selbst erschrak. Der Himmel drehte sich langsam, zog wie in einem Strudel Hausdächer und Bäume und hellgraue Wolken mit sich, ein Vogel schrie und flog vom Wacholderbusch auf, Alice wollte zurück ins Haus, war jedoch an der Stufe festgewachsen, und in ihrem Kopf flatterten lauter unmögliche Gedanken über Männer umher, die nicht verrieten, was sie auf dem Herzen hatten, über den Mut, jemand anderen sein Zuhause aussuchen zu lassen, über die Narben, die sich an den Fußsohlen bildeten, wenn man entwurzelt wurde, und die sich später in den Fußabdrücken zeigten. Es raschelte in der Hecke, ein magerer Hund schlich auf dem Weg vorbei, die Nase dicht über dem Bürgersteig. Vor dem Gartentor blieb er stehen und blickte Alice an, und sie stellte sich instinktiv vor Marie-Louise, die immer noch wimmerte. Es war ein merkwürdiger, wolfsartiger Hund ohne Halsband. Er glich den streunenden Straßenhunden, wie Alice sie noch aus Vang kannte, und sie konnte sich nicht vorstellen, dass dieses Tier zu einem der schönen Bungalows im Schmetterlingsquartier gehörte. Alice versuchte, den Hund mit der Hand zu verscheuchen, doch er blieb stehen. Sie überlegte, ob ein Hund wohl auf einen Menschen losging, wenn er hungrig genug war.

»Verschwinde!«, rief sie, ihre Stimme zitterte. »Hau ab, du hässlicher Köter!«

Der Hund legte den Kopf schief, streckte sich ausgiebig und theatralisch, leckte seine Pfoten und warf ihr einen letzten Blick zu, ehe er weiter den Glasschwärmerweg entlanglief.

Mühsam hob Alice Marie-Louise vom Boden auf, ging ins Haus, setzte sich mit ihr aufs Sofa und drückte sie an sich, um ihrer beider Herzen zur Ruhe zu bringen, bis das Kind nicht mehr getröstet werden wollte und sich von ihr losriss.

Als Eric nach Hause kam, wurde es besser. Nachdem sie ihr erstes Abendessen im neuen Haus eingenommen hatten und Marie-Louise im Bett war, saßen sie gemeinsam im Wohnzimmer, ohne das Licht anzumachen. Eric wollte Kisten auspacken, doch Alice bat ihn, eine Weile bei ihr sitzen zu bleiben. Sie legte den Kopf in seinen Schoß und zog die Knie an. Er trug noch seinen Büroanzug, der ihn ernst und erwachsen aussehen ließ, und sie hatte lachen müssen, als er am Morgen vor dem Spiegel die Krawatte gebunden hatte, er sah aus wie verkleidet.

»Ich habe heute einen merkwürdigen Hund gesehen«, erzählte sie ihm jetzt. »Er ist unten am Gartentor stehengeblieben und hat mich angestarrt.«

»Du erlebst vielleicht Sachen«, antwortete er, und sie erwiderte sein neckisches Grinsen mit einem scherzhaften Klaps.

Der Stoff seines Anzugs kratzte ein wenig, sie legte ihre Hand unter die Wange und schloss die Augen. Als sie ihn früher am Abend durch das Küchenfenster gesehen hatte, überkam sie derselbe Gedanke wie schon morgens. Die Art und Weise, wie er die Autotür schloss, mit der Hand etwas von der Kühlerhaube fegte, auf die Haustür zuging, den Arm hob und ihr zuwinkte. All das spielen wir nur, hatte sie gedacht und die Schürze ausgezogen, um ihn im Flur zu begrüßen. Erwachsene Menschen, winzige Plastikfiguren in einer künstlichen Welt aus Holz und Pappe, eine Modelleisenbahn mit Weichen, ein Wald aus gemalten Bäumen, Häuser mit echten Gardinen und Topfpflanzen in den Fenstern. Es war eine nüchterne Feststellung, ein Gefühl, das meilenweit von der schwindelerregenden Unruhe entfernt lag, die sie früher am Tag befallen hatte. Wenn man aus Plastik ist und in eine fremde, artifizielle Welt versetzt wird, fällt es einem nicht schwer, sich so zu verhalten, wie es von einem erwartet wird. In Wirklichkeit ist es einfach, hatte sie gedacht, ich weiß, was ich tun muss, es ist nie leichter gewesen.

Sie wusste in der Tat, was zu tun war: sich auf den Alltag konzentrieren, Routinen und Pläne erstellen, Einkaufszettel schreiben, alles am Laufen halten. Sie würde ihr zweites Kind auf die Welt bringen und sich um ihr erstes kümmern, sie würde Erics Frau sein und Marie-Louises und Floras Mutter und die Dinge nicht komplizierter machen, als sie waren.

Als die Mädchen dann älter waren und Martin dazugekommen war, als sie sich längst in Vase heimisch fühlte – viel, viel später –, dachte Alice hin und wieder an die ersten Monate dort zurück wie an eine ferne, traumgleiche Zeit, und sie hatte den Eindruck, dass die Welt kleiner geworden wäre, obwohl sie in Wirklichkeit größer war. Noch immer konnte sie das bedrückende, klaustrophobische Gefühl von damals nachempfinden. Das endlose Warten auf Eric, der immer zu spät kam. Die Versuche, ein Buch zu lesen, und dabei ständig unterbrochen zu werden. In einer Welt aus Babygebrabbel, Geheul, Schmutzwäsche und häuslichen Pflichten zu bestehen, während sie ihr immer mehr über den Kopf wuchs. Ihre Gespräche mit Barbara als Lichtpunkte und Rettung.

Die Zeit vor Vase konnte sie kaum mehr begreifen. Der Vorort war ein Sputnik, die Entfernung zwischen Farring und Rossel, zwischen der Drosselhöhe und Vase, zwischen damals und jetzt war von Bitterkeit und Vergessen geprägt, die alles verschwinden und nur in Fetzen wieder auftauchen ließen.

»Wir hätten genauso gut jemand ganz anderes werden können«, sagte sie einmal zu Eric, als sie sich an Marie-Louises zehntem Geburtstag, das war im Jahr 1966, an die Zeit der Geburt ihrer ersten Tochter zurückerinnerten. »Man hat die Füllung aus uns herausgenommen und durch etwas anderes ersetzt.«

»Kapok?«, fragte er, aber es war nicht komisch.

»Es ist nicht so, dass ich etwas vermissen würde«, versuchte sie ihm zu erklären, »es ist mir nur kaum noch begreiflich.«

»Damals hatten wir mehr Zeit, oder?«, fragte er, aber es war egal, was sie antwortete, denn er hatte bereits die Nachrichten eingeschaltet und sie aus reiner Höflichkeit gefragt. Über dem Grand Canyon war ein Flugzeug abgestürzt, und man hatte keine Überlebenden gefunden.

»Du bestimmt«, antwortete sie. »Mir fehlt es an nichts.«

Kapitel 3

Im Gegensatz zu Eric war Alice kein aufgeschlossener Mensch. Nachdem sie geheiratet hatten und sie sich fortan um den Haushalt kümmern musste, fiel es ihr schwer, ihre Freundinnen genauso oft zu treffen wie früher. Selbst wenn sie eigentlich Zeit gehabt hätte, Kaffee trinken zu gehen, zu bummeln oder nach einem langen Arbeitstag im Krankenhaus einfach nur ein Eis zu essen, sagte sie meistens ab. Sie entschuldigte sich damit, dass sie viel zu tun habe oder müde sei durch die Schwangerschaft, doch in Wahrheit wollte sie einfach nur nach Hause zu Eric. Selbst wenn er nicht da war, wenn er anrief und sagte, er käme später, weil er noch zu einer Veranstaltung wollte, weil das Treffen im Debattierklub später stattfand oder ein Freund ihn gefragt hatte, ob sie in einem der günstigen Restaurants in der Nähe der Universität etwas essen gehen wollten – selbst dann erschien es ihr richtig, zu Hause zu bleiben, in der Küche etwas Kaltes zu essen, aufzuräumen, die Wäsche zu sortieren oder im stillen Wohnzimmer auf dem Sofa zu liegen und nach seinen Schritten auf dem Gartenweg zu horchen, bis sie einschlief und erst wieder wach wurde, wenn er neben ihr auf dem Teppich kniete und ihr über das Haar strich und sie mein süßes Mädchen oder Mauseschatz nannte und sie daraufhin gemeinsam die Treppe zum Schlafzimmer hinaufstiegen, wo sie nach ihrem späten Nickerchen viel zu wach war, er hingegen müde nach einem langen Tag und einem lustigen Abend, weshalb er auf der Stelle mit seiner Hand auf ihrem wachsenden Bauch einschlief.

Eric hatte immer leicht Freunde gefunden. Wo sie auch waren, er kam stets mit den Leuten ins Gespräch. Eine Höflichkeitsfloskel oder eine Bemerkung über das Wetter führte zum Austausch von Telefonnummern, zu einer Essenseinladung oder zu der überraschenden Feststellung, dass man gemeinsame Freunde hatte. Obwohl Alice nicht verstand, wie er es anstellte, fand sie es doch einleuchtend, dass die Menschen seine Nähe suchten. Auch sie war schließlich seinem natürlichen Charme erlegen – die Art und Weise, wie er nickte und *aha* und *soso* sagte, gab einem das Gefühl, ein interessanter Mensch zu sein. Wenn er einen mit seinen intensiven, grauen Augen ansah, glaubte man, das Monopol auf seine Aufmerksamkeit zu haben. Die Leute vertrauten sich Eric an. Manchmal erzählte er die Geschichten des Tages für Alice nach, wenn sie abends im Bett lagen: von den kranken Enkelkindern der Reinigungsangestellten oder der Kindheit des Milchmanns, von der Sekretärin, die ihren Vater nie kennengelernt hatte, der Schwester eines Kommilitonen, die von ihrer Jugendliebe ein Kind bekommen hatte und anschließend von ihm verlassen wurde, sodass sie einen Zusammenbruch erlitt und das Kind bei Verwandten untergebracht werden musste; rührende, nachdenklich machende, vertrauliche, gefühlsgeladene Geschichten aus dem wahren und doch fernen Leben anderer Menschen, und obwohl Eric sie nie bloßstellte oder sich über sie lustig machte, amüsierten und wunderten sie sich doch beide darüber, was die Leute dazu bewog, ihre intimsten Geheimnisse ganz ungehemmt mit einem Fremden zu teilen. Es war unbegreiflich und doch einleuchtend. Eric verstand es nicht, und Alice versuchte auch nicht, es ihm zu erklären.

»Du würdest einen guten Psychiater abgeben«, sagte sie einmal aus Spaß zu ihm.

»Meinst du, ich sollte Geld dafür nehmen?«, fragte er mit aufgesetzt ernster Miene.

»Du kannst ja ein Zelt im Vorgarten aufstellen. Und ich mache Limonade.«

»Allein das wäre die Sache schon wert, besonders wenn du diesmal an den Zucker denkst.«

Sie bohrte ihm den Finger zwischen die Rippen, bis er sie packte und auf den Rücken beförderte, sich über sie beugte und ihr Handgelenk festhielt, damit sie sich nicht befreien konnte.

»Ich glaube, mir genügt es, deine Bekenntnisse entgegenzunehmen«, sagte er und küsste sie, »oder dich schlicht und ergreifend in den Wahnsinn zu treiben.«

Mit der Zeit war Alice immer scheuer geworden. Seit sie verheiratet war, kam es ihr vor, als hätte sie nur noch eine begrenzte Menge an Aufgeschlossenheit zur Verfügung, wovon Eric natürlicherweise den größten Teil in Anspruch nahm. Schon als Kind hatte sie sich in größeren Runden unwohl gefühlt, doch in Gesellschaft ihrer wenigen Freundinnen gelang es ihr recht gut, sich zu entspannen. Als sie von Vang nach Farring gekommen war, hatte sie schon in der ersten Woche Kontakt zu Louise geknüpft, einer großen, rotblonden Frau, die einen speziellen, breiten Akzent sprach, der für die Menschen aus dem Süden des Landes charakteristisch war, und die mit ihrem schallenden Gelächter Aufsehen erregte. Alice hatte versucht, sich an Louise zu halten, ohne allzu anhänglich zu sein. Wenn Louise einmal nicht zum Unterricht in der Krankenpflegeschule erschien, zwang Alice sich, bei den anderen Mädchen in der Kantine am Tisch zu sitzen; ihnen fernzubleiben wäre zu merkwürdig, sie waren ja keine Schulmädchen mehr. Damals dachte sie zum ersten Mal darüber nach, wie sehr sie sich von anderen Menschen abhängig machte. Einerseits fand sie es beschämend, so egozentrisch zu sein und ständig darüber zu grübeln, was andere von ihr hielten, andererseits war es doch wohl eine ganz natürliche Reaktion, wenn man wie sie in einem kleinen Ort aufgewachsen war, ohne die Privilegien, die die meisten anderen ihrer Vorstellung nach genossen hatten. In diesem Gedanken lag ein Hauch selbstgerechter Bitterkeit, und obwohl sie ihn nie aussprach, ahnte Louise es trotzdem. Eine einzige Bemerkung beim Mittagessen über ein molliges Mädchen mit schwarzen Haaren und teuren Schuhen brachte Louise dazu, ihr Sandwich beiseitezulegen, Alice mit so festem Blick in die Augen zu sehen, dass diese sich ducken musste, und ihr zu sagen, sie solle sich bloß nicht für etwas Besseres halten.

»Bist du neidisch?«, fragte Louise dann. »Weil Marianne, die zufällig eine Freundin von mir ist, von ihrem Vater Geld für Klamotten bekommt?«

Alice wusste nicht, was sie antworten sollte. Kleidergeld war die eine Sache, exotisch und unerreichbar, aber bei dem Gedanken an einen wohlhabenden Vater, der seine hübsche Tochter verwöhnte, drehte sich ihr tatsächlich der Magen um.

»Du glaubst wohl, ihr wäre alles zugefallen«, fuhr Louise beharrlich fort, als könnte sie Gedanken lesen. »Es tut mir leid, dass ich das sagen muss, Alice, aber du solltest endlich erwachsen werden und begreifen, dass die Welt nicht nur schwarzweiß ist.«

Der unerwartete Angriff schmerzte und markierte für Alice einen Wendepunkt. Sie hatte das Gefühl, Louise wollte sie bestrafen, indem sie Marianne am nächsten Tag an ihren Tisch einlud. Die beiden kannten einander seit Kindheitstagen, sie waren im selben Viertel aufgewachsen, und ihre Art, miteinander zu sprechen, war eigen, eingeschworen und ironisch. Alice versuchte unterdessen, ein Gespräch mit einem anderen Mädchen ihr gegenüber anzufangen, fragte irgendetwas Gleichgültiges, das sie ohnehin schon wusste, und hörte der Antwort nicht zu. Louise lachte ihr lautes, schallendes Lachen und strich Marianne über den Arm, und Alice konnte es weder ertragen sitzen zu bleiben noch aufzustehen. Sie fingerte nervös an ihrem Melanintablett; ihr Gesicht brannte, aber sie wollte nicht zeigen, wie sehr sie litt.

»Louise hat erzählt, du kommst aus Vang«, sagte Marianne plötzlich und wandte sich ihr zu. Ihre Stimme war weich und melodisch, und immer wenn sie blinzelte, berührten ihre Wimpern die Wangen.

Alice nickte, angespannt, auf der Hut.

»Da bin ich noch nie gewesen«, fuhr Marianne fort, und Alice fand, dass ihr Blick etwas Kaltes und Provokantes ausstrahlte. Als würde sie auf Alice herabsehen, weil sie in einer Stadt aufgewachsen war, die für die meisten Menschen nichts anderes war als ein Durchfahrtsort, ein gleichgültiges, mittelgroßes Provinzkaff.

»Und du kommst aus Rand«, entgegnete Alice spitz, »da bin ich noch nie gewesen.«

Marianne nickte, kramte einen Taschenspiegel und einen Lippenstift hervor und bemalte ihre Lippen. Alice verschob den Teller und das Glas auf ihrem Tablett, legte ihre Serviette zusammen und das Besteck darauf. Die Nagelhaut ihres Zeigefingers war rissig und entzündet, sie verbarg sie in ihrer geschlossenen Faust. Marianne räkelte sich, sie duftete nach Vanille, obwohl es verboten war, Parfüm zu benutzen, wenn sie Patientenkontakt hatten. Es ist ihr wohl egal, dachte Alice, sie ist es sicher gewohnt, zu tun und zu lassen, was ihr gefällt. Sie konnte nicht anders, als die ganze Zeit zu Louise hinüberzuschielen, sie sehnte sich nach deren Aufmerksamkeit, einem versöhnlichen Lächeln, mit dem sie wieder in den Kreis aufgenommen würde, einer lustigen Bemerkung, über die sie alle lachen konnten. Doch als Louise sie zum ersten Mal während des gesamten Essens ansah, wünschte Alice, sie hätte es nicht getan. Louises Blick streifte sie beiläufig, ohne ihr mehr Aufmerksamkeit zu schenken als der Kantineneinrichtung, dem Linoleumboden, der Reihe weiß bekittelter

Rücken an den anderen Tischen. Anschließend wandte sie sich wieder den anderen zu und lachte, bog den Kopf ein wenig zurück und entblößte ihren Elfenbeinhals, und Alice verwandelte sich in ein Nichts.

»Ich habe gehört, dass Rand sehr schön sein soll«, flüsterte Alice Marianne zu.

»Fantastisch«, antwortete Marianne und betonte jede Silbe. Dann schnalzte sie mit der Zunge und stand auf, ohne noch etwas hinzuzufügen.

Mehrere Monate vergingen, ehe Alice sich in Louises Gesellschaft wieder entspannen konnte und zu hoffen wagte, dass sie immer noch Freundinnen waren. In der Zwischenzeit suchte sie sich schüchtern und zögerlich andere Mädchen, mit denen sie reden konnte, in der Mittagspause, auf dem Gang vor dem Auditorium, im Umkleideraum im Keller – Bekannte, die ihr die Tage erleichterten, sie jedoch nie fragten, ob sie mit zum Tanzen kommen wolle oder zu einer Geburtstagsfeier, die sie nur flüchtig kannte, ohne viel von ihnen zu wissen. Sie begann zu spekulieren, inwieweit sie für Louise überhaupt jemals eine wirkliche Freundin war und ob sie das Ganze womöglich missverstanden hatte. Es war ein unangenehmer Gedanke, durch den sie sich bloßgestellt fühlte. Abends lag sie im Bett und versuchte sich zu erinnern, was sie Louise über sich erzählt hatte. Gleichgültige, persönliche Details wuchsen zu schamvollen Landschaften. Sie verfluchte sich selbst dafür, dass sie so vorbehaltlos offen gewesen war. Sie konnte sich nicht daran erinnern, etwas Besonderes erzählt zu haben, fürchtete aber, sich unpassend verhalten zu haben. *Mein Vater war krank, solange ich mich erinnern kann,* hatte sie vielleicht gesagt, *meine Mutter hat geschuftet, um uns zu versorgen. Ich wäre gern in die Tanzschule gegangen,* könnte sie erzählt haben, *aber ich musste in der Reinigung aushelfen, wenn ich aus der Schule kam. Ich hatte nie besonders viele Freunde, ich war ein schüchternes Kind, ich hätte mir eine Schwester gewünscht, ein einziges Mal waren wir in den Ferien in der Nähe von Sandø, sonst sind wir nie verreist, einmal habe ich mir eine Topsy-Negerpuppe gewünscht, aber nur eine billige Kopie bekommen.*

Sie versuchte, sich damit zu beruhigen, dass das im Grunde alles harmlos war, aber abends wurde sie dann von boshaften Zerrbildern heimgesucht, in denen sie sich als jämmerliches, selbstmitleidiges armes Wesen sah, das nach Aufmerksamkeit heischend von einfachen Verhältnissen und harter Arbeit erzählte, vom Verschmähtwerden und all dem, was es nicht bekommen hatte. Auf solche Weise hatte sie ihre Eltern bloßgestellt, ihre Mutter, die immer nur das Beste für sie gewollt hatte, ihren von Kriegsgräueln gezeichneten Vater und seinen Traum von einem besseren Leben. Sie schämte sich dafür, sie gar verhöhnt zu haben, weil sie ihr nicht mehr hatten geben können, obwohl es genau das war, was sie bei anderen missbilligte: dieses glatte, reibungsfreie Dasein, diese mangelnde Dankbarkeit. Mit der Zeit leuchtete ihr immer mehr ein, warum Louise nichts mehr mit ihr zu tun haben wollte. Sie hatte ihr eine Chance gegeben, sie war geduldig gewesen, und es war ausnahmslos Alices eigene Schuld, dass alles so gekommen war.

Es war der Beginn eines Höllenjahres. Im Nachhinein betrachtet, erschien ihr der eigentliche Vorfall mit Louise und Marianne unbedeutend, doch er erhob sich wie ein Mahnmal über die dunklen Monate, die darauf folgten. Alice unterzog sich einer unerbittlichen Selbstprüfung, von Scham geplagt und dem Gefühl gequält, nicht mehr existent und zugleich der Mittelpunkt der Welt zu sein, um den alles sich drehte: Was habe ich falsch gemacht? Bekomme ich nur, was ich verdient habe? Habe ich meine Hand nicht fest genug um die Samen des Bösen verschlossen? Habe ich sie in einem Moment der Unachtsamkeit verstreut?

Anfang Dezember starb ihr Vater, nicht einmal fünfzig Jahre alt. Er verbrachte seine letzten Tage im Krankenhaus mit Alice und ihrer Mutter an seiner Seite. Anschließend bezeichnete der Arzt den Tod ihres Vaters als friedlich und sagte, sein Herz sei zerschlissen gewesen. Am liebsten hätte Alice ihre Mutter, die einfach nur dasaß und nickte, gepackt und geschüttelt, schreien wollte sie, dass ganz und gar nichts Friedliches in einem Tod liege, der sich zwar über Jahrzehnte anschlich, dann aber doch so plötzlich kam und genau den Menschen attackierte, der ihr der letzte mögliche Schutz vor der Einsamkeit gewesen zu sein schien, jetzt, wo er nicht mehr da war.

Alice wusste nicht viel über ihren Vater. Er hatte ihr nie von seinen Erlebnissen im Krieg erzählt, er war ein schweigsamer und zurückhaltender Mann, der sich keine Hoffnungen machte, dass irgendetwas auf der Welt den Schmerz lindern konnte, der sein Herz aufrieb. Sie wusste nichts von seinen Sehnsüchten, seinen Träumen oder seinem Streben, sie konnte sich nicht erinnern, jemals mit ihm über etwas Belangvolles gesprochen zu haben; er war eine dunkle und stille Oberfläche, die von dieser großen Ruhe zusammengehalten wurde, unmöglich zu deuten und zu durchdringen. Solange Alice sich erinnern konnte, war er schwächlich gewesen, er hatte den Tod aus dem Krieg mit nach Hause gebracht, eine vage Vorahnung des vorzeitigen Verlustes, der stets über ihnen schwebte, an den sie sich jedoch allmählich gewöhnten, sodass er sie nicht mehr ganz so sehr erschreckte mit seinen wütenden Fieberanfällen, mit seinem Fauchen und Pfeifen, mit rostroten Lungenentzündungen und Kurzatmigkeit, einem Arm, der plötzlich nicht mehr gehorchte, Sirenen, Tablettenröhrchen, den leisen Schritten der Notärzte, gefolgt von lichten Erholungsphasen mit Suppe, Schlummerdecke und lautem Schnarchen. Sie hatten sich so sehr daran gewöhnt, dass Alice sich irgendwann einbildete, ihr Vater wäre unsterblich.

Und so kann ein Tod, der sich schon lange angekündigt hat, trotzdem überraschend kommen. Alice verbrachte ein ruhiges Weihnachten bei ihrer Mutter, die sie beharrlich überreden wollte, ihre alten Freunde zu besuchen, mit ihnen Schlittschuhlaufen zu gehen oder zur Silvesterfeier ins Versammlungshaus. Alice wurde wütend, und das machte die Mutter unglücklich. Sie war wütend über die stille Übereinkunft, nach der Beerdigung nicht mehr über die Leere zu sprechen, die wie eine Schneewolke hereinfegte und sich über alles legte – wütend, dass ihre Mutter einfach alles weiter so machte wie bisher, weil kein noch so großer Verlust sie davon abzuhalten vermochte, im Morgengrauen aufzustehen, ihr Haar penibel zu frisieren, die Schürzen zu bügeln, die sie sich beim Kochen umband, die Tischdecke zu wechseln, die regelmäßigen Essenszeiten einzuhalten, gleichgültige Fragen zu stellen. Nach Alices Ausbildung, dem Leben in Farring, dem Essen in der Kantine, Freundschaften, die längst nicht mehr existierten. Es war unerträglich, ihren Zorn gegen den einzigen Menschen zu richten, der dieselbe Trauer empfand wie sie. Aber es gelang ihr höchstens, ihre Aufgebrachtheit abzumildern, zu wortkargen Antworten, fahrigen, gereizten Bewegungen, einem zur Null zusammengezogenen Mund. Ihre Wut war wie ein Gift, das sie zersetzte, und obwohl es ihnen beiden sicher gutgetan hätte, wenn Alice hinausgegangen und auf andere Gedanken gekommen wäre, bestand sie darauf, bei ihrer Mutter in der Wohnung über der Wäscherei die Stellung zu halten. Sie hatte ohnehin das Gefühl, ihre Mutter mit ihrer herzlosen Art im Stich zu lassen, und bemühte sich darum, ihr zumindest in praktischen Belangen zu helfen. Sie sortierten die Sachen des Vaters aus, es war ein einziger langer Kampf: Möchtest du seinen Brieföffner haben? Nein. Seinen Atlas? Nein. Den Koffer? Die Geldbörse, die Taschenuhr, die ausgestopfte Eule oder die Trottellumme? Nein, ich möchte nichts haben. Nichts? Nein, so versteh doch: rein gar nichts!

Als sie fertig waren, schlug ihre Mutter vor, mit ihren Sachen weiterzumachen, ihrem Schmuck, ihren Papieren, Nähutensilien und Weißwaren, ihren Kleider- und Küchenschränken. »Wir können die Sache genauso gut gleich angehen«, sagte ihre Mutter, »es gibt keinen Grund, dich allein damit dastehen zu lassen, wenn meine Zeit gekommen ist.«

Da hielt Alice es nicht länger aus. Sie ging ohne ein Wort und schlug die Tür hinter sich zu. Wanderte im stechenden, eiskalten Schneeregen den ganzen Weg bis zur Stadtgrenze, lief in südlicher Richtung an öden Äckern und niedrigen Steinmauern entlang, durchquerte den Wald am Steindamm und hastete im gleichen zorngetriebenen Tempo weiter, bis sie zu der Stelle am Fluss kam, an der er sich in einer Biegung zu einem kleinen See ausweitete. Sie blieb auf dem Pfad oberhalb des Flusses stehen. Hier hatten sie im Sommer gebadet, als sie ein kleines Mädchen war, ihr Vater hatte sie ins Wasser getragen und sie in das dunkle Nass getaucht. Jetzt dämmerte es allmählich, das letzte Licht des Tages umfing den Wald, die Schlittschuhläufer packten ihre Sachen und begaben sich in müden, heiteren Grüppchen zurück in die Stadt, die Schlittschuhe über den Schultern, mit rotleuchtenden Wangen, Gesichtern, die von Atemwolken eingehüllt waren. Sie blieb lange stehen, der Fluss verschwand im Nebel, die Kälte ließ die Geräusche des Waldes widerhallen, jeder abknickende Zweig klang, als würde sich etwas in sie hineinbohren. Sie rannte fast den ganzen Weg nach Hause, obwohl ihre Füße taub waren. Atemlos hämmerte sie ihre Fäuste und ihre Stirn gegen die Tür ihres Elternhauses, bis sie auf der Fußmatte zusammensank.

Sie schlief ein. Louise setzte sich neben sie und schlang die Arme um ihren kalten Körper. Es war immer noch Winter, aber sie trug nur ein dünnes Sommerkleid, der Schnee schmolz darauf zu nassen Flecken und ließ den Stoff an ihrer Haut kleben. Alice lehnte ihre Wange an Louises warme Schulter. Die lachte und sagte etwas, das sie nicht verstand. Sie wollte sie bitten, lauter zu sprechen, doch Louise drückte Alices Gesicht an ihre Brust und hörte nicht auf zu lachen.

Die Mutter hatte nach ihr gesucht. Sie war die Hauptstraße entlanggegangen, hatte durch die Schaufenster gesehen, ohne die Läden zu betreten. Ihre Fantasie hatte nicht ausgereicht, um sich vorzustellen, wen Alice in ihrem aufgebrachten Zustand besuchen würde, und so kehrte sie wieder um, nachdem sie das letzte Haus der Straße erreicht hatte. Sie stupste ihre Tochter vorsichtig an, sie mochte sie nicht wecken, so schlecht, wie sie in den Nächten schlief, aber dort liegen bleiben konnte sie natürlich nicht. Alice schreckte auf, mit roten, heißen Wangen und einem irren Blick. Es gelang der Mutter, sie in den Flur zu führen und ihr aus der nassen Kleidung zu helfen, die sie im Badezimmer aufhängte. Kleine Pfützen grauen, trüben Wassers sammelten sich in der Badewanne aus Emaille, sie musste daran denken, die Jacke zu reinigen, ehe Alice wieder nach Farring zurückfuhr. Sie sprachen nicht mehr davon. Alice glich einem kleinen Mädchen, wie sie so mit einer Decke über den Beinen auf dem Sofa saß.

»Ich glaube, ich habe Fieber, Mama«, flüsterte sie, und ihre Mutter legte ihr die Hand auf die Stirn – eine raue und feuchte Hand, die nach nasser Wolle roch.

»Nein«, antwortete sie und setzte sich an den äußersten Rand des Sofas, »kein Fieber.«

Alice nickte schwach.

»Du bist wohl nur erschöpft«, sagte ihre Mutter und tätschelte Alices Knie, »das ist ja auch ganz verständlich.«

Alice hatte gehofft, ihr Traum von Louise wäre im Fieberwahn entstanden. Er ging ihr nicht mehr aus dem Kopf, tauchte immer wieder auf, zehrend, pochend, dunkel.

Vielleicht waren es die verborgenen Seelenkräfte, die einsahen, dass sie das Fieber brauchte, um zu vergessen, denn mitten in der Nacht erwachte sie unter ihrer Steppdecke mit klappernden Zähnen aus bildlosen Albträumen. Ihre Mutter pflegte sie wie damals, als sie ein kleines Mädchen gewesen war. Geduldig und schweigend wendete sie die Decke und brachte ihr Suppe und Tee, legte ihr die Hand auf die Stirn und verabreichte ihr ein Pulver. Sie sprachen nicht miteinander, Alice drehte ihr im Bett den Rücken zu und schlief die meiste Zeit. Als das Fieber sich gelegt hatte, wünschte sie sich, dass die Mutter ihr etwas vorlas, hatte dann aber nicht genug Kraft, ihr zuzuhören.

Am Tag vor Semesterbeginn fuhr sie wieder zurück in die Stadt. Die Mutter und sie gingen die Hauptstraße entlang zum Bahnhof, ein trockener Wind raschelte durch die Straßen und zog einen Schleier aus Staub und Sand hinter sich her. Ihre Mutter hatte angeboten, ihr eine neue Winterjacke zu kaufen, doch Alice war mit der alten zufrieden. Sie hatte den Gürtel enger gezogen, sie war dünner als bei ihrer Ankunft, doch ihre Wangen hatten wieder etwas mehr Farbe.

»Auf Wiedersehen, mein Mädchen«, flüsterte ihre Mutter und wollte sie zum Abschied küssen, doch Alice entzog sich ihr. Die Mutter blieb auf dem Bahnsteig stehen, als sich der Zug in Bewegung setzte. Alice legte ihre behandschuhte Hand auf das Fenster und ließ sie liegen, bis sie in der Ferne verschwunden war.

Eineinhalb Monate später war Alice Vollwaise. Es gab keine Vorwarnungen, nur den stillen überraschenden Tod. Sie schämte sich, weil sie bei ihrer letzten Begegnung eine solche Distanz zur Mutter aufgebaut hatte, und verstand nicht, was in sie gefahren war. Sie hatte sich in ihrem einstigen Zuhause umklammert gefühlt und den Drang verspürt, um sich schlagen und alles Vergangene von sich schieben zu wollen.

Die Wohnung ihrer Eltern atmete. Die Einsamkeit war ein großes und pelziges Wesen, das sich aus dem Februarfluss erhob, um bei ihr zu liegen. Sie sprach mit dem Pfarrer und stand die Beerdigung durch, ohne sich anschließend an viel erinnern zu können. Sie waren so liebenswürdig gewesen, die Kunden aus der Reinigung, die Damen der Stadt, der kleine Bekanntenkreis ihrer Eltern. Sie hatten sich um Alice gesorgt, hatten ihr Zettel mit ihren Telefonnummern zugesteckt und sie zu allen künftigen Ostern, Sommerferien und Weihnachten eingeladen. Alice beauftragte jemanden mit den anfallenden praktischen Dingen, wie etwa die Wohnung zu entrümpeln, und fuhr zwei Tage später mit derselben Reisetasche zurück nach Farring, mit der sie auch gekommen war. Der Verlobungsring und die Halskette der Mutter, eingewickelt in ein Taschentuch des Vaters, waren das Einzige, was sie hatte mitnehmen wollen.

Sie war hin- und hergerissen zwischen einsamer Trauer und der Fantasie, alles wäre nur ein böser Traum, aus dem sie wieder erwachen würde, als könnte sie einfach zu Hause anrufen und mit ihrer Mutter sprechen, sie von gewöhnlichen, gleichförmigen Tagen und belanglosen Ereignissen in einer Kleinstadt erzählen und sie sagen hören: *Pass auf dich auf, mein Mädchen* und *Wie geht es dir denn eigentlich?*. Die Fantasie war ein zerbrechliches Gebilde, unmöglich lange am Stück aufrechtzuerhalten, und die Kraft, die sie durch die Verdrängung der Wirklichkeit gewann, wurde von der Trauer, die in ihrem Schatten wuchs, ausgehöhlt und weggespült.

Sie zweifelte, ob sie in der Lage war, ihre Prüfungen abzulegen. Pünktlich wie immer erschien sie zum Unterricht, folgte der Oberschwester und tat, wie ihr geheißen wurde, zusammen mit der übrigen weißgekleideten Schar. Abends versuchte sie zu lernen, doch ihr Kopf war ein hallender Saal, und sobald sie das Buch wieder geschlossen hatte, erinnerte sie sich an nichts mehr. Spätabends im Bett ließ sie ihre Tage Revue passieren, doch die Erlebnisse verschwammen, Gesichter und Verabredungen verschwanden, ihr Körper war nichts als ein mechanischer Stellvertreter.

Als Louise hörte, was geschehen war, zeigte sie aufrichtige Betroffenheit.

»Das ist furchtbar«, sagte sie und umarmte Alice.

Sie standen im Umkleidezimmer, Alice fror in ihrem Unterkleid, Louise war einen halben Kopf größer als sie, lange blieben sie so stehen.

»Du weißt, dass du auf mich zählen kannst, oder?«, fragte Louise und hielt Alice an den Schultern von sich weg. Das war zu viel. Alice begann zu weinen und konnte nicht mehr aufhören.

Anschließend hatten sie zusammen eine Tasse Kaffee getrunken, und obwohl Alice vor Weihnachten alles darum gegeben hätte, Louise zurückzugewinnen, empfand sie keine rechte Freude darüber, dass es jetzt zu gelingen schien.

»Du armes Kleines«, sagte Louise, als sie sich verabschiedeten, »ohne Geschwister oder Familie, du bist ja ganz allein auf der Welt.«

Alice erwiderte nichts. Louise, die einen eleganten weinroten Wollmantel trug, umarmte sie noch einmal, und sie bekam den Pelzbesatz des Kragens in den Mund. Louise drückte ihren Arm, hielt sie an der Hand und ließ erst los, als die Straßenbahn kam. Sie blieb auf dem Bürgersteig stehen und winkte Alice hinterher, noch den ganzen Weg bis zum Pappelboulevard, ehe die Bahn an der Großen Straße um die Ecke bog.

An einem der ersten warmen Tage im Mai saßen Alice und Marianne im Park neben der Klinik und warteten auf Louise und ein anderes Mädchen, mit denen sie ins Kino gehen wollten. Es roch nach frisch gemähtem Gras, die saftige, grüne Welt überwältigte sie mit feuchten Düften und leuchtend bunten Blütentupfern; all das war zu grell und anmaßend für ein aufgewühltes Gemüt. Der Ausflug ins Kino war die erste Abendverabredung seit dem Tod ihrer Mutter. Es half nichts, noch länger abzuwarten, sie hatte Lust, wieder auszugehen. Die Zeit schmolz zusammen: Jeden Montagmorgen verstand sie kaum, wo das Wochenende geblieben war. Sie aß nicht viel, sie weinte häufig, sie dachte an den Tod und die großen dunklen Schwingen, die er über den Lebenden ausbreitete.

»Bald ist Prüfungszeit«, seufzte Marianne, den Kopf zur Sonne gehoben und die Augen geschlossen, »ich kann es kaum abwarten, dass die Sommerferien endlich anfangen.«

Alice nickte und gab ein merkwürdiges Fiepen von sich. Der herannahende Ferienbeginn war wie eine schwere Tür, gegen die sich von der anderen Seite stille, leere Monate stemmten.

Marianne räusperte sich, schob ihre Sonnenbrille vom Haar auf die Nase und kratzte sich mit einer irritierten Bewegung am Knie. »Entschuldigung«, sagte sie und überrumpelte Alice damit. »Du hast wahrscheinlich nicht viel, worauf du dich freuen kannst.«

Daraufhin musste Alice natürlich wieder weinen. Ein Becher, der bei der kleinsten Bewegung überschwappte. Marianne holte ein Taschentuch hervor, frisch gebügelt, mit Spitzenbesatz und einem geschwungenen gestickten M. Sie reichte es ihr, rücksichtsvoll genug, sie dabei nicht anzusehen.

»Ich glaube nicht, dass ich zur Prüfung gehen werde«, sagte Alice. »Es hat keinen Zweck, ich werde sowieso durchfallen.« Sie tupfte ihre Augenwinkel mit dem Taschentuch ab, es roch nach Mariannes Parfüm, süßlich und schwer, überhaupt nicht so, wie man es von einer jungen Frau erwartet hätte.

»Natürlich gehst du hin«, erwiderte Marianne, ohne ihren Blick von einer Gruppe junger Männer abzuwenden, die in der Nähe Ball spielten. »Alles andere wäre bei deiner Begabung vergeudete Zeit.«

»Es ist nicht so einfach.« Alice weinte nicht mehr, saß nur noch da und zupfte an dem Taschentuch herum.

»Einfach?« Marianne wandte ihr langsam das Gesicht zu. »Louise und ich können dir doch helfen.«

Es war das erste Mal, dass sie mit Marianne über etwas Persönliches sprach. Ihre Versuche, sich danach wieder zurückzuziehen, waren vergebens. Sie war sich sicher, dass Marianne und Louise an ihrer Haustür aufgetaucht wären, um sie zu holen, wenn sie sich in den kommenden drei Wochen nicht jeden Morgen freiwillig im Lesesaal der Universität eingefunden hätte.

Alice bestand die Prüfung knapp. Die anderen wollten den Beginn der Sommerferien feiern, aber sie war erschöpft und wollte nach Hause. Sie war gezwungen, den ganzen Sommer über Dienste in einem Pflegeheim zu übernehmen. Ohne die Unterstützung der Eltern kam sie nicht über die Runden. Sie konnte sich nicht vorstellen, jemals wieder ein Leben zu führen, in dem sie Lust haben würde, Geld für überflüssige Dinge auszugeben, für Sommerkleider und Schuhe und Halstücher. Das unbedeutende Erbe legte sie auf die Bank. Der Gedanke, das Geld anzurühren, das ihren Eltern gehörte, kam ihr so vor, als würde sie dem Tod endgültig das schenken, was er gnadenlos von den Hinterbliebenen forderte: langsames Vergessen, sinnloses Daraufwarten, eines Tages selbst zu verschwinden.

Sie schlief die ganze Nacht durch. Am späten Vormittag stand ein Zwerg vor ihr und klopfte mit seinem Stock gegen ihr Schienbein, er lachte und sprach mit einer hohen, weibischen Stimme. Seine Hiebe taten nicht weh, aber es irritierte sie, dass er ihren Namen kannte; sie schlug nach ihm und wachte davon auf, dass sie mit der Hand gegen den Bettpfosten hämmerte. Erst als das Klopfen weiterging, begriff sie, dass jemand vor ihrer Tür stand und nach ihr rief.

Louise und Marianne waren noch nie bei ihr gewesen; sie hatten mehrmals vorgeschlagen, sich bei ihr zu treffen, aber sie hatte es immer abgewehrt. Sie besuchte sie lieber in deren Studentenwohnungen im feineren Stadtteil und schauderte bei dem Gedanken, sie zu bitten, die Straßenbahn in das einfache Viertel am Kohlebogen zu nehmen. Jetzt standen sie trotzdem da. Unangemeldet, Seite an Seite wie zwei übermütige Schwestern; sie wollten sie zum Strand mitnehmen, Tretboote leihen und mit Fahrrädern den Küstenweg entlang nach Norden fahren, dort baden und Eis essen gehen.

Mit keiner Entschuldigung gaben sie sich zufrieden, und so ging Alice ins Bad und zog sich an, während die beiden in der Küche Kaffee kochten und Marianne für Alice ein Brot schmierte. Der ganze Wirbel, den sie veranstalteten, machte Alice nervös, doch unter der Unruhe schlug ein zäher Schössling Wurzeln, eine trotzige Freude, eine Hoffnung, dass das Leben von Zeit zu Zeit doch lebenswert sein konnte.

Dieser Sommer wurde anders, als Alice ihn sich vorgestellt hatte. Wenn sie nicht arbeitete, war sie mit Louise und Marianne zusammen. Und bald spürte sie dort, wo der Verlust sich eingenistet hatte, einen vorsichtigen Quell aus Mut zu einem Rauschen überschäumender Freude anschwellen, mit einer Heftigkeit, die sie sich selbst nicht zugetraut hätte. Sie verbrachten ihre Wochenenden und freien Tage an dem schmalen, überlaufenen Sandstrand außerhalb Farrings; abends gingen sie ins Kino oder radelten barfuß, die schicken Schuhe im

Fahrradkorb, zu den beliebten Tanzschuppen am Sportboothafen und weiter den Küstenweg hinauf.

Kurz bevor Ende August das Semester wieder begann, reiste Louise mit ihren Eltern ins Ausland. Nach einigen langweiligen, rastlosen Tagen lud Marianne Alice ein, mit ihr nach Lilleø zu kommen, wo ihre Eltern für den Sommer ein Ferienhaus gemietet hatten. Zu ihrer eigenen Verwunderung sagte Alice zu und hob etwas Geld von der Bank ab, um sich etwas Vernünftiges zum Anziehen zu kaufen. Einen pfefferminzfarbenen Badeanzug mit niedrigem Bein- und tiefem Rückenausschnitt, eine gestreifte Caprihose und zwei passende Blusen, eine mit und eine ohne Ärmel, ein wundervolles cremefarbenes Kleid mit gelben Rosen und kleinen grünen Blättern, das ihr in einem Schaufenster auf dem Pappelboulevard ins Auge gestochen war und an dem sie mehrmals vorbeischlich, ehe sie den Mut fasste und hineinging, um es anzuprobieren. Wenn sie ihr Haar mit einem Tuch nach oben band und sich seitlich im Spiegel betrachtete, sah sie beinahe aus wie Betty Grable in ihren besten Tagen.

Marianne wartete am Bahnhof und stieß einen leisen Pfiff aus, als Alice sich vor ihr um die eigene Achse drehte.

»Du kannst ja tatsächlich etwas aus dir machen, wenn du nur willst«, sagte sie und ging vor ihr den Bahnsteig entlang. Alice lachte nur und nahm sich die Bemerkung nicht so zu Herzen, wie sie es früher getan hätte.

Marianne war in Gegenwart ihrer Eltern mürrisch und verwöhnt, und Alice erinnerte sich an ihren letzten Besuch bei ihrer eigenen Mutter. An ihre verschlossene, abweisende Art, ihre Gereiztheit und Herablassung. Was sie damals hatte auf Abstand halten wollen, vermisste sie jetzt.

Es ging Alice nichts an, doch eines Abends, als Marianne besonders grob zu ihren Eltern gewesen war, konnte sie nicht mehr an sich halten. »Du ahnst ja nicht, wie sehr ich es bereue …«, setzte sie an, als sie ins Bett gegangen waren, doch dann verließ sie der Mut, sodass Marianne schwerlich erraten konnte, was sie meinte, und schweigend und abwartend in dem schmalen Bett am anderen Ende des Zimmers lag, die Hände im Nacken verschränkt.

Durch das halbgeöffnete Fenster konnten sie das Rauschen des Meeres hören, die dünnen, weißen Gardinen bewegten sich in der sanften Brise. Am ersten Abend hatte es Alice den Atem geraubt, auf das dunkle Meer zu blicken, auf die schaukelnden Laternen der Boote mit den hohen Masten; fernes, traumgleiches Lichtfunkeln von den Inseln, die vor Lilleø lagen. Irgendwo in der Dunkelheit erklangen Fetzen einer Melodie, zu der sie den ganzen Sommer getanzt hatten.

Marianne sang leise mit, »scoobely dooby doo, bedoo, bedoo, bedooby dooby doo, wouldn't anybody care to meet a sweet oldfashioned girl, who's a frantic little bopper in some sloopy socks …«, und Alice sang ebenfalls, doch sie kam mit dem Text durcheinander, und sie mussten lachen.

»Was bereust du denn?«, fragte Marianne schließlich und drehte sich auf die Seite. Sie hatte ihr Haar auf hellgelbe Wickler gedreht, die ihren Kopf in der Dunkelheit riesig aussehen ließen.

»Dass ich meinen Eltern nicht gezeigt habe, wie viel sie mir bedeuten, solange ich es noch konnte«, antwortete sie.

Marianne schwieg. Alice kämpfte mit dem Drang, das Gesagte zu relativieren, konnte jedoch nicht erahnen, ob Marianne aus Wut schwieg oder aus Nachdenklichkeit. Es verging so viel Zeit, dass sie schon glaubte, Marianne wäre eingeschlafen, aber dann seufzte die Freundin und stemmte sich auf die Ellbogen. »Ich weiß, warum du das sagst. Aber es gibt viele Dinge, von denen du nichts weißt, Alice.«

Offener Zorn wäre leichter zu ertragen gewesen als dieser verhaltene, fast bedrohliche Tonfall.

»Was für Dinge?«, flüsterte sie und bereute ihre Frage im selben Moment.

»Ach, Dinge eben …«, antwortete Marianne und ließ sich wieder auf den Rücken sinken. Sie schob die dünne Decke beiseite, ihre sonnengebräunten Beine wurden von der Dunkelheit verschluckt, die Konturen ihres Körpers schimmerten durch das helle Nachthemd. »Darüber wollen wir jetzt lieber nicht reden.«

Eigentlich hätte Alice erleichtert sein müssen, dass Marianne nicht wütend war, aber die oberflächliche Ungezwungenheit ihrer Stimme wirkte wie eine Zurückweisung. Sie dachte an ihre Mutter. Die Stille war nicht auszuhalten, sie drängte sich ihr auf, legte sich über ihr Gesicht, bis sie keine Luft mehr bekam. Es verging viel Zeit, ehe Marianne sie davon befreite.

»Ach so«, sagte sie nur, »mein Cousin kommt morgen zu Besuch und bleibt eine Nacht. Ich glaube, du wirst ihn mögen. Alle mögen ihn.«

»Dein Cousin?« Atemlos klammerte Alice sich an den Rettungsring. »Ich wusste gar nicht, dass du einen hast.«

»Doch, und was für einen«, sagte Marianne. »Er heißt Eric. Er ist fast wie ein Bruder für mich.«

Alice war sofort von ihm eingenommen, und Eric fragte sie, ob sie mit ihm ausgehen wolle, sobald sie wieder in Farring waren. Als Marianne das mitbekam, wurde sie wütend. Und es belastete ihre Freundschaft, auch wenn es Alice schwerfiel, den Grund zu erkennen.

»Marianne ist eifersüchtig«, stellte Louise fest, »sie sagt zwar, dass Eric wie ein Bruder für sie ist, aber ich glaube, dass sie schon als kleines Mädchen scharf auf ihn war.«

»Ja aber, das ist ja schrecklich!«, erwiderte Alice. Eric war unwiderstehlich, aber sie wollte niemandem etwas wegnehmen.

»Schrecklich?«, fragte Louise belustigt. »Ich finde das eher ulkig. Selbst wenn er nicht ihr Cousin wäre, hätte sie keine Chance. Und das sage ich nicht, weil ich schlecht über Marianne reden will, aber … sieh sie doch nur mal an, Alice.«

Eifrig zählte Alice Mariannes Qualitäten auf – sie hatte schöne Augen, war lustig und clever, Louise aber lachte nur.

»Das bist du auch«, hatte sie gesagt, »und außerdem bist du hübscher und wirkst nicht so verzweifelt, sobald du dich einem Mann auch nur näherst.«

Anfangs zog Marianne sich zurück, aber Alice hielt an ihr fest, dass die Freundin ihr durch das Jahr des Verlusts geholfen hatte, würde sie ihr nie vergessen.

Ende April 1957, in jenem Jahr, als sie in das Haus in der Drosselhöhe gezogen waren, luden Alice und Eric zu einem kleinen Fest in ihren Garten. Es war das erste Mal, dass sie ihre Freunde zusammenbrachten. Alice lud nur Louise und Marianne ein, sie waren die Einzigen, mit denen sie sich vorstellen konnte auch nach dem bevorstehenden Abschlussexamen Kontakt zu halten. Obwohl Marianne Erics Cousine war, setzte Alice sie auf die Liste ihrer Freunde, es hätte so armselig ausgesehen, nur eine einzige Person aufzuschreiben. Für Eric war Marianne nicht wie eine Schwester, aber er empfand ihr gegenüber eine gewisse Verpflichtung, da sie genau wie er ein Einzelkind war und seine einzige Verwandte derselben Generation.

Alice bat Eric, sich darauf zu beschränken, nur zehn seiner Freunde einzuladen. Zum einen war der Garten nicht sonderlich groß, zum anderen konnte man sich Ende April nicht unbedingt auf das Wetter verlassen, und wenn es regnen würde, müssten sie sich in dem kleinen Wohnzimmer zusammendrängen. Sie wollte gern eine gute Gastgeberin sein und überlegte sich genau, was sie servieren würde. Im Gegensatz zu Alice meinte Eric allerdings, Bier und Häppchen würden ausreichen. Nach mehreren Tagen und wiederholten kürzeren Diskussionen gerieten sie darüber in Streit. Das geschah nicht oft, aber wenn, dann schaukelten sie sich gegenseitig blitzschnell hoch, bis Alice weinend verschwand und Eric vor Wut kochte. Sie unterstellten einander niedere Motive, die sie beide ängstigten und verletzten. Sie nannte ihn kindisch und gleichgültig, er sagte, sie sei außerstande, die Dinge gelassen zu sehen und ihre Ecke im Kampfring zu verlassen. Das zehrte sehr an Alice.

»So schlimm ist es doch gar nicht«, flüsterte er in ihr Haar, wenn sie, das rotgeweinte Gesicht hinter einem Kissen verbergend, endlich die Schlafzimmertür aufschloss und ihn hereinließ. »Das sind doch Bagatellen.«

»Du findest, dass ich schrecklich langweilig bin«, schluchzte sie und zog sich im Bett vor ihm zurück, er robbte ihr hinterher und hielt sie fest. »Ich habe das Gefühl, dass ich nichts richtig mache.«

»Das stimmt doch nicht.« Er drückte sie so lange an sich, bis sie in seinen Armen schmolz und ihre Abwehr aufgab. »Ich bin das Trampel. Mach du nur alles so, wie du willst«, flüsterte er, strich ihr Haar zur Seite und entblößte ihren Nacken. Er küsste sie, knöpfte ihre Bluse auf und liebkoste ihre Brüste und ihren großen, schwangeren Bauch.

Versöhnung war besser als Krieg, doch Alice war aus Gummi und Feuerstein gemacht. Zu nachgiebig und doch zu hart. Sie versuchte, es sein zu lassen, aber sie hob die Enttäuschungen und scharfen Worte auf, und wenn sie allein war, holte sie sie wieder hervor. Ab und zu dachte sie, er läge mit seinen Anschuldigungen richtig, und versuchte sich zu bessern. Andere Male wurde sie wütend auf ihn und sann auf Rache.

Dann gab sie ihm knappe Antworten, knallte die Teller auf den Tisch, wickelte sich in die Bettdecke ein und ließ ihn außen vor. Manchmal dauerte es eine Weile, aber sie hielt so lange durch, bis es ihm gezwungenermaßen auffallen musste. Wenn er dann endlich fragte, was los sei, war sie so dünnhäutig und ausgelaugt, dass sie nicht mehr imstande war, etwas Vernünftiges zu antworten, außer: Nichts, oder: Ich bin nur müde. Sie wussten beide, dass es nicht stimmte, aber sie hätte nichts sagen können, was der Wahrheit nahekam. Es hatte keinen Sinn, losgelöste Worte aus einer wochenalten Streiterei hervorzuholen, sie dünn und luftig zu schlagen und Unangemessenes jedweder Art beizumengen: Eifersucht auf seine Vergangenheit (er war mit drei Frauen im Bett gewesen, ehe sie sich kennenlernten, sie kannte ihre Namen und hatte ihn über die Umstände gelöchert); die vielen einsamen Abende, an denen sie auf ihn wartete und er immer später nach Hause kam als angekündigt; ihr unterdrückter Zorn (er hatte nichts falsch gemacht, er machte nie etwas falsch). Diese kleinen Risse dehnten sich allmählich zu einer klaffenden Wunde aus. Hinzu kam der verdrängte Verlust der Eltern, der Neid, dass es ihm so leichtfiel, Kontakte zu anderen Menschen zu knüpfen, die Enttäuschung, dass er ohne den leisesten Anflug von schlechtem Gewissen Abende mit Leuten verbrachte, die er offenbar interessanter fand als sie, und dass so vieles an ihr hängenblieb, während seine Verpflichtungen recht unbedeutend schienen. Sie schämte sich, wenn sie ihre Tage als anstrengend empfand. Sie musste ihrer Ausbildung nachgehen und die Termine in der Geburtsklinik einhalten, einkaufen und Essen machen, waschen, bügeln, putzen. All das hatten andere Frauen schon immer getan, ihre Mutter hatte noch viel härter geschuftet als sie, und Alice konnte sich nicht erinnern, dass sie sich beklagt oder an ihrem Vater abreagiert hätte. Eric sah es als selbstverständlich an, dass sie den Haushalt erledigte, und warum hätte er auch anders denken sollen? Sie war seine Frau. Sie sehnte sich nach seinem Lob und hasste sich selbst dafür. All diese widerstreitenden Empfindungen verdichteten sich zu einem festen Knäuel, das sich unmöglich entwirren ließ zu einer angemessenen Antwort auf seine dem Anschein nach harmlose und höfliche Frage: Was ist los?

In den Zeiten der Rachlust hatte sie das Gefühl, als stünde sie neben sich. Ihr Körper wurde von einer Schwere erfasst, die alle nur denkbaren bösen Gedanken in ihre Blutbahn presste. *Nichts* zu antworten war genauso wahr und unwahr wie alle anderen Antworten. Es war seine Frage, die entscheidend war. Sie versank in Apathie, legte sich auf das Bett oder saß untätig mit ihrem Strickzeug auf dem Sofa und starrte vor sich hin, bis er sich Sorgen machte und seine Hand nach ihr ausstreckte. Genau das wünschte sie sich und doch wieder nicht, sie wollte sichtbar sein und zugleich verschwinden, wollte die Gelegenheit haben, ihr Gesicht abzuwenden, mit ihrer Scham, ihrer Wut und ihren Tränen, damit er nicht merkte, wie unmöglich sie sich benahm, und gleichzeitig imstande sein, seine Liebkosungen und besorgten Blicke als jene Wiederbelebungsmaßnahmen anzuerkennen, nach denen sie sich so sehr sehnte. Dieser Zustand konnte einen ganzen Abend andauern, manchmal auch zwei. Sie stand am Fenster und wurde fast auseinandergerissen von dem Gedanken an die eiskalte Leere des Universums. Die Zweige des Paradiesapfelbaums verwandelten sich in eine Spinne, die das Haus und den Garten festhielt wie ihr Ei, alles musste platzen und davonkrabbeln, während sie selbst kaputtging.

Eric verstand Alices Anfälle genauso wenig wie sie selbst. Sie endeten stets damit, dass sie sich ihm hingab, Ströme aus Tränen und Rotz wurden zu Saft und Geschlechtlichkeit und dem stoßweisen Rhythmus, mit dem sie sich vereinten. Schon am darauffolgenden Tag hörte er auf, danach zu fragen. Aus ihren ausweichenden Antworten wurde er nicht schlau, und es quälte ihn, wenn er ihren Ausreden die Verzweiflung anhörte. Er gab sich damit zufrieden, dass es vorüberging, und sie vergaß es in den dazwischenliegenden Zeiträumen fast selbst, und dann bildeten sie sich beide ein, dass sie einander nähergekommen waren, dass sie es von jetzt an wagen würde, sich auf seine Liebe zu verlassen, damit sie sich nie wieder einsam und verwirrt fühlen musste.

Alice war angespannt, als die Gäste kamen, obwohl sie mit ihrem Arrangement im Garten zufrieden war: hellgelbe Decken, Narzissensträuße und kalte Platten. Von einer Nachbarin hatte sie sich einen zusätzlichen Gartentisch geliehen, und obwohl sie nicht um den Tisch herum sitzen würden, gab es genügend Stühle für alle. Die Rezepte hatte sie in Zeitschriften gefunden: mit Frischkäse und gehackter Ananas gefüllter Stangensellerie, Cracker mit Pastete und Käse mit Oliven, Teufelseier, englische Sandwiches und Limonade. Eric hatte eine Bowle zubereitet, für später gab es Bier, und das Grammophon stand auf der Fensterbank im Wohnzimmer, damit sie im Garten Musik hören konnten. Alice fürchtete, die Nachbarn könnten sich von dem Lärm belästigt fühlen, aber Eric war eine Runde gegangen, um sie vorzuwarnen, und berichtete, sie seien äußerst verständnisvoll gewesen.

Es war windstill, der Himmel weiß und trocken, ein Wetter für Strickjacken und bunte Schirmchen in Cocktailgläsern. Eric war gut gelaunt, er legte die Arme um Alice und wirbelte sie herum, bevor die Gäste kamen.

»Sieht das nicht schön aus?«, fragte sie, als er sie wieder auf dem Boden absetzte und sie sich auf ihn stützen musste, weil ihr schwindelig war.

»Auf jeden Fall«, antwortete er und küsste sie auf den Mund. »Du bist die beste Ehefrau, die man sich vorstellen kann.«

Sie trank aus Nervosität etwas zu hastig zwei Gläser Bowle und verschüttete versehentlich eine halbe Kanne Limonade über dem Rasen, aber niemand bemerkte es. Im Bad musste sie sich das Gesicht mit kaltem Wasser erfrischen. Die Gäste schienen sich zu amüsieren, wie es ihr selbst ging, fiel ihr schwerer zu beurteilen, sie fühlte sich ein wenig benommen. Erics Freunde kannte sie nicht sonderlich gut, einige von ihnen hatte sie noch nie gesehen: einen großen Typ, in kragenlosem Hemd und einer sehr speziellen Jacke in einem undefinierbaren blauvioletten Farbton, einen etwas gedrungenen, durchtrainierten Kerl ohne Jacke und seine mollige Freundin, die ständig kicherte und mit einer affektierten Stimme alles, was die anderen von sich gaben, mit einem *Wirklich?* kommentierte. Der Große hieß Paul, er war Künstler, und sie konnte sich dunkel daran erinnern, dass Eric von ihm gesprochen hatte. Was der Kleinere beruflich machte, erfuhr sie im Laufe des Abends nicht, und selbst Eric wusste es nicht genau. Er hatte irgendeinen Nebenjob, bei dem er Leute zu ihren Verbrauchergewohnheiten befragte, zudem engagierte er sich politisch in einer linken Partei. Eric lachte und schüttelte den Kopf, als er das sagte – Marktforschung und linke Politik, wenn das nicht Verrat an beiden Lagern war. Eric kannte sie aus den Debattierklubs. Erst diskutierten sie die atmosphärischen Atomwaffentests der Sowjets, und man bekam sofort schlechte Laune davon. Anschließend sprachen sie über die Unabhängigkeitsbewegungen in den afrikanischen Kolonien, und Paul nannte es skandalös und unfassbar, dass es so lange dauerte, bis die Kolonialherren das, was ihnen nicht gehörte, zurückgaben. Er freute sich darüber, dass die Goldküste, eines der reichsten Länder des Kontinents, kürzlich unabhängig geworden war und nun offiziell Ghana hieß. »Die Entwicklung wird in den nächsten zehn Jahren explodieren«, prophezeite er, »das wird ein Freiheitsrausch, wie ihn die Welt noch nie gesehen hat. Afrika ist erst der Anfang.«

Alice hörte zu und versuchte, eine interessierte Miene aufzusetzen, aber ihr fiel nichts ein, was sie hätte beitragen können. Sie kam einfach nicht mit ihnen ins Gespräch, brachte es aber nicht über sich, das Eric zu sagen. Leichter war es mit einem blonden Posaunisten, einem Studienfreund von Eric, und seiner Verlobten, die ebenfalls studierte, was, hatte Alice jedoch sofort wieder vergessen. Sie unterhielten sich über Musik und imitierten den Überbiss und den vollkommen unverständlichen Gesang des holländischen Eurovisionssiegers, bis auch Alice lachen musste und der Posaunist sie im Spaß grausam nannte.

Louise amüsierte sich und unterhielt sich mühelos mit allen. Nach Mitternacht wollten ein paar der Gäste tanzen, und Eric, der betrunken war, hielt das für eine gute Idee. Die Nacht war frisch, einige Frauen entledigten sich trotzdem ihrer Strümpfe und Schuhe, und sie drehten die Musik auf, bis die Lautsprecher knackten. Alice musste Eric mehrmals am Arm packen, um ihm begreiflich zu machen, dass sie nur im Haus tanzen durften. Also schoben sie die Möbel an die Wohnzimmerwand, um Platz zu machen, was immer noch besser war, als das ganze Viertel zu wecken. Die Luft war rauchgeschwängert, sie tranken in der Küche und tanzten im Wohnzimmer. Alice hatte Schmerzen in den Füßen und im Lendenbereich, sie konnte sich aber nicht zurückziehen, also lehnte sie sich stattdessen an Eric, der sie einen Moment an sich drückte, ehe er weiterzog, die Hände über dem Kopf in einem wilden und verrückten Tanz mit dem dunkelgelockten *Wirklich?*-Mädchen.

Alice stand eine Weile auf der Treppe vor der Haustür, sie war müde, nachdem sie den ganzen Tag mit den Vorbereitungen für das Fest beschäftigt gewesen war, und sie ärgerte sich, dass sie sich nicht wie die anderen entspannen und amüsieren konnte. Sie ging im Garten umher, die Feuchtigkeit des Grases drang durch ihre dünnen Schuhe. Durch das Fenster konnte sie die anderen tanzen sehen, Eric hatte die Lockige umschlungen, er liebkoste ihren Rücken. Alice versetzte es einen Stich in der Brust. Louise tanzte mit Paul vorbei, sie schüttelte den Kopf, sodass ihr die Haare über das Gesicht fielen, und warf ihn anschließend lachend in den Nacken. Marianne war zurückhaltender, wenn sie Leute nicht kannte. Sie hatten nie darüber gesprochen, aber Alice war sich sicher, dass auch sie gern einen Freund haben, sich verloben, heiraten und eine Familie gründen würde. Eric hatte sie einmal als frigide alte Jungfer bezeichnet, das hatte Alice wütend gemacht.

»Sie ist einfach langweilig«, hatte er gesagt, ohne sich näher zu erklären.

Marianne hatte eine gute Figur und ein hübsches, wenn auch unauffälliges Gesicht. Sie war immer geschmackvoll gekleidet, aber nach Erics Bemerkung hatte Alice beobachtet, dass sie tatsächlich keine starke Anziehung auf das andere Geschlecht ausübte. Teilweise war sie wohl selbst daran schuld. In Gesellschaft von Männern, die sie nicht kannte, verschränkte sie stets die Arme und stand verloren in der Ecke, bis sich irgendjemand erbarmte oder sie aus Mangel an einer anderen Tanzpartnerin mit auf die Tanzfläche zog. Selbst dann sah sie angestrengt aus und tanzte steif und lustlos. Wenn sie mit Eric zusammen war, wirkte sie immer ein wenig hilflos und kindisch, so wie Geschwister es manchmal sein können, weil sie noch immer Anspruch auf ihre frühere Rolle erheben. Aber in seiner Gesellschaft war sie trotz allem lockerer, weshalb es Alice wunderte, dass er so gnadenlos über seine Cousine urteilte.

Alice konnte Marianne nirgends sehen, wahrscheinlich stand sie immer noch mit Erics Studienkamerad und seiner

Verlobten in der Küche wie kurz zuvor. Sie hatte Rauchringe an die Decke geblasen und den Kopf geschüttelt, als Alice sie flüsternd gefragt hatte, ob sie mit hinauswolle, um ein wenig Luft zu schnappen. Alice stand eine Zeitlang in der Dunkelheit, die Fenster waren geschlossen, die Musik wurde zu einem kaum vernehmbaren Wummern, die Tanzenden verrenkten sich und lachten, ohne dass sie es hören konnte. Seltsame, idiotische Rituale, hitzige Morsesignale mitten im stillen Viertel der alten Menschen. Eric ließ seine Hände auf den Po der Frau hinabgleiten, der gedrungene Typ ohne Jacke kam herbeigewankt und umarmte sie von hinten, sodass sie zwischen den beiden eingeklemmt war. Das Licht tanzte mit ihnen, Alice wollte nicht mehr hinsehen, sie wollte reingehen und Eric an der Hand nehmen, damit er mit ihr tanzte, wankte jedoch stattdessen durch das Gartentor. Ihre Füße taten noch mehr weh in den schmalen, hochhackigen Schuhen, sie zog sie aus und lief auf Socken weiter, am Spielplatz vorbei, ihr Bauch zog sich jedes Mal zusammen, wenn sie fest auftrat, sie war atemlos, es war, als säße das Kind weit oben im Hals und schnürte ihr die Kehle zu. Erst an der Ringstraße kam sie wieder zur Besinnung, als vereinzelte Autos mit einem zischenden Dröhnen vorbeisausten und einen Luftstrom verursachten, der so kalt und moderig war, als stiege er aus der Erde auf. Es war April, aber die Nacht war angefüllt mit Herbst, eine Unordnung der Dinge, von der ihr schwindelig wurde. Sie zählte die Namen ihrer Familienmitglieder und Kommilitonen auf, um sich sicher zu sein, dass sie noch etwas im Kopf behielt und nicht dabei war, den Verstand zu verlieren. Im Laufschritt eilte sie zurück, spürte erneut ein Ziehen im Bauch, diesmal so stark, dass es schmerzte, und sie fürchtete, die Geburt setze ein, obwohl es noch viel zu früh war. Ihr Slip und ihre Oberschenkel wurden nass, sie schob einen Finger zwischen die Beine im Glauben, dass es Blut sei. Doch ihre Finger rochen nach Urin. Sie lehnte sich gegen einen Laternenpfahl, kläglich und verschreckt. Dann tappte sie nach Hause, die anderen tanzten noch immer, die Musik schlug ihr wie eine Druckwelle entgegen, als sie die Tür öffnete, aber sie hatte nicht einmal mehr die Kraft, hineinzugehen und nachzusehen, was Eric gerade machte. Sie musste sich einen Moment hinlegen und schlich die Treppe zum Schlafzimmer hinauf. Das Fenster hatte den ganzen Nachmittag und Abend über offen gestanden. Die Musik pflanzte sich wie ein Zittern ins Schlafzimmer fort, aber die Nachtluft dämpfte die Unruhe wie eine gesegnete, kühle Decke. Sie stellte ihre Schuhe ordentlich neben den Schrank, der weiche Teppich gab unter ihren Füßen nach, die Nylonstrümpfe waren zerrissen, es war gedankenlos von ihr gewesen, wo sie doch kein Geld hatten. Sie öffnete ihren Hüfthalter, während sie auf dem Bett lag, zog die Strümpfe aus und warf sie auf den Boden. Als sie die Augen schloss, stürzten Menschen, Flugzeuge und Gebäude ins Wasser, ein tiefes Dröhnen, Atompilze, orange, weiß, schwarz. Sie musste sich konzentrieren, um die Bilder zu vertreiben, dann begann sie zu fliegen, höher und immer höher, und die Luft war so dünn, als würde sie ertrinken. Ertrinken, ohne zu sterben, ein Vogel am Himmel sein, Eric stand weit unter ihr, er sah nicht aus wie er selbst, sondern hatte dieselben lockigen Haare wie die Frau, mit der er vorhin eng umschlungen getanzt hatte, er reckte beide Hände zu ihr empor und wollte, dass sie wieder herunterkam, doch er konnte sie nicht erreichen, und sie lachte so sehr, dass es sie schüttelte, und wachte verwirrt auf.

Eric stand im Schlafzimmer, seine Stimme mischte sich in der Dunkelheit mit der eines anderen Mannes, Eric drohte ihm, sie hatte ihn noch nie so wütend erlebt. Sie kam zu sich, rollte sich auf die Seite und stand auf, schwankend und benommen.

»Was machst du da?«, brüllte Eric den kleinen Jackenlosen weiter an, der mit freiem Oberkörper und nackten Beinen dastand. Er entwand sich aus Erics Griff, taumelte auf alle viere und versuchte, an Erics Bein zu ziehen, ihn umzuwerfen.

Alice stützte sich an der Wand ab, sie hatte Bauchschmerzen. Die Männer polterten und rauften auf der Treppe, das Licht wurde eingeschaltet, jemand zerrte die beiden auseinander.

»Wir gehen jetzt«, sagte Paul und packte den Jackenlosen, der sich offenbar nicht so leicht geschlagen geben wollte. Er befreite einen Arm, schlug nach Eric, verfehlte ihn.

»John«, jammerte die Gelockte, die nun ebenfalls dazugestoßen war. »John, hör doch auf!« Ihr Lippenstift war verschmiert, ihr Haar so wirr, als wäre sie gerade aufgewacht.

Marianne und Louise kamen herbeigeeilt, zusammen mit Erics Studienkamerad und dem Posaunisten. Die Mädchen geleiteten Alice hinaus auf den Treppenabsatz, in das kleine Zimmer hinein, auf den Stuhl neben dem Schreibtisch. Marianne lehnte sich von innen gegen die Tür, als hätte sie Angst, dass jemand eindringen könnte. Louise beugte sich zu Alice, die sich, beide Hände auf dem Bauch, zusammenkrümmte.

»Hast du Schmerzen?«, fragte sie, und Alice nickte. Louise kniete sich vor sie und überredete sie dazu, sich auf den Boden zu legen. Marianne blieb an der Tür stehen und umklammerte den Türgriff so fest, dass ihre Fingerknochen weiß hervortraten. »Was hast du getan?«, fragte sie. »Was um alles in der Welt hast du dir dabei gedacht?«

Alice verstand nicht, was sie meinte, sie war müde gewesen und hatte sich hingelegt, sonst nichts, aber Marianne schüttelte den Kopf. »Wie konntest du nur!«, fügte sie hinzu.

»Wir wissen doch gar nicht, was passiert ist«, sagte Louise und hörte nicht auf, Alices Bauch zu streicheln, ihre Hand war warm, und es tat nicht mehr weh.

»Ha!« Marianne warf den Kopf in den Nacken. »Erics Reaktion nach zu urteilen, ist es doch wohl ziemlich eindeutig, oder? Ich kenne ihn schon mein ganzes Leben, er regt sich nicht grundlos auf. Wie sie dagelegen hat, du hast es doch selbst gesehen, vollkommen …« Sie befeuchtete ihre Lippen und machte eine Handbewegung von den Knien zu ihrem Bauch.

»Jetzt halt den Mund, Marianne«, flüsterte Louise mit einem Nicken zur Tür, »misch dich nicht ein. Du hörst ja selbst, was dabei herauskommt.«

Draußen waren Geschrei und Tumult zu hören, irgendjemand rannte die Treppe hinab, ein anderer hinauf, die Haustür schlug mehrmals hintereinander, dann wurde es ruhig. Alice setzte sich auf, Louise stützte sie und half ihr wieder auf den Stuhl. »Ganz ruhig«, sagte sie und tätschelte Alice die Wange, »das wird schon wieder.«

Marianne kniff die Lippen zusammen und wich Louises Blick aus. »Aus diesem Schlamassel musst du dich selbst befreien, Alice«, sagte sie und ließ den Türgriff los, »Eric hätte bestimmt gern eine Erklärung.«

Eric forderte in der Tat eine Erklärung, aber Alice verstand nicht, was er eigentlich meinte. Es war am nächsten Morgen, das Licht schäumte durch die Gardinen wie Seife aus einem Schwamm und blieb im Stoff hängen, ohne in den Raum vorzudringen.

Alice lag in ihrem Kleid auf dem Bett, Eric tigerte auf und ab, schlug mit der Hand gegen den Bettpfosten, die Tür, den Fensterrahmen. Jedes Mal, wenn sie ansetzte, ihn zu fragen, was eigentlich vorgefallen war und warum er so aufgebracht sei, brüllte er, dass er die Fragen stelle, nicht sie.

Sie hatte einen trockenen Hals und wollte sich ein Glas Wasser holen, aber er versperrte ihr den Weg.

»Hör bitte auf, Eric«, bat sie, »du machst mir Angst, ich weiß nicht, was in dich gefahren ist.«

Erst als sie zu weinen begann, beruhigte er sich. Er setzte sich auf die Bettkante, verbarg sein Gesicht zwischen den Händen, sein Rücken bog sich sanft in ihre Richtung. Sie putzte sich im Bad die Nase, trank aus dem Hahn, legte die Hand auf seinen Rücken. Sie hatte ihn einmal weinen sehen, als sein Vater starb. Damals war sie von Liebe erfüllt, jetzt fühlte sie nichts.

»Was ist los, Eric?«, flüsterte sie. Er bebte, und seine Tränen fielen mit kleinen, sanften Lauten auf den Boden.

»Wie konntest du das tun, Alice?«, jammerte er. »Wie konntest du mir das nur antun?«

Eric erzählte, dass er ins Obergeschoss gekommen war, um nach ihr zu sehen, und sie mit hochgerutschtem Kleid vorgefunden hatte. Auf Erics Betthälfte lag der Jackenlose, lediglich mit einer Unterhose bekleidet. Eric wurde rasend vor Wut und stürzte sich auf ihn, woraufhin Alice aufwachte. Erst glaubte er ihr nicht, obwohl sie ihm alles so erzählte, wie es gewesen war: Sie hatte geschlafen und nichts bemerkt. Die Strümpfe hatte sie sich selbst ausgezogen, alles andere konnte sie sich nicht erklären. Je mehr er von ihren entblößten Beinen faselte, desto mehr fürchtete sie, der Jackenlose könnte sich tatsächlich an ihr vergangen haben. Sie ging ins Badezimmer, befühlte ihren Schritt, roch an ihren Fingern, und obwohl es keinerlei Anzeichen dafür gab, dass etwas passiert war, ließ der Gedanke sie nicht mehr los, er wurde so real, dass sie sich auf dem Bett zusammenkrümmte, außer sich vor Schreck.

Daraufhin musste Eric sie beruhigen: Der Jackenlose habe sicher nur zu viel getrunken, wie sie alle, und sich einfach neben ihr schlafen gelegt. Eric wollte am nächsten Tag mit ihm sprechen, wollte sich ruhig und gefasst seine Version der

Dinge anhören, und wenn diese mit Alices übereinstimmte, würde er es glauben.

Sie schliefen ein, als es schon lange hell war. Der Sonntag verging damit, nach dem Fest aufzuräumen. Es war aus dem Ruder gelaufen und wilder geworden, als sie es sich vorgestellt hatten. Alice war im Laufe des Tages mehrmals kurz davor, Eric nach der Gelockten zu fragen, ließ es aber sein. Sie wusste nicht, was sie sagen sollte: Na, hast du schön getanzt? Oder: Ich habe gesehen, wie du das Mädchen mit den Locken gestreichelt hast! Beides klang verkehrt, und sie hatte Angst, die empfindsame Ruhe zwischen ihnen zu stören. Erst als sie ins Bett gingen, konnte sie nicht mehr an sich halten und brachte es so ungeschickt und direkt zur Sprache, dass es wie ein Vorwurf klang. Eric reagierte anders, als sie erwartet hatte. Er nahm ihre Hand unter der Bettdecke und drückte sie. Lange lag er schweigend da, bis er sich ihr schließlich zuwandte und sie an sich zog. »Das ist ein dummes Spiel«, sagte er, und sie verstand nicht, was er meinte.

Sie entwand sich ihm, so leicht sollte er nicht davonkommen, nachdem er sie einem stundenlangen Verhör ausgesetzt hatte, obwohl sie nichts anderes getan hatte, als schlafend in ihrem eigenen Bett zu liegen.

»So etwas passiert, wenn man sich so sehr liebt wie wir«, flüsterte er.

»Was passiert?«, fragte sie und zog sich an den Rand des Bettes zurück. »Erzähl mir, was passiert, Eric. Dass man die Finger nicht von einer anderen Frau lassen kann? Ist es das, was passiert? Denn dann wäre es eine merkwürdige Form der Liebe. Die gefällt mir ganz und gar nicht.«

»Wir haben nur miteinander getanzt, Alice, das weißt du genau.« Er seufzte und zog seine Hand zu sich. Er schaltete die Nachttischlampe ein, tastete nach seinen Zigaretten und löschte das Licht wieder, als er sich eine angezündet hatte.

»Eifersucht ist ein böswilliges und destruktives Gefühl«, flüsterte er und blies den Rauch mit einem lauten Zischen aus, »sie kann einen leicht dazu bringen, die Kontrolle zu verlieren.«

Sie antwortete nicht, horchte auf seinen Tonfall, doch er klang weder anklagend noch defensiv, nur müde, und das machte sie zornig. »Ich möchte, dass du mir erzählst, was passiert ist.«

»Passiert?«, er wandte ihr im Dunkeln das Gesicht zu. Die Zigarettenspitze glimmte auf und verglühte, glimmte auf und verglühte. »Wir haben getanzt, wir hatten Spaß, das ist alles.«

Was sollte sie dazu sagen? Sie hätte in seiner Ruhe Halt finden sollen, aber stattdessen war es, als würde sie sich daran schneiden und verbluten.

»Ist dir eigentlich bewusst«, sagte er, nachdem sie lange geschwiegen hatten, »dass die meisten Morde aus Eifersucht geschehen?«

Sie antwortete nicht.

»Überleg doch nur, was heute mit uns los war. Wir waren beide ganz außer uns. Ich war bereit, ihn totzuschlagen, mein Kopf war wie ausgeschaltet, Alice, ich wollte ihm nur noch wehtun. Es war …«, Eric schwieg lange, »es war unheimlich.«

Alice kroch näher, er breitete die Arme aus und nahm sie in sich auf. Obwohl sie sich über seine Aggressivität erschrocken hatte, lag auch etwas Beruhigendes in dem Gedanken, dass er sie so sehr liebte, dass er es nicht ertragen konnte, sie mit anderen zu teilen.

»Dann verstehst du wohl auch, wie es mir ging, als ich euch tanzen gesehen habe«, flüsterte sie und schob ihre Hand unter seinen Schlafanzug auf seinen Bauch. Seine Haut war trocken und warm, sie streifte seine Haare ganz leicht mit der Handfläche.

»Du Dummkopf«, sagte er und zog sie enger an sich. »Miteinander zu tanzen ist doch wohl nicht dasselbe, wie das Bett zu teilen?«

Sie schüttelte den Kopf. Das Unbehagen wollte sie nicht loslassen, aber sie hatte auch keine Lust, dem Gefühl noch länger nachzuhängen. Er hatte recht. Sie liebten einander so sehr, und nichts durfte kaputtgehen.

Sie sprachen nicht mehr darüber, aber es verschwand auch nicht. Die offenkundige, blinde Eifersucht, dieses Misstrauen und gegenseitige Belauern, schwelte noch immer unter der Oberfläche. Ab und zu tauchte es ohne Vorwarnung auf. Wenn Alice Eric betrachtete, wie er sich nach dem Duschen anzog, und ihr einfiel, dass sie nicht die Einzige war, die seinen Körper genossen und geliebt hatte, genauso wenig wie sie die Einzige war, bei der er Genuss gefunden hatte. Oder wenn er ihr vorwarf, dem einen oder anderen gegenüber zu kokett gewesen zu sein; kleine und verkrüppelte Gespinste zwischen den guten, gewöhnlichen Gedanken. *Ich war immerhin noch nie mit jemand anderem zusammen,* verteidigte sie sich. *Du profitierst davon, dass ich mehr Erfahrung habe,* hielt er ihr entgegen.

Nach Marie-Louises Geburt wurden die Zeiträume zwischen diesen Ausbrüchen länger, später kehrten sie in anderer Gestalt zurück, verdünnt, abgeschwächt, hin und wieder auflodernd. Eifersucht ist böswillig, wiederholte Eric, und mit der Zeit gab sie ihm recht.

Schon bevor sie heirateten, wusste sie, dass sie mit großer Wahrscheinlichkeit nie als Krankenschwester arbeiten würde. Das hatte nichts mit Eric zu tun, es war ihr eigener Entschluss. Sie gehörte nicht zu den Frauen, die sich zweiteilen und zugleich arbeiten und Mutter sein konnten. Darüber hatte sie mit Eric gesprochen, kurz nachdem er ihr einen Heiratsantrag gemacht hatte, und er stimmte ihr zu.

»Nicht, dass du es nicht könntest«, hatte er gesagt, »aber man muss sich selbst fragen, ob es wirklich notwendig ist.«

Das würde wohl kaum der Fall sein, und sie wussten es beide. Trotzdem war ihr die Ausbildung wichtig, und sie hatte darauf bestanden, ihr Examen abzulegen, obwohl sie am Ende hochschwanger und müde war und die Fahrten in der überfüllten Straßenbahn von der Drosselhöhe bis zur Krankenpflegeschule am Zentralkrankenhaus sie anstrengten. Es könnte sich einmal als nützlich erweisen, meinte sie, und Eric gab ihr recht. Er dachte an aufgeschlagene Knie, fieberkranke Kinder und Stürze von Bäumen. Sie dachte daran, was passierte, wenn er sterben würde und sie plötzlich allein wäre. Es gab keinen Grund, unvernünftig zu sein.

Alice hatte ihr letztes Examen an der Krankenpflegeschule im Juni, und in der Woche darauf wurde Marie-Louise geboren. Eric belastete die Situation, die neue Verantwortung wog schwer, und die geringe Summe, die er von seinem Vater geerbt hatte, reichte nicht lange. Es war eine Erleichterung, als er im Dezember des darauffolgenden Jahres sein Abschlussexamen bestand. Sie hatten kein Geld für Weihnachtsgeschenke, aber Alice strickte ihm Fäustlinge aus Wolle, und er schrieb ein Gedicht für sie, das sie neben dem Bett aufhängte. Es war von einem Gedichtband inspiriert, den Paul ihm geschenkt hatte, als Boris Pasternak den Literaturnobelpreis bekam. *Meine Schwester, das Leben* hieß er, und Eric las Alice alle Gedichte vor; ihr gefiel besonders das titelgebende Gedicht. *Meine Schwester – das Leben, mit schwellenden Wassern / Mit Frühlingsregen tränkt sie die Welt / Doch die Menschen mit Berlocken, höfliche Hasser, / Die beißen wie Schlangen im Haferfeld.* Sie drehten nachts die Heizung herunter, um zu sparen, zogen Marie-Louise in ihrem Gitterbett ein Jäckchen an, lagen eng umschlungen im Bett und redeten über die Zukunft. Gerade hatte eine sowjetische Expedition erstmals den Südpol erreicht, genau wie die Russen auch als Erste einen Satelliten ins All geschickt hatten. Alice hielt das für ein zukunftsweisendes Omen, und wenn sie daran dachte, wie brutal die Russen den Aufstand in Ungarn niedergeschlagen hatten, fand sie den Gedanken, dass sie noch mehr Macht erlangen würden, beängstigend. Eric meinte, man könne sich auf Chruschtschow verlassen, er hatte ein Zitat von ihm gelesen, in dem er Krieg im atomaren Zeitalter als unvorstellbar bezeichnete und die Wichtigkeit einer friedlichen Koexistenz von Ost und West betonte.

»Was sagen denn deine Kommunistenfreunde zu alldem?«, fragte sie. »Verschließen sie die Augen vor den Dingen, von denen sie lieber nichts wissen wollen?«

»Wir verschließen alle die Augen. Um das zu tun, muss man kein Kommunist sein.«

Die Angst vor Atomwaffen und einem dritten Weltkrieg war wie ein Strudel, in den man ohne Vorwarnung geraten konnte. Wenn man sich daran schwindelig sah, wurde man von einer erdrückenden Angst befallen. Womöglich war die ganze Welt im Begriff, in diesen Sog hineingezogen und weggespült zu werden. Die meiste Zeit war es jedoch einfach, wegzusehen. Die kleine Welt überdeckte so leicht die große: die geborgene, ruhige Drosselhöhe, der Familienzuwachs, Nächte mit Getuschel im Doppelbett, ein Alltag, wie Alltag fast immer war, gemacht aus Zerstreuung und Verleugnung. Aus einer umfassenderen Perspektive betrachtet, waren es trotz allem optimistische Zeiten, die Leute verdienten immer mehr, und es gab gute Jobs. Eric schrieb Bewerbungen, Alice sagte nichts, obwohl sie sich wünschte, er würde seine Ansprüche ein wenig senken. Doch als er schon im Februar die Stelle bei Yves & Sohn angeboten bekam, machte es sie stolz, dass er darauf bestanden hatte, nur nach dem Besten zu streben.

Kapitel 4

Eric und Alice hatten Anfang April Hochzeitstag. 1969 unternahmen sie zu diesem Anlass zum ersten Mal seit zwölf Jahren nichts Besonderes. Nicht, weil sie es vergessen hatten, eher aus Initiativlosigkeit und Erschöpfung nach den letzten Monaten. Schon weit im Voraus hatte Alice ein Rezept für Koteletts mit süß-saurer Soße und Reis aus der Zeitung ausgeschnitten, das sie an ihrem Hochzeitstag kochen wollte. Es erinnerte sie an ein Gericht, das sie einmal in einem chinesischen Restaurant in Rossel probiert hatten. Es war das erste in der Stadt, und sie hatten dort mit Erics Kollegen gegessen, unmittelbar nachdem Yves & Sohn vom besagten Sohn übernommen worden war. Es war ein netter Abend gewesen, das Essen hatte etwas speziell, aber gut geschmeckt. Und obwohl Alice sowohl das Essen als auch die Einrichtung mit den roten Lampen und den Wandmalereien mit ihren goldenen Ornamenten exotisch fand, wusste der Sohn, der schon in Asien gewesen war, zu berichten, dass all das an den westlichen Geschmack angepasst sei und nichts mit der Küche Chinas und Hongkongs zu tun hätte. Entenzunge, Hirschleber und Hundefleisch, das aß man dort, und Alice lachte und konnte es nur schwer glauben. Anschließend machte der Sohn Eric Komplimente für seine hübsche und charmante Frau. Eric kniff ihr in den Arm, und eine leichte Röte überzog ihre Wangen. Komplimente von Männern waren für sie keine Seltenheit, aber sie konnte sich trotzdem nicht daran gewöhnen. Im Auto auf dem Weg nach Hause sprachen sie darüber, dass sie gern verreisen würden. Alice war noch nie im Ausland gewesen, und mittlerweile war es nicht mehr ungewöhnlich, dass auch ganz normale Familien außerhalb des eigenen Landes Urlaub machten.

»Wir leben in einer guten Zeit«, hatte Eric gesagt.

»Wir haben Glück«, hatte sie geantwortet, »wir haben so viel.«

»Und so viele Möglichkeiten«, hatte Eric ergänzt und seine Hand auf ihrem Nylonschenkel bis unters Kleid gleiten lassen.

Zum Dessert, beschloss sie, sollte es am Hochzeitstag eine Fruchtcocktailtorte geben, die Barbara an Kindergeburtstagen servierte, obwohl sie eigentlich mehr den Geschmack der Erwachsenen traf. Sie war leicht zuzubereiten, aus Konserven, Sahne, fertigen Kuchenböden und geraspelter Kuvertüre. Sie war froh, dass sie das Menü so rechtzeitig vorbereitet hatte, denn am Hochzeitstag selbst hatte sie schlechte Laune. Eric kaufte Alice auf dem Heimweg vom Büro Blumen, wie immer an ihrem gemeinsamen Tag, weiße Magnolien und Hyazinthen, wie in ihrem Brautstrauß, und er bat Marie-Louise, sie in eine bauchige Vase aus hellgrünem Opalglas zu stellen, die Alice auf dem Flohmarkt gekauft hatte. Die Mädchen hatten ihnen Bilder gemalt, romantisch und albern mit Herzen und Blumen und einer Braut mit weißem Schleier.

»So habe ich gar nicht ausgesehen«, platzte es aus Alice heraus. »Aber das lag daran, dass wir nur standesamtlich geheiratet haben, sonst …«, versuchte sie zu beschwichtigen, als sie Marie-Louises niedergeschlagene Miene sah. Es gab keinen Grund, ihre Stimmung an den Kindern auszulassen, und keinen Grund, zarte Mädchenträume zu zerstören. »Wenn du einmal heiratest«, sagte sie, »wirst du das schönste Kleid der Welt tragen.«

Marie-Louise umarmte sie, und alles war wieder gut. Flora war da weniger empfindlich. Sie hatte auch ein Bild gemalt, auf ihrem waren allerdings keine Menschen zu sehen. Sie mochte Tiere lieber und war eine begabte Zeichnerin. Zum Anlass des Tages schenkte sie ihnen einen gelben Hund und einen roten Dachs, umrahmt von einem orangefarbenen Herzen.

»Das seid nicht ihr«, erklärte sie, als sie ihnen das Bild überreichte, »es sind einfach nur Tiere, die ich gern zeichnen wollte.«

»Da bin ich aber froh«, antwortete Eric, »ich habe nämlich keine Lust, mit einem Dachs verheiratet zu sein.«

»Und was ist mit einem wilden Hund?«, fragte Flora, und sie mussten lachen.

Vor dem Abendessen sahen sich die Kinder wie immer *Jupiter vom anderen Stern* an. Es war eine Kinderserie, die kurz nach Neujahr auf Sendung gegangen war, exakt am selben Tag, als die Sowjetunion die Venera 5 zur Venus geschickt und damit die erste unbemannte Landung auf einem fremden Planeten durchgeführt hatte. Dieser zeitliche Zusammenfall hatte unter den vom Kalten Krieg Verängstigten Gerüchte genährt, dass die Sendung Teil des kommunistischen Plans sei, auch die Jüngsten mit antiwestlicher Propaganda zu indoktrinieren.

Die Titelmelodie lief wie eine nervenaufreibende Schleife in Alices Gedanken weiter, als sie nach dem Essen den Tisch abräumte. *Jupiter, Jupiter, vom anderen Stern, kommt auch zu euch, denn er hat euch gern. Sternenmann Jupiter ist stark und weise und geht mit euch auf große Reise.* Im Schmetterlingsquartier machten sich im Gegensatz zu ihr nur die wenigsten Sorgen wegen einer Kinderserie. Lediglich Lilli und John aus dem Widderchenweg hatten sie ihren Kindern verboten, was aber niemanden wunderte. Ihre Töchter Anette und Annabelle wurden – hinter vorgehaltener Hand – Atomzwillinge genannt, weil ihr Vater im Garten eine Grube ausgehoben und einen Schutzbunker gebaut hatte. Gerade erst am Vormittag hatte Barbara sich indirekt darüber lustig gemacht, indem sie Lilli Hani nach Konserven und Notrationen um Rat fragte, als sie sich zufällig im Supermarkt über den Weg gelaufen waren. Barbara lachte, als sie Alice erzählte, was Lilli geantwortet hatte. Es war boshaft, aber auch komisch.

Die Blumen auf dem Tisch dufteten so intensiv, dass Alice sie in die Küche stellen musste, als sie nach dem Essen fernsahen. Martin war schon im Bett, die Mädchen saßen auf dem Boden. Alice war unkonzentriert, sie dachte an ein neu zugezogenes Paar in Nummer 5, das noch keine Kinder hatte, obwohl es schon seit sechs Jahren verheiratet war. Von Barbara, die die verblüffendsten Details aus dem Leben anderer Menschen kannte, wusste Alice, dass die Frau vier Fehlgeburten hintereinander erlitten hatte und dass beide Partner von Spezialisten untersucht worden waren, die keine Ursache finden konnten. Alice schauderte beim Gedanken an die arme Frau und daran, was so etwas für eine Ehe bedeutete. Es war gut, dass Eric und sie Kinder hatten. Kinder gaben dem Leben einen Sinn und kitteten die Risse. Und auch wenn die Querköpfigkeit und all die Forderungen der Kinder Alice zwischendurch auf erschreckende Weise ihre eigene Unzulänglichkeit bewusst machten, konnte sie sich nur entfernt vorstellen, wie minderwertig, ja geradezu defekt, sie sich fühlen würde, wenn sie das Schicksal der neuen Nachbarin teilen würde. Alice nestelte zerstreut an einem Faden ihrer Strickjacke herum, der Fernseher flimmerte, Münder und Gesichter verschwammen zu grauen und schwarzen Flecken. Es war schwer, nachzuvollziehen, warum die Kinderlose trotzdem nicht arbeiten ging. Alice selbst hätte es nicht ausgehalten, den ganzen Tag allein zu verbringen und sich nutzlos zu fühlen. Sie stellte sich ihr Leben ohne Familie vor, die kreideweiße Krankenschwesternuniform, ihre eigenen, effektiven Hände. Sie überlegte, ob die Arbeit sie genügend ausfüllen würde, um das Fehlen von Kindern zu verwinden. Ob sie sich zur Adoption entschieden hätten, ob sie ein fremdes Kind, das weder ihr noch Eric ähnelte, lieben könnten.

Die Komödie war vorbei, und die Mädchen lachten über irgendetwas, das der komische Held zu seiner Verlobten gesagt hatte. Anschließend kamen die Nachrichten. Eisenhower war tot. Kambodscha wurde bombardiert. Vier Länder hatten den Grandprix d'Eurovision gewonnen. Zu guter Letzt wurde ein Beitrag von einem Frauenmarsch gezeigt, der tagsüber in Farring stattgefunden hatte, und der Sender brachte Interviews mit einigen Teilnehmerinnen. Eigentlich fand Alice es nicht gut, dass die Mädchen die Nachrichten sahen, von denen sie ohnehin nur die Hälfte verstanden. Es konnte unmöglich gut für sie sein, wenn sie in ihrem eigenen Wohnzimmer mit so viel Unglück konfrontiert wurden. Soweit sie wusste, durfte von den Spielkameraden ihrer Kinder keiner die Nachrichten sehen. Die meisten Eltern waren wie Alice der Meinung, dass sie eine behütete Kindheit verleben sollten, aber Eric sah das anders. Wenn sie schon in der Lage seien, ihre Kinder so privilegiert aufwachsen zu lassen, sei es auch wichtig, sie nicht zu sehr zu verwöhnen und zu ahnungslosen Menschen aus dem – wie er es halb im Scherz nannte – Vorortreservat zu erziehen. Davon abgesehen mischte er sich nur selten in die Erziehung ein. Die Nachrichtenmarotte und seine strikte Weigerung, Kinder mit Lob zu überschütten, waren seine stärksten Prinzipien.

Frau, verdien dein eigenes Geld!, stand auf einem Banner, das von zwei Frauen mit offenem Haar durch die Hauptstraße von Farring getragen wurde. Die eine hatte bunte Bänder ins Haar geflochten, die andere trug ein so hauchdünnes Kleid, dass sie genauso gut nackt hätte sein können. Man konnte ihren Slip und ihre Brustwarzen durch den hellen, geblümten Stoff sehen. Es herrschte strahlender Sonnenschein, und die Frauen kniffen die Augen im Licht zusammen, was sie unzufrieden aussehen ließ. Ab und zu riefen sie etwas mit großen, verzerrten Mündern, aber man konnte es nicht verstehen, sie wurden von der Stimme des Nachrichtensprechers übertönt. *Frau, gestalte dein Leben selbst* war zwischen zwei roten Frauensymbolen auf einem anderen Plakat ganz am Ende des Demonstrationszugs zu lesen. Dazwischen ragten noch weitere Schilder auf: *Zeig dich, Frau!* und *Frauen für den Frieden*.

Marie-Louise spielte auf dem Boden mit Anziehpuppen. Sie schnitt Kleider aus einem Buch mit Tapetenmustern aus. Die Puppe hatte sie selbst gezeichnet, mit großen, grünen Augen und roten Locken, die wie ein Helm um das Gesicht herum lagen, das mit einem zarten, rosafarbenen Buntstift koloriert war.

Eric stützte sich auf die Knie und betrachtete die Frauen, die im Fernsehen vorüberzogen. »Schön sind die nicht«, sagte er und steckte seine Pfeife an.

»Aber mit einigen Sachen, die sie sagen, haben sie recht«, erwiderte Alice zu ihrem eigenen Erstaunen gereizt.

Sie spürte Irritation und Widerwillen in sich aufsteigen, obwohl sie weniger den Beitrag, sondern in erster Linie die Hausfassaden entlang der Hauptstraße verfolgt hatte. Sie war schon lange nicht mehr in Farring gewesen und wurde mit Wehmut erfüllt. Vieles hatte sich verändert. Neue Geschäfte, neue Straßencafés, nur die pastellfarbenen Häuser und die Linden waren dieselben, das Frühjahr, das sich hellgrün um die dunklen Zweige sammelte.

»Recht?« Eric lehnte sich im Sessel zurück. »Natürlich haben sie recht. Es hat noch nie jemandem geschadet, sich selbst versorgen zu können …« Er schwenkte seine Pfeife in der Luft hin und her. Blaue Bänder wickelten sich auf und lösten sich wieder auf.

»Mit einigen Sachen haben sie auf jeden Fall recht«, sagte Alice noch einmal. Es war nicht ihre Absicht gewesen, ihn anzublaffen.

Marie-Louise schnitt und schnitt, Flora lag auf dem Bauch und stützte das Gesicht auf die Hände. »Ich finde nicht, dass sie hässlich sind«, sagte sie, ohne den Blick vom Bildschirm abzuwenden.

»Aha, das findest du also nicht?« Eric musste sich das Lachen verkneifen.

Alice streckte ihr Bein aus, um Flora mit dem Fuß über den Rücken zu streichen, aber sie lag zu weit weg.

»Wenn ich ein Mann wäre«, fuhr die Tochter fort, noch immer auf den Bildschirm konzentriert, »würde ich unbedingt eine von ihnen heiraten.«

Das war mehr, als Eric verkraften konnte, und er brach in schallendes Gelächter aus. Alice wusste, dass es die Mädchen verletzte, wenn er über sie lachte, obwohl sie gar nicht lustig sein wollten. Ihr war zwar klar, dass er sie damit nicht verhöhnen wollte, aber sie mochten es nicht. Sein Lachen war laut und heftig, und Marie-Louise erschrak so sehr, dass sie versehentlich den Fuß von einer Puppe abschnitt, die sie gerade gezeichnet hatte. Sie hielt sie ihrer Mutter hinter Erics Rücken hin. Alice nickte stumm, nahm die Puppe und den kleinen weißen Fuß entgegen und bedeutete ihr mit der Hand, dass sie sich die Tränen abwischen sollte. Flora rührte sich noch immer nicht.

Eric hatte allmählich fertig gelacht, eine Frau mit Porzellanteint sprach vor einer mit lachenden Sonnen bedeckten Landkarte über das Wetter. »Der war gut«, murmelte er, »der war wirklich gut.« Er räusperte sich und zog eine Grimasse, um das letzte bisschen Lachen zu vertreiben. »Wo kam das denn her?«, sagte er in die Luft, hauptsächlich zu sich selbst. »Woher hat sie so etwas?«

Flora rappelte sich langsam auf die Knie. Sie hatte ihrem Vater noch immer den Rücken zugewandt. Alice betrachtete ihr Profil, die entzückende kleine Nase, die trotzig vorgeschobene Unterlippe. »Sie verdienen ihr eigenes Geld und können alles selbst entscheiden. Außerdem mag ich ihre Haare.«

»Ihre Haare?«, fragte Eric und hustete. »Diese ungepflegten Zotteln?«

»Haarspray und Trockenshampoo sind eklig. Alle Frauen, die ich kenne, sehen aus wie …«, sie verzog das Gesicht, »außer Barbara.«

»Flora«, wies Alice sie in scharfem Ton zurecht.

»Mamas Haar ist auch ganz steif. Und stinkt nach Klebstoff«, fuhr sie unverdrossen fort, während Marie-Louise zu Boden sah.

An dieser Stelle war der Spaß für Eric vorbei. Seine jüngste Tochter hatte etwas Feindseliges an sich, eine Kälte, die sich in erster Linie gegen ihn richtete, und auch wenn Alice das Mädchen diesmal zurechtgewiesen hatte, entging es ihr viel zu oft.

Der Nachrichtenjingle, Kinderstimmen durch die Terrassentür, ein Vogel, der verzweifelt einen Partner suchte. Vom ersten Frühling bis in den Herbst hinein spielten die Kinder abends draußen. Sie liefen auf den Wegen des Wohngebiets umher, bis es dämmerte, sie bemalten den Asphalt mit Kreide, Hinkelkästen und Kreisen mit Ländernamen, von denen aus sie riefen: *Ich führe Krieg gegen …!*

Flora stand auf. »Darf ich jetzt rausgehen?«, fragte sie, und Eric hätte ja sagen müssen, denn es gab keinen angemessenen Grund, ihr dieses Privileg der Jahreszeit zu verwehren. Trotzdem schüttelte er den Kopf. Alice blickte zu ihm hinüber, schweigend und abwartend, Marie-Louise sammelte ihre Puppen in der Zigarrenkiste, griff nach der Fußlosen und legte sie ganz obenauf.

»Erst entschuldigst du dich bei deiner Mutter«, sagte er. »Das war nicht nett von dir.«

Flora sah ihren Vater lange an. Dann wandte sie sich ihrer Mutter zu. Alice lächelte vorsichtig, sie hatte sich Floras Bemerkung nicht zu Herzen genommen. Sie nickte ihr zu, wollte sie ermutigen, schnell ihre Entschuldigung loszuwerden, damit sie draußen spielen konnte, ihr zeigen, dass es doch kein allzu schlimmes Zugeständnis war. Flora verschränkte die Arme.

»Und sie haben nackte Brüste unter der Bluse, weil sie keine Unterwäsche tragen«, sagte sie, ohne eine Miene zu verziehen, »das ist auch viel schöner als ...« Sie ließ die Mundwinkel hängen und formte mit den Händen unsichtbare Körbchen vor ihrem flachen Oberkörper.

Alice war grundsätzlich gegen körperliche Züchtigung, sie konnte sich nicht mit dem Gedanken anfreunden, dass etwas, was den Kindern wehtat, einen förderlichen Effekt haben sollte. Eric war ebenfalls sanfter erzogen worden als viele andere, hin und wieder hatte man ihm den Hintern versohlt, mehr aber auch nicht. Einmal hatte er gesagt, dass er sich jedes Mal, wenn es passiert sei, genau darüber im Klaren war, warum seine Eltern es getan hatten. Er meinte, es habe die gewünschte Wirkung erzielt, er machte sich dann gründliche Gedanken, wenn er anschließend allein in seinem Zimmer saß. Alice dachte, dass es Erics Eltern offenbar gut gelungen war, ihm zu erklären, warum sie so handelten, wie sie handelten. Sie verstand nicht, warum er sich in vielerlei Hinsicht so stark von ihnen distanzierte. Sie selbst konnte sich nicht mehr daran erinnern, was jenen seltenen Momenten vorausgegangen war, in denen ihr Vater ihr befohlen hatte, ihr Kleid hochzuheben und sich vorzubeugen, damit er ihr die Anzahl Hiebe verpassen konnte, die er für angemessen hielt.

Alice ohrfeigte die Mädchen nur selten, immer im Affekt, und in der Regel hatten sich die Kinder vorher in Gefahr gebracht. Letzte Woche hatte sie Martin geschüttelt, weil er auf der Hauptstraße weggelaufen war und sie Angst bekam, er könnte zwischen die Autos geraten. Eric gefiel es ebenfalls nicht, die Kinder physisch zu bestrafen, dennoch war er der

Meinung, dass es Zeitpunkte gab, wo es das einzig Richtige war. Er bemühte sich, nicht im Affekt zu schlagen, sondern erst die Kontrolle über sich wiederzuerlangen, ehe er eine gedämpfte Ohrfeige oder einen beherrschten Hieb auf die Finger austeilte. Es ging darum, den Kindern zu zeigen, dass sie nicht mit allem durchkamen und letzten Endes die Erwachsenen bestimmten. Sie sollten lernen, auf andere Rücksicht zu nehmen und Anweisungen zu befolgen, ohne sich zu widersetzen. Sie sollten nicht untertänig sein, aber jeder Mensch musste in der Lage sein, sich unterzuordnen.

Trotzdem kam er nur schwer wieder zur Besinnung, nachdem er Flora die Treppe hinaufgeschleift und sie auf das Bett gestoßen hatte. Eigentlich wollte er nur die Tür hinter ihr schließen und sie allein lassen, aber sie stand wieder auf, kaum dass sie auf der Matratze gelandet war, und bedachte ihn mit demselben trotzigen Blick wie zuvor. Er konnte sich nicht beherrschen, es kam über ihn, bevor er darüber nachdenken konnte. Er traf ihren Bauch mit dem Unterarm, ihr blieb die Luft weg, und sie fiel wieder zurück auf das Bett. Erst da brach sie zusammen. Er sah ihre Tränen und verspürte eine gewisse Erleichterung darüber, dass auch sie die Selbstkontrolle verlor.

Alice schickte Marie-Louise zum Spielen hinaus, als Eric wieder nach unten kam. Sie bemerkte, wie aufgewühlt er war, und strich ihm über die Wange. Sie hatte Floras Aufschrei gehört, und obwohl es ihr missfiel, konnte sie ihn verstehen. Sie las moderne Bücher über Erziehung, in denen die Meinung vertreten wurde, Kinder könnten ihr Verhalten selbst kontrollieren. Sie fand den Gedanken schön, doch für Situationen wie diese fiel ihr keine Lösung ein. Eric züchtigte Flora, um sie zu beschützen. Wenn sie auch anderswo so frech und provokant auftrat, würde es noch ein böses Ende mit ihr nehmen. Noch war sie nur ein kleines Mädchen, aber schon in wenigen Jahren würde die Verwandlung einsetzen, sie würde wie eine Frau aussehen, noch bevor sie es war, und es war keineswegs zu früh, ihr etwas Anstand und ordentliches Benehmen beizubringen.

»Sie wird sich bald wieder beruhigen«, sagte Alice und legte ihre Hand auf seine Schulter. Er nickte, ging zum Fenster und sah auf den Vorgarten hinaus. Es fiel ihm schwer, sich abzureagieren, obwohl er sich einredete, er hätte korrekt gehandelt. Marie-Louise saß im Gras und schnallte sich Rollschuhe um die Schuhe. Sie winkte ihm zu, er winkte zurück. Das oberste Küchenfenster stand offen, eine kühle Brise wehte herein, die Vögel zwitscherten unentwegt. Alice rumorte am Herd, sie setzte Wasser für den Kaffee auf. Schon bald säßen sie wieder im Wohnzimmer; er würde die Zeitung noch einmal durchblättern, sie würde nähen oder eine ihrer Zeitschriften lesen. Sie würden sich ein wenig unterhalten, dann schweigen, Marie-Louise hereinrufen, ehe es dunkel wurde, sie würden dort sitzen, als wäre nichts geschehen. Er war ein ganz normaler Vater, der seine Kinder erzog und für seine Familie sorgte. Die Episode mit Flora durfte ihm keine Gewissensqualen bereiten. Marie-Louise kam auf die Beine, stand einen Moment mit ausgebreiteten Armen da, um die Balance zu finden. Sie stakste über den Rasen zum Bürgersteig. Eric rechnete damit, dass sie gleich hinfallen würde, und behielt recht. Sie saß mit ausgestreckten Beinen auf dem Pflaster wie ein Püppchen und ließ sich von den anderen Kindern hochziehen, Alice und Eric lachten beide, anscheinend hatte sie sich nicht wehgetan.

Aus dem Obergeschoss ertönte Radau. Alice hörte für einen Moment auf, mit den Tassen zu klirren, dann führte sie ihre Beschäftigung fort, ohne sich etwas anmerken zu lassen. Sie war eine gute Mutter, aber es störte Eric, dass sie viel nachgiebiger war als er.

»Vielleicht sollte ich mal nach oben gehen«, sagte Alice, als der Lärm nicht aufhörte.

»Um was zu tun?«, fragte er und wandte sich zu ihr um. Sie wirkte verschreckt, ganz und gar nicht die ruhige Alice, wie er sie kannte.

Sie zuckte mit den Schultern. Er verschränkte die Arme, er musste sich darauf konzentrieren, nicht schon wieder die Beherrschung zu verlieren.

»Einfach nur nach ihr sehen«, antwortete sie, wischte sich die Hände an der Schürze ab, knotete sie auf und hängte sie an den Haken.

»Du gehst nicht nach oben«, sagte er scharf und stellte sich ihr in den Weg. »Du bleibst hier.«

Sie schluckte, sah, dass etwas auf dem Linoleumboden mit dem Schachbrettmuster verschüttet war, wahrscheinlich Kaffee, und wollte es aufwischen.

»Du bleibst hier«, wiederholte er in einem ruhigeren Tonfall, als sie sich wegdrehte, um nach dem Lappen zu greifen. Unterdessen polterte und rumste es immer weiter in Floras Zimmer, und Alice schnürte es den Hals zu. Manchmal strengte Flora sich wirklich an, um ihren Vater zu provozieren, aus Gründen, die Alice unbegreiflich waren. Sie tranken im Wohnzimmer Kaffee und ignorierten den Lärm. Es kostete Alice große Mühe, einfach sitzen zu bleiben, es war unglaublich, dass ein zehnjähriges Mädchen einen solchen Krach veranstalten konnte.

Hätten sie ordentlich hingehört, wäre ihnen vielleicht mehr zu Ohren gekommen als Floras wütendes Toben. Tutku war aufgetaucht, kaum dass Eric die Tür hinter sich geschlossen hatte. Erst hatte Flora sich geweigert, mit der Hündin zu sprechen, weil Tutku nicht früher gekommen war, um sie zu verteidigen. Ihr Atem stank nach rohem Fleisch, ihr Fell war verklebt.

»Du wolltest doch nur in Ruhe deine Beute auffressen«, sagte Flora. »Wilde Hunde können den ganzen Tag auf die Jagd gehen, du denkst nur an dich.«

Tutku erwiderte nichts, sie hechelte mit heraushängender Zunge, so schnell war sie gerannt, um rechtzeitig zu kommen. Das besänftigte Flora.

»Hast du etwa nach mir gerufen?«, fragte die Hündin, als sie wieder normal atmen konnte. Flora wollte keinen Streit anfangen, also fegte sie erst die Dose mit den Buntstiften um, dann die Bücher auf den Boden, anstatt ihr zu antworten.

Tutku strich mit ihrem Schwanz um Floras Fesseln, sprang auf das Bett und beobachtete sie mit ihren schmalen Augen. Sie leckte ihre Pfoten, rollte sich auf den Rücken und kratzte mit ihren langen Krallen vier Risse in die Tapete über dem Bett. Sie tat es nur, um ihre Sympathie zu bekunden, zum Zornigsein brauchte Flora keine Hilfe. Flora merkte es kaum, sie schleuderte mit Sachen um sich, und erst als sie das ganze Regal geleert hatte, sprang Tutku vom Bett und schmiegte sich an sie. Flora vergrub ihre Finger im Fell der Hündin, und die entblößte das violette Zahnfleisch und die scharfen Zähne und knurrte, Flora solle ihre Wut nicht an ihr auslassen und nicht so fest an den Zotteln ziehen. Die Hündin stupste Flora immer energischer an, bis sie schwankte und umfiel und zu weinen begann. Dann schob Tutku sie zum Bett. Ein solcher Zorn hält nicht lange an, die Erlösung kommt mit den Tränen. Die Hündin stieg über Flora hinweg und schlich sich auf die andere Seite des Bettes, sodass die mit dem Rücken an der Wand lag. Sie streichelte Flora mit dem Schwanz und leckte ihr das Gesicht. Flora sagte nichts, sie schluchzte nur und rollte sich zusammen, bohrte die Nase in das Fell des Tieres. Rechtzeitig von einem Rachefeldzug und einem Festmahl am entferntesten Ende des Waldes hierherzukommen war schwer, und Flora war nicht länger wütend auf sie.

»Du musst lernen, dich zu verteidigen«, flüsterte Tutku, und Flora musste wegen des Blutgestanks die Luft anhalten.

»Das kann ich doch schon.«

Sie tranken Kaffee, und Alice erkundigte sich ohne großes Interesse nach Erics Tag und erhielt eine ebenso unbeteiligte Antwort. Eric wäre gern spazieren gegangen, aber es war ihr Hochzeitstag, und er war es Alice schuldig, zu Hause zu bleiben. Das Frühjahr hielt die Welt so sehr mit seiner Faust umklammert, dass sie unter den mächtigen Kräften fast zu platzen schien. Er stellte sich vor, wie er durch den Wald ging, der säuerliche Duft all dieses Grüns, das da spross, die messerscharfe, kalte Luft im Schatten, ein Fächer aus Blau und Weiß über den Baumkronen. In dieser Jahreszeit war jedes Zuhause zu klein, und die Sehnsucht hinauszukommen eine verzweifelte Wehmut.

Schließlich wurde es oben still, und Marie-Louise kam mit roten Wangen wieder herein. Als sie kurz darauf im Bett lag, rief sie nach ihrer Mutter, und nachdem Alice der älteren Tochter einen Gutenachtkuss gegeben hatte, öffnete sie lautlos die Tür zu Floras Zimmer. Sie hatte ihr Spielzeug durch den ganzen Raum geschleudert, das Puppenhaus war auf den Boden gestürzt, Bunt- und Bleistifte lagen auf dem Flickenteppich verstreut, selbst den Schreibtischstuhl und die kleine Kommode hatte sie umgeworfen. Sie lag angezogen auf dem Bauch in ihrem Bett, das Licht aus dem Flur fiel auf ihr verweintes Gesicht. Alice konnte ihre Unbändigkeit nicht gutheißen, und trotzdem hatte sie Lust, die Decke über das Mädchen zu ziehen. Sie schloss die Tür ganz leise, Flora schlief und würde nicht merken, wenn sie keinen Gutenachtkuss bekam, aber Eric könnte sie hören, und sie hatte keine Lust, sich ihm gegenüber zu rechtfertigen.

Alice und Eric gingen früh ins Bett und unterhielten sich noch über einen Beitrag aus den Nachrichten. Eric war davon beeindruckt, dass es einem amerikanischen Chirurgen gelungen war, einem Mann ein künstliches Herz einzusetzen. Nach der Transplantation hatte der Patient noch fünfundsechzig Stunden gelebt.

»Es ist ungeheuerlich, einen lebenden Menschen als Versuchstier zu missbrauchen«, meinte Alice.

»Was für ein Unsinn«, antwortete Eric irritiert.

»Ich finde das zynisch«, beharrte sie. »Es ist ein Spiel mit Gott, nur um sein Können zu beweisen.«

Eric setzte sich auf und sah sie wütend an. »Das sind Helden und Pioniere …«

»Helden?« Alice seufzte. »Das ist doch wohl ein bisschen übertrieben.«

»Ich finde nicht, dass das ein zu großes Wort ist. Verstehst du denn nicht, dass sowohl der Arzt als auch der Patient einen wichtigen Schritt getan haben, um in der Zukunft Tausende Herzkranke retten zu können?« Er blieb sitzen, sie verschränkte die Arme und starrte an die Decke.

»Auf jeden Fall muss es mit viel Prestige verbunden sein, eine solche Operation durchzuführen«, sagte sie, »dafür kann man schon mal das ein oder andere Leben opfern.«

»Der Mann war todkrank! Man kann eben nicht alles umsonst haben.«

»Und deshalb musste man ihn aufschneiden und ihn noch größerem Leid aussetzen. Damit er weniger als drei Tage lebt, die er vermutlich nur durchgestanden hat, weil er mit Morphium vollgepumpt war. So kann sich der feine Oberarzt dann mit seinem heldenhaften Einsatz rühmen, und niemand denkt daran … Du müsstest mal die Instrumente sehen, mit denen sie den Brustkorb aufsägen.«

»Es ist vollkommen unmöglich, mit dir ein normales Gespräch zu führen«, sagte er und sprang aus dem Bett. »Alles wird kleingeredet und mit Gefühlen aufgeladen. Kannst du nicht mal versuchen, die Dinge in einer etwas größeren Dimension zu betrachten? Putz deine Brille, und schau über deine eigene Nasenspitze hinaus.« Er streckte den Arm über das Bett und streifte ihre Nasenspitze mit seinem Zeigefinger, doch sie schlug seine Hand weg.

»Und du solltest nachfühlen, ob dein Herz überhaupt noch schlägt«, gab sie zurück und setzte sich auf. »Du benimmst dich genauso kalt wie die Menschen, die du verteidigst.«

Die einzige Möglichkeit, einen solchen Streit zu beenden, war zu gehen. Eric knallte die Tür hinter sich zu und ging in sein Arbeitszimmer. Er öffnete das Fenster weit. Der Weg lag verlassen unter dem mondweißen Licht der Straßenlaternen. Er holte tief Luft, es war eine sinnlose Zankerei, das Pulver wurde mit einer viel zu kurzen Lunte entzündet. Eine Katze schlich durch die Hecke und leckte ihre Pfoten, ehe sie quer über die Straße weiterstrich. Im Sommer wimmelte es von Glühwürmchen, die einen Lichtstreif hinter sich herzogen. Vielleicht war die Welt in Wahrheit voll von diesen Strichen, Spuren, die man nicht sehen konnte: den Fahrradtouren und dem Rollschuhlaufen der Kinder, Bällen, die geworfen, gefangen, getreten und getroffen wurden, Autos, die losfuhren und wiederkamen, Menschen, die ein- und auszogen. Vielleicht war die Luft zwischen ihnen von Spuren verdichtet, vielleicht hielt sie das aufrecht, vielleicht warf es sie zu Boden. Eric schüttelte sich, um den Gedanken loszuwerden. Man konnte sich genauso gut darüber wundern, dass Menschen immer dieselbe Luft ein- und ausatmeten, dass es, obwohl sie gereinigt wurde, dennoch dieselbe Luft war, die die Sterbenden mit ihrem letzten Atemhauch ausstießen und die Neugeborenen mit einem blauvioletten Schrei in sich einsogen. Er mochte es nicht, wenn Alice und er sich stritten. Das letzte halbe Jahr war unruhig gewesen, und es machte ihn wütend und traurig, wenn er daran dachte. Mitunter fragte er sich, ob sie es tat, um ihn zu ärgern, ob sie sich lieber stritt als versöhnte.

Er hörte über Kopfhörer The Doors. Er hatte den Anspruch, sein Interesse für die neue Musik nicht aufzugeben, nur weil er inzwischen sechsunddreißig war. Er war gern gut informiert, interessierte sich für Sport, Kunst und Literatur. Dadurch fiel es ihm auch leichter, mit seinen Kunden zu plaudern. Viele fanden, dass er mit seiner schlanken, fast athletischen Gestalt und dem vollen, schwarzen Haar jünger aussah. Er hüllte sich in eine Decke und streckte sich auf dem Sofa unter dem Fenster aus, der Himmel war voller Sterne, die er im Liegen sehen konnte.

Alice legte sich wieder hin, nachdem Eric die Tür hinter sich zugeschlagen hatte, sie wehrte sich dagegen, ihrem Drang nach Versöhnung nachzugeben. Sie war lange genug mit ihm verheiratet, um zu wissen, dass sie sich an einem Tag wie diesem über alles gestritten hätten. Es gehörte zur Anatomie ihrer Ehe. Das zu vermeiden wäre so, als würde man eine Lungenentzündung durch Reden behandeln. Genau wie der Körper konnte auch eine Ehe vorübergehend infiziert werden, das verursachte eine gewisse Unruhe. Aber inzwischen hatten sie das so oft erlebt, dass sie ihre Beziehung für stark genug hielt, um von deren Selbstheilungskräften überzeugt zu sein. Es hätte leicht schlimmer ausgehen können. Eric hätte etwas über den Tod ihres Vaters sagen können oder dass es reaktionäre und sentimentale Ansichten wie die ihren waren, die Menschen töteten, weil sie den Fortschritt erstickten. Sie hätte erwidern können, dass sein Verhalten typisch für ein Einzelkind war: dominant und daran gewöhnt, seinen Willen zu bekommen. An diesem Punkt waren sie schon einmal angelangt, sie bombardierten sich dann gegenseitig mit Vorwürfen, um vom Wesentlichen abzulenken: dass unter den Worten eines jeden Streits rasende, wortlose Ströme kollidierten, dass sie einen heftigen Willenskampf führten, der nach dem immer gleichen Muster ausgefochten wurde und von demselben stummen und einsamen Schrei genährt. Es war dieser unterschwellige Strom, der Alice beunruhigte. Sie verglich ihre Ehe mit der ihrer Eltern und gab sich daraufhin meistens mehr Mühe. Sie bezweifelte nicht, dass ihre Eltern sich geliebt hatten, aber es war nicht die Form der Liebe, nach der sie sich sehnte. In ihrem Elternhaus war es immer still gewesen. Stille war die sanfte Begleitmusik aller Gespräche, sie hatte sich in den Pausen formiert und mehr Raum eingenommen als die Worte. So wollte sie nicht sein, und sie tröstete sich damit, dass Eric und sie zwar Probleme hatten, aber wenigstens darüber sprechen konnten. Sie ereiferten sich und beruhigten sich und fanden wieder zusammen. Trotzdem geriet sie ins Zweifeln. In letzter Zeit herrschte eine fast konstante Spannung zwischen ihnen. Alice hatte ein unruhiges Herz. Es schlug so stark, dass es widerhallte. Immer wenn sie nach einem Streit wieder zu sich selbst fand, fühlte sie sich leer. Dann quälte sie sich mit Gedanken wie: Ist das wirklich alles? Soll das Leben etwa so aussehen? Verglichen mit anderen wusste sie genau, dass sie eigentlich keinen Grund zur Unzufriedenheit hatte, ihr Missmut war wie ein Defekt, etwas in ihr selbst, das kaputt war.

Kurz vor Mitternacht schloss Eric das Fenster, putzte sich die Zähne und kroch zu Alice ins Bett. Er wusste, dass sie nur so tat, als ob sie schliefe. Er legte seinen Arm um sie, während Jim Morrison in seinem Kopf weitersang: *Hello I love you, won't you tell me your name? Hello I love you, let me jump in your game,* wie eine Schleife, die sich ständig wiederholte, *sidewalk crouches at her feet, like a dog that begs for something sweet. Do you hope to make her see you fool? Do you hope to pluck this dusky jewel?* Alice seufzte, doch sie entzog sich ihm nicht, als er sich an ihren Rücken presste.

Kapitel 5

Es war, wie es war, und keiner von ihnen sah am nächsten Morgen einen Grund, über den Streit oder über Floras Benehmen zu sprechen. Alice gab Eric wie immer einen Abschiedskuss und schickte die Mädchen zur Schule. Sie räumte Floras Zimmer auf, obwohl die ihr eigentlich dabei hätte helfen müssen. Sie machte das Bett, steckte die graublaue Tagesdecke straff um die Matratze, klopfte die Zierkissen zurecht und setzte Floras alten Schlafteddy daneben.

Marie-Louise war so groß geworden, dass es sich anfühlte, als würde sie sie verlieren. Manchmal vermisste Alice die Tochter, obwohl sie direkt neben ihr saß. Sie war sanft und umgänglich, aber nicht mehr so mitteilsam wie als kleines Mädchen. Sie konnte stundenlang zeichnen oder lesen und mit einer inneren Welt beschäftigt sein, die ernster wirkte als früher. Wenn Alice etwas zu ihr sagte, sah sie mit einem geistesabwesenden Blick auf. Und seit letztem Winter wollte Marie-Louise sie nicht mehr länger an der Hand halten. Als es das erste Mal geschneit hatte, Eric war gerade auf einer Geschäftsreise in Farring, hatte sie mit den Kindern einen Spaziergang im Wald gemacht. Flora und Martin rannten wild herum und bewarfen sich gegenseitig mit Schnee. Alice hatte über ihre Begeisterung gelacht. Wenn sie mit Martin allein im Wald spazieren ging, hatte er Angst, sich zu verlaufen, und traute sich nur, sich von ihr zu entfernen, wenn sie die ganze Zeit pfiff.

Marie-Louise und sie gingen nebeneinander auf dem Weg, sie streckte sich nach der Hand ihrer Tochter aus, eine natürliche Geste, seit ihre Älteste laufen gelernt hatte. Marie-Louise sagte nichts, wich jedoch einen halben Schritt zur Seite, behielt die Hände in den Taschen und stapfte schweigend weiter durch das Weiß. Es war, wie es sein sollte. Ein großes Mädchen sollte seine Mutter nicht mehr bei der Hand nehmen. Dennoch hatte die Trauer damals ihren Schnabel tief in Alice hineingebohrt. Erst Marie-Louise, dann Flora und kurz darauf Martin. Alles war vergänglich, sie lieh sich die Kinder nur einen kurzen Moment, ehe sie ihr den Rücken zukehrten und verschwanden. Vergessen würden sie Alice wohl nicht, aber sie würde weit mehr an ihre Kinder denken als umgekehrt. Vielleicht würden sie sich in ihrem viel zu hektischen Leben ab und an zusammennehmen, um die Eltern zu besuchen, während sie selbst rastlos umhergehen, das Essen viel zu früh vorbereiten und vor Enttäuschung zusammenbrechen würde, wenn sie doch absagten. Seit jenem Moment im Wald kämpfte Alice gegen das Gefühl des Verlusts.

Sie streifte ihre Schuhe ab und legte sich auf das frischgemachte Bett. Die Decke duftete nach Flora, ein süßer und vertrauter Geruch, der zu keinem anderen Menschen gehörte. Flora war immer noch ein Kind, wollte die ganze Zeit testen, wie schnell sie rennen konnte, und im Wald spielen. Von ihren Kindern war sie diejenige, die Alice am wenigsten verstand. Schon als Säugling hatte Flora diese merkwürdige Mischung aus Fremdheit und Vertrautheit in sich vereint, einen unbezwingbaren Charakter und diesen starken Willen, den niemand brechen konnte. Alice lag erst einen Augenblick da, ehe sie die vier Kratzspuren in der Tapete neben dem Lichtschalter entdeckte und sich wieder aufsetzte. Dass Flora ihr Zimmer derart verwüstete, ging nun doch zu weit, sie war viel zu alt, als dass man dies noch als Gedankenlosigkeit hinnehmen konnte. Alice würde ihre Tochter zur Rede stellen, sobald sie nach Hause kam. Sie befeuchtete einen Finger mit Speichel und glättete die ausgefransten Risse. Solche Dinge waren es, die sie nicht verstehen konnte. Irritiert stand sie auf und ärgerte sich im selben Moment darüber, dass sie Flora hinterhergeräumt hatte.

Martin spielte mit seinen Hot-Wheels-Autos und Bauklötzen. Sie hatten einen neuen, moosgrünen Teppich mit dichtem Flor legen lassen, der gut zu dem beigefarbenen Sofa und den cremefarbenen Kissen passte, die sie selbst genäht hatte. Alice hatte ein Gespür dafür, welche Farben zusammenpassten; daran musste sie denken, während sie staubsaugte und den Teppich dort wieder geradestrich, wo er vom Couchtisch plattgedrückt worden war. Eigentlich hätte auch sie die Wohnreportagen mit Tipps für konsequente Farbgestaltung in den Zeitschriften schreiben können. Erst kürzlich hatte sie einen Artikel über die Psychologie der Farben gelesen, doch obwohl sie zugeben musste, dass Farben die Atmosphäre eines Zuhauses mehr beeinflussten als alles andere, fand sie die Behauptung, Farben würden bestimmte Sinneszustände herbeiführen, ein wenig übertrieben. Außerdem ergab es keinen Sinn, dass Grün gleichzeitig Ruhe und Eifersucht symbolisieren sollte. Mit dem Staubsauger zeichnete sie hitzige Wellen und Zickzackmuster in den Fußboden. Eric und sie waren vom Kurs abgekommen, aber sie konnte sie wieder auf die richtige Bahn lenken. Von diesem Gedanken ein wenig erleichtert, bugsierte sie den Staubsauger in den Schrank unter der Treppe, küsste Martin aufs Haar und lauschte seiner Erklärung, was er gerade baute. Eine Garage, ein Parkhaus, einen Flughafen. Als sie anschließend in der Küche eine Zigarette rauchte, hatte sie es bereits wieder vergessen. Er lag bäuchlings auf dem Teppich und plapperte vor sich hin, zwischendurch rollte er auf den Rücken und ließ zwei Autos vor seinem Gesicht in der Luft zusammenstoßen. Im vorigen Sommer hatte er angefangen zu stottern, und obwohl der Arzt gesagt hatte, das verschwinde von selbst, hatte es sich erst jetzt so weit verbessert, dass sie daran zu glauben wagte. Sie setzte Kaffeewasser auf, Barbara wollte Thomas bei ihr abliefern. Alice hatte versprochen, auf ihn aufzupassen, während die Freundin beim Arzt war. Eigentlich gab es keinen Grund zur Traurigkeit. So wie man am Bahnsteig stehen und warten konnte, ohne gleich von einem Luftstrom umgeblasen zu werden, den ein vorbeirauschender Schnellzug hinter sich herzog, konnte auch sie stehen bleiben und alles so machen wie bisher, während sie darauf wartete, dass alles wieder gut wurde.

Barbara kam später, als Alice gedacht hatte. Eigentlich hätte das bisschen Hausarbeit sie nicht so sehr ermüden dürfen, doch als sie sich aufs Sofa legte, wäre sie fast eingeschlafen. Martin brummte und hupte, sie schloss die Augen und dachte erneut an Flora. In deren Klasse gab es ein neues Mädchen, Alice hatte neulich auf dem Parkplatz vor der Schule kurz mit ihrer Mutter gesprochen, einer dunkelhaarigen und eleganten Frau mit einem enganliegenden orangefarbenen Rollkragenpullover und einer braunen Hose. Sie hatte einen Akzent, als käme sie aus dem Süden des Landes, und erzählte, dass sie nach Vase gezogen war, um in der Nähe ihrer Eltern zu leben. Vor einem halben Jahr hatte sie sich scheiden lassen. Alice hatte sich erkundigt, wie oft die Kinder ihren Vater sähen, ein Wochenende im Monat, hatte die Frau geantwortet, und in den Ferien. Mehr hatte Alice nicht zu fragen gewagt. Immer mehr Paare ließen sich scheiden, sie las in der Zeitung davon, aber noch war es niemandem aus ihrem engeren Bekanntenkreis widerfahren. Eine Frau, die sie vom Sehen kannte, hatte im Schmetterlingsquartier eine Ballettschule eröffnet und sich im letzten Jahr scheiden lassen. Ihr Mann hatte eine andere. Dasselbe war der Mutter eines Jungen aus Floras Laufmannschaft passiert und einer Frau, deren Namen sie vergessen hatte und die in einem der Wege wohnte, die von der Hauptstraße abgingen. Das Schmetterlingsquartier war mit seinen geräumigen Häusern für Familien ausgelegt, was die Männer jedoch nicht daran hinderte, ihre Gattinnen für Frauen zu verlassen, die womöglich weder gute Mütter waren noch Geduld mit ihnen hatten, die dafür aber umso mehr die Fähigkeit besaßen, die Männer in einer Weise zu befriedigen, dass sie unverantwortlich und waghalsig handelten. Alice konnte sich nur schwer eine Frau vorstellen, die für das, was sie sich wünschte, keine Opfer bringen musste. Es war erschreckend, an die Frauen zu denken, die alles gaben, was sie hatten, und trotzdem verlassen wurden. Wenn sie dagegen selbst etwas falsch gemacht hatten, und sei es auch nur unbewusst, war es für die anderen Frauen leichter zu ertragen. Die Frauen in Vase sprachen hin und wieder darüber: über die steigende Anzahl von Scheidungen, dass es häufig die Männer waren, die ihres Weges gingen, und darüber, wie man seine Ehe schützen konnte. Die Männer in Vase hatten Affären wie anderswo auch. Die Frauen genauso. Doch auch wenn das falsch war, musste es nicht zwangsläufig bedeuten, dass eine ganze Familie daran zerbrach.

Eric hatte ein halbes Jahr zuvor einen alten Studienfreund wiedergetroffen. Es war der hochgeschossene Künstler, der auf ihrer Gartenparty mit Louise getanzt hatte. Er war gerade nach Rossel gezogen, wo die Künstlerszene angeblich viel spannender war als in Farring. Inzwischen hatte er einen anderen Namen angenommen, statt Paul hieß er jetzt Sufi, und wohnte in einer Kommune auf der Südseite der Herzberge. Er hatte sie beide zu einer Vernissage in der Stadt eingeladen, und Eric war begeistert. Er hatte ein Bedürfnis danach, sich jung zu fühlen. Die Bilder waren nichts Besonderes, große Leinwände mit geometrischen Figuren in kräftigen Farben, aber nichtsdestotrotz war es ein interessantes Erlebnis gewesen, auch für Alice. Sufi sprach offen über seine Scheidung, und seine Exfrau war mit dem gemeinsamen Sohn gekommen, einem hübschen und ernsten Jungen in Floras Alter. Davon abgesehen traf Alice selten jemanden, der geschieden war, und obwohl Eric und Sufi sich manchmal zum Mittagessen oder auf einen Drink nach der Arbeit verabredeten, konnte Alice nicht unbedingt behaupten, dass sie ihn kannte. Genau wie Eric bezeichnete auch Barbara Vase als Reservat und sagte, sie würden sich in den kleinen Häusern aneinanderklammern, vor Veränderungen bangend. Sie meinte, der Sekundenzeiger würde immer langsamer ticken, je näher man Vase kam, sodass sie den Großstädtern in ihrer Entwicklung gut fünfzehn Jahre hinterherhinkten.

Alice hatte eine merkwürdige Enge in der Brust gespürt, als sie mit der Mutter der neuen Schülerin auf dem Parkplatz stand, und ihr nicht einmal mehr Floskeln einfielen, die sie hätten wechseln können. Sie wollte nicht voreingenommen sein und hätte das gern gezeigt, indem sie sich natürlich und entgegenkommend verhielt, doch stattdessen stand sie nur da und trat auf der Stelle.

»Ich hätte nie gedacht, dass mir das passieren könnte«, hatte die Geschiedene gesagt, als spürte sie instinktiv, wie die anderen Frauen sich stumm versicherten, dass ihnen so etwas nie widerfahren könne. »Er hat mich von einem Tag auf den anderen verlassen.«

Alice dachte daran, wie Barbara reagieren würde, wenn sie auf dem halbleeren Parkplatz stünde. Das verzögerte ihre Reaktion noch mehr, und als sie endlich auf die Idee kam, ihre Hand auszustrecken und den Arm der anderen Frau zu drücken, war es zu spät. Die Geschiedene hatte sich aufgerichtet und eine Zigarette angezündet. Das Erschrockene, Verletzliche, das Alice in ihrem Blick erahnt hatte, war verschwunden, und ihre Augen waren so blank und hellgrau wie Steine in einem Bach.

»In mancherlei Hinsicht ist es tatsächlich einfacher, allein zu sein«, hatte die Geschiedene gesagt, »auch wenn man es nicht glauben sollte.«

Im selben Moment waren die Mädchen gekommen, und Alice war für die Ablenkung dankbar. Flora hopste und rannte wie immer, das neue Mädchen folgte ruhigen Schrittes, es hatte lange Zöpfe und grasgrüne Kniestrümpfe.

»Verabschiedest du dich noch von dem neuen Mädchen?«, sagte Alice zu Flora, die schon auf dem Weg zum Auto war. Flora hob die Hand und winkte, ohne eine Miene zu verziehen.

»Es ist wichtig, die neuen Kinder freundlich in Empfang zu nehmen«, erklärte Alice, als sie vom Parkplatz abbogen. Im Rückspiegel konnte sie sehen, dass die Geschiedene immer noch dort stand. Sie hatte den Arm um ihre Tochter gelegt und das Gesicht in ihrem Haar vergraben.

»Ja«, sagte Flora, »aber sie hat keinen besonders hellen Eindruck gemacht.«

»Es ist sicher nicht leicht für sie. Findest du nicht, dass es ein bisschen zu früh ist, sie schon nach einem Tag zu beurteilen?«

»Sie kann nicht lesen. Jedenfalls nicht besonders gut.«

»Ihre Eltern haben sich gerade scheiden lassen«, erklärte Alice und räusperte sich.

»Deshalb muss man ja nicht gleich dumm sein.«

Alice wurde wütender, als sie es wollte. Sie nahm die Kratzer in der Tapete als Vorwand, Flora auf ihr Zimmer zu schicken, als sie zu Hause waren. Sie durfte erst wieder zu ihnen kommen, als sie schon Tee getrunken hatten. Flora verweigerte ihr die Entschuldigung, und am Ende verfielen sie beide in resigniertes Schweigen. Als Eric abends nach Hause kam, war die Sache allerdings überstanden. Alice wusste genau, dass sie sich falsch verhalten hatte. Sie hätte den Zorn aushalten müssen. Stattdessen hatte sie pädagogisch gefragt, wie das neue

Mädchen hieß, und Flora gebeten, nett zu ihr zu sein und sie zum Spielen zu sich einzuladen.

Alice musste sich auf dem Sofa aufrichten, um nicht einzuschlafen. Sie blätterte zerstreut in einer Frauenzeitschrift, ordnete die Zeitungsstapel auf der Ablage unter dem Couchtisch. All die gleichgültigen Dinge, von denen sie umgeben war. Mehrmals in der Woche erfasste sie eine heftige Irritation. Der Unmut strömte aus allen Richtungen auf sie ein und saugte das aus ihr heraus, was ihr einmal wichtig gewesen war, was sie jedoch kaum noch wahrnahm. Es verwandelte sie in einen gleichgültigen und oberflächlichen Menschen, die meiste Zeit taumelte sie in einem Zustand der Schwere und Betäubung umher, in dem sie keinen Gedanken an die Welt außerhalb von Vase verschwendete. Sie wusste nicht, wann es angefangen hatte und warum es so gekommen war. Früher hatte sie sich einreden können, dass sich das ändern würde, wenn die Kinder älter wären, jetzt traf es sie nur noch wie ein pendelnder Anfall blinder Wut. Wenn sie gemeinsam mit Eric die Nachrichten sah, fiel es ihr schwer, sich zu konzentrieren, außerdem begnügte sie sich damit, die Überschriften in der Zeitung zu lesen. Wenn etwas unheimlich oder drastisch war, übersprang sie es, weil sie wusste, dass es sie sonst verfolgen würde. Als sie die Ausbildung zur Krankenschwester gemacht hatte, legte sie Katheter und reinigte Wunden, jetzt ertrug sie es nicht einmal mehr, über medizinische Errungenschaften oder Menschen in Not zu lesen. Trotzdem störte es sie, dass in den Frauenzeitschriften nur banaler Unsinn stand: ein Artikel über das Haarefärben und das damit einhergehende Risiko von Haarausfall, ein anderer darüber, was Männer an Frauen anziehend fanden, ein Interview mit der Frau irgendeines Prominenten. Natürlich schrieben sie nicht über die Hungersnot in Afrika oder den Vietnamkrieg, das wollte sie selbst ja auch nicht zur Entspannung lesen. Aber es störte sie trotzdem. Dass sie so geworden war. Dass sie alle so waren.

Alice war noch immer gereizt, als sie Barbara die Tür öffnete. Mit ihrem großen Schwangerenbauch glich die Freundin einem Zeppelin. Sie umarmte Alice, hielt ihr die Hand vors Gesicht und wackelte mit den Fingern.

»Cocktailwürstchen«, sagte sie, »nun soll das Kind endlich zusehen, dass es kommt.«

Thomas lief gleich zu Martin hinein, er war niedlich, aber tollpatschig und stieß aus Versehen Martins Bauklötze um, sodass dieser sofort in Gebrüll ausbrach. Alice musste ihn zurechtweisen, ehe er sich wieder beruhigte und die beiden Kinder mit einem Ball im Garten verschwanden.

Die Mütter tranken in der Küche Kaffee und redeten über Barbaras Lieblingsthema: Sex. Sie erzählte von einer neuen Studie zweier Kanadier, Masters und Johnsen, die in ihrem Labor Menschen untersucht hatten, während diese in einen Zustand sexueller Erregung gerieten und einen Orgasmus bekamen. Eines der Ergebnisse, das Barbara äußerst interessant fand, war, dass die körperliche Reaktion gleich ausfiel, egal, ob die Frau äußerlich oder innerlich stimuliert wurde.

»Und war dir bewusst«, fragte sie, während sie ihren großen Bauch rieb, »dass Frauen im Gegensatz zu Männern mehrere Orgasmen hintereinander haben können?« Dabei riss sie die Augen auf, als hätte sie etwas Weltbewegendes erzählt, und Alice zuckte mit den Schultern. Barbara hatte einmal zu ihr gesagt, sie sei so froh darüber, dass sie über alles reden könnten, und auch Alice war der Meinung, dass sie das können sollten. Im Gegensatz zu ihr hatte Barbara im Gymnasium sicher zu den beliebten Mädchen gehört, von denen sie sich damals gewünscht hatte, sie würden sie beachten und in ihren Kreis aus Gelächter und Vertraulichkeit aufnehmen. Jetzt waren sie beide fünfunddreißig, und obwohl Alice wusste, dass es albern war, fühlte sie sich von Barbaras Aufmerksamkeit geehrt. Barbara hatte viele Freundinnen, machte aber keinen Hehl daraus, dass Alice ihr am nächsten stand. Das weckte in Alice dieselbe Lust, etwas für Barbara zu tun, die sie noch von früher kannte, wenn die beliebten Mädchen so gnädig gewesen waren, sie zu ihren Pyjamapartys einzuladen. Sie wollte beweisen, dass sie der Freundschaft würdig war. Aus demselben Grund sollten sie auch über alles reden können, und sie wollte den Eindruck erwecken, als würden sie solch intime Themen nicht stören. Barbara war ohnehin mehr daran interessiert, die Information zu verbreiten, als Alices Ansicht darüber zu hören. Und warum sollte Alice auch eine Meinung dazu haben, was die anderen Frauen taten oder sein ließen?

»Das ist doch wohl kein Wettbewerb«, sagte sie, als Barbara sie weiterhin erwartungsvoll anblickte, »und wie wollen die so etwas überhaupt untersuchen?«

Barbara schien es nicht zu stören, dass Alice abweisend klang. Sie lachte nur und umfasste ihre Tasse mit beiden Händen. »Sie haben ein Labor. Stell dir das mal vor! Auf so einer Pritsche liegen zu müssen mit Elektroden und …«, sie kicherte und nahm vorsichtig einen Schluck Kaffee, »du weißt schon …«

»Man kann nur hoffen, dass der Arzt ein schöner Mann war«, sagte Alice.

»Glaubst du, das erleichtert die Sache?«, fragte Barbara. »Ich würde sterben vor Scham.«

Sie schwiegen eine Weile. Alice holte ihnen ein Glas Wasser und sagte etwas Gleichgültiges über Floras Mathematiklehrer. Die Jungen kreischten und lachten draußen.

»Ich weiß nicht, wie er es geschafft hat, mich zu überreden«, sagte Barbara und tätschelte ihren Bauch. »Ich hätte nichts dagegen gehabt, nur ein Kind zu bekommen.«

»Es ist doch gut, wenn die Kleinen Geschwister haben«, erwiderte Alice wie immer, wenn Barbara so etwas sagte, »und es ist ja nicht so, dass du deine Kinder nicht liebst.«

»Natürlich liebe ich sie. Das ist ein Teil des Problems.«

Es war eine neue Variante des Gesprächs, das sie schon oft geführt hatten und das Alice nie verstehen würde. Sie konnte gut nachvollziehen, dass Barbara unter der Schwangerschaft litt und Angst vor der Geburt hatte. Aber aus einer umfassenderen Perspektive betrachtet war das gar nichts. Da sie sich weder um Geld noch um Platz oder Zeit Gedanken machen mussten und Barbara eine so geduldige Mutter war, dass Alice sie manchmal um ihre Energie beneidete, verstand sie nicht, wie man so etwas sagen konnte.

»Wenn man sie so sehr liebt«, fuhr Barbara fort, »bleibt kaum noch Raum für einen selbst, oder?«

Alice wich Barbaras Blick aus. Es war dumm und verwöhnt, so etwas zu behaupten. »Klar verlangen sie einem viel ab«, sagte sie, »aber stell dir nur einmal vor, wie leer es ohne sie wäre.«

»So etwas müssen wir ja sagen«, entgegnete Barbara, »aber es gibt doch auch Leute, die ein ganz anderes Leben führen, oder etwa nicht?«

Natürlich war Alices Antwort klischeehaft gewesen, und natürlich konnte man anders leben, aber sie sträubte sich dagegen, sich auf Barbaras Gedankengang einzulassen. Eric provozierte sie oft in ähnlicher Weise, warf ihr vor, dass sie ihre Art zu leben für die einzig richtige halte, nur weil sie von Menschen umgeben war, die dasselbe dachten. Es kam ihr wie eine pubertäre und subversive Kritik an den Verhältnissen vor, in denen sie selbst lebten. Sie wusste auch nicht, was sie stattdessen hätte sagen sollen: *Ja, du würdest bestimmt eine Menge spannender Dinge tun, wenn du nicht so viele Kinder hättest.* Oder *Nein, das stimmt schon. Die Kinder saugen das Leben aus uns heraus.*

Barbara hatte die Unterlippe vorgeschoben wie ein bockiges Kind. »Ach ja«, rief sie jetzt aus und beugte sich über den Tisch, »ich habe Alan dazu überredet, diesen alten Kinsey-Report aus Rossel mitzubringen. Von dem hast du aber gehört, oder?« Das letzte sagte sie mit einem neckenden Lächeln, das Alice dazu reizte, sich zu verteidigen.

»Natürlich kenne ich den«, erwiderte sie, »der ist doch bestimmt zwanzig Jahre alt.«

»Zwanzig Jahre hin oder her, es ist jedenfalls eine sehr interessante Lektüre. Weißt du, wie viele amerikanische Mittelklassefrauen nach fünfzehn Ehejahren plötzlich merken, dass sie ein größeres sexuelles Verlangen haben, als ihre Männer zu befriedigen imstande sind? Und dass ein Viertel aller Frauen aus dieser Gruppe schon einmal eine Affäre hatte?«

»Eine Affäre? Ist das wirklich wahr?«

Barbara nickte eifrig, offensichtlich begeistert, dass sie endlich Alices Interesse geweckt hatte. »Ein Viertel!«, wiederholte sie. »Wobei diese Affären oft nur von kurzer Dauer waren und häufig keinen Beischlaf beinhalteten.«

»Was sagt denn Alan dazu, dass du ständig solche Sachen liest?«

»Alan?« Energisch blies Barbara Luft durch ihre Lippen. »Anfangs fand er es lustig. Jetzt sagt er, dass ich diese Studie nicht mit der Bibel verwechseln sollte.« Sie lachte, obwohl sie es eigentlich nicht lustig zu finden schien. »Du hast ja keine Vorstellung davon, wie sehr ich mich langweile, Alice«, fügte sie so leise hinzu, dass es kaum zu verstehen war.

»Vielleicht macht ihn das nervös?«, vermutete Alice vorsichtig. »Vielleicht fühlt er sich minderwertig, wenn du die ganze Zeit über so etwas redest.«

»Über so etwas? Über Sex? Das ist wenigstens ein gemeinsames Interesse von uns.« Barbara lachte. »Ich habe ihm auch erzählt, dass dem Kinsey-Report nach die Hälfte aller Männer mittleren Alters Affären hat, und ihm gedroht, dass er es nur wagen soll«, fuhr sie fort und machte eine Bewegung, als ziehe sie ein Messer über den Hals. »Aber daran stört sich ja niemand groß, stimmt's?«

»Ich würde es tun«, sagte Alice leise.

»Was?«

»Mich daran stören, wenn Eric eine Affäre hätte.« Sie sah auf ihre Hände hinab. Die Nägel brauchten dringend Pflege. »Glaubst du nicht, dass sich das in den letzten zwanzig Jahren geändert hat?«

»Aber nicht zum Besseren. Männer werden in dem Glauben erzogen, dass sie das Recht haben, ihre Bedürfnisse zu befriedigen, wann immer sie es wollen.«

»Das können sie doch aber auch zu Hause«, flüsterte Alice und fühlte sich dumm, weil der Gedanke sie so aus der Fassung brachte. Das war fast so, als würde man eine Runde über den Glasschwärmerweg drehen und an jede zweite Tür ein rotes Kreuz malen.

Barbara registrierte ihr Unbehagen. »Ich rede natürlich nicht von Eric, er ist doch eine treue Seele«, sagte sie und erhob sich. »Und um Gottes willen auch nicht von Alan. Solche Probleme haben wir nicht. Ich habe auch nie verstanden, womit um alles in der Welt man sich hier draußen in den Vororten abends beschäftigen sollte, wenn nicht mit Sex.«

Sie mussten beide lachen, der Riemen um Alices Brust sprang auf, und sie konnte wieder atmen. Barbara musste kurz stehenbleiben und sich an der Tischkante festhalten, nachdem sie aufgestanden war. Sie hatte einen niedrigen Blutdruck und neigte zu Schwindelanfällen. »Danke, dass du auf Thomas aufpasst«, sagte sie und berührte Alices Schulter, »ich weiß nicht, was ich ohne dich machen würde.«

Alice erwiderte, das ginge ihr genauso. Barbara hakte sich bei ihr unter und ließ sich zum Auto eskortieren. Sie schlang die Arme um Alice und küsste sie auf die Wange, sie duftete nach Zigaretten und Sonnencreme.

»Hoffentlich sind unsere Töchter klüger als wir«, sagte Barbara mit der Hand auf der Autotür. »Hoffentlich schaffen sie es einmal, ihr eigenes Geld zu verdienen.«

»Unsere Mädchen haben doch Glück«, erwiderte Alice etwas zu barsch, »sie haben so vieles, was wir nicht hatten.«

»Meinst du das ernst?« Barbara sah sie mit aufrichtiger Verwunderung an.

Alice spürte einen Stich des Zorns, aber sie verzichtete auf eine Antwort. Natürlich verstand Barbara das nicht. Für sie war der Gedanke, mit hübsch frisiertem Haar und lackierten Nägeln in irgendeinem Büro zu sitzen, eine verlockende Fata Morgana. Für Alice hingegen war es ein Luxus, nicht derart schuften zu müssen, wie ihre Mutter es getan hatte.

Alice sah dem beigefarbenen Wagen nach, als er den Glasschwärmerweg hinab verschwand. Barbara war eine unaufmerksame Autofahrerin, sie beschleunigte hastig, bremste abrupt und vergaß zu blinken. Sie war intelligent und lebhaft und häufig unzufrieden. Ehe sie zum dritten Mal schwanger wurde, hatte sie gesagt, sie wolle sich eine Teilzeitstelle suchen, sobald Thomas in die Schule käme. Jetzt war das in weite Ferne gerückt. Niemand in Vase ließ seine Kinder den ganzen Tag betreuen, bevor sie das Kindergartenalter erreicht hatten, die meisten blieben sogar zu Hause, bis der Nachwuchs in die Schule kam. In Vase gab es einen Halbtagskindergarten, der jedoch keinen besonders guten Ruf genoss. Man konnte unmöglich sagen, welche Folgen es für die Kinder hatte, jeden Tag viele Stunden lang mit ihrer Mutter zu verbringen, aber die meisten Frauen in Vase waren Anhängerinnen von Dr. Spock. Sie sehnten sich danach, ihre Kinder anders zu erziehen, als ihre Eltern es getan hatten, weniger streng und weniger reglementiert, und nahmen unsicher und stolz die Ideen des Kinderarztes an, der sagte, dass die Mütter ihre Kinder am besten kannten und sie füttern, küssen und zu Bett bringen konnten, wann immer sie es für richtig hielten, ohne dass diese deswegen ungezogen würden oder einen schwachen Charakter ausbildeten – was genau das war, wovon ihre eigenen Mütter überzeugt waren. Es war ein stiller Generationenkampf, und wie einem Naturgesetz folgend, bildeten die Töchter sich ein, dass ihr Aufbegehren wesentlicher und weltbewegender war als jedes vorhergegangene. Nicht alle hatten Dr. Spocks Buch selbst gelesen, doch vom Einfluss seiner Ideen konnte sich niemand freisagen. Und da für die Mütter in Vase keine finanzielle Notwendigkeit bestand, arbeiten zu gehen, hätte es eines gewissen Zynismus bedurft, sein Kind in fremde Hände zu geben, nur damit man selbst tun und lassen konnte, wozu man Lust hatte.

Alice konnte sich Barbara nur schwer als Berufstätige vorstellen. Sie nahm den Mund immer ziemlich voll und sprach von Selbstständigkeit und Freiheit, war aber in Wirklichkeit so von ihren Eltern, ihrem Mann und dem Leben im Allgemeinen verwöhnt, dass Alice starke Zweifel hegte, ob Barbara überhaupt bewusst war, wie gut sie es hatte.

Die Jungen blieben lange im Garten, Alice konnte sie durch die geöffnete Terrassentür hören. Ihre Irritation kehrte zurück. Schon lange geriet sie viel zu leicht in Rage, aber es hatte etwas Befreiendes, dass ihre Wut sich ausnahmsweise einmal nicht gegen Eric oder die Kinder richtete. Barbara hatte ihr beim Wegfahren durch das heruntergekurbelte Fenster zugewinkt, und für den Bruchteil einer Sekunde hatte Alice zum ersten Mal, seit sie sich kannten, auf ihre Freundin herabgesehen. Sie hatte Barbaras Eltern mehrmals getroffen, sie waren wohlhabend und elegant und teilten ihre Sonntage gleichmäßig zwischen Barbara und deren älterem Bruder auf, sie kamen in ihrem silberfarbenen Jaguar herbeigefahren und hatten häufig Geschenke und Süßigkeiten für die Enkel dabei. Barbaras Mutter hatte ihr angeboten, für eine Weile bei ihr einzuziehen, wenn das Kleine kam, und es hatte Alice traurig gemacht, als Barbara höhnisch gesagt hatte, sie würde es auf keinen Fall ertragen, ihre Mutter bei sich wohnen zu haben. Anschließend hatte Barbara sich dafür entschuldigt, dass sie so unsensibel gewesen war, wo doch Alices Mutter tot war und sie sie garantiert sehr vermisste.

Die Sehnsucht nach der Mutter war nur ein Teil der Wahrheit, die Angst davor, dass ihre eigenen Töchter sie eines Tages von sich weisen würden, ein anderer. Sie war sich bewusst, wie albern es war, sich so etwas vorzustellen, aber der Gedanke beunruhigte sie trotzdem. Meistens überkam er sie, wenn sie meinte, den Mädchen gegenüber ungerecht gewesen zu sein, oder wenn Flora sich gegen sie auflehnte.

Trotzdem half es, an die Kinder zu denken. Obwohl sie sich viele Sorgen machte, war sie die meiste Zeit stolz auf sie. Das vertrieb den Zorn, hinterließ jedoch ein Loch, das mit Schuldgefühlen gefüllt wurde. Sie sah ihre eigene Mutter vor sich. Sie war diejenige, die damals darauf beharrt hatte, dass Alice eine Ausbildung machte, von der sie immer profitieren konnte, in guten wie in schlechten Zeiten. Alice hatte den Sinn darin durchaus erkannt und auch Freude am Lernen gehabt, aber als sie Eric heiratete, kam es ihr nicht wie ein Opfer vor, Hausfrau zu werden. In ihrer Kindheit hatte sie insgeheim jene Mütter bewundert, die nicht arbeiten mussten, und davon geträumt, einmal genauso zu werden wie sie. Sie waren schicker als ihre Mutter, hatten perfekt gepflegte Nägel und brachten kunstvoll verzierte Kuchen mit zu den Schulfesten. Nicht alle waren so gewesen, doch Alice hatte sich an denen blind gestarrt, die es waren. Wenn sie so dachte, hatte sie immer noch das Gefühl, ihre eigene Mutter zu verraten.

Alice schloss die Augen. War sie in letzter Zeit nicht furchtbar überempfindlich? Ihre Mutter war immer müde und ernst gewesen und nur selten zur Ruhe gekommen. Alice rief sich ihre Hände ins Gedächtnis, all ihre Willenskraft und Liebe war in diesen langen Fingern und den kurzgeschnittenen Fingernägeln vereint, im Flussdelta des Handrückens mit seinen Adern und Sehnen. Es war immer geplant gewesen, dass sie in der Wäscherei und Reinigung ihres Mannes mithalf, aber niemand hatte voraussehen können, dass er so geschwächt aus dem Krieg heimkehren würde, dass am Ende sie allein die meiste Arbeit stemmen musste. Alices Vater hatte das Geschäft schon in jungen Jahren übernommen. Die Männer in seiner Familie wurden nicht alt, und da sein kleiner Bruder bereits gestorben war, trug er allein die Verantwortung, seine Mutter zu versorgen.

Seine Frau rackerte sich in den Kriegsjahren ab, sie legte Geld beiseite und versorgte ihre Schwiegermutter, die in die Schlafkammer ihrer Wohnung über dem Geschäft gezogen war, sodass Alice sich das Bett mit ihrer Mutter teilen musste. Wegen des Kriegs waren sie gezwungen, ihre Arbeit weitgehend einzustellen, da sie für die Reinigung Flüssigkeit auf Petroleumbasis verwendeten und Petroleum von den Alliierten als Brennstoff gebraucht wurde. Sie mussten sich damit zufriedengeben, über den Sommer Pelze aufzubewahren, zu waschen und zu bügeln. Bei so vielen berufstätigen Kriegswitwen hätte es eigentlich genug zu tun geben müssen, aber viele zogen es aus finanziellen Gründen vor, selbst zu waschen. Noch vor Kriegsende war Alice alt genug, um mitzuhelfen. Sie konnte Auftragszettel schreiben und Kunden bedienen, Zettel und Märkchen an der sauberen Kleidung befestigen und die kurzen Pelze in den Kisten verstauen. Alices Großmutter führte in der Wohnung Regie, sie kochte und flickte ihre Sachen, bis sie nicht mehr konnte. Sie lebte für die Heimkehr ihres Sohnes, starb jedoch ein Jahr vor Kriegsende. Die Beerdigung zehrte die Hälfte der Ersparnisse auf, denn Alices Mutter wollte ihrem Mann immerhin schreiben können, dass die Zeremonie sehr schön gewesen sei, da er ohnehin schon genug Sorgen hatte. Die Jahre des Krieges gehörten den Abwesenden und den Daheimgebliebenen gleichermaßen. Es waren Jahre, geprägt von Arbeit und Sparsamkeit: ihre Mutter, die abends beim Strümpfestopfen einschlief, während Alice am Küchentisch ihre Hausaufgaben machte; sehnsuchtsvolle Blicke durch das Ladenfenster, zu den anderen Mädchen, die in der Sonne Gummitwist spielten oder Himmel und Hölle, während sie selbst im Laden aushelfen musste; eine Mischung aus Jubel und schlechtem Gewissen, wenn ihre Mutter bemerkte, wie sie gedankenverloren hinaussah, und sich ihrer erbarmte und sie für eine halbe Stunde draußen spielen ließ. Einmal hatte Alice ihrer Mutter eine Freude machen wollen und gesagt, wenn sie groß sei, würde sie den Laden übernehmen.

»Kommt nicht in Frage«, hatte die Mutter zu ihrem Erstaunen geantwortet. »Diese Arbeit reibt einen Menschen auf, du sollst später eine ordentliche Ausbildung machen.«

Von da an hatte sie davon geträumt, Tierärztin oder Pilotin zu werden, große, geheime Träume, die sie für sich behielt, weil sie ahnte, dass ihrer Mutter etwas anderes vorschwebte.

Das schlechte Gewissen verfolgte sie hartnäckig, wann immer sie an ihre Mutter dachte. Das Gefühl, ihr etwas schuldig zu sein, mehr beitragen oder ihr etwas zurückgeben zu müssen, durch größere Dankbarkeit oder mehr Fleiß. Sie versuchte sich einzureden, dass ihre Mutter denselben Weg gewählt hätte wie sie, wenn die Umstände das zugelassen hätten, doch eigentlich war sie sich ganz und gar nicht sicher, ob das stimmte. Nach dem Krieg hörten viele Frauen auf zu arbeiten. Alices Mutter dagegen hatte doppelt so viel zu tun, weil ihr Mann nie wieder der wurde, der er einmal gewesen war.

Die Jungen kabbelten sich draußen im Garten, und Alice gelang es gerade noch, eine Prügelei zu verhindern, indem sie die beiden zum Mittagessen rief. Im Haus war es still, während sie aßen, kauend, mit ernsten Mienen, grasgrünen Knien, baumelnden Beinen in kurzen Hosen unter dem Tisch. Anschließend sahen sie sich im Wohnzimmer Bilderbücher an. Sie waren müde, und Thomas schlief auf dem Teppich ein.

Barbara lachte, als sie zurückkam und ihren Sohn auf dem Boden liegen sah. »Er kommt nach seinem Vater«, sagte sie und streichelte seine kleine, schweißnasse Stirn. »Der kann auch überall schlafen.«

Alice war nicht mehr wütend auf Barbara. Die Gedanken an ihre Mutter und all das Vergangene lagen wie Eiswürfel in ihrer Brust.

»Ich könnte ein Buch schreiben«, sagte Barbara ins Blaue hinein. »Das würde ich doch wohl hinkriegen, selbst wenn ich nebenbei auf den Ausrutscher aufpassen muss.«

Alice wusste nichts über das Bücherschreiben, nur dass Babys fast alle Zeit in Anspruch nahmen. »Das könntest du bestimmt«, erwiderte sie, »aber worüber würdest du denn schreiben wollen?«

»Über dieses Leben. Oder über das Leben, von dem wir niemandem zu erzählen wagen, dass wir es uns erträumen.«

»Was ist nur mit dir los?«, brach es aus Alice heraus, und all ihre Gedanken kamen wieder zurück. »Kannst du denn nicht verstehen, dass du alles hast? Bist du denn nie zufrieden?«

Martin sah von seinem Buch auf. Barbara strich sich das Haar hinters Ohr. Sie legte besorgt und mitfühlend den Kopf schief.

»Stimmt etwas nicht, Alice?«, fragte sie so sanft, dass Alice fast die Tränen kamen.

»Entschuldige«, murmelte sie und ging in die Küche. Sie hatte einen trockenen Mund, aber sie konnte den Hahn kaum aufdrehen, so sehr zitterten ihre Hände.

Barbara folgte ihr. Sie stellte sich in den Türrahmen, sagte jedoch nichts.

»Entschuldige«, wiederholte Alice und kühlte ihr Gesicht mit dem Glas in ihrer Hand, »ich weiß nicht, was mit mir los ist.«

»Hat es etwas mit Eric zu tun? Egal, was es ist, du kannst jederzeit mit mir reden.« Barbara ging zu Alice und legte ihr die Hand auf die Schulter. »Alan und ich haben auch immer mal wieder Probleme, das haben alle …« Es klang, als wollte sie noch mehr sagen, doch Alice schüttelte nur den Kopf. Sie konnte auf keinen Fall mit Barbara über das reden, was sie beschäftigte.

»Nein, es ist nichts«, antwortete sie und drehte sich um, als sie die Kontrolle über sich wiedererlangt hatte und lächeln konnte. »Ich habe nur nicht so gut geschlafen …« Steif erwiderte sie Barbaras Umarmung.

»Es liegt an der Hitze, was?«, sagte Barbara und wirkte erleichtert. »Ich kann auch nur schwer schlafen, obwohl wir die Fenster im Schlafzimmer offen lassen. Es ist unglaublich, dass es schon so warm ist, man könnte meinen, es wäre Hochsommer und die Hundstage hätten schon angefangen.«

Alice griff nach Barbaras rettendem Strohhalm und nickte dankbar. Ja, es sei die Hitze, die jeden wachhielte.

Kapitel 6

Alice schlief miserabel. In den letzten Apriltagen konnte sie es noch auf die Hitze und die wiederkehrenden Diskussionen mit Eric schieben. Dann aber wurde sie von dem Eindruck wachgehalten, jegliches Zeitgefühl dafür verloren zu haben, wann das alles begonnen hatte, wann sie zum ersten Mal kein klares Gespür mehr für sich gehabt hatte, dafür, wer sie eigentlich war, oder besser, ob sie überhaupt von sich sagen konnte, ein Mensch von Interesse zu sein. Sie lag wach und wartete darauf, dass irgendeine maßgebliche Entscheidung in ihr Gestalt annehmen würde. Sie wollte Eric nicht wecken, er musste schließlich zur Arbeit. Sie erzählte ihm nicht, dass sie nicht mehr schlafen konnte. Sie bewegte sich durch ihre Tage, wie sie es immer tat, dem Anschein nach unbeschwert, in Wahrheit verzweifelt. Sie ging wie immer ihren Pflichten nach, sie gab sich Mühe, ihr Aussehen nicht zu vernachlässigen. Ihr war viel daran gelegen, dass Eric nichts bemerkte, sie sagte sich selbst, dass sie einfach nur ein wenig Ruhe bräuchte, um die Orientierung wiederzufinden.

Ende Juni beugte sie sich dann nach langer Zeit Erics Wunsch. Mit der Hoffnung, dass entweder sie sich an den Gedanken gewöhnen würde oder er die Idee aufgeben würde, sobald er sah, dass es nicht funktionierte.

Bevor sie einwilligte, hatte er ihr des Öfteren vorgeworfen, altmodisch zu sein. Das erste Mal kurz nach Weihnachten 1968. Und da inzwischen selbst der stille Vorort Teil einer in Aufbruch und Veränderung befindlichen Welt war, zählte »altmodisch« zu dem Schlimmsten, was man sein konnte. Eric war nicht mehr der Jüngste, er war ein Familienvater und Versorger, aber dennoch nicht so bürgerlich wie ihre Nachbarn und seine Kollegen. Und obwohl er nicht mehr auf die Idee kam, an politischen Kundgebungen teilzunehmen, sympathisierte er doch mit den Gegnern des Vietnamkriegs und den Studentendemonstrationen, die er im Fernsehen verfolgte. Altmodisch waren die klobigen Möbel im Haus ihrer Eltern in der Provinz am anderen Ende des Landes und der Duft der Rasierseife ihres Vaters und die kleine Porzellanschale mit den Haarnadeln auf dem Frisiertisch ihrer Mutter.

Eine Frau musste viel dafür tun, damit der Mann ihr treu blieb, darüber war sich Alice im Klaren. Frauen waren gezwungen, sich Mühe zu geben, denn Männer hatten nun einmal männliche Bedürfnisse, das war ein Naturgesetz, an dem weder Eheversprechen, beglaubigte Urkunden noch der Kinsey-Report etwas ändern konnten. Von Elternhaus und Schule bekamen sie eingebläut, sich vor Männern in Acht zu nehmen, sie könnten nichts dafür, seien ab der Pubertät von Trieben gesteuert, die bei Frauen – so hatten die Mädchen erfahren – viel weniger ausgeprägt und somit leichter zu bezwingen seien. Sie sollten sich also gar nicht erst die Hoffnung machen, das zu verstehen.

Der Sexualkundeunterricht war als obligatorischer Teil des Biologieunterrichts für die höheren Klassen schon 1950 von einer weitsichtigen Regierung per Gesetzeserlass eingeführt worden, was über die Landesgrenzen hinweg große Aufmerksamkeit erregt und starke Reaktionen hervorgerufen hatte. Man konnte von Alice und Eric also mit einem gewissen Recht behaupten, sie gehörten zu der bislang aufgeklärtesten und am besten informierten Generation. Sie waren über Geschlechtskrankheiten und körperliche Veränderungen unterrichtet worden. In den Mädchenklassen erfuhr man etwas über Menstruation, Prävention, die feuchten Träume der Jungen und darüber, dass es in Ordnung war, nein zu sagen – davon würde der Junge nicht sterben. Was die Jungen lernten, wussten die Mädchen nicht. Natürlich konnten auch die Frauen Freude am ehelichen Zusammenleben finden, wie sie erfahren hatten, sie sollten ihre guten und gesunden körperlichen Empfindungen genießen. Mindestens ebenso sehr ging es dabei aber immer um Gefühle, um Liebe und Fürsorglichkeit, und das war gewissermaßen edler als das, was die Männer hatten. Die Frauen konnten einen Zustand tiefer innerlicher Befriedigung erreichen, indem sie sich in der Ehe hingaben und ihren Männern Freude bereiteten, eine Tatsache, die die einseitige Konzentration auf die Lust des Mannes rechtfertigte. Fast alle Mädchengespräche kreisten um dieses Thema, und nicht selten suchten sie Antworten auf ihre Fragen in heimlichen populärwissenschaftlichen Artikeln, die einige von ihnen aufstöberten und den anderen vorlasen. Sie wollten gern alles im Voraus wissen, obwohl es niemanden gab, an den sie sich wenden konnten. Alice hatte nie mit ihrer Mutter über solche Dinge gesprochen, sie kannte niemanden, der das tat. Die Angst der Elterngeneration vor ungewollten Schwangerschaften führte zu Verboten und strengen Vorkehrungen, die nicht viel Raum für die Bedürfnisse des eigenen Körpers ließen. Im Unterricht gaben sie sich mit dem Zuhören zufrieden. Dem Lehrer jene Fragen zu stellen, auf deren Beantwortung sie brannten, war undenkbar: Sie wollten wissen, wie man es eigentlich tat und ob es stimmte, dass die Klitoris der Schlüssel zur Lust der Frau war oder ob das eine eher unreife Form der Erregung sei, wie man küsste, wie man einen Mann am besten liebkoste, ob es wirklich normal war, ihn in den Mund zu nehmen, oder gar unnatürlich und gesundheitsschädlich. Sie verglichen ihre Körper und hatten Mitleid mit denen, die sich langsam entwickelten. Ohne Formen hatte man keine Chancen, so lautete die Quintessenz der Weisheit aller Frauenzeitschriften. Die Mutigsten von ihnen nannten die Geschlechtsorgane beim Namen und zogen sie der gemeinhin akzeptierten Beschreibung *dort unten* vor. Das primäre Ziel des Sexualkundeunterrichts bestand natürlich darin, zu verhindern, dass sie Kinder bekamen, bevor sie alt genug und verheiratet waren. Es wurde viel Aufhebens um all die widerwärtigen Krankheiten gemacht, die man sich zuziehen konnte, und das schreckte sie ab. Dennoch hatten sie mehr Angst um ihren guten Ruf und davor, schwanger zu werden. Es gab genügend Geschichten von Mädchen, die in andere Umstände geraten und von ihren unverantwortlichen Freunden verlassen worden waren, die weggeschickt werden mussten, um ihre Kinder zu gebären, die man ihnen anschließend sofort wegnahm. Sie hörten auch von Mädchen, die illegale Abtreibungsärzte in finsteren Kliniken aufsuchten, und Louise erzählte von einer entfernten Cousine, die versucht hatte, den Embryo mit einer Stricknadel zu entfernen und an den Folgen gestorben war. Einige konnten nach einem solchen Eingriff nie wieder Kinder bekommen, andere litten unter Infektionen und starken Blutungen, alle hatten unsichtbare Wunden, die nie wieder verheilen würden. Es war schlimm genug, dass die Jungs frech und respektlos von den leichten Mädchen sprachen, aber noch schlimmer war es, wenn man langsam, aber sicher von den Freundinnen ausgestoßen wurde. Dieses Phänomen kannten sie alle, und sie hatten Mitleid mit den Ärmsten, wollten eigentlich nicht bösartig sein. Sie nannten es *sich auseinanderleben* und *andere Interessen entwickeln,* aber in Wirklichkeit war es das Ergebnis einer tiefen Angst, einer irrationalen Furcht vor Ansteckung.

Eineinhalb Tage bevor Alice im Frühsommer 1969 ihre Entscheidung traf, war Eric geschäftlich in Farring. Es war nur wenige Tage vor Marie-Louises zwölftem Geburtstag, im Fernsehen wurden Bilder aus dem Greenwich Village in New York gezeigt, wo sich Demonstranten mit der Polizei prügelten, nach einer Routinerazzia in einer Bar, in der sich illegal Homosexuelle trafen. Ein Junge verlor bei den Unruhen mehrere Finger, ein Mann in Frauenkleidern hatte Blut im Gesicht.

Es war ein ruhiger, schwüler Abend, die Kinder waren müde und leicht zu beruhigen gewesen. Alice ging früh ins Bett, sie wollte lesen, konnte sich jedoch nicht konzentrieren. Ehe sie die Fenster öffnete, löschte sie das Licht, damit keine Insekten hereinschwirrten. Die stiegen in Schwärmen aus den Sumpflöchern am Waldrand und aus den Schutzhecken zwischen den Wegen des Wohngebiets auf, Horden von Mücken und durchsichtigen grünen Fliegen. Die Nacht duftete stickig und feucht nach Gras und Jasmin. Noch immer sah sie die Bilder aus dem Fernsehen vor sich und musste daran denken, was Barbara über Männer gesagt hatte, obwohl diese beiden Dinge nichts miteinander zu tun hatten. Sie stand auf, um die Telefonnummer des Hotels zu finden, es würde sie beruhigen, Erics Stimme zu hören. Die Rezeptionistin stellte sie zu seinem Zimmer durch, aber Eric meldete sich nicht. Als sie es kurz nach Mitternacht zum vierten Mal versuchte, brachte der mitleidige Tonfall der Rezeptionistin sie dazu, aufzugeben.

»Vielleicht ist er einfach früh zu Bett gegangen«, sagte die fremde Frau, »viele Geschäftsleute nehmen Ohropax, damit sie genügend Schlaf bekommen.«

Alice legte auf, ohne etwas zu erwidern. Die Stimme der Rezeptionistin hüllte Eric in einen verschwommenen Kokon, und sie konnte ihn nicht länger sehen. Es war ein ernstes Problem, dass sie sich so schnell verunsichern ließ, das wusste sie. Menschen hörten auf zu existieren, sobald Alice sie nicht mehr sehen konnte, sie lösten sich in nichts auf und hinterließen große Löcher, eine innerliche Zerrissenheit, die leicht all ihre Gedanken in Beschlag nahm. So war das schon immer, seit sie sich erinnern konnte. Als sie und Eric frisch verheiratet waren, hatte sie ihm davon erzählt, und er hatte liebevoll und mit Verständnis reagiert. Viele Jahre lang hatte er genau darauf geachtet, sie jeden Tag anzurufen, wenn er auf Geschäftsreise war, und sie hatte ihn immer wissen lassen, wie sehr sie das zu schätzen wusste.

»Ich bin ganz allein auf der Welt, wenn du nicht da bist«, hatte sie einmal zu ihm gesagt, das erste Mal, als sie ihm davon erzählte. »Die Wohnung verwandelt sich dann in einen Satelliten, der sich von der Erde losgerissen hat.«

»Und du bist der Weltraumhund Laika?«, hatte er gefragt, und sie mussten beide lachen.

Anschließend mussten sie nie mehr darüber reden. Sie hatte Eric immer vertraut, ihr Leben hing davon ab. Das Vertrauen war eine Festung, die sie verteidigen musste. Sobald ihre Fantasie begann, Risse in das Mauerwerk zu schlagen, ließ sie das Böse zu sich herein.

Sie stand auf und ging eine Runde durchs Haus. Die Kinder hatten sich von ihren Steppdecken befreit, ihre Gesichter und Hände und Füße leuchteten in der Dunkelheit. Sie öffnete die Haustür und trat in ihrem Morgenmantel in den Vorgarten, in der Hoffnung, dass es dort kühler wäre. Die Luft stand still, der Weg war wie eine Rinne mit heißem Quecksilber, bei den Nachbarn brannte kein Licht. Es musste aufhören. Sie konnte Eric nicht mit ihren merkwürdigen Gedanken plagen, es war völliger Unsinn, in ihrer Ehe hatte sich schließlich rein gar nichts verändert, nur weil sie eine unterschiedliche Sichtweise auf einen einzelnen Aspekt ihres Zusammenlebens hatten. Sie lauschte der Nacht und wünschte sich, die Häuser und die Wege und der Wald würden atmen, damit sie sich nicht so allein fühlen musste. Sie wünschte, im nächsten Moment würde ein Taxi von der Ackerhummelallee in den Glasschwärmerweg einbiegen und vor der Nummer 10 anhalten und Eric würde nach Hause kommen und sie überraschen.

Sie stand vor dem offenen Kühlschrank, eine verschwommene Glorie aus Licht um ihren Körper, und drückte sich eine Milchflasche an ihren Hals. Sie beruhigte sich damit, dass sie sicher eine Form des gegenseitigen Verständnisses erreichen würden, so wie sie es immer taten, sie benetzte ihre Handgelenke und Schläfen mit Wasser, zog sich aus und legte sich ins Bett. Die Unruhe war wie ein Propeller, und bis sie ihn endlich zum Stillstand brachte, hatte er Wunden und Kratzer hinterlassen, die sich nur langsam wieder schlossen, und sie konnte unmöglich schlafen.

Zum Glück hatte sie bei der Rezeptionistin keine Nachricht für ihn hinterlassen. Er sollte nicht glauben, sie wäre völlig aus der Bahn geworfen. Sie wusste, dass es für Eric anstrengend war, beruflich unterwegs zu sein. Es bedeutete Arbeit und soziale Verpflichtungen, und er war eine sensible Natur und brauchte in Wahrheit mehr Ruhe als viele andere.

Dennoch konnte sie ihre Besorgnis nur schwer verbergen, als er nach Hause kam, sie war unbeholfen und verwirrt, doch als sie sich an ihn drückte und sagte, sie habe sich nach ihm gesehnt, war er trotz seiner Müdigkeit sanft und liebevoll.

»Ich bin ein Dummkopf«, hatte sie gemurmelt, als sein Kopf auf ihrer Brust ruhte.

Er hatte sie geküsst und nicht gefragt, was sie damit meinte. Kurz darauf war er eingeschlafen, und alles begann wieder von vorn. Ehe es hell wurde, hatte sie sich entschieden. Sie hatte geschworen, ihn in guten wie in schlechten Zeiten zu lieben. Ob ihre Entscheidung das eine oder andere nach sich zog, wusste sie nicht, aber sie konnte nicht riskieren, ihn mit ihren Vorurteilen und ihrer altmodischen Einstellung von sich zu weisen. Zu ehren heißt auch zu folgen, dachte sie, und noch vor dem Geburtstagsfrühstück für Marie-Louise teilte sie ihm ihren Beschluss mit.

Männer und Frauen waren gleichberechtigter denn je, doch waren es noch immer die Frauen, die einen Großteil der Verantwortung dafür trugen, die Familie zusammenzuhalten. Niemand sprach das so deutlich aus, es war vielmehr ein Kompass, der unter den Wohngebieten verlief, eine zitternde Nord-Süd-Nadel, die jede Ehe durchschnitt. Es schien, als herrschte Einigkeit darüber, was die Frauen wollten: eine Familie, ein Haus, geordnete Verhältnisse. Das war eine Vorgabe, die von den Männern in Vase ernst genommen wurde. Sie pendelten zu ihren Büros nach Rossel, verbrachten Zeit in Tagungshotels und Konferenzräumen und redeten bei einem Feierabendgetränk über Karrierechancen. Sie wussten, wo sie die Geburtstagsgeschenke für ihre Frauen einkaufen mussten, und gaben sich Mühe, die Hochzeitstage nicht zu vergessen. Die Frauen in Vase sprachen darüber, worin die Wünsche ihrer Männer bestanden, und hin und wieder waren sie verwirrt. Sie tauschten sich über ihre Erfahrungen und Enttäuschungen aus und wurden sich schnell darüber einig, dass die Männer ein Bedürfnis nach den einfachen Dingen hatten: Anerkennung, Rückendeckung, Schönheit. In Vase interessierte sich niemand groß für Frauenrechte oder die neuen politischen Strömungen. Die Modernsten unter ihnen kauften flatternde Kleider und ließen ihre Haare wachsen, ab und zu wurde bei Gartenfesten und Abendessen ein Joint geraucht, das war alles. Man hörte Gerüchte über Schlüsselpartys und Partnertausch, aber soweit sie wussten, fand so etwas nicht im Schmetterlingsquartier statt oder zumindest nicht unter den Leuten, die sie kannten. In Vase waren die Menschen gleichförmig, die Träume von einem reibungslosen Familienleben zogen einen Ring um den Vorort. Und obwohl die Zeitungsberichte und Nachrichtensendungen die Fenster zur Welt weit hätten aufstoßen können, erschien alles, was man ausschalten oder weglegen konnte, noch immer wie

Fiktion. Wer hatte nicht die Bilder vom Summer of Love gesehen? Wer hatte nicht schon Männer lachend Witze über barbusige Frauen erzählen hören? Welche Familie diskutierte nicht zwangsläufig mit ihren pubertierenden Kindern über Rauschmittel, Hippiemusik und Haarmode? Sie sahen die Übertragungen von den Frauenmärschen und Love-in-Konzerten in Farring, einige fanden sie komisch, andere wurden zum Nachdenken angeregt oder sogar anderweitig stimuliert, aber allem Anschein nach gab es niemanden in Vase, der sich ernsthaft bedroht oder aber zur Revolution berufen fühlte. Trotzdem spürten alle, dass etwas in Veränderung begriffen war. Die meisten hatten das Gefühl, sie hätten sich weiter von ihrem Ursprung entfernt, als ihre Eltern es einst getan hatten. Viele empfanden die Entwicklung als eine unsichtbare Bedrohung dessen, was sie bewahren wollten, es war unmöglich in Worte zu fassen, kam herangekrochen und verwandelte sich bei manchen in Angst, bei anderen in Sehnsucht. Der unendlich ferne Sommer der Liebe war ein Pilzgewächs mit einem Netz aus unsichtbaren Hyphen, die sich dem Anschein nach rein zufällig verbreiteten.

Ein halbes Jahr vor dem heißen Frühling hatte Eric zu Alice gesagt, er sei sicher, dass der Mensch von Natur aus nicht für die Monogamie geschaffen sei. Darauf habe man sich lediglich verständigt, weil es am praktischsten sei, die Familie als stärkste Säule der Gesellschaft zu propagieren. Und obwohl er natürlich an die Familie glaube, an ihre jedenfalls, empfände er es als große Befreiung, dass die Leute es jetzt wagten, über solche Dinge zu reden. Offenbar beschäftigte ihn dieses Thema schon lange, er hatte sich gründlich damit auseinandergesetzt und konnte Entwicklungsbiologen und Psychologen heranziehen, von denen sie noch nie etwas gehört hatte. Anschließend gab er zu, dass er sich womöglich nicht ganz deutlich ausgedrückt habe. Es war keineswegs so, dass er etwas Grundlegendes an ihrem Leben ändern wolle, er liebe sie und die Kinder und das Haus im Glasschwärmerweg, und gerade weil er Vertrauen zu ihr habe, weihe er sie überhaupt in seine Gedanken ein, anstatt einfach ordinäre Affären anzufangen wie so viele andere.

Es war gegen Ende der Weihnachtsferien, als Eric zum ersten Mal davon gesprochen hatte. Sie waren mit ein paar anderen Familien aus dem Viertel bei den Hanis zum Weihnachtsessen eingeladen gewesen. Barbara trank zu viel und machte John Hani peinliche Avancen, Flora prügelte sich mit einer der Atomzwillinge, sodass sie gezwungenermaßen nach Hause gehen mussten, die Kinder stritten sich den gesamten Heimweg über, und es war ein Kampf, sie ins Bett zu bringen. Im Haus herrschte Durcheinander, der Weihnachtsschmuck wirkte genauso trist wie jedes Jahr, kurz bevor er abgenommen wurde, und Alice hatte Kopfweh von dem widerlichen, süßen Weihnachtspunsch, den Lilli Hani serviert hatte. Sie war so müde, dass sie einfach nur ins Bett wollte, aber Eric bestand darauf, dass sie miteinander redeten. Sie lag auf dem Sofa, er saß in dem Sessel mit dem rotkarierten Wollbezug, den er so liebte, obwohl er überhaupt nicht zur übrigen Einrichtung passte. Er brachte sein Anliegen ganz ruhig, sachlich und ohne Umschweife zur Sprache, und das erschreckte sie mehr, als wenn er es ihr wie eine seiner schmutzigen und erregten Fantasien beim Sex ins Ohr geflüstert hätte. Es solle ein gemeinsames Projekt sein, sagte er, nichts, was er allein durchziehen wolle, es ginge nicht um Normen, sondern um ihn und sie und ihr gemeinsames Leben, von dem sie geglaubt hatte, sie würde es kennen und verstehen. Wenn sie nicht einverstanden sei, sagte er, würde er alles in seiner Macht stehende tun, um seine Neigungen zu zügeln. Nach seiner Reaktion auf ihre eindeutige Abwehr fiel es ihr allerdings schwer, ihm das zu glauben. Sie weinte, als sie sagte, dass sie niemals mit einem anderen als ihm zusammen sein wollte, der Gedanke widere sie, freiheraus gesagt, an. Vielleicht reagierte sie übertrieben, aber es fühlte sich an, als hätte er Sprengladungen ausgelegt und würde schon bald den Zünder betätigen. Sie war vollkommen unvorbereitet, hatte nichts von dem geahnt, was in seinem Kopf vorging, und es kam ihr vor wie Verrat. Sie gerieten in Streit. Er verlor die Beherrschung und bedachte sie mit Worten, die sie am liebsten sofort vergessen wollte, aber sie blitzten noch lange danach in ihrem Kopf auf: frigide (was ungerecht war, denn sie hatte keine Schwierigkeiten damit, einen Orgasmus zu bekommen, wenn er es nur richtig anstellte), engstirnig, unsexy (auch das stimmte nicht, den Reaktionen anderer Männer nach zu urteilen war sie anziehender als andere Frauen), altmodisch, langweilig, dumm. An jenem Abend gingen sie ins Bett, ohne sich zu versöhnen, aber am nächsten Morgen schlief er so sanft und behutsam mit ihr, dass sie ihm seine ungeschickte und verletzende Art verzieh und vor Eifersucht weinen musste, als sie daran dachte, was er mit anderen teilen wollte.

Unabhängig davon, wie nüchtern er seinen Standpunkt anfangs dargelegt hatte, war schon bald klar, dass Eric an jenem Tag in den Weihnachtsferien bereits eine Entscheidung getroffen hatte. Alles andere war lediglich Schauspielerei und mehr oder weniger freundliche Überzeugungsversuche. Und so blieben Alice nur zwei Möglichkeiten: an ihrem Widerwillen und damit auch den eskalierenden Auseinandersetzungen festzuhalten oder einen Versuch zu wagen, in den von Eric gewünschten Bahnen zu denken. Sie würde alles tun, um ihre Ehe zu retten. Nach Wochen mit grauenvollen, durchwachten Nächten war ihr das so bewusst wie nie, und sie kam zu dem Schluss, dass es am besten wäre, ihre Scham und Abneigung hinunterzuschlucken. Allein die Vorstellung versetzte sie in Angst und Schrecken, aber noch viel weniger konnte sie den Gedanken ertragen, dass Eric stattdessen Affären haben und sie und die Kinder womöglich nach einiger Zeit für eine andere, freizügigere Frau verlassen würde. Wenn sie sich überwinden konnte, seinen Wünschen nachzukommen – auch wenn ihr das in diesem Moment unwahrscheinlich vorkam –, dann würde sie stärker mitbestimmen können, wie weit es ging, und zumindest genau wissen, was er gerade tat und mit wem. Sie würden ihre Erfahrungen teilen, und das war immer noch besser, als allein zu sein.

Alice kam es so vor, als wäre sie in jener durchwachten Nacht, nachdem Eric von seiner Geschäftsreise zurückgekehrt war, überraschend und jäh in ihre Entscheidung getaumelt. Doch tatsächlich hatten seine beharrlichen Andeutungen, Sticheleien und gelegentlich auch rationalen Argumente ihren Widerstand so sehr zerschlissen, dass er nur mehr aus einer dünnen Membran bestand, die leicht von einem weiteren Anfall von Verlustangst eingerissen werden konnte.

Im Laufe des Frühjahrs hatte Eric bemerkt, wie ihre Gegenwehr schwächer wurde, diffuser. Er wollte keineswegs ihren Willen brechen, aber er war überzeugt, dass sie beide einen Nutzen daraus ziehen konnten, die Dinge mit neuen Augen zu betrachten. Allerorten konnte man beobachten, wie Ehen ihren Schwung verloren. Seine Idee war nicht allein aus seinem eigenen Begehren heraus geboren. Sie wurde auch von dem ehrlichen Wunsch genährt, dass es Alice und ihm damit besser ergehen würde als vielen anderen. Nachts streichelte er sie hin und wieder, wenn sie schlief, und drang in sie ein, wenn er spürte, dass ihr Körper ihn aufnehmen wollte, obwohl sie noch nicht ganz wach war. Dann erzählte er ihr von seinen Fantasien, detailliert und unverblümt, und das erregte sie genauso sehr wie ihn. Nachts war sie wild und empfänglich, sie gab sich ihm hin und unterwarf sich ihm auf eine

Weise, die sie beide vor Geilheit fast in den Wahnsinn trieb. Er konnte die Distanz nicht verstehen zwischen dem, was sie in den Nächten erlebten, und ihrer abweisenden Reaktion, wie sie ihm verletzt den Rücken kehrte. Ihm war bewusst, dass sie tief in ihrem Inneren schrecklich unsicher und eifersüchtig war, aber das war mit Abstand nicht die einzige Wahrheit über seine Alice, sie besaß auch eine andere, mutige und kühne Seite, die er nur herausfordern musste. Letzten Endes, so dachte er, ist der menschliche Charakter nichts anderes als ein Mosaik, das man ständig ein klein wenig anders zusammensetzen kann. Er werde die anderen nicht wie sie *lieben,* sagte er. Es ginge dabei lediglich um Körperlichkeit und Freiheit, um die Möglichkeit einer unbegrenzten Expansion von Bewusstsein und Geist. Wir halten uns selbst gefangen, sagte er, wir sperren uns in ein sauerstoffarmes Gefängnis aus Tabus. Wirtschaftliche Erfolge und die Besessenheit, alles kaufen und haben zu wollen, haben die Menschen kleinlich und besitzergreifend gemacht, und darin liegt der Untergang der modernen Gesellschaft begründet. Wir vergessen allmählich, dass wir aussterben werden, wenn wir nicht spielen und experimentieren und uns zu lebendigen Gemeinschaften zusammenfinden. Alle Menschen sind mit grundlegenden Bedürfnissen geboren, und die tragischen Lebensumstände des modernen Menschen führen dazu, dass die meisten von uns von dieser Erde gehen, ohne diese Bedürfnisse jemals befriedigt zu haben, obwohl sie so einfach sind: ausreichend Nahrung zu haben, in die Arme genommen zu werden, unsere Sexualität auszuleben.

Das waren große Worte für einen Mann aus dem Glasschwärmerweg in Vase. Ein Ökonom, ein Familienvater, ein treuer Ehemann. Er wurde von seinen eigenen Reden mitgerissen. In mit Regenbögen, weißen Tauben und Yin- und Yang-Zeichen bedruckten Tüten schleppte er Bücher aus einem kleinen Buchladen in Rossel nach Hause, Bücher mit Gedanken fremder Menschen darüber, wie man leben sollte, Bücher, die Sufi ihm empfohlen hatte, Bücher, die Alice im Gegensatz zu ihm nie las, auf die er jedoch hin und wieder verwies und aus denen er zitierte. Es ging um viel mehr als nur Sex, das zu betonen war ihm wichtig, und Alice verstand es. Er war weder Hippie noch Kommunist, er glaubte nicht an Revolutionen und verstand auch nicht, was an Eigentum grundsätzlich verwerflich sein sollte. Sie kannte diese Facette von ihm nur zu gut. Es war dieselbe freidenkerische Neugier, die sie an ihm geschätzt hatte, als sie noch jung waren und er sie mit in die Debattierklubs nahm. Damals waren nicht Liebe und Sex das Thema, sondern die unverantwortliche Wirtschaftspolitik der damaligen Regierung, die erstarkende Arbeiterbewegung und die Notwendigkeit der Kunst. Sie kannte auch seine gründliche, fast besessene Auseinandersetzung mit allem, worauf er sich stürzte, ganz gleich, ob es um Musik ging, um Rossels erfolgreiche Fußballmannschaft oder um wechselnde Autoren, die er zeitweise für die besten der Welt hielt. Dass er sich in dieser Phase auch durch Henry Millers Romane fraß, war kaum zu ertragen, und Alice wurde von einer verbissenen und wütenden Gegenwehr erfasst, wenn er ihr aus *Wendekreis des Krebses* oder *Stille Tage in Clichy* vorlas.

»Die Psychologie, Alice, die Freiheit und die Liebe. Daran müssen wir glauben, danach müssen wir streben. Du musst doch auch erkennen, dass der Mensch nicht länger frei ist«, sagte er, und Alice dachte an ihre Eltern und Großeltern und überlegte, ob er wirklich der Meinung sein konnte, dass der Mensch je frei gewesen war.

»Der Mensch besitzt noch nicht die Freiheit, eine sinnvolle, allein auf Liebe und Arbeit basierende Existenz zu gründen, und flüchtet sich stattdessen in eine Form der künstlichen

Sicherheit, die er meint in einem mächtigen politischen Führer, einer Rassentrennung oder einem starken Staat zu finden«, sagte er, »oder in der Selbstgenügsamkeit der Kleinfamilie«, und genau solche Sätze machten sie traurig, »im Zwang der Konventionen, in diesem das-kann-man-nicht, das-sollte-man-nicht, so-etwas-tun-wir-nicht.«

»Woran sollen wir uns denn dann orientieren«, fragte sie, »wenn wir all das zerschlagen. Wie sollen wir dann noch herausfinden, was das Richtige ist?«

»Genau das ist es ja«, erwiderte er eifrig, »sieh dich doch nur in Vase um, wie gleich wir leben, wie gleich wir aussehen. Und dann erinnere dich daran, wie anders alles dort war, wo du aufgewachsen bist, oder wie fremd alles wäre, wenn wir uns plötzlich in einem afrikanischen Dorf wiederfinden würden. Erscheint es da nicht einleuchtend, dass das Richtige keine bestimmte Sache ist, sondern nur etwas, was wir uns einbilden?«

Sie überlegte, ob es ihm in Wahrheit vielleicht einfach zu gut ging, wenn er die Zeit hatte, sich so ausgiebig mit diesen Ideen auseinanderzusetzen. Ob nicht im Grunde ihr Lebensstandard an allem schuld war. Wenn ihr Vater sich früher an einem Sonntagnachmittag mit seinen ornithologischen Nachschlagewerken beschäftigte oder ihre Mutter über bunten Versandhauskatalogen träumte, war das ein Luxus gewesen, eine lebensnotwendige Atempause in einem Dasein, das sie vor einen so schweren Karren gespannt hatte, dass sie unter dessen Last beinahe zusammenbrachen. Eric und sie hatten so vieles, was sie längst nicht mehr zu schätzen wussten. Ein Haus, ein Auto, ordentlich gekleidete Kinder. Sommerferien auf Lilleø, Sonntage ohne Verpflichtungen, bügelfreie Hemden, die Antibabypille, Geld auf der Bank. Ihr Zorn verwandelte sich blitzartig in schamvolle Furcht. Denn es war trotz allem sein Verdienst, dass es ihr so gut ging und sie sich damit begnügen durfte, sich nur um den Haushalt und um sie alle zu kümmern.

Nachdem er ihr monatelang solche Vorträge gehalten hatte, war er erleichtert, aber nicht sonderlich überrascht, als sie ihn eines frühen Morgens weckte und ihm mitteilte, sie habe beschlossen, seinem Wunsch nachzukommen.

»Du sollst das aber nicht nur mir zuliebe tun«, flüsterte er, während er ihr Gesicht zwischen seine Hände nahm. »Ich muss merken, dass du ebenfalls Lust darauf hast.«

Sie hatte ihn geküsst, um das Unbehagen, das seine Worte in ihr weckten, beiseitezuwischen. Sie hatte keine Kraft mehr für weitere Konflikte, die sie so sehr zermürbten, dass sie die Tage kaum überstand. Also küsste sie ihn und zwang die Irritation vom Hals hinab in ihren Schoß, der ihren Zorn mit Hunger verwechselte. Nie ist es dir genug, dachte sie, du willst nicht nur deinen Willen, sondern auch meinen.

Er vögelte sie laut und aggressiv, ohne daran zu denken, ob es die Kinder wecken könnte; sie biss ihn so sehr in die Schulter, dass rote Abdrücke blieben. Als sie kam, zog sich ihr Unterleib so heftig zusammen, dass es wehtat, und anschließend war ihr, als hätte sie den letzten Widerstand tatsächlich verscheucht. Sie legte eine Hand über ihr pochendes Geschlecht, ein Strom aus Sperma und Saft, und zum ersten Mal empfand sie nichts mehr, als sie den schmerzlichsten Punkt ihrer Vorstellung auslotete: Eric mit einer anderen Frau.

Nachdem die Entscheidung getroffen war, kam es ihr mitunter so vor, als wollte sie es genauso sehr wie er. Sie war beinahe gerührt von seinem eifrigen Wohlwollen, als sie ihm ihre Bedingungen nannte: Zunächst könnten sie den Swingerklub besuchen, den er ausfindig gemacht hatte, aber sie würde ihm nichts versprechen. Sie wollte entscheiden dürfen, wie weit sie gingen, wenn sie dort waren, und er müsse Geduld mit ihr haben. Er war mit allem einverstanden, und in den Wochen vor dem Besuch waren sie so voneinander besessen, dass sie es fast schade fand, jenen Zauber zu brechen, den die angespannte Erwartung barg, und sie ertappte sich in der Hoffnung, dass es ihm genauso ging.

Sie erkundigte sich nie, wie er eigentlich auf diesen Klub gekommen war, nahm jedoch an, dass Sufi etwas damit zu tun hatte, und sie fragte sich, ob er noch mit anderen darüber sprach. Der Klub lag zwei Stunden Fahrzeit von Vase entfernt, am Rand von Korne, einer größeren Provinzstadt nahe den nördlichen Wäldern, die vor allem für ihre Holzindustrie bekannt war. Zwei Stunden, und eine ganz andere Welt. Die Adresse lag in einem heruntergekommenen Viertel, das Alice Unbehagen bereitete, obwohl Eric ihr versicherte, es handle sich um ein ordentliches, in einem Privathaus untergebrachtes Etablissement, das wisse er aus verlässlicher Quelle. Die Lage sei wahrscheinlich danach ausgewählt worden, dass die Nachbarn möglichst tolerant waren. Oder nicht zu viele Fragen stellten, hatte Alice gedacht, als er auf dem Parkplatz eines nahegelegenen Motels den Motor abstellte. Zuvor hatten sie in einer Cafeteria an der Hauptstraße gegessen, die Kinder waren bei Barbara und Alan, und sie hatten ein Zimmer in Korne reserviert, um einen kleinen Ausflug daraus zu machen.

Alice duschte und legte im grellen Licht und dem Widerschein der giftgrünen Badezimmerfliesen Make-up auf, sie war angespannt und voller Zweifel, er presste sich an sie, um sie spüren zu lassen, dass er vor Erwartung bereits hart war. Anschließend lagen sie schweigend auf dem grauweißen, synthetischen Bettüberwurf und teilten sich einen Joint, für sie war es der erste. Es war nicht mehr so heiß, ein befreiend milder Abend mit dichtem Nieselregen und dem Duft von Nadelbäumen. Sie hielt seine Hand, aber ihre Gedanken schwebten auf angenehme Weise neben ihrem Körper, in einer Schneekugel mit kalten Bergen und glitzernden Plastikflocken. Der Zustand war ungewohnt, aber nicht unangenehm, und als sie wieder aufstand, konnte sie auf ihren hochhackigen Sandalen nur schwer das Gleichgewicht halten und musste lachen.

Jetzt, da er so kurz davor war, seinen Traum auszuleben, musste er sich und seine Erwartungen noch ein wenig zügeln. Sie fragte ihn, ob er nervös sei, und er biss sie ins Ohrläppchen. Er beschloss, unterwegs noch einen Drink in einer Bar zu nehmen, einen Gin Tonic für ihn und einen Campari für sie.

»Glaubst du, sie können sich denken, wo wir hinwollen?«, flüsterte sie ihm mit einer Kopfbewegung in Richtung der anderen Gäste zu.

Er antwortete nicht und bestellte noch eine Runde. Auf dem Weg zur Toilette wäre sie fast ausgerutscht, sie musste sich an einem Tisch festklammern, an dem ein junges Paar saß und sie über die Biergläser hinweg ansah. Sie wollte ihnen zulächeln, doch zwischen ihrer Haut und den darunterliegenden Muskeln lag eine Schicht Vaseline, die sie daran hinderte, ihre Mimik zu kontrollieren.

»Küsst man sich?«, fragte sie ihn, als sie zurückkam. »Ich glaube, es würde mir nicht gefallen, wenn du andere als mich küsst.«

Er half ihr in den Trenchcoat, nachdem sie sich mit fahrigen Bewegungen ihr Tuch um den Kopf gebunden hatte. »Ist das denn so wichtig?«, fragte er, und sie war betrunken und berauscht und spürte, wie er ihr entglitt und in einem Tunnel verschwand, von dem aus seine Stimme merkwürdig verzerrt und ein wenig gereizt klang.

Für Alice war der Aufenthalt im Klub kein besonderes Erlebnis gewesen, Eric hatte es hingegen so zufrieden gemacht, dass sie anschließend dachte, es könne wohl nicht schaden, das zu wiederholen. Vor allem der Geruch von Räucherstäbchen,

Schweiß und Körpern hatte sie abgestoßen. Obwohl der Gastgeber, ein sehniger und sonnengebräunter älterer Typ in engen weißen Shorts, nicht gerade anziehend war, entsprach er auch nicht ihren schlimmsten Horrorvorstellungen. Sie musste bei der Begrüßung kichern, sodass er sich danach mehrfach erkundigte, ob es ihr auch wirklich gutgehe und sie mit allem einverstanden sei. Eric war allmählich wütend geworden und hatte energisch ihre Hand gedrückt. Alle, so hatte der Wirt anschließend erklärt, müssten sich an die Regeln halten, sonst würde man vor die Tür gesetzt. Man dürfe sich nur an dem beteiligen, zu dem man eingeladen werde, einige kämen auch nur, um den anderen zuzusehen oder mit ihren eigenen Partnern zu schlafen, während andere zusahen. Das hatte Alice beruhigt und zugleich angewidert. Es war gut, alles selbst entscheiden zu können, aber merkwürdig, darüber zu sprechen, was geschehen sollte; als würde man einen Kaufvertrag unterschreiben. Der Vorraum war gefüllt mit Frauen und Männern, die aussahen wie bei einer ganz normalen Feier. Sie plauderten und lachten, trugen festliche Kleidung und hielten Gläser in der Hand. Aus den Lautsprechern unter dem Fenster drang Joan Baez' *Children of Darkness,* die Gardinen waren vorgezogen, obwohl es draußen noch hell war. Eric fasste sie am Arm und zog sie zu sich.

»Scheußliche Musik«, flüsterte er, »ich verstehe nicht, was die Leute an Baez finden.«

Alice zuckte mit den Schultern, sie kannte sich mit Musik nicht so gut aus. Vielleicht lag es an ihrem Zustand und der ungewohnten Situation, aber die sanfte Frauenstimme wurde zu einem wogenden Rettungsring zwischen all den Fremden.

Jemand drückte ihr ein Glas in die Hand, einen süßen und undefinierbaren Drink, Eric kam mit einer kleinen Gruppe ins Gespräch, in weiter Ferne konnte sie ihn etwas sagen hören, das sie zum Lachen brachte. Eine Frau mit hüftlangem

Haar und einem Affengesicht strich ihm über den Arm und schmiegte sich an ihn. Alice wandte sich ab, sie schwitzte, obwohl sie nur ein Sommerkleid mit dünnen Trägern anhatte, der Stoff klebte bereits an Brust und Rücken, und eine leichte Panik beschlich sie. Sie hatten es wirklich getan. Alice hatte sich neben Eric ins Auto gesetzt, und sie waren schweigend zwei Stunden lang gefahren, um nun unter Menschen zu sein, die aus demselben Grund hier waren wie sie: sich auszuziehen und einander hinzugeben. Die Musik wechselte das Tempo, kleine, zupfende Finger. Sie versuchte, im Text Halt zu finden, *If I was a carpenter, and you were a lady, would you marry me anyway? Would you have my baby?*. Sie schwankte, wollte nach Eric greifen und bekam stattdessen einen fremden Arm zu fassen, er gehörte einem rotgesichtigen Kerl, der ihr den Arm um die Taille legte, sie an sich drückte und so lächelte, dass sie sehen konnte, wie sich seine Zunge hinter den Zähnen zusammenrollte. Er duftete nach einem ihr unbekannten Aftershave, ein angenehmer, seifenartiger Duft, der ihre Panik abklingen ließ. Der Rotgesichtige ließ seine Hand an ihrem Rücken hinabgleiten, sie war warm und fleischig, ganz anders als Erics schmale Finger, Alice schloss die Augen, wollte nicht nachdenken, nur die fremde Hand spüren, den leichten, wohligen Schauer, als er ihre Lende erreichte und weiter hinabstrich, prüfend in ihre Pobacken kniff, erst die eine, dann die andere. Er fuhr ihr weiter über Rücken und Hintern, auf und ab, in langen, fließenden Bewegungen, und sie lehnte sich an ihn. Sie öffnete die Augen einen Spalt weit. Eric stand ihr direkt gegenüber, die blonde Frau war weg, einen Augenblick lang fand sie, dass er traurig aussah.

»Wir gehen jetzt da rein«, flüsterte er und beugte sich zu ihr vor, und sein überschwappender Drink hinterließ einen tropfenförmigen Fleck auf ihrem Kleid. Sie nickte, ließ sich von dem Rotgesichtigen loseisen, der Erics Arm fasste und ihm etwas ins Ohr flüsterte, das Alice nicht hören konnte, Eric jedoch zu einer entschuldigenden Geste veranlasste.

Es gab einen langen Flur, der vom Vorraum tiefer in die Wohnung hineinführte. Eine große Muschel, durch deren Schale sanftes, rotes Licht drang. An einigen Türen hingen Schilder mit der Aufschrift »Privat«, unter dem einen war eine Kinderzeichnung befestigt, »Miriam« stand dort mit großen, schiefen Buchstaben unter einer orangefarbenen Sonne. Die anderen Türen waren geöffnet, Alice wagte es kaum, hineinzusehen, losgelöste Körperteile und Geräusche, ein Geruch von Speichel und Sperma und Körper. Eric wusste, wo sie hinmussten. Er hielt ihre Hand, ihm war heiß, er hatte sein Hemd ausgezogen, und der Schweiß rann seinen Hals und seinen Oberkörper hinab und ließ sein Brusthaar an der Haut kleben.

Eric und sie schliefen an jenem Abend nur miteinander, in einem engen Raum mit gelber, gedämpfter Beleuchtung und Matratzen auf dem Boden. Sie schloss die Augen und taumelte zwischen diesen sich paarenden Menschentieren umher, weit weg von Erics Händen und seinem Körper. Sie empfand nichts Besonderes dabei, aber es machte ihr auch nichts aus. Als Eric sie von hinten nahm, fasste sie den Mut, währenddessen die anderen zu beobachten. Der Platz war so begrenzt, dass es sich nur schwer vermeiden ließ, zusammenzustoßen. Zwei Männer waren direkt vor ihrem Gesicht mit einer kräftigen Schwarzhaarigen beschäftigt. Sie stöhnte und schrie, Alice hatte noch nie der Lust einer anderen Frau gelauscht, es klang künstlich, fast peinlich. Ganz anders als die Männer mit ihrem verbissenen Keuchen und Grunzen und ihrem kurzen, gedämpften Ejakulationsgebrüll. Einer von ihnen schob die Frau seitlich an die Wand und packte sie an den Haaren, sie entblößte ihre Kehle und ihre großen Brüste. Eric fiel in den hitzigen Rhythmus, der ihr verriet, dass er bald kam, er streckte den Arm aus, und der Mann, der in der Schwarzhaarigen steckte, nickte und sagte etwas, das Alice nicht verstand, Eric jedoch dazu veranlasste, seine Finger in der Brust der anderen zu vergraben. Der andere Mann kam dicht an Alice heran, sein steifes Glied wippte vor ihrem Gesicht auf und ab, aber sie drehte sich weg. Sie wollte nur mit Eric zusammen sein, auch wenn es sie nicht störte, dass die anderen ihnen dabei zusahen.

Bei ihrem zweiten Besuch bestand Eric darauf, dass sie sich nicht mehr nur aufeinander beschränkten. Diesmal war sie noch betrunkener, berauschter und empfänglicher. Zunächst hatte sie sich geweigert, doch Eric überredete sie. Sie solle ihm Zeichen geben, wie viele sich beteiligen dürften, und sie musste lachen und streckte einen Finger hoch, während er lächelnd den Kopf schüttelte. Sie küsste eine andere Frau, während Eric in sie eindrang, und war darüber erschrocken, wie sehr sie das erregte. Am liebsten hätte sie sich zurückgezogen, aber die Frau legte sich über Alices Oberkörper, während Eric ihren Unterleib an sich zog. Sie war so zart und zierlich, dass Alice sich ohne weiteres von ihr hätte befreien können, wenn sie es wirklich gewollt hätte. Die Frau grub ihre Zähne in Alices Lippen, ohne dass es wehtat, sie saugte ihre Zunge zu sich. Es war anders, als mit einem Mann, sanfter und auf eine geborgene und doch fremde Weise allumfassend.

Schon Ende Juni beharrte Eric darauf, einen Klub in der Nähe von Vase zu finden, damit sie öfter dorthin gehen konnten und nicht immer auf einen Babysitter angewiesen waren. Sufi lud sie zu Festen mit unvoreingenommenen und freizügigen Menschen ein, wo alles ganz natürlich und wie von selbst passierte, aber Alice gefiel es nicht, Sex mit Freundschaften und Abendessen zu mischen. Auch die Vorstellung, Sufi nackt zu sehen, sprach sie nicht an. Stattdessen fand Eric einen organisierten Klub in Rossel, wo die Menschen tagsüber in der Mittagspause zusammenkamen; sie konnte mit dem Zug dorthin fahren, um ihn zu treffen, und er würde ein- bis zweimal in der Woche eine lange Mittagspause machen. Das werde ihnen helfen, richtig einzutauchen, sagte er, und später würden sie einen ruhigeren Ort finden. Sie gerieten darüber in Streit: Ja, er hatte anfangs versprochen, dass sie bestimmen durfte. Jetzt fand er es aber ungerecht, der Sklave ihrer Hemmungen zu sein, obwohl sie es sichtlich genauso genoss wie er.

Nie fand sie die richtigen Worte und nie gelang es ihr, ihm zu vermitteln, was in ihr vorging. Einige Male verließ er das Haus im Zorn und kehrte erst spät in der Nacht zurück. Sie war panisch und aufgelöst, er versicherte ihr halbherzig, er hätte mit niemandem Sex gehabt, nur ein paar Bier in einer Bar getrunken. Es waren offensichtliche Lügen, zu denen sie ihn zwang und an die sie glauben musste, bis er die Fassade fallen ließ und ihr nicht länger verheimlichte, was er tat. Es erregte und verletzte sie und trieb sie fast in den Wahnsinn, ihn auf eine solch mechanische und gleichgültige Weise von anderen Frauen reden zu hören. Es war ein erniedrigender und zugleich unerklärlich verlockender Gedanke, auf sein Geschlecht und seinen Körper reduziert zu werden, das Lustobjekt eines anderen zu sein. Sie versuchte mit ihm darüber zu sprechen, dass es sie quälte, selbst wenn seine Erzählungen sie erregten. Diese Gespräche gelangen selten und endeten meist damit, dass sie schwieg und er ihr einen Vortrag hielt.

»Es ist eine neue und ungewohnte Form der Freiheit«, sagte er zu ihr. »Es geht darum, eine Urkraft in sich zu wecken, wieder zu einer schönen und stolzen animalischen Seele zu werden. Darum, in der Zeit, die dafür nötig ist, allen Normen und Regeln auszuweichen.«

In der Zeit, die dafür nötig ist, dachte sie und fand darin Trost. Die Räume haben Wände, alle Uhren haben Sekundenzeiger. Es ist eine unwirkliche Welt, aber sie wird nicht ewig bestehen. Wenn man dann wieder in die Stadt und den Sommer hinausgeht, wird sie ausradiert und hat keine Macht mehr.

»Es geht auch um Gleichheit«, sagte er, »denn wann ist man so gleichberechtigt wie in dem Augenblick, wenn man nicht weiß, wie die anderen heißen, was sie machen und wo sie herkommen, nur dass sie sich im selben Moment aus genau demselben Grund im selben Raum befinden wie man selbst?«

Alice konnte Eric nur schwer etwas vorwerfen, denn es war auch ihre eigene Lust, die daran beteiligt war, die Grenzen auszuweiten. Eric machte ihr Komplimente für ihre wachsende Freizügigkeit, inzwischen traf er sich mit einigen Frauen auch außerhalb des Klubs und forderte sie dazu auf, mit den Männern dasselbe zu tun. Es war eine Besessenheit, ein heißer und langgezogener Rausch, und keiner von ihnen machte sich die Illusion, ihn länger kontrollieren zu können. Er blühte auf, er liebte sie, das erzählte er ihr häufiger als zuvor. Es war etwas, das sie gemeinsam erlebten, auch wenn jeder für sich blieb, das wollte er ihr verständlich machen, und sie war kurz davor, ihm zuzustimmen; Geheimnisse binden die Menschen aneinander.

Alice war lebendig und zerstört. Ihr heißer Schoß brannte Löcher in den Sommer, die maßlose Lust verschmolz mit dem Entsetzen darüber, sich selbst nicht mehr zu kennen. Sie versuchte ihm zu erklären, dass es sich ihres Lebens bemächtigte. Dass es so war, als würde sie gleichzeitig ertrinken und verglühen, dass sie sich nur noch schwer auf etwas anderes konzentrieren konnte. Er lachte über sie und schob die Hand unter ihr Kleid. »Du«, sagte er nur, »bist mir eine ganz Schlimme!«

Sie hörten auf, in den Klub zu gehen, und sie suchte sich auf Erics Aufforderung hin ihre eigenen Liebhaber. Sie erzählte ihm, wann sie sie treffen würde, und anschließend beschrieb sie ihm, was sie getan hatten, weil er sie darum bat. Obwohl sie inzwischen leichter einen Orgasmus bekam, wenn sie mit Eric zusammen war, fühlte sie sich unbefriedigter als früher. Was mit ihrem Körper geschah, hatte nicht länger etwas mit ihr zu tun, sie betrat ein sonderbares und abenteuerliches Universum, wenn sie mit anderen Männern zusammen war. Dort betrachtete sie sich und die anderen mit einer fernen Neugier: eine behaarte Schulter, Finger, die in ihrem Schoß verschwanden, einer, der sie dabei gern im Spiegel beobachtete, ein anderer, der sie ewig lecken konnte, aber sofort kam, wenn sie ihn in den Mund nahm. Diejenigen, die sprachen, die, die nichts sagten, die Art und Weise, wie sie sich mit dem einen unbeholfen und linkisch fühlte, mit dem anderen hingegen frei und agil. Sie war sich mit Eric einig, dass die Sache nur glücklich enden konnte, wenn sie sich ihrem neuen Leben voll und ganz hingab. Sie tat, was sie konnte, aber das Gefühl, in erster Linie eine Beobachterin zu sein, wurde sie nicht los.

Traf sie sich früh am Tag mit einem Mann und war genügend Zeit, rauchten sie zusammen. Wenn sie keine Drogen genommen hatte, fühlte sie sich gehemmt. Sie fing an, ihren Widerwillen als Beweis dafür zu sehen, dass ihr sexuelles Handeln keine Tiefe hatte, weil die Veränderungen nie wirklich einsetzten, um aus ihr jene freizügige und moderne Frau zu machen, die sie gern gewesen wäre. An diesem neuen Leben teilzuhaben erforderte nichts weiter, als zweimal in der Woche in einem Hotelzimmer in Rossel zu erscheinen, sich auszuziehen und fremde Körper zu empfangen. Das konnte jeder, der sich dafür entschied, aber es verhalf ihr keineswegs zu dem Gefühl, ein Teil jener Befreiungsbewegung zu werden, von der Eric sprach. In Wirklichkeit betrachtete sie es als Zwischenspiel – ob interessant oder nicht, hing von ihrer Tagesform ab –, eine Art Übergangsstation, auf die sie gut verzichten könnte, die sie aber durchaus zu genießen im

Stande war, solange sie die Vorstellung wahren konnte, dass es sie und Eric enger zusammenband. Ihre Zukunftsträume waren genauso gewöhnlich und altmodisch wie immer, ebenso ihre Vorstellungen davon, was ein gutes Leben ausmachte. Sie dachte, dass die Zeiten für eine Frau mit ihrem Naturell womöglich vorbei waren. Einer im Grunde konservativ eingestellten Frau, die an Familie, Ehe und Monogamie glaubte und sich im ruhigen Vorort wohlfühlte. Hin und wieder richtete sich ihre Wut aber auch gegen Eric statt gegen sich selbst. Denn er war es ja, der sich von dem Leben abgrenzte, das die meisten Menschen führten. Und obwohl er weiter behauptete, dass sie das taten, wovon andere bisher nur zu träumen wagten, widersprach sie ihm. Es war eine Schwachstelle in seiner Argumentation, dass angeblich alle gern dasselbe täten wie sie, obwohl er unermüdlich betonte, wie unterschiedlich die Menschen eigentlich seien, und genau das auch als Rechtfertigung ihres neuen Lebensstils anführte.

»Warum müssen wir so leben?«, fragte sie ihn. »Warum muss das alles so viel Raum einnehmen? Warum können wir nicht so sein wie die anderen?«

»Weil wir Lebenskraft zwischen den Beinen und zwischen den Ohren haben«, antwortete er. »Alles verändert sich, und wir erstarren, wenn wir es nicht wagen, uns weiterzuentwickeln. Sieh dir doch die Leute an, die du *die anderen* nennst, Alice. Sieh dir diejenigen an, über die du redest. Sehen sie etwa glücklich aus? Gleichen sie nicht schon jetzt unseren Eltern, obwohl sie noch jung sind und sich garantiert einmal geschworen haben, anders zu leben?«

Dagegen ließ sich nur schwer etwas sagen. Die Lebensumstände ihrer Eltern waren genau wie die vieler anderer Mütter und Väter durch den Krieg geprägt. Sie hatte die Stille gehasst, die zwischen ihnen herrschte, doch im Rückblick erschien sie ihr weniger bedrückend als damals. Klares

Wasser spülte den Schlamm von bunten Glasscherben und glänzenden Steinen, Dinge, die sie vergessen hatte, tauchten aus der Erinnerung auf: ein seltener Sonntagsausflug mit dem Raddampfer auf dem Fluss, ihr Vater, der ihnen Eis in der Waffel kaufte, die Art und Weise, wie er ihrer Mutter hin und wieder zerstreut und doch zärtlich über die Wange strich. Ihr Elternhaus, das ihr früher wie ein Gefängnis vorgekommen war, schlüpfte aus seinem Kokon und entpuppte sich im Laufe dieses verwirrenden, hektischen Sommers zu einem geborgenen und ruhigen Ort.

Wenn Alice und Eric sich stritten, endete es meistens damit, dass sie ihm im Bett den Rücken zukehrte. Vorher fauchten sie sich an wie Tiere, und sie weinte vor Wut, wenn er mit seinen Worten ihre Träume durchlöcherte, Träume von ihrem Leben, wie es sein sollte und wie es einst gewesen war, und wenn er sie zwang, der Veränderung ins Auge zu sehen, die sie bereits durchgemacht hatten und an der sie im selben Maß teilhatte wie er.

Und so vögelte, lutschte, leckte und schrie Alice sich durch den Sommer. Sie schlief nicht sonderlich viel, und wenn sie es tat, hatte sie Albträume – dass die Kinder sie mit einem anderen Mann ertappten, dass sie vergessen hatte, ihnen etwas zu essen zu geben, dass sie sie mit großen, ausgehungerten Augen ansahen wie die Kinder aus Biafra aus den Nachrichten. Dumme und viel zu eindeutige Träume, durch die sie sich noch unzulänglicher fühlte als ohnehin schon. Sie gab sich Mühe, eine ordentliche Mutter zu sein, obwohl ihr Geduldsfaden mit jeder Woche dünner wurde. Trotzdem war sie sich sicher, dass die Kinder nichts mitbekamen. Und wenn sie keine Lust hatte, etwas zu unternehmen oder mit Martin zu spielen, und so wenig Zeit wie möglich in der Küche verbrachte und nur kaltes Abendessen servierte, konnte sie es auf die Hitze schieben. Hin und wieder überkam sie allerdings das schlechte Gewissen, und sie zog die Kinder fest an sich und brach in Tränen aus.

Als alle glaubten, der Gipfel wäre längst überschritten, erreichte die Hitzewelle im Juli neue Höhepunkte. Sie fielen mit den Hundstagen zusammen, als Sirius noch vor dem Morgengrauen aufging und der Sonne sein heißes Blut spendete. Der Sommer '69 war eine einzige Feuerpredigt, kleine, lärmende Störfrequenzen im Blut, die sie ablenkten und träge und unruhig machten.

Alice hätte gern das Gefühl gehabt, die Dinge wenigstens ein bisschen unter Kontrolle zu haben. Gedankenverloren in der Küche, im Supermarkt oder auf dem Parkplatz vor der Schule zu stehen, während die Lust in sie einschlug wie ein Komet, erschreckte sie fast zu Tode. Normalerweise genoss sie die Sommerferien, wenn die Kinder zu Hause waren und sie alles mit Ruhe angehen konnten, aber jetzt verzweifelte sie fast daran, nicht allein zu sein. Sie brachte die Kinder zu Barbara oder zu Lilli und den Atomzwillingen und fuhr in die Herzberge, wo die Luft kühler war. Sie parkte das Auto im Schatten des Aussichtspunkts, schaltete das Radio ein und vergaß die Zeit, während Vase wie ein zusammengekrümmtes Insekt im Spinnennetz von Rossel vor ihr lag. *Sunshine of your love*, *Honky Tonk Woman*, *I wish it would rain*. Sie sang mit und schwitzte auf den Kunststoffsitzen, und manchmal berührte sie sich und setzte sich wütend und schamerfüllt rittlings auf diesen schrecklichen Kometen und verschwand im Weltraum. Anschließend wusch sie sich mit feuchten Tüchern, die mit Zitronenduft parfümiert waren, aber ihr Geschlecht trotzte ihr mit einem wilden, durchdringenden Duft.

Rachlust und Eifersucht infizierten ihre Lust, schwollen wie Staubballen an und trieben Alice immer weiter weg von allem, was sie sonst wertschätzte. Die Kinder waren still oder laut, sie machten alles wie immer, und sie kümmerte sich um sie, obwohl sie sie kaum im Auge behalten konnte. Hier und da erhaschte sie einen kurzen Blick auf sie, aber sie waren nie nah genug. Als sie endlich ins Ferienlager fuhren, war sie erleichtert. Sie versuchte, gute Laune zu zeigen, als sie die Kinder zum Bus fuhr, konnte sich jedoch nicht beherrschen und behandelte sie streng und ungerecht. Flora gab sich Mühe, so zu tun, als wäre es ihr egal, sie stand einige Meter von ihren Geschwistern entfernt und kraulte Tutku den Rücken.

Alice zog sie irritiert zu den anderen. »Was machst du da?«, fragte sie.

Es sah beinahe spastisch aus, wie das Mädchen ihre Hand in der Luft vor- und zurückbewegte. Flora kniff die Augen zusammen, entgegnete jedoch nichts, und Alice ließ sie in Ruhe.

Martin klammerte sich an seine Mutter und weinte vor vorauseilendem Heimweh, bis sie seine Hand nahm und sie in die von Marie-Louise drückte. »Ihr seid zusammen, das wird doch lustig«, sagte sie und ging, kaum dass die Kinder ihre Plätze im Bus gefunden hatten, sie wollte es ihnen nicht noch schwerer machen.

Anschließend hatte sie alle Zeit für sich. Sie wartete auf Eric, sie versuchte, sich selbst zu sammeln, sie wollte ihre Ehe wieder in den ursprünglichen Zustand zurückversetzen. Eines Abends glaubte sie, dass es ihr gelingen würde. Sie aßen auf der Terrasse, sprachen über seine Arbeit und dies und jenes, und anschließend machten sie einen Spaziergang in der Dämmerung. Die Nacht war ein samtweiches Hemd, unter dem sie sich verstecken konnte, die Bäume reckten ihre dunklen Rippen in den violetten Himmel, ihre Hände, Gesichter, Brüste, Schenkel wurden klebrig und feucht. Wortlos liebten sie sich, er beobachtete, wie sie es genoss. Anschließend weinte sie, und er tröstete sie, ohne etwas zu sagen. Es gelang ihr, die ganze Nacht durchzuschlafen, nicht ein einziges Mal wurde sie wach. Sie träumte etwas, an das sie sich nicht erinnern konnte, wonach sie sich jedoch glücklich und leicht fühlte, und am Morgen brachte sie ihm Kaffee ans Bett. Sie betrachtete ihn, als er noch schlief, streichelte sein Gesicht mit Fingern aus Wind und dachte, dass der böse Zauber gebrochen sei. Dass sie gemeinsam etwas gesehen hatten, was sie nicht vergessen würden, was sie aber hinter sich lassen konnten, um nur mit der Erinnerung weiterzuleben, so wie man es in einer Ehe auch mit anderen Erlebnissen tat. Plötzlich fühlte sie sich wieder wie eine junge Frau, empfänglich und voll glühender, pochender Liebe, und sie streckte sie ihm entgegen, als er gehen wollte.

»Wir könnten heute Abend einen Tisch im Vola bestellen«, schlug sie vor, und er nickte. »Und danach können wir nach Hause gehen und ...«, flüsterte sie und legte den Kopf auf seine Schulter.

»Ich habe eine bessere Idee«, sagte er und küsste sie aufs Haar. »Wenn du den Tisch bestellst, plane ich den restlichen Abend.«

Er lächelte, offen, mild, liebevoll. Sie schluckte und wollte es ihm sagen, sie wollte sagen, dass es so nicht mehr weiterging, dass sie Angst davor hatte, daran zu zerbrechen.

»Ich ...«, begann sie und verstummte.

»Wir machen etwas, woran ich schon lange gedacht habe«, sagte er, »ich bin mir sicher, dass du es großartig finden wirst.«

Kapitel 7

In Wahrheit, musste sich Alice eingestehen, waren ihr die Seiten, die sie über den Sommer hinweg an Eric kennengelernt hatte, vollkommen fremd. Das wurde ihr schlagartig bewusst, als sie geistesabwesend ihren Einkaufswagen zwischen den deckenhohen Regalen des Supermarkts in dem nagelneuen Einkaufscenter zwischen Vase und Rossel hindurchschob. Wenn sie Eric nicht mehr kannte und auch sich selbst nicht, was blieb dann noch übrig? Es machte sie traurig, wenn sie darüber nachdachte, wie lange er diese Gedanken wohl schon hegte, die allmählich auch sie geprägt hatten. Es war deprimierend, dass man unter einem Dach zusammenleben, essen, schlafen, sich lieben konnte, ohne ein Gefühl dafür zu haben, was den anderen umtrieb. Sie fühlte sich wie ein schlechter Mensch. Unaufmerksam und gleichgültig. Sie war mit den Kindern beschäftigt, mit ihrem gemeinsamen Zuhause, dem ruhigen, gewöhnlichen Leben. Vor allem aber hatte sie sich mit sich selbst beschäftigt, das konnte sie jetzt deutlich sehen. Sie war hin und wieder unzufrieden, wenn Eric nicht dasselbe wollte wie sie, wenn er zu viel arbeitete und sie fand, er würde zuerst an sich denken und erst danach an seine Familie. Sie hatte sich beklagt, wenn er ihren Urlaub wegen geschäftlicher Termine verlegte oder zu spät zum Essen nach Hause kam. Dagegen bereitete es ihr keine Probleme, das Geld auszugeben, das er verdiente, und in Wahrheit waren es ihre eigenen, verschrobenen Erwartungen, die zu ihrer Unzufriedenheit führten. Sie hackte auf ihm herum, immerzu forderte sie etwas von ihm, sie wollte unterhalten und geliebt werden, erwartete Geschenke, mit denen er seine Zuneigung bewies, über die sie sich jedoch nie richtig freute.

Eric hatte recht damit, dass die Liebe in der modernen Welt zu einem Tauschhandel reduziert worden war, dass sie eher ein Gegenstand war als eine Fähigkeit. Das hatte er in einem Buch gelesen, und jetzt begriff sie, dass es ein Fehler war, sich nie dafür interessiert zu haben. Es war ihr egal gewesen. Die Ehe an sich ist ebenfalls zu einem Tauschhandel geworden, hatte er hinzugefügt, obwohl wir sie überhöhen und zu etwas Heiligem machen, sind wir in Wirklichkeit vor allem am Marktwert unseres Partners interessiert. Ihr hatte es nicht gefallen, dass er so redete, und wie so oft warf sie ihm vor, zynisch zu sein. Da sah er sie mit diesem nachsichtigen Blick an, der ihr stets das Gefühl vermittelte, dumm zu sein, und sie hatte nichts mehr gesagt. Stattdessen hätte sie ihn lieber fragen sollen, was er tatsächlich meinte, um einem grundsätzlichen Verständnis näher zu kommen. Ein weiteres Zeichen für ihre unangemessene Selbstbezogenheit, dachte sie und blieb in der Obst- und Gemüseabteilung stehen: dass sie alles so persönlich nahm. Sie füllte Aprikosen in eine Papiertüte, wog sie vorher umständlich in der Hand und schnupperte daran. Es gab nichts Schlimmeres als überreife Aprikosen, das Fruchtfleisch änderte seine Struktur, wurde mehlig und löste sich vom Kern. Sie wollte eine Aprikosentorte backen. Ihn im Büro anrufen und ihn bitten, nach Hause zu kommen, anstatt sie im Restaurant zu treffen. Sie wollte sich hübsch machen und ihm erzählen, wie sehr sie ihn liebte. Sie wurde eifrig und zog hastig die Zutaten aus den Regalen, sie wollte es noch zur Maniküre schaffen und ein neues Kleid kaufen und glücklich sein, wenn sie nach Hause kam. Gelänge es ihr nur, all die Gedanken zu kontrollieren, die sie immerzu aus dem Gleichgewicht brachten und sie unsicher und ängstlich machten, ginge es ihr im Grunde genommen gut. Sie musste lächeln und vergaß, was sie eigentlich aus dem Kühlregal hatte holen wollen. Ihr war bewusst, dass sie etwas an ihrer Einstellung ändern musste, wenn es ihnen wieder miteinander gutgehen sollte. Und natürlich konnten sie das schaffen, Eric und sie und die Kinder gehörten zusammen, es gab ganz einfach keine andere Alternative.

Im Schönheitssalon war kein Termin frei, also versuchte sie es stattdessen beim Friseur, denn sie hatte sich schon lange nicht mehr die Haare schneiden lassen, aber auch dort hatte man keine Zeit für sie. Die spontane Freude wich nachhaltiger Verärgerung. Sie musste etwas Kaltes trinken, ehe sie nach Hause fuhr. Erwartungen, es war schon wieder dasselbe, dachte sie. Ich bilde mir etwas ein, und wenn es dann nicht klappt, reagiere ich so kindisch, als hätte man mich persönlich beleidigt. Sie machte eine Kopfbewegung, um die Haare aus dem Gesicht zu werfen, und lächelte nachsichtig über sich selbst. Für einen kurzen Moment betrachtete sie die große Auswahl an ausländischen Zeitschriften im Kiosk, die Mondlandung lag weniger als einen Monat zurück, und alle Augustausgaben brachten entsprechende Bilder auf der Titelseite. Ein Stück der grauen Krateroberfläche des Mondes in einer Ecke, der unendliche, finstere Raum, der den Rest ausfüllte, eine Zeichnung von einer Rakete, vollbesetzt mit internationalen Spitzenpolitikern, eine in den Boden gesteckte Flagge. Sie nahm die neuste Nummer der *LIFE* in die Hand und betrachtete den Astronauten auf der Vorderseite. *To the moon and back,* stand dort, das Visier vor seinem Gesicht war dunkel und spiegelte einen anderen Astronauten und den langen Schatten des Fotografen. Es musste schwer sein, sich in einem solchen Raumanzug zu bewegen, schwer, etwas durch die dicken Handschuhe zu spüren, aber das Universum wollte erobert werden, Sterne, Planeten, der treue Mond und die Unendlichkeit an sich. Ein Magazin enthielt eine Karte über den Mond, man konnte sie ausklappen, die dunklen Flecken hatten Namen: Meer der Ruhe, Schlangenmeer, Meer der

Fruchtbarkeit, der Kälte, Meer der Heiterkeit, der Dünste. Sie selbst war das Thema Mondlandung schon leid, aber Eric würde sich vielleicht über ein solches Themenheft freuen. Sie hatten das Ereignis gemeinsam mit den Kindern im Fernsehen verfolgt, und Eric hatte mit seiner Begeisterung die Kinder angesteckt.

»Grenzen sind nichts anderes als Kreidelinien, die weggewischt und neu gezogen werden können«, hatte er gesagt und sein erhobenes Glas triumphierend gegen die Limonadengläser der Kinder gestoßen. »Jetzt erobern wir verdammt noch mal auch noch das Universum!«

Sie fand es ebenfalls faszinierend, dass der Mensch im Weltall umherreisen und auf anderen Planeten an Land gehen konnte, und dennoch fiel es ihr schwer, in den Jubel der anderen einzustimmen. Es war, als ginge sie das eigentlich nichts an, als habe das irgendjemand erfunden, winzige Plastikfiguren, die man aus einer Schachtel nehmen und wieder hineinlegen konnte.

Sie kaufte die Zeitschrift nicht. Sie stellte die Tüten in den Wagen, die gekühlten Lebensmittel würden sich nicht lange halten, auf dem Parkplatz war es glühend heiß, der Asphalt war zu glänzenden Pfützen geschmolzen, sie hatte keine schattige Lücke finden können. Das Einkaufszentrum war aus hellem, grauem Beton erbaut, es sah aus, als würde es bald zerbröseln oder mit der Luft eins werden, wenn der Regen das nicht verhinderte. Ein käferartiges Insekt krabbelte über ihren Fuß, sie strampelte, um es abzuschütteln, wurde stattdessen jedoch gebissen, ein roter, brennender Abdruck am Querriemen ihrer Sandale. Sie bestellte sich in der Cafeteria eine Limonade und legte einen Eiswürfel auf ihre Haut. Sie fürchtete, die Stelle könnte anschwellen und sie krank machen, sie hatte Geschichten von Vogelspinnen gehört, die mit exotischen Früchten ins Land kamen. Ein Insekt wie dieses hatte sie noch nie gesehen, in ihrer Fantasie wuchs es zu einer unnatürlichen Größe an. In ihrem Fuß kribbelte es, obwohl man kaum etwas sehen konnte: einen roten, stecknadelkopfgroßen Punkt, eine winzige Ausbuchtung, die sie gerade so mit dem Finger ertasten konnte. Irgendetwas stimmte nicht mit ihr, das war ihr inzwischen bewusst. Der Biss war eine Sache, ihre Gedanken etwas ganz anderes. Wieder betrachtete sie sich von außen, ein harter Schnitt wie eben im Supermarkt, der ihr deutlich machte, dass sie versagte, dass sie nicht gut genug war.

Außer ihr saßen in der Cafeteria nur ein paar ältere Damen. Sie hatten drinnen im Schatten Zuflucht gesucht, draußen ließen rote und gelbe Sonnenschirme ihre Köpfe über filigrane Plastiktische hängen. Die Szenerie wirkte verlassen, unheimlich, wie nach einer Katastrophe. Alice rieb an der Bissstelle und kam zur Ruhe, indem sie die anderen Frauen betrachtete; ihre ordentlichen Frisuren, ihre Eheringe, ihren Alltagsschmuck und die offenen Schuhe, die Art und Weise, wie sie ihre Gläser hielten. Als sie sie beobachtete, vermisste sie ihre Mutter. Alice hätte sich gewünscht, dass sie ihre Enkelkinder kennengelernt hätte. Es gäbe ihr Geborgenheit, eine Mutter zu haben, selbst wenn sie am anderen Ende des Landes wohnte und man sich nicht oft sah.

Sie vermisste das vertraute Gefühl ihres Elternhauses, die feinen, gehäkelten Gästehandtücher, die bestickten Läufer, den Glockenzug mit den Herzen und den Goldvögeln, die Erinnerung daran, wie ihre Mutter sich jeden Abend nach Ladenschluss in das Hinterzimmer der Reinigung setzte und ihre Beine einen Moment ausruhte, während sie mit ihrer zierlichen Handschrift Merklisten für den nächsten Tag schrieb. Es wäre schön gewesen, wenn sie und die Kinder Ferien bei den Großeltern hätten machen können, die Sommerferien hätten kürzer gewirkt, und sie hätte nicht die ganze Zeit auf Eric warten und die Tage bis zu seinem begrenzten

Urlaub zählen müssen. Die Kinder und sie hätten in ihrem alten Zimmer übernachten können, die Mädchen hätten sich das schmale Bett geteilt, Martin und sie auf einem Feldbett oder einer Matratze auf dem Boden geschlafen. All das kam ihr mit einem Mal so lebendig vor, so hell und einfach und doch völlig unmöglich. Das Zimmer gab es überhaupt nicht mehr. Ihre Mutter war schon seit über fünfzehn Jahren tot, und obwohl sie schon vor Marie-Louises Geburt gestorben war, war die Sehnsucht nach ihr schmerzhaft aufgeflammt, als Alice ihr Neugeborenes in den Armen hielt. Damals hatte sie Angst, überhaupt nicht erwachsen genug zu sein, um sich angemessen um die Kleine kümmern zu können. Eric hatte versucht sie zu beruhigen, das sei Unsinn, niemand sei dafür besser geeignet als sie, aber sie hatte ihm nicht geglaubt. Sie wollte stillen, aber Marie-Louise schrie und schrie, und sie hatte keine Geduld. Der Arzt hatte sie angewiesen, das Kind vor und nach jeder Mahlzeit zu wiegen, und es war schrecklich unangenehm, ihm anschließend die Zahlen zu zeigen. Jeder sah, dass ein Säugling nicht von ihrer dünnen Milch leben konnte, und sie musste Flaschen mit Pulver und abgekochtem Wasser zubereiten. Und obwohl ihre Freundinnen sagten, sie solle froh sein, dass ihre Brüste später nicht hängen würden, war dies das erste nicht überwundene Hindernis in einem unmöglichen Hürdenlauf der Mutterschaftsleistungen.

An ruhigeren Tagen mit der Kleinen stellte sie sich vor, wie sie sie anzog, um ihrer Mutter einen Vormittagsbesuch abzustatten, wenn sie in Wirklichkeit nur einen Ausflug in den Winterpark machten. In Gedanken sprach sie mit ihr und erfand kleine Geschichten, in denen sie dann angefüllt mit Verständnis und guten Ratschlägen den Hörer auflegte oder in denen sie teure Lederhandschuhe für ihre Mutter und eine handgeschnitzte Pfeife oder etwas anderes für ihren Vater kaufte, obwohl Eric und sie sich so etwas zu diesem Zeitpunkt gar nicht hätten leisten können. In diesen Fantasien war sie am glücklichsten. Wenn die Trauer hin und wieder daraus hervorbrach, schwand ihre Energie, und sie konnte sich zu nichts mehr aufraffen. Dann gelang es ihr nur mit äußerster Anstrengung, sich und die Kleine anzuziehen und die schlimmsten Milchflecken vom Küchentisch zu wischen. Sie lag stundenlang auf dem Sofa und bemitleidete sich selbst, während Marie-Louise auf ihrer Decke strampelte, von Spielzeug umgeben, damit sie etwas anderes zu sehen bekam als ihre deprimierte Mutter. Alice fütterte und wickelte sie und sah ständig auf die Uhr und hoffte, dass es bald wieder Zeit war, sie hinlegen zu dürfen. Aus dieser Lethargie konnte sie sich erst befreien, als Marie-Louise genau ein Jahr alt war und Alice entdeckte, dass sie wieder schwanger war.

Langsam trank sie ihre Limonade in der halbleeren Cafeteria. Unter der Decke surrte ein Ventilator, man wurde fast blind davon, auf den sonnenbeschienenen Parkplatz hinauszusehen. Noch immer wollte sie am liebsten ihre Mutter anrufen, wenn etwas Wichtiges in ihrem Leben geschah. Als sie Flora und Martin bekam natürlich, als Eric befördert wurde und sie das Haus kauften und nach Vase zogen. Flora war nach der Mutter benannt, obwohl Eric von dem Namen nicht sonderlich begeistert war, aber als er merkte, wie wichtig es Alice war, lenkte er ein. Sie bekam einen zweiten Vornamen, Alexandra, den wiederum er hatte bestimmen dürfen und den sie lieber gar nicht erst kommentierte, weil sie ihn ordinär fand und er bei ihr Assoziationen zu einer Stripperin weckte. Aber dort, wo Eric herkam, hießen die Leute anders, und er hatte ein besseres Gespür dafür. Er hatte auf Marie-Louise bestanden, obwohl Alice einen solchen Doppelnamen viel zu pompös fand für ein kleines Mädchen. Sie hatte Diana und Michelle vorgeschlagen, was ihm überhaupt nicht gefallen hatte. Auf Martin hatten sie sich leichter einigen können,

Jungennamen sollten klassisch und solide sein, da waren sie beide gleicher Meinung.

Alice trank gedankenverloren aus und schlürfte an ihrem Strohhalm, sie musste allmählich nach Hause fahren und mit dem Kochen anfangen, gönnte sich stattdessen aber noch einen Eisbecher. Sie musste die wenigen Tage ohne die Kinder ausnutzen, diese Freiheit bereitete ihr ein heimliches, schambehaftetes Vergnügen. Das Eis schmeckte allerdings fettig und künstlich, und sie ließ die Hälfte stehen.

Weitere Frauen kamen in die Cafeteria, sie waren älter als Alice, gewöhnliche Hausfrauen mit Einkaufstüten und Kopftüchern. Sie waren älter als ihre Mutter, als sie starb. Sie aßen Kuchen, obwohl sie es sich nicht leisten konnten. Wenn sie Ferien auf Lilleø machten, studierte Alice die Körper anderer Frauen. Es verwunderte sie, dass viele keinerlei Scham dabei empfanden, sich im Badeanzug zu zeigen, nur weil sie gerade am Strand waren. Je älter sie waren, desto schlimmer wurde es. Ihre dicken, schwabbeligen Bäuche, ihre breiten Rücken, in die die Träger einschnitten, die delligen, mit einem Spinnennetz von Äderchen überzogenen Beine. Sie hasste den Gedanken an den bevorstehenden körperlichen Verfall. Die Vorstellung, dass sie selbst auch einmal so enden würde, war nicht auszuhalten.

Alice konnte sich nur schwer vorstellen, dass ihre Eltern ein Sexleben gehabt hatten. Vielleicht lag es daran, dass es ihre eigenen Eltern waren, vielleicht aber auch daran, dass die beiden sich fast nie berührten. Erics Eltern waren da freimütiger gewesen. Sie hatten sich oft an den Händen gehalten und sich nicht geniert, sich in Gegenwart anderer zu küssen. Alice hatte das rührend gefunden, fast niedlich, auf eine Art, mit der junge Menschen die Liebe der Älteren betrachten, weil sie die Vorstellung, dass die Alten Sex haben, unanständig oder abstoßend finden und deren Hingabe deshalb nicht mit Sinnlichkeit in Verbindung bringen. Sie rührte in ihrem Eis und wollte nicht mehr daran denken. Die dünne Haut, die Falten, die gelben Zähne, der säuerliche Mundgeruch, den alte Menschen verströmen. Der Biss an ihrem Fuß juckte, war aber nicht geschwollen. Die Frauen in der Cafeteria waren höchstens zwanzig Jahre älter als Alice – sie selbst, ehe sie sichs versah. Wenn sie vor dem Spiegel den Kopf zur Seite drehte, zeigten sich an der Haut unter dem Kinn schmale, schlaffe Streifen, und wenn sie nackt war und sich vorbeugte oder auf allen vieren kniete, erblickte sie ab und zu eine Falte in ihrer schlaffen Bauchhaut. Und dann war da noch die Sache mit ihren Händen. Sie hatte einen mikroskopisch kleinen braunen Fleck auf ihrem linken Handrücken entdeckt, ein böses Vorzeichen dafür, dass sie sich mit der Zeit in einen Leoparden mit gerillten Fingernägeln und zäher Nagelhaut verwandeln würde. Wie sollte sie mit einer solchen Hand Erics Glied halten? Wie um alles in der Welt sollte er das anziehend finden?

Männer hatten es leichter, dachte sie gereizt, sie brauchten das Alter nicht auf dieselbe Art und Weise zu fürchten. Sie konnten immer weiter Kinder zeugen, im Gegensatz zu den Frauen, als hätte die Natur beschlossen, dass sie für die Nachkommen verantwortlich waren und jung genug sein mussten, um nicht zu sterben, ehe die sich allein durchschlagen konnten.

Alice war 35 und eigentlich schon zu alt, um jetzt noch ein Kind zu bekommen, sie hatten ja auch genug zu tun mit ihren dreien, aber dennoch setzte sie dieser Gedanke völlig außer Gefecht. Sie rührte ununterbrochen in dem schmelzenden Eis und versuchte, sich nicht von ihren Gefühlen mitreißen zu lassen. Sie tupfte sich sorgfältig den Mund mit der Serviette ab, holte ihren Taschenspiegel hervor und malte sich die Lippen mit Revlons *Lickety Pink,* der frischesten Farbe der Saison. Ein weiteres Kind wäre ein filigranes Bollwerk gegen den Tod. Es würde nichts an der Gnadenlosigkeit des Alters ändern, aber vielleicht würde sie sich dadurch wieder jung und lebendig fühlen. Und Eric und sie einander näher bringen. Er war immer so rücksichtsvoll gewesen, wenn sie schwanger war. Selbst beim dritten Mal, als er kaum noch auf einen Jungen zu hoffen gewagt hatte. Er hatte ihr den Rücken massiert und Kekse geholt, wenn sie im Bett lag, weil ihr übel war. Er hatte ihren Bauch gestreichelt und mit ihm geredet, davon überzeugt, dass ihr Baby ihn hören konnte, und er hatte sich viel mehr bei den Vorbereitungen engagiert, als sie es von anderen Männern kannte. Trotzdem war sie sicher, dass Eric nein sagen würde zu einem weiteren Kind. Er war vernünftiger als sie. Er würde erklären, dass das Haus nicht groß genug war, sie nicht alle ins Auto passten, sich nicht mehr jedes Jahr einen Urlaub leisten könnten. Vernünftige Argumente, richtige Argumente, gegen die sie nichts würde sagen können. Genau wie alle anderen nahm sie die Pille. Es wurde als Revolution gefeiert – das Recht, über seinen eigenen Körper zu bestimmen. Die Entscheidung weg vom Pessar war ihr nicht schwergefallen, als die Pille einige Jahre zuvor zugelassen wurde. Sie schauderte beim Gedanken an die kleine Gummischale, die sich mit der Zeit verfärbte und die, selbst wenn sie richtig saß, gegen die Harnröhre drückte, sodass es jedes Mal brannte, wenn sie anschließend pinkeln musste. Irgendjemand schrieb oder sprach immer davon, dass die Pille schädlich sei. Dass die Übelkeit und Niedergeschlagenheit und die Durchblutungsstörungen, die Pickel, die gespannten Brüste, die zusätzlichen Kilos und die Schwierigkeit, anschließend schwanger zu werden, also all das, womit die meisten Frauen tagein, tagaus lebten, nicht nur harmlose Nebenwirkungen waren, sondern Signale des Körpers, um sie vor schlimmeren und allumfassenderen Risiken wie Thrombosen, Depressionen und vielleicht sogar Krebs zu warnen. Kritiker sagten, die Frauen würden als Versuchskaninchen missbraucht und die Pille sicherte den Männern lediglich leichten Zugang zum Sex und dass man damit die Gesundheit aufs Spiel setzte. Andere meinten, es verhalte sich genau umgekehrt, und solange nichts von alledem bewiesen und die Alternativen so unbrauchbar waren, glaubte Alice lieber ihnen. Die Befürworter behaupteten, die Kritiker ließen sich vor den Karren der Kirche spannen und all das Gerede von der Natürlichkeit sei nichts als ein Versuch, wieder die Kontrolle über promiskuitive Frauen zu erlangen. Promiskuitiv. Das war ein Wort, das niemand mochte, es bohrte sich ins Fleisch wie ein Splitter.

Alice stand zu schnell auf und musste sich am Tisch abstützen. Schwarze und goldene Tupfer flirrten vor ihren Augen umher, sie setzte sich wieder, den Kopf zwischen die Beine gesenkt. Jemand berührte sie, andere fragten aus weiter Ferne, ob sie helfen könnten. In ihren Schläfen pochte es, ein stechender, unbehaglicher Schmerz breitete sich hinter ihren Augen aus. »Es geht schon«, sagte sie, »ich muss nur eine Weile sitzen bleiben.«

Eine ruhige Hand zwischen ihren Schulterblättern, ein Glas Wasser, das zwischen ihren Knien hindurchgereicht wurde. Der Boden war mit Tränen gesprenkelt, es war ihr unangenehm, aber sie konnte nichts dagegen tun. Sie wollte in ein Bett mit großen, kühlen Kissen gelegt werden, wollte in einen hundertjährigen Schlaf fallen.

Alice backte die Aprikosentorte, musste das restliche Abendessen jedoch aufgeben. Sie nahm ein Pulver gegen die Schmerzen und riss sich zusammen. Eric kam nach Hause, sie aßen Toast mit Tomaten und geschmolzenem Käse, er hätte lieber Fleisch gehabt, beschwerte sich jedoch nicht weiter, als sie von ihrem Unwohlsein erzählte. Nach dem Essen saßen sie im

Vorgarten, von wo aus sie den Sonnenuntergang wie einen lachsfarbenen Riss zwischen grauroten Wolken beobachten konnten. Die Sonne zog die Farben mit sich hinter die Dächer und Bäume und wischte die Bräune von Erics Gesicht.

»Bist du bereit?«, fragte er schließlich.

Sie hatte wohl ihren Gedanken nachgehangen, und es verging einige Zeit, bis sie verstand, was er meinte.

»Ich weiß nicht so recht«, sagte sie, »ich bin nicht richtig fit.«

Das war zugleich wahr und falsch. Der Kopfschmerz war verschwunden, aber das merkwürdige Gefühl von Unwirklichkeit hatte Alice immer noch in seiner Gewalt. Eric antwortete nicht sofort. Er paffte seine Pfeife, legte den Kopf in den Nacken und blies Rauchringe in den Himmel. Sie wogten rastlos in der Luft, dehnten sich aus, verschwanden.

»Ich hoffe, dass Martin nicht so schlimmes Heimweh bekommt«, sagte sie.

»Liegt es daran, dass du keine Lust hast?«, fragte er und legte die Pfeife beiseite. Er rieb an einem unsichtbaren Fleck auf seinem Schuh.

»Warum sagst du so etwas?«

»Es ist nur ein Gefühl.«

Ein Moped beschleunigte lärmend und raste vorbei. Ein junges Mädchen klammerte sich an den Fahrer und streckte die Beine nach vorn wie ein kleines Kind auf einer Schaukel. Ihr kurzes weißes Kleid leuchtete in der Dunkelheit, sie konnten sie lachen hören.

»Lust ist nicht alles«, antwortete sie und stand auf.

Vielleicht war es naiv gewesen, zu glauben, dass sie einfach nur den Abend über im Garten sitzen bleiben, reden oder schweigen und sich an den Händen halten und ins Bett gehen könnten, dass er zusehen würde, wie seine Rauchringe die Sterne einkreisten, und sie sich einfach nur Gedanken um Martin machen dürfte, dass sie vollkommen normal sein könnten und mit niemand anderem etwas anfangen mussten als mit sich selbst. Sie hatte sich im Laufe des Tages von dieser Vorstellung einlullen lassen. Sie hatte geplant, ihm davon zu erzählen, was sie früher am Tag im Einkaufszentrum gedacht hatte. Irgendwann im Laufe des Nachmittags, als sie auf dem Weg zu Barbara war, weil der Zucker nicht reichte, hatte sie sogar in Betracht gezogen, die Sache mit dem Kind anzusprechen. *Wollen wir nicht noch ein Kind bekommen, bevor es zu spät ist?*, hatte sie vor sich hin gesagt, um zu hören, ob die Worte sie trugen. Es hatte sie in einen Rausch verwirrter Freude versetzt, obwohl es unwahrscheinlich war, dass Eric es wollte. Oder dass sie selbst es tatsächlich wollte, hatte sie später gedacht, als sie auf dem Bett lag und darauf wartete, dass ihr Kopfschmerzmittel wirkte.

»Ich kann nicht verstehen, dass du das nicht begreifst«, fuhr sie fort. Sie musste sich am Türrahmen festhalten, um die Welt zum Stillstand zu bringen. Erst jetzt bemerkte sie, wie wütend sie war.

Eric sah sie nur an und trommelte angespannt mit den Fingern auf den Tisch, eins, zwei, drei, eins, zwei, drei. »Das kannst du nicht verstehen«, wiederholte er, »dass ich das nicht begreife.« Mehr sagte er nicht und hörte auch nicht auf zu trommeln.

Sie suchte Zuflucht im Badezimmer. Sie saß auf dem Toilettendeckel, beugte sich über die Knie und weinte in die Badematte, um ihr Make-up nicht zu verschmieren. Die Tränen legten sich wie Perlen auf den dicken, hellbraunen Velours, ehe sie einsickerten und ein Muster aus feuchten, dunklen Rinnsalen bildeten.

»Entschuldigung«, flüsterte sie mehrmals vor sich hin, als sie auf dem Weg zurück zur Terrasse war, um zu verhindern, dass die Worte sich plötzlich verhedderten und nicht mehr hinauswollten.

Erics Stuhl war leer, seine Pfeife lag in einer Schale auf dem Gartentisch. Sie rief mit einer dünnen Flüsterstimme nach ihm, die niemand hören konnte. Sie hastete den Gartenweg entlang, um nach dem Auto zu sehen, war jedoch nicht beruhigt, als sie es noch dort stehen sah. Sie rief weiter nach ihm, eine verzweifelte Beschwörung, die Luft war von Glassplittern erfüllt, jeder Atemzug tat weh. Sie fand ihn im Wohnzimmer, er hatte das Licht nicht eingeschaltet. Eine Dämmerungssilhouette in dem Sessel, der am weitesten vom Fenster entfernt stand. Er bewegte sich nicht, als sie ihre Hand nach ihm ausstreckte.

»Entschuldigung«, flüsterte sie, »Entschuldigung, Entschuldigung, Entschuldigung.«

Er war nett zu ihr und zog sie an sich. Sie saß mit dem Kopf auf seinem Schoß auf dem Boden, er strich ihr über das Haar. Keiner von ihnen vermochte etwas zu sagen. Sie hatte Angst, dass alles noch verwirrender und verhängnisvoller würde, wenn sie anfing, sich zu erklären.

»Ich bin so müde«, sagte sie. Seine Hose roch nach Rauch und Chemikalien, es war eine schmale, beigefarbene Terylene-Hose, die sie ihm gekauft hatte, als sie das letzte Mal in Rossel war, und sie stand ihm gut. Schließlich erhob er sich und brachte sie ins Schlafzimmer.

»Das war zu viel für dich«, sagte er, »es ging zu schnell.«

Er saß auf der Bettkante, sie lag unter dem Laken und fühlte sich betrunken, obwohl sie keinen Alkohol zu sich genommen hatte. Und sie klammerte sich an seine Hand, dankbar und erschöpft. Dies war ihr Eric, und nichts auf der Welt sollte sie trennen.

Er blieb sitzen, bis sie eingeschlafen war, ihr blondes Haar bauschte sich um ihr Gesicht, sie atmete so leicht. Ihre Hand fiel über die Bettkante, als er sie losließ, und er legte sie vorsichtig auf ihre Brust. Sie sah jünger aus, wenn sich ihr Gesicht im Schlaf entspannte, die Wimpern auf ihren Wangen ruhten, der Mund leicht geöffnet war. All diese Schönheit hatte ihn immer mit Unruhe und Stolz erfüllt. Jetzt war die Unruhe verschwunden. Er wollte Alice nicht verletzen, aber die Experimente hatten seine eigenen Geister vertrieben, er war voller Vitalität und fühlte sich nicht länger in seiner Freiheit beschnitten und eingesperrt, wie es ihm all die Jahre ergangen war, seit sie damals in die Drosselhöhe gezogen waren.

Als Alice aufwachte, war Eric weg. Im Dunkeln tastete sie schlaftrunken auf seiner Betthälfte herum. Es war nach drei, sie ging nach unten, um ihn zu suchen. Das Auto war weg, er hatte keinen Zettel hinterlassen. Sie setzte sich ins Wohnzimmer, ohne das Licht einzuschalten. In der Ferne eine Sirene, ein Hund, der kurz und hitzig kläffte. Ihr Körper wollte nichts von der Angst wissen, wollte sie fortschaukeln, sie war eine Marionette, die überall Fäden hatte. Gegen Morgen schlief sie zusammengerollt auf dem Sofa ein. Das Telefon weckte sie, sie fuhr hoch und stolperte benommen in die Küche. Es war Eric, der sich aus dem Büro meldete.

»Ich wollte dich schlafen lassen«, begann er.

»Ja.« Alice nickte. In ihrem Kopf herrschte ein solcher Druck, sie stellte sich vor, wie ihr Gehirn überlief. Gepökeltes Lamm zu Ostern, gepökelte Entenbrust im November, Einmachen und Gelieren, sie stand in der Küche und las die Titel der Kochbücher auf dem Regal über dem Küchentisch, jetzt war sie wach, sie musste sich konzentrieren und die Worte deuten und festhalten, denn am Rande ihres Sichtfeldes begann erneut alles zu verschwimmen, genau wie am Vortag.

»Habe ich dich geweckt?«

»Ja.«

»Du musst den Schlaf wirklich gebraucht haben.«

»Ja.«

Sie lehnte sich mit dem Rücken an die Wand und glitt in die Hocke hinab. Sie konnte ihre eigenen Atemzüge im Telefon hören, sie spielten Fangen mit ihr.

»Ich versuche heute Nachmittag ein bisschen früher von hier wegzukommen«, sagte er. »Ich habe mir gestern wirklich Sorgen um dich gemacht.«

Sie ließ den Kopf nach vorn fallen, presste den Hörer gegen Hand und Wangenknochen. Sie war wach genug, um zu verstehen, worauf er hinauswollte. Die Küchenuhr zerhackte das letzte bisschen Schläfrigkeit, es war erst halb neun. Hätte sie die ganze Nacht geschlafen, hätte sie nicht bemerkt, dass er weg gewesen war, sondern geglaubt, er wäre lediglich früh ins Büro gegangen. Sie legte einfach auf, blieb auf dem Boden sitzen und wartete, bis er noch einmal anrief, hob aber nicht ab. Das Klingeln war ein einsames, unheilverkündendes Geräusch. Er versuchte es mehrmals, ehe er aufgab. Sie ging wieder ins Schlafzimmer. Er hatte sich Mühe gegeben, seine Betthälfte zu zerwühlen, damit es den Eindruck erweckte, er hätte zu Hause geschlafen. Im Badezimmer standen seine Utensilien so, wie wenn er sich morgens rasierte. Sie stellte sie wieder an ihren Platz in den Badezimmerschrank, machte das Bett, brachte die Schmutzwäsche in die Waschküche. Sie ging ins Bad, überlegte, ob Eric die Wahrheit gesagt haben könnte. Ob sie sich mit dem Auto getäuscht hatte, weil er es aus irgendeinem Grund weiter oben an der Straße geparkt hatte und nicht in der Einfahrt, vielleicht hatte dort ein Kinderfahrrad gelegen, an dem er nicht vorbeigekommen war, und er hatte es beiseitegeräumt und war so hungrig gewesen, so eifrig, nach Hause zu kommen, dass er vergessen hatte, das Auto hineinzufahren, oder er hatte gedacht, dass es warten könnte, bis sie ohnehin wieder fuhren, ins Restaurant, wie sie es eigentlich geplant hatten. Vielleicht hatte er wirklich zu Hause übernachtet, im Arbeits- oder Gästezimmer, weil er Musik hören oder lesen und sie nicht hatte wecken wollen, und sie hatte sich von ihrer eigenen Ängstlichkeit beeinflussen lassen. Sie ging durch die Zimmer, und mit jedem gemachten Bett, das sie sah, drückte sich ein schwerer Stempel tiefer in ihren Bauch hinein. Sie erinnerte sich, dass sie das Auto noch am Vorabend in der Einfahrt gesehen hatte, und sie blieb eine Weile in Floras Zimmer sitzen. Sie ließ die Finger über die Medaillen gleiten, die ihre Tochter mit der Laufmannschaft ihrer Schule errungen hatte. Sie war so klein und konnte so schnell rennen. Auf Marie-Louises Schreibtisch standen die Buntstifte säuberlich geordnet, in Martins Zimmer die Matchbox-Autos und Hot Wheels in einer langen Reihe entlang der Fußleiste. Zurzeit war er am meisten von einem silbergrauen Citroën begeistert und wünschte sich einen dunkelroten Dodge. Sie wusste genau, was die Kinder mochten, sie kannte ihre Gewohnheiten und Eigenheiten, und sie vermisste sie. Das Schuldgefühl angesichts dieses Durcheinanders, das sie und Eric verursacht hatten, fühlte sich an wie Blei in den Adern, als würde man im selben Moment erstarren und zu Boden sacken.

Heute war Mittwoch, sie würde einen ihrer neuen Freunde zum Mittagessen treffen. Eigentlich waren es überhaupt keine Freunde, aber sie wusste nicht, wie sie die Männer sonst nennen sollte. Liebhaber klang nach Liebe, Bettgefährte einfach nur schrecklich. Sie wählte seine Büronummer, um abzusagen, zögerte jedoch und legte wieder auf. Was hielt sie davon ab, den Nachmittag auf diese Weise zu verbringen? Die Angst? Die Sehnsucht? Dieser ganze, furchtbare Wirrwarr, in dem sie steckte? Ihr würde es ohnehin miserabel gehen, ganz gleich, wo sie war, ob im Glasschwärmerweg oder in einem Hotelzimmer in Rossel, und in ihrer Entscheidung, doch zu fahren, lag ein lebensbejahender Trotz. Das Haus, das sie normalerweise liebte, wirkte heute fremd, sie stellte sich unterschiedliche Alternativen vor: Limonade im Garten mit Barbara, Geplauder mit Ellen oder Joan im Supermarkt. Sie könnte die Abstellkammer aufräumen, staubsaugen, Rezepte aus Zeitschriften ausschneiden, ein Buch lesen. Es war, als würde sie an eine bevorstehende Beerdigung denken, eine zu erfüllende Pflicht, und nichts von alldem wirkte verlockend.

Also gab sie sich Mühe. Legte Make-up auf und zog sich an. Das lange Kleid aus dünnem Baumwollstoff mit Paisleymuster, die hochhackigen Sandalen und den breitkrempigen Leinenhut in derselben grünen Farbe wie das Muster des Kleids. Sie legte eine Friseurschere in die Tasche und ging hinüber zu Barbara. Die Luft war staubtrocken, der Bürgersteig tanzte in der warmen, weißen Sonne. Im Frühsommer hatte es auf den Wegen im Schmetterlingsquartier herrlich geduftet, Flieder, Geißblatt und frischgeschnittenes Gras. Jetzt mischte sich der stickige Duft der schwitzenden Vorgärten mit Staub und geschmolzenem Asphalt zu einem faden, metallischen Geruch. Schon am Vormittag war die Hitze kaum auszuhalten. Zwischen den Schatten der Platanen, die entlang den Wegen im Schmetterlingsquartier standen, schlug die Sonne nach ihr.

Sie bat Barbara, ihr die Haare zu schneiden. Die zog an ihrer Zigarette, während sie in der Küche alles vorbereitete.

»Du solltest sie wachsen lassen.« Barbara griff in Alices schulterlanges Haar. »Sie sind so schön, und es ist modern, sie lang zu tragen.«

»Ich bin nicht modern«, erwiderte Alice und lockerte ihren scheuernden Sandalenriemen ein wenig, »überhaupt nicht.«

Barbara schüttelte den Kopf. »Was für ein Quatsch. Du bist viel moderner als die anderen Frauen, sieh doch nur …« Sie trat einen Schritt zurück und deutete auf Alices Kleidung.

»Halblang ist auch modern«, lenkte Alice resigniert ein. Es war ihr unendlich gleichgültig. Wichtig war nur, dass sie rechtzeitig zu ihrer Verabredung kam. Er würde kaum besonders lange auf sie warten, wenn sie zu spät käme.

»Hm«, machte Barbara und ließ die Schere durch die erste Locke gleiten. »Hast du auch von diesen unheimlichen Morden gelesen?«

Alice antwortete nicht, nahm einen Schluck von dem Eiswasser, das Barbara ihr hingestellt hatte. »Könntest du mich nachher zum Bahnhof fahren?«, fragte sie dann.

Barbara nickte und drückte ihre Zigarette aus. Das spröde Ratschen, wenn die Schere eine Haarsträhne durchtrennte.

»Stell dir nur mal vor, es war eine Abendgesellschaft von sechs Leuten bei Sharon Tate«, fuhr Barbara fort. »Sie war erst 26 Jahre alt und so hübsch. Wenn ich darüber nachdenke, sah sie dir sogar ein bisschen ähnlich, die Haarfarbe und alles, hat dir das eigentlich schon einmal jemand gesagt?«

Alice schüttelte den Kopf. Sie hatte den Artikel in der Zeitung gesehen, aber nicht gelesen.

»Sie war schwanger.« Barbara hielt inne, schnitt einige Male in der Luft, klopfte die Haare von dem Handtuch auf Alices Schultern. »Bis zur Geburt waren es nur noch wenige Wochen. Sie hat auf den Knien gelegen und um ihr Leben gebettelt, als man sie köpfte. Und der Mörder hat mit ihrem Blut etwas an die Wand geschrieben.« Geistesabwesend fuhr sie mit den Fingern durch Alices Haar.

»Was denn?«, fragte Alice, ohne es wirklich wissen zu wollen.

»Sau, glaube ich«, antwortete Barbara und widmete sich wieder dem Haareschneiden. Sie schwieg einen Moment, ehe sie fortfuhr: »*Valley of the Dolls* war wirklich schlimm. Kannst du dich daran erinnern?«

»Ja, es ist doch noch gar nicht so lange her, dass der im Kino lief. Ich fand ihn gut.«

»Ja, gut und schlimm, oder?«

Alice war nicht in Redelaune, aber Barbara durfte auf keinen Fall ahnen, dass etwas nicht stimmte, und anfangen, ihr Fragen zu stellen.

»Bei dem Mädchen, das Sharon Tate spielt, versteht man so gut, warum sie am Ende Nervenpillen nimmt, oder? Es ist so furchtbar, wie sie erst rausfindet, dass ihr Mann diese schreckliche Krankheit hat, als sie schwanger ist, dann das Kind abtreiben lassen und anschließend das Geld für seine Krankenhausrechnungen verdienen muss, indem sie in Nacktfilmen mitspielt. Und ihre entsetzliche Mutter, die nur daran denkt, was ihre Freunde über die Filme sagen werden, als das Mädchen an Krebs erkrankt und man ihr die Brust amputiert.« Barbara schüttelte den Kopf und steckte sich eine neue Zigarette an. »Ich habe geweint, als sie die Überdosis nahm ... Oh Gott, es ist so unheimlich mit diesen Tabletten. Alle möglichen Leute werden abhängig, und weißt du was?« Barbara dämpfte ihre Stimme, obwohl außer ihnen niemand in der Küche war. »Neulich stand ich neben Lilli Hani in der Apotheke, du ahnst nicht, was die alles nach Hause geschleppt hat: Valium, Stesolid, alles Mögliche. Bei dem Mann wundert mich das allerdings auch nicht. Wirklich nicht.«

»Und dann diese Kinder«, sagte Alice schaudernd. Sie kannte ihre Rolle in diesem Schauspiel genau. Es hatte keinen Zweck, zu entgegnen, dass sie überhaupt nicht auf die Idee gekommen wäre, mit John Hani könnte etwas nicht stimmen, bis Barbara kurz nach Neujahr angefangen hatte, ihn Neandertaler zu nennen. Sie hatten darüber gelacht, wie Barbara seinen gebückten Gang nachahmte. Alice verkniff sich die Bemerkung, dass Barbara am Weihnachtsfest ganz und gar nicht den Eindruck erweckt hatte, als fände sie ihn komisch. Barbara schnalzte mit der Zunge. Die Kinder der Hanis verleiteten nicht gerade zu Jubelschreien, da waren sie sich einig. Besonders die eine Zwillingsschwester, Annabelle, war zurückgeblieben. Groß und dumm und kindisch für ihr Alter.

»Wie eine arme Leberwurst, oder?«, sagte Barbara und kämmte Alices Haar. »Daran muss ich immer denken, wenn ich das bedauernswerte Mädchen sehe. Weder meine noch deine Kinder haben doch Lust, länger mit ihr zu spielen, oder? Dabei tut sie ja niemandem was, sie ist einfach nur so groß und dumm.«

Sie waren sich einig, dass das der Grund sein musste. Alice dachte beim Anblick des Kindes zwar nicht an Leberwurst, aber sie erinnerte sich noch genau an den Geruch in der Metzgerei des Ortes, wo sie aufgewachsen war. Blut und Kräuter, reihenweise bleiche, aufgeblähte Würstchen in der gläsernen Auslage.

»Aber Sharon Tate …« Barbara stieß einen Pfiff aus und hielt die Zigarette mit ausgestrecktem Arm von sich, damit Alice den Rauch nicht ins Gesicht bekam. »Es ist schwer vorstellbar, dass jemand, der so hübsch ist wie sie, Probleme hat, oder?«

Alice blickte auf ihre Hände. »Hatte sie denn Probleme?«

»Das weiß man wohl nicht so genau. Vielleicht sind es auch nur Gerüchte. Sie haben den Mörder noch nicht gefasst, aber ich habe gelesen, dass sie sich wohl schon vorher kannten und dass es irgendetwas mit Drogen und Sex zu tun hatte … mit einer unheimlichen Hippiesekte oder so etwas. San Francisco, Summer of Love, das kannst du wohl sagen.«

Barbara war fertig, Alice betrachtete sich im Spiegel. Die Spitzen drehten sich über den Schultern einige Zentimeter nach außen, genau wie sie es mochte. »Es gibt überhaupt keinen Grund, zum Friseur zu gehen, wenn man dich kennt«, sagte sie und tätschelte Barbara den Arm.

»All I know how to do is to take my clothes off«, erwiderte Barbara mit dunkler Stimme und Kussmund.

Alices Gesicht wurde warm, unablässig klopfte sie unsichtbare Haare von ihrem Kleid.

»Kannst du dich nicht an die Szene im Film erinnern, in der sie das sagt?«

Alice schüttelte den Kopf und trank das Eiswasser aus. Barbara nahm ihr das leere Glas ab, ging zum Kühlschrank und füllte es erneut.

»Das ist da, als Sharon in diesem schönen Bett mit dem orangefarbenen Kopfteil sitzt und mit den anderen Mädchen spricht. Und dann sagt sie das und sieht dabei gleichzeitig so rein und kühl aus.«

»Kühl?«, fragte Alice und stellte das Glas auf dem Küchentisch ab. »Könntest du mich jetzt zum Bahnhof fahren?«

Barbara redete unbekümmert weiter von Morden und Katastrophen und Filmen, obwohl Alice im Auto so sehr schwitzte, dass sie kaum noch Luft bekam. Als sie den Bahnhof erreicht hatten, stieg Barbara nicht mit aus, wandte sich stattdessen unbekümmert Alice zu und umarmte sie. Das machte sie sonst nicht.

»Gib auf dich acht, ja?«, sagte sie, als Alice die Beifahrertür öffnete.

»Wie meinst du das?«

»Du wirkst so angespannt.« Barbara musterte sich selbst im Rückspiegel und berührte einen trockenen Fleck an ihrem Mundwinkel.

»Mir geht es gut«, erwiderte Alice und blieb noch einen Moment sitzen, »ich schlafe nur immer noch so schlecht wegen der Hitze.«

Warum sagte Barbara das? Wollte sie irgendetwas andeuten? Wie konnte das sein, wer sollte ihr erzählt haben, was Eric und sie taten? Alice tigerte vor dem Bahnhofsgebäude auf und ab. Der Zug war verspätet, die Hitze dehnte die Schienen aus, und die Lokführer mussten vorsichtiger fahren.

Sie drehte und wendete Barbaras Worte, spiegelblanke Kugeln, die das Licht so reflektierten, dass es ihr direkt ins Gesicht fiel und ihr die Orientierung nahm. *Sie weiß nichts, niemand weiß etwas,* flüsterte sie wie ein Mantra vor sich hin, und dann fuhr der Zug in der flimmernden Hitze quietschend auf dem Bahnsteig ein, sodass ihre Gedanken in alle Richtungen flüchteten.

Um die Mittagszeit waren nie viele Fahrgäste im Zug. In Vase gab es alles, was man brauchte, sodass wenig Grund bestand, in die Stadt zu fahren. Die meisten konnten sich ihre Zeit ausgezeichnet mit Einkaufen und der täglichen Hausarbeit vertreiben. Alice lehnte den Kopf an die Nackenstütze und verschränkte die Arme über der Brust. Sie durfte sich einfach nicht zu viele Gedanken machen. Vielleicht hatte Eric den ganzen Vormittag versucht anzurufen, vielleicht war er unruhig geworden und sogar vom Büro nach Hause gekommen, als sie nicht ans Telefon ging.

Der Zug setzte sich langsam in Bewegung. Die Gleise kreuzten den Fluss, der Wald war dunkel und müde vom Sommer. Auf der gegenüberliegenden Seite lagen die Wohngebiete mit den Einfamilienhäusern. Dort klingelte das Telefon in Alices beschaulichem, ordentlichem Zuhause, während sie sich an Eric rächte. Rache? Sie schloss die Augen, der betäubende Rhythmus des Zuges, die Gedanken wie Wasserfarben, die ineinander verliefen und zu merkwürdigen Mustern verschmolzen. Wie sollte es Rache sein, wenn sie genau das tat, was er sich wünschte?

Sie musste an ihre Jugendfreundin Louise denken. Der Kontakt zwischen ihnen hatte sich schon seit einigen Jahren verlaufen. Von Marianne hatte sie erfahren, dass sie inzwischen zum zweiten Mal verheiratet war. Louise war eine, die sich immer zu helfen wusste im Leben. Auch wenn es albern schien, vermisste Alice sie. Es wäre schön, hin und wieder mit jemandem zu sprechen, der nicht aus Vase kam. Manchmal überlegte sie, ihr eine Karte zu schicken, aber daraus wurde nie etwas.

Die Wolken zogen langsam vorüber und hielten immer denselben Abstand zueinander, als wären sie auf eine Tafel aus Fensterglas gemalt, die jemand unter dem blauen Himmel entlangzog. Ein Junge radelte mit freiem Oberkörper auf dem Weg zwischen den Gleisen und dem Wald. Er blieb stehen und winkte dem Zug, und Alice hob die Hand, obwohl er sie bei dieser Geschwindigkeit gar nicht sehen konnte.

Kapitel 8

Die Hitze in Rossel war überwältigend. Das Licht wurde von den gelben Hausfassaden nahe dem Bahnhof zurückgeworfen. Die Straßen waren voller Menschen, und trotzdem hallten Alices Schritte lärmend wider, wie das hastige Klappern einer Schreibmaschine, und ihre Gedanken wurden unter sinnlosen Worten begraben. In den Hotels hinter dem Rathaus konnten die Schamhaften nach einem Nachmittagsraum fragen, die Schamlosen nach einem Sexzimmer. Alice musste hinter einem jungen Paar warten, das mit dem Portier tuschelte, die beiden hielten sich an den Händen und hatten rote Wangen, und obwohl sie sich um einen möglichst erwachsenen Eindruck bemühten, war es eindeutig ihr erstes Mal. Das allererste Mal, dachte Alice, und hinter ihrer Stirn sträubte sich ein Stachelschwein. Jemand legte eine Hand auf ihren Arm, Samuel war lautlos durch die Glastür hereingekommen. Ohne sich umzudrehen, wusste sie, dass er es war, und es machte sie traurig, dass ein nahezu fremder Mann sie auf eine so vertraute Weise berühren konnte. Sie küsste ihn auf die Wange. Er hatte freundliche Augen, das hatte sie schon bei ihrer ersten Begegnung gedacht. Sie legte ihre Kleidung zusammen, während auch er sich auszog, er war beschnitten, er roch gut und war immer frisch rasiert. Sie wusste nicht viel über ihn, genauso wenig wie er etwas Besonderes über sie wusste. Er war, natürlich, verheiratet, hatte mehrere Kinder, aber sie konnte sich nicht erinnern, ob es Mädchen oder Jungen waren. Sie wohnten in einer besseren Gegend am Rande des Tals, er hatte zarte Hände und hätte ein anatomisches Lexikon schreiben können. Er liebte sie wie ein rücksichtsvoller Ehemann, geduldig und ausdauernd, und Alice dachte, dass seine Frau Glück hatte. Abgesehen davon, dass er schon seit zwei Monaten ein- oder zweimal in der Woche hier mit ihr schlief und ihr das mehr wie Fremdgehen vorkam als die Besuche im Klub, auch wenn sie nicht ineinander verliebt waren. Anfangs hatte Alice sich daran gestoßen, dass er in der Zwischenzeit wohl kaum einen Gedanken an seine Frau verschwendete. Dass es ihr genauso ging, hielt sie sich selbst vor, in Gedanken nannte sie sich gefühlskalt, gleichgültig, abgestumpft, auf ihr Geschlecht reduziert, auf ihre gierige, anschwellende Möse, auf oberflächliches Verlangen. Zweimal hatte Samuel eine andere Frau mitgenommen, damit sie es zu dritt machten. Er hatte Alice vorher Bescheid gesagt und sich vergewissert, dass sie einverstanden war, und sie fand es rührend, aber auch unnötig, schließlich hatten sie sich in einem Etablissement kennengelernt, wo es für Aufsehen sorgte, nur mit einem Partner Sex zu haben. Als Eric und Samuel sich damals im Klub die Hand gegeben und Telefonnummern ausgetauscht hatten, war sie erregt und hatte sich zugleich erniedrigt gefühlt. Meine Frau braucht mehr, als ich ihr bieten kann, hatte Eric gesagt und ihr dabei zugezwinkert.

Samuel musste wieder ins Büro, drehte ihr jedoch zuerst einen Joint. Die Entspannung, die sie beim Rauchen fand, war tiefer als jene nach einem Orgasmus. Die Orgasmen waren kurze, knisternde Morsesignale, ein Aufstieg, eine Erhitzung, ein schneller Fall. Er kam in ihrem Mund, es machte ihr nichts aus, seinen Samen zu schlucken. Anschließend lagen sie sich nicht in den Armen und redeten auch nicht miteinander, aber es war ein schönes, entspanntes Schweigen. Er verließ das Hotelzimmer vor ihr, sie schlief ein und erwachte erst am späten Nachmittag, benommen und mit einem leichten Schwindel. Erst fühlte sie gar nichts, doch dann wurde sie von Traurigkeit überwältigt, als sie sich im Bad im Spiegel betrachtete. Barbara hatte gesagt, sie sehe Sharon Tate ähnlich, und sie wusste, dass sie als anmutig oder sogar schön galt, aber früher oder später würde das verschwinden. Vor zwölf Jahren hatte sie ihr erstes Kind bekommen, und die Zeit hatte ihr Tempo erhöht. Obwohl ihr die Tage in Vase in all ihrer Gleichförmigkeit unendlich erscheinen konnten, war die Zeit eine rasende Zentrifuge, die die vergangenen Jahre in Stücke sprengte und Alice mit Händen voll Strandgut zurückließ. Ihre Sonnenbräune konnte die feinen Linien um Augen und Mund nicht länger verbergen, und im Inneren ihres Körpers war der Abbau bereits in vollem Gange. Noch spürte sie ihn nicht, aber es gab keinen Grund, sich etwas vorzulügen. In zwölf Jahren wäre sie fast fünfzig, und sie konnte sich nur schwer vorstellen, dass sie dann immer noch jemand als hübsch bezeichnen würde. Abgesehen von Eric, wenn sie Glück hatte. In zwölf Jahren wäre selbst Martin beinahe erwachsen, die Mädchen wären von zu Hause ausgezogen, die Zeit verfolgte nur ein Ziel: ihr alles, was ihr etwas bedeutete, zu nehmen.

Nachdem sie geduscht hatte, musste sie sich eine Weile aufs Bett legen, um wieder zu Kräften zu kommen. Jedes Mal, wenn sie die Augen schloss, sah sie Eric und die Kinder vor sich. Ihr Widerstand gegenüber diesem Neuen hatte sich mit der Zeit gelegt und Ablagerungen von Gleichgültigkeit hinterlassen. Schicht für Schicht, die immer härter zusammengepresst wurden, die sich vorwärtsschoben wie ein beweglicher Wall, ein heftiger Druck, der niemals nachließ. Ihr war immer noch schwindelig, obwohl sie lag, wahrscheinlich, weil sie etwas Stärkeres geraucht hatte als gewohnt, sie öffnete das Fenster einen Spaltbreit und legte sich wieder hin. Sie versuchte, sich Erics und ihr früheres Leben in Erinnerung zu rufen, doch es war wie flimmernder Schnee auf dem Fernsehschirm. Nichts. Die Geräusche der Stadt lenkten sie ab, und sie döste erneut ein. Als sie wieder wach wurde, war sie vor Schreck plötzlich wie gelähmt. Die Stadt fauchte sie an, ihre Füße kribbelten innerlich, als liefen kleine Tiere unter ihrer Haut entlang. Sie ging ins Bad, musste vor Angst weinen und ihr Make-up noch einmal auffrischen. Als sie anschließend ins Freie trat, war das Licht dramatisch, obwohl sich einige Wolken am Himmel zeigten. Auch wenn die Menschen mit versteinerten Gesichtern an ihr vorübereilten, war es immer noch angenehmer, hier draußen zu sein, als allein in einem Hotelzimmer, das nach Körpern und Sperma roch. In einem Straßencafé auf dem Rathausplatz trank sie einen Kaffee und hatte das Gefühl, alle würden sie anstarren. Trotzdem zog sie die Zeit in die Länge, um nicht vor Eric nach Hause zu kommen, sie hoffte, er würde sich Sorgen machen.

Später konnte sie sich nur noch bruchstückhaft an die Heimfahrt nach Vase erinnern. Es lag nicht daran, dass sie noch immer benebelt war. Alices Bewusstsein hatte sein Labyrinth für sie geöffnet und sie so tief hineingelockt, dass ihr Körper ganz allein dafür sorgen musste, sie zum Bahnhof zu bringen, ein Ticket zu kaufen, in den Zug zu steigen und die zwei schweißtreibenden, aufreibenden Kilometer bis zum Glasschwärmerweg zu gehen. Doch es war niemand zu Hause, und sie bekam Herzklopfen. Erics Aktentasche stand im Flur, aber er reagierte nicht, als sie ihn rief. Er hatte einen Zettel auf dem Küchentisch hinterlassen: *Flora hat sich verletzt, sind im Sankt-Annæ-Krankenhaus in Rossel.*

Es war nichts Ernstes. Flora war im Ferienlager von einem Baum gestürzt, hatte sich eine leichte Gehirnerschütterung zugezogen und ein paar blaue Flecken. Sie lag in einem viel zu großen Krankenhausbett, ein blasses und verheultes Gesicht zwischen Kopfkissen und straffen Bettlaken. Man hatte sie nicht gewaschen, weil sie solche Angst gehabt hatte, und Eric wollte es nicht übernehmen. Alice konnte sie durch das Glasfenster in der Tür sehen, Eric saß mit dem Rücken zu ihr und hielt Floras Hand. Sie streckte ihrer Mutter die Arme entgegen, und Alice zog sie an sich. Sie konnte spüren, dass Eric sie ansah, aber sie mied seinen Blick.

»Wo warst du?«, fragte er, aber sie antwortete nicht.

»Wo hast du gesteckt, Mama?«, fragte nun auch Flora mit piepsiger Stimme. »Sie haben mindestens hundertmal versucht, dich zu erreichen!«

Alice musste mehrmals schlucken, bevor sie etwas herausbekam. »Ich war in der Stadt. Ich wollte nach Schuhen für dich und Marie-Louise gucken.«

Was sie auch sagte, Flora gegenüber war sie gezwungen zu lügen. Ob Eric es wusste oder nicht, war ihr dagegen unendlich gleichgültig. Sicher würde er sie später noch einmal fragen, aber ihm davon zu erzählen, wie sie es sonst immer tat, erschien ihr widerwärtig.

»Zum Laufen?«, fragte Flora, und Alice nickte, denn das waren die einzigen Schuhe, für die sich ihre Tochter begeistern konnte.

»Ich habe aber keine gefunden, die so waren, wie ich es mir vorgestellt hatte. Wenn du wieder gesund bist, musst du mitkommen und dir die aussuchen, die du am liebsten hättest.«

»Die ich am allerliebsten hätte?«, fragte Flora und sank auf das Kissen zurück. »Von der ganzen Welt?«

»Na jedenfalls von ganz Rossel«, antwortete Alice und strich der Tochter eine verfilzte Locke hinters Ohr, und Flora nickte mit geschlossenen Augen.

Nachdem Alice einen Lappen besorgt und das kleine, sonnengebräunte Gesicht gewaschen hatte, schlief Flora ein. Alice und Eric saßen auf derselben Seite des Bettes, er streichelte ihr vorsichtig den Rücken, aber sie entzog sich ihm.

»Du kannst ruhig wieder ins Büro fahren«, flüsterte sie, ohne sich umzudrehen. »Ich kann dich anrufen, wenn ich weiß, wann wir wieder nach Hause dürfen.«

»Es ist doch schon bald Abend. Und ich habe keine Lust, euch jetzt alleine zu lassen.«

Sie strich einige unsichtbare Falten im Bettlaken glatt. Verlassen, ein schreckliches Wort, sie war nicht da gewesen, als Flora sie gebraucht hatte. »Entschuldige«, flüsterte sie und beugte sich hinab, um die Hand des schlafenden Mädchens zu küssen, ihre Fingernägel mussten dringend geschnitten werden, sie waren schmutzig und rissig, Flora konnte ihre Hände nie still halten.

»Ich war schon um drei zu Hause, weil ich mir Sorgen gemacht habe, als ich dich nicht erreichen konnte. Sie haben genau in dem Moment angerufen, als ich zur Tür hereinkam. Ich bin sofort losgefahren«, sagte Eric und legte ihr noch einmal die Hand auf den Rücken. »Du kannst ja nichts dafür, dass du nicht da warst.«

Alice schüttelte den Kopf. Die Kinder waren in erster Linie ihre Verantwortung. Sie liebten ihren Vater genau wie er sie, aber es war ihre Verantwortung, für sie da zu sein, wenn sie ihre Mutter brauchten. Es verschaffte ihr auch keine Genugtuung, wenn sie hörte, dass er sich Sorgen gemacht hatte. Sie sagte nichts, blieb nur mit dem Rücken zu Eric sitzen und betrachtete ihr Kind, die feinen Wimpern, die hohe Stirn, die sie so klug und ernst aussehen ließ. Eric streckte sich noch einmal nach ihr, aber sie rührte sich nicht.

Noch am selben Abend durften sie Flora wieder mit nach Hause nehmen. Sie schlief auf dem Rücksitz ein, und Eric trug sie nach oben ins Bett.

»Was ist mit Martin?«, fragte Flora mit halbgeschlossenen Augen. »Er hatte so Heimweh, und Marie-Louise schläft bei den älteren Kindern.«

»Mach dir keine Sorgen«, flüsterte Eric und küsste sie auf die Stirn. »Martin wird schon zurechtkommen.«

Alice brach es fast das Herz. Sie hatte Eric damit bestrafen wollen, dass sie so spät nach Hause zurückkehrte. Er kam nicht direkt darauf zu sprechen. Auch später fragte er sie nicht, wo sie gewesen war, und sie konnte sich nicht überwinden, ihn dasselbe zu fragen. Er hatte recht mit dem, was er ihr hin und wieder vorwarf: Sie war ein kleinlicher Mensch, wenn es ihr so schwerfiel, ihn mit anderen zu teilen. Obwohl sie es nicht ausstehen konnte, wenn er davon sprach, wie unnatürlich die sexuelle Monogamie sei, hätte sie wissen müssen, dass er immer wieder zu ihr und den Kindern zurückkam. Und das bewies, dass es ihr immer nur darum ging, die Illusion zu wahren, dass ein Mensch einen anderen besitzen könne, dass dies, gepaart mit ihrer eigenen Eitelkeit, es ihr unmöglich machte, ihn voll und ganz zu akzeptieren. Selbst an Floras Krankenbett war sie noch von dem Gedanken besessen, wo Eric wohl die Nacht verbracht hatte. Wie konnte sie das nur Liebe nennen?

Es quälte sie, dass sie nicht erreichbar gewesen war. Sie putzte sich die Zähne und wischte den Wasserhahn sorgfältig mit ihrem Handtuch ab. Ihre Gedanken waren kleine, grelle Schlaglichter, die sich auf ihre eigene Unzulänglichkeit richteten.

»Man hat mehrmals versucht, dich anzurufen«, sagte Eric, als sie, jeder auf seiner Seite, nebeneinander im Bett lagen. »Flora wurde schon kurz nach Mittag eingeliefert.«

Alle Fenster zum Vorgarten waren geöffnet. Die Haken ächzten in der nächtlichen Brise. Alice erwiderte nichts.

»Nächstes Mal musst du daran denken, den Leuten im Ferienlager auch meine Büronummer zu geben. Dann hätte ich früher kommen können«, sagte er.

Alice nickte. Sie hatte den Bettbezug bis unter das Kinn hochgezogen. Erst gestern hatte sie überlegt, ihn zu fragen, ob sie noch ein weiteres Kind bekommen sollten. Er streckte die Hand aus und streichelte ihre Wange.

»Es tut mir leid«, flüsterte sie, und er legte seine Hand auf ihre Schulter.

»Es war ein langer Tag«, sagte er. »Du musst schlafen.«

Alice nickte tapfer. Er klang wie ihr Vater, als sie noch klein war. Sie nahm seine Hand und drückte sie.

»Schlaf«, flüsterte er. »Schlaf jetzt, Alice.«

Es gelang ihr, einzuschlafen. Erst als Eric um kurz vor sieben das Wasser im Bad aufdrehte, wurde sie wach. Im Krankenhaus hatte man sie angewiesen, Flora im Laufe der Nacht mehrmals zu wecken, aber Alice hatte nur geschlafen. Sie blieb ein wenig im Türrahmen von Floras Zimmer stehen und lauschte ihren Atemzügen. Alice brachte es nicht über sich, ihre Tochter zu wecken. Sie dachte daran, was Barbara über Lilli Hani erzählt hatte und ob sie ebenfalls zum Arzt gehen und sich ein Beruhigungsmittel verschreiben lassen sollte. Sie kochte Kaffee und toastete Brot für Eric und bewegte sich lautlos durchs Haus. Er sah müde aus und schlich wie sie auf Zehenspitzen umher, um Flora nicht zu wecken. Sie überlegte erneut, ihn zu fragen, wo er in der vorletzten Nacht gewesen war, aber es war besser, darauf zu verzichten. Ihr kam der plötzliche Gedanke, dass er nicht notwendigerweise etwas vor ihr verbergen wollte, nur weil er nichts erzählte. Dass man Eric nicht als untreuen Ehemann bezeichnen konnte, weil er seine Seitensprünge als etwas ganz Selbstverständliches betrachtete. Oder als sein gutes Recht, dachte sie, als sie die Krümel von ihrem Teller fegte, und sie hasste sich selbst für diesen Gedanken. Sie musste sich sehr verbiegen, um mit ihm auf Augenhöhe zu sein, aber es nutzte nichts, wenn man sich selbst automatisch als das schwächere Glied betrachtete. Sie richtete sich auf, ein plötzlicher Wutanfall ließ sie einen Schritt zurücktreten, als er ihr einen Abschiedskuss geben wollte.

»Ihr ging es gut, als ich sie heute Nacht geweckt habe«, sagte er und ignorierte ihre Zurückweisung.

Alice rieb an einem Fleck im Waschbecken, von dem sie wusste, dass er sich nicht mehr entfernen ließ. »Du hast sie geweckt?«

»Sie haben doch gesagt, dass wir das machen sollten.«

Alice nickte. Natürlich hatte Eric Flora geweckt. Er war der gute Vater, sie dachte nur an sich. Sie hatte Lust, ihm wehzutun.

»Ich rufe nachher mal im Ferienlager an und erkundige mich, wie es Martin geht«, sagte er und blieb hinter ihr stehen. Das Licht fiel durch die gelben Küchengardinen, zerfloss auf der Tischplatte und auf ihren Händen.

»Geh«, sagte sie und erschrak selbst über den Zorn in ihrer Stimme. »Verschwinde.«

Kapitel 9

Es wurde ein langer und missglückter Tag. Alice glaubte, es wäre schön für Flora, auf der Sonnenliege auf der Terrasse zu liegen, doch das Licht stach ihr in den Augen und verschlimmerte ihre Kopfschmerzen, und so musste sie wieder zurück ins Bett. Alice öffnete das Fenster und ließ das Rollo herunter. Eric hatte es aufgehängt, als Flora vier Jahre alt war und ein eigenes Zimmer bekommen hatte. Das kindliche, pastellfarbene Muster mit Bärchen und Bällen und Schmetterlingen passte nicht mehr zu einem großen Mädchen von zehn Jahren.

»War das Zeltlager denn gut?«, flüsterte Alice und setzte sich auf die Bettkante.

»Martin hat es nicht gefallen«, sagte Flora und legte sich einen kalten Lappen auf die Augen. Martin und sie waren in dieselbe Gruppe gekommen, weil sie beide unter zwölf waren. Flora hatte Marie-Louise beneidet, die bei den großen Mädchen und Jungen sein durfte. »Wir sind gepaddelt, und es gab Pferde. Und wir haben in Doppelstockbetten geschlafen.«

»So wie immer?«, fragte Alice, und Flora nickte. Sie lag an der äußersten Bettkante, um Tutku Platz zu machen. Die Hündin war schneller als der Krankenwagen im Zeltlager gewesen, sie hatte ihren warmen Atem an ihrem Hals gespürt, noch bevor sie die Augen geöffnet hatte. Neben einem Tier mit Pelz zu liegen ließ einen nur noch mehr schwitzen, aber sie hatte Tutku trotzdem gebeten zu bleiben, und die hatte nicht protestiert.

»Die anderen können bestimmt auf mich warten«, hatte Tutku gesagt und sich wichtigtuerisch die Schnauze geleckt.

»Wer kann auf dich warten? Vermissen dich die Vogeljungen etwa?«

Tutku hatte ihre Spitze geflissentlich überhört, und Flora hatte gelächelt und sie an den Vorderläufen gekrault, sodass es kitzelte und die Hündin nicht ruhig halten konnte. Jetzt lag sie mit dem Rücken zur Wand, die Vorderpfoten wie immer auf Floras Schultern gelegt. Die Hündin wusste, dass sie es nicht persönlich nehmen durfte, wenn Flora ihrer Mutter erklärte, warum sie nicht weiter in die Mitte des Bettes vorrücken wollte, sondern einfach nur sagte: *So liege ich am besten.* Außerdem war Flora müde, sie hatte die Hündin gekitzelt, wollte aber nicht mit ihr spielen, wie sie es sonst immer taten. Tutku schmiegte sich an sie und begann, einen ihrer Reime aufzusagen: *Tief drin in dir wohnt das Tutkutier*, aber Flora lag einfach nur mit geschlossenen Augen da.

»Leg dich ordentlich ins Bett«, sagte Alice und wollte ihr helfen, »sonst fällst du noch heraus.«

»Ich falle nicht raus«, erwiderte Flora und klammerte sich an der Bettkante fest. »Ich möchte am liebsten hier liegen.«

Alice gab es auf, weiter darüber zu diskutieren, sie las Flora etwas vor, aber das Buch war langweilig, und sie wurde müde. Alice brachte ihr Eistee und gebutterten Toast, doch Flora war übel, und sie nippte nur am Tee. Dann bestand Alice darauf, ihre Zöpfe zu lösen und das Haar zu entwirren, und Flora ließ es über sich ergehen. Anschließend schlief sie ein, und Alice betrachtete sie. Sie lag da wie ein Baby, die Hände neben dem Gesicht zu Fäusten geschlossen, die Knie rechts und links vom Körper abgewinkelt. Sie hatte schmutzige Füße und war sonnengebräunt, sie hatte lange und muskulöse Beine, und eine zarte, mit leichtem Flaum bedeckte Haut. Marie-Louise war ein reizendes Baby gewesen, mit einem runden Kopf und dichten Locken. Als man Flora Alice zum ersten Mal in die Arme legte, war sie erschrocken, wie hässlich ihre zweite Tochter war. Ihre tiefliegenden Augen standen eng beieinander, und ihr Gesicht war unproportioniert, was ihr einen wütenden Ausdruck verlieh. Nach einer Weile hatte sich das verwachsen, aber Marie-Louise war nach wie vor hübscher. Flora ähnelte ihrem Vater, obwohl sie zierlicher war, als ihre Eltern es je gewesen waren. Alice bekam ein schlechtes Gewissen, als sie sich dabei ertappte, das Aussehen ihrer Mädchen zu vergleichen. Doch immer wieder drängte sich ihr der Gedanke auf, dass Marie-Louise es einmal leichter haben würde. Sie war fleißig und zurückhaltend, und der Umgang mit anderen fiel ihr leicht. Flora dagegen war eigenwillig, und so liebevoll und offen sie im einen Moment sein konnte, so unnachgiebig war sie im nächsten. Eric lachte meist nur über die Sturheit seiner jüngsten Tochter, und wenn Alice ihre Bedenken darüber äußerte, dass Floras Verhalten ihr Probleme bereiten könnte, fegte er sie vom Tisch. Sie solle das lieber als Vorteil ansehen, ihrer Beharrlichkeit und Ausdauer habe sie den Platz in der Laufmannschaft der Schule zu verdanken, obwohl sie eigentlich noch zu jung sei. Außerdem würden diese Eigenschaften dafür sorgen, dass sie niemals aufgab, wenn sie sich etwas in den Kopf gesetzt hatte. Alice entgegnete, auch das bereite ihr Sorgen: dass Flora offenbar nur das lernen wollte, was sie sich vorgenommen hatte, und sich nicht im Geringsten für die Beurteilung ihres Mathematiklehrers schämte, in der er ihre Mängel kommentierte. Sie protestierte, wenn sie Tabellen auswendig lernen sollte, die sie langweilten, und verweigerte sich. Das machte Alice verbissen. Sie zwang Flora, am Tisch sitzen zu bleiben und viel mehr zu lernen, als angemessen war. Obwohl Eric ebenfalls streng sein konnte, verteidigte er seine Tochter. *Was soll sie auch mit diesen Tabellen anfangen?*, fragte er. *Früher oder später wird sie sie sowieso lernen, sie ist ja nicht dumm*. Alice verkniff sich einen Kommentar, weil sie sich nicht mit ihm streiten wollte und weil sie die einzige Antwort, die ihr einfiel, nicht mochte: Weil ich fürchte, dass sie mit diesem Temperament nur schwer einen Mann finden wird, der es mit ihr aushält.

Vielleicht sollte ich mehr Zeit mit Flora verbringen, dachte Alice, als sie die Treppe hinabging. Irgendwo hatte sie gelesen, die mittleren Geschwister hätten es am schwersten. Sie ging den Inhalt ihres Kühlschranks durch, sie könnte Barbara bitten, eine Weile bei Flora zu bleiben, und in der Zwischenzeit einkaufen. Sie schrieb eine Liste und notierte ganz unten »Süßigkeiten für Flora«. Wenn Marie-Louise ein solches Musterkind war, das allen auffiel, und Martin der langersehnte Sohn, konnte Flora nur zu leicht untergehen. Manchmal nahm Alice nur Marie-Louise mit zum Bummeln, weil das einfacher war. Die ältere Tochter interessierte sich für Kleidung und Schuhe und langweilte sich nicht so schnell wie Flora. Martin erhielt mehr von Erics Aufmerksamkeit, besonders, seit er aus dem Kleinkindalter heraus war, sie unternahmen viel zusammen, wuschen das Auto und führten kleinere Reparaturen durch, und einige Male hatte Eric ihn zum Angeln oder zu einem Fußballspiel nach Rossel mitgenommen. Er hatte auch die Mädchen gefragt, ob sie mitkommen wollten, aber Marie-Louise hatte keine Lust, und Flora mochte zwar Fußball, wollte aber nicht angeln gehen und sagte, dass sie keine Tiere töten würde. Als er sie gefragt hatte, wie sie dann zu den Fleischgerichten ihrer Mutter stehe, veranlasste das Flora nur dazu, wochenlang nichts anderes als Beilagen zu essen.

Verhält es sich wirklich so?, dachte Alice und verlor sich in Gedanken. Gehöre ich zu den Müttern, die ein Lieblingskind haben? Es durchfuhr sie wie ein Stich, ihr Herz schrumpfte in der Brust zusammen. Sie wischte im Wohn- und Esszimmer Staub, sie klopfte auf der Terrasse Läufer aus und taumelte durch die Hausarbeit, während ihre Gedanken davonflitzten. Sie wischte den Fußboden im Flur und hatte den Lappen, mit dem sie ihn trockenreiben wollte, in der Küche vergessen, sie wollte hinausrennen, glitt auf dem Boden aus und stürzte auf den Ellbogen. Es war kein harter Aufprall, nur ein unangenehmer Stoß, aber sie ließ ihre Stirn auf den feuchten, nach Seife duftenden Boden sinken und weinte. Sie wollte aufstehen, doch eine unsichtbare Faust aus Angst und aufgestautem Kummer hielt sie dort unten. Tränen und Schnotten liefen ihr in den Mund, ein Geschmack von Seife und Blut, sie kam halb auf die Knie, streckte ihre Hand vors Gesicht, es kam ihr vor, als gehöre sie gar nicht zu ihr. Es war ein unbehagliches, unheilvolles Gefühl, als würde sie aufgespalten und in verschiedene Richtungen geschleudert, und sie musste ihre Handfläche an die Schläfen pressen, um ihre Gedanken im Zaum zu halten.

»Mama?« Flora war lautlos die Treppe hinabgestiegen. Sie war durstig und hatte nach ihrer Mutter gerufen, doch die hatte nicht reagiert. Alice richtete sich auf, wischte sich mit dem Zipfel ihrer Schürze das Gesicht ab, aber sie konnte nicht aufhören zu weinen. Sie wollte aufstehen, musste jedoch erst zur Treppe robben und sich am Geländer hochziehen.

»Mama?« Flora streckte die Hand nach Alice aus, aber sie schüttelte den Kopf, setzte sich auf die unterste Treppenstufe und wünschte, die ganze Welt würde verschwinden, damit sie diesem Augenblick entrinnen konnte und der Zeit, damit sie sich wie eine Uhr aufziehen, auf null stellen, von vorn beginnen konnte.

»Bist du hingefallen?«, fragte Flora, kniete sich vor sie und steckte ihren Kopf unter Alices Haar, um ihr in die Augen zu sehen.

»Ja«, flüsterte sie dankbar, denn genau das war passiert. Sie war gestürzt, das konnte ein Kind begreifen, und Alice rieb sich den Ellbogen und jammerte, obwohl es nicht einmal besonders wehtat. »Ich bin auf dem nassen Boden ausgerutscht und habe mich fürchterlich erschrocken.« Sie versuchte zu lächeln, sah jedoch in Floras besorgtem Gesicht, dass es ihr misslang. »Könntest du mir einen kalten Lappen holen?«, bat sie, um Zeit zu gewinnen, und das Mädchen kam auf die Beine, sie konnte die nackten Füße und Fesseln unter dem Nachthemd sehen, wagte es aber nicht, den Kopf zu heben und den Blick der Tochter zu erwidern. Flora zögerte einen Moment, dann holte sie einen Waschlappen, tauchte ihn ins kalte Wasser, wrang ihn aus und faltete ihn auf dieselbe Weise, wie Alice es immer tat. Anschließend kniete sie sich wieder vor ihre Mutter.

Alice hatte sich aufgesetzt, ihr Gesicht glänzte. »Du solltest doch nicht aufstehen«, sagte sie und legte sich den Lappen auf den Ellbogen. »Ich dachte, du schläfst.«

Alice begleitete Flora wieder nach oben, brachte ihr Kekse und kalte Milch und wendete die dünne Decke. Sie öffnete das Fenster, ohne das Rollo hochzuziehen, stand im Halbdunkel und wollte irgendetwas Unbeschwertes und Normales sagen, aber ihr fiel nichts ein. Sie musste hinausgehen und sich das Gesicht mit eiskaltem Wasser abwaschen, bevor sie wieder vernünftig klingen konnte.

»Ich rufe Barbara an«, sagte sie, ohne Floras Zimmer ganz zu betreten, »damit du nicht allein bist, wenn ich einkaufen gehe.«

Kinder atmen schneller als Erwachsene, sie entziehen allem den Sauerstoff. Flora antwortete nicht. Im Dämmerlicht wurden ihre Augen groß und dunkel.

Zum Glück begegnete sie im Supermarkt niemandem, sie schlich zwischen Kühltheken und Regalen hindurch und legte wahllos Waren in den Einkaufswagen. Wieder zu Hause, stellte sie fest, dass sie viel zu viele Süßigkeiten gekauft, dafür das Brot und die Milch vergessen hatte, sie legte die farbenfrohen Tüten mit den Bonbons und Pastillen hinter die Mehldosen im Küchenschrank und die Schokolade in den Kühlschrank. Sie hatte hallo gerufen, als sie wieder nach Hause gekommen war, und versucht, einen fröhlichen Eindruck zu erwecken, stattdessen aber völlig überdreht geklungen.

Auf dem Nachhauseweg hatte sie überlegt, wie sie Flora ablenken konnte. Sie wollte sich neben ihr Bett setzen und zeichnen oder Anziehpuppen ausschneiden. Sie konnten eine Puppe basteln, die Flora ähnelte, ihr Laufsachen anziehen und ihr Papiermedaillen an einem Stück Geschenkband um den Hals hängen. Wenn sie gesund genug war, konnten sie Karten spielen oder Perlenketten aufziehen. Alice wollte bei Flora sitzen, solange sie Lust hatte, die restliche Hausarbeit konnte warten.

Sie hörte Barbara und Flora lachen, eigentlich hätte es sie freuen müssen, dass die beiden Spaß hatten und es Flora offenbar besserging, doch das Gelächter kapselte die beiden in eine fremde Welt ein. Sie aß am Küchentisch einen Schokoriegel, der sie durstig machte, und obwohl sie drei große Gläser Wasser trank, wurde es nicht besser. Die Unruhe der letzten Tage ließ sich nicht einfach wegdenken, sie war eine Böe, die Sand und Staub aufwirbelte und sie dünnhäutig machte. Wieder hatte sie diesen Blutgeschmack im Mund, drückte eine Serviette gegen das Zahnfleisch und die Zunge, doch sie blutete nicht. Sie kontrollierte ihren Mund auf der Gästetoilette, aber es war nichts zu sehen, sie war aus Pudding gemacht, rotem und schwarzem Pudding, er vibrierte direkt unter der Haut und um die Knochen herum, die sie nach außen hin wie eine ganz normale Mutter aussehen ließen.

»Soll ich uns was zum Mittagessen machen?«, fragte sie, ohne das Zimmer zu betreten. Sie würden es ihr ansehen, sie musste erneut Zeit gewinnen.

»Das wäre fein«, sagte Barbara und hob ihr Gesicht von dem Buch, aus dem sie gerade vorlas. Es war dasselbe langweilige Buch, das Alice zuvor begonnen hatte, und sie verstand nicht, warum es die beiden zum Lachen brachte.

»Worauf hast du Lust, Flora?« Alice lehnte sich gegen den Türrahmen.

Flora saß mit einem Kissen im Rücken aufrecht im Bett, sie kratzte sich an der Fessel, zögerte. »Auf dasselbe wie ihr«, sagte sie, »ich glaube, ich kann schon mit nach unten kommen.«

Das wollte Alice ihr jedoch nicht erlauben. Sie richtete eine Portion Nudeln mit Käse auf einem Tablett an, schnitt ein schmales Stück von der Aprikosentorte von vorgestern ab und stellte sie auf einem kleinen Teller daneben. Dann deckte sie unter der Markise auf der Terrasse den Tisch für sich und Barbara, auch für sie Nudeln mit Käse und alte Torte, das Einzige, was sie anbieten konnte.

»Mein Bauch berührt schon die Beine, wenn ich mich setze«, sagte Barbara lachend. »Ich glaube, ich explodiere bald.«

Alice nickte nur. Barbara sah riesig aus, man konnte meinen, sie bekäme Zwillinge. Sie rieb sich den Bauch, Alice konnte den Blick nicht davon abwenden, mit einem Mal erschien es ihr so unheimlich, dass sich dort drinnen ein Mensch versteckte. Sie stocherte im Essen, bekam aber keinen Bissen hinunter. Barbara redete von Dingen, an die Alice sich später nicht mehr erinnern konnte, sie redete und redete und zog mit ihrem heiseren Lachen ein Gitter um sie beide, und Alice spürte, wie ihr Herz in der Brust hämmerte, sie dachte, sie müsste krank sein, sie würde ohnmächtig, genau wie es ihr beinahe im Einkaufszentrum passiert wäre, vielleicht würde sie sterben.

»Was hast du denn, Alice?«, fragte Barbara, und Alice hatte nicht bemerkt, dass ihre Freundin schon lange nicht mehr redete und die Hand ausgestreckt hatte, um ihr das Knie zu streicheln, sie selbst jedoch zurückgewichen war.

»Mir geht es nicht so gut«, flüsterte sie, »ich glaube, ich muss mich kurz hinlegen.«

Barbara blieb für den Rest des Tages. Thomas war mit ihren Eltern verreist, Patricia im Ferienlager. Sie saß drüben bei Flora, Alice lag auf dem Bett und konnte durch die Wand hören, wie sie sich unterhielten.

»Deine Mutter ist ein bisschen schlapp«, erklärte Barbara, und Flora antwortete etwas, das Alice nicht verstand. »Sie muss sich einfach eine Weile ausruhen.«

Die Platane vor dem Fenster bewegte sich mild und freundlich im Wind, das Licht, das durch die Blätter fiel, bildete kaleidoskopische Muster. Alice hatte sich komplett ausgezogen, sie wölbte die Hände über ihre Brüste. Sie beruhigte sich etwas, sie weinte erneut, aber es war ein anderes Weinen, erfüllt von Trauer und einer erschöpften Sehnsucht danach, wieder die zu werden, die sie vor diesem Höllensommer war. Sie konnte sich gerade noch flüchtig daran erinnern, wie sie damals war, effektiv und vernünftig, nicht so fröhlich wie Barbara, aber im Großen und Ganzen zufrieden. Sie hatte sich selbst eingeredet, dass sie unentbehrlich wäre, aber das war eine Illusion. Barbara konnte sich besser um Flora kümmern und sie aufmuntern, als sie selbst es je könnte. Es war ein Gedanke, der sprudelnde Freiheit versprach und zugleich nach Einsamkeit stank.

All die Bande, die Menschen aneinander binden, hatte Eric oft zu ihr gesagt, hindern uns daran, uns zu entfalten und frei zu atmen. Was, wenn diese Bande aber wie Adern sind?, hatte sie einmal entgegnet. Was, wenn sie es sind, die uns am Leben halten und uns nähren? Was, wenn sie dafür sorgen, dass wir uns gegenseitig nicht so sehr verletzen, dass wir verbluten?

Vielleicht war es ihnen wirklich gelungen, die Bande zu kappen, es fühlte sich an, als wäre ein Metalldraht in ihr zerborsten. Sie drehte sich auf die andere Seite und zog die Knie zur Brust. Sie lauschte ihren Atemzügen, sie wischte ihr schweißnasses Gesicht am Kopfkissen ab. Flora lachte, die Stimmen nebenan waren wie bunte Ballons, die zum Himmel aufstiegen, sie versuchte, nach ihnen zu greifen, vergebens.

Alice wurde wach, als Eric nach Hause kam. Sie konnte hören, wie Barbara die Treppe hinabstieg, unten sprachen sie mit gedämpften Stimmen. Barbara redete am meisten, Eric räusperte sich mehrmals, wie er es für gewöhnlich tat, wenn er besorgt war. Alice wäre gern aufgestanden und zur Tür gegangen, damit sie hören konnte, was die beiden sagten, aber ihr Körper war zu schwer. Vielleicht war sie richtig krank, dachte sie. Ihrer Nachbarin von gegenüber, Ellen, hatte man kurz nach Weihnachten eine Brust abgenommen. Man konnte ihr deutlich anmerken, dass sie sich noch nicht ganz erholt hatte, und Alice wagte es nicht, sich zu erkundigen, wie es ihr ging. Ganz in der Nähe lief Ellen mit ihrem entstellten Körper umher und erschreckte die anderen Frauen zu Tode. Alice untersuchte penibel das weiche Brustgewebe, wie schon hundertmal zuvor, seit sie von Ellens Krankheit erfahren hatte. Es beruhigte sie nicht, dass sich alles wie immer anfühlte. Man konnte an tausend anderen Dingen erkranken, die einen willkürlich trafen, auch Menschen ihres Alters.

Die Haustür fiel hinter Barbara ins Schloss, Alice lauschte Erics Schritten auf der Treppe. Er ging erst in Floras Zimmer, schloss dann sachte die Tür, weil sie schlief. Alice kehrte ihm den Rücken zu, als er hereinkam, sie wusste nicht, was sie sagen sollte.

»Alice?«, flüsterte er, ohne das Schlafzimmer zu betreten. Sie nickte, sagte jedoch nichts. Er schlich auf Socken über den dichten, weichen Teppich. Das Bett ächzte, als er sich neben sie legte. Er schmiegte sich an sie und umarmte sie.

»Ich liebe dich«, sagte er. »Das darfst du niemals vergessen.«

Kapitel 10

Sie überstanden die Tage, Alice erlangte die Fassung wieder, Eric kam abends direkt vom Büro nach Hause. Sie sprachen nicht darüber, was passiert war. Flora hatte keine Kopfschmerzen mehr, sie bat darum, draußen spielen zu dürfen, sobald sie gefrühstückt hatte. Alice bekam sie nur während der Mahlzeiten zu Gesicht. Sie fragte Flora, ob sie Lust hätte, etwas zu unternehmen, aber sie lehnte höflich ab. Obwohl das Alice nicht gerade stolz machte, war sie erleichtert. In dieser Woche waren im Viertel nicht viele Kinder in Floras Alter zu Hause. Ein einziges Mal hatte sie mit den Atomzwillingen gespielt, doch sie gerieten in Streit, und Flora war schnell von ihnen genervt. Die beiden besaßen eine große Sammlung an Barbiepuppen, mit denen Flora gern spielte, aber meistens ging das nicht lange gut. Eric wollte ohnehin nicht, dass seine Töchter mit Barbies spielten. Alice versuchte einzuwenden, das seien doch nur dreidimensionale Anziehpuppen, aber das minderte seinen Widerwillen nicht im Geringsten. Er fand sie hässlich, und es störte ihn, dass sie völlig unnatürlich proportioniert waren und nur auf Zehenspitzen laufen konnten. *Sie sind dämlich,* sagte er, *Beine und Brüste und ein idiotischer Gesichtsausdruck, so etwas brauchen meine Töchter nicht.* Alice fand sie dagegen witzig und ihre Kleider hübsch, und sie hielt es für übertrieben, einer Puppe so viel Macht zuzusprechen, aber Eric behielt schließlich das letzte Wort. Marie-Louise hatte Barbiepuppen trotzdem zu jedem Weihnachten und Geburtstag beharrlich ganz oben auf ihren Wunschzettel geschrieben, seit sie in die Schule gekommen war, und erst letztes Jahr das Interesse verloren – oder eingesehen, dass es aussichtslos war. Und Flora konnte tatsächlich auf die Idee kommen, die

Atomzwillinge allein wegen ihrer Barbies und deren umfangreicher Garderobe zu besuchen. Pinke Bikinis mit Plastikblumen, grüngestreifte Badeanzüge und zitronengelbe Hausanzüge, glitzernde Abendkleider, echte Wimpern, biegsame Beine, richtige Reißverschlüsse, rosafarbene Regenmäntel und hohe, weiße Stiefel. Und trotzdem war es meistens enttäuschend, mit den Atomzwillingen Zeit zu verbringen. Sie wollten langweilige, gewöhnliche Spiele spielen, bei denen die Barbies einkauften, ihre Kinder hüteten oder zum Friseur gingen, Badeurlaub machten, Hofbälle besuchten und Prinzen trafen, in einem fort, und selbst wenn sie die Zwillinge endlich überredet hatte, die Barbies auf einer einsamen Insel stranden, zum Mond reisen oder im Dschungel aufwachsen zu lassen, machte das nie richtig Spaß. Die Anziehsachen waren eher zur Zierde da, sie ließen sich nur umständlich wechseln, und es war bescheuert, im Amazonas oder im Weltall mit grasgrünen Miniröcken und hochhackigen Schuhen herumzustöckeln. Jede von ihnen saß mit ein oder zwei Puppen da, sie schüttelten sie hin und her, um zu zeigen, welche von ihnen gerade sprach, verliehen ihnen liebliche und übertriebene Stimmen und wussten nichts mehr mit ihnen anzufangen, wenn sie die gesamte Garderobe durchprobiert hatten. Ken durfte auch mitspielen, sein Haar war aufgemalt, und er besaß nur drei Kleidungskombinationen: rotes Hemd und rote Shorts, gelborangefarbener Pyjama oder karierte Hosen und weißes Hemd. Keiner von ihnen hatte Lust, Ken zu sein. Einmal zog Flora ihrer Barbie Kens Schlafanzughose an, und es sah so ulkig aus, dass sie lachen mussten.

»Sie ist aufgestanden und hat das Erstbeste angezogen, was sie finden konnte«, sagte Flora mit dunkler Stimme.

»In diesem Spiel sind sie also nicht verheiratet«, stellte Annabelle fest, aber das erschien Flora unwichtig.

»Er hat sich nachts zu ihr hineingeschlichen«, erklärte sie.

»Er ist einen Baum hinaufgeklettert und dann durchs Fenster geschlüpft.«

»Wollte sie das denn?«, fragte Anette.

Flora nickte. »Natürlich. Guckt doch nur, wie schön Ken ist!«

Dann lachten sie alle drei, denn Ken lag ohne Hosen oben auf dem Stapel der Barbies, mit denen keine von ihnen spielen wollte, die mit dem zerzausten, verfilzten Haar, die dunkelhaarige Christie und die kleine Skipper mit den beiden Zöpfen.

Flora griff sich Ken und schüttelte ihn hitzig. »Ich bin so schön, und ich brauche gar keine Hose, denn ich habe nichts, was ich verbergen müsste.«

Kens blanke und hautfarbene Blöße machte das Spiel auch nicht lustiger, aber Flora gefiel es, die Zwillinge zum Kichern zu bringen, und sie wurde immer kecker, legte Ken auf Barbie und hob deren Kleid hoch, bis es Annabelle zu bunt wurde und sie Flora die Puppen aus der Hand schlug.

Ein anderes Mal riss Flora einer der Puppen den Kopf ab, als sie sie frisieren wollte und sich der Haarschopf im Kamm verhedderte. Sie redete immer weiter, diese kopflose Barbie, Flora hörte nicht auf, sie zu schütteln und dieselben Dinge zu sagen wie zuvor, obwohl nur noch der kleine, glatte Knopf übrig war, der den Kopf eigentlich an seinem Platz halten sollte. Annabelle wurde wütend, und Anette versuchte ihr die Puppe wegzunehmen.

»Steck ihn wieder drauf«, sagte sie, »du machst sie noch kaputt.«

»Sie ist nicht kaputt«, antwortete Flora und hielt die Puppe mit ausgestreckten Armen in die Luft. »Es ist doch so gedacht, dass man den Kopf abnehmen kann.«

»Nein, ist es nicht«, erwiderte Anette. »Du bist blöd, Flora, setz ihr den Kopf wieder auf.«

Doch stattdessen nahm Flora den Kopf und schleuderte ihn quer durchs Zimmer, sodass Annabelle vor Wut die Tränen kamen und Anette sich auf Flora stürzte und sie zu Boden warf.

»Du darfst nie wieder mit ihnen spielen«, sagte Anette und legte den Arm um ihre heulende Schwester.

Flora erwiderte, dass es ihr egal sei und dass sie auch gar keine Lust mehr habe, mit ihnen zu spielen. Weder mit den Puppen noch mit den Zwillingen, sagte sie und fügte hinzu, dass Barbie ohne Kopf ohnehin hübscher sei und es außerdem keinen Unterschied mache, weil sie sowieso kein Gehirn habe. »Wer geht denn überhaupt so?«, fragte sie und stolzierte auf Zehenspitzen umher. »Und wer sieht so aus?« Sie stemmte sich die Hände in die Taille und saugte die Backen ein. Eigentlich war es ein Versuch gewesen, die Zwillinge zum Lachen zu bringen, aber sie fanden es wohl nicht witzig, und so ging Flora schließlich nach Hause.

Später, als sie gerade den Abendbrottisch abräumten, klingelte Lilli gemeinsam mit den Zwillingen an der Tür. Sie sprach mit gedämpfter Stimme mit Alice, die schließlich Flora hinzurief. Sie habe eine Puppe kaputtgemacht, ihr so heftig den Kopf abgerissen, dass er gespalten sei, und ihr anschließend das Haar bis zu den Wurzeln abgeschnitten. Lilli streckte Alice die entstellte Puppe entgegen, die mit den Fingerspitzen vorsichtig deren kahlen Kopf berührte. Die Zwillinge verschanzten sich feige hinter ihrer Mutter, und Flora stritt alles ab. Alice glaubte ihr nicht und zwang sie, ihr Sparschwein zu schlachten und den Zwillingen alles zu geben, was sie besaß, damit sie die zerstörte Puppe ersetzen konnten.

Flora war über diese Ungerechtigkeit so außer sich, dass sie die Tür zu ihrem Zimmer verbarrikadierte. Sie weigerte sich einen ganzen Tag lang, mit Alice zu sprechen, und kam nur zum Essen heraus. Als sie auch am folgenden Abend nicht mit zum Fluss kommen wollte, um ein Eis zu essen, sondern nur mit verschränkten Armen auf dem Bett lag, schickte Alice Eric zu ihr.

»Hast du die Puppe kaputtgemacht?«, fragte Eric, ohne das Zimmer ganz zu betreten.

»Nein«, antwortete sie, ohne ihn anzusehen, »natürlich nicht.«

»Wer war es dann?«

»Woher soll ich das wissen? Ich war nicht dabei.«

Er blieb stehen, verlagerte das Gewicht von einem Bein aufs nächste. »Hm. Dann komm doch mit zum Eisessen.«

Sie reagierte nicht, rührte sich keinen Millimeter.

»Warum willst du nicht mitkommen?«, fragte er schließlich und betrat ihr Zimmer. Sie hatte das Rollo nach unten gezogen.

»Das ist so ungerecht. Ich hatte das Geld für etwas anderes gespart.«

»Hm«, sagte er erneut. Er glaubte ihr, weil er sich nicht vorstellen konnte, warum sie sonst einen solchen Aufstand proben sollte. Er setzte sich ans Fußende, legte eine Hand auf ihren Knöchel, der sich leicht mit den Fingern umschließen ließ. Sie streckte ihren Fuß, entzog sich ihm jedoch nicht, er konnte ihre warme Haut und ihre starken Sehnen spüren.

»Los, zieh deine Socken und Schuhe an, und komm mit«, bat er, doch sie blieb liegen. Er beugte sich hinab, legte die Nase an ihren Hals und prustete, bis sie sich wand und lachen musste.

»Immerhin«, sagte er und steckte die Hände unter ihre Arme und zog sie hoch, »bedeutet das, dass es auf der Welt eine von diesen schrecklichen Puppen weniger gibt.«

Sie musste lächeln, er hielt sie fest und drückte sie an sich, bis sie nach Luft japste. Sie schob sich von ihm weg und sah ihn mit derselben ernsten Miene an wie zuvor. »Heißt das, du glaubst mir?«, fragte sie, und er spitzte den Mund und blinzelte albern und nickte dabei.

»Und was ist mit Mama?«

»Darum kümmere ich mich später«, sagte er, und dann kam sie doch mit zum Eisessen.

Das Geld wanderte zurück ins Sparschwein, aber die Zwillinge kamen ungeschoren davon. Flora war sich sicher, dass Alice nicht mit Lilli geredet hatte, und wechselte den ganzen Herbst über den Bürgersteig, wenn sie am Haus der Zwillinge vorüberging. Lange hegte sie Rachefantasien, aber mit der Zeit verflog die Wut immer mehr, und als Annabelle an einem dieser ewigen, langweiligen Nachmittage in den Weihnachtsferien vorbeikam und fragte, ob Flora mit ihr spielen wolle, bat Alice sie ins Haus. Als Flora die Zwillinge am darauffolgenden Tag besuchte, war Lilli so freundlich zu ihr, dass es peinlich war. Sie erkundigte sich genau nach Floras Weihnachtsgeschenken, lobte den rostroten Wollpullover, den Alices Freundin Marianne aus Farring geschickt hatte, obwohl er eindeutig hässlich war. Sie wagten einen neuen Versuch, mit den Puppen zu spielen, aber Flora ging schnell wieder nach Hause. Dennoch war das Eis gebrochen, und die Zwillinge hatten eine Attraktion zu bieten, die die Barbiepuppen bei weitem übertraf: den Schutzraum. Leider gelang es Flora nur selten, die Mädchen dorthin zu locken; waren die Puppen beiseitegelegt, wollten die beiden sich lieber mit Brettspielen beschäftigen oder Glanzbilder tauschen. Von außen betrachtet, glich der Schutzraum einem sanften Grashügel. Im Sommer sonnte Lilli Hani sich dort, weil sie der Sonne näher war, oben ohne, auf einer Decke aus einem glänzenden, metallischen Material, das die bräunenden Strahlen anziehen und reflektieren sollte. Vom ersten Stock der Nachbarhäuser aus hatte man freie Sicht, und die halbwüchsigen Jungen im Viertel konnten stundenlang darüber diskutieren, ob Frau

Hani sich eigentlich darüber im Klaren war, dass sie gesehen wurde. Einmal hatte John Eric den Schutzraum von innen gezeigt, und Flora war dabei gewesen. Sie hätte auch gern einen solchen unterirdischen Raum gehabt, kühl und dunkel und heimelig wie eine Höhle, aber Eric hatte den Kopf geschüttelt, kaum dass sie aus dem Garten herausgekommen waren und John sie nicht mehr hören konnte. »Der spinnt doch«, hatte er geflüstert und ihre Hand gedrückt, »wenn er ernsthaft meint, ein Erdloch und ein paar Sandsäcke könnten vor einer Bombe schützen.«

Einige Male beobachtete Alice, wie Flora sich mit dem Nachbarjungen Robert unterhielt, sie hing über dem Gartentor, streckte den Po in die Luft und ließ sich hin- und herschwingen, während er am Zaun lehnte. Beim Mittagessen sagte Alice, sie wolle nicht, dass Flora bei ihm herumlungerte oder allein mit ihm spielte. Flora war noch ein Kind, flach wie ein Brett und ohne die geringste Ahnung von Jungs. Marie-Louise war zwei Jahre älter und eher schwärmerisch veranlagt. Sie hatte einen zarten Brustansatz und weinte bei romantischen Filmen. Alice konnte sich kaum erinnern, wie das damals bei ihr gewesen war. Sie war weder früh- noch spätreif gewesen, sie hatte die Pubertät als eine schwierige Zeit in Erinnerung, in der sie immer den Mädchen nacheiferte, die mehr wussten oder wagten als sie. Eigentlich hatte sie keine Angst, dass Flora sich zu etwas verführen ließ, aber der fünfzehnjährige Robert hatte etwas Verschlagenes an sich. Alice wusste nicht, was in seinem Kopf vorging, aber sie wollte auf keinen Fall, dass er sich irgendetwas über ihre Mädchen ausmalte.

»Wir spielen nicht«, antwortete Flora, »wir reden nur.«

»Und worüber?«, fragte Alice.

»Irgendwelche … Sachen halt.«

»Was für Sachen?«, fragte Alice beharrlich und packte Floras Handgelenk.

»Gute Stellen im Wald und Ferienlager und solche Sachen«, antwortete Flora mit Tränen in den Augen. »Du tust mir weh, wenn du so zudrückst.«

Alice ließ los, sie wollte Flora über das Haar streichen, aber die duckte sich und trug stattdessen ihren Teller hinaus. »Darf ich jetzt gehen?«, fragte sie, neben dem Küchentisch stehend, ein kleiner Soldat mit rankem Rücken.

»Es war nicht so gemeint, ich wollte …«, begann Alice, peinlich berührt von ihrer Überreaktion und ihrem Misstrauen. Wie sollte Flora das verstehen, wenn sie es nicht einmal selbst tat. »Wir könnten einen Kuchen backen«, schlug sie vor.

»Ich möchte lieber nach draußen«, sagte Flora standhaft und wischte sich mit dem Handrücken die Tränen ab.

»Das darfst du auch gern«, erwiderte Alice. Sie hatte sich Floras Distanzierung selbst zuzuschreiben, aber es verletzte sie trotzdem. »Kriege ich erst eine Umarmung?«

Und Flora umarmte sie. Sie war ein Vogeljunges aus Sehnen und Knochen und Flaum, sie duftete so, wie Kinder es taten, wenn sie schwitzten, ihr Haar war fein und zart.

»Ich liebe dich, Flora«, flüsterte Alice am warmen Hals ihrer Tochter, »ich möchte so gern auf dich aufpassen.«

»Ich liebe dich auch«, erwiderte Flora und zog sich ein wenig von ihr weg. Sie zupfte an ihrer Perlenkette. »Darf ich jetzt rausgehen?«

Flora spielte am liebsten allein im Wald, es war ihr und Tutkus Königreich. Die Hündin zeigte ihr den Weg zu den geheimsten Orten, sie fing nur kleine Vögel, prahlte aber trotzdem, wenn sie auf der Jagd gewesen war. Flora bat darum, etwas Proviant mitnehmen zu dürfen, damit sie nicht vor dem Abend nach Hause zu kommen brauchte, aber Alice gefiel es nicht, wenn die Tochter so lange unbeaufsichtigt blieb. Sie schickte Flora ins Bad, damit sie sich Gesicht und Hände wusch, und sie aßen gemeinsam in der Küche zu Mittag. Alice versuchte, ein normales Gespräch zu führen, aber meistens endete das damit, dass sie schweigend aßen. Man durfte von einem zehnjährigen Kind schließlich auch keine Konversation erwarten.

»Ist es schön im Wald?«

»Ja.«

»Spielst du allein?«

»Mmm.«

»Hast du etwas Interessantes erlebt?«

»Jaha.«

»Was spielst du denn?«

»Das ist unterschiedlich.«

Alice gab Flora ein Limonadeneis, ehe sie wieder den Glasschwärmerweg hinab verschwand. Sie stand auf dem Bürgersteig und sah der Tochter nach. Tanzende Zöpfe, braune Beine in Shorts und Turnschuhen. Ein solches Mädchen war Alice nie gewesen, und sie beneidete Flora. Sie hatte sich den Eltern in einer Weise verpflichtet gefühlt, die ihren eigenen Kindern fremd war, ein Glück. Außerdem hatte sie nicht dieselbe Fantasie besessen und war nie gut darin gewesen, allein zu spielen. Sie übte Gummitwist mit den anderen Mädchen, malte Hinkelkästchen und warf einen Ball gegen eine Mauer. Sie hätte nicht geahnt, was sie mit einem ganzen Wald anfangen sollte. Alice konnte sich nicht vorstellen, was Flora spielte. Vermutlich rannte sie durch die Gegend, sammelte Pflanzen und kleine Tiere, baute Höhlen und tat so, als wäre sie eine Indianerin. Und Flora wusste, dass Alice es nicht verstehen würde. Als sie jünger war, hatte sie ihrer Mutter alles über Tutku und die anderen Tiere erzählt, aber Alice hatte sich über ihre Geschichten amüsiert.

»Sie wohnen tief in mir drin und gleichzeitig auch tief im Wald«, hatte Flora gesagt. »Tutku frisst so viele kleine, flatternde Vögel, wie sie nur fangen kann.«

Damals kam Alice hin und wieder auf die Idee, sich unaufgefordert nach Floras Freunden zu erkundigen. Wie war das noch mal, Tutku ist die Herrscherin über den Wald, oder? Und die Vögel versuchen zu fliehen, aber sie ist clever und schnell? Und Flora war so geduldig gewesen, es ihr wieder und wieder zu erklären, und obwohl ihre Geschichten nicht immer lustig waren, störte es sie nicht, wenn Alice lachen musste. Damals spielte Marie-Louise auch noch mit. Zwar waren es Floras Tiere, aber Marie-Louise behauptete, sie könne sie auch sehen und mit ihnen sprechen. Manchmal durften die Mädchen abends in einem Zimmer schlafen, und dann redeten sie darüber, dass Tutku hin und wieder zu temperamentvoll war. Sie redeten über die Vögel, zu denen man kein Verhältnis aufbauen durfte, weil sie gefressen wurden, ehe man sichs versah, und über einen Otter, der einen wunderschönen Pelz hatte, gegen den stärksten Strom schwimmen konnte und immer damit beschäftigt war, sauberzumachen und Ordnung zu halten, und dabei trotzdem die wichtigsten Dinge vergaß. Sie krümmten sich am Kopf des Bettes zusammen, um Tutku am Fußende Platz zu machen.

Anfangs hatte Alice sich über Floras Tiergeschichten amüsiert. Doch nach jenem Sommer vor einigen Jahren, als Flora darauf bestanden hatte, einen Koffer für Tutku zu packen und ihn mit in den Urlaub zu nehmen, und wütend und verletzt gewesen war, als sie erfahren hatte, dass dafür kein Platz mehr im Auto war, wollte Alice nichts mehr davon hören. Sobald Flora auch nur ein Wort über die Hündin verlor, zog sie eine gequälte Miene, die schlimmer war als ihr ferner, zerstreuter Blick.

»Du musst dir allmählich mal ein neues Spiel ausdenken«, hatte sie gesagt, »du gehst in die erste Klasse, du bist zu alt für solchen Unsinn.«

Auch Marie-Louise änderte ihre Meinung. Sie hielt zu

Alice und imitierte ihr Stirnrunzeln. Es machte keinen Spaß mehr, mit ihr zu spielen, sie warf Flora vor, kindisch zu sein, und wollte nie mit in den Wald. Flora drohte ihr mit Tutku. »Sie kann dir die Augen auskratzen, und vielleicht tut sie es auch, wenn ich sie darum bitte.«

Eric hörte, was sie sagte, und verbot Flora, über die Tiere zu reden. Ihr dagegen tat es nur leid, dass sie behauptet hatte, sie könne über Tutku bestimmen. Das hatte die Hündin auch angesprochen, als sie am selben Abend wieder zusammen im Bett lagen. »Ich habe genau gehört, was du über mich gesagt hast. Glaubst du etwa, ich bin der dumme Roboter aus *Jupiter vom anderen Stern*? Glaubst du wirklich, ich würde deiner Schwester die Augen auskratzen, nur weil du mich darum bittest?«

Flora fiel es oft schwer, andere um Entschuldigung zu bitten, doch an diesem Abend tat sie es ohne Zögern. Und Tutku verzieh ihr, sie war stolz, aber gerecht.

»Könntest du denn überhaupt irgendjemandem die Augen auskratzen?«, fragte Flora mit dem Kopf an ihrem Hals.

»Du weißt genau, dass ich das kann.«

»Ich meine nicht den Vögeln, sondern einem Menschen?«

»Das kann man nie wissen«, sagte die Hündin und machte eine halbe Drehung, sodass Flora fast aus dem Bett gefallen wäre, stattdessen aber mit dem Kopf gegen den Bauch der Hündin stieß. Sie knurrte leise, ihr Brustkorb vibrierte, doch das war nur Spaß und machte Flora keine Angst.

»Ich werde nie wieder jemandem von dir erzählen«, sagte Flora, und Tutku hörte auf zu knurren.

»Ich wollte dir schon lange sagen, dass das wohl das Klügste wäre«, erwiderte die Hündin.

Seither hatte Flora nicht mehr darüber gesprochen. Anfangs war sie verletzt und wütend gewesen, aber mit der Zeit war es ihr egal.

Kapitel 11

Alice bemühte sich. Sie war reizbar und zerstreut und verlor leicht den Faden, sie schrieb Listen über alltägliche Pflichten und hakte sie Punkt für Punkt ab. Sie verwendete Zeit darauf, ihr Haar zu frisieren, die Beine zu rasieren, die Nägel zu lackieren und sich ordentlich anzuziehen.

Nach dem Abendessen überredete Flora Alice und Eric, mit ins Stadion zu gehen und die Zeit zu messen, wenn sie rannte. Sie warteten, bis die Hitze abgenommen hatte, und saßen in der tiefstehenden Abendsonne mit einer Stoppuhr auf der Zuschauertribüne, während Flora auf der Aschenbahn davonfegte. Sie war glücklich und konzentriert. Eric lächelte, sein Gesicht lag unter der Mütze im Schatten, nur auf seinen Mund fiel die Sonne. Anschließend holten sie sich ein Eis. Eric und Flora, die schweißdurchnässt war, lachten, Alice ging in der Mitte und hielt sie beide an den Händen.

Eric fiel auf, dass Alice seit jenem Tag, an dem Barbara hatte einspringen müssen, etwas Zerbrechliches und Verschlossenes an sich hatte. Er war sich sicher, dass sie seine Gesellschaft schätzte, und es machte ihm nichts aus, alles für eine Weile etwas ruhiger angehen zu lassen. Der Klub, die Liebhaber und Liebhaberinnen gehörten an Abenden wie diesen einer fernen, unwirklichen Welt an. Es war ihm die ganze Zeit über so leicht erschienen, aber jetzt hatte sich eine unbehagliche Schwere über diese Fantasien gelegt, ein Schatten, der mit dem heißen Sommer verschmolz, in dem die flimmernde, stehende Luft einen Abstand zwischen den Menschen schaffte. Es war eine neue Einsamkeit, obwohl er das Gefühl hatte, dass es Alice genauso erging. Selbst wenn sie miteinander redeten und sich an den Händen hielten, wusste er nicht, wie er sich ihr annähern sollte. Er hätte es gern gewollt, das war es nicht, doch er sah sein Zuhause und das ganze Viertel auf einmal mit den Augen eines anderen, der aus einem fremden Ort kam und alles merkwürdig und unheilvoll fand. Mit den Augen eines Menschen, der Lust hatte, alles auseinanderzunehmen, um zu sehen, wie es wirklich funktionierte. Die elektrisierende Lust knisterte noch immer in ihm, aber sie war nicht mehr auf Alice gerichtet. Alice war aus Seidenpapier und Glas gemacht, mit ihren langsamen Bewegungen und ihrem reglosen Gesicht schwebte sie fern durch die Abende. Sie ging vor Eric ins Bett, er hörte im Arbeitszimmer Musik, ab und zu rauchte er einen Joint unter dem offenen Fenster, um sich von dem klaustrophobischen Gefühl zu befreien, das er in gewisser Weise gern festgehalten und studiert hätte, das jedoch die ganze Zeit zwischen seinen Fingern hindurchwaberte. Eric onanierte, während er sich gesichtslose Frauen und Männer vorstellte. Die anschließende Entspannung wurde von Wehmut durchlöchert. Sie erinnerte an Sehnsucht, an das Gefühl, das ihn mitunter überkommen hatte, als er nach seiner Zeit am Gymnasium früh am Morgen nach einer Party nach Hause gekommen war. Die weichen, behaarten Blätter, Taugras in dunklen Vorgärten, eine milde, stille Morgendämmerung, eine vielversprechende, feuchte und duftende Welt, bevor die Sonne aufgegangen war, ein diesiger, blauvioletter Schein über den Dächern, die leichte Müdigkeit, das Gefühl unbegrenzter Freiheit, davon, Ozeane voll Zeit zu haben, und zugleich die rastlose Angst, nicht alles bewältigen zu können.

Eric hätte gern zu Alice zurückgefunden, und auch wenn sie es nicht direkt sagte, spürte er, dass die Veränderung sie unter Druck gesetzt hatte. Das machte ihm ein schlechtes Gewissen, er wollte sein Leben mit ihr teilen, er wollte gemeinsam mit ihr andere Wege beschreiten, doch gleichzeitig überkam ihn dieser neue, rebellische Drang, sich loszureißen.

Und dieser heftige, entgegengesetzte Drang lähmte ihn, und das Einzige, was ihm einfiel, war, die Entwicklung geduldig abzuwarten.

Bis vor einigen Wochen hatte er Kontrolle über die Situation und verstand nicht, warum er so schwach geworden war. Er hatte es nicht so gewollt, er glaubte an die großen Freiheitsideen, hatte früher jedoch keine Eile verspürt, seinen Alltag wesentlich zu verändern. Er war stolz darauf, ein kleiner Teil einer umfassenden Bewegung zu sein, die mit der Zeit die Welt verändern und sie zu einem besseren Ort für alle machen würde. Schon zu seinen Studienzeiten hatte er sich von den politisch aktiven Linken angezogen gefühlt, aber auch einen gewissen Widerwillen empfunden gegen ihre eindeutigen Parolen und naiven Vorstellungen, eine Weltrevolution erzwingen zu können. Obwohl er gute Freunde in Farring hatte, die sich in diesen Kampf stürzten, beteiligte er sich nie ernsthaft daran. Die meisten Gemeinsamkeiten fand er mit denen, die in der internationalen Friedensbewegung aktiv waren. Es war die Zeit der großen Protestmärsche, noch bevor sich auch die Allgemeinheit für das Thema interessierte. Sufi war engagiert und rhetorisch gewandt und daran beteiligt, 1957 die erste Demonstration gegen Atomwaffen zu organisieren. Eric hatte Alice damals überreden wollen mitzukommen, aber sie war schwanger und hatte nicht den Mut zu einem eiskalten Fußmarsch von zwölf Kilometern. Also war er ohne sie losgegangen. Sie waren nicht viele, sie hatten die Banner mit den Botschaften zu Frieden und internationaler Solidarität am Vorabend gemalt, und er lief die ganze Strecke mit Sufi vorneweg. Als er abends nach Hause kam, war er erschöpft und verfroren, aber gleichzeitig auch enthusiastisch und guten Mutes. Die Friedensbewegung habe so eindeutig recht, hatte er zu Alice gesagt, als sie sich in der Küche ein Bier teilten, dort fühle er sich zu Hause. Sie war ein Dach, unter dem sie sich alle versammeln konnten, unabhängig von politischen Standpunkten, Nationalität und Hautfarbe. Außerdem ginge es um eine Sache von größter Wichtigkeit: Seit es die Atombombe gebe, handle der Krieg nicht mehr nur von menschlichem Leid, was für sich genommen schlimm genug sei, sondern auch davon, dass die ganze Menschheit von der Auslöschung bedroht sei.

Alice war müde gewesen und hatte mürrisch gefragt, ob sie denn auch wirklich alle dort versammelt gewesen seien. »Die Weißen, die Schwarzen und die Gelben?«, sagte sie, als er ihre Frage nicht verstand. »Die Linken, die Rechten und die Liberalen?«

Er antwortete, es könne doch wohl egal sein, wer alles dort gewesen sei, schließlich befinde sich alles noch im Entstehen, und sie lachte.

»Mit anderen Worten waren es die üblichen, wohlmeinenden Intellektuellen, die immer nach irgendeiner Kernfrage suchen, auf die sie ihre vielen Worte verwenden können?«, fuhr sie fort, und er war sich sicher, dass sie damit vor allem ihn meinte und ihn der Heuchelei bezichtigte.

Nach einer langen, schrecklichen Nacht voller gegenseitiger Vorwürfe hatte sie sich entschuldigt, sie wisse nicht, was plötzlich in sie gefahren sei. Sie sei müde gewesen und traurig, weil sie nur allein zu Hause herumsitzen und nichts anderes tun könne, als zu schlafen und die Übelkeit zu ertragen und auf seine Heimkehr zu warten. Sie war ihm entgegengekommen, hatte gesagt, sie sei froh, dass er so hehre Ideale pflege, und sie hatten sich wieder versöhnt. Das war also nicht der Grund dafür gewesen, dass sein politisches Engagement in der Zeit nach dem Marsch nachgelassen hatte. Es fiel ihm einfach schwer, diese Art von Aktivitäten mit dem Familienleben und dem Lernen für das Examen zu vereinbaren, und als sie nach Vase zogen, hatte er einerseits viel mit der Arbeit und allem Neuen zu tun gehabt, andererseits aber auch keine Lust, noch einmal von vorn anzufangen und Menschen zu finden, die für dasselbe eintraten wie er. Den Zeitungsartikel über die Demonstration, wo Sufi und er Seite an Seite unter dem vordersten Banner zu sehen waren, hatte er ausgeschnitten mit dem Gedanken, dass die Kinder das vielleicht einmal lustig finden würden, in einer Zeit, wenn die Atomwaffen hoffentlich der Vergangenheit angehörten. Aber er vermisste die Gespräche von damals und hatte sich sehr gefreut, als er Sufi eines Tages zufällig in Rossel begegnete. Obwohl sie ganz unterschiedliche Leben führten, mehr noch als damals, sahen sie viele Dinge ähnlich, und es war befreiend, wieder einem Menschen zu begegnen, der jene Gedanken in Worte fasste, die ihn umtrieben: Die Welt stand vor einer fundamentalen Veränderung, und der Weg zum großen, von Liebe erfüllten Frieden führte eher über den persönlichen Freiheitskampf jedes Einzelnen als über die politischen Flügelkämpfe. Es ging darum, sich von all dem Alten zu befreien, nackt und empfänglich inmitten der Welt zu stehen, ohne jahrhundertealten, rigiden Normen und Hemmnissen unterworfen zu sein. Sich von überholten Weltbildern zu verabschieden, allem, was er an seiner eigenen Kindheit gehasst hatte, den Rücken zu kehren und sich zum ersten Mal berauschend frei zu fühlen. Er liebte Alice für ihren selbstlosen Wunsch, ihn zu beglücken und sich gemeinsam mit ihm zu entwickeln. Es lag eine tiefe Wahrheit darin, sich selbst auf eine solche Weise herauszufordern, wie sie es im Laufe des Sommers getan hatte. Ihre Hingabe, ihre Erforschung all der Möglichkeiten, die er nur angedeutet hatte und in die sie sich dennoch gestürzt hatte, ängstlich, mutig und voller Leben.

Mitunter lachte Sufi ihn aus und sagte, Eric sei nur ein Zuschauer, die Veränderung habe ihn noch nicht erfasst. Einmal waren sie zusammen in einer Bar in der Talstraße, die sie sonst nie besuchten, weil sich dort viele aufdringliche Prostituierte herumtrieben. Sie hatten ziemlich viel getrunken, und Eric war nach dem Abend lüstern und aufgekratzt und hatte irgendetwas über die Brüste der Kellnerin geflüstert, das lustig gemeint gewesen war, Sufi jedoch wütend gemacht hatte. Er warf Eric vor, sexistisch und vergnügungssüchtig zu sein, und verhöhnte ihn dafür, ein passiver, kleinbürgerlicher Zuschauer zu sein, der den letzten Schritt dazu, in Übereinstimmung mit jenen Gedanken zu leben, die er mit Sufi zu teilen behauptete, weder gehen wollte noch konnte.

»Glaubst du, es würde nur um Sex gehen?«, schrie Sufi so laut, dass es um sie herum plötzlich still wurde. »Das ist doch nur ein kleiner Teil davon, verdammt noch mal. Sex ist nicht Gott.«

Eric war im Zorn gegangen. Anschließend hatten sie mehrere Monate lang kein Wort miteinander gesprochen, Eric fand Sufis Vorwürfe ungerecht. Du redest von Gemeinschaft, trägst aber selbst nicht im Geringsten dazu bei, dachte er. Sind deine Klecksmalereien und Scheidungskinder etwa besser als meine Familie, für die ich zumindest aufkomme, besser als mein Job und meine Steuerzahlungen, die uns allen Sicherheit garantieren?

Zuletzt vermisste er Sufi aber doch. Wenn er nicht mit ihm reden konnte, verfiel er allzu leicht wieder in alte und festgefahrene Denkmuster. Als er seinen Stolz abgelegt hatte und ihn anrief, klang Sufi, als wäre nichts vorgefallen. Eric hätte gern etwas gesagt, womöglich rührten seine eigenen Gewissensqualen aber gerade von der Schwierigkeit her, seine Hemmungen fallenzulassen, von dem Tabu, Gefühle zu zeigen, wenn man wütend oder erregt war. Sufi nahm eine solche Uneinigkeit dagegen sicher viel gelassener hin, und Eric konnte in dieser Hinsicht nur von ihm lernen. Als sie sich wieder trafen, war alles wie immer. Sufi erklärte, wie glücklich er sei, er male wie ein Besessener und sei von Liebe umgeben. Eric erwiderte seine Umarmung und nahm dankbar alles an.

Ihm war bewusst, dass es ungefähr zur selben Zeit war, dass der Boden unter seinen Füßen wegzubrechen begann, aber es fiel ihm schwer, die Gründe dafür zu verstehen, und ohne diese Einsicht fürchtete er, die Kontrolle nicht wiedererlangen zu können. An einem Nachmittag einige Wochen nach ihrer Versöhnung hatte Sufi ihn in seine Kommune außerhalb von Rossel mitgenommen, um ihm zu zeigen, wie er wohnte, und ihm eine Gruppe Gleichgesinnter vorzustellen. Der Ort sei als lebendiges Experiment gedacht, hatte Sufi erklärt, eine Freistatt, wo es erlaubt sei, aus der Gesellschaft auszusteigen und in Übereinstimmung mit der höchsten Wahrheit zu leben. Das waren große Worte, und Eric hatte Sufi mit seiner natürlichen Skepsis um eine Erklärung gebeten, worauf diese Wahrheit eigentlich genau gründete. Sie hatten schon oft darüber gesprochen. Seine Ideen von einer besseren Gesellschaft flickte Sufi aus großen Ideologien und Lehren über Gesundheit, Liebe und moderne Psychologie zusammen. Sie wollten ein Leben führen, an das sie glaubten und für das sie einstehen konnten, ein Leben, in dem sie sich nicht unreflektiert den Normen der anderen fügten, sondern frei und lebendig zu allem Stellung bezogen. Sie wollten ihr Bewusstsein mit Drogen und Sex erweitern, die Erde urbar machen und ihr etwas zurückgeben und sich und das ganze Universum mit ihrer Liebe umarmen. Früher hatten Sufi und Eric alle möglichen Aspekte eines solchen Lebens diskutiert, und obwohl Eric wusste, dass sein innerer Widerstand hoffnungslos reaktionär war, hatte er nie Lust gehabt, Sufis Kommune zu besuchen. Eric betrachtete sich selbst als fortschrittlich, aber der Wahnsinn hatte schließlich auch Grenzen. Ihm gefiel die Idee nicht, dass die Kinder von allen gemeinsam erzogen wurden, und er sah es kritisch, dass niemand allein für etwas verantwortlich sein sollte. Er konnte sich nur schwer vorstellen, dass das anders enden konnte als in Anarchie, und verdrehte die Augen, wenn Sufi so weit ging zu behaupten, eine gewisse Anarchie könne sogar den Fortschritt beflügeln.

»Du musst es mit eigenen Augen sehen«, hatte Sufi mehrfach gesagt, »du kannst es unmöglich verstehen, wenn du nur davon hörst.«

In der Zeit, in der sie sich nicht trafen, dachte Eric, dass seine mangelnde Lust, Sufi zu besuchen, vielleicht davon herrührte, dass er sich davor fürchtete, außen vor zu sein, oder dass die anderen Kommunarden auf ihn herabsehen könnten. Er war stolz darauf, dass er es wagte, Sufi von dieser Einsicht zu erzählen. Und der hatte ihn dafür gelobt, mit seinen Gefühlen in Kontakt zu sein, und ihm versichert, er wohne mit den vorurteilsfreisten Menschen der Welt zusammen, die ihn zweifellos freundlich aufnehmen würden.

An jenem Nachmittag lieferte Sufi ein paar Gemälde bei seiner Galerie in Rossel ab, hielt dann an der Ecke der Fußgängerzone, wo die Ringstraße kreuzt, und wartete auf Eric. Das Auto roch nach Rauch und Ölfarbe, jemand hatte mit dem Finger ein Herz auf das verstaubte Armaturenbrett gemalt. Als sie die Stadt verlassen hatten, begann Sufi zu reden. Er habe in letzter Zeit einige Bilder verkauft, und da das Geld in die Gemeinschaftskasse der Kommune fließe, könnten sie sich bald einen neuen Traktor für den Hof kaufen. Er erzählte von künftigen Projekten und schilderte humorvoll die kleinen internen Kabbeleien, während das Auto dem verschlungenen Weg folgte. Es war schwer, nicht von der Schönheit dieses Ortes ergriffen zu werden. Sufi und elf andere Frauen, Männer und Kinder waren in ein ehemaliges Weingut auf der Südseite der Herzberge gezogen. Von der Hauptstraße aus konnte man den Hof nicht sehen. Sufi bog in einen schmaleren Wirtschaftsweg ein, Eric streckte den Kopf aus dem Fenster, es duftete nach warmer Erde, Kräutern und Gras. Der Himmel war weit und blau und mit watteartigen Kondensstreifen bekritzelt. Sufi lachte und schlug mit der Hand auf Erics Oberschenkel.

»Hier liegt also das Paradies«, sagte er. »Du solltest wirklich hierherziehen, ein Wirtschaftswissenschaftler und eine Krankenschwester sind genau das, was uns noch fehlt.«

Eric lachte ebenfalls. »Das kann ich mir vorstellen«, sagte er und hielt die Hand aus dem Fenster. Heißer Wind und Staub prickelten auf seiner Haut. Mein Gehalt könntet ihr bestimmt gut gebrauchen, dachte er insgeheim und fuhr sich mit den Händen durchs Haar. »Aber ich bin mir nicht sicher, ob das etwas für Alice wäre.«

Im Paradies war an diesem Nachmittag nicht viel los. Auf dem Platz vor dem Haus hatte jemand einen Besen und eine Schaufel stehenlassen, in einer anderen Ecke lagen Wassereimer, Schuhe und Gartenschläuche wild durcheinander. Das Haus war dunkel und verwohnt, die Zimmer waren anstelle von Türen mit buntschillernden Vorhängen abgetrennt. Sufi führte Eric herum, abgesehen vom Schlafzimmer der Kinder gab es hier keinen Raum, der einem Bewohner mehr gehörte als den anderen. Eric wusste nicht, wie er das finden sollte. Die Idee sprach ihn an, die Ausführung nicht. Die großflächigen, hässlichen Wandmalereien, der muffige Geruch, das Chaos und der Verfall gehörten zu einer Welt, in der Alice und er sich niemals zurechtfinden würden.

Sufi kochte Tee, sie saßen auf einer gemusterten Decke auf der Terrasse und schwiegen. An den Hängen leuchteten sandfarbene Flächen nackt in der Sonne. Eric war enttäuscht, dass die Leute, die er hier unbedingt hatte treffen sollen, gar nicht zu Hause waren. Der Ort wirkte verlassen, und Sufi erklärte, es sei ungewöhnlich, dass niemand da sei. Die meisten Kinder verbrächten den Sommer in einem marxistischen Ferienlager an der See, aber die Erwachsenen müssten eigentlich bald wiederkommen. Weintrauben und Bougainvilleen bildeten ein schattiges Halbdach über der Terrasse, von der aus sie den Wirtschaftsweg sehen konnten. Sufi wollte rauchen und bot Eric etwas von dem angeblich feinsten Hasch an, aber Eric lehnte unter dem Vorwand ab, er habe Kopfschmerzen, was Sufi zum Lachen brachte.

»Wir haben ein Telefon«, sagte er, »du kannst Alice anrufen und so lange bleiben, bis alles verflogen ist.«

Aber Eric wollte zum Abendessen zu Hause sein und sagte, er habe noch eine Verabredung. Sufi hatte zwar versprochen, dass er ihn wieder in die Stadt fahren würde, wirkte aber nicht besonders fahrtüchtig. »Ich hatte einen harten Tag«, murmelte Sufi. »Deine Rastlosigkeit geht mir auf die Nerven.«

Eine Gruppe von Mitbewohnern rettete Eric aus der Situation. Sie hatten in einem offenen Kastenwagen eine Pumpe herbeitransportiert, einige waren in Streit geraten, eine junge Frau stürmte mit den Händen vorm Gesicht an ihnen vorbei. Sufi schüttelte den Kopf, als ein Mann in abgeschnittenen Jeans barfuß hinterherrannte.

Ein Teil der übrigen setzte sich und trank von Sufis bitterem Tee, ohne eine Miene zu verziehen. Sie sprachen über den Rückzug der ersten amerikanischen Truppenverbände aus Vietnam und darüber, was das wohl für die Welt bedeuten würde. Sufi schien kurz vorm Einschlafen, ein junger Mann mit abstehendem, lockigem Haar dominierte das Gespräch, offensichtlich war er der engagierteste unter ihnen, die anderen gähnten und lenkten vom Thema ab und sprachen über Kochdienste und den bevorstehenden großen Hausputz. Eine Mitbewohnerin musste später in die Stadt, um dort an einer Abendschule zu unterrichten, sie bot an, Eric mitzunehmen und ihn am Bahnhof abzusetzen. Sie hieß Rachel, eine zierliche junge Frau mit hellen Wimpern und grauen Augen. Sie konnte noch nicht besonders alt sein und sprach und bewegte sich schnell, wodurch sie energisch und unsicher zugleich wirkte. Eric konnte nur schwer seinen Blick von ihr abwenden, und ihm fiel auf, dass es ihm nicht als Einzigem so erging. Sufi streckte sich nach ihr und zog sie an sich. Er legte den Arm um ihre Taille und flüsterte etwas, das sie zum Lachen brachte. Sie klopfte ihm zärtlich mit den Fingerknochen auf die Stirn, und er ließ sich wieder nach hinten auf die Kissen fallen. Eric überlegte, ob Sufi ihm jemals von dieser Rachel erzählt hatte, hin und wieder erwähnte er jemanden, und im Winter war er zu seiner eigenen Verärgerung lange in eine Frau aus der Kommune verliebt gewesen, aber Eric konnte sich nicht erinnern, wie sie hieß. Rachel war zu jung, um für ihn in Frage zu kommen. Sie glich einem großen Mädchen, das von zu Hause weggelaufen war, und vielleicht war sie das auch. Der Gedanke war Eric nicht geheuer. Er hatte Sufi nie gefragt, woher er die anderen kannte und welche Kriterien man erfüllen musste, um im Paradies einzuziehen. Er hoffte, dass sie zumindest keine Minderjährigen aufnahmen, denn er konnte sich gut vorstellen, dass dies ein verlockender Ort war für jemanden, der sich mit den Eltern zerstritten hatte und gegen sie rebellieren wollte. In wenigen Jahren könnten es Flora und Marie-Louise sein, und der Gedanke gefiel ihm gar nicht.

Rachel sprach über den Hof und Pläne zur Tierhaltung, während sie den Zündschlüssel mehrmals drehte, jedoch nicht mehr als ein Husten des Motors bewirkte.

»Schafe und Ziegen«, sagte sie und wischte sich mit dem Handrücken den Schweiß von der Stirn, »dann können wir auch unseren eigenen Käse herstellen.«

»Ziegenfleisch schmeckt gut«, erwiderte er, und sie entgegnete, es gebe niemanden in der Kommune, der daran glaubte, Fleisch zu essen.

»Daran glauben?« Er wandte seinen Kopf zum Fenster, damit sie nicht sah, dass er sich das Lachen verkneifen musste.

Sie unterbrach ihre Versuche, den Motor zu starten, kratzte einen Fleck vom Armaturenbrett und kurbelte das Fenster herunter. Dann redete sie auf das Auto ein, als wäre es ein bockiges Kind. *Komm schon,* mahnte sie, *sei brav, wir müssen doch gar nicht weit fahren.*

»Da siehst du«, sagte sie und lächelte ihn verschmitzt an, als der Wagen ansprang. »Es funktioniert immer.«

Eric wusste nicht, was er sagen sollte. In ihrem Blick lag etwas Schelmisches, und gleichzeitig schien sie es ernst zu meinen. Er hätte gern mit Rachels Lebendigkeit mitgehalten, aber er war müde und verärgert. Sufi hatte ihm etwas zeigen wollen, das ihm viel bedeutete, und Eric konnte allein daran denken, ob jemand mit ihm ins Bett gehen wollte. Ihm war bewusst, dass er damit ein Stück aus dem großen und schönen Bild ausschnitt, das die anderen hier gemeinsam schufen, dass er ihre Gedanken egoistisch auseinanderriss. Trotzdem wurde er das kindische Gefühl der Enttäuschung nicht los, und er konnte auch nicht aufhören, nach Fehlern in dem Ganzen zu suchen. Dafür hasste er sich selbst und war schweigsam und verbissen, als sie in Richtung Stadt holperten.

Sie fuhren durch das Waldstück am Fuße des Bergs. Eric wurde schwindelig davon, auf den Wechsel von Licht und Schatten zwischen den Baumstämmen zu starren. Die Sonne zerschnitt den Waldboden in weiße und schwarze Teilchen, Dreiecke und Eckzähne. Rachel schielte zu ihm hinüber, ihre Wangen glühten von der Sonne, sodass sie noch jünger aussah, als sie vermutlich war. Sie war verstummt, da er weder antwortete noch zuzuhören schien, sein angestrengtes Schweigen und seine schlechte Laune erfüllten den Wagen.

»Entschuldige«, sagte er und räusperte sich, »ich bin müde und unhöflich und in Gedanken versunken.«

»Unhöflich?«, fragte sie lachend, und er kam sich dumm vor. »Du brauchst dich nicht zu entschuldigen.« Sie legte die Hand auf sein Bein. »Und schon gar nicht für das, was du denkst.«

Ihre Hand wirkte eher wie eine tröstende, liebevolle Geste denn als eine Einladung.

»Ich meine, die Gedanken …«, sagte sie und nahm die Hand weg, um zu schalten, »sind doch frei, oder?« Sie lachte erneut, pustete sich das Haar aus dem Gesicht und bog auf die Landstraße ein.

Er nickte. Menschen sagten solche unerträglichen Phrasen ständig zueinander. Normalerweise störte ihn das, aber jetzt war es ihm egal, solange ihm nur irgendetwas einfiel, worüber er mit ihr reden konnte. Er fragte sie, woher sie Sufi kannte und was sie unterrichtete. Sie war Yogalehrerin, sagte sie nur, und er könne gern einmal vorbeikommen und ausprobieren, ob es etwas für ihn sei, er wäre mehr als willkommen. Er meinte es ernst, als er das Angebot annahm.

»Yoga ist Weisheit«, sagte sie, »es ist eine Möglichkeit, high zu werden, ohne Drogen einzunehmen.«

»Außerdem sehe ich dich dann wieder«, fügte er hinzu.

Sie lachte erneut. Ihre Hand fuhr erst durch ihr Haar, dann landete sie wieder auf seinem Bein. Sie ließ sie ganz oben bei der Leiste ruhen und lächelte ihn an. Er bekam eine Erektion und gab den Versuch auf, sie wieder loszuwerden, indem er an etwas anderes dachte. Stattdessen nahm er ihre Hand und legte sie auf die Ausbeulung, er hätte alles dafür getan, mit ihrer Hilfe und in ihrer Hand zu kommen.

»Nicht jetzt«, flüsterte sie und zog ihre Hand zu sich, »ich setze dich gleich am Bahnhof ab.«

Er sah ihr nach, als sie davonfuhr, wie der schmutzige, weiße

Kastenwagen vom Bahnhofsvorplatz rumpelte, und sie streckte ihren dünnen Arm aus dem Fenster und winkte ihm zu.

Als er nach Hause kam, war er gereizt und hatte sich nur schwer unter Kontrolle. Alice schimpfte mit Flora, weil sie hibbelig am Tisch saß, und er wollte sie am liebsten anbrüllen, dass Tischmanieren zum Teufel noch mal egal waren und ein Kind wichtigere Dinge im Leben zu lernen hätte. Aber er hätte es nicht ernst gemeint, denn eigentlich fand er es gut, dass sie sich zu benehmen wussten. Er wollte einfach nur seine Ruhe haben, also ging er hinaus in den Garten. Das Gras knirschte unter seinen Schuhen, der Nachbar pfiff auf der anderen Seite der Hecke die idiotische Erkennungsmelodie von *Jupiter vom anderen Stern,* als wäre er ein Kind. Als wären alle Erwachsenen im Schmetterlingsquartier abnorme Kinder und jedes Grundstück eine Gussform aus klarem, erstarrtem Plastik, und sie alle standen dort unbeweglich und gierig und immerzu damit beschäftigt, noch mehr zu haben, über die anderen zu siegen und damit zu prahlen. Es war ein Leben in Bequemlichkeit und Überfluss, unerträgliche, reibungslose Gleichgültigkeit. Und das Schlimmste war, dass er es sich nicht erlauben konnte, die anderen zu verhöhnen. Im Grunde war er noch erbärmlicher, denn während die sich hinter ihrer Unwissenheit versteckten, glaubte er an die neuen Einsichten. Alles wurde ihm präsentiert, aber er gab sich damit zufrieden, am Ufer stehenzubleiben und lediglich die Zehen ins Wasser zu tauchen wie ein ängstlicher Junge. Sufi lachte über ihn, ganz unverblümt und frech. Rachel hatte auch gelacht, sicherlich hatte sie ihre Hand aus purem Mitleid auf sein Bein gelegt.

Er wäre fast über Martins Fußball gestolpert und kickte so fest dagegen, dass der Ball in der Hecke steckenblieb. Alice wischte gerade den Tisch ab, und er wünschte, er wäre in den Vorgarten gegangen statt zurück ins Haus. Sie betrachtete ihn mit diesem distanzierten, prüfenden Blick, wie immer, wenn sie nicht verstand, warum er etwas tat. Er hatte immer das Gefühl, hinter diesem Blick würden ellenlange Listen über seine Fehler und Mängel ablaufen.

Flora saß am Couchtisch und zeichnete und sah ihren Vater mit brütenden, wachsamen Augen an, er war ein fremdes und unberechenbares Tier, das zwischen ihnen umhertrampelte und aus sicherer Entfernung beobachtet werden musste. Er tat so, als wäre nichts, ging nach oben, verschanzte sich in seinem Arbeitszimmer und glotzte in die Luft; der Himmel war mit seidengelben Wolken überzogen.

Obwohl er sich dagegen zu wehren versuchte, beherrschte Rachel seine Gedanken in der darauffolgenden Zeit viel zu sehr. Immer wieder schlich sie sich in seine Fantasien, kniete sich vor ihn und ließ ihn in ihrem Mund kommen, während er in ihr langes, wirres Haar griff. Noch hatte er sie nicht besucht. Aber als er auf dem Weg zur Buchhandlung an einem kleinen Laden vorbeikam, in dem Räucherstäbchen und indischer Schmuck verkauft wurden, folgte er seiner Eingebung, ging hinein und erkundigte sich, ob sie auch Yoga-Kleidung verkauften. Die Verkäuferin lächelte und maß ihn von Kopf bis Fuß, ehe sie ein orangefarbenes Set mit weiten Hosen und einem T-Shirt hervorholte. Sie nickte anerkennend, als er sich die Hose anhielt, um zu sehen, ob die Länge passte.

Es war vollkommen idiotisch. In diesem Sommer war er mit unzähligen Frauen zusammen gewesen, die er wieder vergaß, so lauteten die Regeln. Rachel war eigentlich nicht sein Typ. Im Gegensatz zu den kühlen, klassischen Frauentypen mit gepflegtem Äußeren war sie mager, hatte kleine, harte Brustwarzen, die sich durch ihr dünnes indisches Kleid drückten, und sie trug ein geflochtenes Band um ihr unfrisiertes Haar. Sie fuhr barfuß Auto und lachte wie ein Mädchen, und er wusste, dass er sie früher oder später wiedersehen und sie aus seinen Gedanken hinausvögeln musste.

Es waren zarte, stille Tage mit Flora und Alice, ehe die beiden anderen aus dem Ferienlager zurückkehrten. Es war wie ein zurückgehaltener Atem, ein Warten auf Tränen oder Gelächter. Eric fühlte sich ausgezeichnet, sobald Flora und Alice im Bett waren. Alice legte sich in der Regel früh schlafen, sie wirkte eher müde als krank, obwohl sie hin und wieder besorgt von dem sprach, was sie ihren jämmerlichen Zustand nannte. Eric wollte nichts von ihr, und so passte es ihm ausgezeichnet, dass sie früh zu Bett ging. Er hörte Musik und ließ sich von Rachel einnehmen. Seine Fantasien wurden immer detaillierter, sie waren rasend und wild. Er stellte sich Dinge mit ihr vor, auf die er normalerweise nicht stand, sie zu fesseln und zu knebeln, sie mit Worten zu demütigen und hart zu nehmen und dabei nur an sich selbst zu denken. Seine Erregung war beinahe unerträglich, und er musste sich beruhigen, um nicht schon im nächsten Moment in seiner Hand zu explodieren.

Kapitel 12

Alice holte Martin und Marie-Louise gemeinsam mit Flora vom Bus ab. Sie kamen am späten Nachmittag vom Ferienlager zurück, und Eric hatte versprochen, früh zu Hause zu sein, damit sie die Heimkehr feiern, vielleicht zu den Steinstufen fahren, Eis essen und spazieren gehen könnten. Er hielt sich nur selten nicht an Absprachen. Wenn er zu spät kam, lag das meist daran, dass sich eine Besprechung in die Länge zog oder das Flugzeug Verspätung hatte, und dann bat er seine Sekretärin, Alice anzurufen und ihr Bescheid zu sagen.

Alice hatte den Kindern nichts von dem geplanten Ausflug erzählt und gab ihnen stattdessen ein Eis am Stiel, als Eric nach dem Abendessen immer noch nicht da war. Sie betrachtete ihre eigenen, mechanischen Bewegungen, sah die Mundwinkel, die sich zu einem Lächeln hoben, wenn Martin in seinem Eifer, alles Erlebte auf einmal erzählen zu wollen, über die eigenen Worte stolperte, und Marie-Louise ihm beisprang oder ihn korrigierte, bis er wütend wurde und nach ihr schlug. Beim Empfang am Bus hatte sie die beiden geküsst und an sich gedrückt, sie rochen nach Lagerfeuerrauch und Schmutz. Sie hatte sich gefreut, sie zu sehen, eine zarte und luftige Freude, wie eine Säure, die sich durch die harte Schale ätzte, die Alice umgab.

Als sie mit ihrem Eis am Küchentisch saßen, klingelte es an der Tür. Martin stürzte in den Flur, um Eric zu begrüßen, Alice blieb am Tisch sitzen, zog Clownsgrimassen und hob eine Augenbraue, sodass die Mädchen lachen mussten. Martin hatte Tränen der Enttäuschung in den Augen, als er mit Alan im Schlepptau zurückkehrte. Das Kind war gekommen. Alice gratulierte und umarmte ihn fest, sie wollte gern zeigen, dass sie sein Glück teilte, doch erst als er wieder gegangen war, fiel ihr ein, dass sie ihm irgendetwas hätte anbieten sollen. Sie unterhielten sich über Barbaras Baby, Martin wollte wissen, wie es hinausgekommen war, die Mädchen kicherten, und Alice erklärte es ihm nüchtern und war darüber verblüfft, dass er es noch nicht wusste. Es war peinlich, dass sie manchmal vergaß, ihm die grundlegendsten Dinge zu erklären, weil er der Jüngste war und sie das alles schon mit den Älteren durchgenommen hatte. Erst als Martin im Bett war und die Mädchen sich nicht länger wach halten konnten und übereinanderliegend auf dem Sofa einschliefen, wurde Alice unruhig. Sie rief in Erics Büro an, wohlwissend, dass niemand das Telefon abheben würde. Zehn Minuten später rief sie noch einmal an. Lief hinaus auf den Bürgersteig und hielt nach ihm Ausschau, Mückenwolken tanzten in der Dunkelheit, der Asphalt war uneben, nachdem er geschmolzen und erstarrt und wieder geschmolzen war.

Eric kam erst um Viertel vor elf nach Hause. Er war sich seiner Schuld bewusst. Er hatte vergessen, dass die Kinder heute nach Hause kommen würden, aber das war keine Entschuldigung dafür, nicht anzurufen und Bescheid zu geben. Er kniete sich neben das Sofa, auf dem Alice lag. Sie konnte sehen, dass es ihm aufrichtig leidtat. Sie hatte das Licht im Wohnzimmer gelöscht, hatte weder gespült noch den Tisch abgewischt, sie sah ihn einfach nur an.

»Es hat sich in die Länge gezogen«, flüsterte er und versuchte, die Arme um sie zu legen. Doch sie wandte das Gesicht ab und machte sich so schwer, dass er aufgeben musste. Sie hatte keine Lust, zu fragen, was sich in die Länge gezogen hatte.

»Martin war am traurigsten«, flüsterte sie, und vielleicht stimmte das, denn sie wusste nicht, wie sie ihren eigenen Zustand beschreiben sollte.

»Entschuldigung«, wiederholte er und legte den Kopf an ihre Schulter. »Entschuldigung, Entschuldigung, Entschuldigung.«

Wann reicht eine Entschuldigung aus?, dachte sie zerstreut und desinteressiert. Wann tut sie es nicht? Alice hatte Angst bekommen, aber im Nachhinein erschien ihr die Angst eher wie ein Reflex denn wie eine echte, gefühlsmäßige Reaktion. Sie war zu einer Bronzeglocke geworden, die mechanisch läutete und hallte, wenn sich etwas bewegte, aber es hatte keine Bedeutung mehr.

»Ich will nicht mehr«, sagte sie und setzte sich so plötzlich auf, dass Eric fast das Gleichgewicht verloren hätte.

Er antwortete nicht. Wartete darauf, dass sie noch mehr sagte, aber stattdessen ging sie nach oben. Er trank ein Glas Milch und dachte eine Weile darüber nach, was sie gemeint haben könnte. Er wusste nicht, was er fühlte. Sufi erkundigte sich immer nach seinen Gefühlen. Für Eric war das ungewohnt, aber er konnte den Sinn darin erkennen, sich sein Innenleben bewusst zu machen und es in Worte zu fassen, wenn die Veränderung auch von innen heraus geschehen sollte. Ansonsten wären wir Maschinen, sagte Sufi, dann könnten wir genauso gut gleich aufgeben. Eric aß die Reste des Fischgratins aus der Auflaufform, die noch immer auf dem Küchentisch stand. Leere? Nichts? Trotz? Er hatte sich nicht länger von ihr fernhalten können. Schon in der orangefarbenen Hose war er sich albern vorgekommen und hatte statt des passenden Oberteils lieber ein normales Unterhemd angezogen. Vor der Stunde hatte er Rachel kurz begrüßt. Sie freute sich, ihn zu sehen, und seine Befürchtung, sie könnte ihn nicht wiedererkennen, wurde zerschlagen. Er hatte sich bemüht, all ihren Anleitungen zu folgen, hatte sich in alle Richtungen gestreckt, gewendet und gedreht, hatte eingeatmet und ausgepustet und war ins Schwitzen gekommen. Sie trug einen enganliegenden

Turnanzug und schloss die Augen, wenn sie ihnen die Übungen vorführte. Er kam sich lächerlich vor und war zugleich erregt von der Situation. Es war überwältigend, nur wenige Meter von jener Rachel entfernt zu sitzen, die seine Fantasie so sehr besetzt hielt, dass er daran zu zweifeln begann, ob sie überhaupt dieselbe Person war.

Anschließend lud er sie auf ein Getränk ein. Sie kannte ein Café in der Nähe, wo sie auf Kissen saßen und indischen Tee aus schiefen Tassen tranken. Sie redeten über Bücher, und er war beeindruckt, wie belesen sie war. Er fragte, ob sie studiert habe, doch sie sah auf den Boden und schüttelte den Kopf.

»Das ist wohl nichts für mich«, antwortete sie und blies auf ihren Tee, »mir ist meine Freiheit zu wichtig.«

Fast hätte er gesagt, dass seine Jahre an der Universität die freieste Zeit seines Lebens gewesen seien, verkniff es sich aber. Sie war ein junges Mädchen ohne Verpflichtungen, natürlich würde sie ihm nicht glauben.

»Und deine Eltern?«, fragte er und wollte darauf hinaus, ob sie das Wissen und den unbeschwerten Umgang mit Literatur und Lyrik von zu Hause mit auf den Weg bekommen hatte.

Sie sah ihn wachsam an. »Was soll mit ihnen sein?«

»Ich meinte nur ... wo bist du aufgewachsen?«, erwiderte er ausweichend, ihre Stimme hatte plötzlich einen kalten und reservierten Unterton, der ihn entmutigte.

»Im Süden«, antwortete sie. Das konnte so vieles bedeuten.

»Ich bin am Rand von Farring aufgewachsen«, sagte er und hob die Tasse zum Mund, obwohl sie bereits leer war.

»Das hört man.«

»Hm.« Er wägte seinen nächsten Schritt ab. Er hatte Lust auf etwas Stärkeres als Tee und lud sie zum Abendessen in ein anderes Lokal ein.

»Ich weiß nicht genau«, sagte sie, »ich fahre nicht so gern im Dunkeln. Bei diesem Auto weiß man nie genau.«

»Kannst du ihm nicht einfach gut zureden?«, fragte er, und ihre kühle Ausstrahlung zersprang zu einem Lächeln.

»Es gehorcht mir nicht immer«, flüsterte sie in ihre Teetasse.

Er schlug vor, dass er sie in ihrem eigenen Auto nach Hause fuhr, Sufi werde sich bestimmt überreden lassen, ihn anschließend am Bahnhof abzusetzen.

»Sufi?«, fragte sie lachend. »Der kann nach 20 Uhr nirgends mehr hinfahren.«

Sie schwiegen eine Weile. Wenn sie sich bewegte, fiel das Licht auf ihre Ohrringe. Messingfiligran mit grünen, tropfenförmigen Glasperlen.

»Ich komme auch aus Farring«, sagte sie lächelnd. Es war ein abwartendes Lächeln, sie bewegte die Lippen, als wäre sie nicht sicher, ob sie noch mehr sagen sollte.

»Das hört man«, erwiderte er, und sie lachte.

»Mein Vater ist Professor für Geschichte, und meine Mutter …«, begann sie und schürzte die Lippen ein wenig, »sie sind nicht gerade begeistert davon, wie ich lebe. Seit ich hierhergezogen bin, haben wir nicht viel miteinander gesprochen.«

Ihre Hände ruhten auf dem Tisch, er streifte sie vorsichtig. So ernst musste es nicht sein. »Was ist denn jetzt mit dem Essen?«, flüsterte er. »Wenn ich dich anschließend nach Hause fahre?«

»Du möchtest es wirklich gern, oder?« Sie ließ ihren Blick auf ihm ruhen. Das Energische und Luftige, das Mädchenlächeln und die roten Wangen waren verschwunden. »Du willst mit mir ins Bett, stimmt's?« Sie beugte sich zu ihm vor, ohne eine Miene zu verziehen.

Sie duftete nach Parfüm, er konnte in den Ausschnitt ihres weiten Kleides sehen, auf die nackten Brüste eines jungen Mädchens. Er nickte und war sicher, dass sie sehen konnte, wie sein Herz unter dem Hemd pochte.

»Ich habe viel an dich gedacht«, begann er und stockte.

»Dann lass uns das Essen überspringen, wenn dir ein Ort einfällt, wo wir hinkönnen.«

Er nahm sie mit in sein Büro und hoffte inständig, dass niemand dort war, der Überstunden machte. Sie stieß einen leisen Pfiff aus, als sie die Aussicht von seinem Fenster sah, die Sonne stand tief, weit unten schlängelte sich der Fluss goldfarben und schimmernd zwischen den Häusern und Bäumen hindurch.

»Wie nobel«, sagte sie mit dem Rücken zu ihm, »ich wusste ja gar nicht, dass du so einer bist.«

Er wünschte, sie hätte sich ihm zugewandt und ihn angelächelt, aber sie blieb mit der Stirn ans Fenster gelehnt stehen. Er war sich sicher, dass sie alles, für das er stand, anekelte, und bereute es, sie hierhergebracht zu haben.

»Ich hasse Hochhäuser«, sagte sie, noch immer, ohne sich umzudrehen. »Sie sind das Phallussymbol des geldgeilen Mannes.«

»In einer Stadt sind sie doch praktisch«, erwiderte er, ohne nachzudenken. Es war falsch, ihr zu widersprechen, waren sie doch hergekommen, um miteinander zu schlafen.

»Im Grunde genommen hasse ich auch Städte«, fuhr sie fort, aber jetzt klang ihre Stimme milder, »es ist unnatürlich, so zu wohnen, findest du nicht? Die Menschen entfremden sich voneinander, sie vergessen die Natur und all das, was uns Leben spendet, sie werden genau wie die Häuser, in denen sie wohnen: quadratisch und trist und von materiellen Dingen geprägt. Hast du Thoreaus *Leben in den Wäldern* gelesen? Alle Menschen sollten dieses Buch lesen, es ist über hundert Jahre alt, aber er hat recht mit dem, was er schreibt.« Sie drehte sich gestikulierend um.

Eric schüttelte den Kopf. Auch Sufi hatte von Thoreau gesprochen, und Eric hatte ihn aufgezogen und gefragt, warum er dann nicht tief in den Norden zog und Einsiedler wurde.

»Er lebte allein im Wald, oder?«, fragte Eric, um das Gespräch am Laufen zu halten.

»Die meiste Zeit über«, antwortete sie und setzte sich auf seinen Schreibtisch. Sie redete über Bücher und Ideen und sah wie eine Einladung aus mit ihren gespreizten Beinen und dem leicht zurückgelehnten Oberkörper. »Er wollte die Gesellschaft studieren, lebte auch nicht weit entfernt von der Stadt, das war es nicht … er traf andere Menschen, er war kein Eremit. Er wollte einfach«, sie sammelte ihr Haar mit einer Hand und ließ es wieder los, sodass es über ihre Schulter fiel, »du weißt schon … ein einfacheres Leben führen, sich in etwas vertiefen und herausfinden, worum es eigentlich geht. Er wollte wach sein, verstehst du? Wach durch das eigene Leben gehen, um nicht erst auf dem Sterbebett zu entdecken, dass er nicht gelebt hat.«

»Okay«, Eric wurde mutig, inzwischen waren sie nur mehr einen halben Meter voneinander entfernt. Ihre Stimme war ein ruhiges Summen, der Zorn, den er zuvor herausgehört hatte, war eifrigen Erklärungen gewichen. Er hatte nichts dagegen, die Rolle des Ahnungslosen zu spielen.

»Er schrieb: Wie armselig dein Leben auch sein mag, nimm es an und lebe es. Er wusste, dass die meisten Menschen ein Dasein in stiller Verzweiflung fristen, dass sie sich nicht trauen auszubrechen.« Sie hielt seinen Blick fest, als er die Hand auf ihren Nacken legte, sie dort ruhen ließ, während sie weiterredete. Sie schmiegte ihren Kopf an ihn, führte seine Hand zu ihrer Brust.

»Das ist schön«, flüsterte er und meinte es ernst.

Sie hob den Kopf, er wollte sie küssen, wurde jedoch von ihrem wilden und verletzlichen Blick überwältigt. Er hörte nur mit halbem Ohr, was sie sagte, doch ihre Worte bahnten sich beharrlich einen Weg durch ihre hellen Augen.

»Ich möchte dich spüren«, unterbrach sie ihren Redestrom,

und obwohl er genau davon geträumt hatte, sah sie mit einem Mal erschreckend verloren aus, wie sie dort auf der Kante seines Schreibtisches saß.

Zu lieben, ohne zu besitzen, frei zu sein, ohne Band. So, bildete er sich ein, versuchte er zu leben, und obwohl Rachel ein Beweis dafür sein sollte, erschien es ihm wie das Gegenteil, wie sie so mit ihrem flatternden Kleid, ihrem baumelnden Schmuck und ihren nackten Füßen in seinem grauen und beigen und ordentlichen Büro saß. Die Tunnel unter seinen Gedanken drohten damit, alles zum Einsturz zu bringen, sobald sie zu breit wurden, aber Rachel grub sich immer tiefer hinein mit ihren Worten und ihrem Duft und ihrem warmen, empfänglichen Körper.

Er musste die Augen schließen, er zog sie mit sich auf den Boden und drang sofort in sie ein. Es geschah ohne die Leidenschaft, für die es sich ausgab, sondern mit der Angst, die Erektion nicht halten zu können, unter Erde und Steinen begraben zu werden, unter den Ruinen des Lebens, aus denen nie etwas anderes aufsteigen würde als Fantasien, weil er zu feige war, weil er sich in seiner Gemächlichkeit von genau den Konventionen hatte fesseln lassen, die zu bekämpfen Rachel und Sufi und ihre Leute sich zum Ziel gemacht hatten. Er plapperte ihre Forderungen nach, wollte sie jedoch nicht umsetzen, wenn es darauf ankam. Er verhöhnte sich selbst, während er Rachel vögelte, sie klammerte sich am Tischbein fest, sie stöhnte und wimmerte, obwohl er überzeugt war, dass sie von seiner groben Behandlung nichts hatte. Er war froh, dass er überhaupt kam, er sackte schwer über ihr zusammen, sein Hemd war schweißdurchnässt. Dann zog er sich sofort aus ihr heraus und rollte sich auf den Rücken, das dämmrige Licht senkte die Decke zu ihnen hinab. Sie blieb liegen, ihr Atem klang, als warte sie auf irgendetwas, dass er mit ihr sprach vielleicht oder sie erneut berührte.

Eric hatte nicht mehr geweint, seit sein Vater vor dreizehn Jahren gestorben war. Damals hatte er aus Trauer geweint – über den Verlust als solchen und den Verlust der Möglichkeit, ihm jemals nahezukommen, und aus Scham, nicht der Sohn gewesen zu sein, der er sein sollte. Jetzt musste er sich mit einem Ruck aufsetzen und auf die Toilette gehen und sein Gesicht waschen, um nicht loszuheulen. Er verstand es nicht. Ein schlechtes Gewissen Alice gegenüber hatte er nicht, schließlich hatten sie eine Vereinbarung. An Rachel hatte er nichts auszusetzen, und dennoch musste er allen Mut zusammennehmen, um wieder in sein Büro zurückzugehen. Es war eine in blutige Stückchen gehackte Fantasie: ihre Worte, die sich aus ihren hübschen Hülsen zwängten, an ihm nagten und bissen und ihn für seine eigene Unzulänglichkeit verspotteten.

»Hältst du mich für einen lächerlichen Menschen?«, fragte er, ohne zu wissen, wo es herkam.

Sie lag noch immer auf dem Boden, ihr Geschlecht war entblößt, feucht und von Sperma verklebt. Sie streckte sich und drehte sich auf die Seite, um sich zu bedecken. »Warum sollte ich das tun?«, fragte sie zurück.

»Das alles hier«, er machte eine ausholende Armbewegung, »mein Leben, meine Arbeit, meine Familie im Vorort.«

»Lasst jeden Menschen zu der Musik marschieren, die er hört, wie auch ihr Takt und wie fern sie selbst auch sei. Es ist nicht wichtig, dass man so schnell reift wie ein Apfelbaum oder eine Eiche«, sagte sie und schloss die Augen. »Das ist auch von Thoreau.«

Er nickte. Es war nett von ihr, so entgegenkommend zu sein, nett, so zu tun, als würde sie wirklich denken, dass seine Entscheidungen genauso gut waren wie die ihren, obwohl er der Welt angehörte, von der sie Abstand nahm.

»Sufi sagt, ich wäre ein Feigling«, begann er.

»Sufi!« Sie fiel ihm ins Wort und setzte sich auf. »Wenn man auf alles hört, was der sagt, explodiert einem irgendwann der Kopf, oder?« Sie lachte und zog die Knie unters Kinn.

»Wie alt bist du?«, fragte er und ging neben ihr in die Hocke. Jetzt wagte er es wieder, sie zu berühren, ihr das Haar aus dem Gesicht zu streichen.

»Einundzwanzig. Ist das denn wichtig?«

»Das weiß ich nicht, ist es das?«

Sie schüttelte den Kopf und biss sich auf die Lippe. »Du bist ein komischer Vogel, lächerlich bist du nicht, nur ein bisschen sonderbar.«

Sonderbar war akzeptabel, er dachte, dass er sie nie wiedersehen musste, es war ein befreiendes Gefühl, und er konnte den Arm um sie legen, ohne dass es ihm etwas ausmachte, als sie mit dem Aufzug hinabfuhren.

»Hast du jemals Acid genommen?«, fragte sie, als sie auf dem Bürgersteig neben ihrem Auto standen. Sie hatte angeboten, ihn am Bahnhof abzusetzen, aber er wollte lieber gehen. Die heißen Abende ließen die Straßen vibrieren, der Geruch von Abgasen, weichem Asphalt, blühenden Bäumen. Sie musste sich beeilen, wenn sie zu Hause sein wollte, ehe es völlig dunkel war.

Er schüttelte den Kopf. Hin und wieder rauchte er einen Joint, und das genügte ihm.

»Es ist so verrückt«, flüsterte sie und schüttelte sich, »es öffnet alle Sinne.«

»Ich habe gehört, dass …«, begann er, unterbrach sich jedoch selbst. Er hatte Geschichten von schlechten Trips und Wahnsinnigen erzählen wollen, hätte aber nur wie ein mahnender Vater geklungen.

»Bisher hat niemand beweisen können, dass es Nebenwirkungen hat«, sagte sie, als hätte sie seine Gedanken gelesen. Er sah weg, sie schob mit dem Fuß ein Bonbonpapier beiseite. »Nächstes Wochenende«, fuhr sie fort, stellte sich auf die Zehenspitzen und rieb ihre Nase an seiner Wange, »feiern wir im Paradies ein Fest der Liebe – Acid und Musik, all das, was wirkt. Du könntest auch kommen.«

Er nickte, bedankte sich für die Einladung und sagte, er wolle sehen, ob es sich einrichten ließe. In diesem Moment wünschte er, Rachel nie wiederzusehen, sie konnte nichts dafür, aber er fühlte sich in ihrer Gegenwart wie ein Idiot.

»Du könntest doch deine Frau mitnehmen«, sagte sie, nachdem sie sich ins Auto gesetzt hatte, »ich habe das Bild von ihr auf deinem Schreibtisch gesehen, sie ist hübsch, und Sufi hat gesagt, ihr wärt euch darüber einig.«

Darüber einig. Warum um alles in der Welt hatten die beiden darüber gesprochen? Warum erzählte Sufi Rachel von Erics Ehe? Er ging unter den Linden auf dem Bahnhofsboulevard entlang, die Blätter raschelten in der Brise, klebrig vom Honigtau. Die Leute saßen draußen in den Straßencafés, Wolken von Zigarettenrauch und Essensdünsten, eine Frau lachte und klang, als würde sie weinen. Erst als er quer über den Bahnhofsplatz lief, fiel ihm ein, dass die Kinder heute aus dem Ferienlager zurückgekommen waren und er versprochen hatte, früh zu Hause zu sein.

Der Zug fuhr ruckhaft, hielt mehrmals auf freier Strecke und wartete viel zu lange an den einzelnen Stationen. Eric explodierte fast vor Wut, der Schaffner hatte keine Erklärung, die anderen Passagiere wirkten gleichgültig, sie lasen Zeitschriften und Zeitung oder starrten aus dem Fenster. Er verstand einfach nicht, was er falsch machte. Er rannte sich selbst hinterher, weder zu Hause noch im Büro oder bei anderen Frauen war er vollkommen gegenwärtig. Im Klub gelang ihm das am besten, doch seit ein paar Wochen erfüllte ihn auch das nicht mehr im selben Maß wie früher. Es lag an Alice. Es war nicht ihre Schuld, sie bat ihn nicht darum, es sein zu lassen, und sie stellte keine Fragen. Dennoch waren ihre Kreisläufe miteinander verbunden, er konnte ihren stillen Widerstand spüren, ihre Distanz und ihren schleichenden Rückzug, und das quälte ihn. Sie hatten eine gemeinsame Lunge und mussten die Luft zwischen sich aufteilen. Er wurde wütend auf sie, er versuchte stets, alles so gut wie möglich zu machen. Niemand konnte ernsthaft Herr über seine Lüste und Sehnsüchte sein, genauso wenig, wie man seinen Puls kraft seiner Gedanken zu steuern vermochte. Er sollte seinen Zorn nicht gegen Alice richten, sondern gegen die Institution Ehe, gegen die Klaustrophobie und die widernatürlichen Gefühle, die sie in Menschen hervorrief, die einfach und freudvoll zur Freiheit finden sollten. Das waren Gedanken, die ins Nichts liefen. Sie kamen von Sufi und Rachel und den anderen, die von der Ehe sprachen, obwohl sie außerhalb von ihr standen, die meinten, sie betrachten und bewerten zu können, die Brautkleider als Zwangsjacken bezeichneten und Familienessen als Geiz. Aber man konnte auch unmöglich etwas klar erkennen, was Teil der eigenen Brillengläser war. Oder gar der eigenen Hornhäute, dachte Eric. Und so redete er sich auch ein, dass es unmöglich war, Alice zu helfen, wenn sie ihn von sich stieß, dass es nicht in seiner Verantwortung lag, für sie Grenzen zu ziehen, sondern sie ihm selbst erzählen musste, wie weit sie zu gehen bereit war. Aber eigentlich glaubte er nur halb daran. Sie hatte sich darauf eingelassen, obwohl es sein Traum war. Das gehörte zu jener Vorstellung von Ehe, die die anderen kritisierten. Einander zu folgen, den anderen genug zu wollen, um es zu wagen, sich mit verbundenen Augen herumführen zu lassen. Die Orientierung zu verlieren, verwirrt durch ein Leben zu irren, das doch nie so wurde, wie man es sich vorgestellt hatte.

Aber was zum Teufel sollen wir denn sonst tun?, flüsterte er so laut, dass er entschuldigend den Kopf schütteln musste, weil ein Mitpassagier ihn fragend ansah. Er wollte Alice nicht verlieren, er liebte sie und wünschte sich, dass alles, was sie zusammen taten, eine so große Freude und Leidenschaft hervorrufen würde, dass sie sie mit anderen teilen konnten, ohne Schaden zu nehmen. Sein Hals schnürte sich zu, er musste mehrmals schlucken. Es war eine schöne Vorstellung, vielleicht aber auch nur eine Lüge. Wenn selbst er nur schwer erkennen konnte, dass er wenig mehr als Sex und freie Liebe mit anderen zu teilen imstande war, dass er sie für ihren Mut und ihre Freiheit zwar bewunderte, aber genauso sehr auch verachtete, wie sollte er dann erwarten, dass Alice mehr zu teilen bereit war? Er hätte gern an das Paradies und die Lebensweise von Sufi und der dortigen Menschen geglaubt. Er wünschte, er könnte Teil ihrer Gemeinschaft werden, an den Abendessen unter freiem Himmel teilnehmen, Maschinenteile mit dem alten Pick-up holen, über Literatur und Kunst und Liebe als Weg zu einer neuen Weltordnung reden. Er hätte es gern schön gefunden, immer so schmutzige Füße zu haben wie Rachel und sich nicht darum zu scheren, wenn einem die Leute hinterhergafften, weil man barfuß die Hauptstraße entlangging, sein Haar wachsen zu lassen, gemeinsam mit den anderen nackt zu sein und sich für nichts auf der Welt zu schämen. All das hätte er gern schön gefunden, aber er wusste, dass er es hassen würde. Beim bloßen Gedanken daran sträubte sich alles in ihm, und das war Beweis genug, dass er es nicht verdient hatte, Teil ihrer schönen und großen Zukunftsvision zu sein. Die anderen suchten nach der Wahrheit. Rachel hatte ihm von ihren ersten Erlebnissen mit Gruppensex erzählt, sie sei high gewesen, und das alles sei ganz natürlich entstanden, sie habe sich wie eine Schlingpflanze gefühlt, die ihre Blüten öffnete und sich mit anderen schönen Gewächsen ineinanderrankte, es sei eine geistige Erfahrung gewesen, als habe man sich mit der Freigebigkeit des Universums vereinigt. Eric konnte nicht behaupten, dass es ihm so ergangen war, und Alice ebenso wenig. Sie waren nichts als mechanische Körper, die verzweifelt ihre geizigen Herzen versteckten, zerkratzt und vernarbt vom ständigen Kampf, all jene Gefühle in Schach zu halten, die willkürlich an anderen Stellen ausschlugen, und so zu tun, als verletze man den anderen nicht. Es war richtig und doch falsch, so schienen die Bedingungen zu lauten, wenn sie alles haben wollten.

Eric klopfte mit den Fingerknöcheln gegen das Fenster, ein älterer Mann sah von seiner Zeitung auf. Er träumte von einer besseren Welt. Er träumte so sehr, dass er lahm und durchsichtig davon wurde, den Kopf voll Luft und das Herz voll Blei. Vielleicht war das alles eine verdammte Illusion, vielleicht hatte Alice recht damit, dass sie im Schmetterlingsquartier in der besten Welt von allen lebten. Alle anderen Menschen konnten sich mit dem stillen, gewöhnlichen Vorstadtdasein arrangieren, nur er nicht mit seinen luftigen Ideen und seiner Rastlosigkeit. Er konnte die Stimme seines Vaters in seinen Gedanken widerhallen hören, konnte ihn deutlich vor sich sehen, dort im Eisenbahnabteil, eine große und magere Gestalt im Gegenlicht, die ihren Schnauzbart mit Daumen und Zeigefinger glattstrich. Seine Stimme klang wie Erics, sie sagte gnadenlose, tadelnde Worte, ein Wolfsangriff aus einem freundlichen Gesicht. *Du bist derjenige, der irrt. Warum schiebst du die Schuld auf Alice? Du gehörst nicht zu diesen heruntergekommenen, barfüßigen, faulen Hunden im Paradies. Du bist wie ein trotziges Kind, Eric, bereit, alles wegzuwerfen für einen Traum, der nur aus Zuckerwatte und Luft gesponnen ist.*

Eric presste seine Faust gegen den Mund. Sein Vater konnte ihm zu Lebzeiten nichts beibringen, und deshalb brauchte er jetzt erst recht nicht auf ihn zu hören. Er hatte Lust, dem Vater ins Gesicht zu spucken, und war so entsetzt über sich, dass ihm die Luft wegblieb. Eine ganz neue Welt, sagte er beharrlich vor sich hin, um den Vater zu verbannen, ist kein unmöglicher Traum. Eure alte Welt war unnatürlich. Eure Kriege und eure autoritäre Disziplin, eure unglücklichen, untrennbaren Ehen und euer einsames Schweigen.

Mit dem Zorn kam der Kampfgeist. Von all dem, was der Vater ihm für den Bruchteil einer Sekunde gezeigt hatte, musste er sich befreien, um sich jemals einen Mann nennen zu dürfen. Die finsteren Blicke, das ewige Schuldgefühl, die Desorientierung, die Unkenntnis darüber, was so fehlerhaft an ihm war. Möglicherweise bin ich ein Getriebener, dachte er trotzig und stand auf, aber nur, weil ich an eine bessere Welt glaube. Der Zeitungsleser sah erneut hoch, sein Blick war unverändert, mit seiner zerstreuten Freundlichkeit zwang er Eric dazu, sich wieder hinzusetzen. Er musste Alice vom Paradies erzählen, musste sie und die Kinder bitten, ihn dorthin zu begleiten, er durfte nicht alles zerstören mit seiner dummen Angst und seinem Widerwillen. Er war zum Handeln gezwungen, wenn er nicht sterben wollte. Und in letzter Konsequenz müsste er es allein tun – von Alice wegziehen, ausprobieren, ob er mit einem anderen Leben zurechtkommen, sich verändern, wachsen, ein freier Mensch werden konnte. Ich muss es um meiner selbst willen tun, dachte er, aber auch für Alice und die Kinder und ihre Zukunft. Er bekam Herzklopfen, ihm wurde schwindelig angesichts all dieser Größe. Vielleicht hatte Sufi recht, wenn er es als Freiheitskampf bezeichnete, vielleicht gelang es irgendwann, alle Grenzen aufzuheben und eine bessere Welt für ihre Kinder zu schaffen. Der Raubvogel entließ ihn aus seinen Klauen und schwang sich in einem Rausch der Erleichterung von seinem Brustkorb empor und flog davon. Die Kinder, dachte er, vielleicht werden sie mir irgendwann sogar dankbar sein, weil ich den Mut hatte, vorneweg zu gehen.

Seine Gedanken beflügelten ihn. Er musste mit Alice sprechen, er wollte sich aufrichtig bei ihr entschuldigen, ihr alles erklären, was er bisher in sich hineingefressen hatte, und sie würde ihn verstehen, weil er aufrichtig war.

Über Vase blinkten die Sterne, es waren kosmische Morsesignale, die ihm Gutes wollten. Doch als er vor dem Carport hielt und den Motor ausgestellt hatte, überkamen ihn erneut Zweifel. Er roch an seinen Händen, sie dufteten nach der diskret parfümierten Seife des Büros, er roch an seinen Achselhöhlen, aber es war so warm, dass sein Schweißgeruch nicht verdächtig war. Er grämte sich darüber, dass er sich wie ein untreuer Ehemann aufführte, der sichergehen wollte, nicht nach dem Geschlecht seiner Geliebten zu riechen, ehe er zu seiner Frau zurückging. Genau um das zu vermeiden, hatten Alice und er schließlich eine Absprache.

Eric spürte, wie es Alice ging, noch bevor er die Haustür aufgeschlossen hatte. Normalerweise tat sie so, als sei nichts geschehen und puderte und schminkte und frisierte sich, um sich vor ihm zu verstecken, aber ihre Traurigkeit und ihr zurückgehaltener Zorn lagen wie eine zähe Haut über dem Haus.

Es überraschte ihn, als sie freiheraus sagte, sie wolle nicht mehr. Er ging zu ihr hinauf, nachdem er ein Glas Milch getrunken und einige Kekse gegessen hatte. Er hatte keinen Appetit, obwohl er seit Mittag nichts mehr zu sich genommen hatte. Eigentlich war er sich sicher, dass sie ihn nie verlassen würde, aber so kalt und gleichgültig hatte ihre Stimme noch nie geklungen. Sie hatte sich schon hingelegt, er rief von der Schlafzimmertür aus nach ihr, doch sie antwortete ihm nicht. Er zog sich aus und legte sich zu ihr, und sie protestierte nicht.

»Barbaras Kind ist da«, sagte sie. »Es ist ein Junge.«

Er hatte es schon immer geliebt, wie sie in seinen Armen verschwand, wie er sie umfangen konnte, als wäre sie ein warmer, weicher Teil seines eigenen Körpers. Er pfiff die Melodie eines Jingles aus einem Unterhaltungsprogramm.

»Es geht nicht mehr«, sagte sie dann an seinem Arm. »Ich will nicht mehr.«

Er fragte, was genau sie damit meine, und küsste ihren Nacken. Ihre Antwort kam ohne Umschweife. Sie könne nicht mehr damit leben, dass sie eine offene Beziehung führten. Er sagte nichts, versuchte seinen Körper zu entspannen.

»Wir waren uns doch einig, Alice«, flüsterte er, und obwohl es aufmunternd gemeint war, klang es vorwurfsvoll.

Sie machte sich los, stand auf und ging wortlos ins Badezimmer. Er blieb liegen und wartete, doch sie kam nicht wieder. Er klopfte an die Tür, rief ihren Namen, sprach sanft und geduldig. *Liebste,* rief er, *Mauseschatz?* Er legte sein Ohr an die Tür, um zu hören, ob sie weinte, doch kein Laut drang nach außen. Er hämmerte erneut dagegen, rief nach ihr, inzwischen eher wütend als besorgt. *Verdammt noch mal, Alice, du willst es einfach nicht kapieren, oder? Warum soll es immer nur um dich gehen?*

Er wusste, dass er zu weit gegangen war, brachte aber keine Entschuldigung über die Lippen und verschanzte sich stattdessen in seinem Arbeitszimmer. Steif und angespannt lag er dort und lauschte, ob sie das Bad verließ, dann schlief er ein und wurde erst mitten in der Nacht wieder wach. Das Bad war noch immer abgeschlossen, unter der Tür war ein schmaler Lichtstreifen zu sehen. Er legte sich bäuchlings auf den Teppich, um darunter hindurchzuspähen. Sie lag mit einem Handtuch zugedeckt auf der Badematte, ihr Brustkorb hob und senkte sich, und bei ihrem Anblick musste er weinen. Sie war die Einzige, die ihn liebte, sie war diejenige, die ihn wirklich sehen konnte, und jetzt hatte sie ihn verlassen. Nach ihr zu rufen war sinnlos, sie war der sturste Mensch, den er kannte. Er legte sich auf den Boden des Arbeitszimmers und hörte Led Zeppelin. Als es hell wurde, machte er Frühstück. Er trank eine Tasse Kaffee, aß ein Stück ungetoasteten Toast.

Er schrieb ihr einen Zettel, sie konnten unmöglich zusammen mit den Kindern am Tisch sitzen und so tun, als wäre nichts. *Wir sehen uns heute Abend,* schrieb er. *XXX Eric.* Er ließ den Kugelschreiber über dem Papier schweben, schrieb in die Luft: Ich liebe dich. Ich kann ohne dich nicht leben. Es wirkte pathetisch, er legte den Stift beiseite, ohne noch etwas hinzuzufügen, und schlich in den warmen, hellen Morgen hinaus. Er wollte sich Alices Wunsch fügen, wollte am Abend nach Hause kommen und ihr ein anderes Leben versprechen. Er wollte ihr versichern, dass er sich von den anderen Frauen und den Klubs fernhielt, wollte der Mann sein, den sie sich wünschte. Er war zugleich stolz und wütend auf sich. Er dachte an seine Eltern, seinen Vater, der sich erst nach seinem Tod in Erics Fantasien dazu ermannte, ihm die Meinung zu sagen, der nach außen hin immer so getan hatte, als hätte er die Hosen an, obwohl er sich in Wirklichkeit ein Leben lang den Launen seiner Frau unterworfen hatte. Er dachte erneut an Rachel. Gestern wollte er sie nie wiedersehen, heute träumte er schon wieder von ihrer Haut und ihrem warmen Schoß. Er würde gern mit ihr reden, mehr von ihr wissen. Ein Fest der Liebe, hatte sie gesagt, und er war sicher gewesen, dass das nichts für ihn war. Er hielt vor dem Bahnhof, der Parkplatz war leer, es war gerade einmal sechs Uhr. Er wollte Rachel anrufen und ihr sagen, dass er kommen würde. Es wäre das letzte Mal, und Alice brauchte es nicht zu erfahren. Er würde ihr sagen, dass er zu einer Besprechung nach Farring musste und einige Tage weg sein würde. Das letzte Mal, schwor er sich. Anschließend würde er wieder ganz Alice gehören.

Kapitel 13

Die unerträgliche Hitze wurde wenige Tage vor Schulanfang von Regen abgelöst. Es war ein strömender, tobender Dauerregen, den die Erde zunächst nicht aufnehmen wollte, bis er sie dazu zwang und sich alles miteinander zu Schlamm vermengte. Eine alles einhüllende Nässe, ungeduldig trommelnde Finger auf den flachen Dächern, mit schmutzigem Wasser glasierte Fenster. Nur in der Nacht hielt der Regen den Atem an und überließ der Hitze erneut die Macht. Dann holten die Männer Leitern aus ihren Schuppen und inspizierten mit Taschenlampen die Dächer. Wenn der Mond hinter den Wolken verschwand, glichen die Pfützen auf der Dachpappe schwarzen Löchern.

Nach einer Woche hörte es auf zu regnen. Die Luft war frischer, die Temperatur sank auf angenehme fünfundzwanzig Grad. Die Familien in Vase unternahmen abends und am Sonntag wieder Ausflüge zum Fluss. Die Grasflächen nahe der Flussbiegung, ein beliebter Picknickplatz, hatten sich mit Wasser vollgesogen und waren zernarbt. Die Enthusiasten ließen sich davon aber nicht abhalten und stellten ihre mit buntem Nylonstoff bezogenen Klapptische und -stühle auf den Platten des Wegs oder im Kies auf. Sie ignorierten die Mücken, die frisch geschlüpft und hungrig aus dem Fluss aufstiegen, schenkten sich aus geblümten Thermoskannen Kaffee ein und packten selbstgebackenen Kuchen aus. Die meisten begnügten sich damit, am Waffelhaus vorbeizugehen, dort Eis oder Limonade zu kaufen und anschließend zu den Steinstufen oder zur Brücke bei der Rotbuche zu schlendern. Der Fluss hatte seine Kräfte wiedererlangt. Die Kinder schleuderten Stöcke ins Wasser, die von den Strudeln hinabgezogen wurden und begleitet von Jubelgeschrei wieder auftauchten. Die Eltern sprachen mahnende Worte und warnten sie vor dem reißenden Strom.

Auch Alice fuhr am ersten trockenen Abend mit den Kindern zum Fluss. Eric war seit Donnerstag auf Geschäftsreise in Farring, und sie rechnete nicht vor 22 Uhr mit ihm. Es war Sonntag, und sie hatte den Kindern versprochen, dass sie wach bleiben durften, bis er nach Hause kam. Das würde Martin schwerfallen, der normalerweise früher ins Bett musste und den ganzen Tag so getobt hatte, dass es ein Segen für ihn wäre, den Kopf aufs Kissen zu betten. Die Mädchen könnten so lange fernsehen oder zeichnen. Ihnen zuliebe hatte sie sogar einen Kuchen gebacken, damit sie das Gefühl hatten, dass es auch für Alice ein besonderer Anlass war. Sie konnte sich nur schwer auf irgendetwas konzentrieren. Seit jenem Abend, an dem Eric vergessen hatte, dass die Kinder aus dem Ferienlager zurückkamen, und sie auf dem Badezimmerboden geschlafen hatte, weil sie es in seiner Nähe nicht mehr aushielt, hatte sie das Gefühl, sich in einem Paralleluniversum zu bewegen. Als wären Eric und sie durch eine gläserne Wand voneinander getrennt. Nachdem er verstanden hatte, dass sie es ernst meinte, reagierte er verständnisvoller, als sie erwartet hatte, und versprach ihr noch am selben Abend, dass die Entscheidung bei ihr läge, dass er sich nur wünsche, dass sie glücklich sei, dass er sie mehr begehre als jede andere Frau und ihr von jetzt an genauso treu sein würde wie früher. Sie konnte sich die Frage nicht verkneifen, wie treu das denn sei, und er lachte wie über einen Witz. Sie beharrte nicht auf einer Antwort, sie war so erschöpft, dass es ihr egal war. Sie hoffte, diese Gleichgültigkeit würde irgendwann verschwinden, obwohl es genau umgekehrt schien. Sie hatte die unheimliche Vorstellung, dass sie aus Hasendraht und Wachs gemacht sei, dass ihr Körper schmolz und zu Pfützen zerfloss und ständig die Form änderte. Sie kniff sich in Arme und Beine, sie drückte sich die Hand in den Bauch, um sich zu vergewissern, dass dieses Bild nicht der Wirklichkeit entsprach. Ihre überreizten Nerven, ihr unausstehlicher Argwohn und ihre Empfindsamkeit sorgten dafür, dass sie Eric nicht traute. Es tat ihr leid, dass sie sich ständig einbildete, er würde lügen, aber sie wurde ihr Misstrauen nicht los. Sie malte sich aus, wie sie ihm auf die Schliche kam, war jedoch zu stolz, um in seinem Büro anzurufen und zu überprüfen, ob er tatsächlich auf Geschäftsreise war. Am Vortag hatte er sie in der Mittagszeit angerufen, als er gerade auf dem Weg zu einer Besprechung war. Sie bat ihn, abends noch einmal anzurufen und ihr eine gute Nacht zu wünschen, nicht weil ihr das noch irgendetwas bedeutet hätte, sie wollte ihn lediglich kontrollieren. Er zögerte für einen Moment, ein Seufzen, eine Pause, die das Gespräch ersterben ließen. Sie schrie in den Hörer, dass es ihr egal sei, dass er tun und lassen könne, was er wolle, sie könne ihn eben nicht dazu zwingen, sich für sie und die Kinder zu interessieren. Er antwortete, er liebe sie und vermisse sie, und da musste sie weinen. Kurz nachdem sie und die Kinder gegessen hatten, rief er erneut an. Sie würden jetzt zum Abendessen aufbrechen, es werde länger dauern, und er könne sie später doch nicht wie versprochen anrufen. Er behauptete, er wäre in einem Büro. Im Hintergrund lief laute Musik, Menschen lachten. Sie flüsterte, dass sie das alles nicht länger ertrage, aber er konnte sie nicht verstehen, und als er sie bat, es zu wiederholen, legte sie auf. Flora war unbemerkt ins Arbeitszimmer geschlichen. Sie kam mit lautlosen Schritten und fragte, was passiert sei. Alles wurde auseinandergerissen, Fetzen gekochten Fleischs, eine Windböe, die alle Blätter vom Baum rupfte.

»Nichts«, antwortete Alice, aber sie klang nicht wie sie selbst. Irgendjemand war in ihren Körper eingezogen, der mit verzerrter Stimme sprach und dem an ihr selbst überhaupt nichts lag, der aber trotzdem darauf bestand, dass sie sich wenigstens um ihre Kinder kümmerte. Es war ein fremder Geist, der ihr die Gurgel zudrückte, sodass sie nicht protestieren konnte, und der ihren Körper aufrecht hielt, auch wenn es wehtat. Sie musste sich geschlagen geben und dieser merkwürdigen, fremden Stimme gehorchen, die die Kinder fragte, ob sie Zitronenlimonade und Kartoffelchips haben wollten, und ihnen beim Zubettgehen sagte, dass sie sie liebte. Martin und Marie-Louise hatten am Vorabend offenbar nichts bemerkt und ihr den üblichen Gutenachtkuss gegeben. Nur Flora hatte sie im Auge behalten, vielleicht konnte das Kind durch ihre Pupillen hindurchsehen, wie sie in der Dunkelheit gefangen gehalten wurde. Alice hatte Flora zu signalisieren versucht, dass sie etwas unternehmen musste, aber das Mädchen hatte ihr den Rücken zugekehrt und nicht einmal ihre Umarmung erwidert. *Hilf mir, Flora, hilf mir!,* hatte sie gerufen, doch die unheimliche Stimme hatte etwas anderes gesagt, *Gute Nacht* und *Schlaf gut, mein Mädchen.* Flora hatte jedoch gespürt, dass etwas nicht stimmte und sie angeknurrt wie ein kleiner Hund.

Alice hatte aufgegeben. Sie hatte sich zum Auto führen lassen und hinunter zum Fluss, zur Eisdiele und ins Menschengewühl. Martin hatte Floras Hand gehalten, wie Alice es ihm gesagt hatte, aber als sie die Brücke erreicht hatten, riss er sich los und zwängte sich in die Gruppe der Kinder, um direkt am Geländer zu stehen, von wo aus man in die schäumenden Wassermassen hinabsehen konnte. Er benutzte seinen Kopf als Rammbock, aber niemand protestierte. Obwohl er schon sechs war, war Martin nicht größer als ein Vierjähriger, und die anderen konnten leicht über ihn hinwegsehen.

Flora schaute sich nach ihrer Mutter um. Die ging langsam mit verschränkten Armen den Weg entlang und lauschte dem, was Marie-Louise ihr gerade erzählte. Ab und zu nickte sie, strich sie sich eine Haarsträhne hinter das Ohr. Flora winkte ihnen, um auf sich aufmerksam zu machen, sie würde Martin unmöglich selbst vom Geländer wegziehen können, er würde kreischen und eine Szene machen, und sie müsste vor den Augen der anderen Kinder und Eltern mit ihm raufen. Nun hob Alice den Blick, und obwohl Flora nicht verstehen konnte, wie ihre Mutter sie übersehen konnte, reagierte diese nicht. Flora drängte sich durch die Menge. Es war peinlich, mit seinem kleinen Bruder zu kämpfen, aber noch schlimmer wäre es, wenn er in den Fluss stürzte.

»Martin«, rief sie, aber der Lärm des Flusses schluckte ihre Stimme, »Martin«, ein wenig lauter, durch die Zähne. Sie schlich sich an ihn heran, und er bemerkte sie nicht, bis sie schon beide Arme um ihn gelegt hatte und ihn rücklings zwischen den Menschen hervorzog. Er schlug nach ihr, schrie und spuckte. Als sie ihn atemlos bis zum Rasen gezerrt hatte, traf er sie an der Lippe, und sie ließ los.

»Es blutet«, stellte Martin fest und zeigte mit dem Finger auf Flora, lief jedoch nicht weg.

Alice hatte ein Taschentuch dabei. Sie befeuchtete es mit Speichel und wischte das Blut von Floras Lippe, tupfte einen warmen, pochenden Schmerz herbei. »Es ist nichts Ernstes«, sagte sie und hielt Flora mit ausgestreckten Armen von sich.

»Er hat mich geschlagen«, erwiderte Flora, und obwohl sie es nicht wollte, stiegen ihr Tränen in die Augen. Tutku rieb sich an ihr und knurrte leise.

»Das darf er nicht«, antwortete Alice. Sie legte die Hand auf Floras Kopf und ließ sie dort ruhen, ohne noch etwas zu sagen. Ihr Blick wanderte zerstreut über die Menschen am Fluss, über Rücken und Nacken und Eiswaffeln und angeleinte Hunde. Vorsichtig berührte Flora ihre Lippe, sie hielt sich an Tutkus Pelz fest.

»Das geht bald vorbei«, sagte Alice, ohne sie anzusehen, »er ist eben ein Junge.«

Marie-Louise hatte Martin erneut mit zum Geländer genommen, er stand auf dem untersten Träger.

»Er kann ins Wasser fallen«, sagte Flora. »Ich wollte ihn beschützen, und er hat mich geschlagen.«

»In Vang, wo ich aufgewachsen bin, war der Fluss viel schlimmer«, erzählte Alice. »Jedes Jahr trat er über die Ufer, und manchmal mussten die Menschen evakuiert werden und in Schulen und Sporthallen übernachten, während sie darauf warteten, dass der Wasserstand wieder sank.« Alice nahm Floras Hand in ihre. Sie war klebrig von der Wärme, aber Flora ließ nicht los, denn es lag ein Trost darin, eine stumme Anerkennung des ihr widerfahrenen Unrechts.

»Dein Blut ist süß wie Honig«, flüsterte Tutku. Flora streichelte der Hündin über den Rücken, sie wusste, dass sie nicht antworten konnte, wenn Erwachsene in der Nähe waren. »Ich kann dich Honigblut nennen«, fuhr Tutku zärtlich fort. »Aber deinen kleinen Bruder sollte ich bestrafen, einen ordentlichen Biss hätte der verdient.«

»Er haut mich ständig«, sagte Flora.

»Er ist eben ein Junge«, antwortete Alice und nickte Ellen und Richard aus dem Glasschwärmerweg zu. »Manche Dinge kann nur die Zeit ändern.«

Sie blieben nicht besonders lange. Martin war müde und trotzig, und der Fluss stank schlimmer als in der heißen, trägen Zeit. Verbrecherisch und schmutzig schnitt er sich quer durch Vase, riss Erde vom Ufer mit, wirbelte Schlamm und Blätter und tote Fische auf und schleuderte seine Ausdünstungen mit einem bedrohlichen, wilden Gebrüll gen Himmel, als wollte er sich reinigen und von einer Last befreien.

Eric kam pünktlich nach Hause. Martin war schon eingeschlafen, er ging ins Obergeschoss, um ihn zu küssen, und saß lange an seinem Bett. Alice ging ihm nach; wie er da saß, sah er aus, als würde er beten, er blinzelte, als er aus der Dunkelheit trat, und zog sie an sich. Die Mädchen servierten den Kuchen, sie hatten ihn gemeinsam verziert, und er sah aus wie eine Geburtstagstorte, mit großen, ungelenken Marmeladebuchstaben, die in die Sahne bluteten, hatten sie PAPA daraufgeschrieben. Er aß ein halbes Stück, er sah müde und kränklich aus, und Alice schickte die Mädchen ins Bett und fragte mit ihrer merkwürdigen Stimme, der liebenden und sich sorgenden Stimme, ob es ihm gutginge, und er schüttelte den Kopf. Doch sie hörte nicht zu, die Fremde in ihr legte die Hände auf ihre Ohren, sodass sie die Worte nicht mehr auseinanderhalten konnte. Sie wusste nicht, was sie sagen sollte, nickte, ging nach oben und nahm ein Bad. Sie blieb im eiskalten Wasser stehen, bis sie ihre Füße kaum noch spüren konnte. Sie legte sich unter die Decke, und Eric umarmte sie. Er hatte sich ausgezogen und war schweißnass, obwohl es nicht besonders warm war, er presste sein Gesicht an sie und weinte.

»Ab jetzt wird alles gut«, schluchzte er und hielt sie umschlungen, »wir gehören zusammen, Alice, und wir kriegen das hin.«

Und sie nickte, obwohl sie es nicht wollte, sie stürzte in die Tiefe und verletzte sich am Mund, und es blutete so stark, dass sie fast erstickte, aber er bemerkte es nicht, er umarmte sie immer fester und legte sich auf sie, bis die verräterische Fremde, die sie in ihrer Macht hatte, zu stöhnen begann und sich anbot.

Sie betrachtete ihn, während er schlief, und konnte sehen, wie seine Träume in großen, aufgescheuchten Herden unter seiner Stirn entlangrannten. Sie spürte ihren Hufschlag wie ein Echo in ihrer eigenen Brust. Dann schlich sie sich hinaus, die Treppe knarrte, das Haus ächzte im Schlaf. Irgendwann war der Schrecken zu dem Punkt geworden, von dem aus ihr Pendel ausschwang – zu Angst auf der einen Seite und auf der anderen zu verräterischer Gleichgültigkeit. Sie stand barfuß im Vorgarten, auf dem mit Steinplatten belegten Weg zwischen Haustür und Bürgersteig. Sie konnte nicht erkennen, aus welcher Richtung der Wind wehte, er zerrte ungeduldig an ihrem Nachthemd, stachelte die Büsche zum Streit auf. Noch vor wenigen Monaten, die ihr wie eine Ewigkeit vorkamen, hatte sie hier gestanden und Eric vermisst, voll banger Ahnung und einer Unruhe, die sie damals als sinnlos und kindisch abgetan hatte. Damals wirkte der Glasschwärmerweg so friedlich, dass sie sich nach den Geräuschen des Lebens gesehnt hatte. Jetzt fand sie keine Ruhe, die Hochspannungsleitungen surrten merkwürdige, kryptische Botschaften, Gesänge, die die Geheimnisse des ganzen Viertels aus einem totengleichen Tiefschlaf erweckten, sie ließen den Asphalt, die Bürgersteige, die Gärten und die Häuser flüstern, ließen Erinnerungsfetzen auf den Atemzügen der Schlafenden davonschweben und zu lebendigen Bildern werden.

Ein Stück die Straße hinab stand der Vater der Atomzwillinge in seinem Vorgarten, angenehm müde, aber noch nicht zum Schlafen bereit. Der Wind fuhr senkrecht vom Himmel herab, John Hani bildete einen Kreis mit Daumen und Zeigefinger, durch den hindurch er einen Ausschnitt des schwarzen Weltalls und der Sterne betrachtete. Er dachte an die Unendlichkeit, daran, ob der Feind in Wirklichkeit womöglich aus dem Weltraum kam und nicht aus Russland. Es waren verworrene und neugierige Gedanken über Dinge, gegen die man sich nicht schützen konnte.

In der Nummer 10 ging Alice rückwärts, setzte sich auf die Treppe vorm Haus und betrachtete denselben Himmel. Sie dachte an Barbara und das Neugeborene, das schrie und saugte wie ein Tier. Sie dachte an die Kinderlosen, die in der vergangenen Woche ihr Haus zum Verkauf annonciert hatten.

An Helen, der man eine Brust entfernt hatte und die jeden Tag dünner und blasser wurde. Sie dachte an die verlassenen Frauen, die Ausgezehrten, die Eleganten, die lachenden, schweigenden, sprechenden Frauen. Sie drängten sich vor ihr zusammen, all jene im Schmetterlingsquartier, die sie kannte und nicht kannte, wie Blutegel setzten sie sich auf die Unterseite der Nacht, die ein riesiges Organ war, eine Gebärmutter mit Gängen voll rauschenden Blutes und dröhnender Pulsschläge. Es war noch nicht lange her, da hatte Alice den Glasschwärmerweg für den sichersten Ort auf Erden gehalten. Aber der Körper ist unberechenbar, selbst eine Gebärmutter kann ohne Vorwarnung die Unfertigen abstoßen, die versuchen, sich zurechtzulegen und Nahrung in sich aufzusaugen, aber nicht verbergen können, dass sie schon seit der Empfängnis heimatlos und daher zum Tode verurteilt sind. Sie legte die Stirn auf die Knie, kippte zur Seite und blieb auf der Treppenstufe liegen.

Ein älterer Herr ging mit seinem Hund spazieren, er betrachtete die zusammengekrümmte Gestalt am Ende des gepflegten Gartenwegs und überlegte, ob er seine Hilfe anbieten sollte, ob sie sich vielleicht ausgesperrt hatte oder ihr unwohl war. Doch die Frau und die Art und Weise, wie sie dort lag, strahlten etwas Feindseliges aus, sie hatte die Arme um sich geschlungen, sie war wie ein Felsblock, der dem Gartenweg entsprungen war, und er beschloss, es sein zu lassen. Es war ein milder Abend, eine Nachttischlampe entsandte ihr warmes Licht durch eine Gardine im ersten Stock, und er stellte sich die schlafenden Kinder in ihren weißlackierten Betten vor. Der Hund hob sein Bein am Briefkasten und zerrte an der Leine. Der Mann folgte ihm, er wollte sich nicht aufdrängen, jeder hatte ein Recht auf die Freiheit, die in einem Moment der Einsamkeit lag.

TEIL 2
1969–1974

Kapitel 1

Hätte Flora am dritten Schultag nach den Sommerferien nicht Carolines Geheimnis verraten und wäre sie damit bei fast allen Mädchen in der vierten Klasse nicht in Ungnade gefallen, hätte sie höchstwahrscheinlich zu den Ersten gehört, die den Polizei- und Rettungswagen hinterherrannten, als diese mit Blaulicht und Sirenen den Schulweg entlang in Richtung des Flusses fuhren. Als Jüngste in der Geschichte der Schule war sie vor den Sommerferien in die Laufmannschaft aufgenommen worden, und hätte sie nicht gezwungenermaßen nach der letzten Stunde zwanzig Minuten lang ihre Sportsachen mit einem Stock aus einem Lichtschacht angeln müssen, wäre sie sicher gleichzeitig mit den Jungs aus der sechsten Klasse am Fluss angekommen, die die matschige Böschung hinabschlitterten, sich den Hals verrenkten und auf Zehenspitzen stellten, um einen Blick auf das Geschehen zu erhaschen. Hätte sie nicht zufällig am Morgen Carolines Gespräch mit Sophie auf der Mädchentoilette belauscht, die die Freundin in ihren Plan einweihte, Nick zu fragen, ob er in der Tanzschule ihr Partner sein wollte, obwohl alle wussten, dass Marian das alleinige Recht auf ihn hatte, seit sie mit dem Walzer angefangen hatten; und wäre Flora in ihrer überdrehten Freude darüber, endlich, endlich einmal etwas zu wissen, was die anderen nicht wussten, noch dazu etwas, das mit absoluter Wahrscheinlichkeit zu einem Entscheidungskampf zwischen Marian und Caroline führen würde, nicht mit dieser Neuigkeit mitten in der Geschichtsstunde herausgeplatzt, dann hätten die anderen Flora wohl nicht am Ende des Schultags zurückgehalten, sie in den Klassenraum eingesperrt und ihre Sportkleidung versteckt.

Sie hatte es nicht gesagt, um jemanden traurig zu machen, und sie hatte auch nicht ahnen können, welches Drama sie damit auslösen würde. Sie wollte einfach nur in Marians Kreis aufgenommen werden, da die Mädchen, die dazugehörten, etwas Besonderes an sich hatten, etwas Reines und Frisches und Erstrebenswertes. Caroline war vielleicht hübscher, aber sie war nicht gut in der Schule. Außerdem hatte sie es auf Flora und ihre Freundinnen abgesehen, manchmal lachte sie sie aus oder zischelte ihnen im Vorbeigehen etwas zu, und so beschloss Flora, ihre Hoffnung besser auf Marian zu setzen. Hätte sie sich nur beherrschen können, hätte sie einen stillen, ungestörten Moment nach der Schule gefunden, um es Marian zu sagen, dann hätten weder sie noch Caroline sich vor der gesamten Klasse gedemütigt gefühlt und die Botin geköpft. Hätte Flora ein besseres Gespür dafür gehabt, was auf dem Spiel stand, anstatt sich so ungeschickt anzustellen, dann wäre die Ertrunkene aus dem Fluss schon einige Stunden früher identifiziert worden. Dann hätte Flora von der Tragödie noch vor Eric erfahren, den man im Büro aufsuchte; noch vor Marie-Louise, die den Nachmittag damit verbrachte, auf dem Bett ihrer besten Freundin Zeitschriften durchzublättern; noch vor Martin, der, als die Rettungsfahrzeuge vorbeirauschten, schon eine ungewohnte halbe Stunde lang darauf gewartet hatte, dass man ihn abholte, vor dem Schulhof auf der Nordseite der Vase-Lokalschule, wo sich der Ausgang für die unteren Klassen befand. Er hatte hinterher vergessen, wie merkwürdig er es gefunden hatte, dass Alice nicht zuverlässig wie immer aufgetaucht war. Aber einer der älteren Jungs war vorbeigekommen und hatte ihm die Gnade erwiesen, mit ihm hinter dem Fußballplatz das tiefste Loch der Welt zu buddeln. Hätte Flora sich bei den anderen Mädchen also nicht ausgerechnet am Freitag, den 19. September 1969, so verdammt unbeliebt gemacht, wäre sie unter den

Ersten gewesen, die die Frau im Fluss sahen, den halb entkleideten Körper, das nach unten gewandte Gesicht, die wogenden, winkenden Handflächen, fahl wie fettarme Milch.

Es war unmöglich, zu wissen, wie Flora reagiert hätte. Vielleicht hätte es ihr den Boden unter den Füßen weggerissen, dort vom schlammigen Ufer aus zu beobachten, wie die Polizei ihre Mutter aus dem Wasser zog. Vielleicht hätte sie das aber auch gegen das Getuschel der Kinder und Eltern gefestigt, gegen das grausame Getratsche und all die Fantasien, die den eigentlich friedlichen Anblick der ertrunkenen Alice, wie sie zwischen Steinen in der Fliederbucht eingeklemmt war, zu einem makabren Bild entfesselten, von Augen, die von geheimnisvollen Flussfischen zerfressen waren, von geronnenem Blut und vor Schmerz gekrümmten Fingern, die zu Geisterhänden wurden und Flora packten, wenn sie schlafen wollte.

Der September ist der Monat der schwarzen Nächte, doch der Sommer gibt nicht so leicht auf. Eiskalter Nachttau und Nachmittagsschatten sind die Vorboten des Verfalls, sie kommen, um sich die Beute des Winters zu holen. Alice war sich schon seit langem darüber im Klaren, dass etwas passieren musste. Nachdem sie die Kinder an jenem Tag im September in die Schule gebracht hatte, war sie einkaufen gegangen, obwohl sie das normalerweise erst später erledigte. Sorgfältig legte sie die Waren in ihren Korb, dachte, dass nichts für immer war, und fand in diesem Gedanken Trost. Sie war lange mit einem Glas Mixed Pickles in der Hand stehengeblieben, das Gemüse war dekorativ geschichtet und erinnerte an einen Glaskrug mit gefärbtem Sand in welligen Lagen, den eine entfernte Tante von einer Reise in den Süden mitgebracht hatte, als Alice noch ein Kind war. Man musste behutsam damit umgehen, damit sich die unterschiedlichen Sandfarben nicht vermischten. Nach einem Kindergeburtstag stand der

Krug nicht mehr am Fenster, und Alice fand ihn einige Tage später hinter der Heizung, die Sandschichten durcheinandergeschüttelt. Sie hatte das Einmachglas in den Korb gelegt und gedacht, genau wie um den Krug war es auch um sie bestellt. Wer das Glas damals geschüttelt hatte, wusste sie nicht, es gehörte zu den Dingen, die man nie herausfand und die mit der Zeit gleichgültig geworden waren.

Es bestand kein Zweifel daran, dass die Frau aus dem Fluss tot war, aber die Polizisten mussten warten, bis der Arzt mit dem Rettungswagen eintraf, bevor sie Maßnahmen ergreifen durften, die über die Bergung hinausgingen. Sie sperrten das Gebiet ab und riefen weitere Einsatzkräfte hinzu, um eine Mauer gegen die neugierigen Blicke zu bilden und die Herbeieilenden zu verscheuchen. Sie hatte nicht lange im Wasser gelegen, ihre Finger waren starr, aber die Haut war intakt. Kleine Äste und Klumpen von Matsch und Erde hatten sich in ihrem blonden Haar verfangen, sie hatte einen Ohrring verloren, und jemand hatte ihr den Slip, die Socken und die Schuhe ausgezogen. Sie trug ein feines, hellblaues Kleid, das etwas unmodern war – knielang, weitgeschnitten und mit Passe – und das die Strömung bis zum Bauchnabel hinaufgezogen hatte. Der Polizeikommissar hatte es selbst wieder nach unten gezogen, damit ihr Geschlecht bedeckt war. Auch wenn das die Ermittlungen erschweren konnte, sollte sie nicht auf eine solche Weise entblößt sein. Das Kleid klebte verräterisch an ihrem Körper, die schrägen Nähte des Büstenhalters zeichneten sich über ihren Brüsten ab, das Schamhaar war ein weicher Hügel unter dem Stoff.

In den letzten Augenblicken ihres Lebens hatte Alices Herz das Blut eifrig und unsinnig durch ihre Adern gepumpt, sämtliche Gedanken wurden aus ihrem Kopf geklopft, ihr Körper verwandelte sich in eine Feder. Sie war zur alten Holzbrücke bei den Steinstufen gegangen, zu Fuß eine halbe Stunde vom Glasschwärmerweg entfernt, ein Ort, den an einem Freitagvormittag nur selten jemand besuchte. Das Holz hatte gejammert, eine Wasserdrossel war erschrocken aufgeflattert. Alice kam mit einem Platsch auf dem Wasser auf und wurde sofort vom Fluss mitgerissen, aufgewühlt und wild nach dem wochenlangen, schweren Regen. Als ihre Füße die Brücke verließen, hatte sie ihr Leben schon fortgegeben, gegen den reißenden Fluss anzukämpfen war vergebens.

Die Welt bleibt nicht stehen, wenn der Tod eintritt, er dauert nur wenige erstarrte Sekunden, ein Leben, zerschnitten wie Konfetti, wie Sterne, wie Tonscherben, die unter schweren Stiefeln zertrampelt werden. Alice gehörte noch eine Weile dem Fluss. Ihr wogendes, blondes Haar, das Wasser, das seine Braut entblößte, Arme so geschmeidig und willfährig wie Wimpel und Girlanden. Füße, die über den Kieselgrund schleifen, das Dröhnen der Oberfläche, die Stille der Tiefe, hineingezogen in den Schoß des Flusses. Wieder ein Ungeborenes sein, stumm auf das Atmen verzichten, geschlossene Augen, kreideweiße Haut, nicht ein einziger Gedanke daran, wie sie zu dem wurde, was sie war.

Kapitel 2

Für Eric sah es aus, als hätte sie nur einen Spaziergang gemacht. Sie war nicht mit dem Auto weggefahren, die Schlüssel lagen wie immer in der kleinen Kristallschale auf dem Küchentisch, und die Haustür war nicht abgeschlossen. Anscheinend war sie bei nichts unterbrochen worden, nicht aus der Tür geeilt, nachdem sie einen Anruf von einer Freundin erhalten hatte, die krank geworden war oder kurzfristig jemanden brauchte, der für ein paar Stunden auf die Kinder aufpasste. Sie hatte den Küchenboden gewischt, das Haus duftete sauber und neutral, der Wischmopp war fest ausgewrungen und stand wieder in der Waschküche, noch immer feucht, auf dem Boden des Eimers eine kleine schimmernde Wasserpfütze. Eingekauft hatte sie auch, der Kühlschrank war gefüllt, und das war das einzig Ungewöhnliche. Alice hatte feste Tagesabläufe. Wenn er um halb eins mit seinen Kollegen zum Mittagessen ging, wusste er, dass seine Frau sich zur gleichen Zeit mit den Resten vom Abendessen an den Küchentisch setzte, es sei denn, sie war verabredet. In diesem Fall wusste er auch das, da sie es aller Wahrscheinlichkeit nach auf dem großen Wandkalender in der Küche notiert hatte; so hatte sie die Termine der gesamten Familie im Überblick, mit einer Spalte für jeden – ihn, sie, Marie-Louise, Flora und Martin. Dort notierte sie Essenseinladungen, die Aktivitäten der Kinder, Geburtstage, seine Geschäftsreisen, ihre Friseurtermine und eigenen Mittagsverabredungen. Nur die Treffen mit ihren Liebhabern wurden dort nicht vermerkt, er hatte vorgeschlagen, sie könne einen kleinen Stern verwenden oder ein Kreuz, aber das wollte sie nicht. Wenn er dann nach der Mittagspause wieder zurück im Büro war, hin und wieder einen Blick auf die Uhr warf und an Alice und ihre Hausarbeiten dachte, spürte er dieselbe behagliche Ruhe, genau wie damals, als sie frisch verheiratet waren und er es kaum erwarten konnte, zu ihr zu kommen. Alice ist mein Rückgrat, hatte er gesagt, und seine Kollegen hatten gelacht und waren unflätig geworden. Er hatte mitgelacht, als wäre es ein Spaß, um sich über sich selbst und die ausgeprägte Morallosigkeit unter seinen Kollegen lustig zu machen, verbrachten die doch stundenlange Mittagspausen mit ausgehungerten Hausfrauen, ohne je einen Gedanken daran zu verschwenden, ob ihre Frauen nicht im selben Moment im Bett eines anderen Mannes die Beine spreizten. Was man nicht weiß, macht einen nicht heiß, sagten sie lachend und schubsten einander, lüsterne, überdrehte Hundewelpen, strohdumm und nicht dazu in der Lage, das zu schätzen, was sie hatten. Alice ist mein Rückgrat, hatte Eric gesagt, und damals hatte er es ernst gemeint, dass es ihm nicht im Traum einfiele, ihr untreu zu sein.

Normalerweise war Alice immer einkaufen gegangen, kurz bevor die Kinder aus der Schule kamen. Die Mädchen waren groß genug, um allein nach Hause zu gehen, und so brauchte sie sich nur nach Martins Stundenplan zu richten. Sie brach für gewöhnlich rechtzeitig auf, der frühe Nachmittag war bei allen Müttern in Vase der bevorzugte Zeitpunkt für Einkäufe, sie parkte den Wagen hinter dem Supermarkt, trat ein paar Schritte zurück und warf einen Blick auf die Reihe der anderen Autos, sodass sie im Voraus wusste, wem sie über den Weg laufen würde. Wenn es Barbara war und sie sich beim Einkaufen beeilten, schafften sie es meist noch auf einen Kaffee in die Cafeteria, das konnte leicht zu einem Höhepunkt des Tages werden. Es war keineswegs so, dass Alice sich langweilte oder keine Freude an ihren täglichen Verrichtungen fand, das hatte sie Eric oft genug versichert, wenn sie abends zusammen im Bett lagen. Diese kleinen Begegnungen waren einfach nett und informativ. Dort hörte man zuerst, wer schwanger war und wessen Mann befördert wurde, dort sprachen die Frauen über Erziehungsfragen und tauschten Ideen aus, dort diskutierten sie, wer zugenommen hatte und wer nicht, und trafen Abmachungen, gegenseitig auf die Kinder aufzupassen, wenn sie eingeladen waren oder zum Arzt mussten oder irgendetwas anderes vorhatten, wozu sie die Kleinen nicht mitnehmen konnten.

Alice hatte gern auf die Kinder der anderen aufgepasst und selbst nur selten Bedarf an Entlastung gehabt. In diesem Sommer war das anders gewesen. Mehrfach hatte sie Barbara oder Lilli kurzfristig gefragt, ob Martin einige Stunden bei ihnen bleiben dürfe. Die Mädchen konnte sie gut alleine lassen, es reichte, ihnen eine Telefonnummer für Notfälle zu hinterlegen. Und wenn sie nur kurz einkaufen ging oder zum Friseur musste, konnten auch Marie-Louise und Flora ein Auge auf ihren Bruder haben, aber in diesem Sommer war sie oft stundenlang weg gewesen. Als die Polizei nach dem Todesfall ihre obligatorische Befragung im Wohngebiet durchführte, konnte niemand Auskunft darüber geben, wo sie sich an all jenen Vormittagen im Laufe des Sommers aufgehalten hatte. Eric hielt sich bedeckt, sagte, dass er es nicht wisse. Und dass die anderen Frauen es tatsächlich nicht wussten, war nicht weiter ungewöhnlich. Ich muss noch etwas erledigen, pflegten sie einander zu sagen, und das reichte. Man musste nicht wissen, ob die andere ihre Sachen aus der Reinigung holte oder zur Maniküre ging. Ob sie eine alte Freundin traf oder mehrere Stunden beim Friseur verbrachte. Ob sie zum Arzt musste oder sich mit ihrem Mann in der Mittagspause in der Stadt traf. Oder ob sie einfach nur eine Pause brauchte. Die meisten Frauen kannten diese verzweifelten, klaustrophobischen Tage, das Bedürfnis, zu flüchten. Untereinander redeten sie nicht darüber, es war schwer, so etwas anzusprechen, aber sie wussten es alle. Dass man die Kinder einige Stunden woanders abgeben konnte, war ein Teil ihrer stillen Übereinkunft, sich gegenseitig zu helfen. Im Schmetterlingsquartier achtete man aufeinander. Aber über die desperaten und einsamen Ausflüge in Richtung Herzberge oder in den Wald, die gestohlenen halben Stunden auf verlassenen Parkplätzen mit geschlossenen Augen und *How does that grab you, darling?* oder *Don't bring me down* im Autoradio sprachen sie nie. Und was Alice betraf, so hatte sie auf ihre beste Freundin stets den Eindruck gemacht, mit ihrem Leben zufrieden zu sein. Auf den ersten Blick hatte sie etwas Reserviertes und Abwesendes an sich, aber dieser Eindruck verschwand, wenn man sie näher kennenlernte. Alle mochten Alice. Sie war hilfsbereit und beklagte sich nur selten. Sie beteiligte sich wie alle anderen an dem Tratsch in der Supermarktcafeteria, aber sie ging nie zu weit, und nie erweckte sie bei ihren Gesprächspartnerinnen den Verdacht, dass sie ihnen einen Dolch in den Rücken rammen würde, sobald sie an einem anderen Tag mit anderen Frauen aus dem Viertel zusammensaß.

Als die Polizei mit Barbara und Lilli sprach, die Alice wohl am besten kannten, wussten sie lediglich zu sagen, dass sie immer hübsch gekleidet war, wenn sie den Jungen bei ihnen abgegeben hatte, und dass sie ihn stets zur vereinbarten Zeit wieder abholte. Nichts hatte Anlass gegeben, zu glauben, dass sie etwas anderes tat, als ganz normale und durch und durch anständige Termine wahrzunehmen.

Eric war noch im Büro, als die Polizei kam. Er hatte gerade begonnen, sich in einen anstrengenden Fall einzuarbeiten. Er hatte ihn vom jüngsten Mitarbeiter der Firma übernommen, der plötzlich eine andere Stelle gefunden und ein veritables Durcheinander hinterlassen hatte, das zu beseitigen eigentlich nicht Erics Aufgabe war. Es irritierte ihn, aber gleichzeitig war ihm klar, dass er mit dem guten Willen, den er zeigte, in einer so prekären Situation einzuspringen, einige Pluspunkte sammeln konnte. Irgendwann kommt mir das zugute, dachte er, so wie jede Form der Hilfsbereitschaft.

Zunächst verstand er nicht, was die beiden Polizeibeamten in seinem Büro zu suchen hatten. Zögernd stellten sie sich vor seinem Schreibtisch auf. Dot, seine Sekretärin, blieb stehen und trippelte verdattert und neugierig auf der Stelle, bis er sie hinausschickte. Als der ältere der beiden die Mütze abnahm und sein trauriges Anliegen vorbrachte, verstand Eric nichts. Dot wurde wieder hinzugerufen. Sie weinte, und ihre Hände zitterten, als sie ihm einen Whisky einschenkte. Und obwohl er ständig wiederholte, das müsse ein Missverständnis sein, Alice sei bei den Kindern, sie gehe ihren täglichen Routinen nach und halte sich zu dieser Zeit auf keinen Fall am Fluss auf, ließ sein Körper ihn irgendwann im Stich, und er sank auf die Knie, auf den dicken, senffarbenen Velourstep-pich, der sanft unter ihm nachgab. Dot begann, einige Anrufe zu tätigen und dafür zu sorgen, dass sich jemand um die Kinder kümmerte, es gelang ihr, Barbara zu erreichen und sie mit halbwegs fester Stimme zu bitten, sie zu sich zu nehmen, bis sie Näheres wisse. Anschließend schluchzte sie so hysterisch, dass man sie wegführen musste, bis sie die Fassung so weit wiedererlangt hatte, dass sie ihren Verlobten anrufen konnte, der sie abholte und versprach, auf sie aufzupassen und sie notfalls zum Arzt zu bringen.

Erst bei der Identifizierung begriff Eric, was geschehen war. Es war wirklich seine Alice, die auf der schmalen Bahre lag, aber sie sah sich nicht ähnlich. Sie wirkte kalt, ein Teil von ihm wollte sich zu ihr legen und sie wärmen, ein anderer Teil wollte so schnell wie möglich weg. Anschließend saß er in einem engen Büro im Polizeirevier von Rossel, er zitterte und sprach so unzusammenhängend, dass man ihn nur schwer verstehen konnte. Ein Arzt wurde herbeigerufen, um ihm ein Beruhigungsmittel zu verabreichen, aber er weigerte sich, es zu nehmen. Jemand reichte ihm eine Kaffeetasse, hielt sie ihm so lange geduldig entgegen, bis er sie endlich nahm und ein wenig zur Ruhe kam.

»Wer hat ihr dieses Kleid angezogen?«, fragte er, nachdem er drei große Schlucke von dem brühwarmen Kaffee getrunken hatte. »Sollte das eine boshafte Anspielung sein?«

Darauf wusste niemand eine Antwort. Der Polizeidirektor verstand die Frage nicht, er erklärte erneut, die Ertrunkene trage jene Kleidung, in der sie gefunden worden sei.

»Aber war sie darunter nackt?«, fragte Eric und erweckte zum ersten Mal den Eindruck, als hätte er gehört, was gesagt worden war.

Obwohl noch keine Obduktion, keine Zeugenvernehmung oder andere Untersuchungen stattgefunden hatten, die die Theorie des Polizeidirektors bestätigten, es handle sich bei dem tragischen Todesfall nicht um ein Verbrechen, sondern um ein menschliches Unglück, konnte er Eric immerhin überzeugend darlegen, dass es vermutlich die Strömung gewesen war, die Schuhe, Slip und Socken mit sich gerissen hatte; da das Kleid am Rücken geschlossen war und bis zum Hals reichte, war es nicht mitgezogen worden. Er sagte es so schonend wie möglich, auch wenn man für solche Dinge kaum angemessene Worte finden konnte.

»Es war ihr Hochzeitskleid«, flüsterte Eric und trommelte mit den Zeigefingern auf den Tisch. »Warum um alles in der Welt hat sie das getragen?«

Diese Information ließ die Polizei in den folgenden Wochen auf Eheprobleme schließen, aber Eric bestritt beharrlich, dass sie mit etwas anderem zu kämpfen gehabt hatten als den alltäglichen Widrigkeiten. Sie seien glücklich gewesen, versicherte er, seit ihrer ersten Begegnung hätten sie unzertrennbar zusammengehört, und keiner von ihnen hätte das jemals in Frage gestellt.

Er sagte das nicht, weil er etwas verbergen wollte. Es war die Wahrheit, möglicherweise von der Gegenwart des Todes verzerrt, aber im Großen und Ganzen doch die Wahrheit.

Kapitel 3

Schlaflosigkeit kann leicht den Besitzer wechseln. Noch Monate nach Alices Tod wachte Eric jede Nacht auf und sah auf die Uhr: halb drei, Viertel nach drei, siebzehn Minuten nach vier, drei Minuten vor fünf. Anfangs blieb er mit geschlossenen Augen liegen, in der Hoffnung, wieder einzuschlafen. Später stand er sofort auf, es waren die Flut und die Ebbe der Nacht. Er dachte an den Abschiedsbrief, den Alice nicht geschrieben hatte, ob sie ihn mit ihrer Tat hatte bestrafen wollen oder ob sie einer plötzlichen Eingebung folgend in den Fluss gesprungen war. Vielleicht hatte sie aber auch gewusst, dass sie, egal, was sie schrieb, niemals hätte rechtfertigen können, dass sie sich das Leben nahm. Selbst unter seelisch Kranken, dachte er, war Selbstmord trotz allem eine Seltenheit. Ganz gleich, wie gequält und geplagt die Menschen sind, halten die meisten am Leben fest und versuchen, dem Dasein einen Sinn abzuringen. Gerade jüngere Menschen, die vielleicht schwer erkrankt sind, kämpfen doch darum, lange genug zu überleben, um ihre Kinder aufwachsen zu sehen, und würden alles darum geben, dabei zu sein, wenn sie das Radfahren lernen, die Schule abschließen, heiraten, selbst ihre ersten Kinder bekommen. Manch anderer hatte Alice bestimmt um ihr schönes Leben beneidet. Eric hatte für sie gesorgt, sie bekam die Kinder, die sie sich wünschte, gute, ordentliche Kinder. Er verstand nicht, was ihr gefehlt haben könnte.

So zu denken war, als bewegte man sich durch eine enge, finstere Gasse, die ersten Schritte tat er mutig und selbstsicher, alles war von Erinnerung und Vernunft erleuchtet: das Leben, das sie zusammen hatten, die Art und Weise, wie sie sich nachts im Bett an ihn schmiegte, ihre Hände, wenn sie morgens beim Frühstück den Kindern hastig über das Haar strich und die Pausenbrote schmierte, ihre schlanken, zarten Hände, wenn sie das Haar der Mädchen zu Zöpfen flocht oder die Krümel von Martins Pullover fegte, ihr Profil, wenn sie sich im Auto zu den Kindern umdrehte, sie ermahnte oder ihnen Kekse gab, wenn sie auf dem Weg nach Lilleø waren, um den Sommerurlaub in einem gemieteten Ferienhaus zu verbringen, wo sie nichts anderes taten als lesen, baden, die Verstecke der Kinder bewundern, auf der Terrasse faulenzen und darüber sprechen, welche der anderen Feriengäste sie zum Essen einladen und wem sie um jeden Preis aus dem Weg gehen sollten. All das hatte sie aufgegeben.

Eric stürmte in eine Seitengasse und bemerkte kaum, wohin er unterwegs war, ihn konnte nichts mehr erschrecken, obwohl es immer dunkler wurde, je weiter er sich von den vernünftigen Gedanken entfernte. Schwache Lampen warfen merkwürdige Schatten, ihre Ehe wurde in ein neues Licht gestellt, und er konnte nicht mehr zwischen Wahrheit und Lüge unterscheiden. *Was fehlt dir?* Diese Frage hatte sie ihm hin und wieder gestellt, wenn er unzufrieden war und sich aufregte. Wenn er ihr Bedürfnis nach Ordnung und Tradition anfocht. *Freiheit,* hatte er manchmal geantwortet, und das hatte sie verletzt. *Spielraum, Platz, um sich zu entfalten.* Er zwängte sich weiter durch die Seitengasse, verharrte bei guten Erinnerungen, doch jetzt senkte sich die Oberfläche, und andere Motive kamen zum Vorschein. Wie sie sich abends oft gestritten hatten; eine zornerfüllte und verzweifelte Nacht in dem Strandhaus auf Lilleø; er hatte ihre Arme gepackt, wollte ihr verständlich machen, dass das, was sie seiner Vorstellung nach erleben sollten, nicht so gefährlich war, wie sie es hinstellte, dass er kein Dämon war, sondern ein gewöhnlicher Mann, der sie bei alldem dabeihaben wollte, wovon sie sich ausgeschlossen fühlte. Er wurde wütend auf sie, wenn er an diese Streitereien dachte.

Am Ende hatte sie immer nachgegeben, gesagt, dass er genauso recht haben könne wie sie, und ihm damit die sanften, klugen und unkonventionellen Seiten von sich gezeigt, für die er sie am allermeisten liebte. Jetzt war es aber genug! Er wollte nicht tiefer in diese Dunkelheit vordringen. Doch es war zu spät, dort drinnen wohnte jemand, der Eric packte und ihn brutal gegen eine Brandmauer stieß.

Er setzte sich mit einem Ruck auf. Es war ein böser Schlaf, der erst unter dem Deckmantel sanfter Erinnerung daherkam, um ihn dann mit Schuld und Angst vollzupumpen. Er musste aufstehen, um sich von diesem Gefühl zu befreien, der Boden war kalt, es war bereits Herbst. In manchen Nächten weinte er, in vielen Nächten wünschte er nur, er könnte es. Er dachte an die Beerdigung, den zweitschlimmsten Tag in seinem Leben, nach dem Tag, an dem Alice starb. Er versuchte sich zu erinnern, wer dort gewesen war und wer Blumen geschickt hatte. Er hatte sich für eine Feuerbestattung entschieden, einzig um zu vermeiden, nach der kirchlichen Zeremonie im Trauerzug mitlaufen und mit den Kindern am offenen Grab stehen zu müssen. Anschließend hatten sie im Glasschwärmerweg Kaffee und Limonade getrunken, und irgendwann war Martin verschwunden. Flora sagte, sie könne ihn nicht finden, und Eric, der vollkommen ahnungslos war, seit wann er schon weg war, hatte unangemessen lange gewartet, eine Suchaktion zu starten. Irgendwo weit hinter seiner Lähmung begann sich jedoch die Angst zu regen, als die Gäste, die die Wege im Wohnviertel auf und ab gerannt waren, einer nach dem anderen ohne Martin zurückkehrten.

Flora hatte ihn schließlich gefunden. Seine gute graue Hose war nass, das Hemd mit Erde und Gras verschmiert. Er hatte weit draußen am Waldsee gespielt, und Eric schimpfte ihn aus. Ein Wort gab das andere, bis Marie-Louise die Arme um ihren kleinen Bruder legte und Flora sich zwischen ihn und

Eric stellte. Sie hatte nichts gesagt, Eric jedoch so wütend angesehen, dass er sich innerlich krümmte und nun endlich auch Martin wahrnahm, rotgesichtig, verheult und verängstigt. Diese Episode konnte er sich nicht verzeihen, und in jeder Nacht tauchte sie in seiner Erinnerung auf, auch wenn er ihr zu entgehen versuchte.

Wenn Eric zur Ruhe kam, holte er zum hundertsten Mal ihr Tagebuch hervor. Sie hatte es ganz hinten in ihre Schublade gelegt, der fehlende Abschiedsbrief kam ihm vor wie blanker Hohn, eine Zurückweisung seiner selbst, der Kinder und ihres ganzen gemeinsamen Lebens. Als die Polizei ihm das Tagebuch zurückgab, keimte ein Funken Hoffnung in ihm auf, der jedoch sofort von ihren praktischen, nüchternen Aufzeichnungen erstickt wurde: *Flora beim Zahnarzt, keine Löcher. Martin war heute Abend sehr pflegeleicht, er konnte seine Enttäuschung verwinden, als er beim Mensch-ärgere-dich-nicht verlor. Eric und Marie-Louise holten Milch, weil ich vergessen hatte, welche zu kaufen, das war eine große Hilfe.* Eric konnte nicht verstehen, warum sie überhaupt Tagebuch schrieb, wenn sie nichts anderes auf dem Herzen hatte. Dieses Gewebe aus Alltäglichem wirkte in einer solch minutiösen Registrierung vollkommen nichtssagend. Es gab lose Seiten mit Aufzeichnungen darüber, welche Menüs sie zu welchen Feiertagen oder Abendessen mit Gästen gekocht hatte und was ihnen wiederum die anderen serviert hatten, manchmal auch durch Rezepte ergänzt: *Jannis Krabbencocktail, Sahnekuchen mit Mandarinen, der pfiffige Eintopf, einfache Formkuchen (Kinder).*

Ganz hinten im Notizbuch lagen drei zusammengefaltete und datierte Zeitungsausschnitte. Sie hatte einzelne Sätze in den Artikeln unterstrichen, einen über Dahlien, einen anderen über die Sommerurlauber auf Lilleø. Zu diesem Artikel gab es auch ein älteres, unscharfes Foto von Badegästen mit Sonnenhüten und Sonnenschirmen. Unter das Kinn des einen hatte sie einen Pfeil gemalt, das andere Ende schwebte in dem leeren Feld unter dem Text, als wäre dem Stift die Tinte ausgegangen, und sie hätte keine Zeit gehabt, einen neuen zu suchen. Der dritte Artikel stammte aus einer Frauenzeitschrift und handelte von Kindererziehung. In der Überschrift stand mit roten, geschwungenen Buchstaben: *Neun Geheimnisse einer glücklichen Kindheit*. Unter den Artikel hatte sie mit winzigen Blockbuchstaben geschrieben: *If you bungle raising your children nothing else matters in life, Jacqueline Kennedy.* Das handgeschriebene Datum in der linken oberen Ecke war der Tag, bevor Alice starb, aber sie hatte nicht angegeben, woher der Artikel stammte. Ihm kam der Gedanke, dass sie womöglich zerstreut und in sich gekehrt gewesen war, als sie ihn ausgeschnitten hatte, vielleicht bereits davon abgelenkt, ihren eigenen Tod zu planen. Es quälte ihn, dass es ihm nicht gelingen wollte, diese Theorie mit dem Inhalt des Artikels in Einklang zu bringen. Wie eine Mutter auf die Idee kommen konnte, sich das Leben zu nehmen, war ohnehin unbegreiflich. Aber dass sie, einen Tag bevor sie starb, einen Artikel darüber ausschnitt, wie sie ihren Kindern die bestmögliche Kindheit bieten konnte, ergab überhaupt keinen Sinn. Nachdem er begriffen hatte, dass sich in Alices Tagebuch nichts finden ließ, was ihm jenen Seelenfrieden hätte bringen können, der nur durch eine endgültige Antwort auf sein großes, einsames *Warum* möglich war, rann alle Kraft aus ihm hinaus und verwandelte ihn in einen Fels. Und dann saß er mit seinen Steinhänden da und konnte sich nicht mehr bewegen, sich nicht erinnern, nicht fühlen, nicht länger existieren, bis ihr Gesicht in der Erinnerung aufflackerte wie eine Gnade, die die Versteinerung allmählich sprengte, Bruchstück für Bruchstück, und seine Trauer wild und menschlich aufflammen ließ, entzündet durch die Erinnerung an ihr erstes Verliebtsein oder an die verschwommenen Tage nach diesem verdammten Fest der Liebe mit Rachel im Paradies. Tage, von denen er geglaubt hatte, sie wären nur die mittleren Glieder in einer langen Kette.

Es gab auch Nächte voller Zweifel und Zorn: War alles nur ein Schauspiel gewesen? Wie war es ihr gelungen, derart dunkle Seiten all die Jahre hindurch vor ihm zu verbergen? Diesen hemmungslosen Egoismus, diese eiskalte Gleichgültigkeit ihm und den Kindern gegenüber. Er mochte den Zorn mehr als den Zweifel, denn er gab ihm wenigstens ein Gefühl, das Leben noch immer zu wollen. Doch das war meist nur von kurzer Dauer. Der Zorn zog die Gedanken in die Länge, bis sie so dünn waren, dass sie am Ende zu Unsicherheit zerfielen und ihn in ein und derselben Bewegung von Alices Mängeln und ihrer Unzulänglichkeit zu seinen eigenen gleiten ließen. Damit lief er endgültig auf Grund. Sie hatte ihn verlassen, ihn im Stich gelassen, das war nervenaufreibend, aber nie so schlimm wie das Gefühl, dass er selbst versagt hatte. Wenn ich zugehört und nachgefragt hätte, wenn ich weniger mit meinem eigenen Leben beschäftigt gewesen wäre, wenn ich sie entlastet, sie mehr geliebt, mehr mit ihr geredet hätte, zu Hause geblieben wäre, ihr meine Zuneigung mehr gezeigt hätte, wenn ich sie doch nur gesehen hätte.

Eines Nachts im Oktober wollte er das, was sie hinterlassen hatte, zerstören. Er legte das Tagebuch auf den Tisch, schenkte Whisky in einen Zahnputzbecher, obwohl er so gut wie nie allein trank und ihn nur für Gäste im Haus hatte. Er legte die Artikel übereinander, die dunkle Tischplatte wollte nichts mit ihnen zu tun haben, das Papier leuchtete wie verstoßen auf dem blanken und ruhigen Grund, bald würde er alles zerschnitten haben und für immer von diesem qualvollen, nächtlichen Ritual befreit sein. Er hatte an die Kinder gedacht und ob sie Freude an Alices Banalitäten gehabt hätten, aber es stand nichts darin, was er nicht hätte wiedergeben können.

Gerade hatte er dem Mann vom Strandbild den Kopf abgeschnitten, als es ihm blitzartig kam: Vielleicht war es genau das, wonach er gesucht hatte, vielleicht waren das ihre diskreten, aber unzweideutigen Hinweise an ihn. Ihr Tagebuch hatte in der Kommode im Schlafzimmer gelegen, als er es fand. Auf dem Bettüberwurf war noch ein Abdruck von ihr, sicher hatte sie auf der Bettkante gesessen und ihre letzten Aufzeichnungen geschrieben: *Früh einkaufen gewesen. Jetzt ist alles gut.* Dieselbe beherrschte Handschrift wie immer, derselbe blaue Stift, keine Unregelmäßigkeiten. Vielleicht hatte sie daran gedacht, dass sie nach einer Erklärung suchen würden, vielleicht wollte sie ihnen die Verwirrung ersparen, sich an das Tagebuch zu erinnern und es anschließend suchen zu müssen. Vielleicht hatte sie an ihn gedacht, als sie auf dem Bett lag und jene Zigarette rauchte, die sie im Kristallaschenbecher hinterlassen hatte, während sie überlegte, was sie schreiben sollte. Hatte die Augen geschlossen und den Rauch zwischen den Lippen entweichen lassen und ihn sich in der Zukunft vorgestellt, in der sie ihn allein hinterlassen würde, sich vorgestellt, wie er wieder und wieder ihr Tagebuch durchblättern, darin suchen und rätseln würde. Und trotzdem hatte sie ihm kein deutlicheres Zeichen geben können.

Die plötzliche Klarheit des Gedankens versetzte Eric einen Stich in die Magengrube. Er zweifelte nicht daran, dass es so war, es musste einen Zusammenhang geben, es war so, als stünde sie plötzlich neben ihm und lobte ihn dafür, es endlich herausgefunden zu haben. So war Alice, das war typisch für sie. Sie redete selten unbedacht drauflos, war kein übertriebener Gefühlsmensch. Sie konnte etwas Distanziertes und Zartes an sich haben, etwas, das in ihm den Wunsch geweckt hatte, sie zu umarmen und zu beschützen, als sie sich kennenlernten, das er später jedoch hin und wieder am liebsten aus ihr herausgeschüttelt hätte. Das, was andere als Reserviertheit auffassten, war Teil ihrer fast unerträglichen Schönheit, die ihr eine Aura der Erhabenheit verlieh, die mit ihrer diskreten Art harmonierte, mit ihrem ruhigen Wesen und ihren eleganten, fließenden Bewegungen, die ihn in den Wahnsinn treiben konnten vor Lust und aus dem unerfüllbaren Begehren, sie vollständig besitzen zu wollen. Natürlich war die Vorstellung, dass sie einen Abschiedsbrief schrieb, lächerlich. Er räumte die Schere in die Schublade, klebte den Kopf wieder an den Körper und legte die Artikel nebeneinander.

Dahlien interessierten ihn nicht, er wusste nicht einmal, wie sie aussahen. Aber es passte zu ihrem tragikomischen Humor – gegen seinen fehlenden Sinn für Haus und Garten zu sticheln und ihn daran zu erinnern, alles instand zu halten, auch wenn sie nicht mehr da war. Die neun Punkte für eine glückliche Kindheit waren natürlich das Wichtigste, er schob den Artikel beiseite, damit wollte er sich belohnen, sobald er die beiden anderen verstanden hatte. Der Sommerferienartikel? Er zog die Architektenlampe heran, nahm eine Lupe aus der Schublade und studierte die verschwommenen Gestalten auf dem Foto. *Willst du, dass ich wieder mit ihnen dorthin fahre?*, flüsterte er, *nach Lilleø? Aber letztes Mal, als wir da waren, hat es dir doch nicht gefallen.* Er studierte den gezeichneten Pfeil, er zeigte auf die Person ganz rechts. Vier, natürlich. Er selbst und die Kinder. *Soll ich daran denken, in den Urlaub zu fahren? Nicht zu viel zu arbeiten?* Sie hatte es ihm nicht direkt sagen können, und dafür hatte er Verständnis. Wie sollte ausgerechnet Alice schreiben: Es wurde mir zu viel. Oder: Ich halte es hier nicht mehr aus. Er sah sie vor sich, halb von der Seite, lesend in einem Liegestuhl auf der Terrasse, im geblümten Bikini, wie der Schatten der Markise auf ihr Gesicht fiel, ein Sonnenstreifen, der quer über ihren Bauch verlief und ihren Körper in zwei Hälften teilte. Wenn sie so dagelegen und gelesen hatte, hatte sie ihn nicht beachtet. Wenn die Kinder gebrüllt oder eines von ihnen geweint hatte, hatte sie nur den Kopf gehoben, gelauscht, überlegt, ob ihre Einmischung vonnöten war oder ob die drei nicht doch allein zurechtkamen.

Als die Morgendämmerung einsetzte, hatte er zu weinen aufgehört. Er legte sich einen kalten Lappen auf die Augen, niemand würde es ihm übelnehmen, wenn er sich einen Tag krankmeldete. Seine Cousine Marianne, Alices Jugendfreundin, sollte die Kinder in die Schule schicken, und anschließend würde er ihr für die Hilfe danken und ihr sagen, dass es für sie nun an der Zeit war, wieder nach Farring zurückzufahren. Sie hatte sich unmittelbar nach Alices Tod freigenommen und wohnte seit der Beerdigung bei ihnen. *Auf unbestimmte Zeit,* hatte sie gesagt, *so lange du mich brauchst.* Und obwohl das Zentralkrankenhaus in Farring offenbar ein sehr verständnisvoller Arbeitgeber war, konnte es nicht angehen, dass sie monatelang als unbezahlte Haushaltskraft für ihn arbeitete. *Wir müssen einander helfen, wo wir nur können,* hatte sie gesagt, *umso mehr, weil wir miteinander verwandt sind.*

Alice und er hatten hin und wieder darüber gesprochen, wie ihre Kinder wohl als Erwachsene sein würden. Es war ein Spiel, ein schönes und heiteres Spiel, in dem Martin nicht länger ein wortkarger und hitziger Zwerg war, sondern sich zu einem umtriebigen Geschäftsmann gewandelt hatte, der um die Erde reiste und in vielen Sprachen verhandelte. Marie-Louise kümmerte sich um ihre Kinderschar, und ihr natürliches Verantwortungsgefühl und ihr Ordnungssinn kamen ihr als Sekretärin oder Korrespondentin zugute, oder aber ihre fürsorgliche Große-Schwester-Art machte sie zu einer guten Lehrerin oder Krankenschwester oder Hausfrau, genau wie Alice. Über Flora wurden sie sich nicht einig. Alice hatte sich Sorgen gemacht wegen ihrer Streitbarkeit und ihrem Eigensinn, der oft in Frechheit umschlug, und wenn es um sie ging, musste Eric übernehmen und aus Flora eine Sportlehrerin machen, eine von der netten und freundlichen Sorte, deren Energie kleine dicke Kinder zum Wettlauf und Speerwurf animierte. Dann lachte Alice mit ihm, aber anschließend sah sie trotzdem traurig aus, schüttelte den Kopf und sagte, *Ich weiß es wirklich nicht* oder *Hauptsache, sie wird am Ende nicht eine dieser frustrierten und uncharmanten Umweltschützerinnen oder Politikerinnen.*

Eric lehnte den Kopf gegen den Fensterrahmen, jemand hatte den Rasen gemäht, ohne dass er darum gebeten hatte. Ob die Kinder jemals wieder mit derselben nachlässigen und selbstverständlichen Art wie zuvor ihre Tretroller oder ihr Spielzeug herumliegen lassen würden? In seiner Fantasie ging Alice ihre abendliche Runde und räumte hinter ihnen her, vornübergebeugt, die Arme voller Spielringe und Fußbälle und Rollschuhe. Ihr Haar war im Nacken zu einem kurzen, strammen Pferdeschwanz gebunden, sie trug ihre Schürze, weil sie gerade abgewaschen hatte, und er wartete im Wohnzimmer auf sie, darauf, dass sie ihnen Gläser mit Eistee brachte und sie eine Weile still beisammensaßen, wie sie es meistens taten, jeder mit seinen Dingen beschäftigt. Er las Zeitung, und wenn sie hereinkam, würde er ihr sagen, dass sie die Kinder selbst aufräumen lassen sollte. Sie würde nicken und nach ihrem Glas greifen, *Sie waren müde,* würde sie sagen, *sie mussten einfach dringend ins Bett, die Mädchen helfen eigentlich gut mit, nur Martin ist noch so klein.*

Eric räusperte sich, schlug seinen Kopf leicht gegen den Fensterrahmen. An Alice zu denken war, als würde man bei ablandigem Wind die Segel setzen obwohl man eigentlich vorhatte, an Land zu gehen. Er legte Marianne einen Zettel auf den Küchentisch: Magenschmerzen, bitte weck mich nicht. Sicherheitshalber notierte er darunter die Nummer seines Arbeitgebers, sie würde ihm den Gefallen tun und bei Dot anrufen, um ihn krankzumelden.

Er schlief ein, sobald er sich hingelegt hatte, die anderen waren noch nicht aufgestanden, und er wachte erst wieder auf, als die Haustür ins Schloss fiel. Die Morgenstille war ein explodierender Staubball, alles kündete von der unerträglichen Leere. Er schlich die Treppe hinab, Martin hatte seinen Schlafanzug auf den Wohnzimmerboden geschleudert, und Eric musste einen Schritt zur Seite gehen, um nicht auf einen Plastikcowboy zu Pferde zu treten. Er ging durch die Räume und in die Küche, trank Milch direkt aus der Flasche, stopfte sich ein Stück Brot in den Mund. Die Stille nach einem hektischen Morgen, das von den Kindern hinterlassene Chaos, die ungewaschenen Teller, all das war Alices Reich. Zu diesem Zeitpunkt hätte sie schon begonnen, das Haus in Ordnung zu bringen: Aufräumen, Staubwischen, Staubsaugen, in irgendeinem bedächtigen Turnussystem, mit dem sie ihr Zuhause rein hielt. Montags widmete sie sich dem Wohn- und Essbereich, dienstags der Küche, der Waschküche und dem Flur, mittwochs den oberen Zimmern und so weiter. Wenn er wie heute an einem normalen Werktag zu Hause war, fühlte er sich beinahe wie ein Fremder, eine Unregelmäßigkeit in der geschäftigen Ruhe des Wohngebiets, und er musste sich daran erinnern, dass er nicht etwa blaumachte, um sich dem Müßiggang hinzugeben. Seine Gedanken verhedderten sich ineinander, die Trauer konnte ihn Stück für Stück auffressen und ihm mit all ihrem beharrlichen Elend drohen, aber sie durfte ihm nicht die Fähigkeit rauben, zu handeln und Pläne zu schmieden. Er würde sich weigern, sich ihrer Brutalität zu unterwerfen. Der Tod hatte einen weiteren unverzeihlichen Siegeszug in seinem Leben gefeiert, aber in dieser Nacht hatte er sich so stark gefühlt, dass er glaubte, das Wesentliche festhalten und bewahren zu können, die Hand in der Dunkelheit ausstrecken und Alice ein wenig am Leben halten zu können, indem er die Dinge so handhabte, wie sie es sich gewünscht hätte.

Seit ihrem Tod waren erst eineinhalb Monate vergangen, und es war einleuchtend, dass die Trauer nicht einfach so schnell wieder verflog. Er hatte mit seinen Aufgaben und seiner Arbeit dagegen angekämpft, aber jetzt reichte die Trauer ihm unerwartet die Hand. Sie quittierte es ihm gnädig mit einem Moment der Linderung, dass er Alice in seine Gedanken zurückholte, statt sie zu verdrängen. Wenn er sich auf ihre Wünsche konzentrierte, wandelten sich die Erinnerungen und Bilder von einem wilden Strom, der außerhalb der Reichweite seines Willens floss, hin zu einem soliden Bollwerk, einer heimlichen Allianz mit ihr hinter dem Rücken des Todes. Die eigenen Tage auf solche Weise zu stärken war nicht leicht. Der Sirenengesang des Selbstmitleids lockte mit seiner Passivität. Aus diesem Grund war er seit der Beerdigung nicht einen einzigen Tag zu Hause geblieben, sondern hatte darauf bestanden, ins Büro zu gehen; das Auto oder Fahrrad vom Glasschwärmerweg bis zum Bahnhof zu nehmen, im Zug Zeitung zu lesen, ohne anschließend sagen zu können, worum es ging, dem Quietschen und Kreischen der Schienen zu lauschen, sich im Anblick der vorbeirauschenden Häuser, Bäume und Wege zu verlieren und in Gottes Namen nicht nachzugeben und sich von den Gedanken an Alice vereinnahmen zu lassen. Denselben Weg ins Büro zu wählen wie immer, Dots mitfühlendem Blick auszuweichen und nur im Vorbeigehen den Kaffee entgegenzunehmen, den sie ihm reichte, in Papierstapel abzutauchen, Ferngespräche und nationale Verbindungen, süßer schwarzer Kaffee, Mittagessen im *Japs,* Nachmittage in verräucherten Konferenzräumen, ein schneller Drink mit einem Kollegen, ein Hotdog am Bahnhof, auf dem Heimweg dieselbe Routine wie auf der Hinfahrt, bis er vor dem Haus den Motor abstellte und in der unerträglichen Stille des Vorgartens versank, in den blanken, dunklen Scheiben, den allzeit geöffneten Armen der Trauer.

Seit Alices Tod war er nur ein einziges Mal auf dem Friedhof gewesen, zur Urnenbeisetzung gemeinsam mit den Kindern, Marianne und Barbara. Marianne hatte vorsichtig vorgeschlagen, zusammen dort hinzugehen, aber das wollte er nicht. Sie konnte ja die Kinder mitnehmen, wenn sie das Bedürfnis danach hatten, er selbst wollte es sich ersparen.

Die Arbeitstage waren die stärksten Knochen in dem Skelett, das ihn aufrecht hielt. Er fürchtete den Feierabend, aber nicht so sehr wie die Sonntage. Die Art und Weise, wie die Kinder ihn am Frühstückstisch ansahen, ihre stummen, fordernden Blicke, die sich durch die Zeitung brannten, sodass er rasend wurde und mit der Hand auf den Tisch schlug, weil Martin Milch verschüttete oder Flora zu laut mit dem Löffel über den Boden der Schale kratzte. Er bereute es, wenn er merkte, wie gut sie schon gelernt hatten, ihre Zähne zusammenzubeißen und keine Tränen zu zeigen.

Er konnte Alice nicht ersetzen, sie war das ausgerissene Bein, der Phantomschmerz, das Hinken der Familie. Alles, was sie konnte, fehlte ihnen. Am schlimmsten war die Stille nach dem Sonntagsfrühstück, die in Watte gepackten Bewegungen der Kinder. Marianne ermahnte sie, dass der Vater seine Ruhe brauche. Sie waren unnatürlich gehorsam, niemand zettelte Streit an oder lachte, sie hatten Ohren wie Tiere, und selbst wenn er sich hinter verschlossener Tür an seinem Schreibtisch verschanzte, konnte er spüren, wie sie sie drehten und spitzten und warteten. *Ich bin zum Teufel noch mal keine Mutter,* hätte er am liebsten gerufen, *das war so nicht vorgesehen.* Das Gefühl, ihm sei Unrecht widerfahren, wuchs immer mehr an und kochte über, es machte ihn mürrisch und presste ihm sein beruhigendes Es-wird-schon-irgendwie-alles-werden-Lächeln tief den Hals hinab.

Marianne wartete ebenfalls. Sie erledigte, was erledigt werden musste, doch mit den Wochen, die ins Land gingen, wurde ihr Warten zu einem Wanken, sie wusste genau, dass sie unmöglich von ihm verlangen konnte, mit den Kindern einen Ausflug oder einen Spaziergang durch den Herbstwald zu machen, Eis zu essen, Limonade zu trinken oder in den Zoo zu gehen. Sie dachte, dass er vermutlich alles in seiner Macht Stehende tat und dass er sie brauchte, damit sie sich um den Rest kümmerte. Sie wusste nicht, wann mit einer Besserung zu rechnen war, wie lange es dauerte, bis die Phase der tiefsten Trauer vorbei war. Wahrscheinlich hing das mehr vom Trauernden selbst ab als vom Ausmaß der Tragödie. Jemand hatte ihr einmal erzählt, dass man beim Tod eines Ehepartners durchschnittlich einen Monat für jedes Ehejahr trauerte. Wer konnte schon sagen, ob das tatsächlich stimmte, aber es gab wohl kaum Menschen, die zwölf oder siebzehn Monate mit derselben Intensität trauerten, um eines Morgens plötzlich glücklich und lebenstauglich wieder aufzustehen. Die Trauer fraß die Menschen auf und fuhr ihnen mit ihren Klauen übers Gesicht, das wusste jeder.

Eric stand jeden Tag auf, er nahm sich zusammen, und dafür bewunderte sie ihn. Sie verhielt sich den Kindern gegenüber zurückhaltend, wenn er da war, sie wollte ihm die Chance geben, seinen Platz in der Familie einzunehmen, und er hasste sie dafür. Sonntags wartete sie bis zum Nachmittag, ehe sie die Kinder auf den obligatorischen Ausflug mitnahm, schweigend und widerstrebend folgten sie ihr, während Eric die dünnen Schlafzimmergardinen beiseiteschob und beobachtete, wie sie ins Auto stiegen. Marianne hielt ihnen die Tür auf, ihr ernstes Gesicht, ihr heller Rock, der über dem Hintern spannte, wenn sie sich bückte, um Martin beim Schuhebinden zu helfen, was den Jungen so sehr erzürnte, dass er zappelte und um sich trat und rot anlief. Sie sorgte für frische Blumen auf dem Friedhof und traf Absprachen mit Gärtnern, das Grab zu pflegen. Sie war auch diejenige, die den Stein bestellt hatte. Grauer Granit, schwarze Inschrift, Name, Geburts- und Todestag, kein Firlefanz. Martin hatte sein Lieblingsauto und einen kleinen Bären aufs Grab gelegt. Es sah nicht schön aus, aber sein Opfer war so rührend, dass sie es nicht zu entfernen wagte und lediglich dafür sorgte, dass seine Gaben halb vom Laub verdeckt wurden. Sie erzählte Eric von allem, und obwohl es ihn offenbar nicht interessierte, ob sie und die Kinder Christrosen oder Kornelkirschen pflanzten, war sie sich sicher, dass er ihren Einsatz zu schätzen wusste.

An diesem Vormittag ging er ins Bad, rasierte sich und zog sich an, als würde er ins Büro gehen. Marianne kam zurück, sie stellte die Einkaufstüten im Flur ab und blieb einen Moment stehen. Dann sortierte sie die Waren ein, wischte den Küchentisch ab und räumte die Sachen der Kinder beiseite. Sie kochte Kamillentee für Eric, der einen Geruch von Seife und Rasierwasser im Haus verbreitete, sie konnte ihn oben im Arbeitszimmer rumoren hören. Sie hatte ihn vorsichtig gefragt, ob er sich nicht im Laufe des Herbstes ein paar Tage freinehmen wolle. Sie könnten ein Sommerhaus am Meer oder im Norden in den Bergen mieten, sie könne mitfahren und auf die Kinder aufpassen. Vielleicht würde das ihre Gedanken auf etwas anderes lenken als die eigene traurige Situation, aber Eric wollte davon nichts hören. Er verweigerte jedes Gespräch über Alice, und wenn die Kinder etwas fragten, was mit ihrer Mutter zu tun hatte, verstummte er und verließ den Raum.

Am selben Morgen hatte Marianne mit einigen von Alices Freundinnen geredet, sie hatten sie von der Beerdigung wiedererkannt und sie eingeladen, mit in die Cafeteria zu kommen. Die Frauen weinten geradewegs in ihre Schnittchen, es war offensichtlich, dass Alice ihnen viel bedeutet hatte und ihr Tod für sie genauso unbegreiflich war wie für die Familie. Marianne bohrte diskret nach. Manchmal stellten sich die

Dinge anders dar, wenn man sie von außen betrachtete. Aber da war nichts. Die Frauen waren genauso erschrocken darüber, dass ausgerechnet Alice auf die Idee gekommen war, sich das Leben zu nehmen. Sie spekulierten und trugen dünne Verschwörungstheorien von Verbrechen und Unglück vor, und anschließend waren sie noch aufgewühlter, weil auch das keinen Sinn ergab. Und weil sie immerzu an ihre eigenen Kinder und Männer denken mussten und an ihr gewöhnliches, ruhiges Leben in Vase und daran, was eine Frau bei vollem Verstand dazu veranlassen konnte, das alles wegzuwerfen.

»Wenn Alice das tun konnte, kann jede es tun«, flüsterte eine von ihnen, eine dunkelhaarige Frau mit gebogener Nase und breitem Mund, die unablässig an ihrer Perlenkette und ihren diskreten Ohrringen fummelte und ihre Augenwinkel mit der Serviettenkante tupfte. Als es so schien, als hätten die anderen sie nicht gehört, wiederholte sie es noch einmal lauter.

»Was nützt es denn, so etwas zu sagen?«, fuhr eine große und kränklich aussehende Frau namens Ellen sie an. »Niemand tut so etwas grundlos.«

»Alice schon«, erwiderte die Dunkelhaarige, ihre Hände zitterten, als sie sich eine Zigarette ansteckte.

Marianne war nicht verheiratet, sie wusste nicht viel über Männer und schämte sich darüber, dass ihr hin und wieder der Gedanke in den Kopf schoss, Eric könnte etwas getan haben, was Alice in den Tod getrieben hatte. Eine Geliebte, Spielschulden, Betrug, irgendetwas. Aber die anderen Frauen fanden nur lobende Worte für ihn und Alice, sie sagten, die beiden wären ein gutes Paar gewesen, und Eric hätte immer auf seine Familie achtgegeben. Marianne beobachtete die Dunkelhaarige, während die anderen das sagten, aber sie schien nicht uneinig zu sein. Ellen meinte, Alice habe manchmal abwesend gewirkt, aber auf den Gedanken, dass sie deprimiert gewesen sei oder Probleme gehabt haben könnte, wäre sie nie gekommen. Eine andere, Lilli, erzählte, dass Alice in der letzten Zeit Schwierigkeiten mit den Kindern gehabt hätte, Streitereien, Machtkämpfe, Trotzphasen. Aber obwohl Alice das nahegegangen war, schien es nicht schlimmer gewesen zu sein als das, was sie alle schon durchgemacht hatten. Sie waren sich sicher, das wäre der Grund dafür gewesen, dass Alice bei ihren Treffen in der letzten Zeit keine rechte Ruhe gefunden hatte. Sie war als Erste aufgebrochen, hatte Dinge vergessen, die zu vergessen ihr nicht ähnlich sahen, und einige Male nervös gewirkt. Normalerweise hätten sie daran keinen Gedanken verschwendet, aber im Nachhinein war es schwer, nicht an die leisesten Zeichen zu denken, die womöglich den Schrecken angedeutet hatten, der Alices Seele verdunkelt hatte. Ruhige, besonnene, stille Alice. Kühle, elegante Alice. Muster-Alice, schöne Alice, Alice auf dem Grund des Flusses.

Auf dem Parkplatz holte die Dunkelhaarige sie ein, als sie gerade das Auto aufschloss. »Wir waren wirklich gut befreundet«, erklärte sie. »Ich vermisse sie schrecklich.«

Marianne nickte und legte die Hand auf den Arm der Frau, um ihr zu zeigen, dass sie verstand.

»Es ist nicht nur der Schock«, sagte die Frau, zog ihre Strickjacke enger um sich und entfernte mit ihren lackierten Nägeln eine Fluse. Marianne nickte und wartete darauf, dass sie noch etwas sagte, aber es kam nichts.

»Für Eric wird das eine schwere Zeit«, sagte Marianne. Es war unmöglich, freiheraus zu fragen, aber sie wünschte sich, die andere Frau würde ihr erzählen, was sie von Eric erwarten konnte. Doch wahrscheinlich bot die Eheerfahrung der anderen auch keine verlässliche Vorhersage über die Trauer eines anderen Mannes.

»Verstehst du …«, fuhr die Fremde plötzlich fort, beendete ihren Satz jedoch nicht. Sie seufzte und wandte ihr Gesicht dem Himmel zu. Es war ein wolkenfreier Herbsttag, kühl und golden. »Was habt ihr den Kindern erzählt?«

»Dass es ein Unglück war«, antwortete Marianne, »dass sie aus Versehen in den Fluss fiel und sich nicht an Land retten konnte, weil die Strömung zu stark war. Ich habe Eric gesagt, dass es keinen Grund gibt, es für die Kinder noch schlimmer zu machen, als es ohnehin schon ist.«

»Du kannst auf uns zählen«, antwortete Alices Freundin und nickte in Richtung der Cafeteria. »Keine von uns wird ihren Kindern etwas anderes sagen.«

Ehe sie sich trennten, drückte die Freundin Marianne einen Zettel mit ihrer Telefonnummer in die Hand. Barbara André, Lindenschwärmerweg 10, die Parallelstraße direkt hinter dem eingezäunten Spielplatz. Sie war neben dem Auto stehengeblieben, während Marianne einstieg.

»Vielleicht kann man einfach genug von allem haben«, sagte Barbara in dem Moment, als Marianne die Tür schließen wollte. »Du weißt ...«, setzte sie nach, machte dazu aber eine Handbewegung, als wollte sie den Gedanken von sich abbürsten.

Marianne wusste nicht, was sie darauf antworten sollte. Sie verstand nicht, von was Alice genug gehabt haben könnte. Es war eine Frage, die sie nachts wach hielt, und sie begriff nicht, wie diese Barbara so etwas sagen konnte. Von was sollten derart privilegierte Frauen genug haben? Von ihren hübschen Kindern und ihren hart arbeitenden Männern? Ihren netten Häusern und ihren präsentablen Vorgärten? Von der Hausarbeit, dem Überschuss auf dem Bankkonto, den Ferien in Sommerhäusern am Meer? Den Freizeitvergnügungen, den Sportveranstaltungen und Schulkonzerten und Weihnachtsfeiern der Kinder? Den Kaffeekränzchen mit den anderen Frauen, die ihnen ähnlich waren und sie verstanden und ihr Glück ebenso teilten wie ihre kleinen, bescheidenen Sorgen?

Marianne zog die Tür zu, tat, als hätte sie die Bemerkung nicht gehört, aber Barbara klopfte gegen das Fenster, sodass ihr nichts anderes übrigblieb, als das Fenster herunterzukurbeln.

»Das Leben hier wirkt wohl leichter, als es ist«, sagte sie, und Marianne versetzte es einen Stich, »aber Alice und ich haben uns getraut, offen miteinander darüber zu reden. Manchmal ist man kurz davor, zu ersticken.«

Marianne wollte nichts mehr davon hören. Es entehrte alles, was Alice so gewissenhaft heilig gehalten hatte. Im Rückspiegel konnte sie sehen, wie Barbara stehenblieb und ihr nachsah, in ihrem kurzen gefütterten Rock und ihren flachen, weißen Lackstiefeln. Zwischen den vereinzelten Autos wirkte sie verloren, durch das Licht sah es draußen wärmer aus, als es tatsächlich war. Marianne knüllte den Zettel mit der Telefonnummer zusammen und warf ihn aus dem Fenster, kaum dass sie die Hauptstraße erreicht hatte. Sie musste die Lautstärke des Radios bis zum Anschlag aufdrehen, um ihre Gedanken zu übertönen. Peter & Gordon, *I Go to Pieces*. Diese Nummer hatten vor einigen Jahren alle Frauen in ihrer Abteilung im Zentralkrankenhaus mitgesungen, sie liebte den Song und konnte ihn auswendig, aber jetzt war er ihr doch zu traurig. Fast wäre sie auf die linke Fahrbahn geraten, als sie einen anderen Sender suchte. Jefferson Airplanes *Comin' Back to Me* wollte sie auf keinen Fall hören. Sie wurde wütend, wenn sie die merkwürdige, träumerische Melodie hörte, die sie an die schlampigen Leute erinnerte, die in den letzten Jahren plötzlich auf den Strandfesten außerhalb der Stadt aufgetaucht waren. Sie blieben unter sich, ballten sich zusammen und lagen auf dem Rücken im Sand, während alle anderen tanzten. Junge Männer mit einer Frau in jedem Arm, junge Frauen, die sich an mehrere Männer schmiegten. Sie verstand nicht, warum sie dorthin kamen, anstatt ihre eigenen

Feste zu feiern, sie waren eindeutig anders. Im Laufe des ersten Winters hatten sie sich dann vervielfacht, und im nächsten Sommer nahmen sie den Ort südlich von Farring, wo sie und die anderen Mädchen früher immer in Jos' Strandbar getanzt hatten, vollständig für sich ein. Auch die Musik der Neulinge war an der Tagesordnung, ein Gejaule, zu dem man nur mit halbgeschlossenen Augen auf der Stelle schwanken konnte, sich aneinanderkletten und gegenseitig das Haar zerzausen und Joints rauchen und hemmungslos knutschen. Die anderen Mädchen und sie tanzten nicht länger, beobachteten das Ganze eine Weile und fanden schließlich andere Orte, um Eis zu essen und Kaffee zu trinken. Das *C'est ca* lag näher an der Stadt und war besser erreichbar, aber der Strand war dort nicht so breit, und die Sonne verschwand hinter der Landspitze, anstatt schön und majestätisch im Meer zu verglühen wie bei Jos. Marianne schaltete wieder zum ersten Sender um und hätte beinahe die Abfahrt zum Schmetterlingsquartier verpasst. Ihre Irritation über Jefferson Airplane war zu einem wohltuenden und hitzigen Zorn geworden, der Barbaras unpassende Bemerkungen zerfetzte. Sie begann an den Händen zu schwitzen und wischte sie an ihrem Rock ab, als sie vor dem Haus hielt. Sie betrachtete sich im Rückspiegel, lehnte ihren Kopf gegen die Nackenstütze und hörte *I'm only sleeping* von den Beatles zu Ende.

Eric wusste, dass Marianne es nie wagen würde, in sein Arbeitszimmer zu kommen, trotzdem kostete es ihn alle Energie, um ihre Anwesenheit auszublenden. Kurz nach Mittag kam sie die Treppe herauf. Sie blieb so lange vor der Tür stehen, bis er im selben Moment, als sie gerade zaghaft anklopfte, *Was?* rief.

»Das Essen ist fertig«, sagte sie, den Mund dicht an der Tür. »Möchtest du lieber hier oben essen?«

Er antwortete nicht. Der Tisch quoll über vor vollgekritzelten Seiten, sich in alledem zurechtzufinden war schwieriger, als er gedacht hätte.

»Eric?«, rief sie erneut durch die Tür.

»Nein«, antwortete er schließlich, »ich komme runter, wenn ich fertig bin.«

Marianne stellte sein Essen in den Kühlschrank, bevor sie sich auf die Terrasse hinter dem Haus setzte und ihr eigenes Sandwich aß. Mit einer Jacke über den Schultern war es immer noch warm in der Sonne, obwohl der November vor der Tür stand. Anschließend versuchte sie zu lesen, konnte sich aber nur schwer konzentrieren. Sie war nie eine große Leserin gewesen, aber Liebesromane mochte sie. Ihre Freundinnen lachten sie aus und sagten, sie sei zu alt für so etwas, und sie wusste selbst, dass es ziemlich erbärmlich war, mit über dreißig noch solche Schmöker zu lesen. Deshalb freute sie sich umso mehr, als ihr ein Blick ins Bücherregal verriet, dass Alice ihr Laster offenbar geteilt hatte. Alices Bücher sahen teurer aus, die Autorennamen wirkten seriöser, aber die Geschichten waren genau so, wie es Marianne gefiel. Marie-Louise hatte sich erkundigt, wovon das Buch handelte, als sie es auf dem Küchentisch liegen sah, und Marianne ließ sich zum Erzählen hinreißen. Doch als das Mädchen fragte, ob sie es auch lesen dürfe, hatte sie ihr errötetes Nein nicht begründen können. Es ist nichts für Kinder, sagte sie, und während Marie-Louise die Erklärung akzeptierte, ließ Flora, die in der Nähe saß und mit ihrer üblichen missbilligenden Miene lauschte, nicht locker.

»Du hast uns doch gerade alles erzählt, wie kann es dann nichts für Kinder sein?«

»Ich habe ja nicht alles erzählt, Flora«, versuchte sie ihr freundlich zu erklären. »Ich habe nur gesagt, worum es geht.«

»Aber warum ist es dann nichts für Kinder?«, fragte das Kind beharrlich.

»Wenn du weiter einen solchen Flunsch ziehst«, versuchte Marianne munter abzulenken, »wirst du später mal aussehen wie ein Hühnerpopo. Die Falten setzen sich mit der Zeit fest, weißt du.«

Marie-Louise kicherte, und Flora sah sie giftig an.

»Und wenn der Wind sich dreht«, neckte Marie-Louise, »setzt sich sogar das ganze Gesicht fest.«

»Warum ist es nichts für Kinder?«, bohrte Flora weiter. »Was hast du uns nicht erzählt?«

Marianne wusste nicht, was sie antworten sollte. Weil die Leute Dinge miteinander tun, die nur Erwachsene tun? Weil ich es nicht lesen kann, ohne dass mir der Atem stockt? Sie antwortete nicht, kehrte den Kindern stattdessen den Rücken zu und wischte den Küchentisch ab, mit heißen Wangen, wütend darüber, dass Flora immer so sein musste. Kriegerisch und querulantisch. Das war kein schöner Weg, mit der Trauer umzugehen. Martin war noch so klein, da schien es ganz natürlich, dass er zornig und frech wurde und überhaupt nichts begriff. Flora hingegen war mit ihren zehn Jahren alt genug, um zu wissen, wie man sich als Mädchen zu benehmen hatte.

»Du musst lieb sein, Flora«, sagte Marianne im Versuch, ihre Ratlosigkeit mit Strenge zu überspielen. »Hör jetzt damit auf, und hilf deiner Schwester, den Tisch zu decken.«

»Ich bin aber nicht dran«, antwortete Flora und blieb viel zu nah vor ihr stehen.

»Mach es trotzdem! Ich mag diese schlechtgelaunte Flora nicht, die hier gerade zu Besuch ist.« So hatte ihre eigene Mutter immer mit ihr gesprochen, und obwohl sie das als Kind gehasst hatte, sollte dieses Mädchen lernen, sich zu benehmen, damit die anderen gern Zeit mit ihm verbrachten.

»Na und, dann geht sie eben wieder«, konterte Flora und machte auf dem Absatz kehrt. Auch wenn sie nicht das tat, was man ihr gesagt hatte, war es eine Erleichterung, als sie verschwand. Sie trampelte laut die Stufen zum ersten Stock hinauf und knallte donnernd ihre Zimmertür hinter sich zu, und Marianne musste sich in Erinnerung rufen, dass die Kinder besonderen Umständen ausgesetzt waren.

Nachdem sie später alle ins Bett gebracht hatte, erwähnte sie Eric gegenüber, dass Flora schwierig und bockig gewesen war. Er sah sie mit einem so gequälten Gesichtsausdruck an, dass sie sich schämte, ihn mit so etwas zu behelligen.

»Ich habe mich nur gefragt, ob ihr auf eine bestimmte Weise reagiert, wenn sie sich so benimmt«, sagte sie. Sie wollte ihm gern den Eindruck vermitteln, dass sie damit zurechtkam und die Kinder in seinem Sinne behandeln wollte.

»Was hat sie denn so wütend gemacht?«, fragte er, und die Frage machte sie verlegen.

»Das passiert jeden Tag«, antwortete sie ausweichend, »meistens sind es Kleinigkeiten, und anschließend kriegt sie sich wieder ein.«

»Lass sie einfach«, war alles, was er dazu noch gesagt hatte. Sonderlich weitergeholfen hatte ihr das jedoch nicht.

Nach ihrer Erholungspause auf der Terrasse holte sie Martin und fuhr mit ihm in die Fußgängerzone, um ein Eis essen zu gehen. Eigentlich war die Eissaison längst vorbei, aber er wünschte es sich so, und zeitlich passte es gut, da sie gleich im Anschluss die Mädchen von der Schule abholen wollte. Martin erinnerte sie an Eric als kleiner Junge, obwohl er nicht so aufgeschlossen war wie sein Vater. Ein niedliches Gesicht mit vollen Lippen und großen, ernsten Augen. Ab und zu gelang es ihr, ihn zum Lachen zu bringen, indem sie etwas Lustiges sagte oder eine Grimasse schnitt. Dann sah er meist auf den Boden, als wäre es ihm peinlich, und sie hatte Lust, ihn zu umarmen. Normalerweise gingen die Mädchen selbst von der Schule nach Hause, aber Marianne wollte sie überraschen und ihnen den Fußweg mit den schweren Taschen ersparen.

Sie mussten eine halbe Ewigkeit auf Flora warten. Marie-Louise alberte mit Martin herum, bis er vor Lachen gluckste. Es war ein tröstlicher Laut, der in seiner Fröhlichkeit jedoch sogleich an das Gefühl rührte, dass alles unwiderruflich verändert war. Marianne strich mit der Rückseite ihrer Finger über Marie-Louises Wange und zog die Hand zurück, als sie ihrem kummervollen Blick begegnete. Marie-Louise lächelte, ein fernes und falsches Lächeln. Ein Lächeln, das Marianne genauso von sich stieß wie Martin, wenn er schrie, dass sie ihn nicht baden oder ihm mit irgendetwas behilflich sein durfte, weil sie nicht seine Mutter war und alles falsch machte. Sie richtete ihre Frisur, damit ihre Hände beschäftigt waren. Martin lachte nicht mehr, er trat hart und rhythmisch gegen ihren Sitz, und sie streckte die Hand aus und packte seinen Fuß, damit er aufhörte. Überraschenderweise fand er sich damit ab und beruhigte sich. Es wurde still, Martin schlief ein, Marie-Louise starrte geradeaus, sie folgte einer Gruppe Jungs mit den Augen, ohne den Kopf zu bewegen. Martins gedämpftes Schnarchen vermischte sich mit dem Geräusch entfernter Stimmen und dem Quietschen von Fahrradreifen, die über den Asphalt rollten. Sie warteten und warteten, und gerade als Marianne den Motor angelassen und beschlossen hatte, dass es keinen Zweck hatte, dass Flora die Schule durch den Hintereingang verlassen haben und über den Fußballplatz nach Hause gegangen sein musste, tauchte sie schließlich auf. Der Parkplatz war fast leer, Erics hellblauer Citroën leuchtete einsam vor dem Haupteingang. Flora konnte gar nicht anders, als den Wagen sofort zu erkennen, aber sie beschleunigte ihre Schritte nicht. Sie hatte die Gummis aus den Haaren gezogen, die strammen Zöpfe hatten sich zu einer wilden, wallenden Mähne verwandelt, ihr kleiner Kopf verschwand beinahe unter den Haaren. Weder grüßte sie, noch erklärte sie ihre Verspätung, und Marianne verzichtete darauf, sie zu fragen. Wenn Eric meinte, sie solle Flora in Ruhe lassen, musste sie sich eben darum bemühen.

»Er hat ein Eis bekommen«, sagte Flora, noch bevor sie vom Parkplatz gefahren waren.

Marianne warf einen vorsichtigen Blick in den Rückspiegel, obwohl nichts darin zu erkennen war.

»Guck doch mal«, beharrte sie und fuhr mit dem Finger über einen Tropfen getrocknetes Schokoladeneis auf Martins Kinn. Als der versuchte, sich im Schlaf wegzudrehen, hielt sie seinen Kopf fest. Er sah sie benommen an, dann schlug er um sich.

»Er haut mich«, rief Flora und schubste ihn so heftig, dass er mit dem Kopf gegen die Scheibe prallte und in Gebrüll ausbrach.

»Jetzt reicht es aber!«, sagte Marianne. Sie schlug mit beiden Händen so hart auf das Lenkrad, dass das Auto ins Schlingern kam. »Du entschuldigst dich sofort bei deinem Bruder.«

»Er hat ein Eis bekommen«, wiederholte Flora und wandte sich halb von Martin ab.

»Du hast ihn geweckt und geschubst«, sagte Marianne. Im Rückspiegel konnte sie sehen, wie das Mädchen die Arme verschränkte. Um ihr Gemüt zu beruhigen, fuhr Marianne einen Umweg, an den Eisenbahnschienen entlang, am Busbahnhof vorbei, durch den Wald westlich des Schmetterlingsquartiers.

»Bekommen wir auch ein Eis?«, fragte Flora, als Marianne gerade dabei war, den Vorfall zu vergessen.

Sie hatte an das Abendessen gedacht und daran, dass man Floras Benehmen keine größere Bedeutung beimessen sollte, wenn sie so schnell zur Vernunft kam, doch dann musste dieses Schlangenkind erneut zubeißen. Marianne wurde getroffen und konnte sich nicht beherrschen. Sie trat auf die Bremse und bog ein Stück in einen Reitweg ab, der in den Wald führte.

»Was hast du da gerade gesagt?«

»Ich habe gesagt, dass du Marie-Louise und mir auch ein Eis kaufen musst, wenn Martin eins gekriegt hat«, sagte Flora und sah Marianne im Rückspiegel an.

»Ist dir eigentlich klar, wie viel Mühe ich mir gebe, damit es euch gutgeht? Ist dir klar, was ich alles zurückgelassen habe, damit ich mich um euch kümmern kann? Und nicht einen Moment spüre ich …« Sie presste die Hände gegen die Augen.

»Man merkt, dass du selbst keine Kinder hast. Kinder muss man gerecht behandeln.«

Marianne legte die Stirn auf das Lenkrad. Sie konnte nicht mehr. Vor ihren Augen verschwamm alles: Erics mürrische Passivität, Martins Kleinkindwut, Marie-Louises brütender, kummervoller Blick und Floras ausdauernde Ablehnung. All das hatte sie nicht verdient. Sie hatte eine winzige Wohnung und ihre Arbeit im Zentralhospital. Sie hatte Freundinnen, Verabredungen, den Nähklub. Flatternde Bilder von zu Hause, Funken eines Feuers. Als sie am Abend zuvor im Gästezimmer gelegen und zu schlafen versucht hatte, wurde ihr bewusst, dass sie den Geruch ihrer eigenen Bettwäsche und das Geräusch ihrer eigenen Straße vermisste. Das Waschmittel mit dem Freesienduft, das sie in Vase nicht finden konnte. All das Alltägliche, über das sie vorher nie nachgedacht hatte, wurde zu einer stechenden Sehnsucht: der Nachbar, der seinen Fernseher ausschaltete und jeden Abend um dieselbe Zeit das Wasser im Bad aufdrehte; die Müllabfuhr, die sie jeden Morgen weckte; die Möwen, die schreiend vom Hafen her kamen und ihre Kreise zogen. Sie klopfte leicht mit der Stirn gegen das Lenkrad, die mangelnde Dankbarkeit entlud sich im Zorn, sie tastete nach dem Türgriff und taumelte aus dem Auto.

Marianne zerrte Flora ins Freie. Ein Auto rauschte vorbei, sie sahen ihm beide nach. Und erst als Marianne ihr eine schallende Ohrfeige verpasste, zersprang die Ruhe des Kindes zu einem verräterischen Zucken im Mundwinkel, zu Tränen, die sie nicht mehr zurückhalten konnte. Marianne fasste das Mädchen am Arm, sie wollte Flora nicht so leicht davonkommen lassen, eine Entschuldigung war das Mindeste, was sie verlangen konnte. Flora wischte sich mit dem Handrücken über Nase und Augen, senkte ihren Blick nicht.

»Entschuldige dich«, sagte Marianne und schüttelte sie. Eine Schlenkerpuppe aus Haut und Knochen unter der dünnen Jacke.

Flora biss die Zähne zusammen, Tränen und Rotz rannen ihr über den Mund. Bisher war Marianne nur eine anstrengende und fremde Erwachsene gewesen, eine ständige Erinnerung daran, dass nichts mehr so werden würde wie früher. Aber in diesem Moment hasste sie sie. Für einen Moment überlegte sie, ihr gegen das Schienbein zu treten und in den Wald zu rennen. Dort würde sie viele Tage von Wasser und Blättern leben können. Ihr Vater würde Marianne wegschicken, sobald er erfuhr, was sie getan hatte. Wenn Marie-Louise es nicht erzählte, würde sie selbst nach einer Weile zurückkehren und es ihm sagen. Bis dahin wäre er schon außer sich vor Angst um sie.

»Nun sag es schon!« Marianne schüttelte sie erneut.

Flora drehte das Gesicht weg und spuckte in den Kies. Marianne ließ sie los und trat einen Schritt zurück. Flora hatte deren hellbraune Schuhe mit den viereckigen Spitzen getroffen, Schuhe, wie Alice sie nie getragen hätte. Flora hatte Marianne nicht mit Absicht bespuckt, aber das würde sie ihr niemals glauben.

Wütend säuberte Marianne ihre Schuhe im Gras. »Jetzt kannst du zusehen, wie du nach Hause findest«, sagte sie mit schmalen, weißen Lippen, »dann kannst du unterwegs darüber nachdenken, wie schlecht du dich benommen hast.«

Ein glänzender, grüner Fleck auf Mariannes Schuhspitze sah aus wie ein Tatzenabdruck. Das war Tutku, die sich im

Gras versteckt hatte, um sie zu verteidigen, und die sie neuen Mut fassen ließ.

»Ich verstehe genau, warum du keinen Mann hast«, sagte sie zu Mariannes Rücken. »Das hat meine Mutter übrigens auch oft gesagt.«

Marianne erstarrte, dann fuhr sie herum, langte erneut nach Flora und traf sie über dem Mund, ehe sie sich wieder ins Auto setzte, so sehr in Rage, dass sie kaum noch den Zündschlüssel umdrehen konnte.

Martin kniete auf der Rückbank und sah Flora nach, als sie davonfuhren. Er hob die Hand zum Gesicht, und Flora erwiderte seinen verhaltenen Gruß, ehe der Wagen weiter vorn zwischen den Bäumen verschwand.

Sie folgte dem Reitweg weg von der Hauptstraße. Die Autofahrer konnten auf die Idee kommen, anzuhalten und Fragen zu stellen und darauf zu bestehen, sie nach Hause zu fahren, aber sie wollte nicht, dass jemand sie weinen sah. Der klebrige Kies knirschte unter ihren Turnschuhen, sie fror in ihrer dünnen Jacke.

»Du musst nur an Tempo zulegen, dann wird dir auch warm«, flüsterte Tutku, und sie war froh, dass es niemandem gelang, die Hündin in die Flucht zu schlagen. Erst recht nicht Marianne.

»Es ist Mariannes Schuld«, schrie Flora, »sie ist so ungerecht. Sie sagt zu Papa, dass sie helfen will, dabei macht sie alles nur noch schlimmer.«

Sie blieb mitten auf dem Weg stehen, Tutku verschwand zwischen den Baumstämmen.

»Sie ist nicht meine Mutter«, brüllte sie, den Kopf in den Nacken gelegt.

»Man hat nur eine Mutter«, stimmte Tutku zu und hielt inne.

»Gut, dass ich dich habe.« Flora begann zu rennen.

»Allerdings«, antwortete Tutku und überholte sie. »Und gut,

dass du mich hast«, erinnerte sie die Hündin, die manchmal schrecklich selbstgefällig sein konnte.

Tutku lief tiefer in den Wald hinein, und Flora folgte ihr. Es war besser, von den Wegen abzuweichen, wenn sie nicht entdeckt werden wollte. Wenn sie direkt nach Hause ginge, würden sich die anderen gar keine Sorgen machen. Ihr Vater war am Vormittag krank gewesen und würde ihr Verschwinden womöglich gar nicht bemerken, bevor sie zu Abend aßen. Aber so leicht würde Flora Marianne nicht davonkommen lassen.

»Bestimmt wird sie ihn anlügen«, schnaufte Tutku, »sie sagt garantiert, du wärst weggelaufen.«

»Marie-Louise war dabei«, hielt sie dagegen, »und Martin.«

Flora wusste, dass die Hündin glaubte, Marie-Louise und Martin wäre es egal, dass sie auf Mariannes Bestechungsversuche mit Milch und dick mit Butter bestrichenen Keksen hereinfallen würden und am Ende selbst der Meinung wären, dass Flora das Ganze provoziert hatte. Sie sah sie vor sich, wie sie am Küchentisch saßen und Karten spielten und Marianne mit kindischem Eifer in die Hände klatschte, wenn sie einen Stich gewann.

Flora erhöhte das Tempo, aber Tutku war immer schneller als sie. Es war Ende Oktober, die Zeit, in der die Hirsche gegeneinander kämpften, in der sie sich in Matsch und Urin und Sperma wälzten, um die Hirschkühe anzulocken, die Zeit, in der sie brüllten und ihre Geweihe gegeneinanderrammten und manchmal auch Menschen angriffen, die ihnen zu nahe kamen. Flora kannte das Knarren und Rauschen des Waldes, all seine geheimen Orte. Am meisten mochte sie ihn im Sommer, wenn er sie mit seinem Moosatem umschloss, mit dem Duft von Sauerklee und kleinen Tieren, die unter den Steinen davonkrabbelten. Es war Tutkus und ihr Wald, aber jetzt verriet er sie und verwandelte sich, während sie durch ihn hindurchrannte. Unter Haufen von Laub und vermoderten Wurzeln spreizte die Erde ihre kalten Finger und umklammerte die dunkler werdenden Stämme mit einem unnachgiebigen Griff. Der Tränenpilz schmarotzte auf den Laubbäumen, giftige Fliegenpilze ragten unter glänzenden Blättern hervor, der gescheckte Teppich aus Schlingpflanzen auf dem Erdboden tarnte spitze Steine und schmierglatte Gefälle. Eine Wurzel zog ihre Schlinge um Floras Fuß, und sie stürzte, ohne sich abstützen zu können, auf Kinn und Knie. Der Wald rottete sich gegen sie zusammen und presste ihr Gesicht nach unten, sodass sie Erde in den Mund bekam und nicht mehr die Kraft hatte, wieder aufzustehen. Tutku blieb weiter vorn stehen, die Schlechtwetterschatten bildeten ein wollenes Muster auf ihrem Pelz, sie streckte die Nase in die Luft und wartete darauf, dass Flora wieder auf die Beine kam. Die Hündin nahm die Veränderung des Waldes nicht wahr, es bedurfte schon mehr, um sie zu erschrecken, sie war den Geschmack von Blut gewöhnt. Tutku war eine Hündin, die sich wie ein Rüde benahm, ständig damit beschäftigt, ihr Revier zu markieren, die Augen aus Onyx, die Nasenlöcher voller Düfte. Hündinnen können launisch sein, sie müssen ihre Nachkommen und Körperöffnungen verteidigen, und das macht sie bissig und sanft zugleich, sodass sie im einen Moment einladend den Schwanz heben können und im nächsten gierige Feinde fernhalten müssen und entlegene Orte finden, wo sie sich mit ihren Geburtsschmerzen zurückziehen können. Tutku wartete. Das Mädchen war sonst nicht so zartbesaitet, sie hatte nicht einmal geweint, als sie im Ferienlager von dem hohen Baum gefallen war und sich eine Gehirnerschütterung zugezogen hatte.

Flora blieb mit dem Gesicht nach unten liegen. Der Wald war eine Schmetterlingsraupe, die einen straffen Kokon um sie spann. Sie krümmte sich zusammen, zog die Knie zum

Mund und schrie so, dass der Wald sich ein Stück zurückzog und der Wind neugierig zwischen den Stämmen hindurchbrauste und am Waldboden entlangfegte, damit sie wieder aufstand. Eine Vogelschar flatterte in der Nähe auf, sie hatte Tutkus Witterung aufgenommen und spürte ihren Hunger.

Tutku näherte sich zögerlich, als Floras Schrei verstummt war. Sie hatte Blätter und Zweige im Haar, Tutku schnupperte an ihr, doch Flora reagierte nicht. Das gefiel der Hündin nicht, und sie stupste das Mädchen so lange mit der Schnauze an, bis sie ihr direkt ins Gesicht schrie und mit den Fäusten auf sie losging. Tutku wich zurück, wartete einen Moment, ehe sie sich wieder näherte und Flora so lange stupste, leckte und anstieß, bis die sich schluchzend beruhigte.

»Vielleicht sollten wir einfach nach Hause gehen«, flüsterte Tutku, aber Flora antwortete nicht. Sie bibberte vor Kälte, die Hündin schnupperte an ihrem Gesicht. Dann kam sie auf alle viere und krabbelte davon. Weiter oben am Hügel kletterte sie auf den Königinnenstein und kehrte Tutku den Rücken zu. Die Hündin sprang ihr nach, Floras Hose war dunkel und fleckig, sie verströmte einen fremden Geruch. Zwischen zwei Ästen am Waldboden hatte sich eine Feder verfangen und flatterte wie ein kleines Segel im Wind, Flora deutete stumm darauf, und Tutku nickte.

»Da hat irgendjemand eine feine Mahlzeit genossen«, sagte sie.

»Ich will sterben«, flüsterte Flora und lehnte endlich den Kopf gegen den Hals der Hündin. Noch besser wäre es gewesen, wenn Tutku bis in ihren Körper hätte kriechen und sie von innen wärmen können.

»Das darfst du nicht«, sagte Tutku leise.

»Wo ist meine Mutter?«, flüsterte Flora, und Tutku drückte sich an sie. »Kannst du mir das sagen?«, fragte sie schluchzend und vergrub ihr Gesicht im Hundefell.

Ein tollkühner Vogel landete in der Nähe, er wusste, dass die Hündin das Kind auf keinen Fall verlassen würde, auch wenn sie die Zähne fletschte und knurrte.

»Deine Mutter ist tief im Wald«, sagte Tutku seufzend.

»Im Wald? Wie kann sie das sein?«

»Das weiß ich nicht«, antwortete Tutku, aber damit gab Flora sich nicht zufrieden.

»Du bist dumm«, sagte sie leise, »meinst du vielleicht im Himmel?«

Sie saßen eine Weile lang schweigend da. Tutku schleckte ihr den Nacken ab, an anderen Tagen hätte das Flora zum Lachen gebracht.

»Das darfst du gern«, flüsterte Flora, »es ist eigentlich ganz schön.«

Die Hündin wusste nicht, was sie sonst tun sollte, und leckte Floras Hals so lange, bis er feuerrot war.

»Glaubst du, ich werde sie wiedersehen?«, fragte Flora und trocknete sich mit dem Ärmel den Hals.

»Aber klar.«

»Wenn ich tot bin?«

»Tja«, antwortete die Hündin, »aber nur, wenn du mit dem Sterben abwartest, bis du alt genug bist. Sonst funktioniert das nicht.«

»Das denkst du dir doch nur aus, weil du Angst davor hast, auf was für Ideen ich kommen könnte.«

»Nein. Das ist etwas, was ich weiß.«

»Ich habe überhaupt keine Angst«, sagte Flora und begrub ihre Hände im Pelz unter dem Bauch der Hündin.

Im Laufe des Nachmittags frischte der Wind weiter auf, erst am Abend beugte sich die Sonne wie eine goldene Korngarbe über die Gärten des Wohngebiets. Weiter südlich, in Rand, wo Marianne aufgewachsen war, wirbelte der kräftige

Herbstwind Staub aus den ausgetrockneten Seen vor der Stadt auf, sodass die Bewohner Fenster und Türen schließen mussten. Hier in der Talmulde herrschte selten mehr als eine frische Brise. Marianne versank hinter dem Küchenfenster in Gedanken, Erics Hemden und Martins kleine Hosen tanzten auf der Wäscheleine. In Rand konnte man des Staubs wegen im Freien keine Wäsche aufhängen, in Farring wegen der Luftverschmutzung. Ihre Mutter war im Norden bei Korne aufgewachsen, und wenn sie davon sprach, draußen Wäsche aufzuhängen, klang das immer nach etwas ganz Besonderem, und Marianne hatte es nie verstanden, bis sie nach Vase kam. Die Vogelbeerexplosion des Herbstes, das heftige Aufflammen der Blätter, luftgetrocknete Wäsche, der Duft von Kaminrauch und Fluss. Wären Alice und die ganze Tragödie nicht gewesen, hätte sie die Schönheit der Umgebung genossen und sich vom sicheren und einladenden Vase betören lassen. Wenn sie die Katastrophe für einen Moment vergaß und in ihre Fantasie eintauchte, vermittelte der Ort einen Eindruck von Familienidyll und Eheglück. Sie widmete sich wieder dem Kochen und schämte sich dafür, so zu denken. Es war unsensibel und unangenehm, sie konnte sich vorstellen, wie sich das Schmetterlingsquartier in Erics Augen mit einem Schlag verändert hatte, wie unerträglich für ihn der Anblick all der beleuchteten Wohn- und Esszimmer und Küchen sein musste, wenn er in der Dämmerung vom Bahnhof nach Hause fuhr und die Häuser zu Vitrinen wurden, mit Ausstellungen von Hausfrauen in Schürzen und Kindern, die sich brav über ihre Hausaufgaben beugten. All das, was Alice ihm genommen hatte. Marianne beobachtete Martin, der draußen im Garten Ball spielte. Früher am Nachmittag hatte sie ihm vorgeschlagen, er könne doch bei einem seiner Freunde klingeln, aber er wollte lieber allein spielen. Eric hatte es als Junge geliebt, Ball zu spielen. Wenn sie die

Sommerferien bei seiner Familie verbrachte, schickte seine Mutter sie mit ihm auf den Asphaltplatz und behauptete, er würde sich sehr freuen, sie zu sehen, obwohl Eric eher gleichgültig wirkte. Auf dem Platz angekommen, vergaß er sie, er bekam einen verbissenen Zug um den Mund, wenn er sich darauf konzentrierte, den Ball in den Korb zu werfen, und sie langweilte sich. Sie nahm ein Buch mit und lehnte sich mit dem Rücken an den Zaun und las, während er warf und warf, der rhythmische Aufprall des Balls auf dem Boden, am Korb, auf dem Boden. Sie musste an einen Sommer zurückdenken, als sie vierzehn oder fünfzehn waren. Jeden Tag tauchte eine Gruppe Mädchen auf, wenn Eric spielte. Sie bemühten sich, den Eindruck zu erwecken, als würden sie sich rein zufällig auf der Rasenfläche neben dem Basketballplatz niederlassen. Eric würdigte sie keines Blickes, und Marianne spürte, wie das die Mädchen wurmte. Sie konnten nicht wissen, dass sie seine Cousine war, in ihren Augen war sie eindeutig eine Rivalin, und sie behandelten Marianne wie Luft. Als sie Erics Gleichgültigkeit kaum noch aushalten konnten, warfen sie ihr Haar in den Nacken und kicherten lauthals in der Hoffnung, dass er in ihre Richtung sehen würde. Ab und zu hielt er tatsächlich inne und wandte ihnen das Gesicht zu. So stand er dann mit dem Ball in den Händen und blinzelte in die Sonne, sein Gesicht und sein Brustkorb glänzten vor Schweiß. Eines der mutigsten Mädchen winkte kokett, und er erwiderte ihren Gruß mit einem Nicken, ehe er das Balltraining wiederaufnahm. Marianne hätte gern den Mut besessen, ihn zu fragen, wer diese Mädchen waren und warum er nie mit ihnen sprach, aber Eric lud nicht gerade zu vertraulichen Gesprächen ein. Als die Mädchen einsahen, dass Eric kein Interesse zeigte, ließen sie ihren Frust an Marianne aus. Sie lagen im Gras, nah genug, dass Marianne sie hören konnte. Sie redeten von anderen Jungs, und es fiel schwer, nicht zu lauschen. Anschließend kamen sie auf jene Mädchen zu sprechen, die sie aus irgendeinem Grund verachteten. Mädchen, die den Jungs gegenüber zu eifrig waren, zu draufgängerisch und leicht zu haben. Davon gab es in der Drosselhöhe offenbar nicht sonderlich viele, sodass das Thema schnell abgehakt war. Erst als Marianne die Konzentration verlor und vergaß, weiter so zu tun, als würde sie lesen, schlugen die Mädchen zu. Jetzt waren die Mauerblümchen an der Reihe, die Mädchen mit den hässlichen Zahnspangen, die Flachbrüstigen und Unterentwickelten, und Marianne war sicher, dass sie über sie sprachen, und wäre am liebsten im Erdboden versunken.

Eric müsste ab und zu mit dem Jungen spielen, dachte Marianne und erschauderte bei der Erinnerung an jenen Sommer. Die Sonne ging schnell unter, noch eine Stunde, und sie wäre verschwunden. Marie-Louise machte in ihrem Zimmer Hausaufgaben, Eric war im Arbeitszimmer, Flora sollte längst wieder zu Hause sein. Hitzig schrubbte sie Kartoffeln. Sie erinnerte sich an ihre eigenen kindischen Rachefantasien, wenn die Erwachsenen sie zurechtgewiesen hatten und sie davon träumte, von zu Hause wegzulaufen, damit sie es bereuen würden, sie nicht besser behandelt zu haben. Genauso wenig, wie sie selbst es damals verstanden hatte, konnte man damit rechnen, dass Flora einsehen würde, dass Marianne es nur gut mit ihr meinte. Für ein Mädchen von zehn Jahren musste es schwierig sein, die eigene Mutter zu verlieren, aber man sollte das nicht als Entschuldigung gelten und dem Mädchen dieses Benehmen durchgehen lassen. Wenn sie unter Druck standen, zeigten Menschen ihren wahren Charakter. In diesen Momenten traten die Risse und Fehler zum Vorschein. Und wenn man nicht bei den Fehlern ansetzen wollte, dann wusste Marianne auch nicht, was der Sinn von Kindererziehung war. Sie ging hinaus und spähte auf den Weg. Ein paar kleine Mädchen führten einen gescheckten Hund spazieren, ein

Junge rannte aus einem Garten hinaus und in die entgegengesetzte Richtung weiter. Martin kam zu ihr, in der Dämmerung sah er kleiner aus.

»Kommt Flora zurück?«, fragte er und drückte sich an sie.

»Natürlich kommt sie«, antwortete sie. Sein Zutrauen rührte sie, und sie hätte ihn gern in die Arme genommen.

»Was, wenn sie es nicht tut?«

»So ein Unsinn«, sagte sie und strich ihm über das Haar, »Flora war einfach …« Sie kam ins Stocken. Es war kalt im Vorgarten, der Wind ließ ihre Augen tränen.

»Warum weinst du?«

»Ich brauche eine Umarmung«, flüsterte sie und beugte sich zu ihm hinab.

Martin sah Marianne kurz an, ehe er ihr den Rücken zuwandte und ins Haus ging. Sie stemmte die Hände in die Seiten und richtete sich auf. Sie sehnte sich danach, dass jemand ihr sagte, sie mache ihre Sache gut. Für die Trauer der Kinder hatte sie Verständnis, aber deren Zorn und Abweisung hatte sie nicht verdient.

Erst verstand Eric nicht, was Marianne meinte. Er legte einen Stoß handbeschriebener Blätter auf die Anrichte, ehe er sich an den gedeckten Esstisch setzte.

»Was sagst du da?«, fragte er.

Sie nickte, er hatte richtig gehört.

»Willst du mir sagen, dass du sie vor mehr als vier Stunden im Wald zurückgelassen hast?«, fragte er und sah fortwährend auf seine Armbanduhr, als wäre sie ein Kompass, der ihm anzeigte, wo Flora war.

Marianne begrub ihr Gesicht zwischen den Händen und hätte beinahe die Soße umgestoßen, als sie sich an den Tisch zwängte. »Sie war vorlaut«, flüsterte sie, »ich wollte …«

»Nein!« Eric schlug donnernd mit der Hand auf den Tisch,

Marie-Louise konnte gerade noch rechtzeitig Martins Milchglas festhalten. »So etwas kannst du doch nicht tun, zum Teufel noch mal!«

Einen Augenblick lang glaubte sie, er wolle sie schlagen, so zornerfüllt hob er die Hände, als er an ihr vorbeikam. Martin fing an zu weinen, als die Haustür hinter Eric ins Schloss fiel.

»Wenn Flora tot ist«, sagte Marie-Louise leise, »dann ist es wirklich deine Schuld, Marianne.«

So benahm Marie-Louise sich normalerweise nicht. Martin stürzte sich auf seine Schwester, aber sie schob ihn weg. Sie wollte gemeinsam mit ihrem Vater nach Flora suchen, um Martin musste Marianne sich kümmern.

Der Junge war gehorsamer als je zuvor. Er trocknete sich mit einer Serviette die Tränen, wie sie es ihm gesagt hatte, und hörte auf zu weinen. Er aß nicht sonderlich viel und bedankte sich für das Essen, ohne dass sie ihn dazu auffordern musste, und als sie ihn ins Bett brachte, stand er mucksmäuschenstill da und ließ sich von ihr die Zähne putzen und das Haar kämmen. Als sie seine Nachttischlampe ausknipste, streckte er die Hand nach ihr aus und klammerte sich so energisch an ihre Schürze, dass sie es nicht übers Herz brachte, sich zu befreien. Sie setzte sich auf die Bettkante und zog ihm vorsichtig den Daumen aus dem Mund. Er legte seinen Kopf in ihren Schoß, sie schlüpfte zu ihm unter die Decke, umarmte ihn. Es war längst dunkel geworden, die Häuser ächzten nach einem langen Tag, eine Straßenlaterne blinkte auf und wurde heller, der Wald am Ende der Straße saugte die Dunkelheit ein. Martin weinte lautlos, Marianne wiegte ihn in den Armen, er duftete nach Gras und Pfefferminze. Sie hatte guten Grund gehabt, auf Flora wütend zu sein, das Mädchen musste bestraft werden, und dennoch hatte die Sache ein falsches Ende genommen. Marianne hatte gute Lust, einfach abzuhauen und die anderen sich selbst zu überlassen.

Nachdem Alice mit Eric aus Farring weggezogen war, hatte sie sie nicht oft genug gesehen, um zu wissen, wie sie reagiert hätte. Und wenn sie es sich vorzustellen versuchte, fand sie das eher frustrierend als beruhigend. Die Toten hätten noch so viel zu sagen gehabt, dachte sie irritiert, und werden zu Richtern über die Lebenden. Es war ein merkwürdiger, unangenehmer Gedanke, der ihr das Gefühl gab, sie würde beobachtet. Sie streckte sich erneut nach der Nachttischlampe, Martin schlief noch nicht, er schnappte nach Luft wie einer, der sich sehr gefürchtet hatte.

»Ich brauche Licht, um zu sehen, wie viel Uhr es ist«, sagte sie und streckte demonstrativ ihr Handgelenk mit der Armbanduhr aus, »mach die Augen zu.«

Der Junge tat, was sie ihm sagte, sein kleiner Körper entspannte sich in ihren Armen. Wenn das Licht ausgeschaltet war, konnte man sich leichter beruhigen. Als eine ihrer Kolleginnen aus dem Krankenhaus ihr gegenüber angedeutet hatte, dass es womöglich eine schwierige Aufgabe sei, sich um ihren trauernden Cousin und seine unglücklichen Kinder zu kümmern, hatte sie optimistisch geantwortet, dass sie die Situation doch wohl auf keinen Fall schlimmer machen könne, als sie es von vornherein war. Sie hatte keine Erfahrung als Hausfrau und Mutter, aber sie war praktisch veranlagt und konnte gut mit anpacken. Sie mochte Kinder und hatte sich im Zentralkrankenhaus immer gern um sie gekümmert, als sie während ihrer Ausbildung auf der Kinderstation war. Dass ich selbst keine Kinder habe, dachte sie, disqualifiziert mich nicht. Ganz im Gegenteil, dadurch war man manchmal eher in der Lage, die Dinge aus der Distanz zu betrachten. Sie küsste Martin aufs Haar und streichelte seine warmen Wangen. An Flora zu denken machte sie unruhig und wütend, also versuchte sie stattdessen das Schlaglicht auf ihre eigenen Eltern zu richten, auf alles, was sie an ihnen auszusetzen hatte, manches zu

Recht, manches nicht. Nachdem sie gestorben waren, hatte Marianne dieselbe Erfahrung gemacht wie viele Menschen: Die schlechten Seiten der Verstorbenen verblassten, die guten traten stärker hervor. Man hat nur die Gefühle, die man hat, dachte sie, man kann nicht mehr tun, als sich zu bemühen, das Gute in anderen zu sehen. Vielleicht lag es ja letzten Endes gar nicht an ihr, vielleicht war Flora einfach ein Kind, das man nur schwer ins Herz schloss. Sie wird bald zurück sein, dachte sie und löschte das Licht erneut. Obwohl es nicht so ausging, wie ich es mir gewünscht hätte, hat sie ihre Lektion vielleicht trotzdem gelernt.

Marianne hatte keine Ahnung, wie spät es war, als sie endlich nach Hause kamen. Sie befreite sich aus Martins Umklammerung, er jammerte im Schlaf. Benommen blieb sie in seinem Zimmer stehen und lauschte durch die halboffene Tür. Sie presste die Hände so fest gegen ihren Hals, dass es wehtat. Erst als sie Floras Stimme unter den anderen hören konnte, schlaftrunken und undeutlich, gelang es ihr, loszulassen. Sie wagte es nicht, sich unten blicken zu lassen, und schlich stattdessen ins Gästezimmer und zog sich aus. Mädchen wie Flora, dachte sie, veranstalten immer ein Drama, und das ist keine gute Eigenschaft. Sie können ihre Gefühle nicht für sich behalten, sondern schütten sie über jedermann aus.

Sie folgte den leuchtenden Zeigern des Weckers, er tickte und tackte, das Geräusch, das sie normalerweise beruhigte, hielt sie nun wach. Es war kurz nach zwei, als sie endlich einschlief. Das Haus lag schon lange im Stillen, Eric hatte mit seinen Töchtern gelacht, als er sie ins Bett brachte.

Am nächsten Morgen wurde sie wach, bevor sie eigentlich aufstehen musste, und fuhr zusammen, als sie Eric erblickte. Er saß in seinem dunkelblauen Morgenmantel am Fußende ihres Betts, und es schien, als hätte er dort schon lange gesessen. Sie fuhr mit einem Ruck hoch und zog sich die Decke bis unters Kinn, sodass ihre Knöchel und Füße unten hinausragten.

»Du musst heute nach Hause fahren«, sagte er.

Marianne hatte sich, als sie in der Nacht wach gelegen und darauf gewartet hatte, endlich einzuschlafen, etwas anderes vorgestellt. Dass sie zum Frühstück Pfannkuchen machen und ein vernünftiges Gespräch mit Flora und Marie-Louise führen würde, ehe diese in die Schule mussten. Vor einiger Zeit hatte sie Puppenkleider gehäkelt, die wollte sie Flora jetzt schenken, wenn sie nach dem Unterricht nach Hause kam. Ein Versöhnungsgeschenk, eine kleine Aufmunterung. Auch Eric wollte sie alles erklären, wenn er von der Arbeit kam und die Kinder im Bett waren.

»Es geht nicht mehr«, fuhr er fort. Er stemmte die Hände gegen die Oberschenkel und erhob sich von ihrem Bett. »Du warst eine große Hilfe, denk bitte nichts anderes.«

Obwohl sie in der Nacht zu dem Schluss gekommen war, dass sie sich für nichts zu entschuldigen brauchte, tat sie es nun doch. Ihre Worte waren schrill und nervös, aufgestaute Tränen schwemmten sie an die Oberfläche. »Ich wollte doch nichts Böses«, weinte sie, »ich habe versucht zu helfen, kannst du mir nicht verzeihen? Ich mag die Kinder doch so sehr, und die meiste Zeit kommen wir auch gut miteinander aus.«

Eric nickte und sagte, er sei sich dessen auf jeden Fall bewusst und er werfe ihr auch nichts vor, sondern habe lediglich das Bedürfnis danach, wieder das Kommando zu übernehmen. Sie beruhigte sich ein wenig, aber als er aufstand, um sie zu verlassen, fuhr sie auf und warf sich ihm um den Hals. »Entschuldige, entschuldige, entschuldige«, jammerte sie.

»Och, Marianne«, versuchte er tröstend, woraufhin sie nur noch lauter schluchzte. Er wand sich, um sich zu befreien, und hielt sie ungeschickt in der Luft, aber sie folgte seinen Bewegungen, klettenhaft und vollkommen aufgelöst.

»Lass mich los, Marianne!«, sagte er schließlich und packte ihren Arm. »Jetzt lass endlich los!«

Sie trug ein dünnes, hellgelbes Nachthemd. Es war ein bodenlanges und matronenhaftes Modell mit einer Schleife am Hals, einer gesteppten Passe mit kleinen Abnähern, die ihre Brüste größer erscheinen ließ. Er drückte mit seinen Händen gegen ihre Schultern, damit sie losließ. Sie presste den Kopf an seine Schulter und greinte wie ein kleines Kind. Er begriff nicht, warum sie sich so aufregte, je mehr er darum kämpfte, sich zu befreien, desto energischer krallte sie ihre Finger in seinen Rücken. Im Eifer des Gefechts streifte er versehentlich ihre Brust. Anschließend wusste er nicht mehr, was in ihn gefahren war, aber er tat es noch einmal, drehte seine Hand um und streifte die Brust mit der Handfläche. Sie lockerte ihren Griff ein wenig, er wiederholte die Bewegung ein drittes Mal, sodass man es kaum mehr als Zufall durchgehen lassen konnte. Mariannes Brüste waren größer als Alices, ohne Büstenhalter erschienen sie ihm beinahe vulgär. Endlich trat sie einen Schritt zurück, ihre Augen waren geschwollen und nackt vom Weinen, ihre aufgerichtete Brustwarze zeichnete sich unter dem Kleid ab.

»Ich rufe ein Taxi«, sagte er. »Du hast eine halbe Stunde.«

Marianne hinterließ drei kleine Päckchen auf dem Küchentisch. Eric hatte ihn für die Kinder gedeckt und sie lange schlafen lassen. Er wollte noch einen Tag abwarten, ehe er wieder ins Büro ging, erst musste die neue Ordnung in Kraft gesetzt werden. Er hätte gedacht, dass die Aussicht auf einen freien Tag die Kinder freuen würde, aber sie saßen fast teilnahmslos am Tisch und aßen ihre Cornflakes, ohne ein Wort zu sagen. Nachdem er für Mariannes Abreise gesorgt hatte, war er zunächst wieder ins Bett gegangen. Er hatte wach gelegen und gegrübelt, was er den Kindern sagen sollte. Er erwartete nicht, dass sie ihn verstanden, fand es aber angemessen, sie zu informieren. Angemessen und in größter Übereinstimmung mit Alices neun Punkten. Sie sollten die Sterne sein, an denen er sich orientierte, um die Kinder durch diese schwierige Zeit zu bringen. Er mochte das Bild: neun leuchtende Punkte in Sternenformation, wie der große Jäger Orion mit dem funkelnden Gürtel und der Hand auf den Köpfen der Jagdhunde, der größte von ihnen trug den Hundsstern Sirius auf seinem Haupt. Ihm gefielen die Sagen von griechischen Göttern und Helden, manchmal erzählte er sie den Kindern zum Einschlafen. Er konnte sich nicht erinnern, ob er ihnen von Orion berichtet hatte, das wäre eine Geschichte für Flora, die Tiere liebte: Orion, der aus Dionysos' Becher trank und mit seinen Hunden prahlte, sie jedoch nur Hasenblut probieren ließ. Zeus, der ihnen die Ehre erwies und sie am Himmel direkt unter der Hand des Jägers brennen ließ.

Alice hatte ihnen oft vorgelesen, aber in der Zeit, als Flora so von ihren Fantasiefreunden besessen war, hatten sie sich darauf geeinigt, mit den Tiergeschichten sparsamer umzugehen. Eric schloss die Augen. Flora war erschöpft und verängstigt gewesen, als er sie gefunden hatte. Sie war oben bei den Bahnschienen aufgetaucht, ihr Gesicht hatte geleuchtet wie das eines kleinen Gespenstes, als das Licht der Autoscheinwerfer auf sie fiel, und es war ein Wunder, dass er seiner Eingebung gefolgt war und ausgerechnet diesen Weg genommen hatte, anstatt auf der Hauptstraße entlangzufahren. Er war so wütend gewesen auf Marianne, dass sie anschließend nicht direkt nach Hause fuhren, sondern unterwegs bei Barbara Halt machten. Alan war noch nicht von der Arbeit zurück, und sie hatte den Mädchen warme Milch gekocht, Flora in die Badewanne geschickt und Marie-Louise nach oben zu Patricia, damit Eric ihr in aller Ruhe berichten konnte, was passiert war. Barbara hatte ihn beruhigt und gesagt, dass kein Kind einen bleibenden Schaden davontrage, wenn es sich einmal verirrte und einen Schreck erlebte. Sie hatte auch versucht, ihm verständlich zu machen, was diese Aufgabe Marianne abverlangte.

»Ich zweifle nicht daran, dass sie es gut meint«, hatte Barbara gesagt, »das habe ich ihr angemerkt.«

Trotzdem hatte sie seine Entscheidung befürwortet, Marianne wieder nach Farring zurückzuschicken, und war ganz seiner Meinung, dass die Kinder jetzt vor allem ihn brauchten. »Und mich hast du ja auch noch«, hatte sie hinzugefügt, »ich bin die ganze Zeit mit dem Kleinen hier und werde tun, was ich kann, um euch zu helfen.«

Flora stand als Erste auf, Tutku hatte sie geweckt. »Jetzt bist du Marianne wohl bald los«, hatte sie geflüstert, noch bevor Flora richtig wach war.

Sie legte die Arme um die Hündin und atmete in ihren struppigen Pelz, bis ihr Gesicht ganz feucht war. Sie wusste nicht, was sie glauben sollte, denn Eric hatte Marianne am Vorabend gar nicht erwähnt. Sie war an einer völlig anderen Stelle aus dem Wald gekommen als sonst, ein unheimlicher und verlassener Ort nahe dem Bahnübergang, den auch Tutku nicht wiedererkannte. Obwohl sie zusammen waren, hatte Flora schreckliche Angst gehabt. Im ersten Moment hatte sie das Auto gar nicht wiedererkannt, und als es nur wenige Meter von ihr entfernt bremste, rannte sie davon, und Tutku schnappte nach ihr, aber Flora blieb erst stehen, als sie Erics Rufe hörte. Marie-Louise war auch dabei, und sie fielen sich alle drei in die Arme und weinten.

»Kleines, kleines Mädchen«, hatte Eric ihr ins Ohr gewispert, »was für ein Glück, dass wir dich gefunden haben.«

»Ich dachte schon, du wärst ein Sittenstrolch. Ich hatte solche Angst.«

Dann hatten sie lachen müssen, und Eric hatte im Auto eine Decke über sie gebreitet.

»Kleines, kleines Mädchen«, seufzte Tutku an diesem Morgen und steckte ihre kalte Schnauze an ihren Hals.

»Hör auf, dich lustig zu machen«, erwiderte Flora und kehrte ihr den Rücken zu.

»Das tue ich doch gar nicht. Ich erinnere mich nur.«

»Du hast gerade etwas gefressen, du stinkst nach Fleisch.«

»Ich habe all die Vögel gefressen, die versucht haben, in deiner Brust ein Nest zu bauen«, erklärte Tutku, »und bei dem Gedanken läuft mir schon wieder das Wasser im Mund zusammen.«

»War das wirklich eine so gute Idee?«, fragte Flora.

»Du sagst doch selbst, dass es dir ohne diese Schreihälse bessergeht. Ich habe dir einen Gefallen getan.«

»Du hast es wohl auch dir selbst zuliebe getan«, flüsterte sie, »du bist satt geworden, und ich habe meine Ruhe.«

»War es dann etwa keine gute Idee?«

»Doch, du hast wohl recht.«

Anschließend lagen sie lange schweigend da.

»Ich benutze nie meine Zähne, wenn ich bei dir liege«, sagte die Hündin schließlich und drängte sich unter die Bettdecke. »Streck die Hand aus und fass mir an die Lippen, dann kannst du fühlen, wie zart sie sind.«

Erst wollte Flora nicht, doch Tutku hörte nicht auf zu betteln. Sie kitzelte Flora so lange mit dem Schwanz, bis sie einwilligte, mit einem Finger die Hundelippen zu berühren. Die Hündin hätte gern noch weitergespielt, aber Flora war nicht in der Stimmung. Sie stand auf und setzte sich mit einer Decke auf das Sofa im Wohnzimmer, bis Eric sie alle drei rief.

Eric versteckte Mariannes Geschenke zunächst hinter dem Rücken, sie weckten einen Widerwillen in ihm, den er vor den Kindern nicht zeigen wollte.

»Marianne ist abgereist«, sagte er.

Marie-Louise nickte, sie war aufgewacht, als das Taxi kam, hatte hinter der Gardine gestanden und gesehen, wie der Fahrer den schweren Koffer ins Auto hievte, gesehen, wie Marianne Eric die Hand gab, anstatt ihn zu umarmen, und wie er wieder ins Haus ging, noch bevor sie abgefahren war. Sie hätte nichts dagegen gehabt, wenn Marianne noch geblieben wäre.

Flora aß ungerührt weiter, während Eric berichtete, nur einmal ballte sie triumphierend die Faust. Er tat so, als hätte er es nicht gesehen. Martin sah von seiner Schale auf.

»Und wer soll jetzt Essen machen?«, fragte er. »Und wer wird mich abholen?«

»Bis auf weiteres helfen wir uns gegenseitig«, antwortete Eric, »und dann muss ich sehen, ob wir eine Haushälterin brauchen …«

»Ich kann doch kochen«, fiel Marie-Louise ihm ins Wort. Sie schielte zu Flora hinüber. »Jedenfalls ein paar einfache Gerichte.«

»Überbackenen Toast, Steak und Spiegelei«, bestätigte Flora, und Marie-Louise war erleichtert darüber, dass ihre Schwester sie unterstützte.

»Ja«, fuhr sie fort, »und wir können in Mamas Kochbüchern nachlesen.«

»Wir helfen uns gegenseitig«, wiederholte Eric. »Wir werden das schon schaffen.«

Dann sammelte er die drei kleinen Päckchen in einer Hand und verteilte sie an die Kinder. Martin bekam einen Strickteddy mit Latzhosen und Halstuch, den er mit dem Gesicht nach unten zur Seite legte, Flora gehäkelte Puppenkleider und Marie-Louise gestrickte Handschuhe, sie drehte und wendete sie und zog an den bunten Pompons. Flora legte die Puppengarderobe auf einen Haufen und schob sie Marie-Louise hin.

»Du kannst sie haben«, sagte sie, aber Marie-Louise gab sie ihr wieder zurück. Sie spielte nicht mehr mit Puppen.

»Vielleicht passen sie deinem Teddy«, sagte Flora und schob den Haufen weiter zu Martin.

»Das ist doch kein Mädchenteddy«, erwiderte er, »das sind ja nur Kleider!«

»Jedenfalls müsst ihr ein Kärtchen schreiben und euch bedanken«, sagte Eric. »Es war nett von Marianne, sich solche Mühe zu machen.«

Flora stand auf und legte die Puppenkleider in ihre Frühstücksschale, die noch immer zu einem Viertel gefüllt war, und tunkte mit dem Löffel eine hellgelbe Häkelrüsche in die Milch. Sie hatte Eric den Rücken zugewandt, aber es war schwer, zu glauben, dass er es nicht bemerkte. An der Spüle angekommen, hielt Flora die Kleider mit dem Löffel zurück und kippte die Milch in den Ausguss, die restlichen Cornflakes landeten zusammen mit den durchnässten Puppenkleidern im Müll.

Eric trank seinen Kaffee und blätterte in der Zeitung. Ein Artikel über den neuen deutschen Bundeskanzler Willy Brandt, eine Reportage von einer Demonstration gegen den Vietnamkrieg in Washington. Er las einzelne Worte, starrte zerstreut auf die Bilder. Eigentlich versuchte er, sich zu sammeln und zu überlegen, was er sagen wollte und wann der beste Zeitpunkt dafür war. Die Mädchen räumten den Frühstückstisch ab, stritten sich dabei über die Puppenkleidung, Marie-Louise warf Flora vor, undankbar zu sein. Eric hörte nicht hin. Er setzte sich mit Martin, der Bücher über gefährliche Tiere mochte, auf das Sofa, gemeinsam sahen sie sich Schlangen und Giftspinnen an. Martin kannte die Namen von allen. Eric schloss das Buch, als die Mädchen fertig waren. Sie standen nebeneinander im Türrahmen und kamen erst näher, als er sie rief. Flora kniete sich neben das Sofa und lehnte ihren Kopf an ihn, Marie-Louise nahm seine Hand.

»Entschuldigung«, flüsterte er, und diese Worte sahen ihm nicht ähnlich. »Entschuldigung, dass ich nicht für euch da war«, begann er versuchsweise, aber Marie-Louise fiel ihm ins Wort.

»Marianne hat sich um uns gekümmert«, sagte sie und sah zu Flora hinüber.

Martin war auf den Boden geglitten, er lag auf dem Rücken wie ein Baby, Flora stupste ihn mit dem Fuß an. So hatte Eric sich das Gespräch nicht vorgestellt, er konnte nur schwer einen kühlen Kopf bewahren, war nicht einmal sicher, ob es überhaupt gut war, wenn ein Erwachsener seine Unsicherheit verriet und sich auf diese Weise entschuldigte. Er vermisste seine Kinder, obwohl sie hier mit ihm zusammensaßen, vermisste ihre Umarmungen und ihr Lachen, den normalen, unspektakulären Alltag. Er dachte an Alices Tagebuch, daran, dass sie über nichts Besseres zu schreiben gewusst hatte als Banalitäten, und ihm ging auf, dass er womöglich gar nichts verstanden hatte. Er kämpfte mit den Tränen, seine Kinder sollten ihn nicht so sehen. Es waren schon genug der Tränen, ihre, seine, Mariannes. Die Tränen all der Klageweiber des Viertels mit ihren mitfühlenden Blicken.

»Es tut mir leid«, begann er erneut, er wollte sagen, dass es falsch gewesen war, sie Marianne zu überlassen, die keine Erfahrung im Umgang mit Kindern hatte. Aber irgendetwas in ihm hielt die Worte zurück, und er musste sich räuspern. »Das alles tut mir leid«, sagte er und drückte Marie-Louises Arm.

Sie blieb regungslos sitzen, Martin rollte sich auf den Bauch und biss Flora in den Fuß, sie trat nach ihm, sodass er zu brüllen und um sich zu schlagen begann. Eric hob ihn hoch, es hatte keinen Zweck, mit ihm zu schimpfen, obwohl er sie am liebsten beide gepackt und geschüttelt hätte. Stattdessen drückte er den Jungen fest an sich, obwohl der sich dagegen wehrte. Flora hielt ihren Zeh, Martin beruhigte sich und verbarg hicksend seinen Kopf an Erics Hals. Eric zog auch Flora an sich, sie war schwer und schlaff, protestierte jedoch nicht. Marie-Louise kam von selbst dazu. Ein Klumpen aus Armen und Beinen und verzagten Gesichtern, die sich nach Nähe sehnten und sie zugleich nicht ertragen konnten, weil sie erneut die Wunden aufkratzte, die gerade zu heilen begannen. Eric war gezwungen, sie alle zu retten, er musste sie in sich einsaugen und wieder ausspucken, musste sie abhärten und neu zusammensetzen, damit das Unglück der letzten Monate sie nicht durchsichtig und zerbrechlich machte.

»So«, sagte er schließlich und küsste einen nach dem anderen aufs Haar. Es war ein liebevolles und zugleich ungeduldiges *so,* das Marie-Louise dazu veranlasste, sich aufzurichten, und Martin, erneut auf den Boden zu rutschen. Wo er im selben Moment unter der Anrichte ein Matchboxauto erblickte, das er schon lange vermisste. Ein *so* wie das Geräusch einer Brücke, die sich wieder über den Hafenlauf hinabsenkt, nachdem sie geöffnet wurde, um ein Tankschiff passieren zu lassen, während der Verkehr zum Stillstand kommt und aller Lärm für einen Moment verklingt. Nur Flora schien es nicht gehört zu haben, er musste ihr auf den Arm klopfen und erneut *So!* und noch *Also dann!* sagen, und sie klammerte sich trotzdem an ihn. Erst als Marie-Louise sie anstieß, reagierte sie, es war nur ein vorsichtiger Stups gewesen, doch Flora schlug nach ihr und traf sowohl Marie-Louise als auch Eric, die eine am Oberarm, den anderen im Gesicht. Ihr Schlag ließ die Brücke erneut nach oben schnellen.

Eric sah von Flora zu Marie-Louise zu Martin. Er konnte nicht mehr und wollte sie auf ihre Zimmer schicken und sich ins Auto setzen, um davonzufahren, aber er blieb reglos sitzen.

»Entschuldigung«, flüsterte Flora.

»Ihr müsst nett zueinander sein«, sagte er mit dem Mund an Floras Haar. »Ihr müsst Freunde sein.«

Flora entgegnete ausnahmsweise nichts, sie schniefte und rollte sich mit dem Kopf auf seinem Schoß zusammen. Er strich ihr über die Haare, lehnte den Kopf zurück und schloss die Augen. Martin brummte mit seinem Auto los und zwängte sich halb unter den Sofatisch.

»Es gibt da etwas, was ich mit euch besprechen muss«, sagte Eric, und dann gab es kein Zurück mehr.

Kapitel 4

Eric wusste nicht, wie viel die Kinder verstanden. Sie hörten zu, ohne ihn zu unterbrechen, aber er selbst fand, dass das, was in seinen Notizen noch so schön und groß geklungen hatte, seine Magie verlor, als er es vorlas. Er hatte sich Alice so nahe gefühlt, als er es aufgeschrieben hatte, es war, als hätte sie den Stift geführt. Er hatte sich vorgestellt, dass es genauso sein würde, wenn er mit ihnen sprach, aber es fühlte sich an, als würde er in einer dunklen Halle stehen und einen Vortrag vor einer Versammlung halten, die man nicht sehen konnte. Die ersten Punkte ließen sich am leichtesten abhandeln:

1. Unternehmt viel gemeinsam, das stärkt die Familie.
2. Bewahrt eure glücklichen Erinnerungen in einer Schachtel auf.
3. Alle sollen sich jeden Tag ausreichend bewegen.

Er schenkte jedem von ihnen eine leere Zigarrenkiste und sagte, sie könnten ihren Namen daraufschreiben.

»Was soll ich da hineinlegen?«, fragte Marie-Louise.

»Das bestimmst du selbst«, antwortete er, »Hauptsache, es sind glückliche Erinnerungen.

»Von jetzt oder von früher?«, fragte sie, ohne ihn anzusehen.

»Von jetzt natürlich. Wir müssen nach vorn blicken, vielleicht können wir am Wochenende in den Zoo oder irgendwo anders hinfahren«, sagte er und trommelte mit einem Stift auf den Couchtisch, »dann kannst du zum Beispiel die Eintrittskarte in die Schachtel legen.« Er hielt inne.

4. Sorge dafür, dass es im Leben deiner Kinder mehrere Erwachsene gibt, auf die sie sich verlassen können.
5. Zeige deinen Kindern die hellen Seiten des Daseins.
6. Liebe deine Kinder, so wie sie sind.
7. Bringe ihnen bei, »Doch, ich kann das« zu sagen, wenn sie »Nein, das kann ich nicht« sagen wollen.

Diese Punkte wollte er nicht vorlesen, er konnte nicht erwarten, dass die Kinder sie verstehen würden.

»Wir brauchen andere Menschen«, sagte er nur, »mehr, als wir es gewohnt sind. Ihr sollt nicht nur mit mir über wichtige Dinge sprechen, ihr sollt euch auch auf andere verlassen, versteht ihr das?«

Sie nickten so zögerlich, dass sie ihm eher gehorsam als ehrlich vorkamen, und das beschämte ihn.

»Du magst Marianne doch, nicht wahr?«, sagte er zu Marie-Louise, und sie nickte. »Du könntest sie in den Ferien besuchen, wenn du Lust hast. Und du, Flora ...«

»Ich will nicht mit«, fiel sie ihm sofort ins Wort.

»Nein. Das ist uns allen klar«, sagte er, und Martin fing daraufhin so albern an zu lachen, dass sie ihn bitten mussten, leiser zu sein.

»Aber es gibt doch bestimmt andere Menschen, die du gernhast? Barbara vielleicht oder eine Lehrerin?«

Sie antwortete nicht, und er beließ es dabei.

»Es gibt kein Problem, das so groß ist, dass wir es nicht zusammen lösen könnten«, fuhr er fort, das war der achte Punkt. »Wir müssen an all das Gute denken, das wir haben, und nicht nur an die Dinge, die uns fehlen.«

Flora trat fest gegen den Tisch, zunächst wie ein unfreiwilliges Zappeln, dann rhythmisch und hämmernd.

»Das ist doof«, sagte sie.

»Was ist doof?«, fragte er.

»Uns fehlt unsere Mutter«, antwortete sie, »und das ist ein Problem, das du nicht lösen kannst.«

»Euch fehlt eure Mutter«, stimmte er zu. »Und mir fehlt meine Alice«, und dann versagte seine Stimme.

Marie-Louise warf Flora einen erbosten Blick zu.

Den wichtigsten Punkt hatte er bis zum Schluss aufgehoben: *Bringe deinen Kindern bei, mit Leid, Unglück und Misserfolgen umzugehen,* stand dort, und er faltete das Blatt zusammen. *Versuche nicht, deine Kinder vor schmerzhaften Erfahrungen abzuschirmen.* Alice war diejenige, der es nicht gefallen hatte, wenn die Kinder Nachrichten sahen, er hatte stets darauf beharrt. Dies musste ihre Art und Weise sein, ihm mitzuteilen, dass sie ihm doch recht gab.

»Wir müssen ehrlich zueinander sein«, sagte er. »Ich werde Lügen in keiner Form akzeptieren.«

»Das wissen wir doch«, sagte Marie-Louise. »Wir lügen dich nicht an.«

»Das gilt auch für mich«, ergänzte er. »Viele Erwachsene sind der Meinung, es wäre besser, Kindern nicht immer die Wahrheit zu sagen, aus Angst, sie könnten es vielleicht nicht verkraften. Aber die Wahrheit ist nun mal die Wahrheit.«

Im Wohnzimmer war es kalt, er war erschöpft und mutlos. Für einen kurzen Moment überlegte er, an dieser Stelle aufzuhören und den Faden später wiederaufzunehmen.

»Dürfen wir jetzt gehen?«, fragte Marie-Louise.

»Sei ruhig, Marie-Louise«, sagte Flora, ohne den Blick von ihm abzuwenden. »Lass Papa zu Ende reden.«

»Da ist etwas, was ihr wissen solltet«, sagte er und sah zur Decke. »Eure Mutter ist nicht durch ein Unglück ums Leben gekommen. Sie ist in den Fluss gesprungen, um zu sterben.«

Kapitel 5

»Unglaublich, dass dir die Carpenters wirklich gefallen!«, sagte Flora am letzten Tag der Sommerferien zu Marie-Louise. Es war ein Sonntag im Jahr 1972, und sie saßen zu viert am Frühstückstisch. »Wenn ich den Namen nur höre, wird mir schon schlecht.«

Marie-Louise zog die Augenbrauen hoch und schloss die Lider halb zu einem nachsichtigen Blick. Eric las Zeitung und sah nicht auf. Er war ihre kleinen Streitereien bereits gewohnt. Das ging schon den ganzen Sommer so, und er hatte beschlossen, dass seine Töchter das unter sich klären mussten. Er hatte mit Barbara darüber gesprochen, kurz nachdem sie von ihrem zweiwöchigen Urlaub auf Lilleø zurückgekommen waren.

»Sie streiten sich ununterbrochen, es ist nicht zum Aushalten. Ich habe alles versucht, sie in getrennte Zimmer geschickt, sie gezwungen zusammenzubleiben, nichts hilft, und ich kann nicht mal sagen, wer von den beiden schlimmer ist. Wenn die eine nicht anfängt, tut es die andere. Früher haben sie sich immer so gut verstanden.«

»Das ist das Alter«, hatte Barbara erklärt. »Flora ist dreizehn und wäre gern älter, Marie-Louise ist fünfzehn und will ihre Ruhe vor den jüngeren Geschwistern. Das geht vorüber.«

»Aber was soll ich in der Zwischenzeit tun?«, fragte er und sah dabei so verloren aus, dass sie lächeln musste.

»Was du tun sollst? Was können wir schon tun, damit die Zeit in dem Tempo vergeht, wie wir es uns wünschen?«

»Ich soll einfach in aller Ruhe zusehen und darauf hoffen, dass es vorbeigeht?« Er riss die Augen weit auf, um seine eigene Hilflosigkeit zu karikieren.

»Ja, wie bei so vielen anderen Dingen auch.« Barbara legte die Hand auf seinen Arm. »Du kriegst das gut hin, Eric, sieh sie dir doch nur an, du hast zwei prächtige Mädchen.«

»Martin ist unkomplizierter.« Er berührte ihre Schulter. Weich und mager zugleich. Barbara veränderte sich schneller als irgendeine andere Frau, die er kannte. Als sie hierhergezogen waren, hatte sie ausgesehen wie alle Frauen im Viertel, mit Hochsteckfrisur, Perlenohrringen, Haarlack und Lippenstift. Später ließ sie als Erste die Haare wachsen, trug einen Mittelscheitel und weniger Make-up. Sie war zu einer kühlen, dezenteren Vorstadtversion jener Frauen geworden, die Eric aus der Stadt und dem Paradies kannte.

»Jungs sind immer unkomplizierter«, antwortete sie und schüttelte den Kopf, sodass ihr die dunklen Locken ins Gesicht fielen. »Ganz im Gegensatz zu Männern.«

Eric lachte über ihre gespielt ernste Miene, und sie umarmte ihn und küsste ihn flüchtig auf die Wange, ehe sie ging. Sie waren sich auf dem Parkplatz vor dem Supermarkt begegnet. Er blieb stehen und sah ihr hinterher, und sie winkte ihm zu, ohne sich umzudrehen.

Barbara hatte ihm in der Zeit nach Alices Tod viel geholfen. Er wusste nicht, ob er sie als Freundin bezeichnen konnte, aber er freute sich immer, sie zu sehen, und schätzte ihren Rat. Ab und zu schossen ihm Bilder durch den Kopf, wenn sie sich unterhielten: Barbaras Mund um seinen Schwanz, Barbara, die über das Auto gebeugt war, während er sie von hinten nahm. Es war nichts, was ihn dauerhaft verfolgte, und er vergaß es sofort wieder, sobald sie außer Sichtweite war. Er wusste nicht sonderlich viel über ihre Ehe, sie wirkte zufrieden, obwohl sie sich hin und wieder über ihren großen, gutmütigen Alan aufregte: Er habe keine Lust, dieselben Filme wie sie zu sehen, er führe sie zu selten aus. Es waren triviale Beschwerden, denen man keine Bedeutung beimessen musste.

Als Eric sich anschließend ins Auto setzte, dachte er, dass er sich inzwischen benahm wie eine Frau. Er stand in Supermärkten, auf Parkplätzen, in Küchen und Vorgärten und sprach über Kinder, Rezepte und Sonderangebote, er klagte und tratschte genauso, wie Alice es früher getan hatte, wenn er aus dem Büro nach Hause kam und keine Lust hatte, ihr zuzuhören. Es lag nicht daran, dass die Männer in Vase besser waren als die Frauen, sie redeten nur über andere Dinge. Als Alice lebte, war er davon überzeugt, dass er ohne sie ein anderes und moderneres Leben führen würde, dachte, es wäre sein Verdienst, dass sie nicht verstaubten. Dabei waren es in Vase sonst eher die Frauen, die in dieser Hinsicht die Führung übernahmen. Sie lasen Bücher über Psychologie und Kindererziehung, sie beschäftigten sich damit, was die Medizin für gesund oder schädlich hielt, lasen regelmäßig Restauranttests und schlugen neue Urlaubsorte vor. Eine Revolution war das nicht gerade, dachte Eric und lachte vor sich hin, ein kleines, wieherndes Lachen, auf das ein Seufzer folgte. Ehe er auf die Hauptstraße einbog, sah er sich selbst im Rückspiegel, er bekam allmählich graue Haare, viel zu früh, er war nicht einmal vierzig.

Natürlich war es mit der Zeit leichter geworden. Eine den Dingen innewohnende Schwerkraft sorgte dafür, dass alles irgendwann zur Ruhe kam, selbst Alices Tod konnte daran nichts ändern. Splitter wurden zusammengeleimt, und mit den Jahren ließ sich von außen immer schwerer erkennen, dass innerlich etwas zerbrochen war. Er hatte längst akzeptiert, dass er nicht mehr derselbe war wie früher, und in einem größeren Zusammenhang betrachtet war das nichts, worüber man weinen musste. Er war nicht sicher, ob er den alten Eric jemals gemocht hatte, genauso wenig, wie er wusste, ob er den neuen mochte. Zwischendurch stellte er nüchtern fest, dass er in höherem Maße ein Gewohnheitsmensch war, als ihm selbst lieb war, und er überlegte, ob ihm das eher helfen konnte, Stabilität in sein Leben und das der Kinder zu bringen, oder ob ihn die selbstbetrügerische Bequemlichkeit daran hinderte, weiterzukommen. Er schlief noch immer auf derselben Seite des Doppelbetts wie früher. Er hatte die Möbel nicht umgestellt, kein neues Inventar angeschafft, und in den Küchenschränken sollte alles seinen ursprünglichen Platz behalten. Auf dem Weg nach Lilleø hielten sie an derselben Autobahnraststätte wie eh und je, und während sie Würstchen und Pommes aßen, wirkte Alices Platz aufdringlich leer. Bei diesen Gelegenheiten stellte er sich vor, was die anderen Leute dachten, ob sie glaubten, er wäre geschieden oder Witwer, oder ob es ihnen egal war und sie seine kleine, amputierte Familie gar nicht bemerkten. Die Phantomschmerzen waren abgeklungen, die Kinder hatten die von Alice hinterlassene Lücke mit Gold und grünen Wäldern gefüllt, und er hatte ihnen dabei geholfen. Für die Kinder war Alice zu einer Göttin geworden, für ihn zu einer Peilmarke. Er hatte sich noch immer nicht mit ihrer Entscheidung ausgesöhnt, sie alle einfach zu verlassen, in ihm taten sich aber auch keine Fallgruben mehr auf, in denen die ungezügelte Wut toben konnte. Nur Flora wirkte, als führte sie eine stete Auseinandersetzung mit dem Dasein, einen gereizten und rastlosen Kampf, bei dem er sie nicht unterstützen konnte und von dem er auch nicht wusste, ob er vom Verlust der Mutter, ihrer eigenen Persönlichkeit oder etwas ganz anderem herrührte. Seine Erinnerung war lückenhaft.

An sich und Alice und wie sie früher gewesen waren, erinnerte er sich, aber die Kinder verblassten, wurden zu Details eines chaotischen und nur zeitweise beleuchteten Hintergrundteppichs aus einer anderen Zeit. Am besten waren sie ihm aus Alices Erzählung in Erinnerung geblieben, ihren fröhlichen und stolzen kleinen Geschichten, ihrem besorgten

Wachen. Wie die meisten Mütter, die er kannte, hatte Alice Schutzschirme um sie herum aufgespannt. Mutter-Schirme, dachte Eric und bog von der Hauptstraße in die Ackerhummelallee ein. Eine Umzäunung, einen Spiegel, um das Licht zu filtern und Bilder zu reflektieren, die die Kinder enger an Alice banden und es ihm erschwerten, sie wahrzunehmen. Flora ist so, Marie-Louise ist so, Martin ist so. Mutter-Schirme aus Erzählungen, Anekdoten, durchwachten Nächten und diesem unendlichen Fundus aus verlorenen Milchzähnen und ersten Worten, aus Impfungen und Leibgerichten, aus Unruhe und Freude und Angst; aus all dem Wissen, dem er niemals gerecht werden konnte. Als sie noch lebte, hatte er sich das nie bewusst gemacht. Erst als sie ihn mit alldem zurückließ, als sein Einsatz gefordert war, die Kinder nicht in der grauen Unsichtbarkeit verschwinden zu lassen, fühlte er seinen eigenen Mangel. In der Zeit danach hatte ihr ewiges *Mama hat aber immer …* und *Mama hat das immer so und so gemacht …* die Tür zu einer gewaltigen Unzulänglichkeit eingerannt und einen unsicheren, suchenden, ängstlichen Zustand heraufbeschworen, für den er zunächst, wütend und halb unbewusst, bei Alice die Schuld suchte. Später begriff er, dass das ein unvermeidbarer Teil des Elternseins war, vor dem sie ihn in Wirklichkeit beschützen wollte, indem sie das meiste davon auf sich nahm. Damals hatte es ihn grenzenlos irritiert, dass sie jede einzelne Begebenheit im Leben der Kinder drehen und wenden musste, dass sie immer zuerst von ihnen sprach, bevor sie sich anderen Themen zuwandte, dass sie sich über Dinge sorgte, die noch nicht einmal geschehen waren und womöglich auch nie geschehen würden: Ob sie vielleicht keine Lust haben könnten, ihre Eltern zu besuchen, wenn sie erwachsen waren. Ob Floras Temperament ihre Chancen auf eine spätere Heirat und Familiengründung zunichtemachen würde. Ob Marie-Louise zu schüchtern war, ob es Martin schwerfallen würde, in der Schule mitzukommen, wo er sich doch so leicht ablenken ließ. Es war ihm immer wie ein Naturgesetz erschienen, dass Alice die Kinder am besten kannte, und er hatte das ohne Schwierigkeiten akzeptiert. Lediglich dieser Blick stummen und gedämpften Misstrauens, mit dem sie ihn bedachte, wenn er ihrer Meinung nach zu streng gewesen war oder etwas getan hatte, was sie für unangemessen hielt, hatte ihn gestört. Er bildete sich ein, dass er Alice jetzt besser verstand, was eine eigene, stupide Ironie an sich hatte. Er grübelte nicht länger darüber, ob er hätte verhindern können, dass sie sich das Leben nahm, diese Frage hatte er teils durch Willenskraft, teils aus Erschöpfung versiegelt und auf einen tiefen, schlammigen Grund sinken lassen. Das hinderte seine Gedanken dennoch nicht daran, immer wieder darum zu kreisen, dass er sich mehr Zeit hätte nehmen sollen, mit ihr zu reden, die Welt mehr mit ihren Augen zu betrachten.

Diese Gedanken waren wie Raubvögel, die in einer offenen Landschaft über der Beute ihre Bahnen zogen und plötzlich hinabschossen, mit ihren Schnäbeln darauf einhackten und Eric übel zugerichtet zurückließen, jedoch mit dem festen Entschluss, sich mehr zu bemühen, sich in seine Kinder hineinzuversetzen. Die Raubvögel waren keineswegs immer schnell zu sättigen, sie hatten Baumwipfel und Berggipfel, hinter denen sie sich verbergen konnten. Allerdings war er auch ein Mensch, der ein starkes Bedürfnis nach einer eigenen Welt hatte, und er tröstete sich damit, dass es den Kindern sicherlich guttat, wenn sie auch mit anderen Erwachsenen zusammen waren, dass sie außerdem zufriedener sein würden, wenn er dafür sorgte, sich selbst zu entfalten, erwachsen zu sein und glücklich. Barbara passte gern auf die Kinder auf, wenn er ein paar Tage für sich brauchte. Dann übernachtete er im Paradies oder irgendwo anders, wo es ein freies Bett für ihn gab. Dann war er Eric, ein Eric der Vergangenheit, der

Gegenwart und der Zukunft, und in diesen Tagen fiel es ihm nicht schwer, sich einem Gefühl von Freiheit hinzugeben, das ihm verdienter erschien als je zuvor, und Vase Vase sein zu lassen und die Kinder Kinder.

Er versuchte, Rachel einmal in der Woche zu treffen. Sie hatte ihm von Anfang an deutlich gemacht, dass aus ihnen kein Paar werden würde, sie schätzte ihre Freiheit. Im ersten Jahr nach Alices Tod war sein schlechtes Gewissen, wenn er Rachel sah, größer als bei den anderen Frauen, mit denen er sich weiterhin traf. Doch nur bei ihr fand er einen gewissen Trost. Vor Alices Tod hatte er zweimal mit Rachel geschlafen, und er war danach fest entschlossen, es nicht noch einmal geschehen zu lassen. Das letzte Mal war wunderbar gewesen und schrecklich zugleich, sie hatten zusammen LSD genommen, und er hatte noch nie etwas Vergleichbares erlebt. Sie hatte ihn geküsst, und ihr Mund war wie ein Verstärker, ihr Speichel, ihre Zunge und ihre Zähne sangen in einem hohen und vibrierenden Ton, der wie ein warmer, orangefarbener Strom aus ihrem Körper in den seinen floss, und er fühlte sich lebendiger und erregter als je zuvor. Sie hatte ihm etwas vollkommen Unverständliches zugeflüstert – dass er Buchstaben für sie sammeln sollte –, sie hatte ihn in den Brustkorb gezwickt und kichernd gesagt, dass *Vögel mich* und *Halt mich fest* und andere Dinge darauf geschrieben stünden, und er wurde noch härter, und im selben Moment konnte auch er sehen, wie sich die Schrift über ihre Haut schlängelte und sie beide zu einem einzigen Körper verband. Das Gefühl, in ihr zu sein, war unbeschreiblich intensiv, ihr Geschlecht umschloss ihn mit einer kaum zu ertragenden Hitze, und er spürte, dass sich tief in ihr eine Zunge befand, die jedes Mal, wenn er in sie eindrang, den Kopf seines Schwanzes leckte. Die Wände des Zimmers hatten in ihrem Rhythmus geatmet, und Rachels Augen hatten die Farbe gewechselt, als sie kam.

Als der Trip abgeklungen war und er nach Hause musste, hatte sie ganz durchsichtig und verletzlich ausgesehen, wie sie so barfuß und nur im T-Shirt auf dem Hofplatz stand.

»Habe ich nicht gesagt, dass es schön sein würde?«, fragte sie und strich ihm das Haar aus dem Gesicht.

Er sagte nicht das, was sie erwartet hatte, und als er sich hinabbeugte, um sie zu küssen, streckte sie ihm die Wange hin und lachte. Es war ein kurzes und klirrendes Lachen, eine Handvoll Münzen, die auf einen Steinboden fielen. Der Typ, der angeboten hatte, ihn mit nach Rossel zu nehmen, hupte ungeduldig, und er konnte nichts mehr zu ihr sagen.

Als sie am Bahnhof angekommen waren, wurde ihm schlecht, und auf dem Heimweg zu Alice fürchtete er zu zerbrechen und hatte stärker denn je gespürt, dass sie die Einzige war, die ihn zusammenhalten konnte. Als er in den Zug zurück zu seiner Familie stieg, war er verstimmt. Er hatte ein schlechtes Gewissen, obwohl er sich immer wieder sagte, dass er nichts getan hatte, was gegen seine und Alices Vereinbarung verstieß. Es war das Bewusstsein über seine eigenen, unnötigen Lügen, das ihm den Finger auf die Brust legte: Wenn du nichts Falsches gemacht hast, warum behauptest du dann, du wärst auf Geschäftsreise gewesen? Warum hast du so getan, als würdest du aus einem Hotel anrufen, obwohl du gespürt hast, wie unglücklich das Alice machte? Er hatte kaum geschlafen, die stoßartigen Bewegungen des Zuges verstärkten seine Übelkeit, seine Missstimmung ging ihm in Fleisch und Blut über, er brach in unkontrollierbares Zittern und kalten Schweiß aus, und er konnte keinen einzigen vernünftigen Gedanken festhalten. Er starrte aus dem Fenster, bis ihm die Tränen in die Augen stiegen und die Baumstämme im Wald bedrohlich zu schwanken begannen. Rachels Buchstaben spritzten wie Regen gegen das Fenster, *Fick mich! Nimm mich! Dring ganz tief in mich ein!,* sodass er mit den Fingerknöcheln gegen das Fenster klopfen musste, um sicherzugehen, dass die Welt dort draußen noch stand, dass der Wald und das Land nicht zerstört waren. Er stellte sich in den Gang, ein Schaffner berührte seinen Arm und bat ihn, sich wieder zu setzen, doch seine Hand war glühend heiß, und es roch nach verbranntem Stoff. Eric zog ruckartig seinen Arm zu sich und stürmte durch den Wagen, um sich am anderen Ende des Zugs zu verstecken. Er wünschte sich so sehnlich, Alice würde ihn am Bahnhof abholen, obwohl sie nicht ahnen konnte, wann er kam, und er wurde noch verzweifelter, als er benommen auf den verlassenen Bahnsteig taumelte, der wie eine lange, helle Katzenzunge auf ihn zurollte. Er saß lange auf einer Bank, die Nacht war kühl und sternenklar, in Gedanken rief er nach Alice, während das Universum seine Worte einsaugte, sie zwischen den Sternen funkeln ließ, matt und unmöglich hörbar für einen anderen Menschen, auch wenn dieser Mensch seine eigene Alice war. Er wusste nicht, wie lange er dort gesessen hatte, ihm war noch immer flau und schwindelig, als er nach Hause ging, aber er hatte sich etwas beruhigt. Seine Schritte wurden zu einer sanften Begleitung jenes Gedankens, der alle anderen verdrängte: Alice konnte ihn retten, alles musste sich ändern.

Von der resignierten Distanz, mit der Alice ihn zu Hause empfing, hatte er sich nicht niederschmettern lassen. Er war schamerfüllt und unglücklich gewesen, aber nicht in seiner wildesten Fantasie hätte er sich ausgemalt, dass Alice ihn im Stich lassen würde. Anschließend verstand er, dass es furchtbar von sich sich selbst eingenommen und egozentrisch gewesen war, so zu denken – sie sollte seine Rettungsplanke sein, wo er doch das tote Gewicht war, das sie nach unten zog. In der darauffolgenden Zeit war er fest entschlossen, sich von Rachel fernzuhalten und alle Verbindungen zu kappen. Wenn er nur diese Übergangszeit überstand, dachte er, würde sich alles wieder regeln. Er hatte für nichts anderes Augen, außer für sich selbst, und er war nicht in der Lage, darüber nachzudenken, wie es für Alice war. Zum ersten Mal hatte sie ihm ganz eindeutig gesagt, dass sie nicht länger eine offene Ehe führen wollte, und während sie, wie er dachte, wieder zufriedener wurde, hatte er mit Entzugserscheinungen und unerwarteten Nachwirkungen zu kämpfen. Zwar hatte er Rachel in der kurzen Zeit gar nicht richtig kennenlernen können, aber die Entscheidung, dass er sich um jeden Preis von ihr fernhalten musste, fühlte sich an wie ein schlimmer Verlust. Ein heftiger und sorgenvoller Verlust, gegen den es ihm unendlich gleichgültig erschien, dass er auch die anderen Frauen nicht mehr sehen und die Klubs nicht mehr besuchen würde. Er redete sich ein, dass er es Alice und der Kinder wegen durchstand, und vergaß beinahe, dass er es auch sich selbst zuliebe tat. In diesen Tagen hatte er jede Nacht von Rachel geträumt und war oft mit einer irrsinnigen Lust erwacht, ohne in der Lage zu sein, sich Alice zu nähern. In den Wochen bis zu ihrem Tod hatten sie fast gar nicht mehr miteinander geschlafen. Seine Willenskraft hatte den Eigensinn seines Körpers nicht zu bezwingen vermocht, er brannte und brannte, und er wollte nur Rachel. Einmal hatte er Alice früh am Morgen geliebt, noch bevor sie ganz wach waren. Danach hatte er nicht bei ihr liegen bleiben können, sondern war er aufgestanden und ins Bad gegangen. Er hatte die Augen geschlossen, als er in sie eindrang, nur um sich der Fantasie hingeben zu können, sie sei eine andere.

Gerade als er begann, mit seinem Verlangen irgendwie leben zu können, hatte Alice sich umgebracht, die Waagschale war umgekippt, und Rachel war ihm monatelang unbedeutend erschienen. Nachdem sich der erste, lähmende Schock aber gelegt und einem konstanten und unerträglichen Bewusstsein von der Unwiderruflichkeit des Todes Platz gemacht hatte, kehrte sie allmählich wieder in seine Gedanken zurück. Das Unglück hatte die Zeit zerfetzt, er und die Kinder waren in ein verwirrendes und beinahe unbewegliches Paralleluniversum aus abwechselnder Verleugnung und bodenloser Trauer eingesperrt, in dem er in manchen Augenblicken immer noch glaubte, man könne mit der Vergangenheit verhandeln und alles würde verschwinden, wenn man nur lange genug den Atem anhielt. Körper und Gedanken erstarrten, er bewegte sich in winzig kleinen, konzentrischen Kreisen und suchte nach Lösungen und Auswegen. Immer wieder ging er die Tage bis zu Alices Tod durch und grübelte hin und her, was er hätte tun können, um das Geschehene zu verhindern. Wenn das Gehirn dort nach Lösungen sucht, wo es keine gibt, wird die Seele blind. Er arbeitete mit Hochdruck daran, Auswege zu finden, bis schließlich alles explodierte und sich langsam eine Akzeptanz der Dinge ankündigte, die ihn irgendwann aus der Trauer hinausführen musste. Er konnte sich wieder um seine Arbeit und um die Kinder kümmern, ohne sich die ganze Zeit wie ein Roboter zu fühlen, er konnte mittags und abends Essen gehen und einen Drink nehmen, er konnte mit den Nachbarn reden und mit den Kindern Ausflüge machen, und ab und an konnte er sogar wieder mit anderen lachen.

Trotzdem verband er diese Zeit am ehesten mit einer plötzlichen Klarheit, die über den Fächer endloser, gleichgültiger Tage hinauswies, die sein normales, wirkliches Leben ausmachten. Und auch seine Lust erwachte wieder, was sich zuerst unbehaglich anfühlte, ganz so wie wenn man nachts aufwacht, nachdem man auf seinem Arm eingeschlafen ist, und die erste, angsteinflößende Taubheit einem kribbelnden, bohrenden Schmerz weicht. Sein Körper vermisste einen anderen Körper, er dachte an Rachel und zauderte monatelang, ehe er sie anrief. Sie hatte von Sufi von Alices Tod erfahren, und er war gerührt, wie mitfühlend sie sich nach ihm und den Kindern erkundigte. Einige Wochen lang hatten sie nur telefoniert, während er Mut sammelte, um wieder ins Paradies zu kommen. Als er es schließlich tat, war sie allein zu Hause, es war Februar und eiskalt, obwohl die Kaminöfen eingeheizt waren. Sie zitterte trotz ihres Wollpullovers und ihrer bodenlangen Pelzweste, sie war bleich und hatte Augenringe, sie war krank gewesen, aber nicht sehr. Sie wickelten sich in Decken und Daunen und tranken Tee im Bett, und Rachel erkundigte sich beharrlich danach, wie es ihm ging. Es war eine Befreiung, mit ihr zu sprechen, sie wich im Gegensatz zu den meisten anderen nicht aus, wenn es um Alice ging. Sie drängte ihn sogar dazu, von jenem Tag zu berichten, als es passiert war, und er weinte einen Brocken seines harten, versteinerten Ichs entzwei, als er zum ersten Mal erzählte, wie Alice ausgesehen hatte, als er sie identifizieren musste, und wie die Kinder reagiert hatten, als er ihnen vom Tod ihrer Mutter erzählte. Rachel wandte ihren Blick nicht ab, sie legte den Kopf schief und umarmte ihn, als er sagte, dass er sich in seinem ganzen Leben noch nie so allein gefühlt hatte.

Anschließend war er erleichtert und erschöpft, er hatte ihr ein gewichtiges und schwer zu hantierendes Stück seiner Sorge überreicht, und sie hatte es furchtlos entgegengenommen. Am liebsten wäre er einfach mit seinem Kopf auf ihrem Schoß eingeschlafen, nahm sich dann aber zusammen und fragte sie, wie es ihr in der Zwischenzeit ergangen sei. Sie erzählte von ihren Yogaklassen und vom Leben im Paradies, und als keiner mehr etwas zu sagen hatte, nahm sie seine Hände und legte sie unter ihren Pullover, damit er ihre Brustwarzen an seiner Handfläche spüren konnte. Er küsste sie lange, bis sein Körper die Führung übernahm. Für einen Moment stoppte die Lust den rasenden Strom der Trauer, der reißend und tosend durch alle Tages- und Nachtzeiten brauste. Doch der Damm brach, als er wieder vom Paradies wegfuhr und es ihm mit einer solchen Kraft die Beine unter dem

Körper wegzog, dass er nichts anderes tun konnte, als Rachel anzurufen, kaum dass er zu Hause angekommen war.

In der darauffolgenden Zeit telefonierten sie beinahe jeden Tag miteinander. Sie hörte zu, sie munterte ihn auf, sie war ein winziger, leuchtender Schimmer. Sie forderte nichts von ihm, vermittelte ihm aber das Gefühl, immer willkommen zu sein, das ihn mit der Zeit so sehr stärkte, dass mitunter gar Wochen vergehen konnten, ohne dass sie miteinander sprachen oder sich sahen. Sie hatte von Anfang an klargestellt, dass sie sich nicht an einen anderen Menschen binden wollte, dass sie Freunde werden könnten, aber niemals ein Paar. Zunächst war es für ihn wie eine Befreiung, ihr nichts schuldig zu sein, zu wissen, dass sie nicht die ganze Zeit wartete und sich nach ihm sehnte. Doch allmählich wurde es komplizierter, und als ihm das Leben weniger sinnlos zu erscheinen begann und er wieder an die Möglichkeit zu glauben wagte, dass alles ins Lot kam, wuchs eine unbekannte Eifersucht in ihm. Er hasste sich selbst dafür, vor allem weil er sie Rachel gegenüber erwähnte und sie sich daraufhin von ihm distanzierte. Entweder war sie nicht im Paradies, wenn er kam, oder sie hatte keine Lust, mit ihm ins Bett zu gehen. So waren die Regeln, er war ein Hund und ein Jäger, er konnte sich nähern oder sich fernhalten, solange er um jeden Preis den Glauben vermied, dass sich zwischen ihnen je etwas ändern würde.

Barbara hatte ihn darin bestärkt, nicht zu vergessen, auch auf sich selbst zu achten, und ihn daran erinnert, dass es ihm guttun würde, die Verantwortung für das Haus und die Kinder hin und wieder anderen zu überlassen. *Du hast die Möglichkeit, das zu tun, von dem Mütter glauben, sie könnten es sich nicht erlauben,* hatte sie mehrmals gesagt. Das war eine große Hilfe gewesen, und er dachte voller Dankbarkeit an sie und an das Gespräch an jenem Abend auf dem Supermarktparkplatz.

Barbaras ungezwungene Art, ihn zu beraten, half ihm, sich den Streitereien der Mädchen gegenüber taub zu stellen, und obwohl es die Zahl ihrer Auseinandersetzungen vielleicht nicht gesenkt hatte, konnte er sie auf diese Weise doch leichter ertragen.

Als Flora an diesem Sonntag beim Frühstück Marie-Louise verhöhnte, weil sie die Carpenters mochte, gab sie allerdings nicht so schnell auf. Es war ein Rachefeldzug, weil Marie-Louise am Abend zuvor, als Flora sich von der älteren Schwester ein bestimmtes Oberteil für ihren ersten Tag in der siebten Klasse ausleihen wollte, sie anstelle einer Antwort nur ausgelacht hatte.

»Das blaue? Das ist dir doch viel zu groß«, hatte sie gesagt. »Man braucht schon etwas, was es vorn herum ausfüllt. Bei deinen kleinen Knöpfen würde doch alles schlabbern.«

»Why do biiiiirds suddenly appeeeeeeaaar«, quäkte Flora jetzt und hielt sich den Löffel wie ein Mikrofon vor den Mund. Eric raschelte mit der Zeitung, gab sich aber stur unbeteiligt. Martin musste lachen, und Marie-Louise erhob drohend die flache Hand.

»Why do staaaaars fall down from the skyyyy?«, sang Flora weiter, lauter und lauter, sie sprang auf den Tisch und fiel vor Martin auf die Knie, der sich vor Lachen kaum noch halten konnte und versuchte, sie wegzuschieben.

»Wie albern.« Marie-Louise machte einen spitzen Mund. »Du weißt schon, dass du dich damit ziemlich lächerlich machst?«

»Genau wie du«, erwiderte Flora und stand wieder auf.

Marie-Louise verdrehte die Augen. Sie faltete ihre Serviette zusammen und wollte aufstehen.

»Genau wie du, wenn du Michael noch weiter hinterherläufst«, trumpfte Flora auf, und es war unschwer zu erkennen, dass sie ihre Schwester damit traf.

»Du Baby«, fauchte Marie-Louise, aber es klang eher ratlos als überlegen.

»Marie-Louise und Michael, Marie-Louise und Michael, Marie-Louise und Michael«, sang jetzt auch Martin, und obwohl Marie-Louise versuchte, die beiden zu ignorieren, hatte sie diesmal eindeutig verloren.

»So!« Eric ließ die Zeitung sinken. »Jetzt reicht es aber.«

»Vielleicht solltest du mal mit ihr reden«, sagte Flora und schabte mit dem Messer die Butter auf ihrem Brot dünner.

»Worüber?«, fragte Eric und sah von der einen zur anderen.

»Sie ist bösartig. Nie kann sie mich in Ruhe lassen.« Marie-Louise hatte inzwischen Tränen in den Augen.

»Lass deine Schwester in Ruhe, Flora«, sagte er seufzend, »und denk dran, dass sie die Ältere ist.«

Das war zu viel für Flora. Ihr Herz hämmerte mit seiner kleinen Faust wild gegen den Brustkorb. Ihre Worte fielen bissiger aus, als sie es eigentlich gewollt hatte, aber dass Marie-Louise nach Erics Aufmerksamkeit lechzte und so tat, als würde sie selbst nie Fehler machen, brachte sie in Rage. »Du solltest sie mal sehen, es ist so jämmerlich, wie sie die ganze Zeit an diesem Michael klebt«, sagte sie, und schon damit ging sie zu weit, »wie Sirup!« Und sie machte eine Bewegung mit beiden Händen, um zu zeigen wie klebrig Marie-Louise war.

»Das stimmt nicht«, widersprach Marie-Louise und musste sich räuspern, ehe sie fortfahren konnte. »Mike und ich sind Freunde.«

»Inwiefern kleben?«, fragte Eric, worauf er allerdings keine Antwort bekam.

»Du bist ja nicht diejenige, mit der er ins Kino geht, oder?«, stichelte Flora weiter, doch Marie-Louises verletzte Miene presste die Herzensfaust so weit zurück, dass sie ganz schwer und dumpf schlug und Flora sich auf die Lippen beißen musste.

»Wie meinst du das?«, flüsterte Marie-Louise.

»Das kannst du dir doch wohl denken«, antwortete Flora und stand auf. Hätte Marie-Louise sich nicht so dumm benommen, dann hätte sie nichts darüber gesagt, dass sie Michael mit Patricia gesehen hatte, als sie neulich am Kino vorbeigeradelt war. Wenn es nach ihr ging, konnte er ausgehen, mit wem er wollte. Sie fand ihn eklig und verstand nicht, warum ihre Schwester so für ihn schwärmte.

Marie-Louise stürmte die Treppe hinauf und knallte ihre Zimmertür hinter sich zu. Für einen Moment herrschte dröhnende Stille, Eric faltete die Zeitung zusammen. »War das nötig, Flora?«, fragte er und nickte Martin zu, der Anstalten machte hinauszugehen.

»Muss Martin nicht helfen, den Tisch abzuräumen?«, fragte Flora, woraufhin der sich in der Tür umdrehte und ihr die Zunge herausstreckte, ehe er ging.

Eric stand auf, blieb kurz stehen und beugte sich über den Tisch. »War das wirklich nötig?«, wiederholte er, aber es klang eher, als hätte er die Worte an sich selbst gerichtet.

Flora wollte gehen, aber er rief sie zurück. Nach ihrem Auftritt mit Marie-Louise wagte sie es nicht, sich darüber zu beklagen, wie ungerecht es war, nach dem Frühstück die Küche alleine aufräumen zu müssen.

Eric ging nach oben, um mit Marie-Louise zu sprechen, doch auf halber Treppe drehte er sich noch einmal zu Flora um. »Was soll ich ihr sagen?«, fragte er, aber es klang nicht, als erwarte er eine Antwort von ihr.

»Dass sie sich zusammenreißen soll«, murmelte Flora und hoffte fast, dass er es nicht gehört hatte.

»Sich zusammenreißen?« Er blieb auf der Treppe stehen, sie drehte den Wasserhahn auf und ließ die Spülwanne volllaufen. »Du musst netter zu deiner Schwester sein, Flora.«

Sie biss sich erneut auf die Lippe. Es war kein Geheimnis, dass sie nicht nett war, obwohl das alle von ihr erwarteten.

Dein Vater hat es bestimmt nicht leicht, du musst nett zu ihm sein, das bekam sie oft zu hören. Von einem Lehrer, von den Freundinnen ihrer Mutter auf der Straße, den Müttern ihrer Klassenkameraden.

»Du sagst doch selbst, dass wir nicht lügen sollen«, fuhr sie fort. Sie war wie eine Maschine, wenn sie erst einmal einen gewissen Punkt erreicht hatte, war sie nicht mehr zu bremsen.

»Lügen?« Eric blieb auf der Treppe stehen.

»Immer wenn sie in der Nähe von Michael ist, verändert sie sich. Dann klingt sie wie ein Idiot, wenn sie den Mund aufmacht«, sagte Flora. »Und sie lacht so komisch.« Lärmend ließ Flora Besteck und Gläser in das warme Wasser fallen und lachte schrill, um ihre Schwester zu imitieren.

Nicht nur Marie-Louise benahm sich so, sondern alle älteren Mädchen, die in die neunte Klasse kamen. Und die Jungs grölten, sie schoben ihre Hüften auf eine bestimmte Weise vor und steckten die Hände in die Hosentaschen. Vielleicht taten sie so, als wüssten sie mehr, als es in Wahrheit der Fall war, und versuchten, möglichst verwegen zu wirken; aber die Mädchen waren trotzdem schlimmer. Es war, als würde ihnen irgendein Naturgesetz befehlen, dermaßen anbiedernd und dumm zu sein, dass sich Flora der Magen umdrehte, wenn sie sie sah.

»Du bist nicht gerade freundlich«, sagte Eric und ging mit langsamen Schritten nach oben.

»Vielleicht bin ich nicht besonders freundlich«, rief sie hinter ihm her, »aber ich mache mich wenigstens nicht lächerlich.« Sie riss an ihrer Schürze, zerrte sie herunter, warf sie über die Stuhllehne und mühte sich im Flur mit ihren Schuhen ab.

»Davon bist du nicht mehr weit entfernt«, entgegnete Eric kühl. Er machte keine Anstalten, sie zurückzuhalten. »So eine Furie wie dich erträgt doch niemand.«

»Ha«, Flora hatte es geschafft, die Schuhe anzuziehen, und richtete sich auf. Tutku war herbeigeeilt, um zu sehen, was vor sich ging. Flora konnte riechen, dass die Hündin im Fluss gewesen war, um Fische zu fangen, und spürte ihr nasses Fell an ihrem Bein. Ausnahmsweise stachelte Tutku sie nicht zum Widerstand an. Im Gegenteil, sie spürte, dass die Hündin sie beschwichtigen wollte.

»Du musst gerade reden«, schmetterte sie Eric dennoch entgegen und riss ihre Windjacke vom Kleiderständer.

»Ich?« In Erics Stimme lag jetzt ein warnender Ton: Bis hier und nicht weiter, Flora, das wird noch böse enden.

»Mama konnte dich nicht ertragen, hab ich recht?«, sagte sie, und dann war kein einziges Wort mehr übrig. Der Hohlraum hinter ihrer Stirn war geleert und zog sich zusammen. Sie sah auf, Eric kam auf sie zu, und seine Miene war schlimmer als alles, womit er sie sonst bestrafte, gelegentliche Ohrfeigen, für die er sich anschließend zu schämen schien, Stubenarrest, Taschengeldentzug.

»Du bist wirklich bösartig«, flüsterte er und blieb am Fuß der Treppe stehen. Zwei Meter trennten sie. Worte wie Stricke, die sich um den Hals legten und miteinander verhedderten. Sie musste hinaus, ehe einer von ihnen erstickte, sie knallte die Tür hinter sich zu, stolperte die Eingangsstufen hinunter, rannte weiter, den Gartenweg entlang, den Bürgersteig, in Richtung Wald, Tutku ihr dicht auf den Fersen. Sie setzte ihren Weg fort, quer durch die Schutzbepflanzung, am Siebenmeilenstein vorbei in den Wald, immer tiefer hinein in die Stille und das Rauschen der großen Baumkronen. Erst an der Lichtung vor dem Königinnenstein blieb sie stehen.

»Ich sage nichts«, flüsterte Tutku und legte sich mit überkreuzten Vorderläufen auf den Boden. »Keinen Ton.«

Flora wollte die Hündin nicht einmal ansehen. Sie beugte sich vor, die Hände auf die Oberschenkel gestützt, ihr war schwindelig, und sie war atemlos. Ihr Körper wusste genau, wie er die unwillkommenen Gedanken verscheuchte, er hatte Methoden, das Chaos zu sortieren und in Ordnung zu bringen. Als sie wieder normal atmen konnte, legte sie sich auf den Boden, die flachen Steine in der Lichtung waren von einer dicken Schicht Moos überzogen, es war ein kühler Tag mit einer holzigen, alles verwitternden Feuchtigkeit in der Luft, obwohl es erst September war. Im leichten Wind verneigten sich die Äste, und die Blätter trennten sich von ihnen, längliche, graugelbe Wolken zogen über einen hohen und durchsichtigen Himmel.

Flora wurde eins mit dem Schwindel der Baumkronen, sie musste blinzeln, das Licht war immer noch grell. Sie lauschte ihren eigenen Atemzügen, konzentrierte sich auf die Wärme in ihren Beinen, den kalten, glatten Film des Sprühregens auf ihrem Gesicht.

»Aber weißt du, *warum* ich nichts sage?«, murmelte Tutku hinter ihr. »Weil du dir selbst schon darüber im Klaren bist.« Die Hündin rückte näher an Flora heran. Sie spürte die Wärme des Tieres, sie schloss die Augen, leckte sich die Lippen, der Regen schmeckte nach nichts.

»Verschwinde«, flüsterte Flora und setzte sich auf. Ihr Körper konnte die Gedanken nur für einen Moment fernhalten, stärker war ihr Puls nicht.

»Hm.« Tutku leckte ihre Pfote. »Komm her! Verschwinde! Komm her! Kommst du da selbst nicht durcheinander?«

Flora zog die Knie zum Kinn und schlang die Arme um ihre Beine. Tutku schlich eine Runde zwischen den Bäumen umher, gestreift von Feuchtigkeit, gefleckt von grauen und gelben Bodengewächsen. Sie rieb sich an einem Baumstamm, eine Klette hing in ihrem Fell, Flora zupfte sie zerstreut ab, als sich die Hündin wieder zu ihr setzte.

»Frau Hani hat gesagt, dass letztens jemand einen Sittenstrolch im Wald gesehen hat«, sagte Flora und schleuderte die Klette weg. »Ganz hinten am Bahntunnel, aber trotzdem …«

Tutku stupste sie mit ihrem großen Kopf an. Einen Sittenstrolch. Davon hatte sie nichts gehört.

»Der soll es bloß wagen«, sagte Flora und schabte mit einem Ast ein Dreieck in den Boden. »So ein Idiot.«

Tutku legte sich hin, rollte sich auf den Rücken und zeigte Flora ihren Bauch, damit sie ihn kraulte. Die pikste stattdessen mit dem Ast hinein, Tutku knurrte sie an, und sie musste lachen.

»Ist es nicht ziemlich dumm, als Sittenstrolch ausgerechnet in den Wald zu gehen?«, fragte Tutku und schlug mit der Pfote nach dem Ast, sodass dieser abknickte. »Hier wimmelt es schließlich nicht gerade von Opfern.«

»Nee.« Flora pikste sie erneut mit dem kurzen, spitzen Ende, das noch von dem Stock übrig war. »Das hat Lilli sich bestimmt nur ausgedacht, weil sie findet, dass wir zu groß sind, um im Wald zu spielen.«

»Zu groß?«, knurrte Tutku. »Dreizehn Jahre alt und zu groß?«

Flora hatte keine Lust, es zu erklären, wenn die Hündin nicht von allein darauf kam. Die Eltern hatten nichts dagegen, dass ihre jüngeren Kinder im Wald spielten. Aber sobald sie Teenager wurden, kamen die Erwachsenen mit ihren Verboten. Selbst die kleineren Kinder wussten, was die Jugendlichen im Wald anstellten. Sie schlichen sich an und beobachteten sie heimlich am Waldsee oder bei der hohlen Eiche. Wenn sie gerade mittendrin waren, sich zu küssen, wenn es einem Jungen gelungen war, die Hand unter die Bluse des Mädchens oder besser noch unter ihren Rock zu schieben, stimmten die jüngeren Kinder ihr Indianergeheul oder ihre Vogelrufe an und zerstörten alles.

Flora pikste Tutku erneut, bis diese genug hatte und Flora umwarf. Die begann um sich zu schlagen und zu treten, und die beiden balgten sich eine Weile. Schließlich befreite sich

Flora aus ihrer Jacke, ihr Oberteil war hochgerutscht, als sie wieder ruhig dalagen, atemlos, erhitzt. Tutku leckte quer über Floras sommergebräunten Bauch, und sie kringelte sich vor Lachen. Es war befreiend, ihr Körper war immer noch auf ihrer Seite, genau wie Tutku.

»Was meintest du vorhin damit, dass ich mir selbst schon darüber im Klaren bin?«, fragte Flora und legte den Kopf auf Tutkus pelzigen Bauch.

»Wann?«

»Na vorhin.«

»Ich habe keine Ahnung, wovon du sprichst.«

Da gab Flora ihr einen mittelschweren Klaps auf die Nase. »Jetzt sag schon«, beharrte sie.

»Dass du zu weit gegangen bist.«

Sie lagen lange schweigend da, dann schmiegte Flora sich wieder an die Hündin.

Tutku war müde und hungrig, und weit und breit war kein Vogel zu sehen. »Ich muss jetzt gehen«, sagte sie. »Ich brauche was zu fressen.«

Flora setzte sich auf, sie hatte Moos im Haar, ihr Gesicht war von der Hitze fleckig. Sie ließ Tutku gehen, ohne zu protestieren. Eine wilde Hündin war nun einmal mit großem Appetit geboren, daran ließ sich nichts ändern. Sie drehte eine Runde zu ihren Lieblingsplätzen im Wald, sie mochte den Duft und die Ruhe und das leise Geräusch des Regens. Sie mochte es, wie das Licht die nassen Blätter zum Funkeln brachte, mochte die Tropfen im Moos, die perlenverzierten Spinnweben und die Flecken von aufgewühlter Erde, Federn und Knochen, die Reste der Mahlzeit des einen Tieres und das Begräbnis eines anderen.

In jedem unaufmerksamen Augenblick zog es ihre Gedanken zurück in den Glasschwärmerweg, die Treppe hinauf, durch die Tür und in Marie-Louises Zimmer. Flora stellte sich vor, wie die Schwester weinend auf dem Bett lag. Von der Wand über ihrem Bett lächelten Karen und Richard Carpenter unter ihren schmalzigen Haarschöpfen um die Wette. Flora wusste nicht, was Eric zu ihr sagen würde. Ob er Marie-Louise trösten würde, sie umarmen und ihr erzählen, dass sie seine Prinzessin sei. Dass sie seiner schönen, sensiblen Alice ähnlich sehe. Flora trat so fest gegen einen Stein, dass es in ihrem Fuß pochte. Im Glasschwärmerweg wurde nur selten von Alice gesprochen, und auch Flora vermied es, denn immer wenn ihre Mutter erwähnt wurde, war es, als würde man in ein großes Gewölbe gestoßen, eine von Weihrauch erfüllte Kirche, ernst und bedeutungsschwanger. Dann änderte sich Erics Tonfall, Martin rutschte unruhig auf dem Stuhl herum, und Marie-Louise begann zu schluchzen, sodass es unmöglich war, Alice so zu erkennen, wie sie gewesen war, unmöglich, selbst die normalsten Dinge zu erwähnen, ohne dass sie vergoldet und in kleine, edelsteinbesetzte Schreine eingeschlossen wurden.

Flora hatte ihre Mutter so schrecklich und so lange vermisst, dass es sie in der Mitte gespalten hatte und sie anschließend schief und vernarbt wieder zusammengewachsen war, sodass sie jetzt manchmal das genaue Gegenteil von dem sagte, was sie wollte. Trauer kann sich in ungehemmte Wildheit verwandeln, Schweigen in ein Gefängnis des Gemüts. Tutku hatte stets versucht, ihr zu helfen, doch all die lärmenden Vögel, von denen sie Floras Inneres gesäubert hatte, hatten sie dick und verfressen gemacht, vielleicht war sie deshalb inzwischen so faul. An diesem Nachmittag war Tutku so treu gewesen wie früher, ansonsten reagierte die Hündin allerdings bei weitem nicht mehr immer dann, wenn Flora sie brauchte. Schon mehrmals hatte Flora sie weggeschickt und ihr gesagt, sie brauche nicht wiederzukommen. Anfangs lag es daran, dass die Hündin lieber über sich selbst redete, später, weil sie plötzlich ausfällig werden konnte. Einmal bezeichnete sie Alice als Schneewittchen im Sarg, und Flora wurde wütend und schlug Tutku so fest, dass sie an der Schnauze blutete.

»Du brauchst nicht damit zu rechnen, mich wiederzusehen«, hatte Tutku geknurrt, doch Flora kümmerte es zu diesem Zeitpunkt nicht einmal, ob die Hündin tot oder lebendig war.

Später war sie trotzdem erleichtert, als die Hündin ihr wieder zu Hilfe eilte. Tutkus Fressgelage waren Floras Reinigung, und sie fanden andere Wege, miteinander zu spielen. Tutku zeigte ihr neue Dinge und stachelte sie auf, wenn sie gegenüber den anderen Mädchen in der Klasse benachteiligt wurde. Und es war Tutku, die sie kurz vor den Sommerferien dazu gebracht hatte, ihrer Religionslehrerin zu widersprechen. Sie redeten über Sünde, und Flora malte Strichmännchen in ihr Heft wie die meisten anderen auch und hörte nur mit halbem Ohr hin.

»Selbstmord ist eine Sünde«, hatte Frau Davidsen gesagt, »es ist einer von vielen Wegen in die Hölle.«

Wenn Flora sich daran erinnerte, überkam sie immer noch dasselbe Gefühl, als hätte man ihr zerstoßenes Eis ins Gesicht geschleudert, alles in ihr krampfte sich zusammen, und sie sah die anderen vor sich, wie sie den Atem anhielten und zu ihr hinüberschielten. Denn obwohl die meisten so getan hatten, als wäre es ein Geheimnis, wussten sie doch alle, wie Alice gestorben war. Das hatte sie Eric und seiner Ehrlichkeit zu verdanken.

»Was wissen Sie denn schon darüber?«, hatte Flora gefragt, nachdem Tutku aufgetaucht war und die Worte mit ihrem Schwanz so energisch aus ihr hervorgepeitscht hatte, dass sie gar nicht erst darüber nachdenken konnte.

»Was ich weiß?«, hatte die Lehrerin gefragt, und ihr Blick war zur Uhr über der Tür und weiter die Decke entlanggeirrt, doch nur einen kurzen Moment, dann gewann sie die

Fassung wieder und sah Flora mit derselben ausdruckslosen Miene an wie zuvor. »Das weiß ich eben«, sagte sie. »So steht es in der Bibel.«

Eine solche Antwort bekam man von Erwachsenen, wenn sie sich auf dünnes Eis begeben. Tutku wusste das und wollte sie entlarven, ohne daran zu denken, dass das Schlaglicht in Wahrheit auf Flora gerichtet war. »Aber das ist doch Schwachsinn«, sagte sie, und wieder hatte Tutku nicht nachgedacht, bevor Flora den Mund aufmachte.

Sie wurde ins Büro des Schuldirektors bestellt und stand dort und weinte, ohne sich verteidigen zu können, ehe er sie wieder in die Klasse zurückschickte und sie sich auf der Toilette versteckte, bis die Pausenglocke schlug. Dann schnappte sie ihre Tasche und rannte den ganzen Weg bis nach Hause, obwohl sie damit schwänzte und Eric noch am selben Abend von ihrer Klassenlehrerin angerufen würde. Flora wusste sofort, dass sie es war, als sie sein reserviertes, gedämpftes *aha* und *soso* durch die Tür seines Arbeitszimmers dringen hörte.

Sie schlich sich ins Bett, während er telefonierte. Tutku blieb auf Abstand, Flora konnte sie in der Ferne heulen hören und fühlte sich schrecklich einsam.

»Was ist passiert?«, fragte Eric. Er klang keine Spur wütend, als er hereinkam und sich auf ihre Bettkante setzte. »Warum bist du nach Hause gegangen?«

Sie schluchzte so sehr, dass sie nicht antworten konnte, und das war ungewöhnlich, denn sie war mit einem Metall gefüttert, das nicht so leicht korrodierte. Eric konnte streng und gnadenlos sein in seiner Forderung nach Ehrlichkeit, er konnte willkürliche Urteile fällen, konnte geistig und körperlich abwesend sein und eine dröhnende Leere und Stille im Haus hinterlassen, nicht jedoch an diesem Abend, als er auf ihrer Bettkante saß und ihr immerzu über das Haar strich, als er sich über sie beugte und sie an sich zog und sie küsste und geduldig immer wieder fragte, was passiert war. Zuletzt erzählte sie es ihm, obwohl sie dachte, dass es ihn noch mehr verletzen würde als sie.

»So ein verdammter Unsinn«, flüsterte er und wiegte sie in seinen Armen, »so ein schwachsinniger, verdammter Unsinn.«

Am nächsten Tag wachte sie erst am späten Vormittag auf, Martin und Marie-Louise waren in der Schule, Eric war ins Büro gefahren und hatte ihr auf dem Küchentisch einen Zettel dagelassen. *Bleib zu Hause,* hatte er geschrieben, *ich rede später mit der Schule.* Und sie wusste nicht, ob sie erleichtert oder nervös sein sollte.

Nach dem Abendessen teilte Eric den Kindern mit, dass sie die Schule wechseln würden. Er habe mit der Schulleitung gesprochen und keine vernünftige Erklärung dafür erhalten, wie ein Lehrer an einer staatlichen Schule so etwas sagen konnte, ohne dass Konsequenzen folgten. Also habe er sie alle sofort abgemeldet. Marie-Louise begann zu weinen. Dann protestierte sie lautstark, und Eric und Flora waren von ihrer Reaktion verblüfft. Es war kurz vor den Sommerferien, sie ließ sich drei Tage lang nicht blicken, ging in die Schule, schloss sich nachmittags in ihrem Zimmer ein und aß fast nichts. Eric rief Barbara und Marianne an, um ihre Meinung zu hören. Barbara hielt das Verhalten für eine Art Rebellion, einen leichten und ungefährlichen Hungerstreik, der von selbst vorübergehen würde, sobald das Mädchen begriff, dass die Entscheidung nicht bei ihr lag. Marianne dagegen, bei der Marie-Louise seit Alices Tod jeden Sommer zu Besuch war und von der Eric glaubte, sie kenne Marie-Louise besser als Barbara, hatte Mitleid mit ihr. Sie schlug vor, sie auf der Schule zu lassen, wenn es ihr so wichtig sei. Eric befolgte Mariannes Rat, zumal Marie-Louise ohnehin in einem Jahr auf ein Oberstufengymnasium wechseln würde. Martin war es egal, auf welche Schule er ging, und so beschloss Eric, er solle gemeinsam mit Flora wechseln. Zum einen verlieh er seinem Protest gegen die Schule damit besonderen Nachdruck, zum anderen war ihm wohler, wenn seine beiden Jüngsten den Weg nach Rossel gemeinsam zurücklegten.

Eric erzählte Rachel von dem Vorfall, als er sie das nächste Mal im Paradies besuchte. Sie saßen in der Küche, und sie schüttelte den Kopf über die Religionslehrerin. Jonna war auch da, sie war Rachels Freundin und Eric gegenüber nicht sehr aufgeschlossen.

»Religion«, sagte sie und lehnte sich über den Tisch. »Warum unterrichtet man so etwas in der Schule überhaupt noch?«

Eric meinte, dafür gebe es durchaus Gründe. »Das Christentum ist ein Teil unserer Kultur«, sagte er, »unsere Gesellschaft gründet darauf.«

Rachel sagte nichts, sie gähnte und sah müde aus. Eric überlegte, ob jemand sie in der Nacht wach gehalten hatte.

»Für Kinder ist Religion oft gleichbedeutend mit Angst«, entgegnete Jonna. »Und das Schlimmste, was man einem Kind beibringen kann, ist, ängstlich zu sein.«

So hatte Eric das noch nie gesehen, aber es stimmte ohne Zweifel, dass sich die meisten Kinder fürchteten, wenn man ihnen sagte, ihre Mutter sei in der Hölle.

»Meine Flora kann den Unterschied durchaus erkennen, sie glaubt nicht an solchen Blödsinn«, antwortete er, und Jonna stieß einen leisen Pfiff aus.

»Es geht doch auch darum, was du deinen Kindern mitgeben willst, oder?«, fragte Rachel, ohne von ihrer Teetasse aufzusehen. »Du könntest ihnen ja beibringen, nicht an die Erbsünde zu glauben, nicht wahr? Die Religion der Zukunft wird auf dem Verständnis aufbauen, dass der Körper nicht sündig ist, sondern dass wir uns als körperliche und geistige Wesen kennen und akzeptieren müssen. Dann wird der Glaube irgendwann gleichbedeutend mit Freude sein und nicht mit Scham.«

»Amen«, sagte Jonna und strich Rachel über den Arm. Sie lächelte vorsichtig, und Eric fiel nichts Vernünftiges mehr ein.

In Vase gab es keine anderen Schulen als besagte staatliche und eine konservative Privatschule, die Eric nicht einmal in Erwägung zog. Er hatte sich umgehört, aber im Schmetterlingsquartier hatte offenbar noch nie jemand über dieses Thema nachgedacht. Schließlich fragte er Sufi, wo die im Paradies lebenden Kinder zur Schule gingen. Nicht, dass er sie besonders gut gekannt hätte. Er war zwar regelmäßig dort zu Besuch, aber die Kinder anderer Leute hatten ihn noch nie interessiert. Ihm war es unangenehm, wenn sie sich an ihn wandten oder ihn mit diesem typischen Kinderblick anstarrten. Wie es so oft der Fall war, glichen auch die Kinder in der Kommune ihren Eltern, weswegen sie sich deutlich von anderen unterschieden. Sie liefen barfuß, hatten verfilzte Haare und trugen selbstgenähte Kleider. Sie schienen voller Fantasie zu sein und wirkten frei, bauten Sachen aus Schrott auf dem Hofplatz und schossen mit Steinschleudern. Sie schämten sich nicht, nackt zu sein, und waren selbstbewusst genug, ihre Meinung zu sagen. Wenn die Erwachsenen Partys feierten, blieben die Kinder unter sich, hin und wieder lachten sie oder prügelten sich, und die Älteren hatten ein Auge auf die Jüngeren. Mehr wusste er nicht von ihnen. Wenn er einen Rat in Sachen Kindererziehung brauchte, kam er normalerweise nicht auf die Idee, die Bewohner im Paradies zu fragen. Einige Male hatte er versucht, mit Rachel darüber zu reden, aber meist wechselte sie schnell das Thema oder antwortete so, als sei sie selbst noch ein Kind, immer in Opposition zu den Erwachsenen, in diesem Fall also ihm. Sie war so jung; als Alice ihr erstes Kind bekommen hatte, war Rachel selbst noch ein Kind gewesen, und man konnte die beiden auf keinen Fall miteinander vergleichen. Die Kinder seiner Kollegen gingen auf die staatlichen

Schulen der Vorstädte oder besuchten die katholische Schule in Rossel, beides war für ihn vollkommen ausgeschlossen. Sufis Exfrau lebte mehrere hundert Kilometer weit weg, und die Schule, in die ihr gemeinsamer Sohn gegangen war, hatte keine große Begeisterung hervorgerufen. Eric fragte Sufi dennoch, und nachdem er sich mit den anderen beratschlagt hatte, konnte er zwei Schulen empfehlen. Die eine hatte noch Plätze frei, die andere nicht, und so fiel die Entscheidung leicht.

Flora hatte keine Lust, ihre neue Schule zu besichtigen, bevor sie dort nach den Ferien in der siebten Klasse anfangen würde. Eric konnte sich nicht daran erinnern, wie es war, als er selbst in diesem Alter war. Die letzten Schuljahre vor der Oberstufe waren fast völlig aus seinem Gedächtnis verschwunden. Lediglich einzelne, belanglose Szenen blitzten auf, als würde er ein blankes Metallei in Händen halten. Wahrscheinlich lag es daran, dass es nichts Erinnerungswürdiges gab. Es war die Zeit, bevor er sich ernsthaft für Mädchen zu interessieren begann, Probleme hatte er auch nie, es war wie ein einziger, durchgehender und unauffälliger Schultag gewesen, von der vierten bis zur neunten Klasse.

In seiner Mittagspause fuhr er in die Cassiopeiaschule, führte ein halbstündiges Gespräch mit dem Schuldirektor, gefolgt von einer kurzen Führung. Alles wirkte in Ordnung, die Räume waren klein, aber in klaren Farben gestrichen und mit den Gemälden der Kinder geschmückt. Es gab einen staubigen Schulhof mit einer kleinen Seilbahn, selbstgebauten Spielgeräten und hinter einem hohen Zaun zur vielbefahrenen Umgehungsstraße hin sogar ein Gartenstück, wo Gemüse angebaut wurde und die kleineren Kinder im Gebüsch spielen konnten. Er dachte, dass Flora vielleicht das Sportstadion mit der Laufbahn vermissen würde, das sie an ihrer großen, modernen Schule gehabt hatte, aber in seiner Position konnte er es sich nicht erlauben, besondere Ansprüche zu stellen. Die Cassiopeiaschule war anders als die Schulen, mit denen er in seinem Leben bislang Bekanntschaft gemacht hatte, hinterließ aber keineswegs einen schlechten, sondern einen sehr durchdachten Eindruck und orientierte sich an einer englischen Privatschule, deren Namen er sofort wieder vergessen hatte. Irgendetwas, was wie eine Eismarke klang.

»Wir haben viele alleinerziehende Eltern«, antwortete der Schuldirektor, und Eric war sehr erleichtert darüber, nicht automatisch mit dem gequälten Blick bedacht zu werden, den die Leute normalerweise aufsetzten, sobald er erzählte, er sei Witwer. Und so fasste er den Mut, von dem Vorfall mit der Religionslehrerin zu erzählen.

»Das ist kaum zu glauben«, sagte der Schulleiter und angelte ein zerknautschtes Zigarettenpäckchen aus seiner Tasche. »Wow! Wirklich unfassbar.«

Eric wusste, dass Flora es nicht mochte, wenn er anderen von Alices Tod erzählte. Zum einen musste er also dem übergeordneten Prinzip des Erziehungspaktes treu bleiben, den er mit den Kindern geschlossen hatte, zum anderen aber war er sich sicher, dass ihnen das auf lange Sicht vieles erleichtern würde.

Als Flora nach ihrem Streit mit Eric wieder nach Hause kam, war niemand da. Sie hatten keinen Zettel hinterlassen, und Flora wusste nicht, wo sie sein könnten. Das Auto war weg und Marie-Louises Bett gemacht, Martin hatte einen Hockeyschläger in den Flur geworfen, über den sie beinahe gestolpert wäre. Die Teller und Tassen vom Frühstück standen noch immer im Geschirrhalter, es sah nicht so aus, als hätten sie zu Mittag gegessen, ehe sie losgefahren waren. Inzwischen war es fast drei Uhr, Flora aß vor dem geöffneten Kühlschrank Brot und Wurst. Normalerweise war sie gern allein zu Hause, manchmal ging sie dann in Marie-Louises Zimmer und schnüffelte in ihren Sachen, andere Male saß sie in Erics Arbeitszimmer.

Es war so herrlich verboten, Marie-Louises Tagebuch zu lesen, in Erics Arbeitszimmer den Korken von der Whiskyflasche zu ziehen und daran zu lecken oder sich auf seinen Diwan zu legen und die nackten Menschen im »sexologischen Nachschlagewerk« zu betrachten. Manchmal zog sie die Gardinen vor und sich komplett aus und betrachtete sich im Spiegel von Erics Schlafzimmer, manchmal benutzte sie Marie-Louises Lippenstift und drückte Kussmünder auf ein Stück Papier.

Erst setzte sie sich ins Wohnzimmer und wartete, dann ging sie nach oben und nahm Marie-Louises Tagebuch aus der Schublade im Schreibtisch. *Geheimes Tagebuch,* stand dort in ihrer ordentlichen Handschrift, *Finger weg!* Flora war um einen Vorwand nicht verlegen, warum sie in dem Tagebuch las: Marie-Louise erzählte ihr inzwischen nämlich gar nichts mehr, also musste sie sich selbst auf dem Laufenden halten. Sie warf sich auf Marie-Louises Bett, der dicke, glatte Bettüberwurf duftete schwach und fruchtig nach Parfüm. Sie steckte sich Marie-Louises Teddy unter den Nacken, damit sie es bequem hatte, und blätterte in dem Buch:

30. 8. 1972 · *M im Plattenladen getroffen, er war allein, genau wie ich. Wäre fast gestorben, konnte nichts anderes sagen als »Hallo«. Eher dumm als schlau. Muss mir fürs nächste Mal eine Strategie zurechtlegen.*

1. 9. 1972 · *Flora ist zu spät nach Hause gekommen, und Papa hat sich Sorgen gemacht. Sie hat behauptet, dass sie bei den Zwillingen gewesen wäre, ich weiß nicht, warum ich ihr nicht glaube. Den ganzen Abend miese Stimmung, habe Patricia angerufen, um auf andere Gedanken zu kommen.*

5. 9. 1972 · *Flora behauptet, sie hätte Mike mit Patricia gesehen. Das stimmt nicht. Das darf einfach nicht wahr sein. Wenn es wirklich*

so ist, sterbe ich. Ich weiß nicht, was mit meiner kleinen Schwester los ist. Papa ist auch besorgt, keiner von uns versteht sie. Sie macht es sich selbst schwer, wenn sie sich immer so unmöglich benimmt. Früher war sie viel netter. Ich

Marie-Louise war offenbar nach dem letzten Wort unterbrochen worden, sicher weil Eric gekommen war, um mit ihr zu sprechen. Flora legte das Tagebuch wieder zurück in die Schublade. Falls Eric sich tatsächlich Sorgen machte, zeigte er es ihr gegenüber nicht. Sie hatte größere Freiheiten als die anderen Mädchen in ihrem Alter, die sie kannte. Manchmal unternahm er mit ihnen dreien am Wochenende einen Ausflug, manchmal war er nicht zu Hause, aber Marie-Louise und sie waren alt genug, um auf sich selbst und auf Martin aufzupassen, auch nachts. Er erzählte ihnen nie, was er vorhatte, sie nahm an, es wären Geschäftsreisen. Marie-Louise hatte einmal gesagt, sie glaubte, es hätte etwas mit Frauen zu tun.

»Das würde er doch sagen«, hatte Flora erwidert, »die Regel lautet doch, dass wir nicht lügen.«

»Die Regel?« Marie-Louise hatte den Kopf geschüttelt. »Glaubst du wirklich, dass sie auch für ihn gilt?«

Die Regel von der Ehrlichkeit war viel mehr eine Forderung als eine Möglichkeit, und Flora wäre nie auf die Idee gekommen, dass sie womöglich nicht für beide Seiten galt. Auch wenn Marie-Louise, Martin und sie sie unterschiedlich auslegten, das schon, schließlich musste man nicht immer unbedingt alles sagen.

»Er erzählt uns doch Sachen«, hatte sie geantwortet, »er antwortet auf Fragen, und er lügt nicht. Er will, dass wir wissen, wie das ist.«

»Manche Sachen erzählt er uns«, hatte Marie-Louise gesagt. Sie lagen zusammen im Bett, so wie früher. Hatten sich

Kamillentee gekocht und ihn mit aufs Zimmer genommen, nachdem Martin eingeschlafen war.

»Es ist ein Unterschied, ob er uns etwas über den Vietnamkrieg und das atomare Wettrüsten erzählt oder etwas Privates. Außerdem lügt man nicht, wenn man etwas nicht erzählt, wonach einen niemand fragt«, hatte Marie-Louise hinzugefügt und sich halb zu Flora umgedreht. »Es wäre doch wohl nicht so verwunderlich, wenn er eine Neue hätte. Immerhin ist er nicht sonderlich alt.«

Für Flora war Eric alt, er war alterslos. Es konnte nicht sein, dass er Privatangelegenheiten hatte, die sie nichts angingen. »Hauptsache, wir bekommen keine Stiefmutter«, hatte sie noch gesagt und den Tee über ihrem Nachthemd verschüttet, »dann kann er meinetwegen machen, was er will.«

Seither hatten sie nicht mehr darüber gesprochen, aber Flora fiel es wieder ein, als sie im Tagebuch las. Sie stellte sich Eric mit einer fremden Frau vor. Mit geschlossenen Augen sah sie, wie er eine dunkelhaarige, rothaarige, blonde, dicke, dünne, alte, junge Frau an sich drückte. Das Bild erinnerte sie an den Umschlag eines Liebesromans, den Marie-Louise einmal von einem Besuch bei Marianne aus Farring mitgebracht hatte. Sie strich den Bettüberwurf glatt, klopfte den Teddy wieder dick und weich, ging durch Martins Zimmer und dann in ihr eigenes, streckte den Kopf aus dem Fenster und betrachtete den Glasschwärmerweg. Sonntagstot und ruhig, es regnete noch immer, und es war kein Auto zu hören. Sie überlegte, zu Patricia zu gehen, dann aber fielen ihr die Sonntagskaffeekränzchen dort ein, und ihr verging die Lust. Die Großeltern und die Silbertabletts mit der Sahnetorte, Barbaras perfekt lackierte Nägel, Patricias Gequatsche und Augengerolle, sobald sie ihren Eltern den Rücken zuwandte. Flora wurde immer hereingebeten und musste langweilige Fragen über ihre Schule und die Laufmannschaft und all die anderen Dinge beantworten, nach denen sich Erwachsene gern erkundigten. Außerdem machte es nicht mehr so viel Spaß wie früher, mit Patricia Zeit zu verbringen. Sie verhöhnte Flora für das, was sie nicht wusste, und wollte nur mit ihr zusammen sein, wenn Flora sich Make-up auflegen und das Haar frisieren ließ, obwohl das am Ende immer lächerlich aussah.

Robert zu besuchen, wagte sie nicht ohne einen Vorwand. Er war bereits in der Oberstufe, und sie konnte sich nicht vorstellen, was für ein Interesse er an ihrem Besuch haben sollte. Er war immer noch freundlich zu ihr, wenn sie sich auf der Straße begegneten, er nahm sich Zeit, mit ihr zu reden, erzählte Witze oder zog sie zum Spaß auf, so wie er es immer getan hatte. Sie war nicht mehr bei ihm zu Hause gewesen, seit Marie-Louise und sie einen Kuchen backen wollten, um Eric damit zu überraschen. Sie hatten schon alles abgewogen, als ihnen auffiel, dass ein Ei fehlte. Marie-Louise hatte sie losgeschickt, um irgendwo eines auszuborgen, und sie hatte erst bei den anderen Nachbarn geklingelt, bevor sie es, als dort niemand zu Hause war, bei Robert versuchte. Er öffnete die Tür, mit nacktem Oberkörper, es war ein warmer Nachmittag, und er hatte im Garten gesessen und sich gesonnt, er glänzte vor Schweiß und hielt ein Motorsportmagazin in der Hand, ein dünner Haarstreifen kroch von seinem Hosenbund bis zum Bauchnabel.

»Darf ich ein Ei borgen?«, fragte sie.

»Ein Ei?«, wiederholte Robert, erst wirkte er verwirrt, dann lächelte er. »Natürlich darfst du dir ein Ei borgen, ich schenke es dir sogar.«

Er bat sie mit einem Kopfnicken ins Haus. »Und wie du ein Ei haben darfst«, wiederholte er, und sein Adamsapfel hüpfte auf und ab. Er legte die Zeitschrift beiseite und stellte sich mit verschränkten Armen neben den Kühlschrank. »Bedien dich einfach.«

Sie musste den Kühlschrank selbst öffnen, er half ihr nicht bei der Suche.

»Vielleicht habt ihr gar keine Eier«, sagte sie und schloss die Tür wieder, und er lächelte genauso albern wie zuvor.

»Komisch, ich war mir sicher, wir haben welche«, antwortete er, ohne sich zu bewegen. »Wer hat schon keine Eier?«

Sie musste lachen, obwohl sie nicht verstand, was daran eigentlich lustig sein sollte. Er gab ihr einen Klaps mit der zusammengerollten Zeitschrift.

»Du hast ganz erschrocken ausgesehen«, sagte er lachend, und sie schlug nach dem Heft und versuchte, es ihm zu entreißen. Er verpasste ihr einen kleinen Hieb auf den Arm, und sie stürzte sich auf ihn wie früher, wenn sie sich manchmal im Wald geprügelt hatten und er so stark war und sie festgehalten und gekitzelt hatte, bis sie vor Lachen beinahe in die Hosen gepinkelt hätte. Davon ließ er sich aber nicht abhalten, stattdessen hatte er sich auf sie gesetzt und sie unten gehalten, und sie hatte so sehr gelacht, bis ihr der Bauch wehtat.

»Wie alt bist du eigentlich?«, fragte er jetzt aus dem Blauen heraus und ließ sie los.

Sie war auf die Beine gekommen, hatte ihn mit der Faust gegen den Arm geboxt, es war nur ein Spiel.

»Zwölf«, antwortete sie. »Warum?«

»Nur so«, erwiderte er und fächelte sich mit der Zeitschrift Luft zu.

Sie hatte Marie-Louise und den Kuchen völlig vergessen, es fiel ihr erst wieder ein, als sie Wasser aus dem Hahn trank.

»Du kannst gern ein anderes Mal wiederkommen«, sagte er, und diesmal war sie es, die lachte. Sie mussten sich schließlich nicht gegenseitig auf diese Weise einladen.

Marie-Louise war böse, als Flora zurückkam. Sie fragte sie aus, wo sie gewesen war, und schimpfte mit ihr, dass sie länger bei Robert gewesen war als nötig und es ihr nicht einmal gelungen war, ein Ei zu besorgen. »Du musst dich von ihm fernhalten«, sagte sie, und Flora fragte, warum.

»Das musst du eben einfach.«

»Das hast du nicht zu bestimmen«, konterte Flora, »du bist nicht meine Mutter.«

Da hatte Marie-Louise keine Lust mehr zum Backen, ein Kuchen ohne Ei war ohnehin kein ordentlicher Kuchen. Flora ging auf ihr Zimmer, sie versuchte zu lesen, konnte sich jedoch nicht konzentrieren. Sie schlich in Erics Arbeitszimmer, das nach hinten auf den Garten hinausging, und spähte, hinter der Gardine versteckt, aus dem Fenster. Robert saß nicht mehr auf der Terrasse, das Kissen mit den großen Blumen war halb vom Liegestuhl geglitten, ein leeres Glas, ein paar Zeitschriften, seine Schuhe. Marie-Louise rief nach ihr, sie schlich wieder in den Flur, ehe sie antwortete.

Statt eines Kuchens machten sie Haferflockenkugeln, in der Hitze wurden sie klebrig, schmeckten aber ausgezeichnet, und Eric lobte seine Töchter, als sie sie nach dem Abendessen servierten.

»Das war das Einzige, was wir machen konnten«, erklärte Marie-Louise und warf Flora einen vielsagenden Blick zu, »wir hatten keine Eier mehr.«

Flora erwartete, dass sie noch mehr sagen würde. Etwas über Robert, obwohl sie nicht wusste, wozu das gut sein sollte. Aber Marie-Louise tat es nicht, sie zog nur die Beine aufs Sofa und aß Haferflockenkugeln.

Flora hatte nichts Falsches gemacht, und sie konnte nicht verstehen, warum Marie-Louise so sauer über ihre kleine Verspätung gewesen war. Dennoch hatte sie sich seitdem von Robert ferngehalten. Es ergab sich kein normaler Anlass, ihn zu besuchen, und er war zu alt geworden, um mit den anderen Ball zu spielen oder Rollschuh zu laufen.

Um halb fünf waren die anderen immer noch nicht zurück, und Flora wurde allmählich mulmig. Sie blätterte in einer Zeitschrift, konnte sich jedoch nicht aufs Lesen konzentrieren. Sie ordnete die Schuhe im Flur und räumte ihren Schreibtisch auf. Sie stellte sich ihren Vater mit einer anderen Frau vor, und plötzlich war sie sicher, dass Marie-Louise recht hatte. Nun sah sie es deutlich vor sich, die Fremde saß neben ihm im Auto, sie hatte die Hand auf sein Knie gelegt und lachte immerzu. Sie hatte ein buntes Kopftuch ums Haar gewickelt, trug eine große Sonnenbrille mit weißem Gestell und lange Ketten aus farbigen Glasperlen. Sie drehte sich zu Marie-Louise und Martin auf dem Rücksitz um. Eric hatte bestimmt geplant, dass sie die Frau heute kennenlernen sollten, und wollte nicht absagen, als Flora verschwunden war.

»Was für hübsche Kinder du hast«, flüsterte die Fremde und lehnte ihren Kopf an Eric, der den Ellbogen aus dem Fenster streckte und mit einer Hand lenkte. »Wie reizend und umgänglich sie sind.«

Flora trank ein Glas Limonade. Sie hielt es zu Hause nicht mehr aus, Tutku ließ sich nicht blicken, obwohl sie sich nach Gesellschaft sehnte. Sie schlüpfte in ihre Turnschuhe, ohne sie zuzubinden, sie hoffte, ein bekanntes Gesicht auf der Straße zu treffen, begegnete aber niemandem. Das gesamte Viertel wirkte verlassen, dunkle Fenster, keine Regung. Sie klingelte bei Ellen, doch niemand machte auf. Es war noch immer bewölkt, die Bäume und Häuser waren in ein unnatürliches Licht getaucht, und Flora musste an die Bombe denken. Ob die Russen mit einem Angriff drohten, ob sie womöglich schon eine Bombe abgeworfen hatten, die irgendwo in der Nähe eingeschlagen war, ob sie in diesem Moment bereits das unsichtbare Strahlengift in ihre Lunge einsog, das sie töten oder so verkrüppeln würde wie diese Japaner, die sie in einer Zeitschrift über den Zweiten Weltkrieg gesehen hatte. Sie lief wieder nach Hause, doch es war noch immer niemand da. Sie fand, dass es merkwürdig roch, verbrannt und chemisch, vielleicht roch so eine Atombombe. Oder irgendeine andere Bombe, die alles Lebende vernichtete und die Häuser stehenließ. Vielleicht hatte sie nur überlebt, weil sie im Wald war, als es geschah. Vielleicht war Eric gewarnt worden und hatte Marie-Louise und Martin ins Auto gescheucht, um sie in Sicherheit zu bringen, vielleicht hatte er nach ihr gerufen, aber die beiden anderen nicht opfern können, als er Flora nicht fand. *Es geht darum, ob wir eine von uns verlieren oder alle miteinander sterben,* hatte er vielleicht zu Marie-Louise gesagt, die geweint und ihre kleine Schwester nicht allein hatte zurücklassen wollen. *Wir können nichts anderes tun.* Und dann waren sie gefahren und hatten sie zurückgelassen.

Mit einem Mal war sie außer sich vor Angst. Sie schaltete den Fernseher ein. So stand es in dem Faltblatt der Regierung, das an alle Haushalte verteilt worden war: Schalten Sie den Fernseher oder das Radio ein, und informieren Sie sich. Auf dem Bildschirm flimmerte nur Schnee, und das Radio spielte dieselben dummen Hits wie immer, aber das beruhigte sie nicht. Sie rannte wieder hinaus, sie musste in den Schutzbunker der Atomzwillinge, die Hanis waren keine bösen Menschen und würden sie sicher nicht allein draußen stehenlassen. Sie lief den Glasschwärmerweg hinab, ohne einer Menschenseele zu begegnen. Sie überlegte, ob sie gleich um das Haus herum und zum Schutzraum laufen sollte, entschied sich aber dafür, erst zu klingeln. Nach einer halben Ewigkeit hörte sie Schritte, und sie war noch nie so froh gewesen, Annabelles rundes, einfältiges Gesicht zu sehen.

»Wo sind sie?«, keuchte Flora.

»Wer?«, fragte Annabelle und öffnete die Tür etwas weiter. Sie trug ein rotes Frotteekleid, das über dem Bauch spannte.

»Na alle.«

»Ich bin allein zu Hause«, antwortete Annabelle und schob ihre Brille hoch. »Möchtest du reinkommen?«

»Wo sind sie?«, fragte Flora erneut, als sie im Flur stand.

Annabelle schob die Tür zu und schloss sie mit einem Schlüssel und einer Kette ab. Dann stellte sie sich auf die Zehenspitzen und lugte durch den Spion. »Habt ihr auch so einen? Das ist total praktisch, wenn man allein ist. Ich konnte sehen, dass du es bist.«

»Wo sind sie?«, beharrte Flora, aber ihre Stimme verlor an Kraft. Im Flur roch es nach Putzmittel und Kaffee.

»Die sind zu diesem Markt gefahren«, antwortete Annabelle endlich, und Flora hätte fast geweint vor Erleichterung. Marie-Louise hatte Eric am Vortag damit in den Ohren gelegen, der Herbstmarkt in Vase, Verkaufsstände und ein fahrender Rummelplatz.

»Du hast lustig ausgesehen durch den Spion. Klein und fett. Warum bist du nicht mitgefahren?«

»Warum bist *du* nicht mitgefahren?«, gab Flora die Frage zurück, anstatt zu antworten.

»Wollen wir spielen?«, fragte Annabelle, und Flora nickte. Doch diesmal war es mit Annabelle noch öder als sonst. Flora hatte den Atomzwillingen den Vorfall mit den Barbiepuppen vor hundert Jahren nie verziehen, und zudem war mit der Zeit immer deutlicher geworden, dass mit Annabelle etwas nicht stimmte. Sie konnte kaum lesen und spielte immer noch kindische Spiele. Barbara hatte gesagt, dass Anette den ganzen Sauerstoff für sich beansprucht hatte, als sie als Zwillinge in Lillis Bauch lagen.

»Du darfst bestimmen«, sagte Flora und meinte es ernst. Ihr war alles egal, solange die Welt nicht unterging und sie nicht mehr allein zu sein brauchte. Sie holten sich aus der Küche Eistee und nahmen ihn mit hinauf. Annabelle und Anette teilten sich nicht länger ein Zimmer. Anettes Tür stand offen, an der Wand hingen Eagles-Plakate, und auf dem Bett lag ein großes, herzförmiges Kissen. Bei Annabelle war es unordentlicher, auf dem Teppich lag Spielzeug verstreut, von dem Flora nicht fassen konnte, dass sie noch damit spielte.

»Ich durfte nicht mitkommen, weil ich nicht aufgeräumt habe«, sagte Annabelle und blieb mitten in ihrem Durcheinander stehen.

»Ich durfte nicht mitkommen, weil ich etwas Hässliches zu meinem Vater gesagt habe«, erwiderte Flora, und Annabelle machte große Augen.

»Was hast du gesagt?«, flüsterte sie lächelnd. »Du bist immer so frech!«

Flora lächelte zurück. Annabelle war dumm, aber sie war in Ordnung. Barbara machte sich mitunter über sie lustig, sagte am Ende aber immer, dass das Mädchen eine gute Seele habe. Auf dem Schulhof blieb sie meist für sich, nicht einmal die kleineren Kinder hatten etwas für sie übrig. Annabelle spielte noch mit Puppen, obwohl sie es normalerweise nicht zugab. Aber an diesem Tag traute sie sich, es Flora zu erzählen. Das Haus war auf eine Weise still und geheimnisvoll, dass es im Körper kribbelte.

»Soll ich dir beim Aufräumen helfen?«, fragte Flora und kniete sich auf den Boden.

»Würdest du das machen?«

»Die müssen ja einfach nur in die Kisten, oder?« Flora packte eine Barbiepuppe am Schopf. »Was spielst du eigentlich mit denen?«, fragte sie und ließ die Puppe in die Kiste fallen. Sie hob eine andere auf und bog ihr Bein bis zu den Ohren hoch. »Die ist schön.«

Annabelle nickte. Sie kratzte sich an der Stirn. »Ich spiele einfach nur so«, sagte sie, »aber du darfst sie nicht kaputtmachen.«

»Das habe ich ja wohl noch nie gemacht«, antwortete Flora.

Sie sammelte die restlichen Puppen ein und warf sie in die Kiste. »Mich stört es nicht, dass du mit Puppen spielst«, sagte sie, und Annabelle blickte auf. Erleichtert, schüchtern, beinahe lächelnd. »Auf die Idee könnte ich selbst auch kommen«, ergänzte sie und hoffte, dass Annabelle nicht hörte, wie sehr das gelogen war.

»Wirklich?«, fragte Annabelle und sah sie mit ihren großen, dummen Augen an, was Flora dazu veranlasste, noch dicker aufzutragen: »Klar, ich traue mich nur nicht, das vor meiner großen Schwester zuzugeben.«

Und plötzlich waren sie Verschworene. Flora kam sich wie ein guter Mensch vor, obwohl sie Annabelle in Wahrheit an der Nase herumführte. Eine kleine Lüge kann keinen Schaden anrichten, wenn sie einen anderen Menschen glücklich macht. Annabelle kratzte sich immer weiter, bis Flora fragte, ob sie Flöhe hätte, und Annabelle lachte und im Spaß nach ihr schlug. Später gab es noch mehr Eistee und extra Zucker und bunte Kekse mit Cremefüllung, die sie Eric nie essen ließ. Annabelle leckte erst die Creme ab, bevor sie den restlichen Keks aß.

Flora wusste nicht, warum sie es vorschlug, aber als ihr die Worte entfahren waren, war es auch schon zu spät.

»Warum?«, fragte Annabelle und ließ den Keks auf ihrem Knie liegen.

»Wir könnten etwas spielen, dachte ich«, sagte Flora.

»Aber warum ohne Anziehsachen?«

»Das muss doch so sein«, antwortete Flora und zog das Stethoskop wieder hervor, das sie gerade in die Kiste gelegt hatte, »wenn wir Krankenhaus spielen wollen.«

»Ich bin aber immer angezogen, wenn ich beim Arzt bin«, sagte Annabelle.

»Doch wohl nicht, wenn er dich abhört? Sonst kommt er doch gar nicht ran.«

Daran meinte Annabelle sich tatsächlich zu erinnern und zog gehorsam ihr Kleid über den Kopf.

»Jetzt ist es schön hier«, sagte Flora, um Zeit zu schinden. »Es ist ein hübsches Zimmer, wenn es aufgeräumt ist.«

»Mama wird sich bestimmt freuen«, stimmte Annabelle zu und blieb in Unterwäsche und Strümpfen stehen.

»Du brauchst ihr nicht zu verraten, dass ich dir geholfen habe«, sagte Flora und hängte sich das Stethoskop um, »wenn du nicht willst.«

»Das wäre nicht schlimm, sie hat mir nicht verboten, Besuch zu haben.«

»Nee«, sagte Flora und studierte Annabelles pummeligen Körper. Sie war sonnengebräunt, und ihre Knie waren rund. »Aber vielleicht würde es ihr besser gefallen, wenn du es ganz allein aufgeräumt hättest.«

»Soll ich noch mehr ausziehen?«, fragte Annabelle bereitwillig, und Flora nickte. »Du bist sehr, sehr krank«, sagte sie mit tiefer Stimme, »du musst ins Krankenhaus und darfst nicht aus dem Bett aufstehen, sonst stirbst du.«

»Nein«, flehte Annabelle lachend, »das ist doch nur ein Spiel, oder?«

Flora nickte erneut. Annabelle durfte ihre Unterhose anbehalten und legte sich auf den Bettüberwurf. Ihre Brüste waren weniger entwickelt als Marie-Louises, aber weiter als Floras. Sie presste das Stethoskop an Annabelles Brustkorb, und diese kicherte.

»Das kitzelt«, kreischte sie, »und es ist kalt.«

»Psst«, machte Flora streng, »du musst stillhalten, du bist sehr, sehr krank, es ist viel ernster, als ich dachte.«

»Oh nein!« Annabelle riss die Augen auf. Sie sah so besorgt aus, dass Flora ihr erneut versichern musste, dass es nur Teil des Spiels war.

»Das weiß ich doch, du dumme Kuh«, antwortete Annabelle, und Flora lachte. Dann presste sie das Stethoskop auf Annabelles Brustwarze.

»Au«, sagte Annabelle und wollte es wegschieben, »das tut mir weh!«

»Oje, das ist aber nicht gut«, antwortete Flora, »dann muss ich die andere Brust auch gleich noch untersuchen.«

Das wiederholte sie mehrmals. Wenn sie nicht allzu fest drückte, kicherte Annabelle. »Das kitzelt«, flüsterte sie.

Flora ignorierte das. Dann nahm sie das Stethoskop weg und tat so, als würde sie etwas auf einen Zettel schreiben, ohne dabei die Augen von Annabelles Brustwarzen abzuwenden. Sie hatte Lust, hineinzukneifen, aber dann würde Annabelle sicher nicht mehr mitmachen wollen. Stattdessen befahl Flora ihr, sich auf den Bauch zu legen, und zog ihr die Unterhose herunter. Sie schlug mit der flachen Hand auf ihre Pobacken, genug, dass die Haut sich rötete, aber nicht so fest, dass es richtig wehtat. Sie erklärte, dass sie es tat, weil die Krankheit sie so abgekühlt hätte und sie jetzt wieder Wärme benötigte. Dann kitzelte sie Annabelle und sagte, das sei ein Teil der Behandlung. Annabelle zappelte und lachte. Sie krümmte sich zusammen und kugelte auf die Seite, sodass ihr dicker Bauch an einen Rollbraten erinnerte. Flora kniff hinein, sie kniff und kniff, obwohl Annabelle Aua sagte und wollte, dass sie aufhörte. Anschließend entschuldigte Flora sich, aber Annabelle weinte und sagte, sie sei dumm.

»Ich mache etwas anderes«, schlug Flora vor, »das war nur, damit du dich im Krankenhaus auch richtig krank fühlst.«

»Das ist ein blödes Spiel.« Annabelle schluchzte. »Ich will so was nicht spielen.«

»Aber ich verspreche doch, dass ich was anderes mache«, flüsterte Flora und streichelte sie durch die Decke hindurch, in die sie sich eingewickelt hatte. »Etwas richtig Schönes. Etwas, das so schön ist, wie du es noch nie erlebt hast.«

Annabelle sah sie misstrauisch an, und Flora strengte sich an, zu nicken und zu lächeln. »Komm schon«, sagte sie. »Ich schwöre! Wir müssen es machen, bevor deine Eltern zurückkommen. Es ist geheim, verstehst du?«

Das hatte Annabelle längst eingesehen. So dumm war sie auch wieder nicht, sie verstand sehr wohl, dass dies ein Spiel war, das den Erwachsenen nicht gefallen würde.

»Mach die Augen zu«, sagte Flora, »du darfst sie unter keinen Umständen öffnen.« Dann zog sie Annabelles Unterhose herunter, beugte das Gesicht über ihr Geschlecht und pustete darauf. Annabelle kicherte erneut. »Du befindest dich im Freien, auf einer Terrasse«, flüsterte Flora, »da müssen die Kranken in der Sonne liegen.« Sie knipste die Nachttischlampe an und richtete sie auf Annabelle, damit sie die Wärme spürte. Annabelle nickte und kniff weiterhin die Augen zu. Flora betrachtete sie, ohne sie zu berühren. Ihre Schamhaare waren blond und gelockt. Flora pustete noch einmal, die Haare teilten sich, darunter war die Haut weiß, und Flora berührte Annabelle vorsichtig mit dem Zeigefinger. Sie wand sich ein wenig.

»Das kitzelt«, sagte sie wieder.

Flora schob Annabelles Beine auseinander, und diese ließ es widerstandslos geschehen. Sie fasste ihre Murmel an, Annabelle zuckte zusammen und wollte die Beine zusammenkneifen.

»Nein, jetzt fängt das Schöne doch erst an«, erklärte Flora, und Annabelle spreizte die Beine erneut. Flora pustete direkt auf die Murmel und klopfte behutsam und rhythmisch mit dem Zeigefinger darauf, sodass sie anschwoll. Dasselbe spielte sie abends oft mit sich selbst. Sie hatte sich mit dem Spiegel zwischen den Beinen betrachtet, bei Annabelle wirkte alles größer, vielleicht, weil sie dicker war. Flora beugte sich näher über ihr Geschlecht, pust, pust, klopf, klopf. Annabelle öffnete ihre Beine weiter.

»So«, sagte Flora plötzlich und schaltete das Licht aus. »Die Untersuchung ist jetzt vorbei.«

Annabelle schlug die Augen auf. »Nein«, erwiderte sie, »du darfst gerne weitermachen.«

»Das möchte ich nicht. Die Untersuchung ist vorbei.«

»Ich bin noch nicht gesund«, widersprach Annabelle. »Das spüre ich ganz deutlich.«

»Das geht nicht. Deine Mutter wird sehr böse, wenn sie sieht, wie du hier liegst und dich entblößt.«

»Aber sie ist doch gar nicht da.«

»Sie wird ausflippen, wenn sie es herausfindet.« Flora stand auf.

»Aber ich verrate nichts.«

»Doch, das tust du.« Flora hatte plötzlich keine Lust mehr, noch länger zu bleiben. Sie wusste nicht, was in sie gefahren war. Es war schön, aber falsch, sie war zu alt für solche Dinge, und bei dem Gedanken, Annabelle könnte etwas ausplaudern, wurde ihr mulmig.

»Nein, tu ich nicht«, sagte Annabelle, »wenn ich sage, dass ich es nicht tue, dann ist es auch so.«

»Aha.« Flora trat ans Fenster. Zwischen ihren Beinen war es heiß, aber die Erregung zog sich zu einem Hagelschauer zusammen.

»Ihr habt damals gelogen mit der Barbiepuppe«, sagte sie.

»Das hat sich Anette ausgedacht«, flüsterte Annabelle, und Flora wusste, dass es stimmte.

»Du warst dabei.«

»Ich wollte das nicht.«

»Du hast dich nie entschuldigt.«

»Entschuldigung«, wisperte Annabelle hinter ihrem Rücken.

Keine von ihnen sagte etwas. Auf der Fensterbank lag eine tote Wespe. Flora nahm sie an den Flügeln und warf sie nach Annabelle, die vor Schreck aufkreischte.

»Ich dachte, die lebt noch«, sagte sie und betrachtete das tote Insekt auf dem Fußboden. »Es tut weh, wenn sie stechen.«

»Die kann nicht mehr stechen.«

»Du darfst nicht gehen«, flehte Annabelle und versperrte ihr den Weg durch die Tür. »Ich kann dich auch untersuchen.«

»Dann musst du mich küssen«, sagte Flora.

»Auf den Mund und alles?«

»Nein, da unten.«

Annabelle kicherte. Flora ging zum Bett und zog sich die Shorts herunter.

»Bin ich jetzt der Arzt?«, fragte Annabelle, krabbelte zu Flora und kniete sich vor sie. »Denn dann bin ich diejenige, die bestimmt.«

»Jaja. Du bist der Arzt.«

»Dann bestimme ich also das hier.« Annabelle presste ihre kalten Lippen gegen Floras Geschlecht. Sie sabberte ein wenig, als sie ihren Kopf wieder zurückzog. »Ist das schön?«

»Ich spüre es überhaupt nicht«, log Flora. »Es fühlt sich an wie ... nichts.«

»Wirklich?« Annabelle wirkte enttäuscht. »Ich habe es schon gespürt, als du mich angefasst hast.«

»Vielleicht bist du richtig krank«, antwortete Flora, während sie Anstalten machte, ihre Hose wieder hochzuziehen.

»Nein«, sagte Annabelle und sah ganz erschrocken aus, »ich muss es wahrscheinlich nur etwas länger machen.«

»Tja«, sagte Flora, »mir ist es eigentlich egal.«

Annabelle bestand darauf. Sie wollte nicht krank sein. »Darf ich es noch mal probieren?«

Es sah dämlich aus, wie sie vor Flora auf dem Boden kniete und bettelte. Das Spiel war nicht mehr lustig, aber jetzt gab es keinen Weg zurück. Sie nickte. Annabelle küsste sie wieder und wieder, feuchte Küsse direkt auf die Murmel. Flora gab sich Mühe, ihre Erregung nicht zu zeigen. Erst als Annabelle ihre Zunge hervorstreckte und zu lecken begann, musste sie stöhnen.

»Ha!«, sagte Annabelle triumphierend. »Für dich ist es ja genauso. Bist du etwa auch krank?«

Flora hätte sich gewünscht, weg zu sein, bevor die Familie Hani wieder nach Hause kam. Dennoch war es eine Befreiung, als sie hörte, wie das Auto vor dem Carport hielt. Annabelle erschrak so sehr, dass sie beim Aufstehen über ihre eigenen Beine stolperte. Flora zog die Hose hoch und forderte Annabelle mit einer hektischen Bewegung dazu auf, wieder in ihre Klamotten zu kommen, sie zog sich das Kleid versehentlich falsch herum an, und Flora musste ihr helfen.

»Wir sagen nichts«, flüsterte Annabelle erschrocken, als unten der Schlüssel ins Schloss gesteckt wurde.

Flora schüttelte den Kopf. »Tu einfach so, als wäre nichts passiert. Sie können es dir ja nicht ansehen.«

»Bin ich krank?«, fragte Annabelle und packte Floras Arm.

Sie riss sich irritiert los. »Natürlich bist du nicht krank. Das war doch bloß ein Spiel.«

Lilli rief hallo und kam die Treppe hoch. Flora setzte sich im Schneidersitz auf das Bett und zog einen Comic aus dem Regal. Annabelle warf sich ihrer Mutter an den Hals, und die Zeit stand still, während Flora bangte, ob Annabelle gleich in Tränen ausbrechen und gestehen würde. Dann würde sie alles abstreiten und sagen, dass Annabelle log.

»Oh, hallo, Flora«, sagte Lilli schließlich und wirkte merkwürdig erleichtert, »du bist ja auch hier.«

Flora nickte. »Ich wollte gerade gehen«, sagte sie und stellte den Comic wieder zurück ins Regal.

»Wie ordentlich es hier ist«, sagte Lilli und schob Annabelle behutsam von sich. Anette tauchte in der Tür auf, sie hatte einen Lolli im Mund und hielt ihrer Schwester auch einen hin.

»Darf sie den haben?«, fragte sie ihre Mutter, während Annabelle versuchte, ihn sich zu angeln.

»Jaja, sieh nur, wie schön sie aufgeräumt hat!«

Annabelle lutschte an ihrem Lolli und hielt ihn dann Flora hin, die jedoch den Kopf schüttelte.

»Behalt ihn nur«, sagte sie und lächelte. »Ich habe ja schließlich nicht aufgeräumt.«

Anette begleitete sie die Treppe hinunter und betrachtete sie mit zusammengekniffenen Augen. »Du bist lange nicht hier gewesen«, sagte sie. »Warum warst du eigentlich nicht mit deinem Vater und den anderen auf dem Markt?«

»Ich hatte keine Lust«, sagte Flora und band ihre Schnürsenkel.

»Stimmt es, dass du die Schule wechselst?«, fragte Anette, und der Lolli stieß geräuschvoll gegen ihre Zähne.

Flora nickte.

»Niemand ist gern mit Annabelle zusammen«, sagte Anette.

»Annabelle ist in Ordnung«, erwiderte Flora und zog den Reißverschluss ihrer Windjacke hoch, »sie kann ja nichts dafür.«

»Kommst du bald wieder?«, fragte Anette und winkte einem Mädchen zu, das draußen vorbeiradelte.

»Vielleicht.« Auf halbem Weg zur Gartenpforte drehte Flora sich um: »Du könntest ja auch mal zu mir kommen.«

Anette strahlte. Flora bereute ihre Worte. Sie wollte weder Anette noch Annabelle wiedersehen. Niemals.

Eric tat, als wäre nichts vorgefallen. Er hatte sich Sorgen gemacht, weil Flora noch immer nicht zu Hause war, als sie vom Markt in Vase zurückkamen. Bevor sie endlich auftauchte, war ihm bereits eine ganze Bandbreite möglicher Schreckensszenarien durch den Kopf gegangen, aber er ließ sich nichts anmerken. Er saß im Wohnzimmer und las Zeitung, Marie-Louise war in der Küche, sie hatte angeboten, etwas zu kochen, und Flora ging zu ihr, um zu helfen. Sie arbeiteten schweigend, Flora formte Frikadellen, Marie-Louise setzte einen Topf mit Kartoffeln und Karotten auf.

»Wir machen keinen Salat«, sagte Marie-Louise schließlich und schloss den Kühlschrank.

Flora schüttelte den Kopf. Ihre Hände waren vom Fleischkneten schon ganz kalt.

»Wo bist du gewesen?«, fragte Marie-Louise.

»Im Wald«, antwortete Flora, als die Schwester ihre Frage wiederholte.

»Die ganze Zeit?«

Flora legte ein Stück Butter in die Bratpfanne. Es flitzte umher und schmolz, ein schnelles Boot in einem See.

»War es lustig auf dem Markt?«, fragte sie statt einer Antwort, »hast du jemanden getroffen, den du kennst?«

Marie-Louise verschränkte die Arme. Flora hatte gar nicht auf Michael anspielen wollen, aber Marie-Louise fasste es eindeutig so auf.

»Entschuldigung«, flüsterte sie und legte vorsichtig die Frikadellen in die Pfanne. Ein brutzelnder Geruch nach Fett und Fleisch.

»Wofür?«

»Für das, was ich über Michael und Patricia gesagt habe.«

»Wenn es stimmt …«, begann Marie-Louise und zog sich mit langsamen Bewegungen die Schürze aus.

Flora schüttelte den Kopf, am besten, sie redeten nicht mehr darüber. Dann fiel sie ihrer Schwester um den Hals, die mit hängenden Armen dastand. Sie hatte schreckliche Dinge zu ihr und ihrem Vater gesagt, nur um sie zu verletzen. Sie hatte sich Annabelle gegenüber furchtbar benommen und verbotene Dinge getan. Marie-Louise hatte über sie in ihrem Tagebuch geschrieben: *Papa ist auch besorgt.* Vielleicht hatte ihre Schwester recht, vielleicht stimmte irgendetwas nicht mit ihr. Sie musste sich Mühe geben, netter zu sein.

»Wir müssen den Tisch decken«, sagte Marie-Louise und befreite sich aus Floras Umarmung, aber sie klang nicht wütend. Flora drehte sich um und nickte. Das war jetzt ihre Aufgabe. Den Tisch zu decken.

»Bist du bereit für morgen?«, fragte Eric, als er an Floras Bett kam, um ihr gute Nacht zu sagen. »Bist du aufgeregt?«

Flora antwortete nicht. Sie bohrte ihre Nase in seinen Hemdärmel. Er duftete nach Aftershave, Brut aus der grünen Flasche, Zitrone und Blumen, und ein kleines bisschen nach Rauch. Zu Hause rauchte Eric nie. Sie schnupperte erneut an ihm, aber es bestand kein Zweifel.

»Hast du eine Freundin?«, fragte sie, und Eric hielt sie mit ausgestreckten Armen von sich weg.

»Wenn es so wäre, würdest du es wohl gerne wissen.«

»Hast du?«

Er schüttelte den Kopf, gab ihr einen Kuss aufs Haar und stand auf. Seine wilde und ungestüme Tochter glich mit ihrem wirren Haar und den dünnen Gliedern einem erschöpften Vogeljungen, wie sie so in ihrem Nachthemd zwischen den Laken lag. Er wollte wissen, warum sie fragte.

»Das wäre doch nicht so verwunderlich«, antwortete sie. »Mama ist schon lange tot.«

Er wiegte den Kopf hin und her. Drei Jahre waren vielleicht eine lange Zeit, es war mehr als ein Viertel von Floras bisherigem Leben, schon in sieben Jahren würde sie die Hälfte ihres Lebens ohne ihre Mutter verbracht haben.

»Und, bist du nun bereit für morgen?«, fragte er erneut, und sie drehte sich auf den Rücken, zog die Knie an und stemmte ihre Fußsohlen in die Matratze. Alice hatte immer gesagt, dass sie so liegen sollte, wenn sie Bauchschmerzen hatte, weil man sich in dieser Position am besten entspannen konnte. Sie hatte keine Schmerzen, aber sie entspannte sich auch nicht, sie hatte versucht, einfach nicht an die neue Schule zu denken. Solange sie nicht schlimmer war als die alte, würde sie es dort gut aushalten können.

»Bist du's?«, wiederholte er und drückte seine Lippen direkt über der Schulter an ihren Hals.

Es kitzelte. »Vielleicht«, antwortete sie und konnte nicht anders, als zu kichern. Er prustete lautstark los, und sie entwand sich ihm lachend.

»Bist du etwa *nicht* bereit?«, fragte er, saugte noch mehr Luft in sich ein und prustete erneut.

Sie lachte, bis ihr die Tränen kamen und sie plötzlich so dringend pinkeln musste, dass sie aus dem Bett sprang. Eric lachte auch, er wirkte glücklich, als sie zurückkam, er stopfte die Decke um sie herum fest und küsste sie auf die Stirn.

»Cassiopeiaschule, das klingt schön«, sagte sie.

»Ja? Es ist der Name einer afrikanischen Königin.«

Flora nickte, das hatte er bereits erzählt, aber sie wollte es gern noch einmal hören. »Und ein Sternbild«, sagte sie. »Erzähl die Geschichte noch einmal.«

»Cassiopeia prahlte mit ihrer hübschen Tochter Andromeda«, flüsterte er, »vielleicht war sie genauso hübsch wie du?«

Flora verdrehte die Augen und knuffte ihn.

»Aber als sie behauptete, das Mädchen wäre hübscher als alle Meeresnymphen, kettete der Meeresgott Andromeda an eine Klippe, in deren Nähe ein fürchterliches Meeresungeheuer lebte. Glücklicherweise wurde sie von Perseus gerettet, der auf seinem Pegasus vorbeiritt. Er hatte gerade die hässliche Medusa getötet und trug ihren Kopf in einem Sack mit sich. Sie war so hässlich, dass jeder, der sie erblickte, zu Stein wurde.

Also zeigte Perseus ihren Kopf dem Ungeheuer und nahm das Mädchen mit.«

»Aber die Nymphen waren wütend auf die Königin«, flüsterte Flora und hielt Erics Hosenbein fest, als er aufstand, um nach nebenan zu gehen und Marie-Louise ebenfalls eine gute Nacht zu wünschen.

»Ja, sie stießen ihren Thron um, sodass sie mit nach oben gestreckten Beinen auf dem Boden liegen musste. In dieser Position kann man sie nachts am Himmel sehen.«

Flora malte eine Zickzacklinie in die Luft, und Eric nickte. Das Sternbild Cassiopeia, ein W, den Kopf nach unten und die Beine hoch in der Luft.

»Jetzt bist du ganz sicher für morgen bereit«, sagte er und legte die Hand auf ihre Stirn.

Marie-Louise hatte sich zuvor ihrer Schwester erbarmt und ihr geholfen, die passenden Anziehsachen zu finden. Sie hatte ihr einen Wickelrock aus dünnem Jeansstoff geliehen, der ihr nicht mehr passte, und ein rostrotes T-Shirt. Flora hatte sie vor dem Spiegel im Schlafzimmer anprobiert, dazu gelbe Kniestrümpfe, Unterwäsche und Zopfgummis herausgelegt. Marie-Louise fand, sie solle lieber weiße Strümpfe und die schwarzen Schuhe mit den Riemchen anziehen, aber Flora hatte auf den gelben Strümpfen und ihren Turnschuhen bestanden. Ihr gefiel es, wie das T-Shirt saß. Ihre kaum vorhandene Oberweite sah nach etwas mehr aus, weil der Stoff quer über der Brust eine leichte Falte bildete.

»Sei einfach du selbst«, sagte Eric und stand auf. Er blieb in der Tür stehen und klopfte leicht gegen den Türrahmen, ehe er ging. Flora wartete und lauschte, wie er zu Marie-Louise ging, um ihr eine gute Nacht zu wünschen, es war immer dieselbe Reihenfolge, Martin, Flora, Marie-Louise. Ihre gedämpften Stimmen drangen durch die Wand, ohne dass sie hören konnte, worüber sie sprachen. Marie-Louise lachte,

Eric auch, dann rief Martin etwas, und Eric rief zurück, er solle endlich schlafen. Anschließend rumorte er im Arbeitszimmer, ehe er schließlich wieder nach unten ging.

Als er die Wohnzimmertür geschlossen hatte, zog Flora das Nachthemd bis zur Brust hoch und die Unterhose herunter. Sie konnte Marie-Louise nebenan hören, es dauerte immer eine Ewigkeit, bis sie sich endlich hinlegte. Die Wand war so dünn, dass jede kleinste Bewegung zu hören war. Manchmal klopfte Flora an ihre Wand und rief, dass sie die Musik ausmachen und sie nicht mehr stören sollte, obwohl Marie-Louise die Lautstärke immer ganz weit herunterdrehte und nichts anderes als die immer gleiche, jämmerliche Popmusik hörte. Die vor allem dann nervig war, wenn sie sie am Schlafen hinderte.

An diesem Abend sagte Flora nichts. Sie legte ihre Hände auf den Bauch, strich sanft darüber, wartete. Auf der anderen Seite der Wand legte Marie-Louise eine Kassette in den Rekorder und sang die Melodie mit. »So many roads to choose. We'll start walking and learn to run. And yes! We've only just begun.« Diese ewigen, elenden Carpenters. In Marie-Louises Zimmer konnte man die Tapete kaum sehen vor lauter Postern von den beiden und von anderen zuckersüßen, lächelnden Bands. Flora hatte ein Bild von David Bowie als Ziggy Stardust über ihrem Bett hängen.

»Wie kann er sich nur so schminken«, hatte Marie-Louise gesagt, als sie es zum ersten Mal gesehen hatte. »Ist das überhaupt ein richtiger Mann?«

Eric hatte gelacht, obwohl er Flora zustimmen musste, dass es eine gute Platte war. Er hatte sie sich gekauft und das Plakat dazubekommen. Flora durfte sie in seinem Arbeitszimmer hören. Ziggy lächelte kein bisschen, er lehnte mit einer Kippe in der Hand an einer Mauer, das Hemd bis zum Gürtel aufgeknöpft, mit wildem Haar und rotem Lippenstift.

»Er sieht schwul aus«, hatte Marie-Louise gesagt.

»Vielleicht ist er es ja«, erwiderte Eric.

Flora hätte damals gern genauer nachgefragt, aber obwohl Erics Äußerung weder verurteilend noch sonderlich interessiert geklungen hatte, brachte sie es nicht über sich. Aber es stand fest, dass es etwas Unnormales war. Soweit sie wusste, gab es in ganz Vase keinen einzigen Schwulen, und manche fanden Homosexualität eklig, falsch oder sogar sündhaft. Sie hatte keine Ahnung, was Eric davon hielt. Er redete nur selten herablassend über andere Menschen und erzählte nie grobe Witze. Sie hätte ganz unbedarft fragen können: Kennst du jemanden, der schwul ist? Und hoffen, dass er es bejahte und von selbst etwas erzählte. Aber das hätte ihr noch lange keine Antwort auf das gegeben, was sie eigentlich wissen wollte: Wie machen sie es eigentlich? Und was ist mit den Lesben? Wie machen die es? Sie setzte sich auf, und das Blut wich schlagartig aus ihrem Kopf. Was sie zusammen mit Annabelle getan hatte, war falsch, aber es hatte sich schön angefühlt. Bedeutete das, dass sie lesbisch war? Sie kroch wieder unter die Decke und drehte sich so, dass sie Ziggys Gesicht in der Dunkelheit leuchten sah.

»Bin ich krank? Bin ich krank?«, sagte sie vor sich hin.

Dumme, dumme Göre. Sie setzte sich auf die Knie und folgte mit den Fingern den Konturen von Ziggys Gesicht und Körper. »There's a starman waiting in the sky. He'd like to come and meet us. But he thinks he'd blow our minds.«

Sie sang mit Wisperstimme. Es war besser, an Außerirdische zu denken als an die Carpenters oder an Schwule und Lesben. Wenn die Außerirdischen so aussehen wie Ziggy, dürfen sie gern kommen, dachte sie und legte sich wieder hin. Sie hatte Tutku einmal gefragt, ob sie sie Ziggy nennen dürfe. »Was soll denn das für ein Name sein?«, hatte die Hündin schrecklich beleidigt gefragt, und Flora hatte beschwichtigend geantwortet, dass es in Ordnung sei, wenn er ihr nicht gefalle. Sie hatte aber nicht verstanden, warum Tutku sich die Sache so zu Herzen nahm.

»Du verstehst beileibe nicht alles«, hörte sie Tutku jetzt plötzlich sagen. Flora war so sehr in Gedanken vertieft, dass sie die Hündin gar nicht bemerkt hatte.

»Darüber haben wir doch gesprochen«, flüsterte Flora, »du darfst meine Gedanken nicht lesen, bevor ich weiß, dass du da bist.«

»Welchen Unterschied würde das denn machen? Du kannst deine Gedanken sowieso nicht lenken, egal ob ich da bin oder nicht.«

»Was weißt du schon davon.« Flora machte der Hündin Platz.

»Was hast du gemacht?«, fragte Tutku und legte sich neben Flora zurecht. »Warum hast du das Plakat begrabscht?«

Sie antwortete nicht, steckte ihren Arm unter den Kopf der Hündin und kraulte sie im Nacken. Sie summte noch einmal »Starman« und ignorierte das missbilligende Schnauben neben sich.

»Muss Marie-Louise nicht langsam mal schlafen?«, flüsterte Tutku. »Unglaublich, wie lange die aufbleiben darf.«

»Das kannst du wohl sagen.«

»Hauptsache, du schläfst nicht ein«, wisperte Tutku mit der Schnauze an Floras Ohr.

»Natürlich nicht«, antwortete sie und legte die Handfläche auf die nasse Hundeschnauze, »ich möchte gern mit dir spielen.«

Seit Flora das Geheimnis im Frühjahr entdeckt hatte, wusste sie instinktiv, dass sie vorsichtig sein musste. Es war intim und geheim. Einige Male versuchte sie Marie-Louise durch die Wand hindurch zu hypnotisieren, sie mit der Kraft ihrer Gedanken außer Gefecht zu setzen. Schlaf jetzt, schlaf jetzt, schlaf jetzt, dachte sie, und ihre Gedanken waren ein kleines Metallauto, das im Kreis fuhr und Spuren in den grünen Teppich wetzte. Sie streichelte erneut ihren Bauch unter der Decke, das Laken knisterte frischgewaschen. Sie konzentrierte sich auf das Auto, zog die Decke über sich und Tutku, die vollkommen still lag. Darunter war es warm und feucht, ein süßlicher und zugleich säuerlicher Geruch von Floras Körper und Tutkus Atem. Das Auto fuhr und fuhr, die Räder rollten, die Felgen glänzten, dann steckte es plötzlich im Schlamm fest, sie musste eingeschlafen sein, denn als sie aufwachte, war Marie-Louise ruhig. Flora ging auf die Toilette, um ganz sicher zu sein, doch unter Marie-Louises Tür drang auch kein Licht mehr hindurch. An der Treppe blieb sie stehen und lauschte, Eric saß immer noch unten im Wohnzimmer und sah fern. Routinemäßig betrachtete sie ihr Geschlecht unter der Badezimmerlampe. Kurz nach Weihnachten hatte sie die ersten, feinen Haare entdeckt. Jetzt waren es mehrere, sie waren dunkler geworden, bedeckten jedoch immer noch nicht ihre ganze Haut so wie bei erwachsenen Frauen. Sie hätte gern Marie-Louise danach gefragt, warum sie selbst keine Locken hatte wie die anderen, aber als sie einmal versucht hatte, das Thema anzusprechen, hatte Marie-Louise so abweisend reagiert, dass sie es nicht noch einmal wagte. Sie schlich wieder ins Bett zurück. Versteckte sich unter der Decke, strich sich über den Bauch und weiter abwärts, die Oberschenkel hinab, und horchte. Eigentlich mochte sie die glatten Haare, sie hatten etwas mit dem heimlichen Gefühl zu tun. Sie hatte eine vage Erinnerung daran, dass sie es auch früher schön gefunden hatte, sich selbst zu berühren, sie erinnerte sich an das Kribbeln, wenn sie auf eine bestimmte Weise rittlings auf einem Baumstamm saß oder sich auf dem Fahrrad so nach vorn lehnte, dass der Sattel an ihr rieb. Doch seit dem Frühjahr verspürte sie eine neue und stärkere Empfindung, wenn sie sich selbst berührte. Ihr Körper wurde zu Sand und Licht, sie wurde immer weiter nach oben gezogen, bis ihre Finger müde wurden oder sie es nicht mehr aushielt. Dann sank sie wieder zurück, glitt in den Schlaf mit seinem schwirrenden, summenden Insektenkörper. Sie hatte das Gefühl, dass es irgendwo eine Öffnung geben müsse, die sie noch nicht entdeckt hatte, durch die sie sich hindurchpressen konnte, um in eine Welt zu gelangen, in der der Genuss nicht mehr abklang, sondern sich in immer neue Höhen aufschwang und weit oben im Weltraum explodierte und sie hinauskatapultierte wie einen Astronauten zwischen Millionen von Sternen, schwebend, taumelnd, frei. Tutku konnte sie es nicht erzählen, denn auch für sie selbst war das neu. Sie konnte nicht über alles mit anderen sprechen. Nicht einmal mit Tutku, die oft bei diesem Spiel dabei war mit ihrem weichen Pelz und ihrem heißen Atem.

Tutku atmete schwer im Schlaf, Flora seufzte. Sie berührte gern ihren eigenen Körper. Sie begann am Hals, fasste das Schlüsselbein an, strich über die Brust, spazierte mit den Fingern über die Rippen, den Bauch, die Hüften, das Geschlecht, die Schenkel, die Knie, die Unterschenkel und Füße. Sie war schmächtiger als Marie-Louise in ihrem Alter. Sie lief schneller als alle anderen, sie konnte fast bis in den Spagat gehen, ohne sich aufzuwärmen, und leicht die dicken Seile in der Turnhalle bis ganz hinauf klettern. Sie dachte an Ziggy. Er sah aus, als wäre er Mädchen und Junge zugleich, das war es, was ihn so schön machte. Sie stellte sich vor, es wären seine Arme und Beine und Schultern, die sie berührte, er sah aus, als sei er aus Plastik, und doch war er warm. Sie wollte weiterhin so dünn sein wie David Bowie und schnell wie der Blitz. Sie wandte Tutku den Rücken zu, steckte die Hand zwischen ihre Schenkel, ließ den Zeige- und den Mittelfinger links und rechts von dem kleinen Hügel ruhen.

Sie musste erneut an Annabelle denken, doch sie wurde wieder von derselben schamvollen Reue ergriffen, also konzentrierte sie sich lieber auf andere Mädchen aus ihrer ehemaligen Klasse. Einige der am meisten entwickelten Mädchen trugen Badeanzüge, wenn sie nach dem Sportunterricht duschten. Flora wünschte, sie würden sich vor ihr zeigen. Caroline duschte nackt, obwohl sie die größten Brüste hatte, sicher weil sie wusste, dass alle anderen Mädchen sie hübsch fanden. Ihre Eltern kamen aus einem südlichen Land, sie war das ganze Jahr über hellbraun, im Sommer nahm ihre Haut einen goldenen Ton an. Sie hatte lange Wimpern und rabenschwarzes Haar, das sie nur selten zusammenband, sie hatte Hüften und Taille und benutzte Parfüm. Außerdem besaß sie einen Lipgloss, der nach Kaugummi duftete und den sie in jeder Pause mit der kleinen, glänzenden Kugel, die auf dem durchsichtigen Behälter saß, auf ihre Lippen rollte. Sie trug einen BH, seit sie in die sechste Klasse gekommen waren, damals hatte Flora nicht einmal ansatzweise einen Busen gehabt und sich für ihre Baumwollunterhemden geschämt.

Flora streichelte ihre Schenkel, während sie sich vorstellte, wie es sich wohl anfühlte, die Finger auf Carolines Brüste zu legen und so hineinzukneifen, wie sie immer in Martins Wangen hatte kneifen wollen, als er noch ein Baby war. Sie lehnte ihren Kopf an die schlafende Tutku und packte das Geheimnis mit den Fingern aus. Sie mochte Carolines Stimme, die tiefer war als die der anderen Mädchen und einen fremden Klang hatte, obwohl sie schon ihr ganzes Leben in Vase wohnte. Flora stellte sich vor, wie Caroline unter der Dusche neben den Umkleidekabinen stand. Das Wasser spritzte in unregelmäßigen Strahlen aus dem verkalkten Duschkopf, strömte über ihre Haut, die Brustwarzen, den Bauch und ihren Körper hinab. Sie sah vor sich, wie Caroline sich mit einem großen, weichen Handtuch abtrocknete, sie rieb ihre

Haut, bis sie glühte, und bat Flora um Hilfe, als sie zum Rücken kam. Dann setzten sie sich einander gegenüber auf die Bänke, und Caroline spreizte ihre Beine ein wenig, als sie sich ihre Socken anzog.

Flora atmete heftiger, das Bild von Caroline verschwamm zu tanzenden Flecken, verschwand wie winzige Sterne in einem violetten Meer. Die Königin, die den Rock bis zu den Ohren hochgezogen hatte und die Beine in die Luft streckte.

Flora leckte ihre Fingerspitzen ab, ein säuerlicher und salziger Geschmack, sie rieb und rieb mit ihren nassen Fingern über ihre Murmel. Annabelles von hellen Locken umrahmtes Geschlecht tauchte wieder vor ihrem inneren Auge auf, doch sie wollte nicht daran denken und bestrafte sich damit, es hinauszuzögern. Sie wurde in das pechschwarze All hineingezogen, Ziggy tauchte auf und verschwand, sie machte weiter, gab sich dem Gefühl hin, jetzt rannte sie durch den Wald. Der Duft von Sauerklee und Kiefernnadeln, sonnenwarme Tage, Tage mit Frost, süß duftende Äpfel, von nackten Zweigen aufgespießt, etwas ging in Stücke, ohne dass es wehtat, wurde gesprengt und zog sich zusammen. Feuerzungen setzten ihr Geschlecht in Brand, und sie hielt es nicht aus, sich noch länger zu berühren.

Dieses Gefühl war es, nachdem ihre Finger schon länger gesucht hatten, ein erlöschender, erschöpfter Triumpf. Sie schubste Tutku beiseite, damit sie sich auf den Rücken legen und schlafen konnte.

»Wollen wir jetzt spielen?«, fragte die Hündin schlaftrunken und ließ ihren Schwanz zwischen Floras Knie gleiten.

Sie schüttelte den Kopf. Der Schlaf tat sich vor ihr auf, als läge sie in einem Kaninchenbau und näherte sich dem Ausgang, der weiße und klaffende Lichtkranz wurde immer größer, und Tutku jagte zurück in den Wald.

Kapitel 6

Natürlich waren die Kinder schon unzählige Male in Rossel gewesen. Sie hatten die Stadt mit ihrer Mutter besucht, um einkaufen zu gehen, waren in Weihnachtsausstellungen oder im Museum gewesen oder hatten Eric in seinem Büro abgeholt, um in einem der familienfreundlichen Restaurants am Fluss essen zu gehen. Nach Alices Tod waren die Ausflüge dorthin seltener geworden. Manchmal nahm sich Eric vor, mit den Kindern wieder einmal das Kunstmuseum, die ethnografische Sammlung oder eines der anderen Museen zu besuchen. Alice war immer der Meinung, es würde den Kindern guttun, obwohl sie im Grunde nie Interesse dafür zeigten. Ab und zu hatte er über Alice gelacht und sie einen Snob genannt, was sie allerdings nicht lustig fand. Er hatte dann versucht, die Wogen wieder zu glätten, allerdings ohne seine Frotzeleien ganz einzustellen. Sobald Alice ein Museum betreten hatte, legte sie ihr Gesicht in so ernste Falten, dass er sich darüber einfach amüsieren musste und sie daran erinnern, dass sie nicht auf einer Beerdigung sei. Sie machte sich auch immer furchtbare Gedanken um ihre Kleidung und die der Kinder, wenn sie in die Stadt fuhren, und er dachte bei sich, dass das wohl von ihrer Kindheit in der Provinz herrührte.

»Du musst lernen, dich zu entspannen«, hatte er einmal im Frühjahr zu ihr gesagt, als sie darauf bestand, eine großangelegte Chagall-Ausstellung im Kunstmuseum zu sehen, und fast einen Nervenzusammenbruch bekam, weil niemand rechtzeitig fertig war. Der dichte Verkehr und die Aussicht, womöglich keinen Parkplatz zu finden, taten ihr Übriges. Die Situation eskalierte, als sie bemerkte, dass sie statt ihrer kleinen weinroten Lacktasche den zerschlissenen, braunen Beutel umgehängt hatte, den sie normalerweise zum Einkaufen nahm. Eric versuchte sie zu beruhigen, versicherte ihr, dass er sowohl Geld als auch die Hausschlüssel dabeihatte, bis es ihm aufging, dass es damit gar nichts zu tun hatte.

»So kann ich mich ja wohl nirgends sehen lassen«, sagte sie und hielt ihm die Tasche vor die Nase.

»Das ist doch nun wirklich egal«, entgegnete er in einem Versuch, freundlich zu reagieren. »Sonst kannst du sie ja auch im Auto lassen.«

»Und wo soll ich dann meine Sachen hintun?«, beharrte sie und klang so gereizt, dass er sich die Bemerkung, sie solle sich doch entspannen, lieber verkniff.

Auf dem Parkplatz vor dem Museum gerieten sie in Streit, obwohl sie sich eigentlich zu beherrschen versuchten, wenn die Kinder dabei waren. Sie warf ihm vor, er sei gleichgültig und kindisch, er sagte, sie sei kleinbürgerlich, und machte sich über ihr Museumsgesicht lustig: »Man könnte meinen, du hättest dir eine Totenmaske aus der orientalischen Sammlung ausgeliehen und würdest sie aufsetzen, sobald du durch eine Museumspforte trittst.«

Warum gerade diese Bemerkung sie zum Weinen brachte, verstand er nicht, aber sie nahm Taschentücher, Sonnenbrille und Lippenstift aus dem Beutel, ehe sie die Autotür aufriss und wieder hinter sich zuknallte. Im Rückspiegel begegnete er Marie-Louises und Martins Blick, Flora war damit beschäftigt, am Dichtungsgummi des Fensters zu kratzen. Eric zögerte und seufzte tief, bevor er Alice schließlich hinterherlief. Sie kämpfte mit den Tränen und stapfte stur immer weiter von ihm weg, sodass er quer über den Parkplatz joggen musste, um sie einzuholen. Er legte die Arme um sie und zog sie an sich, sie zitterte vor Wut, und er musste sich anstrengen, nicht zu lachen. Nicht weil er die Situation komisch fand, sondern weil er nicht wusste, was er sagen sollte. Sie steckten mitten in einer schwierigen Zeit, dessen war er sich bewusst. Aber gerade diesen Sonntagsausflug hatten sie doch unternommen, weil sie es sich wünschte, und auch wenn er sie ein wenig aufgezogen hatte, so hatte er doch nie dagegen protestiert.

Schließlich beruhigte sie sich und legte ihr Gesicht an seine Schulter. »Das Ganze ist so leicht für dich.«

Er durfte sie küssen, und sie gingen zum Auto zurück, von dem aus die Kinder die Szene verfolgt hatten. Er fragte sie, was sie meinte, und gab sich Mühe, nicht allzu gereizt zu klingen. Für keinen von ihnen war es leicht, ihre Gespräche versandeten. Ultimative Forderungen brachten Kompromisse zum Implodieren, und keiner bekam das, was er sich wünschte.

»Dir wurde alles in den Schoß gelegt«, sagte sie. »Und du denkst nicht einmal daran, dass du es deinen Kindern weitergeben solltest.«

Dieses Gespräch führten sie nicht zum ersten Mal. Er fand, sie würde der Tatsache, dass seine Mutter ihn als kleinen Jungen in Museen und ins Theater mitgenommen hatte, zu viel Bedeutung beimessen. In Wirklichkeit ginge es ihr nur darum, dass sie in der Stadt aufgewachsen war und er auf dem Land, dass ihre Mutter hatte arbeiten müssen, um die Familie zu versorgen, seine Mutter hingegen alles im Überfluss gehabt hätte. Und dass ihn das keinesfalls zu einem besseren und feineren Menschen machte – und was sie sonst noch alles dachte. Das schmetterte sie jedoch mit einem trockenen Lachen ab.

»Du weißt es nicht einmal zu schätzen«, sagte sie, als sie die Hand ausstreckte und Martin und Flora über das Haar strich.

Sie hatte es so ruhig gesagt, dass er sich davon nicht provoziert fühlte, er legte lediglich die Hand in ihren zierlichen Nacken und drückte sie kurz. Sie gab ihm die Kleinigkeiten aus ihrem alten Beutel, er steckte sie in seine Hosentasche und legte den Arm um Marie-Louise. Als sie am Eingang bezahlt hatten und ins Foyer weitergingen, drehte sie sich um und lächelte ihn an, es war ein zugleich nervöses und schelmisches Lächeln, ein Ich-weiß-schon-dass-du-recht-hast-Lächeln, und am Ende war es trotzdem ein schöner Ausflug geworden.

An jenen Nachmittag musste Eric jetzt denken, als sie endlich im Zug nach Rossel saßen. Sie hatten ihn gerade noch im letzten Moment erreicht, weil Martin plötzlich doch nicht die Schule wechseln wollte und sich unter dem Sofa versteckt hatte, sodass Eric ihn darunter hervorzerren und gegen seinen Willen ins Auto schieben musste. Ausnahmsweise hatte Flora sich nicht eingemischt, sie hatte sich auf den Beifahrersitz gesetzt und gewartet, während Marie-Louise ihren kleinen Bruder abwechselnd ausschimpfte und tröstete, bis er schließlich unter der Bedingung einlenkte, in seine alte Klasse zurückzudürfen, wenn er seiner neuen Schule zumindest einen Tag lang eine Chance gab. Eric war müde und wütend auf sich selbst, dass er eingelenkt und es Martin versprochen hatte. Der Nachmittag mit Alice und den Kindern wurde in seinen Gedanken zu einem Rettungsanker, einer Erinnerung daran, dass damals auch nicht alles harmonisch ablief.

Gut genug, dachte er und betrachtete seine Kinder, man kann unmöglich wissen, was gut genug ist, bevor es vorbei ist. Er legte die Hand auf Martins Knie, doch der wich zurück. Er drückte Floras Hand, und sie erwiderte die Geste, ohne ihren Blick vom Fenster abzuwenden.

Er versuchte ein Gespräch anzufangen, doch Martin ignorierte ihn, und Flora antwortete nur einsilbig, also ließ er sie in Ruhe. Er dachte daran, wie es wohl für die Kinder war, zum ersten Mal im frühen Zug nach Rossel zu sitzen, eine Fahrt, die er mittlerweile in- und auswendig kannte. Doch es gefiel ihm noch immer, wie der Wald sich im Rhythmus der Jahreszeiten veränderte, und er freute sich, wenn er ein Tier zwischen den Baumstämmen erspähte.

Flora sah aus dem Zugfenster, und wenn sie ihren Blick nicht fokussierte, verzerrte sich der Wald zu Balken aus Licht und Schatten, Kaugummistreifen in Grün, Braun und Weiß. Wenn man aus dem Wald auf die freie Ebene gelangte, war es, als würde man durch ein Tor fahren. Der Baumbestand wurde nicht allmählich lichter, die Stämme standen Schulter an Schulter, bis der Wald jäh aufhörte und abgelöst wurde von flachem, hellem Brachland, grauen Straßen und Hochspannungsmasten, die von der Morgensonne so erhellt wurden, dass sich die Landschaft nicht mehr vom Himmel unterscheiden ließ. Der Zug schlich sich an Rossel heran, die Schienen schlugen einen sanften Bogen aus westlicher Richtung, die Herzberge erhoben sich auf der anderen Seite der Stadt, die sich glitzernd wie geschmolzenes Metall in die Talsenke schmiegte. Fabrikhallen, Lagergebäude und Schornsteine gingen über in Hochhäuser mit schmalen Balkons, auf denen die Menschen ihre Wäsche aufhängten und Bierkästen und Gerümpel stapelten. Weit oben stand ein Kind mit blankem Hintern und schrie, anderswo lehnten sich Männer in Unterhemden und Frauen mit Handtüchern auf dem Kopf über das Geländer, rauchten Zigaretten und folgten dem Zug mit ihren Blicken. Als sie das letzte Stück zum Bahnhof durch den Tunnel fuhren, sah Flora die Spiegelung ihres Gesichts in der dunklen Scheibe, nur hin und wieder zerrissen vom gedämpften, gelben Licht über den unterirdischen Notausgängen. Sie schwitzte, gleich war es so weit.

Martin und sie warteten vor dem Kiosk, während Eric seine Zeitungen kaufte, Menschen strömten die Rolltreppen von den Gleisen herauf, gehetzte Mienen, einzelne Schulkinder mit sonnenverbrannten Gesichtern und schweren Taschen,

Summen und lautes Klappern, Trippeln und Stimmen, Fäden aus Schritten, die am Ausgang zu Knäueln zusammenliefen. Eric hielt für ein paar Sekunden die Zeit an, als er hinauskam, er strich ihnen über das Haar, und Martin nahm seine Hand.

»Es wird schon alles gutgehen«, sagte Eric und zog seine Kinder an sich, sodass ihre Schultern gegeneinanderstießen.

Die Schule lag eine Viertelstunde Fußweg vom Bahnhof entfernt, die meiste Zeit ging es geradeaus am Fluss entlang. Flora lief einen halben Schritt hinter ihrem Vater und ihrem kleinen Bruder, sie stellte sich vor, dass sie die Stadt bereits kannte und sie sich ganz selbstverständlich durch die Straßen bewegte.

Sie gingen an einem verfallenen und labyrinthischen Viertel vorbei, das Flora noch nie betreten hatte und das ganz anders wirkte als die Stadtmitte mit all den Museen, den Cafés am Fluss und Erics Büro. Hier war der Fluss zu einer schmalen und tiefen Rinne eingedämmt, man konnte ihn trotz des Verkehrslärms rauschen hören, musste sich jedoch über das Eisengeländer beugen, um das Wasser zu sehen. Zwischen den Steinplatten auf beiden Seiten des Flusses wuchsen vereinzelte grüne Pflanzen, jemand hatte dort etwas in Rot, Weiß und Schwarz gemalt: riesige Brüste mit kreisförmigen Brustwarzen, ein Herz mit einem A und einem N und daneben: KACKE! FREIHEIT! SCHWUCHTEL! Eric ging auf dem schmalen Bürgersteig voraus, mit seinen blankpolierten Schuhen und seinem Anzug wirkte er zwischen den maroden Häusern deplatziert. Flora hätte sich gern alles genauer angesehen, Uhrmacher, Gemüsehändler, Läden mit Kleidern und Kitteln, von denen sie sich nicht vorstellen konnte, dass sie jemals ein Mensch kaufte, ein Wäschegeschäft mit enormen, hautfarbenen Büstenhaltern und Korsetts, die mit Reißzwecken auf einer Spanplatte im Schaufenster befestigt waren. Das Licht wurde von den matten Fassaden absorbiert und reflektierte in den Fenstern und Spiegeln. Sie musste kleinen Pfützen ausweichen und Hunden, die im Müll wühlten, über allem lag der Geruch von Fluss und Abgasen, Menschen und Staub.

»Du musst dir genau merken, wo wir abbiegen«, sagte Eric und drehte sich um, »an der Ecke mit dem weißen Kaufmannsladen.« Sein Gesicht glänzte, obwohl es nicht besonders warm war. »Martin hat schon vor dir aus, er wartet auf dem Schulhof auf dich, und dann geht ihr zusammen nach Hause.«

Flora nickte. Eric hatte ihnen das alles schon mindestens zwanzigmal erklärt.

»Und hier ist noch Geld«, sagte er, als sie in die Straße einbogen, in der die Schule lag. »Für die Telefonzelle, falls nötig.« Er streckte ihr ein paar Münzen hin und kramte auch einen Schein hervor, es war der erste Schultag, und wenn sie wollten, durften sie sich auf dem Heimweg ein Eis kaufen. Er fasste sie am Arm, als sie das Geld genommen und es in das kleine Fach an der Klappe ihrer Schultertasche gesteckt hatte.

»Ihr müsst aufeinander aufpassen«, mahnte er.

Er wischte sich mit dem Jackettärmel über Stirn und Oberlippe, das vergoldete Ziffernblatt seiner Uhr fing das Licht ein. Sie nickte, es wäre leichter gewesen, wenn sie allein gewesen wäre. Die Nervosität wurde zwischen ihnen dreien hin- und hergeworfen und floss in einem Gemeinschaftstopf zusammen. Eric hielt ihnen die Tür auf.

»Wir müssen hoch in den zweiten Stock«, sagte er. »Die erste Tür rechts.«

»Du kannst ruhig schon gehen«, erwiderte Flora und bemühte sich, ihm in die Augen zu sehen, »wir kriegen das auch allein hin.«

Eric nickte, blieb aber trotzdem stehen.

»Im Ernst«, sagte Flora. »Das ist wirklich kein Problem.«

Er sah erneut auf seine Uhr. Es war fast eine Erleichterung, als er endlich ging.

Der Schulleiter bat sie herein, sie durften ihn Philip nennen und auf seinem Sofa Platz nehmen, während er Tee in glasierten Tonbechern servierte. Sein Büro war anders als das des Direktors in Vase; dort hatte es Aktenschränke gegeben, Kupferstiche in schmalen Goldrahmen und einen Briefbeschwerer in Gestalt einer Schlange, dort nannte man weder den Schuldirektor noch die Lehrer beim Vornamen, und die Kinder durften ausschließlich auf den harten Stühlen mit den hohen Rückenlehnen sitzen, direkt gegenüber vom Direktor, der auf der anderen Seite seines hohen Schreibtischs thronte. In der Cassiopeiaschule hingen ungerahmte Bilder mit Reißzwecken an der Wand, eine weiße Taube in einem Regenbogen, ein großes Foto mit rotem Hintergrund, auf dem ein Mann mit dünnem Oberlippenbart, schulterlangem Haar und einer schwarzen Mütze mit einem einfachen, weißen Stern zu sehen war, ein weiteres Foto mit rotem Hintergrund, hier war ein chinesischer Mann vor einer aufgehenden Sonne zu sehen, er hatte eine Halbglatze und trug dieselbe blaue Jacke wie der Schuldirektor. Auf dem Schreibtisch drohten die Papierstapel umzustürzen, dazwischen standen ein Becher mit Bleistiften und ein orangefarbenes Telefon, das zweimal klingelte, ohne dass Philip abhob.

Er wollte wissen, ob sie noch Fragen hätten, und sah sie unentwegt mit einem erwartungsvollen Lächeln an, obwohl Flora und Martin den Kopf schüttelten. Flora konzentrierte sich darauf, ihm in die Augen zu sehen. Draußen auf dem Gang hörten sie ein Kind rufen, ein anderes lachen.

»Siebte Klasse, vierte Klasse«, sagte Philip, »vielleicht hat euer Vater euch ja schon alles erklärt?«

Martin nickte, Flora schüttelte den Kopf. Nichts hatte er erklärt, es war schließlich nur eine Schule, und sie wäre gar nicht auf die Idee gekommen, dass es irgendetwas gab, was man wissen müsste. Martin verpasste ihr einen Stoß mit dem Ellbogen, sie schubste ihn weg und versuchte, es wie ein Versehen aussehen zu lassen.

Philip lachte und sagte, dass er seinen Vortrag trotzdem halten werde. Er sprach über die Lust am Lernen und erklärte, dass sie nicht zu allen Unterrichtsstunden erscheinen müssten, nur die Vollversammlungen seien Pflicht. Sie sollten sich gegenseitig anständig behandeln, davon abgesehen gebe es keine Vorschriften.

»Wir brauchen keine anderen Regeln als die, die sich von selbst verstehen«, sagte er. »Bei uns geht es genauso sehr ums Herz wie ums Hirn«, fuhr er fort und deutete auf ein Banner über der Tür. Herz vor Hirn, stand dort. Der Slogan war von einem Kind gemalt worden, die bunten Buchstaben tanzten über die grüngelben Felder des Hintergrunds.

Philip legte die Hand auf seine Brust und schlug ein paar Mal mit der geballten Faust dagegen. »Das Herz muss immer am lautesten sprechen dürfen«, erklärte er.

»Wie soll man denn dann etwas lernen«, fragte Martin, »wenn man gar nicht zum Unterricht kommen braucht?«

Flora schluckte. Er musste doch nicht gleich am ersten Tag Streit suchen. Sie wünschte, Tutku würde ihm mit ihrem dicken Schwanz den Mund stopfen, aber seit dem Vorabend hatte sie die Hündin nicht mehr gesehen.

»Gut«, sagte Philip und klatschte in die Hände. »Ich habe mir schon gedacht, dass du das fragen würdest, ich habe es dir angesehen. Wir glauben, dass man vom Unterricht am meisten hat, wenn man zu lernen bereit ist, und unserer Erfahrung nach kommen die Kinder von selbst, wenn sie so weit sind.«

Philip lehnte sich vor und versuchte, Augenkontakt zu dem Jungen herzustellen, der jedoch beharrlich auf den Boden starrte. Nach einer Weile stand Martin auf und ging zum

Fenster. Philip lehnte sich zurück und verschränkte die Hände im Nacken. Der kleine Aufstand schien ihn nicht weiter zu beeindrucken.

»Ich laufe gern«, sagte Flora schließlich, um das Schweigen zu brechen. »In meiner alten Schule war ich in der Laufmannschaft.«

Philip sagte aha und behielt Martins Rücken im Auge.

»Gibt es hier so was auch?«, fragte sie.

Philip hob einen Zeigefinger, und sie schwieg.

»Möchtest du dich nicht wieder setzen, Martin?«, fragte Philip.

»Ich will nach Hause«, antwortete Martin und verschränkte die Arme.

»Das geht wohl nicht«, sagte Philip. Er sah traurig aus. »Ich fürchte, es würde deinem Vater nicht gefallen, wenn du am ersten Schultag allein durch die Stadt läufst. Ich glaube, es ist am besten, wenn du nachher mit deiner Schwester zusammen gehst.«

»Ich will nach Hause«, wiederholte Martin.

Philip seufzte und trommelte mit den Fingern auf den Tisch. »Vielleicht können wir uns darauf einigen«, begann er und forderte Martin mit einer Handbewegung dazu auf, sich wieder hinzusetzen, »dass du heute draußen spielen gehst, wenn du nicht den Mut hast, deine neue Klasse kennenzulernen? Dann kann ich in der Mittagspause wieder nach dir sehen und mich erkundigen, ob du Hunger hast?«

Martins Blick flackerte. »Mut?«, fragte er.

»Ja, oder Lust, wenn du meinst, das wäre ein passenderes Wort«, antwortete Philip.

»Ist mir egal. Ich komme morgen sowieso nicht wieder.«

»Niemand zwingt dich dazu«, erwiderte Philip lächelnd. »Also – Schulhof oder Klassenzimmer?«

Martin setzte sich auf die Sofalehne, antwortete jedoch

nicht. Flora stieß ihn an, sie wünschte, Philip würde es nicht bemerken.

»Du kennst deinen Bruder«, sagte er und sah Flora an. »Kannst du ihm dabei helfen, herauszufinden, wofür er sich am besten entscheiden sollte?«

Flora nickte, weil sie nicht wusste, was sie sonst tun sollte. Wenn Martin sich doch nur ordentlich benehmen könnte.

Philip ließ die beiden allein. Er sagte, er werde in der Zwischenzeit ihre neuen Klassenkameraden holen.

Flora war außer sich vor Wut. Martin schadete ihnen beiden, und sie boxte ihn gegen den Oberarm, als Philip gegangen war. »Idiot«, flüsterte sie, »du kannst doch wohl sagen, was du willst? Warum soll ich das für dich herausfinden?«

Martin stand auf und trat mit dem Fuß gegen das Sofa. »Dann gehe ich eben in die blöde Klasse«, sagte er.

»Das ist gut«, flüsterte sie und streckte ihm erleichtert die Hand hin.

»Ich mache es nur, um zu sehen, wie doof die sind« sagte er, und schlug ihre Hand aus, »als ob ich von denen irgendetwas lernen könnte.«

Kapitel 7

Schüler kamen und gingen. In der Vase-Kommunalschule war es jedoch eine Seltenheit, dass ein Schüler aufgrund eines Konflikts die Schule verließ. Nur wenige Male hatte man in den knapp dreizehn Jahren ihres Bestehens einen Schüler bitten müssen, an eine andere Schule zu wechseln. Das war jedes Mal tragisch und lag immer an der mangelnden Anpassungsbereitschaft des Schülers, an wiederholten Schlägereien, Vandalismus, Diebstählen, all solchen Dingen, von denen nicht einmal Schulen in besseren Gegenden verschont blieben. Sollten Eltern ihre Kinder von der Schule genommen haben, weil ihnen etwas nicht passte, so hatten sie andere Gründe vorgeschoben. Jedenfalls war die Schule davon nicht in Kenntnis gesetzt worden. Floras Fall war außergewöhnlich. Den Schulleiter Simon Carl ärgerte es, dass sie keine einvernehmliche Lösung gefunden hatten, aber nach einem kurzen Gespräch mit Frau Davidsen, der Religionslehrerin, kam er zu dem Urteil, dass Eric Horns Zorn eher auf seine Launenhaftigkeit zurückzuführen war als auf eine falsche Vorgehensweise seitens der Schule.

»Ich lehre das Christentum«, hatte Toni Davidsen gesagt, und er hatte die Hand auf ihren Arm legen müssen, um sie zu besänftigen. »Soll ich etwa so tun, als würde in der Bibel etwas anderes stehen?«

Simon Carl kannte Eric Horn nur entfernt, hielt ihn im Grunde jedoch für einen vernünftigen Mann mit einem tragischen Schicksal und wohlerzogenen Kindern. Dieser Eindruck bestätigte sich, als er Marie-Louise am ersten Schultag wieder begrüßte. Er kannte die Namen der Schüler, redete aber im Großen und Ganzen nur mit ihnen, wenn sie gegen die Schulordnung verstießen oder überdurchschnittliche Leistungen erbrachten. Keins von beidem traf auf Marie-Louise zu, sie war eine brave, fleißige, durchschnittliche Schülerin, angenehm still und anonym wie die meisten. Dennoch sprach er sie auf dem Gang an, als sie ihm entgegenkam, ihren Ordner an die Brust gepresst, wie es alle Mädchen in den höheren Klassen taten.

»Hattest du schöne Ferien?«, fragte er, und sie nickte. Er legte seine Hand auf ihre Schulter. »Grüß deine Schwester von mir.«

»Danke, das mache ich«, flüsterte sie.

Sie lächelte schüchtern, er spürte, wie unangenehm ihr die Situation war, und dachte, es läge daran, dass sie sich für die Episode mit ihrer Schwester verantwortlich fühlte. Er hatte schon immer gefunden, dass die Mädchen in den höheren Klassen etwas Lebensfrohes und Rührendes ausstrahlten. Sie machten den Eindruck, als ob sie über die Dinge nachdenken und tiefe Gefühle hegen würden. Mädchen wie Marie-Louise strengten sich an und waren den jüngeren Schülern ein positives Vorbild, und er verspürte eine plötzliche Dankbarkeit und den Drang, sie zu loben.

»Die Laufmannschaft wird sie vermissen«, fuhr er fort.

»Ja«, sagte Marie-Louise und wurde rot. Sie presste sich den Ordner noch fester gegen die Brust.

»Jedenfalls ist es gut, dass du uns erhalten bleibst«, sagte er vorsichtig und berührte erneut ihre Schulter.

Als sie ihren Weg den Gang entlang fortsetzte, blieb er vor seinem Büro stehen und sah ihr nach. Die Verwandlung, die die Mädchen durchliefen, kam ihm erstaunlicher vor als die der Jungen. Wie im Laufe der Jahre aus kleinen, flachbrüstigen Kindern mit Zöpfen und großen Zähnen plötzlich elegante, junge Frauen wurden. Marie-Louise sah ihrer Mutter ähnlich, dasselbe blonde Haar und die schlanke Figur, dieselbe unterkühlte Schönheit. Als Alice Horn noch lebte, hatte er nie darüber nachgedacht, sie hatten nicht oft miteinander gesprochen, und vielleicht kam es ihm nur rückblickend so vor, aber er meinte, sie hätte etwas Zerbrechliches an sich gehabt, das er in ihrer älteren Tochter wiederzuerkennen glaubte. Bestimmt war es nicht leicht, ohne Mutter aufzuwachsen, schon gar nicht in der verletzlichen Übergangsphase zwischen Kindheit und Erwachsensein – wann hörten diese Jahre eigentlich auf? Es war zu erwarten, dass ein solches Mädchen schneller erwachsen wurde, vermutlich übernahm sie Verantwortung für ihre Geschwister, sicher auch für ihren Vater. Sie schien ein anständiges Mädchen zu sein, und er hatte Mitleid mit ihr.

Im Lehrerzimmer sprachen sie über die zurückliegenden Sommerferien und über das kommende Jahr für die höheren Klassenstufen. Marie-Louise ging Simon Carl nicht mehr aus dem Kopf, er wollte ihr gern helfen. Doch es war heikel, das Thema direkt anzusprechen, im Umgang mit den Lehrern musste er diplomatisch sein, unbegründete, persönliche Fragen zu einzelnen Schülern wurden leicht als indiskret aufgefasst.

»Wie ist es denn eigentlich um die Laufmannschaft bestellt?«, fragte er stattdessen Hansson, der mit den Klassenlehrern der höheren Klassen an einem Tisch saß.

»Ein starkes Team«, antwortete dieser, »die Saison wird bestimmt gut laufen.«

Simon nickte. Er hatte gehofft, Hansson würde Floras Ausfall selbst erwähnen, doch der Kollege sagte nichts weiter und schnitt stattdessen Stücke von seinem Essen ab.

»Das mit dem Mädchen aus der Sechsten ist eine Schande«, sagte er so beiläufig wie möglich.

»Sechsten? Ach, du meinst Flora aus der jetzigen Siebten? Ja, die werden wir vermissen«, pflichtete Hansson ihm bei.

Das war ein ausreichend großer Köder für die anderen Lehrer am Tisch. Flora tat ihnen leid, nach dem Tod der Mutter habe sie es nicht leicht gehabt, der Schulwechsel würde ihr sicher schwerfallen. Der Vater hatte eine unkluge Entscheidung getroffen, darüber waren sich alle einig. Sie war ein schlaues und ein wenig introvertiertes Mädchen, aber bei diesem Hintergrund war das auch nicht weiter verwunderlich. Direkt darauf angesprochen, meinte Floras Mathematiklehrerin allerdings, dass das Mädchen sich schon immer ein wenig abgesondert habe.

»Das hat ihr die Sache bestimmt nicht erleichtert«, fuhr sie fort.

Die anderen pflichteten ihr bei, es sei schade, ja eine Schande, das Mädchen von der Schule zu nehmen, und dann ausgerechnet in der siebten Klasse, diesem Höllenjahr, der Schreckenszeit, der Phase der Hormonschübe und leeren Blicke. Auch darüber waren sie sich einig: Die siebte Klasse war am schlimmsten. Die Mathelehrerin seufzte und nickte der Englischlehrerin zu, die beteuerte, wie glücklich sie darüber sei, dass dieses Kapitel für ihre neunte Klasse abgeschlossen sei.

»Aber die große Schwester hat keine Probleme, oder?«, fragte Simon die Lehrerin der Neunten und streute zum dritten Mal Salz über sein Eierbrot, »auf mich macht sie einen vernünftigen Eindruck.«

Simon näherte sich langsam an, während die anderen ihr Gespräch um die unmöglichen Gemütsschwankungen der siebten Klassen fortführten.

»Und sie ist die Älteste von drei Geschwistern?«, fuhr er beharrlich fort. »Was für eine Verantwortung, nicht wahr?«

Die Klassenlehrerin meinte, Marie-Louise habe die schwierige Situation gut bewältigt. Obwohl sie mitunter ernster wirken konnte als andere Gleichaltrige, war sie doch in erster Linie ein ganz normales Mädchen, das alle Aufgaben erledigte und sich anstrengte. Simon Carl arbeitete sich im Krebsgang weiter vor, wühlte mit einer Schere den Sand auf, kniff mit der anderen vorsichtig zu. Er wollte wissen, ob sie pflichtbewusst sei und man sich auf sie verlassen könne, und die Lehrerin bejahte es. Selbst unmittelbar nach dem Tod der Mutter habe sie ihre schriftlichen Aufgaben immer pünktlich abgeliefert. Sie erzählte, dass sie Marie-Louise bei einer Gelegenheit zur Seite genommen und ihr gesagt habe, dass sie einzelne Matheaufgaben überspringen könne. Sie habe befürchtet, dass das arme Ding an allem zerbrechen könne.

»Das war vernünftig«, sagte Simon und blickte die Klassenlehrerin ernst an, die erwiderte, sie wolle eben nur das Beste für ihre Schüler.

Dann sprachen sie über andere Dinge, über die Sommerferien und die Erwartungen an das neue Schuljahr, darüber, wie schön es war, dass die orangefarbenen Lilien entlang der Mauer genau dann erblüht waren, als die Ferien gerade zu Ende gingen, und wie typisch es war, dass plötzlich strahlendes Wetter herrschte, wenn die Schule wieder anfing.

Sie streiften alle möglichen Themen, bevor die Schulglocke läutete. Es kam nur selten vor, dass Simon Carl Zeit hatte, so lange mit den Lehrern zu sprechen. Niemand verübelte ihm das, er war beliebt, und die Schülerzahlen waren gestiegen, seit er sein Amt vor fünf Jahren angetreten hatte. Mit seinen 26 Jahren war er damals jünger gewesen als die meisten Eltern. Er war in Rossel aufgewachsen und hatte seine Frau im Lehramtsstudium kennengelernt. Sie hatten einige Jahre in Farring gearbeitet, bevor er sich auf diese Stelle beworben hatte. Sie hatten zwei Töchter, die älteste war gerade eingeschult worden, bei der jüngeren war es nächstes Jahr so weit. Und obwohl an seiner Schule Lehrermangel herrschte, waren Simon und seine Frau übereingekommen, dass es besser war, wenn sie sich nicht an der Schule bewarb, die er leitete.

Irgendjemand musste sich schließlich auch um die Kinder und den Haushalt kümmern.

»Grüß schön zu Hause«, sagte die Klassenlehrerin, als sie aufstand. Sie kannte Simon Carls Frau oberflächlich, eine hübsche und zuverlässige kleine Frau, in deren Gesellschaft man sich wohlfühlte. Bis zu Simons Büro gingen sie gemeinsam den Gang entlang, die Lehrerin musste gleich unterrichten und wollte sich beeilen, doch er hielt sie auf.

»Ich suche eine Bürohilfe für ein paar Stunden in der Woche«, sagte er und lehnte sich gegen den Türrahmen. Das kleine Schild mit seinem Namen hing etwas schief, es störte ihn, dass man das nicht schon am ersten Schultag in Ordnung gebracht hatte. Er rückte es mit dem Zeigefinger gerade. »Es geht um ganz einfache Aufgaben, Kaffeekochen und solche Sachen, wenn meine Sekretärin nach Hause gegangen ist. Meinen Sie, das wäre eine Aufgabe für Marie-Louise Horn?«

Marie-Louise brachte neben ihrem Stundenplan, den neuen Schulbüchern und einem Aufklärungsheft von der Schulschwester mit dem Titel *Die junge Frau* auch die Zusage für einen Nebenjob beim Schulleiter mit nach Hause. Martin verschüttete Milch auf dem Küchentisch und war zu faul, sie aufzuwischen. Als Flora ihn deswegen anherrschte, ignorierte er sie und verschwand im Wohnzimmer. Sie lief ihm nach, und die beiden balgten sich, bis Marie-Louise einschritt und sie voneinander trennte. Sie machte Flora Vorwürfe, weil sie als Ältere vernünftiger sein müsste, doch obwohl sie das ungerecht fand, hatte Flora keine Lust, mit ihr zu streiten. Marie-Louise wischte Martins Malheur auf und schmierte ihm obendrein ein Marmeladenbrot, ehe er zum Spielen hinausrannte. Anschließend kochte sie Tee und brachte ihn Flora an den Küchentisch. Sie stapelte ihre neuen Bücher auf einem Stuhl, sie hatte Einschlagpapier und Bleistifte und einen Radiergummi gekauft, der nach dem neuen Schuljahr duftete.

»Kaum zu glauben, dass das mein letztes Jahr in der Vase-Schule ist«, sagte sie und berührte den Stapel mit den neuen Büchern, »und ich habe eine richtige Arbeit angeboten bekommen.«

Flora pustete auf ihren Löffel. Sie hatte kein einziges Buch bekommen, in ihrer Tasche lag nichts als ein unbeschriebener Block. Normalerweise verglichen sie zu Beginn des Schuljahrs immer ihre Stundenpläne, doch Flora hatte keinen.

»Wir sollen jeden Tag bis halb vier dableiben«, sagte Flora. Der erste Schultag war in Ordnung gewesen, die anderen hatten sie gut aufgenommen. »Und jeden Montag müssen wir uns selbst einen Wochenplan schreiben.«

Erst glaubte Marie-Louise ihr nicht, dann fand sie es lustig. Sie meinte, Martin würde auf diese Weise wohl nicht viel lernen, und Flora sah das genauso. Sie zweifelte daran, dass Martin überhaupt noch einmal in diese Schule zurückwolle.

»Waren sie denn nicht nett zu ihm?«, fragte Marie-Louise und blätterte zerstreut in *Die junge Frau*. Flora war nicht zu Ohren gekommen, dass sie ihn geärgert hätten. Sie erzählte von ihrer Begegnung mit dem Schulleiter, und Marie-Louise sagte: *Unglaublich!* und *Ist das wirklich wahr?,* ohne von ihrem Heft aufzusehen.

»Vielleicht solltest du dir das mal ansehen«, meinte sie schließlich und schob das Heft über den Tisch. »Für mich steht da nichts Neues drin.«

Flora nahm *Die junge Frau*, auf dem Umschlag war eine Zeichnung von einem Mädchen im Profil zu sehen. Es hatte das Haar zu einem Pferdeschwanz gebunden und trug kleine Ohrringe. Direkt unter den Brüsten verloren sich die Zeichenstriche im dunkelblauen Hintergrund.

»So etwas Ähnliches haben wir schon letztes Jahr bekommen«, sagte Marie-Louise. »Da stehen ganz interessante Sachen drin.«

Flora nickte. Es kam ihr wie eine Ehre vor, das Heft von Marie-Louise zu bekommen. In der Schule in Vase hätte jetzt in der Siebten der Sexualkundeunterricht begonnen, niemand hatte darüber reden können, ohne Witze zu machen, aber sie hatten dem Ereignis trotzdem entgegengefiebert. Von den älteren Geschwistern kursierten Geschichten von verlegenen Lehrern, von Präservativen, die über Papphröhren gerollt wurden, und von schrecklichen Filmen über Fortpflanzung und Geschlechtskrankheiten. Sie machten sich darüber lustig, sie taten, als wüssten sie sowieso schon alles, und dennoch war es wie ein Initiationsritus.

Nach dem Tee nahm Flora das Heft mit aufs Zimmer und blätterte es durch. Auf der Rückseite war eine Abbildung von einer jungen Frau mit offenem Haar, sie trug enge weiße Jeans und ein weißes Oberteil und saß auf einem Bett voller ebenso weißer Bettdecken und Rüschenkissen. Darüber stand der Satz: Was erzählen Sie Ihrer Tochter über Hygienebinden? In der unteren Ecke war eine kleine grüne Packung abgebildet. Das Mädchen sah aus wie eine Mischung aus Marie-Louise und Karen Carpenter. Flora verzog das Gesicht und schlug eine zufällige Seite in dem Heft auf. Je zwei Querschnitte des weiblichen und des männlichen Körpers. Auf dem einen Frauenbild sah man die Gebärmutter, auf dem anderen Bild ebenfalls, nur während der Menstruation. Bei den Männern hing der Penis auf dem einen Bild schlaff herunter, auf dem anderen war er steif aufgerichtet. Es war kaum zu glauben, dass sich Männer tatsächlich auf diese Weise veränderten, wenn sie erregt waren. Sie kannte solche Bilder schon, die Fotografien in Erics Nachschlagewerk gefielen ihr allerdings besser, obwohl man da eigentlich nur erfuhr, wie die Männer aussahen. Die Frauen hatten so viele Haare, dass man gerade so die Geschlechtsöffnung erahnen konnte. Schon möglich, dass es bei ihnen mehr auf das im Inneren Befindliche ankam, aber sie wünschte sich dennoch, mehr über das Äußere zu erfahren.

Der Menstruationszyklus wurde eingehend beschrieben, der Gelbkörper, der Mittelschmerz, das Abstoßen der Schleimhäute. Das hatte man ihnen schon im Biologieunterricht erklärt. Gebärmutter, Eileiter, Eierstöcke. Sie glichen einem Widder mit langem, wallendem Bart. Auf dem Bild, das die Menstruationsblutung darstellen sollte, tropften kleine, perfekt geformte, farblose Tropfen in den Widderbart. Flora hatte sie sich eher wie einen konstanten Blutstrom vorgestellt, aber eine pädagogische Illustration zeigte ein Deziliter-Maß, das nur bis zum untersten Strich mit einer farblosen Flüssigkeit gefüllt war. Davon abgesehen ging es vor allem darum, dass während dieser Tage gründliche Körperpflege besonders wichtig war.

Hygiene ist für junge Frauen besonders wichtig, stand auf der anderen Seite. *Deine Schweißdrüsen entwickeln dieselben Funktionen wie bei Erwachsenen, das führt zu Geruchsbildung. Geh einmal am Tag duschen, verwende Deodorant und denk daran, häufig deinen Slip zu wechseln. Während der Menstruation ist das noch wichtiger. Die Hygienebinde sollte alle drei Stunden gewechselt werden, um unangenehme Gerüche zu vermeiden.* Auf einem etwas körnigen Schwarz-Weiß-Foto waren Tampons und Binden zu einem Fächer ausgebreitet, darunter stand in winzigen Buchstaben: *Vereinzelt werden noch altmodische Binden verwendet, doch Ärzte prophezeien, dass die neue selbstklebende Binde von Come die alte Variante schon bald abgelöst haben wird.*

Körper, Blut und Geruch hatten nichts Verlockendes an sich. Flora hatte Marie-Louise oft mit ihren Freundinnen darüber reden gehört. Über Menstruationsschmerz und Wärmflaschen, darüber, keine engen Hosen zu tragen, unter denen sich die Binde abzeichnen könnte, oder wie peinlich es wäre, die Kleidung durchzubluten, wie man seine Binde in der Tasche verstecken musste, wenn man an einem Ort war, wo es keine Abfalleimer gab. Trotzdem wirkten sie irgendwie stolz, als wären sie nun in einem besonderen Klub, in den aufgenommen zu werden man geduldig abwarten musste. Dem Heft war ein Umschlag beigelegt, Marie-Louise hatte ihr den Inhalt gezeigt, ihn jedoch selbst behalten. Du hast ja sowieso keine Verwendung dafür, hatte sie gesagt und überlegen gelächelt. Abgesehen von den neuen selbstklebenden Binden gab es darin eine Probe eines Handwaschmittels und ein Päckchen Feuchtigkeitstücher mit einer geschwungenen, rosafarbenen Aufschrift: *Intime.* Außerdem enthielt das beiliegende Kuvert auch ein kleines Nähset, Nadeln in unterschiedlichen Größen, Nähgarn in verschiedenen Farben. Flora wusste zwar, dass das eine nichts mit dem anderen zu tun hatte, musste sich aber dennoch vorstellen, wie die Nadeln dazu verwendet wurden, irgendetwas zusammenzunähen, bis das Blut nicht mehr strömte. Es war ein widerlicher Gedanke, sie blätterte weg von den anatomischen Zeichnungen und den hässlichen Bildern von Höschen und Binden.

Beim Kapitel *Du und deine Gefühle* hielt sie inne. Es war in Abschnitte wie Freundschaft, Verliebtsein und sexuelles Begehren unterteilt. Sie begann von vorn. *Alle Tiere und Menschen verspüren den Drang, sich zu paaren. Das ist ein ganz normales und gesundes Bedürfnis, das jedes lebende Wesen schon seit Urzeiten besitzt. Ein Hund paart sich mit einem Hund, ein Vogel mit einem Vogel, ein Mann mit einer Frau. Dieses Bedürfnis unmittelbar zu befriedigen kann bei einer jungen, unverheirateten Frau jedoch auf Kosten ihres Selbstwertgefühls gehen und sie unglücklich machen.*

Es passte ihr nicht, dass Tutku ausgerechnet in diesem Moment angeschlichen kam. Sie hatte sich hinter der Gardine versteckt und auf Floras Einladung gewartet. »Was liest du denn da?«, fragte die Hündin und legte sich auf den Teppich unter dem Fenster. Ein Sonnenstrahl scheitelte das Fell auf ihrem Rücken.

»Nichts«, antwortete sie, ohne das Buch wegzulegen.

»Das sehe ich«, sagte Tutku und leckte ihre Pfoten.

Flora ignorierte sie und las in dem Abschnitt über Freundschaft weiter. *In der frühen Pubertät ziehen es die meisten Mädchen vor, enge Freundschaften mit anderen Mädchen zu knüpfen statt mit Jungen. Das sexuelle Interesse am eigenen Geschlecht hingegen hält nur selten bis ins Erwachsenenalter an. Es kann ein Zeichen von Unreife oder mangelnder Anpassung an das Leben als erwachsene Frau sein, in manchen Fällen kann eine Beratung Abhilfe schaffen.*

»Ich bin müde«, sagte sie und legte das Heft in ihre Nachttischschublade, »und ich muss dir ja wohl nicht immer alles auf die Nase binden.«

Die Hündin grinste. Flora schloss die Augen. Vielleicht würde sie sich nie weiterentwickeln, vielleicht würde sie immer das dünne und flachbrüstige Mädchen aus dem Vorort bleiben, das niemand beachtete. Tutku stürmte auf sie zu, die Hündin konnte schnell wie der Blitz sein, und schnappte einige Vögel von Floras Brust weg.

»Du warst wohl nicht nur müde«, sagte sie und leckte sich das Maul. Flora deutete mit dem Finger auf ein paar Federn auf dem Boden, und Tutku schleckte sie mit der Zunge auf.

»Ich habe keine Lust, darüber zu reden«, sagte sie, »du bist den ganzen Tag nur durch den Wald getobt, aber ich war in der Schule.«

Tutku ahmte ihre höhnischen Mundbewegungen nach, ohne etwas zu erwidern. Flora kehrte ihr den Rücken zu.

»Waren die anderen denn nett zu dir?«, fragte Tutku nach einigen Minuten des Schweigens. »Oder soll ich ihnen die Leviten lesen?«

»Ich glaube, Martin bräuchte deine Hilfe eher, für ihn war es schlimm.«

»Martin?« Flora konnte hören, dass Tutku verletzt war. »Warum sollte ich für den etwas tun? Er ist nicht mein Freund.«

Da bekam Flora doch ein schlechtes Gewissen und drehte sich wieder zu Tutku um. »Musst du auch nicht«, flüsterte sie und kraulte die Hündin am Hals. »Das war dumm dahingesagt.«

Um ihre Ruhe zu haben, erzählte sie Tutku alles, worüber sie eigentlich nicht reden wollte: von der Klassenlehrerin mit dem kurzen gelben Kleid und den grünen Stiefeln mit der Holzsohle; wie sie im Kreis auf dem Boden saßen und berichten sollten, wie sie die Ferien verbracht hatten; von dem Mädchen mit den schiefen Zähnen, das sie herumgeführt hatte; von der Linsensuppe und den harten Vollkornbrötchen, die es zum Mittagessen gab; vom Papier, das sich nicht füllen wollte, als sie ihren Stundenplan aufschreiben sollte; von der ausdrücklichen Anweisung, das selbstständig zu erledigen und die anderen nicht um Hilfe zu bitten.

»Aber wir haben keinen Religionsunterricht«, sagte sie, »also gibt es wenigstens keine bescheuerte Religionslehrerin.«

Tutku nickte, dabei hatte sie von Schule überhaupt keine Ahnung.

Eric fand es nicht besonders witzig, als Martin sich beim Abendessen über die neue Schule lustig machte, aber er schimpfte nicht mit ihm. »Ich werde dich nicht zwingen, dorthin zu gehen«, sagte er.

»Ich weiß nicht«, erwiderte Martin und zerquetschte die Erbsen mit seiner Gabel.

»Ich weiß es auch nicht«, sagte Eric und sah stattdessen Flora an. »Und du?«

»Mir hat es ganz gut gefallen«, sagte sie, »ich glaube, es wird okay.«

»Okay?«, fragte Eric. »Okay bedeutet gut, nehme ich an?«

Flora sah anstelle ihres Vaters Martin an.

»Ich kann euch nur Möglichkeiten aufzeigen«, sagte Eric, »die Entscheidung kann ich euch nicht abnehmen.«

Martin ließ die Gabel im Erbsenmus stecken. Eric klang schon genau wie der idiotische Schulleiter.

Marie-Louise ergriff die Gelegenheit. Sie erzählte von ihrem Stundenplan und dass sie bereits über die Abschlussprüfungen gesprochen hatten. »Am ersten Schultag nach den Ferien«, sagte sie, »ist das nicht unglaublich?«

»Aber es ist wichtig«, entgegnete Eric. »Aus euch soll doch schließlich etwas werden.«

Marie-Louise redete immer weiter, obwohl Eric müde und abwesend wirkte. Die Nachricht von Herrn Carls Angebot hob sie sich bis zum Schluss auf.

»Wenn du Lust dazu hast«, sagte Eric anschließend nur und räumte die Teller zusammen, »dann mach es.«

Dennoch begann Marie-Louise die Rede vorzutragen, die sie im Kopf vorbereitet hatte, wie sie alles gut unter einen Hut bringen würde, hin und wieder zu kochen, einzukaufen und Hausaufgaben zu machen, bis Eric sie unterbrach. »Ich vertraue dir. Mach nur, was du für richtig hältst.«

Zu Marie-Louise konnte er so etwas bedenkenlos sagen. Von den drei Geschwistern war sie schon immer die Unkomplizierteste gewesen. Als sie jünger war, mochte ihre Schüchternheit ein Problem gewesen sein, wie Alice gern betont hatte, aber die unverfälschte Freude, die Marie-Louise über das Jobangebot des Schulleiters zeigte, bewies, dass sie das überwunden hatte. Wenn Eric an ihre gemeinsamen Gespräche über die Kinder zurückdachte, kam es ihm vor, als hätte Alice sich stets bemüht, jene Risse aufzuspüren, die alles zum

Einsturz bringen konnten. Halb zwanghaft, halb lustvoll war sie in der Fiktion dieser künftigen Katastrophen verharrt. Er hatte ihr empfindsames Gemüt geliebt, ihre Empfänglichkeit und ihren Sinn für Schönheit, aber die Kehrseite davon war eine übermäßige Ängstlichkeit. Eric fand, dass es ihm wesentlich leichter fiel, die dunklen Seiten anderer Menschen zu sehen, als ihre Stärken zu erkennen. Er wäre gern dazu in der Lage gewesen, andere mit milden oder wenigstens gerechten Augen zu betrachten, aber ihre Gesichter verschwanden im Schatten. Sein Blick glitt hastig über das Vollendete hinweg, beim Finsteren hingegen blieb er hängen. Er grübelte, ob ihn das zu einem schlechteren Menschen machte, einem misstrauischen und mitunter zynischen Zeitgenossen. Ein einziges Mal hatte er versucht, mit Sufi darüber zu sprechen, an einem frühen Morgen nach einem Fest, sie waren bekifft, aber nicht so sehr, dass sie kein sinnvolles Gespräch mehr führen konnten. Sie lagen im Paradies auf der Terrasse, nachdem alle anderen schon ins Bett gegangen waren. Er erinnerte sich nicht an die Einzelheiten, aber es war eines jener lockeren, frei mäandernden Gespräche über echte und befreite Liebe – im Gegensatz zum menschlichen Bedürfnis, einander zu besitzen.

An jenem Abend im Paradies fühlte er sich sehr wohl. Rachel war in Farring, um zum ersten Mal seit Jahren ihre Eltern zu besuchen, und obwohl er sich nach ihr sehnte, erleichterte ihre Abwesenheit es ihm, dort zu sein. Er fühlte sich frei und entspannt, hatte sich gut unterhalten und eine Frau geküsst, die er nicht kannte. Mehr war daraus nicht geworden, sie hatte irgendetwas genommen, was sie sofort in den Tiefschlaf versenkte, als sie das Bett erreicht hatten. Ihm ging es ausgezeichnet, doch als er mit Sufi sprach, fiel ihm plötzlich auf, dass das alles nur Betrug war.

»Ich bin kein guter Mensch«, erklärte er Sufi, »ich bin kritisch und urteile zu schnell über andere und habe an jedem etwas auszusetzen.«

»Setz dich nicht so unter Druck«, antwortete Sufi, nachdem er lange geschwiegen hatte. »Du hast in den letzten Jahren ein paar ziemlich harte Sachen erlebt.«

»Ich vermisse Alice. Aber ich bin mir nicht sicher, ob sie mich überhaupt noch leiden könnte. Mittlerweile bin ich so …« Eric verstummte. Besitzergreifend? Abgestumpft? Dumm?

»Natürlich würde sie dich noch mögen«, erwiderte Sufi und legte seine Hand auf Erics. »Wir mögen dich doch alle, du solltest die Dinge nur etwas ruhiger angehen lassen.«

In diesem Moment war Eric sicher, dass Sufi auf Rachel anspielte. Dass er bemerkt hatte, wie Eric ständig um sie herumstreifte wie ein lächerlicher räudiger Köter.

Sie hatten nicht weiter darüber gesprochen, aber der Gedanke ließ Eric nicht mehr los. Manchmal bildete er sich ein, Sufi würde ihn verabscheuen. Dieses Gefühl überkam ihn, wenn er schlaflos im Bett lag und über die Vergangenheit und die Zukunft grübelte.

Seine Kinder waren es nie, die ihn nachts wach hielten. Ihnen gegenüber betrachtete er sich als handlungsfähigen Menschen, und wenn es ein Problem gab, reagierte er prompt und versuchte eine Lösung zu finden. Genau das hatte er auch Rachel gesagt, als sie ein seltenes Mal über die Kinder sprachen. Es war an einem späten Nachmittag in den Sommerferien gewesen, auf seine Initiative hin waren sie einige Tage an einen Badeort an der Küste nördlich von Farring gefahren, er hatte das Bedürfnis gehabt, Zeit mit ihr allein zu verbringen. Es war der letzte Tag ihrer Reise, sie aßen Muscheln in einem Restaurant mit Meerblick. Anschließend gingen sie an den flachen, rosafarbenen Klippen entlang, bis sie einen ungestörten Ort fanden. Sie badeten und sonnten sich und lagen gemeinsam im Schatten der niedrigen Bäume, die am Rande der Klippen wuchsen. Sie hatte sich in seinen Arm geschmiegt und zusammengerollt, die Knie angezogen, dösig und zufrieden, ihre Haut war von der Sonne aufgewärmt. Er redete munter drauflos, sie lachte, wenn er etwas Lustiges sagte, und reagierte ansonsten mit zustimmenden Lauten. Wieso er auf die Kinder zu sprechen kam, wusste er nicht. Es hatte irgendetwas mit Flora zu tun, mit etwas, das sie gesagt und das ihn zunächst verärgert und verwirrt hatte, mit dem er jedoch trotzdem, so dachte er im Nachhinein, gut und vernünftig umgegangen war.

»Ich handle lieber, anstatt über den Dingen zu brüten«, sagte er. »Probleme müssen gelöst werden, ehe sie sich festsetzen.«

»Alle Probleme?«, fragte sie und drehte sich halb um, sodass sie auf dem Rücken lag. Sie sah in den Himmel hinauf, schirmte mit einer Hand ihre Augen ab. Kreisende Möwen unter Wolkenwimpeln.

»Ja, warum nicht?«, fragte er. »Du hast viel Sonne abbekommen«, fügte er hinzu und berührte ihren Bauch.

Sie setzte sich auf, schlang die Arme um ihre Beine und legte das Kinn auf die Knie. »Hast du denn nie Angst, dabei etwas zu übersehen?«, fragte sie.

»Ich weiß nicht«, antwortete er und fuhr mit dem Zeigefinger an ihrem Rückgrat hinab. »Aber warum sollte ich etwas übersehen?«

»Eltern übersehen immer etwas«, sagte sie, »besonders wenn sie sich sicher sind, es nicht zu tun.«

Er versuchte, sie wieder an sich zu ziehen. Schon den ganzen Tag hatte er Lust, mit ihr zu schlafen. Sie hatte ihre Kleider von sich geschleudert und war ins Wasser gesprungen, kaum dass sie an ihrem Sonnenplatz angekommen waren, er hatte sich an sie geschmiegt, und sie hatte unter Wasser seinen Penis mit der Hand umschlossen.

Jetzt befreite sie sich mit einer gereizten Bewegung aus seinem Griff. Er versuchte es erneut, doch sie stand auf. »Wir müssen nach Hause«, sagte sie und begann ihre Sachen aufzusammeln. Sie trug keinen Slip, band sich anstelle eines Rocks ein buntschillerndes Tuch um die Hüften und zog sich das T-Shirt über den Kopf. *Save the Whales,* stand quer über ihren kleinen Brüsten.

Er erhob sich widerwillig, zog sich an und brauchte absichtlich lange. Noch bevor er fertig war, ging sie los in Richtung Parkplatz. Er holte sie ein, legte den Arm um sie, aber sie entwand sich ihm aufs Neue. Als sie in dem brütend heißen Wagen saßen, fragte er sie, was los sei.

»Ich kann es nicht ausstehen, wenn du so besserwisserisch bist«, sagte sie.

Er verstand nicht, was sie meinte, und ließ es auf sich beruhen. Die Fahrt nach Rossel war lang. Er wäre gern noch länger an der Küste geblieben, sie kamen einander näher, wenn sie allein waren. Auf den Straßen herrschte kaum Verkehr. Der Herbst stand vor der Tür, das Korn wogte hell leuchtend in der untergehenden Sonne, in der Ferne durchschnitten die dunklen Silhouetten der Bäume die Dämmerung. Eric legte seine Hand auf Rachels Knie, sie hatte die Augen geschlossen, und er glaubte, sie schliefe.

»Du bist viel zu alt für mich«, flüsterte sie, ohne die Augen zu öffnen. »Ich bin mir nicht sicher, ob es eine gute Idee ist, dass wir uns so oft sehen.«

Er fuhr rechts ran, sie richtete sich wieder auf.

»Ich verstehe nicht, warum du plötzlich so etwas sagst.«

»Da gibt es auch nicht viel zu verstehen. So empfinde ich es eben. Es wäre wohl auch nicht fair, das nicht zu sagen?«

»Liegt es daran, dass ich von den Kindern geredet habe?«, fragte er. Vielleicht konnte auch Rachel eifersüchtig sein, obwohl sie immer das Gegenteil behauptete.

»Keine Ahnung. Kann sein.«

Sie saßen lange schweigend im Auto am Straßenrand. Ab und zu donnerte ein Lastwagen vorbei, und das Auto wackelte. Rachel kurbelte das Fenster herunter, es duftete nach Getreide. »Ich habe Hunger«, sagte sie. »Wollen wir nicht weiterfahren?«

Er tat, worum sie ihn gebeten hatte, sie schaltete das Radio ein und schloss erneut die Augen. Manchmal benahm sie sich wie ein unreifes Mädchen, dann war sie bockig, obwohl sie eben noch gute Laune gehabt hatte, dann widersprach sie ihm und verdrehte die Augen, als fände sie ihn lächerlich. Und im nächsten Moment konnte sie ihm um den Hals fallen und über große, ernste Fragen reden, auf die es keine Antwort gab.

Sie aßen an einer Raststätte südlich von Rossel. Er versuchte, über normale Dinge zu sprechen, sie wirkte zerstreut. Auf dem Parkplatz zog er sie an sich und küsste sie aufs Haar.

»Ich bin so gern mit dir zusammen«, sagte er. Seine Gefühle für sie deutlicher zum Ausdruck zu bringen, konnte er sich nicht erlauben.

Sie erwiderte seinen Kuss. »Ich bin auch gern mit dir zusammen«, sagte sie und machte sich wieder von ihm los, »jedenfalls meistens.«

Als sie wieder zurück in Rossel waren, hatte er sie einige Wochen lang in Ruhe gelassen. Es war ihm schwergefallen, aber er kannte sie gut genug, um zu wissen, dass es das Klügste war, was er tun konnte. Einmal, als sie sich nahe waren, hatte sie ihm zu erklären versucht, was sie daran störte, sich an einen anderen Menschen zu binden. »Es kommt mir so vor, als würde ich verschwinden, wenn die Beziehung zu eng wird«, hatte sie erklärt, »ich verliere das Gefühl dafür, wer ich bin.«

Das vermittelte ihm den Eindruck, dass es nichts mit ihm zu tun hatte, wenn sie ihn von sich stieß. Dass auch ihr Dinge schwerfielen, machte sie einander ebenbürtiger.

»Und wenn ich dich eine Zeitlang nicht sehe«, hatte sie damals gesagt, »vergesse ich auch, wie anstrengend du sein kannst.«

Dann hatte sie ihr Mädchenlachen gelacht, und er hatte aus Spaß den Beleidigten gespielt. Trotzdem hatte er sich ihre Sätze hinter die Ohren geschrieben, und als er sie drei Wochen nach ihrem Ausflug ans Meer anrief, klang sie fröhlich und sorglos und fragte sofort, ob er nicht vorbeikommen wolle. Er musste das Treffen aber um einige Tage verschieben, nicht um sich absichtlich rarzumachen, sondern weil es das letzte Ferienwochenende war. Am ersten Schultag machte er dann früh Feierabend, er hatte den Sommer über so viel gearbeitet, dass er es sich durchaus erlauben konnte, einen halben Tag freizunehmen. Sie schien glücklich, ihn zu sehen, obwohl sie auch etwas Rastloses an sich hatte. Unablässig nestelte sie an den Schnüren ihres Oberteils herum, sie verschüttete Wasser über dem Küchentisch und fluchte über sich selbst. Sie lagen eine Zeitlang auf der Terrasse in der Sonne, bevor sie sich von ihm anfassen ließ, sie schliefen im hinteren Zimmer miteinander, das nie renoviert worden war und wo die Wände unverputzt und stockfleckig waren. Obwohl es schön war, sie zu spüren, war er anschließend frustriert.

»Wo bist du mit deinen Gedanken?«, fragte er sie, als sie sich auf die Seite rollte, um sich einen Joint anzustecken. »Freust du dich überhaupt, mich zu sehen?«

Sie nahm einige tiefe Züge, ehe sie ihm antwortete. »Natürlich freue ich mich«, sagte sie und schmiegte sich an ihn, »sonst hätte ich dich nicht gefragt, ob du vorbeikommen möchtest.«

Er wollte sie schütteln oder irgendetwas sagen, das mehr bei ihr auslöste als nur ein flüchtiges Lächeln. Schließlich hatte er genug, stand auf und zog sich wortlos an. Er hätte sie gern verletzt, und es sah ganz so aus, als würde es ihm gelingen. Obwohl nichts Außergewöhnliches dabei war, dass er an einem Montag nach Vase zurückfuhr, um mit seiner Familie zu Abend zu essen, hatte sie Tränen in den Augen. Sie wandte sich von ihm ab, damit er es nicht sah, und er tat, als bemerke er es nicht, obwohl es ihn verwirrte. Er blieb in der Tür stehen, um abzuwarten, ob sie aufstand und ihm nach draußen folgte, aber sie kehrte ihm weiter den Rücken zu und blieb liegen.

Sufi stand auf dem Hof, er war in Rossel gewesen und hatte Leinwände gekauft; Eric half ihm, sie in den Schuppen zu bugsieren, in dem sich das Atelier befand.

»Du hast Rachel besucht?«, fragte Sufi und wischte sich mit dem Ärmel den Schweiß vom Gesicht.

»Die sind aber groß.« Eric deutete mit einer Kopfbewegung auf die Leinwände. Das Licht fiel in schmalen Strichen durch die undichten Wände und erleuchtete sie mit einem zarten, beweglichen Muster. »Größer als sonst.«

»Ihr geht es nicht gut«, sagte Sufi und betrachtete seine Leinwände, »die anderen Frauen bekommen aber nichts aus ihr heraus.«

»Als ich eben gegangen bin, machte sie einen ganz normalen Eindruck«, log Eric und kratzte sich am Hals.

»Hm«, brummte Sufi und folgte ihm hinaus ins Helle, »wenn du das sagst. Ich nehme an, dass sie mit dir spricht?«

»Warum sollte sie?«, fragte Eric. »Wir sind schließlich nicht zusammen, oder?«

Sufi stieß einen gedämpften Pfiff aus. »Jetzt beruhige dich«, sagte er und tätschelte Eric den Arm, »du bist nur einfach schon lange nicht mehr da gewesen. Und es muss ja gar nichts mit dir zu tun haben. Frauen haben nun mal die Angewohnheit, ein bisschen überzureagieren, wenn man sich mehr Freiheiten herausnimmt.«

Eric nickte. Es war zu demütigend, Sufi zu erzählen, dass sie diejenige war, die nicht mit ihm zusammen sein wollte. Der

Gedanke machte ihn rasend, sie hielt ihn zum Narren und dachte nur an sich. Auf der Heimfahrt nach Vase wandelte sich sein Zorn in Besorgnis. Vielleicht ging es ihr tatsächlich schlecht, bei Rachel wusste man nie genau. Sobald die Kinder im Bett waren, wollte er sie noch einmal anrufen.

Er hatte keine Geduld, sich die Eindrücke der Kinder von ihrem Tag anzuhören, er gab sich Mühe, Marie-Louises Geplapper zu lauschen und sich nicht von Martins schlechter Laune beeinflussen zu lassen. Wenn der Junge nicht in die Schule in Rossel gehen wollte, war das keine Katastrophe, solange Eric nicht die ganze Zeit dazu Stellung beziehen musste. Entscheidet selbst, hatte er zu ihnen gesagt, und davon war Martin anscheinend überrascht. Er rief nach Eric, gerade als der sich in sein Arbeitszimmer gesetzt und den Hörer in die Hand genommen hatte.

»Ich möchte nicht in die neue Schule gehen«, flüsterte Martin im Halbdunkel, Eric war im Türrahmen stehengeblieben.

»Das kannst du selbst entscheiden«, antwortete er, »das habe ich dir ja schon gesagt.«

»Okay«, flüsterte Martin, mit dem kleinen Gesicht unter dem zottigen Haar glich er den Kindern vom Paradies.

Martin wollte, dass Eric ihn am nächsten Tag in die Schule in Vase begleitete. Er wollte nicht selbst erklären, warum er wieder zurückkam.

Eric musste sich beherrschen, um seine Irritation zu verbergen. »Dazu habe ich keine Zeit«, sagte er, »aber sie werden bestimmt Verständnis dafür haben.«

Martin schniefte und erwiderte nichts.

»Sie werden sich einfach nur freuen, dich wiederzusehen. Du kennst sie doch alle schon.«

Doch dann brach Martin in Tränen aus, und Eric musste sich auf seine Bettkante setzen, obwohl er nur daran dachte, schnell wieder wegzukommen und Rachel anzurufen.

»Marie-Louise kann mitgehen«, sagte er. »Und jetzt schlaf.«

Martin klammerte sich an Erics Hand fest, und er musste sich losreißen. Er schärfte seinem Sohn ein, dass er sich nicht so sehr aufregen dürfe. Herrgott noch mal, das sei doch nicht der Rede wert, es war nur ein einziger Tag auf einer neuen Schule, ab morgen sei alles wieder beim Alten. Martin versuchte sich zusammenzureißen, schluchzte anschließend jedoch so laut, dass Eric es noch immer hören konnte, als er die Tür des Arbeitszimmers schon hinter sich geschlossen hatte.

Er ließ seine Hand lange auf dem Hörer ruhen, bevor er die Nummer vom Paradies wählte. Am anderen Ende meldete sich Jonna, Rachel und sie gingen in dieselbe Frauengruppe und hatten einen engeren Kontakt zueinander als je zuvor. Ihre Stimme hatte einen spitzen und feindlichen Unterton. Schritte und Surren, gedämpfte Stimmen; es dauerte lange, bis Rachel kam.

»Du hast so traurig gewirkt, als ich gegangen bin«, sagte er und lehnte sich mit geschlossenen Augen im Stuhl zurück. »Ich wollte nur anrufen, um sicherzugehen, dass alles in Ordnung ist.«

Es verging viel Zeit, ehe Rachel antwortete. »Danke«, flüsterte sie, »das ist nett von dir.«

»Ich habe viel zu tun …«, setzte er an.

»Das ist schon okay«, unterbrach sie ihn, und dann sagte keiner mehr etwas.

Er wollte ihr gerade eine gute Nacht wünschen und vorschlagen, im Laufe der Woche noch einmal vorbeizuschauen, als sie im Ausatmen etwas sagte, von dem er nicht sicher war, ob er es richtig verstanden hatte.

»Ich verreise«, sagte sie noch einmal deutlicher.

Es war, als würde jeder Abstand zwischen ihnen verschwinden, und er hatte deutlich vor Augen, wie sie in der Hocke mit dem Rücken an der Wand saß und sich den Hörer fest gegen das Ohr presste. »Das ist etwas, was ich schon lange überlege, du brauchst also gar nicht versuchen, mich davon abzubringen.«

»Wohin fährst du denn?«, fragte er und trommelte mit den Fingern auf die Tischplatte. »Und wann kommst du wieder?«

»Das weiß ich noch nicht. Nach Farring, glaube ich … oder nach Indien.«

Im Nachhinein ärgerte Eric sich, dass er nicht ruhig geblieben war. Er kritisierte sie scharf und erhob seine Stimme, und natürlich erzielte das nicht die gewünschte Wirkung. Als er sie fragte, wovor sie davonlief, wurde sie wütend.

»Dir würde es doch gefallen, wenn es etwas mit dir zu tun hätte«, sagte sie.

»Ist das denn so?«, fragte er, während er überlegte, was er sagen konnte, um sie noch ein wenig länger am Hörer zu halten.

»Natürlich nicht«, antwortete sie, »warum sollte es das?«

Er atmete hastig.

»Ich schreibe dir eine Postkarte«, sagte sie nur, »du hörst von mir, ja?«

Er nickte, ohne etwas zu erwidern.

»Irgendwie ist alles ein bisschen durcheinandergeraten«, flüsterte sie, und er nickte erneut. »Bist du noch da, Eric?«

»Schreib mir deine Adresse, wenn du in Farring bleibst«, sagte er. »Ich habe ja öfter mal geschäftlich dort zu tun.«

Sie lachte und sagte *Ja, natürlich* und *In Ordnung* und andere Sachen, denen er später Bedeutung beizumessen versuchte, bis er sich schließlich nicht mehr genau erinnern konnte, was sie überhaupt gesagt hatte.

Kapitel 8

Flora wusste nicht, ob Mia nur provozieren wollte oder ob sie es tatsächlich ernst meinte. Mia hatte in der Klasse eine Sonderstellung inne, das war offensichtlich. Obwohl sie keine engeren Freundschaften pflegte, sahen die anderen zu ihr auf und behandelten sie mit einer Art Ehrfurcht. Mia war nicht hübsch, sie trug selbstgenähte Kleidung und hatte ausladende Locken, die ihr Gesicht schmal wirken ließen. Trotzdem besaß sie eine fesselnde Ausstrahlung, die weit über Schönheit hinausreichte, ihre fließenden Bewegungen und tanzenden Hände waren wie Widerhaken, an denen Floras Blick hängenblieb, auch wenn sie das zu vermeiden versuchte, weil Mia auf ihr Starren genauso reagierte wie bei jedem anderen: mit einem kurzen, registrierenden Blick, der weder entgegenkommend noch abweisend war, den Betrachter aber nichtsdestotrotz dazu brachte, die Augen niederzuschlagen. Mit ihren scharfsinnigen Bemerkungen brachte sie andere oft zum Lachen. Sie selbst lächelte dagegen nur selten, und wenn sie es tat, sprühten ihre dunkelgrauen Augen für einen Sekundenbruchteil Funken, die brennend und kalt zugleich waren und daran zweifeln ließen, ob sie es nett meinte oder ironisch.

Mia war Flora sofort aufgefallen, als sie am ersten Schultag der Klasse vorgestellt wurde. Sie sollten einen Film über den Unabhängigkeitskrieg im früheren Ostpakistan und jetzigen Bangladesch sehen. Die Tische waren an die Wand geschoben, um dem Diaprojektor Platz zu machen, die Lehrerin winkte Flora herein, legte den Arm um sie und stellte sie mit Vornamen vor. Die Schüler hockten auf den Tischen, und schon das fand Flora erstaunlich. Mia saß am Ende des Raums an der Wand, sie war barfuß, trug eine auffällige, asymmetrische

Bluse und eine weite, knallrote Hose, die direkt unter dem Knie endete. Sie verschränkte die Arme vor der Brust, ihr Kopf lehnte an einem knallbunten Plakat der lokalen Friedensbewegung in Rossel, ein Regenbogen, der ihren Kopf wie eine Glorie umrahmte und von ihren Locken halb verdeckt wurde. Die anderen begrüßten Flora, nachdem die Lehrerin sie dazu aufgefordert hatte, sie regten sich, veränderten ständig ihre Körperhaltung, lächelten, nickten und machten Flora am Rand eines Tisches am Fenster Platz, wo man sich nirgends anlehnen konnte, sodass sie leicht vornübergebeugt im unbequemen Schneidersitz sitzen musste. Mia hatte Flora nicht begrüßt, den ganzen Film über war sie ein dunkles, unbewegliches Totem. Erst anschließend, als sie an Flora vorbeiging, trommelte sie leicht mit den Fingern auf die Tischplatte und sagte »Willkommen«. Freundlich, aber ohne den Anflug eines Lächelns. Als man die Tische nach dem Mittagessen und der Vollversammlung wieder in die übliche Formation aus Zweier- und Vierertischen schob, wurde Flora neben Mia gesetzt.

Im Laufe des ersten Monats wagte Flora es nicht, die Initiative zu ergreifen und mit ihr zu reden. Und Mia hatte auch nicht viel mehr von sich gegeben als ein Hallo oder kurze, unvermeidbare Erklärungen – wo die Schere lag, dass sie einen Vertretungslehrer bekommen würden und andere belanglose Dinge, die nie zu einem längeren Gespräch einluden. Flora fiel auf, dass Mia die Mittagspause oft mit älteren Schülern verbrachte, und wenn die Mädchen aus ihrer Klasse sie fragten, ob sie bei irgendetwas mitmachen wolle, sagte sie genauso oft ja wie nein.

Flora wusste nicht, ob irgendjemand in der Klasse Mia wirklich kannte, sie selbst tat es natürlich nicht und konnte deshalb auch nicht erkennen, ob ihre Kommentare zur Sexualkunde ernst oder flapsig gemeint waren. Ihre Biologielehrerin Susan begann den Unterricht, es war die letzte Stunde vor Schulschluss an einem Montag, und Flora wurde schnell klar, dass das Thema hier auf eine ganz andere Weise behandelt wurde als in Vase und die Klasse nicht zum ersten Mal über Sex sprach. Flora war erst seit zwei Wochen hier. Ihre Lehrerin benutzte Worte, die die Erwachsenen in Vase nie in den Mund nehmen würden: Schwanz, Eier und Möse, bumsen und Petting. Hin und wieder musste jemand kichern, aber im Gegensatz zu Flora schien den anderen das Thema nicht peinlich zu sein. Einige von ihnen wirkten sogar gelangweilt und waren mit anderen Dingen beschäftigt. Jill gähnte und lehnte sich an Mias Schulter, Sylvia zeichnete einen von Herzen umrahmten Pferdekopf in ihr Heft, einer der Jungs blies mit einem Strohhalm kleine Papierkugeln nach einem Klassenkameraden, der jedes Mal, wenn er getroffen wurde, die Hand hob und seinen Nacken befühlte, ohne sich umzudrehen.

Susan zeigte einige Dias von den weiblichen Geschlechtsorganen und tippte mit dem Zeigestock darauf.

»Lasst uns lieber Venuslippen sagen«, verbesserte sie eine Schülerin, die ihre Frage nach der korrekten Bezeichnung mit Schamlippen beantwortet hatte. »Denn mit Scham hat das nichts zu tun.«

Und dann deutete sie weiter auf die Bilder, während sie die einzelnen Schüler durch ein Nicken zum Antworten aufforderte. Harnröhre, Vagina, Klitoris, Vulva. Flora bekam einen roten Kopf, sie würde vor Scham im Boden versinken, wenn Susan sie aufrief. Natürlich hatte sie schon einmal Darstellungen von Geschlechtsorganen gesehen, aber nicht auf Bezeichnungen geachtet. Die Vorstellung machte sie so nervös, dass sie versehentlich ihr Mäppchen vom Tisch fegte. Der Lärm zog Susans Aufmerksamkeit auf sich.

»Flora?«, fragte sie und schob mit der freien Hand ihre Brille hoch. »Was sagst du zu …« Sie zögerte und wandte sich dem

Dia zu, auf dem jetzt die männlichen Geschlechtsorgane zu sehen waren, genauso krumm und hässlich wie die der Frau.

Flora hoffte, dass im Dämmerlicht niemand sehen konnte, wie sie mit den Tränen kämpfte. Sie hatte keinen blassen Schimmer, wie die verschiedenen Geschlechtsteile des Mannes hießen, sie war es nicht gewohnt, Wörter wie Schwanz und Eier zu benutzen, in Vase hatte *Penis* und *Scrotum* auf den Kopien gestanden, die in der Klasse ausgeteilt wurden. Darüber hinaus konnte sie sich erinnern, dass irgendetwas den grässlichen Namen *Glans penis* trug, wusste aber nicht mehr, was. Und selbst wenn es so wäre, hätte sie das vor der Klasse nie über die Lippen gebracht.

Mia sprang ihr zur Seite. Sie kniff die Augen zusammen und sah sie kurz an, dann unterbrach sie Susan, bevor die Flora noch eine Frage stellen konnte.

»Können wir nicht stattdessen einen Film sehen?«, fragte Mia. »Mit richtigen Menschen, wo man sehen kann, wie sie es tun?«

»Es tun?«, fragte Susan und ließ den Zeigestock sinken. »Meinst du bumsen, Mia?«

»Ja genau«, antwortete Mia und lehnte sich im Stuhl zurück, die Hände im Nacken verschränkt. Sie trug eine geblümte, ärmellose Bluse, und man konnte das dichte, dunkle Haar in ihren Achselhöhlen sehen.

Einige Jungs lachten, und Flora wusste nicht, ob sie damit außer Gefahr war. Tutku hatte sich unter dem Tisch zusammengerollt, sie konnte ihre Füße auf der Hündin abstellen, die schlief jedoch und stellte keine große Hilfe dar.

»Tja, das mit diesen Filmen ist nicht so leicht.«

»Aber du weißt schon, dass es sie gibt, oder?«, fragte Mia weiter und beugte sich über den Tisch. »Du hast doch bestimmt auch schon welche gesehen?«

Die Lehrerin lächelte und stemmte die Hände in die Hüften. »Aber das ist nicht dasselbe, als würde ich sie einer siebten Klasse zeigen, oder?« Sie legte den Kopf schief.

Mia runzelte die Stirn. »Ich dachte, du wärst für einen etwas freieren Umgang mit…«, begann sie.

»Ich bestimme hier aber nicht allein, Mia. Es geht schließlich nicht nur um diese Schule. Wir gehören zwar einer Bewegung an, die den Menschen und der Sexualität mehr Freiheit lassen möchte, und es ist eine kleine Revolution, die sich auch ausbreiten und Wurzeln schlagen wird. Aber momentan begegnet uns noch ein gewisser Widerstand von reaktionären Gruppierungen, und die haben in unserer Gesellschaft immer noch die Mehrheit. Außerdem bin ich mir nicht sicher, ob Pornographie wirklich eine sexuelle Befreiung ist. Sie ist viel eher ein Ausdruck der traditionellen und dominanten Fantasien der Männer und ihrer verzerrten, imperialistischen Perspektive auf die Sexualität der Frau. Das ist eine Wegwerfkultur, die nach Unterdrückung stinkt und die Frau zum Objekt macht…« Susan geriet ins Stocken und wirkte mit einem Mal nicht mehr halb so eifrig wie zu Beginn.

Mia kippelte mit dem Stuhl, Jill hing über dem Tisch.

»Aber davon abgesehen wäre es interessanter«, sagte Mia, »diese Bilder haben wir jetzt durchgenommen, und die meisten kriegen es ja wohl selbst hin, sich in einem Spiegel anzukucken.«

»Die Jungs nicht«, entgegnete Susan und schaltete den Diaprojektor aus.

»Nein, die waren ja schon immer etwas zurückgeblieben.«

»Ich meinte, dass sie die Mädchen nicht sehen können.« Susan nestelte am Rollladen herum. »Es ist wichtig, dass ihr voneinander wisst, wie ihr ausseht.«

»Aber jetzt haben wir es doch gesehen«, beharrte Mia. »Wir brauchen wohl nicht Bilder von allen Mösen der Welt durchzugehen, wenn sie sowieso alle gleich sind.«

»Gleich?«, fragte Susan und setzte sich frontal zur Klasse auf den Rand ihres Pults. »Sie sind alle unterschiedlich, und jede für sich ist schön.« Sie unterstrich ihren Satz mit einer Geste. Anschließend lehnte sie sich nach vorn.

Mia wedelte ungeduldig mit den Händen, weiter, weiter, mimte sie, aber Susan ließ sich davon nicht aus der Ruhe bringen.

»Schwanz und Möse sind nicht nur dazu da, um Kinder zu zeugen«, fuhr sie fort. Sie verschränkte die Arme und lächelte. »Dass ihr das verstanden habt, weiß ich ja, aber es ist all das andere, das magisch ist …«, es sah aus, als wäre sie von ihren eigenen Worten betört, »und diese Beschreibung ist nicht übertrieben.«

»Zauberstab«, kicherte ein Junge an einem der hinteren Tische. Die anderen reckten die Hälse, um zu sehen, wer es war. Er sperrte die Augen auf und machte eine Unschuldsmiene. »Magie, oder etwa nicht?«, sagte er, und alle lachten.

»Es ist völlig in Ordnung, sich zu amüsieren«, erklärte Susan, obwohl sie eher müde aussah als erbaut. »Sex darf Spaß machen. Und es ist wichtig, zu wissen, dass allein die unterdrückte Sexualität gefährlich ist, ganz egal, was ihr anderswo hört«, sagte sie und stand auf. Sie ließ die Finger an der Tischkante entlangstreifen, ehe sie sich wieder auf ihren Stuhl setzte.

Mia beugte sich zu Flora hinüber und berührte ihre Hand, die unerwartete Berührung ließ sie zusammenschrecken. »Jetzt kommt der Vortrag«, flüsterte sie. Flora lächelte, obwohl sie nicht wusste, worauf Mia hinauswollte.

»Es sind die Tabus und die Furcht vor der Sexualität, die zu Vergewaltigung und Folter führen, das ist wissenschaftlich bewiesen. Das Sexuelle ist ein Energiestrom, der nur bei den wenigsten Menschen ungehindert fließen kann. Meistens ist er gehemmt und in einer Art Panzer eingekapselt –

und äußert sich in Muskelverspannungen und Angst und allen möglichen Krankheiten. Das Sexuelle kann verzerrt sein und sich von etwas Schönem in etwas Hässliches verwandeln, von der reinen Liebe in Aggression und …«, sie fuhr sich mit der Hand durchs Haar und schloss die Augen, »Sadismus.« Sie stand wieder auf. »Wenn wir die Gesellschaft verändern und sie besser und gerechter machen wollen, ist es wichtig, beim Körper anzufangen«, fuhr sie fort. »In einer besseren Welt wäre Sex etwas, das frei und natürlich zwischen Menschen stattfinden würde, die es gewohnt sind, einander ohne Anziehsachen zu betrachten. Ich persönlich bin der Meinung, dass Jungen und Mädchen nach dem Sport immer zusammen duschen sollten, und dass dem nicht so ist, liegt einzig und allein daran, dass wir Rücksicht nehmen müssen auf …« Sie streckte die Arme über den Kopf, sodass ein Stück Haut zwischen ihrem Rock und ihrem T-Shirt sichtbar wurde. Dann seufzte sie schwer. »Ich hoffe, dass ihr eure Eltern nackt sehen dürft und versteht, dass das nichts ist, wofür man sich schämen muss.«

Sie waren erleichtert, als endlich die Schulglocke läutete.

»Nackt zusammen duschen«, schnaubte Mia verächtlich. Sie war aufgesprungen und stand hinter Flora, die Tasche über der Schulter. Flora drehte sich halb zu ihr um. »Das würde ihr wohl gefallen, diesem widerlichen Weib.«

Flora wusste nicht, was sie antworten sollte.

»Sie würde sich das sicher gern ansehen. Sie macht oft die Vertretung, wenn die Sportlehrerin krank ist«, erklärte Mia und verzog den Mund. »Ich hoffe, dass ihr eure Eltern nackt sehen dürft? Würg!«

Flora nickte. Sie wusste nicht, ob widerlich das treffende Wort war, aber die Bilder von den krummen, behaarten, halb geöffneten Mösen gingen ihr nicht mehr aus dem Kopf.

Mösen *duften,* hatte Susan gesagt und die Luft tief durch die Nase eingesogen, sie *riechen* nicht.

»Das ist so ein Mutter-Erde-Tamtam«, fuhr Mia fort, »die Möse ist Gott, weil da die Kinder rauskommen und weil sie die Männer dazu bringt, sich wie bekloppt aufzuführen.«

»Und was ist dann der Schwanz?«, fragte Flora kichernd.

»Für Susan?«, fragte Mia und nickte Richtung Tür. »Das personifizierte Böse, würde ich tippen. Sie liebt es, über Vergewaltiger und so was zu reden, das wirkt schon fast wie eine Manie. Hast du nicht gehört, was sie über Sadismus gesagt hat?«

»Reinstes Teufelswerk«, antwortete Flora und platzte fast vor Glück, als Mia den Kopf in den Nacken legte und lachte.

Ihre neuen Klassenkameraden waren entgegenkommend und hilfsbereit, aber diese offene Art war so anders, als Flora es aus Vase gewohnt war, dass sie genauso gut eine fremde Sprache hätten sprechen können. Obwohl sie froh war über den Schulwechsel, kam sie sich noch immer wie ein plumpes Insekt vor, das in der Hoffnung, ans Licht zu gelangen, ein ums andere Mal gegen die Glühbirne prallte. Bisher war sie noch bei keinem der Mädchen zu Hause gewesen, weil keine sie gefragt hatte, und jemanden in den Glasschwärmerweg einzuladen kam ihr merkwürdig vor. Außerdem hatte Flora noch nie auf dieselbe Weise Freundinnen gehabt wie die meisten gleichaltrigen Mädchen. Sie hatte sich zum Spielen verabredet, und einige luden sie auch zu ihrem Geburtstag ein oder klingelten an ihrer Tür, wenn ihnen die Ferien zu lang wurden, aber Flora hatte nie Herzen in das Schreibheft einer Mitschülerin gezeichnet, war nie von einer anderen Familie in den Urlaub mitgenommen worden, nie mit einem Mädchen Arm in Arm die Hauptstraße entlanggeschlendert und hatte auch nie auf dem Schulhof Geheimnisse in das Ohr einer anderen geflüstert. Beste Freundin, Busenfreundin,

Herzensfreundin. So etwas hatte nie zu Floras Welt gehört, und sie war sich ziemlich sicher, dass ihr nichts fehlte.

»Ich weiß ja nicht, wie das bei deiner Mutter ist«, sagte Mia und blieb neben der Tür stehen, während Flora ihre Windjacke anzog und ihre Tasche schloss, »aber meine kann sich nicht groß für Männer begeistern. Bevor meine Eltern sich scheiden ließen, hat sie halbtags in einem Kindergarten gearbeitet und war eine ziemlich normale Mutter, jetzt gehört sie zu einem Arbeitskollektiv mit anderen Frauen, sie töpfern und weben Bildteppiche und nähen Sachen. Ich glaube, keine von denen ist verheiratet. Sie arbeiten bei uns zu Hause, weil wir genug Platz haben. Du solltest sie mal hören, wenn sie über Männer reden. Ich fasse es nicht, wie sie es trotzdem schaffen, sich Freunde oder Bettbekanntschaften zu angeln. Sie selbst scheinen es allerdings genauso wenig zu verstehen.« Mia griff sich an den Kopf, ihre Finger verschwanden zwischen den Locken und tauchten wieder auf.

»Meine Mutter«, begann Flora und wünschte im selben Moment, sie hätte den Mund gehalten, »ist tot.«

Mia wandte ihren Blick nicht ab wie die meisten anderen. Sie senkte auch nicht die Stimme und flüsterte *Das tut mir leid* oder *Oh Gott* oder *Wie furchtbar,* Sätze, durch die Flora sich auf unangenehme Weise dazu verpflichtet fühlte, etwas zu sagen, was den anderen dabei half, wieder zu vergessen, dass manche Eltern auf die Idee kamen, vor ihren Kindern zu sterben.

Mia kniff die Augen ein wenig zusammen, sah Flora dabei jedoch weiterhin an. »Willst du mit in den Park kommen?«, fragte sie dann, und ihre Frage war eine Nadel, die eine Blase aufstach; das allumfassende, unbeholfene Schweigen floss hinaus und löste sich auf.

Natürlich wollte Flora, sie nickte und zog mit glücklichen, nervösen Händen ihren Reißverschluss hoch.

Es war einer der letzten Septembertage, der Wind war verhalten und der Boden knochentrocken. Sie warfen sich auf das Gras, die Erde war kühl, die Sonne hatte ihre Kraft jedoch noch nicht eingebüßt. Mia hatte im Kiosk Süßigkeiten gekauft, und das letzte Stück waren sie um die Wette gelaufen. Flora kam als Erste an, obwohl sie bei weitem nicht so schnell gerannt war, wie sie konnte. Mia war außer Atem, aber es störte sie nicht, die Letzte zu sein. Der kreisende Himmel, vereinzeltes Kindergeschrei, plötzlich aufflammende Geräusche, die genauso schnell wieder verschwanden. Die Sirene eines Rettungswagens heulte auf und verlosch, wie ein Stein, der in den Fluss geworfen wurde, Wasserringe, die alle anderen Laute verdrängten, bis der Nachmittag wieder atmen konnte.

»Vermisst du deine Mutter?«, fragte Mia.

»Ja«, antwortete Flora.

Eine junge Frau schob ihren Kinderwagen auf dem Weg vorbei, seine Federn quietschten, der Sand knirschte unter den Rädern.

»War sie krank?«

»Tja«, sagte Flora und folgte der Frau mit dem Blick. Wie es wohl sein musste, als Baby in diesem Wagen zu liegen, transportiert und geschaukelt zu werden, ohne selbst etwas tun zu müssen. Marie-Louise und sie hatten immer gewetteifert, wer Martins Kinderwagen schieben durfte, obwohl sie damals noch klein waren und der Wagen viel zu schwer für sie. Einmal war Flora am Seekiosk hügelabwärts zu schnell geworden und hingefallen und hatte sich das Knie aufgeschürft, während der Wagen in schlingernder Fahrt auf den Fluss zusteuerte. Alice war an ihr vorbeigestürzt und hatte ihn noch rechtzeitig erreicht, bevor er im Wasser gelandet wäre, sie zog ihn rückwärts zu Flora hinauf, die weinte und sich weigerte, ihre Wunde zu zeigen. Alice stellte den Wagen quer auf dem Weg ab und zog die Bremse an, dann beugte sie sich über Flora und pustete auf die Wunde an ihrem Knie, ohne etwas zu sagen. Marie-Louise war bei dem Gedanken daran, was alles hätte passieren können, in Tränen ausgebrochen, aber Alice hatte gelacht und sie beide an sich gedrückt. *Gut, dass euer kleiner Bruder nicht aus Glas ist,* hatte sie nur gesagt, *mit euch als Schwestern wird auf jeden Fall ein robuster Kerl aus ihm.*

»Mein Vater ist letzten Sommer nach Rand gezogen«, sagte Mia. Sie schirmte sich mit der Hand das Gesicht ab und sah einem Flugzeug nach.

»Vermisst du ihn?«, fragte Flora, und Mia warf ihr einen hastigen Blick zu, als wolle sie sich vergewissern, ob die Frage ernst gemeint war. Sie lächelte, rollte sich auf den Bauch und rupfte dicke Grasbüschel aus der Erde.

»Manchmal sehe ich ihn am Wochenende«, sagte sie und legte die Wange auf das Gras, »so ist es jedenfalls gedacht.«

Flora fragte nicht weiter nach, aber Mia begann trotzdem zu erzählen. Ihr Vater war nach Rand gezogen, weil man ihm dort eine Stelle angeboten hatte, die er auf keinen Fall ablehnen konnte. Er war Direktor einer Vulkanisierungsfabrik. Flora wusste nicht genau, was das war, aber Mias Tonfall klang bedeutungsvoll. Ihre Mutter wollte nicht aus Rossel wegziehen, und deshalb hatten sich die Eltern scheiden lassen.

»Ich will nicht in diesem *Kaff* wohnen. Das können wir den Kindern nicht *zumuten*!«, äffte Mia ihre Mutter nach. »Sie hat wohl geglaubt, er würde bei uns bleiben«, ergänzte Mia, »aber das tat er nicht. Da unten ist er dann mit einer anderen zusammengezogen, er sagt, er wäre nicht dazu geeignet, alleine zu wohnen.«

»Vermisst sie ihn denn?«

»Ich weiß es nicht«, antwortete Mia und setzte sich auf. »Sie sagt, das Leben wäre besser ohne ihn, weil sie zum ersten Mal alles allein bestimmen könnte, aber ich glaube, eigentlich schämt sie sich, weil er sich für eine andere entschieden hat.«

Flora stemmte sich auf die Ellbogen. Auf Mias Rücken und in ihrem Haar klebten Grashalme, Mia schnipste mit spitzen Fingern ein Insekt von ihrem Knie und fragte Flora, ob sie mit zu ihr nach Hause zum Essen kommen wolle.

»Meine Mutter hätte sicher gewonnen, wenn sie wirklich um ihn gekämpft hätte«, sagte sie noch und streckte sich, während Flora sich erhob. »Mein Vater fand sie immer toll.«

Sie folgten dem Boulevard am Park entlang und bogen in die Talstraße ein. Niemand hatte Flora erzählt, was in dieser Gegend vor sich ging, aber sie wusste es trotzdem. Es waren geheime Orte in Gold und Pink, Dunkelrot und Schwarz, mit dicken Veloursgardinen und gedämpfter Musik. Mit das Beste an dem Schulwechsel war, dass ihr Revier sich ausgedehnt hatte, neben Vase und dem Wald umfasste es nun auch die Straßen zwischen dem Bahnhof und der Schule. Am liebsten mochte sie die Tage, an denen der Unterricht erst später anfing. Sie fühlte sich frei, wenn sie durch die Straßen streifte, fantasierte und nichts anderes im Kopf hatte als sich selbst. Es waren jetzt auch ihre Straßen. Sie grüßte den Gemüsehändler, wenn er morgens die Obstkisten in seinen Laden trug, den Kioskbesitzer, der auf einem Klappstuhl vor seinem Laden saß, den Postboten und die alten Damen und den Hundefriseur, der die Tür offen stehen ließ und seine Kundschaft in einem großen Metallwaschbecken festband, während er sie badete und trimmte. Inzwischen wurde Flora von den Leuten wiedererkannt, und sie vermittelten ihr das Gefühl, dass sie zu ihrem Viertel dazugehörte, mit ihrem Nicken und ihrem Lächeln. Sie sehnte sich immerfort danach, ihr Gebiet zu erweitern, sie fand neue Abkürzungen und Umwege und bekam von Eric die Erlaubnis, mittwochs, wenn der Eintritt frei war, die Museen in der Innenstadt zu besuchen. Dann streifte sie durch die kühlen Säle, betrachtete Totempfähle und Tulipaks und Lieblingsbilder, bis sie voll wehmütiger Sehnsucht wieder hinaus in die Stadt zurückkehrte. Sie liebte diese Tage. Doch mit der neuen Freiheit gingen auch neue Verbote von Eric einher. Er bläute ihr Orte ein, an denen sie sich in Acht nehmen musste, und Orte, an denen sie sich auf keinen Fall aufhalten durfte, und sie kam gar nicht auf die Idee, nicht darauf zu hören.

Wie alle anderen Kinder im Schmetterlingsquartier hatte auch sie von klein auf die obligatorischen Warnungen erhalten: Sie durfte niemals mit jemandem reden oder mitgehen, den sie nicht kannte, sie sollte keinen Erwachsenen trauen, die ihr Süßigkeiten versprachen oder ihr Katzenjungen zeigen wollten. Hin und wieder hörte man von jemandem, der auf einen solchen Sittenstrolch gestoßen war, aber noch rechtzeitig entkam, bevor er gefährlich werden konnte. Die Kinder jagten sich gegenseitig Angst ein mit Geschichten von kleinen Mädchen, die entführt worden waren und später in Abfallcontainern, auf Müllhalden oder von Blättern bedeckt auf dem Waldboden gefunden wurden, nackt, misshandelt, stranguliert. Sie wussten nicht genau, was die Sittenstrolche ihren Opfern antaten, aber sie spürten, dass das, was dem Mord vorausging, schlimmer war als der Tod und dass es auf unheimliche Weise mit Sex in Verbindung stand. Eric sprach nur selten Mahnungen und Verbote aus, aber er hatte es zweifelsohne ernst gemeint, als er sagte, sie dürfe nicht allein ins Talstraßenviertel gehen. Aus reiner Neugier hatte sie ihn gefragt, welche Gefahren dort am helllichten Tag lauern konnten. »Du musst aufhören, so naiv zu sein«, hatte er geantwortet, »und einfach nur tun, was ich dir sage.«

Auf den ersten Blick hatte die Talstraße nichts Furchteinflößendes an sich. Der Gedanke, dass der träge Autoverkehr und die ramponierten, in das bleiche Nachmittagslicht getauchten Fassaden in Wahrheit nur Firnis waren, ein betrügerischer Anstrich, der etwas Gefährliches überdeckte, entzündete einen Funken, kleine, schrillende Sirenen, ein warmer, pulsierender Strom an Floras Rückgrat, der dem Gewöhnlichen einen unheilverkündenden Hauch verlieh. Es war eine enge Straße, die Schatten der Häuser ließen nur einen dünnen Streifen Sonnenlicht auf den Bürgersteig fallen, es roch nach Abgasen und dem Frittierfett der Imbissbuden. Es war der übliche Gestank der Stadt, hier bildete er jedoch einen Luftwiderstand, der sich wie ein riesiger Stempel nach unten auf die Straße drückte und die beiden Mädchen dazu zwang, ihr Tempo zu drosseln. Mia hakte sich bei Flora ein, sie schlenderten an altmodischen Kneipen mit handbeschriebenen Tafeln vorbei, die für billiges Bier zum halben Preis warben, an geheimnisvollen Etablissements mit schweren, dunklen Vorhängen und ausgeschalteten Neonschildern, die in verschlungenen Buchstaben Gogo und Striptease versprachen. Sündenpfuhl, hieß eines davon, Belladonna, Delilah, BabyDolls die anderen. Hier konnte man nackte Mädchen erleben, barbusige Kellnerinnen, Ölshows, Girlshows, Peepshows, Massage.

»Ich würde gern sehen, was dort drinnen vor sich geht«, sagte Mia und nickte mit dem Kopf zu einer Bar. »Stell dir mal vor, die Leute würden dafür bezahlen, dich nackt zu sehen.«

»Ich glaube, dafür braucht man etwas Vorzeigbares«, antwortete Flora, und sie steckten die Köpfe zusammen und lachten.

Mia ließ Floras Arm los, sie wackelte ausgelassen mit den Hüften und tat so, als würde sie ein Paar sehr große Brüste in ihren Händen halten, dazu machte sie einen Schmollmund und hauchte mit halb geschlossenen Augen Küsse in die Luft.

»Meine Mutter hat so eine Federboa«, sagte sie und blieb stehen, um vor einer der finsteren Bars ein ausgeblichenes Foto zu studieren. Flora blieb ebenfalls vor dem Foto stehen. Eine Frau posierte in der Hocke, sie trug falsche Wimpern und einen rosafarbenen Federumhang, der ihre Brustwarzen und ihr Geschlecht gerade so bedeckte. Die Striplokale in der Talstraße vibrierten hinter den schweren Veloursvorhängen in Rosa und Pink, nur eine kleine Nuance hitziger als die Lieblingsfarben aller kleinen Mädchen.

»Meine Mutter hat *Freunde,* verstehst du«, sagte Mia, als würde das irgendetwas erklären, und zog Flora weiter. »Guck doch mal«, rief sie und blieb vor einem Schaufenster mit roten, lila- und orangefarbenen Kerzen in Penisform stehen. Zwei solide Hoden sorgten für einen stabilen Stand.

»Wer um alles in der Welt kauft denn so was?«, fragte Flora. »Soll man die etwa auf den Esstisch stellen?«

Mia legte die Handflächen an die Scheibe, sie lachte nicht, obwohl Flora es lustig gemeint hatte. »Du bist mir vielleicht komisch«, sagte sie und riss sich von der merkwürdigen Schaufensterdekoration los. Sie knuffte Flora mit dem Ellbogen, und Flora knuffte zurück.

»Man merkt, dass du nicht aus Rossel kommst«, fügte sie nach einem kurzen Moment hinzu und lehnte ihren Kopf an Floras. Mias Haar streifte ihre Lippen, es war drahtig und duftete. Vor einem solchen Laden zu stehen war peinlich und spannend zugleich. Floras Wangen begannen zu glühen, als eine Gruppe Arbeiter an ihnen vorbeikam, aber sie wollte nicht weitergehen, sondern beweisen, dass sie sich traute, dort stehenzubleiben. Mia blickte zerstreut den Männern hinterher und wandte sich dann wieder Flora zu, sie strich ihr wie zufällig über die Wange und lächelte sie halb neckend, halb liebevoll an.

»Wir sind fast da«, sagte sie, »falls du dich losreißen kannst.«

Nach dem Kerzenladen wurden die Bars und Geschäfte von Wohnhäusern abgelöst. Ein Mann torkelte aus einem Eingang, er wäre fast mit ihnen zusammengeprallt und zog einen imaginären Hut. Mia schwankte von einer Seite zur anderen, als wäre sie ebenfalls betrunken, sie stieß Flora an, die fast gestürzt wäre und auf die Straße springen musste, dann taumelte sie weiter, drehte sich im Kreis, legte die Arme um Flora und lallte *Komm her, mein Schatz,* und es bedeutete kaum noch etwas, dass Mias vorherige Bemerkung sie beschämt und verwirrt hatte, denn jetzt lachten sie wieder zusammen.

Mia wohnte in einem schmalen, dreistöckigen Stadthaus. Im Erdgeschoss gab es abgesehen von einem wackeligen, blaugestrichenen Esstisch mit unterschiedlichen Stühlen nur Nähtische, Drehbänke und Schemel, die Werkstatt der Frauen. Anstelle von Sofas und Sesseln gab es Matratzen und Decken, auf dem Boden standen Gläser und Teetassen, über den Lampen waren dünne, fransige Tücher drapiert. Mias Mutter hatte die meisten Webteppiche an der Wand selbst gestaltet, sie zeigten Karawanen mit gelben Kamelen, braune und grüne Elefanten mit dicken, kurzen Rüsseln, Palmen, Häuser, sie waren mit eingewebten Spiegelscherben und Reihen aus kleinen, farbenfrohen Pompons verziert. Mia verschränkte die Arme und lehnte sich in den Türrahmen, während Flora unter Anleitung der Mutter die Töpferscheibe ausprobieren durfte. Der nasse Ton zwischen den Händen, ein Klumpen, der seine Form veränderte, sich neigte und schließlich zu einem weichen, ausgehölten Haufen wurde, sodass Mias Mutter lachen musste und ihr die Wange tätschelte. Mia rief Flora mürrisch zu sich und reagierte nicht, als eine der Frauen sagte, in der Küche gebe es Tee. Die Mutter zwinkerte Flora hinter dem Rücken ihrer Tochter zu. Die Treppe zu den anderen Etagen knarrte, Mia drehte sich halb um, als sie im ersten Stock ankamen, und zeigte mit der Hand auf den großen, offenen Treppenabsatz.

»Die Etage meiner Mutter«, erklärte sie.

Eine Matratze ohne Bettüberwurf auf dem Boden, Bücher, Gläser, eine zum Kerzenständer umfunktionierte Weinflasche. Klamotten über einem mit Pferden und Meerjungfrauen bemalten Wandschirm, Sandalen, Schmuck, stapelweise Zeitungen und Illustrierte. An der Wand über dem Bett hing ein großformatiges Foto von Mias Mutter. Sie war jünger und nackt, im Sprung durch die Luft fotografiert. Das Haar flog ihr ins Gesicht, am rechten Rand war eine Kinderhand zu sehen, die sich ins Bild verirrt hatte.

»Komm jetzt«, sagte Mia und zerrte an Floras Oberteil. Sie zeigte ihr das Bad, in dem es genauso unordentlich war wie im übrigen Haus. Am Badewannenrand standen Kerzen in kleinen Keramikschälchen, unter dem Wasserhahn lief eine rostrote Spur an dem Emaille hinab.

»Ihr habt nicht so viele Möbel«, stellte Flora fest. »Das ist schön.«

Mia legte die Hand auf die Türklinke ihres eigenen Zimmers im obersten Stock. »Mein Vater hat das meiste mitgenommen«, erklärte sie und schob die Tür ein Stück weit auf. »Meine Mutter war allerdings auch der Meinung, dass die Möbel besser zu seiner neuen Familie passen würden.«

Sie öffnete die Tür zu ihrem Zimmer ganz, machte eine ulkige Verbeugung und bat Flora mit einer ausholenden Geste herein: gelbe Wände, ein bunter Flickenteppich auf dem Boden, ein Bett, eine Kommode, ein Schreibtisch und drei Poster von Männern, die Flora nicht kannte.

»Jim Morrison von den Doors«, erklärte Mia und fuhr mit den Fingerspitzen über seinen Brustkorb. »Was habe ich geheult, als er im Juli gestorben ist.«

Sie zog sich den Pullover über den Kopf und warf ihn auf den Boden. Darunter trug sie ein kurzes, verwaschenes T-Shirt, es glitt bis zu ihren Rippen hoch, zerstreut streifte sie es nach unten.

»Iggy Pop von den Stooges«, fuhr sie fort und nickte zu einem Foto von einem halbnackten Mann mit zerrissener Hose und einem Hundehalsband, der über seinen Fans schwebte, den Körper verzerrt und aufgebäumt.

»Kann man …«, fragte Flora und beugte den Kopf ganz dicht an das Plakat. Sie riss die Augen auf und zeigte auf das Loch in seinem Schritt.

»Leider scheint er darunter Unterhosen anzuhaben«, antwortete Mia und zog die Mundwinkel nach unten. »Ich habe das auch schon ganz genau studiert.«

Flora kicherte und setzte sich auf die Bettkante. Eine altmodische Patchworkdecke in hellen Farben war straff über die Matratze gezogen und ließ das Bett wie eine einsame Oase der Ordnung erscheinen.

»Und der da?«, fragte sie und zeigte auf das letzte Bild. Ein dürrer Typ in einem ärmellosen T-Shirt und engen weißen Hosen. Er trug einen Mittelscheitel, sein dunkles Haar sah so weich aus, dass man Lust bekam, es zu berühren. »Ist das derselbe wie der Erste?«

»Nein, bist du verrückt?«, rief Mia und hüpfte auf das Bett. Sie streichelte den Körper des Mannes auf dem Poster mit beiden Händen und drückte einen Kuss auf seinen großen, geöffneten Mund. »Das ist Mick Jagger von den Rolling Stones. Sag nicht, dass du den nicht kennst!«

»Ich höre Bowie«, sagte Flora zu ihrer Verteidigung. »Bei mir zu Hause habe ich ein Bild von ihm hängen.«

»Bowie ist schon okay«, erwiderte Mia. »Aber du musst zugeben, dass er wie ein Mädchen aussieht.«

Sie setzte sich neben Flora, stieß sie mit dem Ellbogen an, sprang auf, schnappte sich eine Bürste vom Nachttisch und hielt sie sich wie ein Mikrofon vor den Mund.

»I can't get no«, sang sie lauthals und warf sich vor Flora auf die Knie, »satisfaction. I can't get no satisfaction, and I try, and I try, and I tryyyy«, grölte sie und wippte ihren Unterleib vor und zurück, bis Flora sich vor Lachen auf das Bett warf und sich zusammenkrümmte.

»Oder Iggy«, sagte Mia. Sie schüttelte den ganzen Körper,

krabbelte auf allen vieren herum und schnupperte an Floras Füßen. »I wanna be your doooog.«

Die Tür ging auf, ohne dass es geklopft hatte. Mia richtete sich auf. »Hau ab!«, sagte sie zu einem Typ mit blondem Haar, den Flora schon einmal in der Schule gesehen hatte. »Wann zum Teufel lernst du endlich anzuklopfen?«

»So wie du dich hier aufführst«, antwortete der Junge, »wollte ich mich nur vergewissern, dass du nicht verrückt geworden bist oder gerade krepierst.« Er drehte seinen Finger an der Schläfe und lächelte so, dass Flora ganz warm im Gesicht wurde.

Mia warf ein Kissen nach ihm. Er schloss die Tür hinter sich, ehe es ihn treffen konnte.

»Mein Bruder«, erklärte Mia. »Geht in die neunte Klasse, ist ein völliger Hohlkopf.«

Flora blieb den ganzen Nachmittag. Erst als es dunkel wurde, kam sie auf die Idee, Eric anzurufen. Sie durfte das Telefon in der Küche benutzen, die anderen Frauen waren nach Hause gegangen, es roch nach Gewürzen.

»Du machst was zu essen?«, fragte Mia ihre Mutter. »Das ist ja mal was Neues.«

Ihre Mutter lächelte und schüttelte den Kopf, es war ein verkniffenes und fernes Lächeln, das Mia offensichtlich nicht milder stimmte.

»Ellinor hat sonst nie Lust zu kochen«, erklärte sie Flora, die darauf wartete, dass jemand abhob, »entweder kümmern Jonathan und ich uns darum, oder wir essen Brot und Cornflakes.«

»Ach komm«, sagte Ellinor, »ab und zu koche ich doch auch. Die Suppe, erinnerst du dich? Die habe ich schon oft gemacht. Und wenn wir dafür zahlen müssen, dass ihr in der Schule warm esst, gibt es gar keinen Grund, hier zu Hause so einen Aufwand mit dem Kochen zu betreiben.« Sie schob eine Haarsträhne unter ihr Kopftuch.

»DIE SUPPE«, sagte Mia zu Jonathan, der gerade die Treppe hinabstieg. »Sie hat DIE SUPPE gemacht.«

Er lächelte und zerwühlte ihr Haar, dann umarmte er seine Mutter. »Die schmeckt fast so gut wie Kefir«, sagte er und steckte sich hinter ihrem Rücken symbolisch den Finger in den Hals. »Ich esse heute bei Tina, auch wenn es mich natürlich ärgert, DIE SUPPE zu verpassen.«

»Tina kann doch auch gern zu uns kommen«, schlug Mias Mutter vor und hielt seinen Arm fest. »Ich habe sie schon lange nicht mehr gesehen.«

Er antwortete nicht, küsste sie auf die Stirn und verabschiedete sich von den Mädchen, indem er beim Hinausgehen die Hand zum Gruß hob.

Im Glasschwärmerweg ging niemand ans Telefon. Flora legte den Hörer auf und setzte sich Mia gegenüber. »Wer ist Tina?«, fragte sie und bereute es sofort, als Mia sie lange schweigend ansah.

»Findest du Jonathan hübsch?«, fragte Mia statt einer Antwort.

Flora sah nach unten. »Nein, ich …«, begann sie, aber dann fing Mia plötzlich an zu lachen.

»Willst du etwa sagen, dass mein Bruder hässlich ist?«, fragte sie.

»Wie bitte?« Ellinor betrachtete die Mädchen verwirrt über ihre Schulter hinweg, was die Situation nicht weniger peinlich machte.

»Ich habe nur gefragt, wer Tina ist«, flüsterte Flora.

»Tina … Tina … Tina«, sagte Mia, als müsste sie angestrengt überlegen, wer das war. »Kurze dunkle Haare, riesige Augen. Du hast sie sicher schon mal gesehen, in der Schule klebt sie die ganze Zeit an ihm wie eine Klette.«

Flora schüttelte den Kopf.

»Tina ist in Ordnung«, sagte Ellinor und nahm den Topf

vom Herd. »Sie macht einen netten und vernünftigen Eindruck.«

»Vernünftig?«, fragte Mia und lachte schrill und aufgesetzt. »Er vögelt sie doch nur, mehr nicht.«

»Na, na«, sagte Ellinor und setzte den Topf wieder ab. »Das war jetzt wirklich nicht nötig.«

»Aber es stimmt«, erwiderte Mia und schob einen Stapel Blätter ans andere Ende des Tischs, um Platz zu schaffen.

»Ich weiß nicht, was stimmt und was nicht«, begann Ellinor, »aber du könntest ruhig netter von der Freundin deines Bruders reden.«

Flora fragte, ob sie das Telefon noch einmal benutzen dürfe, diesmal versuchte sie es auf Erics Nummer im Büro, und er hob sofort ab. Er klang, als hätte sie ihn bei etwas Wichtigem unterbrochen. Anscheinend hatte auch Marie-Louise ihn schon angerufen, sie war bei Herrn und Frau Carl zum Abendessen eingeladen, und Martin war bei Barbara. Ihre ältere Schwester hatte sich Sorgen um sie gemacht. Und als sie erzählte, wo sie war, wurde Eric wütend, hatte er ihr doch deutlich genug gesagt, dass sie abends nicht allein in diese Gegend gehen durfte.

»Kannst du nicht vielleicht dort übernachten?«, fragte er. »Oder darum bitten, dass man dich zum Bahnhof fährt?«

»Ich habe die Zeit vergessen«, wisperte sie.

Es war ihr unangenehm, darüber zu reden, schließlich standen Mia und ihre Mutter auch in der Küche, und sie kannte sie doch kaum und konnte sie unmöglich um einen solchen Gefallen bitten. Außerdem wusste sie nicht, ob die Familie überhaupt ein Auto besaß. Flora wünschte, Eric würde von alleine verstehen, dass es um weit mehr ging als nur ein Mädchen aus der neuen Klasse, das sie nett fand. Mia war der Schlüssel zu einer Welt, deren Teil zu werden sie sich erträumte.

Sie antwortete Eric weiterhin, ohne viel zu sagen, und als er sich endlich bereit erklärte, sie auf dem Rückweg vom Büro abzuholen, war sie so erleichtert, dass es ihr egal war, dass er sauer geklungen hatte.

Die Suppe war so scharf, dass sie nahezu ungenießbar war. Mia redete beim Essen nicht viel, und wenn ihre Mutter sie etwas fragte, antwortete sie einsilbig. Flora bekam Mitleid mit Ellinor.

»Es muss toll sein, mitten in der Stadt zu wohnen«, sagte sie.

»Ja, wir hatten Glück, dass wir hierbleiben durften«, antwortete Ellinor und blies in ihre Suppe, »nachdem Mias Vater abgehauen war.«

Mia rutschte lärmend mit ihrem Stuhl zurück, stand jedoch nicht auf.

»Ich wohne in Vase«, sagte Flora beschwichtigend, »da ist es auch schön. Wir wohnen ganz nah am Wald.«

Ellinor nickte, machte *mhm* und *aha,* wirkte jedoch desinteressiert.

»Floras Mutter ist gestorben«, verkündete Mia und rückte wieder näher an den Tisch heran. Sie fegte mit der Kante der Hand Brotkrumen zusammen.

»Das ist ja schrecklich«, sagte Ellinor und klang, als würde es ihr aufrichtig leidtun. »Du armes Ding.«

Flora erschien Mias Bemerkung wie ein Angriff aus dem Hinterhalt. »Es ist schon so lange her, ich erinnere mich kaum noch an sie«, behauptete Flora und erschrak darüber, wie sie so etwas sagen und Alice hintergehen konnte.

Ellinor streckte ihre Hand quer über den Tisch und tätschelte Floras Arm. »Das prägt einen Menschen«, sagte sie, fragte jedoch nicht weiter nach.

Sie aßen schweigend weiter, nach ihrem kläglich gescheiterten Konversationsversuch hütete Flora sich davor, einen neuen Anlauf zu nehmen. Dann klingelte Eric an der Tür, und sie schlang die Arme um ihn. In der Küche mit der niedrigen Decke wirkte er mit seinem Anzug deplatziert. Ellinor war barfuß, trug ein gemustertes Hemd und eine weite Hose. Sie reichte ihm die Hand auf eine steife und formelle Weise, die überhaupt nicht mit dem Eindruck übereinstimmte, den Flora von ihr gewonnen hatte. Anschließend verschränkte sie die Arme.

»War sie brav?«, fragte Eric, und obwohl das eindeutig scherzhaft gemeint war, sah Ellinor noch feindseliger aus.

»Ich bin froh, dass sie sich in der neuen Schule so schnell eingewöhnt hat«, fuhr Eric unbeirrt fort, »bei Mädchen in diesem Alter weiß man nie genau.«

»Mit Jungen in diesem Alter wohl auch nicht«, entgegnete Ellinor.

Während Flora zusammen mit Mia ihre Jacke und Tasche aus deren Zimmer holte, kamen Ellinor und Eric doch ins Gespräch. Ellinor lehnte sich an das Treppengeländer, sie hatte die Arme noch immer verschränkt, lachte jedoch über irgendetwas, das Eric gesagt hatte.

Mia begleitete sie zum Auto, sie schien nicht mehr länger wütend, und zum Abschied umarmten sich die beiden wie echte Freundinnen. Flora setzte sich neben ihren Vater auf den Beifahrersitz. Auf dem Bürgersteig schmiegte Mia sich an ihre Mutter, sie verschmolzen mit der Dämmerung.

»Entschuldigung«, sagte Flora, als sie aus der Parklücke ausscherten und die Talstraße entlangfuhren. Jetzt waren viele Menschen unterwegs, die Lichter blinkten, Frauen in fransenbesetzten Lederwesten und kurzen Kleidern verteilten Reklamezettel an Passanten. »Ich habe die Zeit aus den Augen verloren.«

Eric legte ihr die Hand aufs Knie. »Das kann schon mal passieren«, sagte er und griff wieder nach dem Schalthebel.

Sie lehnte die Stirn an das kühle Fenster. Der Herbstabend war dunkel, ein mit Ruß bepinselter Himmel. Sie dachte daran, was sie über Alice gesagt hatte, dass sie sich kaum noch an sie erinnern könne. Es war, als würde sie das Gesicht ihrer Mutter unter Wasser drücken.

»Papa?«, fragte sie, und ihre Stimme klang piepsend und verzagt.

»Ja?«, sagte er, ohne den Blick von der Straße abzuwenden.

»Ach, nichts.«

Er warf ihr einen flüchtigen Seitenblick zu und strich ihr über die Wange. Sie stützte den Kopf gegen seine Hand und konnte die Tränen nicht zurückhalten. Er bemerkte es nicht, kniff sie freundschaftlich und bog von der Talstraße ab.

»Ich muss noch kurz etwas erledigen«, erklärte er. »Etwas bei einem Freund abgeben. Es dauert nicht lange.«

Es hatte als leises Geräusch begonnen, so hatte Eric es jedenfalls in dem Moment wahrgenommen, als er aufwachte. Er hatte von Rachel geträumt. Sie hatte sich aufgelöst, in Linien und Farben, später auch in diese verzerrte Stimme. Selbst als er schon lange wach war, hatte er noch das Gefühl, sie riefe nach ihm. Er versuchte sich damit zu beruhigen, dass es etwas mit der empfindlichen und vertrackten Konstruktion des Mittelohrs zu tun hatte. Wenn er sich auf etwas anderes konzentrierte, gelang ihm das ausgezeichnet, doch immer wenn seine Gedanken abschweiften, hatte er das Gefühl, dass Rachel ihn brauchte.

Er vermisste sie noch immer. Manchmal forderte er sich selbst heraus und stellte sie sich beim Sex mit anderen Männern vor. Sie schlich sich in seine Fantasie, wenn er onanierte, und obwohl er versuchte, sie durch andere Frauen zu ersetzen, glückte es ihm nur am Anfang. Es war immer sie, die er vor sich sah, kurz bevor er kam. Wie sie den Kopf zurücklegte und seufzte, wenn er in sie eindrang, offen und feucht, nachdem er sie geleckt hatte. Sie mochte es, wenn er währenddessen streng zu ihr war, ihr gefiel es, vor ihm zu knien und seinen Schwanz in den Mund zu nehmen, wenn er ihr Handgelenk packte und sie auf die Matratze presste. Sie war so zierlich und zart, es trieb ihn in den Wahnsinn. Er wollte sie so lange vögeln, bis es nicht mehr ging, es wurde immer wilder, eine gemeinsame Besessenheit, die er noch nie mit einer anderen Frau erlebt hatte.

Einmal hatte sie ihn auf eine Geschäftsreise nach Farring begleitet. Sie war im Hotelzimmer geblieben, während er mit seinen Kunden in einem Restaurant am Hafen gegessen hatte. Er konnte an nichts anderes denken, als wieder zu ihr zurückzukehren. Er stellte sich vor, wie sie auf ihn wartete, nackt unter dem Bademantel des Hotels, und bekam eine Erektion. Sie strebten dasselbe an, ohne jemals darüber gesprochen zu haben, und das, was ihn in all der Heftigkeit zunächst erschreckt hatte, wuchs immer weiter und wurde zu einer brennenden, destillierten Geilheit.

Als er damals ins Hotel zurückkam, lag sie mit einem Bier in der Hand auf dem Bett und sah fern. Er befahl ihr, sich hinzuknien, und sie tat, was er ihr sagte. Er zog den Gürtel aus ihrem Bademantel und fesselte sie ans Bett, sie bäumte sich auf und streckte ihm den Unterleib entgegen, jammerte vor ungestilltem Verlangen. Er band sie wieder los und drehte sie um, sodass sie auf allen vieren stand und vögelte sie so heftig, dass sie gegen das Kopfstück des Bettes gepresst wurde. Er klatschte mit den Händen gegen ihre Pobacken, bis sie rot wurden. Es war das erste Mal, dass er sie beim Sex schlug. Sie wand sich vor Schmerz, er hielt inne, doch sie bat ihn weiterzumachen. Er kam zuerst, und sie befriedigte sich selbst mit den Fingern, während er sie von hinten umarmte. Es war die einzige Gelegenheit, bei der sie die Gewalt thematisierten. Anschließend flüsterte er eine Entschuldigung, und sie setzte sich auf, nahm sein Gesicht zwischen die Hände und blickte ihn an.

»Du bist nicht der Einzige von uns beiden, der das so will«, sagte sie. »Außerdem findet es nur im Bett statt.«

Natürlich fand es nur im Bett statt, und Eric musste immerzu darüber nachdenken, ob sie mit anderen Männern dasselbe tat. Die Vorstellung, dass Rachel sich ihnen auf dieselbe Weise hingab, war unerträglich und erregend zugleich. Aber danach konnte er sie auf keinen Fall fragen. Manchmal versuchte er es trotzdem, indirekt, halb im Spaß.

»Bin ich dein bester Liebhaber?«, konnte er dann zum Beispiel fragen, und er bemühte sich, dabei zu lachen. »Oder gibt es andere, die dich genauso wild machen?«

Sie antwortete genauso scherzhaft und mit einer Zweideutigkeit, aus der er nicht schlau wurde. Bei ihrem Ausflug ans Meer in den Sommerferien hatte er im plötzlichen Übermut ganz freiheraus gefragt: »Machst du dasselbe auch mit anderen?«

»Dasselbe was?«, hatte sie zurückgefragt, obwohl offensichtlich war, worauf er hinauswollte. Es war später Vormittag, sie lagen zusammen auf dem Hotelbett.

»Machst du es auch mit anderen Männern auf diese Weise?«, verdeutlichte er und nahm die Zigarette, die sie ihm reichte. Er hielt sie mit ausgestrecktem Arm von sich, damit ihm der Rauch nicht in die Augen zog, während sie aus dem Bett sprang, die Gardinen aufzog und ein Fenster öffnete. Sie räkelte sich am Fenster, es kümmerte sie nicht, dass sie nackt war und die Strandpromenade direkt unter ihnen lag. Sie sah glücklich aus, als sie sich wieder zu ihm umdrehte, ins Bett sprang und ihre Beine mit den seinen verschränkte. Die Sonne schnitt ihre Körper in der Mitte durch, halb Schatten, halb Licht. Der Geruch von Schweiß und Meer und Kräutershampoo, Rachel legte sich halb auf ihn und leckte mit der Zungenspitze an seinem Hals. Sie war wunderbar und schön, ihre Haut glühte in der Sonne, sie hatte violette Bänder im Haar. Er konnte sie nicht entkommen lassen.

»Warum willst du mir nicht antworten?«, fragte er und schob sie vorsichtig weg.

Sie rollte sich auf den Rücken und nahm ihm die Zigarette aus der Hand.

»Eric«, flüsterte sie nach einer langen, unerträglichen Stille. »Du hast es wirklich nicht leicht.«

In ihrer Stimme lag nicht ein Hauch von Hohn oder Spott. Es war eine halb nüchterne, halb fürsorgliche Feststellung. Mit seinem vereinnahmenden Drang, alles wissen zu müssen, hatte er die Stimmung zerstört, und er ging ins Bad, ohne etwas zu erwidern. Es war unfassbar, dass alles so schwer sein musste. Und es war keineswegs Rachels Fehler, dass es ihm so erging, und doch musste sie dafür büßen. Als er zu ihr zurückkehrte, hatte sie sich bereit gemacht, um schwimmen zu gehen. Sie hatte sich ein papageiengemustertes Tuch um die Hüfte gebunden und trug ein gehäkeltes Bikinioberteil. Sie lächelte, aber er sah ihr an, dass sie unruhig war. Er umarmte sie und zerwühlte ihr Haar.

»Du bist wirklich etwas Besonderes«, flüsterte er und küsste ihren Hals.

»Und du musst aufhören, dir solche Gedanken zu machen.«

Ihm fiel es schwer, nicht zu fragen, was sie damit meinte, aber der Gedanke an eine weitere ausweichende Antwort zog seinen Körper nach unten wie ein Schleppnetz mit toten Gewichten, und er schwieg.

Das unbehagliche, rastlose Rufen, das er am Morgen jenes Tages vernommen hatte, an dem er Flora in der Talstraße abholte, war in Wahrheit eine Empfindung, die über Wochen in ihm gewachsen war. Er fürchtete, dass Rachel etwas zugestoßen sein könnte, und vermochte nicht mehr zwischen Schreckensfantasien und realistischen Szenarien zu unterscheiden. Er hatte versucht, diese Gedanken zu verdrängen, stattdessen aber einen Samen in die Erde gebohrt, der in der Finsternis und Stille ausschlug. In der ersten Zeit war er überzeugt gewesen, dass er der Grund für ihre Flucht war. Er stellte sich vor, wie er ihr Briefe schrieb, verlogene und verräterische Briefe, in denen er schwor, dass er ihre Sehnsucht verstand und sie nie einengen wollte. Er dachte sich dumme Metaphern aus, die Liebe als Vogel, als Hummel, als Schwan mit gebrochenem Hals. Er war überzeugt, dass sie ihn irgendwann anrufen würde, doch nach mehreren Wochen des Schweigens wurde er unruhig. Vielleicht hatte sie Acid genommen und war auf einem schlechten Trip hängengeblieben. Vielleicht hatte ihr Urteilsvermögen daraufhin ausgesetzt, sodass sie mit jemandem mitgegangen war, der sie nicht gut behandelte. Vielleicht liebte sie Eric überhaupt nicht. Oder sie liebte ihn so sehr, dass sie es nicht aushalten konnte. Vielleicht war sie eifersüchtig auf sein Leben gewesen, hatte sich ausgeschlossen gefühlt, weil er nie auf die Idee gekommen war, dass sie sich möglicherweise wünschte, seine Kinder kennenzulernen, oder schlimmer noch, dass es sie nicht gäbe. Aber ich liebe dich doch, flüsterte er in Gedanken, ich wusste nicht, dass du dich danach sehnst, das zu hören. Die Liebe wuchs über sich hinaus, vervielfacht und blind, und er konnte an nichts anderes denken, als Rachel zu finden.

»Wo ist sie hingefahren?«, hatte er Jonna gefragt, und das war der erste Fehler gewesen.

»Sie möchte nicht, dass du das weißt«, hatte sie geantwortet, und darüber war er so wütend geworden, dass er ihr auf eine ganz und gar unanständige Weise gedroht hatte.

Anschließend verweigerte ihm Jonna jedes Gespräch. Sie war beschäftigt oder nicht zu Hause, wenn er anrief. Mehrmals hatte er überlegt, ins Paradies zu fahren und mit ihr zu reden, damit sie verstand, wie verzweifelt und unglücklich er war, aber irgendetwas hatte ihn davon abgehalten.

An jenem Vormittag machte sich jedenfalls die Überzeugung in ihm breit, dass Rachel gestorben war. Bei einem Unfall oder an einer Überdosis, sodass die anderen im Paradies sich mitschuldig fühlten, weil sie nichts getan hatten, um es zu verhindern. Bei der Vorstellung musste er weinen, er saß gerade im Büro und versuchte einen Bericht zu verstehen, den er schon zum hundertsten Mal las.

Floras Anruf hatte ihn aus seinen düsteren Gedanken gerissen. Er reagierte gereizt, aber im Nachhinein hatte sich die Ablenkung als gut erwiesen. Es war gut, etwas vorzuhaben, Flora bei diesem bockig aussehenden Mädchen und ihrer scheuen Mutter abzuholen. Flora wirkte müde, und es war schwer, ihr auch nur ein Wort zu entlocken. Barbara hatte mit Sicherheit recht, wenn sie sagte, dass die feindselige Distanz mit dem Alter zusammenhing. Eigentlich hatte er es nicht vorgehabt, aber als er durch die Stadt fuhr, um Flora abzuholen, kam es ihm richtig vor, die Sache hinter sich zu bringen. Marie-Louise würde auf keinen Fall schon zu Hause sein, und Martin konnte er auch später abholen. Es war wie ein Rausch aus plötzlicher Klarsicht und Energie: Bestimmt konnte jemand im Paradies ihm helfen und erzählen, wo Rachel hingefahren war.

Flora stellte keine Fragen, als sie einen anderen Weg aus der Stadt heraus nahmen als sonst. Schlafend saß sie mit verschränkten Armen und geschlossenen Augen neben ihm, ein dürres, langbeiniges Insekt. Sie erwachte erst wieder, als er auf dem Hof vom Paradies hielt. Er machte das Licht aus, und um das Auto herum wurde es stockfinster. Ein Hund winselte und kläffte in der Nähe. Er blieb mit den Händen am Steuer sitzen, und als Flora fragte, was er vorhabe, wiederholte er, dass er etwas erledigen müsse und sie im Auto bleiben solle. In den Küchenfenstern des Wohnhauses brannte Licht, die Gardinen waren zur Hälfte zugezogen, jemand spielte auf der Gitarre, die Melodie eine unregelmäßige, langgezogene Klage. Eric hatte gehofft, dass Sufi gerade malen würde, aber der Schuppen krümmte seinen Katzenbuckel dunkel und abweisend zum Nachthimmel. Eric beugte sich zur Windschutzscheibe vor, ein Gürtel aus Sternen zwischen geschwollenen Wolken, ein Feuer so fern und kalt, dass es nie einen Menschen erreichen würde. Er drückte Floras Schulter und legte seine Stirn an ihre Schläfe.

»Es dauert nicht lange«, sagte er.

Sie zog die Knie unter das Kinn, ein Stoß klammer Luft wehte herein, als er die Tür hinter sich ins Schloss warf. Sie fröstelte, verriegelte von innen die Tür, lauschte. Im Dunkeln allein im Auto zu sitzen bereitete ihr Unbehagen, gleichzeitig wagte sie es nicht, hinauszugehen. Jemand bewegte sich drüben im Haus, lange, unruhige Schatten fielen schräg über die hellen Flecken aus Licht auf dem verwildert wirkenden Hofplatz, gedämpfte, erregte Stimmen waren zu hören, eine Tür, die irgendwo in der Dunkelheit aufschwang und zufiel. Sie drehte den Knopf des Autoradios mit einem leisen Klicken vor und zurück, doch es funktionierte nicht, wenn der Motor aus war. Die leuchtenden Zeiger der Uhr am Armaturenbrett bewegten sich kaum, die Zeit war stehengeblieben, das Auto schwebte wie ein erloschener Satellit weit draußen im Weltall. Etwas ging entzwei, klirrendes Glas, dann unendliche Stille, bevor die Tür des Hauses aufging und Eric in einem Schwall aus Licht und Stimmen ausgespuckt wurde. Ein Typ, barfuß und in zu kurzen Hosen, hielt ihn am Arm und schob ihn wortlos zum Auto.

So hatte Flora Eric noch nie erlebt. Er hatte Schwierigkeiten, den Schlüssel ins Schloss zu stecken, er startete den Motor, würgte den Wagen ab, holperte erst langsam den dunklen Weg entlang und beschleunigte dann so, dass Steine und Kies aufspritzten und gegen den Wagenboden prasselten. Flora fror, sodass ihre Zähne klapperten, nachdem sie im kalten Auto gewartet hatte. Eric umklammerte mit beiden Händen das Lenkrad, seine Unterlippe bebte. Als sie wieder auf der Hauptstraße waren, konnte sie sehen, dass er weinte, und das war schlimmer als Zorn. Sie hatte ihn nur bei Alices Beerdigung weinen sehen, und selbst da war es ein beherrschtes Weinen. Mitten im Wald bog er ohne Vorwarnung auf einen Rastplatz. Tutku kam zwischen den Stämmen hervor, ihre Augen funkelten im Licht der Scheinwerfer, sie fixierte Floras Blick für einen Moment und hob die Schnauze, als sie vorbeilief, in einem Bogen die Straße überquerte und auf der anderen Seite wieder im Wald verschwand. Flora wünschte, die Hündin würde zurückkehren, aber der Wald schloss seinen dunklen Schlund hinter ihr. Das Radio schepperte, als Chicago »Color my world« sangen. Eric hämmerte mit den Fäusten gegen das Armaturenbrett.

»Verdammt noch mal. Verdammt.«

Er riss die Tür auf, taumelte hinaus, ging eine halbe Runde um das Auto, zog sich das Hemd aus der Hose, riss die oberen Knöpfe auf, trat gegen den Vorderreifen, kreiste um das Auto, brüllte. Als sie zu weinen begann, wusste Flora nicht, ob es daran lag, dass er ihr leidtat oder sie Angst hatte. Tutku war wieder über die Straße gelaufen, ohne dass Flora sie bemerkt hatte, sie saß am Waldrand, die Scheinwerfer der vorbeifahrenden Autos zeichneten Streifen auf ihr Fell. Sie hob eine Pfote, schleckte sie, streckte die Vorderläufe mit einer langgezogenen und trägen Bewegung von sich und gähnte. Flora legte die Handfläche auf das Fenster und rief nach ihr, aber Tutku reagierte nicht. Schließlich setzte Eric sich wieder neben sie und ließ wortlos den Motor an.

»Entschuldigung«, sagte er, als sie den Stadtrand von Vase erreichten. »Mach dir bitte keine Gedanken, ja?«

Sie schüttelte den Kopf und hielt Ausschau nach Tutku, aber die Hündin stürmte nicht hinter dem Auto her, wie sie es früher getan hätte.

»Ich friere«, sagte sie, »und ich bin müde.«

Er nickte in der Dunkelheit und strich ihr über die Wange, ohne die Straße aus dem Blick zu lassen. »Heißer Kakao?«, fragte er und versuchte zu lächeln.

Flora nickte. Es hatte schon lange niemand mehr heißen Kakao für sie gekocht.

Eric verschüttete Milch und Kakaopulver, wischte beides mit einem Lappen auf, warf ihn in die Spüle und goss ihr dann den Kakao in Martins Tasse mit Jupiter vom anderen Stern. Sie saßen sich in der Küche gegenüber, es war erst halb neun. Flora zog erneut die Knie an und krümmte sich zusammen, ihm war gar nicht aufgefallen, wie sehr sie gewachsen war. Diese plötzliche Schlaksigkeit, die Andeutung von Brüsten unter dem T-Shirt. Er wusste nicht, wem sie ähnlich sah, Alice und ihm jedenfalls nicht.

»Vermisst du deine Laufmannschaft?«, fragte er sie, um irgendetwas zu sagen.

Sie pustete auf ihren Kakao. »Sie sind gegen Wettbewerb«, erklärte sie, »sie sagen, das würde nur zu einer unnatürlichen und ungleichen Gesellschaft führen.«

»In der Laufmannschaft?«

Ein gereizter Zug um ihren Mund vertrieb ihre ängstliche Traurigkeit. »In der Cassiopeiaschule natürlich.«

»Aha«, sagte er und musste erneut an Jonna und Sufi und die anderen im Paradies denken. »Aber vermisst du die Laufmannschaft nun oder nicht?«

»Ich habe vor, stattdessen im Wald laufen zu gehen«, antwortete sie und stellte die Tasse ab. »Es reicht ja, wenn ich gegen mich selbst um die Wette laufe.«

Eric nickte. Im Paradies hatten sie ihn als Heuchler bezeichnet, Jonna war feindlich und abweisend zu ihm, noch bevor er überhaupt etwas gesagt hatte. Er verbrannte sich am Kakao, der trotz der Süße einen bitteren Nachgeschmack hatte. Er musste Martin abholen, es war nicht angemessen, Barbaras Gastfreundschaft noch länger zu strapazieren. Wenn er sich beeilte, konnte er noch vor Marie-Louise wieder zu Hause sein.

Flora stand auf. »Ich gehe ins Bett«, sagte sie. »Danke für den Kakao.«

Er nickte. Fasste sie am Arm, als sie vorbeiging, und drückte sich ihre Hand auf seine Wange. »Ich hole Martin«, sagte er. »Ich bin sofort wieder da.«

Thomas war schon im Schlafanzug, er saß mit Martin am Küchentisch und spielte Autoquartett. Die Küche war ordentlich, ein Strauß Oleander ließ neben der Spüle die Köpfe hängen, aus Patricias Zimmer im ersten Stock drang leise Musik. Eric entschuldigte sich mehrmals, weil er so spät war, aber Barbara versicherte ihm, das sei kein Problem. »Wir haben es uns gemütlich gemacht«, sagte sie, »stimmt's, Jungs?«

Die Jungen nickten und schoben schweigend ihre Karten zusammen. Martin trank seine Milch aus und wischte sich mit dem Handrücken über den Mund. Er lehnte sich an Eric, der sich zum Gehen bereit machte.

»Du siehst mitgenommen aus«, stellte Barbara fest, als die Jungen im Flur verschwunden waren.

»Es war ein langer Tag«, erwiderte er.

»Für Thomas war es schön, ein bisschen Gesellschaft zu haben«, erzählte sie, »Alan besichtigt gerade eine Firma in Farring, er ist die ganze Woche weg, und dann flippen die Jungs immer irgendwann aus.« Sie lachte und verschränkte die Arme vor der Brust. »Sie glauben wohl, dass plötzlich andere Regeln gelten würden, wenn sie nur auf mich hören müssen. Gut, dass Patricia schon so groß ist, sie ist mir wirklich eine Hilfe.«

Eric nickte. Er küsste Barbara zum Abschied auf die Wange, was er üblicherweise nicht tat, sie duftete warm und rein nach einem Parfüm, von dem er nicht mehr wusste, woher er es kannte.

»Falls du Lust auf einen Drink hast, komm doch einfach zurück, wenn du ihn ins Bett gebracht hast«, sagte sie, als sie auf der Treppe vor dem Haus standen. Sie beugte sich vor und winkte Martin zu, der sich schon ins Auto gesetzt hatte. Er winkte nicht zurück.

Eric nickte. Es war gut gemeint von Barbara, aber ihm war nicht nach Plauderei zumute. »Vielleicht ein anderes Mal«, sagte er und drückte ihren Arm ganz leicht, »heute bin ich zu müde.«

Sie hob ihr Kinn ein wenig an und nickte. »Das ist völlig in Ordnung, Eric, es war ja nur, falls du …«

»Ach, weißt du was?«, unterbrach er sie. »Eigentlich wäre das doch wirklich nett.«

Sie lächelte zögernd und auf eine fast dankbare Art überrascht. »Klopf ans Küchenfenster, anstatt zu klingeln«, flüsterte sie und imitierte die Geste mit ihrer Faust in der Luft, »damit die Kinder nicht wach werden.«

Nachdem er Martin ins Bett gebracht hatte, konnte er die Augen kaum noch offen halten und bereute es, dass er Barbaras Einladung angenommen hatte. In Floras Zimmer war es dunkel, anscheinend schlief sie schon. Marie-Louise war um Punkt neun gekommen, genau wie sie es versprochen hatte. Herr Carl hatte sie nach Hause gefahren und im Auto gewartet, bis Eric die Tür öffnete. Eric winkte ihm zu, er hupte einige Male, als er den Glasschwärmerweg hinabfuhr.

Sie hätten einen schönen Abend gehabt, erzählte Marie-Louise. Der Schulleiter und seine Frau suchten einen Babysitter, deswegen hatten sie sie eingeladen. Ihre Kinder seien lieb, und seine Frau sei hübsch und lustig und wirkte jünger, als sie war, und wenn sie auch mit dem Babysitting etwas verdiente, könne sie ihren übrigen Lohn sparen.

»Wofür?«, fragte Eric mit dem Rücken zu ihr.

Die Milch war am Topfboden angebrannt, er musste sie mit einem Palettenmesser abschaben.

»Das weiß ich noch nicht genau«, antwortete Marie-Louise und setzte sich an eine Ecke des Tischs. »Ich denke nur, dass es gut wäre, ein bisschen Geld auf der Bank zu haben.«

Eric nickte. Vernünftige Marie-Louise, kluge, liebe, fleißige Marie-Louise. Er wusste nicht, warum sie ihn manchmal so sehr irritierte.

»Dann sieh mal zu, dass du ins Bett kommst«, sagte er und wischte sich die Hände an der Schürze ab. »Morgen musst du wieder zur Schule.«

Sie gab ihm einen Kuss auf die Wange, leicht und tänzerisch, eine junge und glückliche, bodenständigere Ausgabe von Alice. Er setzte sich ins Wohnzimmer und wartete, bis alle eingeschlafen waren, trank ein Bier und überlegte, ob er Barbara anrufen und ihr absagen sollte, konnte sich aber nicht dazu überwinden. Sie hatte so froh ausgesehen. Wahrscheinlich langweilte sie sich, wenn Alan nicht zu Hause war. Er schloss die Augen. Es war falsch gewesen, zum Paradies hinauszufahren. Jetzt war er zur Ruhe gekommen, eine schwere Ruhe, die wie ein Gullydeckel über seinem Zorn und seiner Trauer lag. Sufi hatte versucht, ihm zu helfen, aber er hatte so neben sich gestanden, dass er nicht in der Lage war, die ausgestreckte Hand zu ergreifen.

»Wir sagen ihr, dass du hier warst, Eric«, hatte Sufi gesagt, »Rachel meldet sich ab und zu.«

»Du kannst uns den Buckel runterrutschen«, hatte Jonna ihn angegiftet und war aus der Küche gestürmt, wo er mitten in eine Hausversammlung geplatzt war.

Sufi versuchte ihn zurückzuhalten, aber er war so wütend und unglücklich, dass ihn nichts aufhalten konnte. »Rachel geht es doch gut, Mann«, rief er hinter ihm her, als er den Flur entlangstampfte, um Jonna zu finden. »Es gibt kein Problem, verstehst du? Sie brauchte mal Zeit für sich, um …«

Mehr hörte er nicht, Jonna hatte die Tür des letzten Zimmers geschlossen, wo Rachel und er so viele Nachmittage im Bett verbracht hatten. Sie sprang auf, als er hereinstürmte.

»Hau ab«, flüsterte sie. »Kapierst du es denn nicht? Genau solche Sachen sind es, die Rachel nicht ertragen kann.«

»Was kann sie nicht ertragen?«, sagte er und trat einen Schritt auf sie zu. Es war nicht seine Absicht gewesen, bedrohlich zu wirken, aber er hielt sich auch nicht zurück, als er sah, dass sie Angst bekam.

»Diese Art, mit der du den starken Mann markierst«, antwortete sie und kniff den Mund zusammen. »Sie braucht keinen älteren Typ mit überholten Ansichten. Begreif das doch endlich, und lass uns in Ruhe.«

Es war nicht nur diese Zurückweisung, die ihn so zornig machte. Auch nicht die Verachtung oder die Tatsache, dass Jonna ihm nicht erzählen wollte, wo Rachel war. Es war eine Welle, die irgendwo in der Ferne von Rachel ausging, durch Jonna hindurchspülte und ihn fortpresste, eine dröhnende Welle, die Mund und Lunge mit Wasser füllte, sodass er darum kämpfen musste, nicht zu ertrinken.

»Du weißt nichts über mich«, sagte er und war so dicht an sie herangetreten, dass sie gegen die Wand gedrängt wurde.

»Ich weiß mehr, als du glaubst«, entgegnete sie, und ihre Stimme überschlug sich, »ich kenne deine kranken, dominanten Machtspielchen.«

Er wollte ihr nichts antun, aber auf Sufi und Leo, die in das Zimmer gestürzt kamen, musste die Situation anders gewirkt haben, sie waren bekifft und nicht mehr in der Lage, sich klar auszudrücken, aber stark genug, ihn herauszuzerren und auf den Hof zu schubsen.

»Du solltest erst einmal nicht mehr hierherkommen«, hatte Sufi zu Eric gesagt, als er seinen Arm losließ. Doch es klang nicht wie eine Drohung, eher bedauernd.

Natürlich war sein Auftritt dämlich und ungeschickt gewesen, das war ihm bereits klar, als Flora und er von dort wegfuhren, und er wurde wütend auf sich selbst. Sie hatten sich ihm gegenüber allerdings auch nicht angemessen verhalten. Er hatte Rachel gut behandelt, hatte mit ihr geredet und sie geliebt und versucht, auf sie aufzupassen, und sie hatte es ihm gedankt, indem sie sich aus dem Staub machte und allen verbot, ihren Aufenthaltsort preiszugeben.

Er erhob sich vom Sofa, im Haus war es still. Er hätte seinen Ärger nicht an der armseligen, missratenen, ungewollten Jonna auslassen sollen. Sie tat ihm irgendwie leid, und er verstand nur zu gut, warum sie sich hinter den Frauen- und Basisgruppen verschanzte; dort fand sie wohl Trost und Verständnis. In den letzten Jahren waren ihm einige solche Frauen begegnet, sie nutzten ihre Entrüstung und das Gerede über Rechte und Unterdrückung, um ihr Selbstvertrauen zu stärken, um zum ersten Mal im Leben das Gefühl zu bekommen, bedeutsam zu sein. Und in vielem hatten sie recht. Auch er trat für die Gleichberechtigung zwischen Mann und Frau ein, das konnte man seiner Meinung nach daran sehen, wie er seine Töchter erzog und was für eine Beziehung er mit Alice geführt hatte. Zwar war die Arbeit bei ihnen recht traditionell verteilt gewesen, aber es kam schließlich nicht nur darauf an. In anderen und wichtigeren Bereichen waren sie ebenbürtig gewesen, und Alice hatte nicht das Bedürfnis gehabt, ihr Innerstes in geschlossenen Gemeinschaften mit anderen Frauen nach außen zu kehren.

Jonna hatte eine unkleidsame, männliche Frisur, sie trug eine Mao-Uniform und sah immer schrecklich sauer aus. »Sie ist bestimmt lesbisch«, hatte er einmal aus Spaß zu Rachel gesagt, »und so fett, dass du aufpassen musst, dass sie sich nicht auf dich legt. Das würdest du nicht überleben.«

Rachel hatte den Kopf geschüttelt, aber dennoch lachen müssen. »Jonna ist schon in Ordnung«, hatte sie gesagt, »man kann sich auf sie verlassen.«

Eric trat in den Flur hinaus und lauschte nach Geräuschen aus dem Obergeschoss. Er vermisste Alice, er sehnte sich nach Rachel und verspürte gleichzeitig Lust, sie umzubringen. Jonna wollte niemand haben. Auf den Partys im Paradies gab es hin und wieder jemanden, der ihren großen Brüsten und ihrem schaukelnden Hinterteil nicht widerstehen konnte. Unterschiedlichen Männern gefielen unterschiedliche Frauen. Aber Jonnas Bitterkeit und Feindseligkeit machten es unmöglich, sie zu mögen. Eric streckte seine Arme und Finger, dass es knackte. Weder Jonna noch irgendeine andere Frau würden ihn jemals kleinkriegen. Sie konnten ihn demütigen, ausschließen und zum Feind erklären, aber da würde er nicht mehr mitspielen. Das Treppengeländer ächzte jammernd, als er sich dagegen lehnte, sein Kopf schmerzte vor Müdigkeit, aber er fühlte sich auf eine andere Weise gefasst als zuvor.

Das Licht der Straßenlaternen drang durch das ovale Fenster über der Haustür und schwebte über den Teppich wie ein Ufo. Er rief leise nach Marie-Louise, um zu hören, ob sie schlief, und das Haus antwortete mit einem sanften Brummen. Vor dem Spiegel strich er sich die Haare zurück, in dem schwachen Licht wirkte er blass. Dann zog er Mantel und Handschuhe an und schloss leise die Tür hinter sich.

Barbara hatte sich umgezogen. Ihre diskret bemalten Lippen und ihre sonnengebräunten Füße, die aus den rostroten Hausschuhen aus Velours hervorragten, verliehen ihr eine befreiend kühle Ausstrahlung. Entspannt, perfekt, elegant, so waren Barbara und Alice und all die anderen Frauen in Vase. Endlose Schleifen aus Gelächter und Plauderei, Klagen und winzigen, gelegentlichen Rebellionen, aus wohlbekannter und rastloser Langeweile, durchgeplanten Essenseinladungen und abendlichen Drinks, dem Duft von teurer Handcreme, Kosmetik und Parfüm, aus Putztagen und sauberen Oberflächen, neuen Sofas und cremefarbenen Rollos, Effektivität und Frohsinn, aus James Taylor, Tom Brown und Simon & Garfunkel, Feiertagsdekorationen und Wandkalendern und Familienzusammenhalt. All das strömte Eric entgegen, brachte das letzte bisschen Widerstand zum Einsturz und hinterließ hübsch geschwungene Muster aus gefallenen Dominosteinen, und nun war er doch froh, dass er gekommen war. Alan hatte Barbara einen Cocktailshaker und ein Buch mit passenden Rezepten zum Geburtstag geschenkt, sie hielt Eric beides vors Gesicht und lächelte.

»Wie aufmerksam von ihm«, sagte sie in ihrem üblichen, ironischen Tonfall.

Eric machte es sich auf dem Sofa bequem, breitete die Arme auf der Rückenlehne aus und streifte sich die Schuhe ab.

»Ja, mach es dir ruhig bequem«, sagte sie, »fühl dich wie zu Hause.«

Sie mixte mit einer Kippe im Mundwinkel Drinks, goss sie in schlanke, dickwandige Gläser und setzte sich neben ihn auf die Sofakante. Es war ein grässlicher, süßer Cocktail, den sie da zusammengerührt hatte, mit Kaffeelikör und Ginger Ale. Sie rümpfte die Nase, stellte ihn ab, setzte das Glas aber im nächsten Moment schon wieder an und trank.

»Schnell runterkippen«, sagte sie, »damit du uns den nächsten mixen kannst.«

Eric bereitete den nächsten Drink zu und anschließend noch einen. Er legte sich auf das Sofa und fühlte sich so entspannt wie schon lange nicht mehr. Seine Füße lagen auf ihrem Schoß, und sie beugte den Kopf ein wenig nach hinten und lächelte.

»Verdammt noch mal«, sagte er und schloss die Augen. »Wie schön das ist, mal für einen Moment lang gar nichts tun zu müssen.«

Sie strich ihm mit leichten Fingern über die Füße, dann griff sie nach ihnen und massierte sie.

»Du hast zu viel um die Ohren«, sagte sie, und er nickte, ohne die Augen zu öffnen. »Auch du musst ab und zu mal abschalten.«

Sie erkundigte sich nach den Kindern und seiner Arbeit, er erzählte lustige Geschichten über seine Kollegen, es war leicht, sie zum Lachen zu bringen. Durch den Smalltalk kreisten sie vorsichtig die ernsteren Themen ein: Erinnerungen an Alice, die ewigen ehelichen Kompromisse, Barbaras Traum, ein Buch zu schreiben, aus dem nie etwas wurde.

»Es fehlt immer an Zeit«, seufzte sie. »Sie sind eine Horde Vampire, alle miteinander.«

Er fletschte seine Zähne und machte Krallenhände, und sie musste wieder lachen.

»Es ist ein Tauschhandel, den man eingeht, ohne es zu wissen«, sagte sie. »Man bekommt ein Haus und eine Familie, aber im Gegenzug rauben sie einem alle Zeit und Kraft.«

»Du machst deine Sache gut, Barbara. Alle können sehen, dass du eine gute Mutter und Ehefrau bist.«

»Da bin ich mir nicht so sicher«, erwiderte sie, und er meinte einen Anflug von Bitterkeit in ihrer Stimme gehört zu haben, aber als er sie ansah, konnte er davon nichts mehr erkennen.

»Doch, doch«, sagte er sanft und machte die Augen wieder zu. »Du machst sie sogar besser als gut, obwohl ich oft denke, dass man mitunter nur schwer wissen kann, worin dieses große, verheißungsvolle ›gut‹ überhaupt besteht.«

Sie tätschelte ihm das Knie und kratzte vorsichtig mit dem Fingernagel am Stoff seiner Hose.

»Du«, flüsterte sie, »es ist immer schön, mit dir zu reden.«

Sie summte einen James-Taylor-Hit aus dem Vorjahr mit, und obwohl das nicht die Musik war, die Eric normalerweise hörte, war er berührt und musste sich aufsetzen, um nicht zu weinen. *Oh, I've seen fire and I've seen rain, I've seen sunny days that I thought would never end.*

Er legte die Hände vors Gesicht. »Manchmal«, sagte er, »ist einfach alles zu viel.«

Sie nickte, beugte sich zu ihm und berührte seine Wange.

»Eine ganz normale Cola Rum?«, fragte sie und stand auf. »Oder vielleicht einen Campari?«

Er machte eine unentschiedene Geste, ihm war beides recht. James Taylor war verstummt, und Eric stand auf, um eine neue Platte aufzulegen. Sie tranken schweigend. Eric war müde und benommen, Rachel hatte sich zurückgehalten, seit er im Glasschwärmerweg losgegangen war, aber jetzt tauchte sie wieder auf. Sie sah ihn liebevoll an, trug Federn und Bänder im Haar, ihre Augen waren groß und dunkel, so wie sie ihn immer betrachtete, wenn sie miteinander geschlafen hatten.

»Ich muss allmählich nach Hause«, sagte er.

Barbara nickte. »Alan ist so viel unterwegs«, sagte sie und stellte ihr Glas ab, »und wenn er zu Hause ist, dann ist er mit tausend anderen Dingen beschäftigt als mit mir.«

»Er kann sich glücklich schätzen, dass er dich hat«, erwiderte Eric und kam auf die Beine.

Barbara legte den Kopf in den Nacken, und als sie ihn wieder ansah, hatte sie Tränen in den Augen. »Plötzlich ist alles vorbei.« Sie stand auf, schwankte und griff nach seinem Arm. »Und was hat es uns am Ende gebracht?«

Er musste über ihre Ernsthaftigkeit lachen, sie schlug scherzhaft nach ihm.

»Du lachst über mich. Das ist nicht nett von dir.«

»Du bist eine schöne Frau«, sagte er plötzlich und war darüber genauso erstaunt wie sie. »Du bist schlau und fürsorglich und schön. Und Alan ist ein guter Mann«, fügte er hinzu.

»Schön?«, lachte sie. »Alan kriegt kaum noch einen hoch, wenn er mit mir zusammen ist.«

Schweigen breitete sich zwischen ihnen aus, unangenehm und anmaßend.

Sie schüttelte den Kopf und trat einen Schritt auf Eric zu. »Er behauptet, das hätte nichts mit mir zu tun«, flüsterte sie. »Was weiß ich schon von Männern.« Sie schloss die Augen und stand so nahe vor ihm, dass er den Duft ihres Haars wahrnehmen konnte. »Du solltest lieber nach Hause gehen, Eric«, sagte sie schließlich. »Es war nicht meine Absicht, dich damit zu belasten.«

Er nahm ihr Gesicht in beide Hände und sagte, sie solle ruhig sein. Sie seufzte und machte große Augen, sie waren beide betrunken, und es wäre das Beste, jetzt zu gehen. Der erste Kuss war eine plötzliche Eingebung. Eigentlich hatte er Barbara nie besonders anziehend gefunden. Vielleicht lag es an den Regeln der Freundschaft, vielleicht daran, dass er sie nie so gebraucht hatte wie jetzt. Er küsste sie lange, sie schmeckte nach Campari und Zigaretten und Lippenstift. Sie öffnete selbst den Reißverschluss ihres Oberteils und zog es sich über den Kopf.

»Na«, sagte sie und drehte sich um, als er auf dem Sofa lag. Sie hob ihre Brüste und ließ sie wieder fallen. »Wie schlimm ist es um mich bestellt?«

Er schüttelte den Kopf und zog sie an sich. »Nun halt doch den Mund«, flüsterte er. »Es könnte nicht besser sein.«

Es war schon nach zwei Uhr, als Eric nach Hause kam. Am Morgen überhörte er dann den Wecker und wachte erst auf, als Marie-Louise ihn rief. Er war verkatert und hätte sich am liebsten krankgemeldet, aber der Gedanke an einen endlosen Tag in Vase war auch nicht verlockend.

Die Sache mit Barbara durfte sich nicht wiederholen, auch wenn es schön gewesen war und seine unerträgliche Besessenheit von Rachel für einen Moment gedämpft wurde. Er hatte Barbaras empfänglichen Körper und ihren Eifer genossen, wäre allerdings am liebsten sofort gegangen, nachdem er in ihrem Mund gekommen war. Doch sie hielt ihn fest, als er aufstehen und sich wieder anziehen wollte, und obwohl sie noch kurz davor ganz entspannt war, wirkte sie nun plötzlich völlig aufgewühlt. Und so blieb er auf dem Sofa liegen und hielt sie in den Armen, bis sie einschlief. Anschließend räumte er die leeren Gläser in die Spüle, legte ihre Kleider neben dem Sofa auf einem Stapel zusammen und breitete eine Decke über sie aus, ehe er aus dem Haus schlich. Sie schlief bereits tief und fest, als er ging, und obwohl er später dachte, dass es rücksichtsvoller gewesen wäre, sie zu wecken, damit ihre Kinder sie nicht splitternackt auf dem Sofa vorfanden, hatte er in diesem Moment ein tiefes Bedürfnis nach Stille verspürt.

Flora sagte an diesem Morgen auf der Fahrt nach Rossel kein Wort. Sie hatte von Mias Bruder geträumt, ein eigenartiger Traum, in dem er sie wie ein Baby gefüttert hatte. Sie waren zu spät losgekommen und mussten das Auto nehmen, Eric setzte sie in Rossel am Hauptbahnhof ab, und obwohl sie den ganzen Weg zur Schule rannte, kam sie erst dort an, als die Stunde schon begonnen hatte. Sie hatten Bewegungslehre. Beim letzten Mal hatten sie gelernt, wie wichtig Atmung und Bauchmuskulatur für die natürliche Körperhaltung waren. Die Lehrerin hatte ihre Bluse hochgezogen, um das zu demonstrieren, sie hatte den Zeige- und Mittelfinger unter das Brustbein gepresst, tief eingeatmet und die Luft dann mit einem langgezogenen Ah wieder durch den Mund entweichen lassen. Sie trug keinen BH, und Flora wusste nicht, wo sie hinsehen sollte.

»Wir haben uns einen Körperpanzer zugelegt«, erklärte die Lehrerin, »auch wenn wir ohne ihn geboren wurden. Es ist eine Art Krankheit, die sich aus dem Missverständnis heraus entwickelt, er würde uns schützen, aber in Wirklichkeit hindert er die universellen Energien daran, frei durch den Körper zu strömen. All dessen müssen wir uns bewusst sein, und wir müssen daran arbeiten, diesen Panzer aufzuweichen, damit wir uns wieder zu freien Menschen entwickeln können.«

Flora erinnerte sich an diese letzte Stunde, während sie auf einer Bank im Schulhof saß und darauf wartete, dass die anderen fertig wurden. Es nieselte, eine Elster flog vom Dach des Abfallhäuschens auf, die Flügel perfekt gefächert, ein geheimnisvoller Schimmer von Petroleumblau im schwarz-weißen Gefieder. Der Vogel landete ein paar Meter weiter im Gras, näherte sich hüpfend, legte den Kopf schräg und betrachtete sie mit seinen funkelnden Augen. Hopp, hopp, hopp, er sah boshaft aus, wenn er nicht durch die Luft schwebte, und stieß ein heiseres Krächzen aus, als kullerte ihm ein Stein durch die Kehle. Als Flora klein war, hatte Alice ihr erzählt, dass Elstern die Eier anderer Vögel fraßen und sie sie deshalb nicht leiden konnte. Alice mochte Kohlmeisen am liebsten und amüsierte sich über Flora, die die fetten Waldtauben, die vor dem Futterhäuschen landeten, am schönsten fand, mit ihrer grau-lila Brust und ihren weißen Flecken am Hals.

»Die sind doch dick und plump«, hatte Alice gesagt, »und sie gurren die ganze Zeit, liebeskrank und dumm.«

Flora dachte an andere Vögel und an den vorausgegangenen Abend, an Eric im Wald und an Tutku, die sie im Stich gelassen hatte.

»So schlimm war das doch wohl nicht! Du hast auch nicht gerade oft Zeit für mich gehabt in den letzten Tagen«, knurrte die Hündin und verschwand durch die Hecke zum Gartenstück auf der anderen Seite des Schulhofs. Dort, wo Tutku eben noch gewesen war, zitterten die Äste ein wenig, beruhigten sich jedoch schnell wieder. Flora blickte ihr hinterher und wartete darauf, dass sie umdrehte, sie kam aber nicht zurück.

Flora stand auf und ging in die Turnhalle, wo sich nach und nach alle Schüler einfanden. Niemand fragte, warum sie zu spät war. Die Lehrer meinten es ernst, dass kein Schüler zur Teilnahme am Unterricht gezwungen werden sollte, nur die Vollversammlungen waren heilig. Mia winkte von der anderen Seite und kam zu ihr herüber.

»Wir haben verschlafen«, sagte Flora und lehnte sich mit dem Rücken an die Sprossenwand, aber Mia schien nicht zuzuhören. Sie spähte durch den Raum, Flora folgte ihrem Blick.

»Wow«, flüsterte Mia und legte ihren Mund an Floras Ohr, »das ist Kenneth aus der Klasse meines Bruders, er ist einfach so … wow.«

Flora kannte die Namen der älteren Schüler noch nicht und fragte, wer Kenneth war.

»Willst du mich veräppeln?« Mia grinste. »Na, wer von denen ist denn der Schönste?«

Flora betrachtete die Jungs. Dein Bruder Jonathan, hätte sie am liebsten gesagt. Er hob die Hand zum Gruß. Sie wandte ihren Blick ab und rieb sich das Gesicht, damit Mia nicht sah, wie sie errötete.

»Der mit den roten Stiefeln?«, fragte Flora, und Mia nickte.

»Ganz genau«, seufzte sie, »wenn er mich jemals küsst, sterbe ich glücklich.«

Flora sah sich den Typ in den roten Stiefeln an. Er war untersetzt und fuhr sich unablässig mit den Händen durchs Haar, während er sein Gewicht von einem Bein aufs andere verlagerte. Es war leicht, zu erkennen, dass er zum inneren Kreis gehörte; seine Hände lässig in die Taschen seiner hellen Jeans gesteckt, stand er da, und die anderen lachten jedes Mal, wenn er etwas Lustiges sagte. An Jonathans Arm hing ein hübsches Mädchen, Flora nahm an, dass es Tina war.

Mia krabbelte um Flora herum und lehnte sich an sie. So saßen die Freundinnen, wie so oft an der Cassiopeiaschule, sie flochten einander die Haare oder massierten sich die Schultern, und die Verärgerung darüber, wie unbedeutend sie in Jonathans Augen wirken musste, verblich angesichts der Freude über diesen unumstößlichen Beweis dafür, in die Gruppe der richtigen Mädchen aufgenommen worden zu sein. Sie legte vorsichtig eine Hand auf Mias Kopf und hielt sich mit der anderen ungelenk an der Sprossenwand hinter sich fest. Sie strich Mia über das Haar, als die Versammlung begann, und da Mia anscheinend nichts dagegen hatte, wurde sie mutiger und fasste ihre Locken zusammen und ließ sie wieder fallen, vergrub ihre Finger darin und legte vorsichtig die Wange auf den Kopf der Freundin.

Mia war die unsichtbare Eintrittskarte zu all dem, was Flora sich schon immer erträumt hatte. Seitdem sie befreundet waren, verbrachte auch Mia mehr Zeit mit den gemeinsamen Klassenkameradinnen. Flora und sie beteiligten sich an endlosen Gesprächen, in denen es in erster Linie darum ging, das Verhalten der Jungs zu analysieren. Nicht alle waren damit einverstanden, die Gruppe der begehrtesten Jungs »Jagger« zu nennen, andererseits hatte auch niemand Lust, die neue, empfindliche Balance zu stören und Mias Rückzug zu verantworten, hatte sie doch gerade erst begonnen, sie mit ihrer Gesellschaft zu beehren. Und so durfte sie bestimmen.

Die Jagger-Jungs waren die smarten, älteren, aller Wahrscheinlichkeit nach unerreichbaren Typen, von denen die meisten Mädchen nicht einmal zu träumen wagten. Die Mittel-Jungs waren diejenigen, von denen am häufigsten die Rede war, es waren die durchschnittlich beliebten Gleichaltrigen aus der Klasse, bei denen die halbwegs beliebten Mädchen eine durchaus reelle Chance hatten. Die Null-Jungs waren die peinliche Spezies, über die die Mädchen am liebsten gar nicht erst sprachen. Und taten sie es doch, ging es vor allem darum, ihre Einigkeit darüber, wie missraten diese Jungs doch waren, zum Ausdruck zu bringen, genau wie ihr Unbehagen über deren vollkommen aussichtslose Versuche, die Aufmerksamkeit der Mädchen zu erregen. Wenn einer der Null-Jungs anbot, ihnen die Tasche zu tragen oder etwas aus dem Regal des Biologiesaals zu nehmen, wenn sie sich ihnen unaufgefordert zuwandten oder den Blick zu lange auf ihnen ruhen ließen, sprachen die Mädchen darüber, als sei es ein Verbrechen.

»Das kann der so was von vergessen«, konnten sie dann etwa sagen, begleitet von einem ungläubigen Kopfschütteln. »Was bildet der sich eigentlich ein?«

Welcher Sache sich der betreffende Junge schuldig gemacht hatte, war nicht immer leicht zu durchschauen. Flora war die Einzige, die meinte, dass einiges auch reiner Zufall sein könnte, beispielsweise wenn Tim auf dem Gang mit Mia zusammenstieß oder Johns Bleistift in der Mathestunde über die unsichtbare Grenze auf Sylvias Tischseite hinüberrollte.

»Das war nicht das erste Mal«, bemerkte Sylvia vielsagend und zog die Augenbrauen hoch. Sie war das hübscheste Mädchen in der Klasse, obwohl ihr Gesicht stets einen leicht beleidigten Ausdruck hatte.

Die Mädchen drängten sich unter der Platane im Schulgarten zusammen, der Himmel war weiß und drückend, ein feuchtes Laken über Gesichtern und Händen.

»Und immer wenn er seinen Bleistift zurückholen will, tut er so, als würde er mit seinem Arm ganz zufällig gegen meinen stoßen, und lacht dabei so ...«, fuhr sie fort und karikierte sein dämliches, verlegenes Lachen.

»Igitt, ich kann mich noch erinnern, wie ich ihn mal an der Hand nehmen musste«, stimmte Jill ein, »er hatte ganz raue Hände und dreckige Nägel. Ich habe es gehasst.«

Die anderen Mädchen nickten, Flora sagte nichts. Anscheinend sprachen und handelten die Jungs in Codes, für deren Entschlüsselung die Mädchen viel Energie aufwenden mussten. Es waren die frühreifen Mädchen, die das beste Gespür für die Geheimsprache besaßen, noch aus den kleinsten Details konnten sie Zeichen ablesen. Sie befanden darüber, ob ein Junge interessant war oder nicht, und schätzten ein, wer bei wem eine Chance hätte.

»John stinkt auch so nach Schweiß«, hakte Mia ein, »eigentlich kann er einem leidtun, weil niemand ihm sagt, dass er mal öfter duschen sollte. Man muss echt die Luft anhalten, wenn man neben ihm sitzt.«

»Und Chris stinkt nach Pisse«, sagte Flora. Es kam ihr immer noch wagemutig vor, sich am Gespräch zu beteiligen, obwohl sie inzwischen akzeptiert war. Aber die anderen kannten sich schon länger, und sie bewegte sich noch immer auf dünnem Eis.

»Bei Chris ist das aber was anderes«, erwiderte Sylvia ernst, »der kann nichts dafür.«

Flora zog ihre Hände in die Jackenärmel und fröstelte.

»Seine Mutter ist schon vor vielen Jahren nach Mexiko ausgewandert«, erklärte Mia. »Er sagt, sein Vater wäre Arzt und würde in Afrika leben. Angeblich hat er eine Maschine erfunden, mit der man Neugeborene retten kann. Er behauptet, dass er den Vater zweimal besucht hat und dass er oft mit ihm telefoniert, aber niemand glaubt ihm so richtig.«

»Aber es ist doch dumm, über so etwas zu lügen«, sagte Flora.

»Tja«, entgegnete Mia, »was würdest du machen, wenn du bei deiner Oma wohnen müsstest, nach Pisse stinken würdest und kaum lesen könntest? Was würdest du machen, wenn du der einzige Junge wärst, der keinen Vater hat, und wenn deine Mutter auch nichts mehr mit dir zu tun haben will?«

»Er kann einem wirklich leidtun«, musste Flora zustimmen, und das war offensichtlich die richtige Antwort, denn alle nickten.

Im Fall von Chris war der Boden der Hierarchie durchbrochen, und er war hindurchgetaumelt, sodass sie über ihn nicht genauso reden konnten wie über die anderen Jungs. Er war etwas so Beweinenswertes, etwas so Jämmerliches, dass sie ihn bedauern mussten, anstatt ihn noch mehr zu demütigen, und sie sprachen eher darüber, wie man ihn unterstützen könnte.

»Man sollte ihn zu irgendetwas einladen«, sagte Sylvia seufzend. »Er hat ja keine Freunde.«

»Wir könnten das auch den Lehrern sagen«, schlug Mia vor, »damit sie mit seiner Oma reden.«

»Obwohl das garantiert nichts helfen würde«, gab Sylvia zu bedenken, »gibt es denn nichts anderes, was wir tun können? Es nützt ja nichts, wenn wir ihn nur aus Mitleid einladen. Das würde man selbst schließlich auch nicht wollen.«

»Nein«, sagte Jill. »Es ist aber doch wirklich absurd, wie viele Kinder Geschichten über ihre Väter erfinden, wenn die Eltern geschieden sind und sie bei ihren Müttern wohnen. Meine Mutter sagt, das liegt daran, dass viele Männer es nicht hinkriegen, mit Kindern allein zu sein, sie sind einfach nicht dafür gemacht.«

»Vielleicht finden sie es einfach nur lästig, wenn sie sich eine neue Freundin angeln wollen, die meisten Frauen können die Kinder der anderen nicht leiden. Aber mal ehrlich, wir können uns doch wohl selbst ausrechnen, dass nicht alle Väter plötzlich reich und genial und berühmt werden, nachdem sie abgehauen sind, wenn sie es nicht schon vorher waren«, sagte Sylvia.

Mia machte einen Hampelmann, um sich aufzuwärmen. »Aber was sollten wir auch auf einer Pyjamaparty mit Chris anstellen?«, fragte sie. »Wir können ihn doch wohl schlecht schminken?«

Die anderen lachten, die Vorstellung von Chris als Mädchen erschien ihnen zu komisch. Flora lachte auch. Am Tag zuvor hatte sie ihre erste Geburtstagseinladung mit Übernachtung bekommen, Sylvia wurde vierzehn. Sie würden fünf Mädchen aus der Klasse sein, und Sylvia hatte die Einladungen heimlich in den Taschen verteilt, damit die anderen nicht traurig waren. Flora war vor Freude fast geplatzt, als sie den Umschlag auf dem Heimweg im Zug entdeckt hatte. Sie hatte Mia angerufen, kaum dass sie zu Hause war, doch die wusste bereits von Floras Einladung. Flora gab sich Mühe, so zu klingen, als hätte sie schon an zahlreichen solchen Veranstaltungen teilgenommen, obwohl es in Wahrheit gar nicht stimmte. Sie hatte Marie-Louise immer beneidet, wenn diese mit ihren Freundinnen loszog. Ein einziges Mal war sie bei Annabelle und Anette eingeladen gewesen, aber das zählte nicht, außerdem war sie nach Hause gegangen, noch bevor sie sich schlafen legten, weil sie wieder einmal mit den Zwillingen gestritten hatte.

Sie fragte Mia, was sie sich normalerweise schenkten, und die antwortete, das käme darauf an, um wen es ginge.

»Ich kenne Sylvia nicht besonders gut«, sagte Flora, »aber ich würde ihr gern was schenken, worüber sie sich freut.«

»Dann sollte es auf keinen Fall ein Buch sein«, erwiderte Mia lachend, und Flora hatte gefragt, was sie damit meinte.

»Na, besonders helle ist sie nicht, oder?«

»Ich dachte, du magst Sylvia«, sagte Flora, aber Mia verstand nicht, wie Flora etwas anderes annehmen konnte.

»Lieber auch nichts von Bowie«, fügte Mia anschließend hinzu, »das ist zu avanciert für Sylvia. Schenk ihr Make-up oder was für ihr Zimmer. Nicht, dass sie nicht genug davon hätte, ihre Eltern haben einen Haufen Geld. Aber sie liebt solchen Firlefanz.«

Flora bat Marie-Louise, sie bei der Suche nach dem Geschenk zu beraten, und die nahm sich der Aufgabe voller Ernst an. Sie stellte eine Menge Fragen über Sylvia, deren Familie und Interessen und andere Dinge, von denen Flora keine Ahnung hatte. Marie-Louise bat Eric außerdem um Geld, damit sie für Flora ein Nachthemd und einen Kulturbeutel kaufen konnten. Erst als sie in der Textilabteilung standen und Marie-Louise ein weiß- oder pastellfarbenes, rüschenbesetztes Stück nach dem anderen hervorzog, wurde es Flora allmählich anstrengend.

»Ich glaube nicht. Das passt alles nicht«, sagte sie, »an meiner neuen Schule sind alle ein bisschen anders.«

»Anders?«, fragte Marie-Louise. »Ein Nachthemd ist ein Nachthemd.«

Trotzdem bestand Flora auf einem hellbraunen, langärmligen Jerseynachthemd mit dunkelbraunen Bündchen und großen gelben Herzen, das Marie-Louise hässlich fand. Dafür durfte Marie-Louise den Kulturbeutel aussuchen und auch das Geschenk. Ein glänzendes Kästchen mit einem Spiegel im Deckel samt sieben unterschiedlichen Lidschatten und einem kleinen Pinsel. Sie ließen es einpacken, und Marie-Louise wirkte erwachsen und fremd, als sie währenddessen mit der Verkäuferin konversierte. Mit einem Mal war ihre Schwester von einer Dunkelheit umgeben, die all das verdrängte, was Flora aus Vase kannte. Marie-Louise zwinkerte ihr aus weiter Ferne zu. Morsesignale über alltägliche Dinge, Jungs auf Mopeds, Kinobesuche, Make-up und Kulturbeutel.

»Woher weißt du so viel über Schminke?«, fragte Flora anschließend, und Marie-Louise lachte.

»Aus Zeitschriften«, sagte sie und hakte sich bei Flora unter, »und von anderen Mädchen, deren Müttern, Barbara, Marianne … und von Frau Carl«, fügte sie hinzu.

»Sprecht ihr wirklich über solche Sachen?«, fragte Flora.

Marie-Louise ließ ihren Arm los, um pelzbesetzte Handschuhe und Mützen auf einem Ständer zu befühlen. Sie machte eine gereizte Kopfbewegung. »Ich kann doch wohl sehen, was sie in ihren Badezimmern stehen haben«, antwortete sie.

Flora steckte die Hände in ein Paar leuchtend rote Handschuhe mit einer voluminösen Pelzmanschette, sie posierte mit den Händen vorm Gesicht, und Marie-Louise stupste sie an.

»Wie sind eigentlich die Jungs an deiner neuen Schule?«, fragte sie und studierte mit Schmollmund und halbgeschlossenen Augen ihr Gesicht im Spiegel.

»Keine Ahnung«, antwortete Flora und legte die Handschuhe zurück. »Sie sind wohl so wie alle anderen Jungs auch.«

»Bist du in jemanden verliebt?«, neckte Marie-Louise sie und stieß sie mit dem Ellbogen an.

»Nein«, antwortete Flora und schubste die Schwester zurück, »auf keinen Fall.«

Marie-Louise stieß einen Pfiff aus, um sie aufzuziehen.

»Und was ist mit dir?«, zahlte Flora es ihr zurück. »Wie läuft's mit Mike?«

Es war dumm, diese alte Wunde wieder aufzureißen, und Flora bereute es sofort, als sie Marie-Louises verletzten Gesichtsausdruck sah.

»Entschuldigung«, flüsterte sie. »Ich habe es nicht so gemeint.«

»Macht nichts.« Marie-Louise strich sich vorm Spiegel die Haare hinters Ohr. Gnädig schob sie erneut ihren Arm in Floras Ellenbeuge. »Mike war sowieso nichts für mich, er ist so schrecklich kindisch, ich verstehe gar nicht mehr, was ich an dem mal fand. So gesehen könnte man sogar sagen, dass Patricia mir einen Gefallen getan hat, indem sie ihn mir weggeschnappt hat.«

Flora nickte. Sie hatte gehört, wie Marie-Louise dasselbe zu ihren Freundinnen am Telefon gesagt hatte. Manchmal hockte sie sich neben ihre Tür und lauschte ihren Gesprächen. Sie wusste, dass Marie-Louise jetzt auf jemand anderen stand, offenbar irgendeinen älteren Typ, den Flora sicher nicht kannte. Er hatte zwar eine Freundin, aber es war nur eine Frage der Zeit. Marie-Louise bezeichnete ihn nur als *er*, wenn sie telefonierte. *Er hat das getan, er hat das gesagt, ich hätte es ihm fast gesagt, wie kann es denn falsch sein, wenn er selbst auch so etwas tut?*

Die Schulglocke läutete, die kleine Gruppe der Mädchen unter der Platane zerstreute sich und ging wieder in den Unterricht, und Flora konnte nicht anders, als zu hüpfen und zu tanzen und Mia zu umarmen. Sie war so gespannt auf den Geburtstag, dass sie am Vorabend nur schwer hatte einschlafen können. Es war die letzte Stunde, anschließend würden sie zu Sylvia fahren, und Mia erwiderte ihre albernen Umarmungen und tanzte mit ihr im Walzerschritt den Gang entlang.

»Was ist denn plötzlich mit dir los?«, fragte sie lachend und atemlos, aber Flora schüttelte nur den Kopf.

Nach der Schule holte Sylvias Mutter die Mädchen ab. Sylvia saß auf dem Beifahrersitz, während die anderen sich hinten zusammendrängten. Sylvia und ihre Mutter waren sich ähnlich, sie sprach zu ihnen, als wären sie erwachsen, während sich der Wagen durch die Stadt schlängelte, und schaffte es, auf alle einzugehen, bevor sie am Ziel waren. Ob Annas Mutter der neue Job gefiele? Ob Jills Vater immer noch plane, eine Praxis im Stadtzentrum zu eröffnen? Ob Flora sich in der Klasse wohlfühle? Sie antworteten genauso höflich, wie sie gefragt wurden. Aber sie redeten anders, vernünftiger als sonst.

»Deine Mutter macht so spannende Sachen«, sagte Sylvias Mutter und sah Mia im Rückspiegel an, »ich könnte mir gut vorstellen, einen ihrer Wandteppiche zu kaufen.«

Mia nickte. Wandteppiche und Becher und neuerdings auch Teetassen, Ellinor habe lange gebraucht, um die richtige Glasur zu entwickeln, und Sylvias Mutter nickte und fand das alles ungeheuer faszinierend.

»Und was ist mit deinem Vater?«, fragte sie dann und drehte ihren Kopf ein wenig zur Rückbank. »Siehst du ihn ab und zu?«

Mia sah aus dem Fenster, sie spielte mit ihrem Haar, die anderen Mädchen waren still. »Ja«, antwortete sie, ohne den Blick von der Straße abzuwenden, »Rand ist ja auch nicht besonders weit weg.«

Anna plapperte irgendetwas von Verwandten aus Rand, vielleicht wohnten sie sogar in der Nähe von Mias Vater, und wenn sie sie besuchte, könnten Mia und sie sich ja treffen, es sei ein schöner Ort, ländlich, mit Wäldern und nahe der Küste. Mia antwortete nicht, und Anna redete immer weiter, bis Sylvia Mia rettete und das Gespräch in eine andere Richtung lenkte, sodass sie sich nun ganz allgemein über Sommerferien auf dem Land unterhielten und darüber, wo sie später einmal wohnen wollten, wenn sie erwachsen waren. Flora sagte, sie wolle auf jeden Fall aus Vase wegziehen, was Sylvias Mutter zum Lachen brachte.

»Was ist denn an Vase so verkehrt?«, fragte sie, und Flora

schämte sich. Eigentlich hatte sie nicht schlecht über den Ort sprechen wollen, aus dem sie kam.

»Es ist noch nicht allzu lange her, da hast du von Vase gesprochen, als wäre es der beste Ort der Welt«, warf Mia auch sofort ein. »Du hast meiner Mutter vom Wald erzählt.«

Flora betrachtete ihre Hände, sie hatte einen Kloß im Hals. Mia hatte es mit ganz normaler Stimme gesagt, aber es klang trotzdem wie eine Boshaftigkeit.

»An Vase ist nichts verkehrt«, antwortete Flora, »ich könnte mir nur gut vorstellen, in der Stadt zu wohnen.«

Das fanden die anderen nachvollziehbar, sie sprangen zu anderen Themen weiter, schwatzend und lachend, nur Mia beteiligte sich nicht, und Flora fiel auch nichts mehr ein.

»Ich mag Paul«, seufzte Jill, nachdem Sylvias Mutter ihnen im Esszimmer Kuchen und süße Brötchen serviert hatte und die kleine Gruppe in Sylvias Zimmer verschwunden war. Jill ließ sich aufs Bett fallen und streckte die Arme von sich. »Er hat das hübscheste Lächeln, das ich je gesehen habe.«

»Es ist offensichtlich, dass er dich auch mag«, stellte Sylvia fest.

Wenn sie quer auf dem Bett lagen, hatten sie zu fünft Platz. Flora war die Einzige, die aufrecht saß, am Rand, neben Mia, die die Augen geschlossen hatte und sich streckte.

»Allerdings ist er zu allen nett«, sagte Jill und richtete sich halb auf, »man wird einfach nicht schlau aus ihm.«

»Aber er hat dich so angelächelt«, erinnerte Sylvia sie und kniff sie in die Seite.

Jill schlug mit einem Kissen zurück, und im nächsten Moment hatten sich alle auf dem Boden zu einem warmen Knäuel aus Armen und Beinen und Teppichen und Kissen und Plüschtieren zusammengeballt.

Mia unterbrach den Ringkampf. »Wollen wir spielen?«, fragte sie und befreite sich aus dem wilden Haufen.

Die anderen wussten sofort, was sie meinte, nur Flora brauchte eine Erklärung. Sie würden sich abwechselnd Fragen stellen, und wenn man nicht antworten wollte, überlegten sich die anderen irgendetwas, das man stattdessen tun musste. Anfangs verschonten sie Flora. Erst als sie nicht mehr aufhören konnte zu lachen, nachdem Sylvia die Antwort auf die Frage verweigert hatte, ob sie jemals in einen Jungen aus einer der unteren Klassen verliebt gewesen sei, und deshalb auf einem Bein durchs ganze Haus hüpfen und wie ein Huhn gackern musste, sollte auch Flora Rede und Antwort stehen. Am Anfang waren es unschuldige, einfache Fragen über ihr Leben in Vase, von dem ohnehin niemand etwas wusste, von Schwärmereien und kleinen Geheimnissen, die zu teilen ihr nichts ausmachte. Dann änderte das Spiel jedoch seinen Charakter, die Aufwärmphase war vorbei, die Fragen wurden direkter und drehten sich immer nur um das eine.

»Hast du jemals einen Jungen angefasst?«, fragte Jill und zeigte auf Mia.

»Angefasst?«, fragte diese und zog eine aufgesetzt dümmliche Miene. »Was meinst du damit?«

»Na, unten«, beharrte Jill und kicherte.

Darauf wollte Mia nicht antworten, was das Ganze nur noch interessanter werden ließ.

»Dann zeig uns, wie ein Zungenkuss geht«, forderte Jill, und die anderen jubelten.

»Ha«, sagte Mia und stand langsam auf, »das ist doch wohl gar nichts.«

Sie stellte sich mit geschlossenen Augen mitten ins Zimmer und legte die Arme um den Nacken eines unsichtbaren Jungen. Dann streckte sie die Zunge aus dem Mund, leckte sich die Lippen und begann, mit der Zunge in der Luft zu schlängeln. Die anderen kugelten sich vor Lachen auf dem Boden, was Mia nur dazu anspornte, noch mehr Energie in ihre Vorführung zu stecken. »Oh, ja«, seufzte sie und schloss den Mund wieder halb, »du küsst einfach traumhaft!« Anschließend setzte Mia sich auf Sylvias Schreibtischstuhl. »Noch was?«, fragte sie und streckte auffordernd die Hände in die Luft.

Dann wollte Anna, dass Sylvia von den Jungs in dem Sommerlager erzählte, in dem sie in den Ferien gewesen war, aber das war nicht lustig, denn Sylvia erzählte nur banale und langweilige Sachen von irgendwelchen Typen, die vor der Außendusche gelauert hatten.

»Hat jemals eine von euch einen steifen Schwanz gesehen?«, entfuhr es Flora, und die anderen lachten.

»Tja«, sagte Jill, »aber das war nicht gerade toll.«

Jetzt wollten natürlich alle wissen, wann und warum, und als Jill darauf nicht antworten wollte, stachelten sie sich gegenseitig an und forderten sie dazu auf, zu zeigen, was sie tun würde, wenn sie einen vor sich hätte, der sich als toll erwies.

»Argh«, jaulte Jill, »das will ich nicht.«

»Aber was, wenn du erwachsen wärst?«, fragte Mia. »Was würdest du dann tun?«

»Ich weiß es nicht«, antwortete Jill und brach in Tränen aus, und das Spiel war nicht länger lustig. Sylvia legte den Arm um sie, und Anna eilte hinaus, um Taschentücher zu holen.

»Musstest du an diese Sache denken?«, fragte Sylvia und streichelte ihr übers Haar, und Jill nickte und schniefte und wischte sich mit dem Handrücken die Tränen ab.

»Das ist aber auch ekelhaft«, sagte Sylvia und warf den anderen vielsagende Blicke zu. Anna sah fragend zu Mia hinüber, doch die wusste auch nicht, worum es ging.

»Darf ich es erzählen?«, fragte Sylvia, und Jill begrub ihr Gesicht zwischen den Händen und piepste ein kleinlautes Ja.

»Sie hat einen Exhibitionisten gesehen«, erklärte Sylvia und zog Jill an sich. »Am Südeingang vom Park, direkt nach den Sommerferien.«

Die anderen schnappten schockiert nach Luft, streckten ihre Arme aus und strichen Jill mitfühlend über Haare, Arme und Beine.

»Hat er dir etwas getan?«, fragte Mia und kniete sich vor Jill. »Haben deine Eltern die Polizei gerufen?«

Jill schüttelte den Kopf, ohne aufzusehen.

»Er stand einfach nur so da«, sagte Sylvia und stand auf. Sie schob den Unterleib vor und rieb an einem imaginären Geschlechtsorgan. »Ist doch klar, dass sie Angst bekam. Die Erwachsenen meinten aber, es hätte keinen Zweck, das anzuzeigen.«

»Außerdem habe ich sein Gesicht nicht gesehen«, schniefte Jill und musste lächeln, »meine Aufmerksamkeit wurde zwangsläufig von etwas anderem gefesselt.«

Da konnten sie wieder lachen, ein befreiendes, tröstliches Lachen, an das man sich anlehnen konnte. Keine der anderen hatte schon einmal einen Exhibitionisten gesehen, aber Anna kannte ein Mädchen, dem ein fremder Mann etwas angetan hatte, als es erst vier Jahre alt war, und seither hatte es nie wieder gesprochen.

»Jill kann wenigstens reden«, sagte Mia. »Ihr fällt es eher schwer, wieder damit aufzuhören.«

Jill musste erneut lächeln und schlug mit einem Kissen nach ihr, sodass sie einen weiteren Ringkampf ausfochten, bis Sylvias Mutter sie zum Abendessen rief. Als sie später in ihren Nachthemden auf den Matratzen lagen und schlafen sollten, kamen sie erneut darauf zurück: gruselige Geschichten über Vergewaltigungen, Überfälle und Morde. Sie jagten sich gegenseitig Angst ein und spornten sich an, bis Jill sagte, dass sie nach Hause gehen würde, wenn sie nicht bald damit aufhörten. Und so holte Sylvia stattdessen eine Jugendzeitschrift, die ihr Vater auf einer Geschäftsreise gekauft hatte, und las den anderen daraus vor. Erst einen Artikel darüber, wie man sich auf natürliche Weise schlank halten konnte. Zu den Tipps gehörte unter anderem, von kleinen Tellern zu essen und das Essen lange zu kauen.

»So hat das Gehirn genügend Zeit, zu registrieren, dass man satt ist«, las sie, »anstatt nach Kalorien zu verlangen, die man gar nicht braucht.«

»Und was ist, wenn man gern dicker wäre?«, fragte Flora. »Darüber liest man nie etwas.«

»Dicker«, schnaubte Jill, »du solltest froh sein, dass du diese Probleme nicht hast.«

Die anderen nickten, und Jill streckte ihr Bein unter der Decke hervor und zog das Nachthemd hoch. »Sieh doch nur hier«, sagte sie und kniff in ihre weißen Oberschenkel, »ich kann dir gern etwas abgeben.«

»Oder ich«, stimmte Anna ein und griff sich mit beiden Händen an die Hüften. »Also wirklich.«

»Ich hätte aber gern mehr«, sagte Flora beharrlich. »Brüste habe ich auch nicht.«

»Ach, ein bisschen was hast du doch aber«, erwiderte Mia und betrachtete sie. »Lass mal sehen.«

Flora schlug die Decke zur Seite und setzte sich auf. Sie raffte ihr Nachthemd an den Seiten ihres Oberkörpers zusammen, damit die anderen sehen konnten, wie wenig sie hatte.

»Zeig sie uns richtig!«, sagte Mia. »So drückst du sie doch nur platt.«

Flora zögerte einen Moment. Nach dem Sport sahen sie sich eigentlich auch nackt, aber da waren sie immer so sehr damit beschäftigt, zu duschen und sich schnell wieder anzuziehen. Es war etwas anderes, wenn sie gebeten wurde, sich auszuziehen, um die anderen ihren Körper beurteilen zu lassen.

»Ihr dürft gern meine sehen, das sind auch nicht gerade die größten«, sagte Jill und riss mit einem Ruck ihr Nacht- und

Unterhemd nach oben und enthüllte ihre kleinen, pyramidenförmigen Brüste. Die anderen sagten, sie seien schön, und Sylvia meinte, dass sie erstens eindeutig noch nicht voll entwickelt seien und Jill zweitens froh sein solle, dass ihre Brüste gleich groß seien, im Gegensatz zu ihren eigenen, bei denen die eine viel größer sei als die andere. Nach einer eingehenden Besichtigung meinten die anderen jedoch, es handle sich nur um einen unbedeutenden Unterschied, der sich noch auswachsen könne. Der Vollständigkeit halber zeigte nun auch Anna ihren Busen und beklagte sich darüber, dass er das Einzige sei, worauf die Jungs starrten, wenn sie mit ihr redeten. Mia konnte sie jedoch übertrumpfen, indem sie ihr Nachthemd ganz nach oben hielt und ihre Brüste präsentierte, die geradewegs in die Luft standen, während Annas eher nach unten hingen; ihre Brustwarzen waren kleiner und heller.

»Jetzt kannst du uns wohl auch deine zeigen«, sagte Mia zu Flora und ließ ihr Hemd wieder herunter, und nun gab es kein Zurück mehr.

»Die sind doch genauso groß wie meine«, kommentierte Jill, während sie mit dem Finger auf Floras Brüste zeigte. »Außerdem ist doch ganz deutlich, dass sie bei dir auch noch nicht ausgewachsen sind.«

»Hast du schon deine Tage?«, wollte Sylvia wissen, und Flora schüttelte den Kopf.

»Das habe ich mir gedacht«, sagte Anna. »Ich habe gehört, dass man ein bisschen runder sein muss, ehe sie kommen. Und du bist wirklich mager. Isst du denn überhaupt genug?«

»Das sage ich doch die ganze Zeit«, antwortete Flora und zog ihr Nachthemd wieder nach unten. »Ich wäre gern dicker.«

Sylvia wandte sich wieder der Zeitschrift zu und las die Ratgeberseite vor, und sie kringelten sich vor Lachen über eine Frau, die wissen wollte, wie ihr Verlobter sie befriedigen könne, ohne dass sie riskierte, dabei schwanger zu werden. Dann blätterte Sylvia ganz nach hinten und sah sie ernst an.

»Wollt ihr was ganz Ekliges hören?«, fragte sie und fuhr fort, ohne die Antwort der anderen abzuwarten. »*So befriedigen Sie Ihren Freund mit dem Mund*«, las sie vor, und alle kreischten und schauderten und wollten mehr hören und doch wieder nicht. Es war eine kurze, technische Erläuterung von Oralsex, die vom Foto einer bananenessenden Blondine illustriert wurde.

»Ich verstehe das mit den Zähnen nicht«, sagte Anna und zog ihre Lippen zurück. »Wie soll man sie mit den Lippen bedecken und gleichzeitig den Rat befolgen, *ihn mit weichen und einladenden Lippen zu umschließen*, um ihm das Gefühl zu geben, dass *Sie es genießen, ihm eine Freude zu bereiten.*«

Sie lachten erneut. Der biedere Tonfall des Artikels stand im starken Kontrast zum Inhalt. Und es war schwer vorstellbar, dass es Menschen gab, die so etwas tatsächlich machten.

»Ach, das ist doch nicht so schwer«, erwiderte Sylvia und sprang aus dem Bett. Sie zog die Schublade ihres Schminktischs auf und nahm eine Flasche Trockenshampoo heraus. »Seht mal«, sagte sie und machte einen Schmollmund. Sie schob sich die Flasche in den Mund und stülpte dabei die Lippen über ihre Zähne. Als sie die Flasche erneut herauszog, folgten die Lippen der Bewegung.

»Besonders angenehm sieht das aber nicht aus«, stellte Anna fest. »Das muss doch wehtun im Mund.«

»Für ihn ist es sicher angenehm«, sagte Mia und imitierte die Bewegung mit zwei Fingern.

»Aber denkt nur daran, wenn das Sperma dann kommt«, flüsterte Jill und riss die Augen auf. »Igitt.«

»Sie sollen das tun, um Ihrem Auserwählten Genuss zu schenken«, sagte Sylvia mit derselben altmodischen Stimme, mit der sie auch den Artikel vorgelesen hatte. »Seien Sie nicht so egoistisch, Fräulein Jill.«

Jill flehte aus Spaß um Vergebung, bis Sylvia etwas gnädiger sagte: »Nehmen Sie sich einfach zusammen, sonst werden Sie bei den Herren der Schöpfung nie Erfolg haben.«

»Männer und Frauen haben ein Anrecht auf ein Sexleben Es lebe die Revolution!«, grölte Mia, sprang auf und setzte sich verkehrt herum auf den Schreibtischstuhl, sodass man ihre grünweißgestreifte Unterhose sehen konnte. »Das dürft ihr nie vergessen, das ist gaaaanz natürlich und niiiichts, wofür man sich schämen sollte.«

Sie lachten, und Sylvia schüttelte den Kopf. »Susan«, seufzte sie, »die Frau ist einfach zu viel.«

»Ist sie überhaupt verheiratet?«, fragte Anna. »Ich kann mir gar nicht vorstellen, dass die jemand haben will.«

»Sie ist 'ne Lesbe«, stellte Mia fest und legte sich wieder hin. »Man braucht sich nur ihre Haare anzukucken.«

Sie redeten weiter, bis sie sich nicht länger wach halten konnten, schlummerten auf ihren mitgebrachten Kopfkissen ein, mit Plüschtieren im Arm, und schnarchten leise vor sich hin. Flora lag noch lange wach, als die anderen längst eingeschlafen waren. Es war ein schöner Tag gewesen, aber sie war trotzdem traurig. Sie teilte sich eine Matratze mit Mia, deren Mund halb offen stand, ihre Locken klebten ihr an der Stirn. Sie hatte Ohrlöcher. Eric sagte immer, das sähe billig aus, und erlaubte Flora nicht, sich welche stechen zu lassen. Mia trug kleine Goldringe mit türkisfarbenen Steinen im Ohr, am Handgelenk zwei Lederschnüre mit Glasperlen. Sie lag auf dem Rücken, die Arme über dem Kopf, die Handflächen nach oben gekehrt wie ein kleines Kind, ihre Haut war zart und hell, und Flora hatte Lust, sie anzufassen. Sie rief nach ihr, ganz leise, aber Mia antwortete nicht. Dann versuchte sie dasselbe mit Jill, Anna und Sylvia, aber auch die schliefen bereits. Die Gardine war nicht ganz zugezogen, dahinter schimmerte ein chlorbleicher Nachthimmel.

»Dünn wie Bowie«, flüsterte sie und schob vorsichtig die Hände unter das Nachthemd und berührte ihre Hüftknochen. »Tutku?«

Doch es gab in einem Umkreis von mehreren Kilometern keine Hündinnen, keine Tatzen auf dem Boden, kein Hecheln von einer, die sich verausgabt hatte.

Kapitel 9

Falls Eric Barbara aus dem Weg ging, tat er es nicht bewusst. Sie trafen sich nicht länger zufällig im Supermarkt, weil Marie-Louise und Flora einen Großteil der Einkäufe erledigten. Martin war inzwischen alt genug, um allein zu Hause zu bleiben, und wenn er lieber bei Barbara war, konnte er problemlos allein dorthin laufen und wieder zurück. Eric hatte Alan nach der Episode mit Barbara nur ein einziges Mal am Bahnhof gesehen, er arbeitete am Stadtrand von Rossel und nahm normalerweise das Auto. Die Begegnung war keinesfalls angestrengt, und obwohl Eric der Gedanke gestreift hatte, dass Barbara Alan davon erzählt haben könnte, schien es nicht der Fall zu sein. Allerdings wäre das auch dumm von ihr gewesen, Eric hatte nicht den Eindruck, als wäre Alan neuen Lebensentwürfen gegenüber besonders aufgeschlossen, und für diejenigen, die eine traditionelle Ehe führten, konnte schon der kleinste Seitensprung eine Katastrophe darstellen.

Es war ihm ganz recht, dass sie nichts von sich hören ließ. Er hatte erlebt, dass Frauen sich nach dem Sex bisweilen aufgewühlten Emotionen und verirrten Fantasien hingaben, bis sie sich einbildeten, dass selbst die hoffnungsloseste Liebelei noch eine Zukunft hätte. Irgendwo hatte er gelesen, das läge an einer Art Urinstinkt – dass Frauen den Mann halten wollten, der sie vielleicht befruchtet hatte, Männer hingegen lieber ihren Samen verbreiteten.

Gezwungenermaßen hielt er sich vom Paradies fern, telefonierte jedoch hin und wieder mit Sufi. Er fragte nicht mehr nach Rachel, und Sufi erzählte auch nichts. Eine Liebe, die so kurzlebig war wie das, was er für Rachel empfunden hatte, musste aus Gas gemacht sein und zwangsläufig von selbst verpuffen, sobald die Geliebte außer Reichweite war. Er hatte wieder Kontakt zu einigen Frauen aufgenommen, die er schon vorher gekannt hatte, und achtete sorgfältig darauf, dass nichts außer Kontrolle geriet.

Kurz vor Weihnachten klingelte Barbara dann an der Tür. Es war ein Sonntagnachmittag, als Flora in Rossel bei Mia war, Marie-Louise bei Herrn und Frau Carl die Kinder hütete und Martin draußen spielte. Eric saß in seinem Arbeitszimmer und hörte Musik. Mehrere Jahre lang hatte er sich nicht den Platten zu nähern gewagt, die er gehört hatte, als Alice noch am Leben war, jetzt lauschte er nichts anderem. Zunächst hatte er die Türklingel nicht gehört, dann hatte er eigentlich keine Lust zu öffnen. Er versuchte durch das Fenster im Flur des ersten Stocks zu erspähen, wer es war, der so beharrlich die Klingel bis zum Anschlag drückte, aber es regnete, und Barbara hatte sich ganz unter das Vordach gestellt, um nicht nass zu werden. Sie hatte ihm einen Weihnachtskuchen gebacken, er nahm ihn an der Tür entgegen, besann sich dann aber eines Besseren und bat sie herein.

»Ihr seid doch über Weihnachten zu Hause, oder?«, fragte sie und war im Begriff, die Jacke abzulegen.

»Ja, wie immer«, antwortete Eric und stellte den Kuchen auf dem Küchentisch ab.

»Willst du ihn dir denn gar nicht ansehen?«, fragte sie und schlüpfte aus ihren gefütterten Gummistiefeln. »Dieses Jahr habe ich mir besondere Mühe gegeben.«

Sie knotete das Kopftuch auf und öffnete den Reißverschluss ihrer Jacke, blieb jedoch im Flur stehen und folgte seinen Bewegungen durch die Küchentür. Der Kuchen war mit einer weißen Glasur überzogen und mit einem breiten, gelben Samtband und zuckerbestreuten gelben Marzipanglocken dekoriert.

»Glocken«, sagte er und lächelte sie an, »der ist aber wirklich schön.«

Sie legte den Kopf schief und lehnte sich an den Türrahmen. »Wir haben uns schon lange nicht mehr gesehen«, sagte sie.

»Ja, das stimmt«, erwiderte er und deckte den Kuchen wieder zu. »Du weißt ja, wie das ist.«

Sie nestelte noch immer am Reißverschluss ihrer glänzenden roten Jacke. »Ich …«, begann sie und verstummte. Ihre Augen waren feucht.

»Es ist alles gut, Barbara«, sagte er vorsichtig und stützte sich auf den Küchentisch. »Es gibt keinen Grund, traurig zu sein.«

Sie wischte sich die Tränen ab und sah ihn an. »Alan weiß Bescheid. Ich habe es ihm gesagt.«

Eric seufzte, knetete sich den Nacken, versuchte, einfühlsam oder wenigstens aufmerksam auszusehen. »Wann hast du es ihm denn erzählt?«

»Direkt danach. Sobald er nach Hause kam.«

»Dann hat er das ja erstaunlich gut aufgenommen«, erwiderte Eric, ohne sich zu bewegen. »Als ich ihn letztens traf, wirkte er völlig unberührt.«

Barbara wurde rot, eine hitzige Stichflamme breitete sich auf ihrem Gesicht aus. »Alan ist …«, begann sie und wusste, dass ihm klar war, dass sie gelogen hatte.

»Schon okay.« Er wünschte, sie würde gehen.

Sie war ganz sie selbst, weder anziehend noch abstoßend, und es war schwer nachvollziehbar, wie er so dumm gewesen sein konnte, sie zu vögeln. Natürlich war er neben der Spur gewesen, aber dennoch. Es wäre klüger gewesen, eine andere anzurufen, bis zum nächsten Tag zu warten, noch ein Bier zu trinken und anschließend einfach ins Bett zu gehen. Er hätte wissen müssen, dass die Sache kompliziert werden würde, er hatte es bereits in ihrem Blick gesehen, als er sie küsste. Hatte all ihre Sehnsucht und Langeweile gespürt, die als Geilheit verkleidet daherkamen.

»Es ist wohl am besten, wenn du jetzt gehst«, sagte er.

Sie nickte, schlüpfte wieder in ihre Stiefel und zog mit zitternden Händen den Reißverschluss hoch, sie machte sich nicht einmal Mühe, ihre Tränen zu verbergen.

»Wo ist Alan?«, fragte er.

»In Farring«, antwortete sie, »er kommt erst am Mittwoch wieder.«

»Du«, sagte er, »ich bin derjenige, der ein Problem hat. An dir liegt es nicht.«

Sie blieb mitten auf dem Gartenweg stehen und öffnete langsam den Regenschirm. Sie vermied es, ihn anzusehen, der Regen strömte vom Vordach, er musste unbedingt nach der Dachrinne sehen.

»Ja«, sagte sie, ohne den Blick von der Hecke oder vom Rasen, oder was auch immer sie anstarrte, abzuwenden. »Da hast du recht.«

Sie ließ ihn in einer merkwürdig missmutigen Stimmung zurück. Er lag auf dem Diwan und hörte Bowie. Auf dem Fenster liefen die Tropfen ineinander. *This is ground control to Major Tom, you've really made the grade / and the papers want to know whose shirts you wear / Now it's time to leave the capsule if you dare.* Das war Musik aus der Zeit nach Alice, Flora kam hin und wieder zu ihm, wenn er diese Platte auflegte. Ihr schlaksiger, sehniger Körper, ihr Lächeln, wenn sie fast wie ein Mantra sagte: Niemand ist so groß wie Ziggy.

Der Gedanke an die Kinder stimmte ihn traurig. Eigentlich sollte er sich auf die Weihnachtsferien freuen, aber er fürchtete die langen, stillen Tage. Er hatte Marianne eingeladen, so wie in jedem Jahr seit Alices Tod, er würde sie am 23. Dezember nachmittags in Rossel am Bahnhof abholen, vorher würde er Geschenke kaufen. Sie wollte sich um das

Essen kümmern und dafür sorgen, dass sie alle ein Weihnachten feiern konnten, wie sie es sich wünschten. Die ersten beiden Tage würde das ausgezeichnet funktionieren, er würde sich zusammennehmen und sich auf die Kinder konzentrieren, aber die Irritation kam früher oder später immer angeschlichen. Dann würde er kindisch und demonstrativ protestieren, wenn sie sich eine gemeinsame Unternehmung ausdachte, obwohl er selbst keine bessere Idee hatte. Er würde lügen und behaupten, er müsse für ein paar Stunden ins Büro, obwohl jeder Idiot sich denken konnte, dass keine Firma zwischen den Jahren Rechnungen oder Eilsachen zur Prüfung schickte.

Tell my wife I love her very much she knows / Ground Control to Major Tom, your circuits dead, there's something wrong. Die Platte lief noch einmal, er setzte sich auf. Die Leute sagten immer zu ihm, dass die Kinder sich wohlfühlten, dass er ein guter Vater sei und stolz sein könne. Am Vortag war er mit den Kindern auf dem Friedhof gewesen. Sie gingen nur an Feiertagen oder an Alices Geburtstag dorthin, soweit er es beurteilen konnte, hatte sonst keiner von ihnen ein Bedürfnis danach. Sie hatten Tannenzweige für das Grab gekauft, und jedes der Kinder durfte sich im Blumenladen einen eigenen Strauß aussuchen. Sie hatten feste Plätze für ihre Sträuße, die sie im Kreis um den Grabstein herum anordneten. Flora und Martin gerieten in Streit, weil sie meinte, er habe seinen Strauß zu dicht an den ihren gelegt. Marie-Louise hatte sich bei Eric eingehakt, und er hätte ihr so gern die Fürsorge gegeben, um die sie ihn stumm anflehte.

»Geht schon mal zum Auto«, hatte er zu ihnen gesagt und sich von Marie-Louise losgemacht. »Ich komme gleich.«

Sie machten sich auf, ein kleiner Trupp in dunklen Jacken und unterschiedlichen Schals. Es gab keine Blätter mehr, die ihre Stimmen aufhalten konnten, die viel zu laut in den Himmel geworfen wurden; die blattlosen Pyramidenpappeln an der Allee standen ausgemergelt in der Kälte, ihre Zweige flimmerten wie Filigran im letzten Tageslicht.

Er blieb einen Moment still vor dem Grabstein stehen. »Entschuldige, Alice«, flüsterte er dann, wie er es immer tat, und es war merkwürdig, seine eigene Stimme zu hören, die auf eine befremdliche Weise falsch und selbstverleugnend war. Er zog seinen Handschuh aus und berührte zaghaft den Stein. Es war eines seiner Rituale. Der raue Granit war unter einer Schicht Feuchtigkeit versiegelt. »Wir gehen jetzt, Alice«, sagte er und blieb stehen. »Du brauchst uns doch bestimmt nicht mehr.«

Die Kinder warteten neben dem Auto auf ihn, sie froren und hüpften auf der Stelle, aber sie hatten wohl gespürt, dass er nicht gestört werden wollte. Eric überkam eine plötzliche Dankbarkeit, und er drückte sie alle drei an sich und küsste sie auf ihre feuchten Mützen. Sie nahmen seine Liebkosungen schweigend entgegen, sie umarmten sich alle vier, und für einen kurzen Moment stellte er sich ihre Trauer wie einen schmiedeeisernen Zaun um ein schönes, hoffnungslos verfallenes Schloss vor. Ein solider Zaun, der sie immer dort drinnen halten würde und die anderen draußen, und dieses Bild war so bedrückend, dass er den Kopf in den Nacken legen musste, um nicht zu weinen. Die Vorstellung eines Himmels, hatte er gedacht und direkt in den nasskalten, grauen Dezembertag geblickt, löst sich im selben Moment auf, mit dem sich die Wirklichkeit einfindet, und damit schwindet auch die Hoffnung auf ein Wiedersehen. Der Paradiesgarten zählt zu den dümmsten Illusionen der Menschheit, unsere Hände werden allmählich mit Asche und Kohlenstaub bedeckt, mehr ist da nicht.

»Antwortet Mama, wenn du mit ihr sprichst?«, fragte Martin.

»Natürlich nicht, du Dummkopf«, antwortete Flora, und es klang so liebevoll und tröstlich, dass Eric seinen Tränen nun doch freien Lauf ließ.

»Ich wünschte, sie würde es tun«, sagte er. »Am Anfang hat es sich so angefühlt, aber inzwischen nicht mehr.«

»Vielleicht liegt es auch daran, dass du allmählich taub wirst«, antwortete Martin, und dann mussten sie lachen, erst zögerlich und vorsichtig, als wären sie sich noch immer nicht sicher, ob sie so nahe am Grab fröhlich sein durften, dann lauter und lärmend, wie aufgekratzt.

»Ja, das würde mich nicht wundern«, sagte er schließlich und schloss die Autotür auf. Er wischte sich mit dem Handschuh die letzten Tränen weg. »Ich werde schließlich auch nicht jünger.«

Marie-Louise tätschelte ihm den Arm und schüttelte lächelnd den Kopf; dass sie sich an der vorübergehenden Ausgelassenheit beteiligte, erleichterte ihn fast am meisten.

Mit Einbruch der Dunkelheit sanken die Temperaturen, und die Straßen wurden spiegelglatt, sodass die Autos nur langsam vorankrochen. Eric musste erneut an den Tod denken, es war, als würde man in einem Trauerzug mitfahren, und die frühere Leichtigkeit zersplitterte unter dem Gewicht der Traurigkeit.

»Die sehen aus wie Weihnachtsmänner«, sagte Flora und zeigte durch die Windschutzscheibe auf die Reihe der roten Rücklichter der vorausfahrenden Autos, »mit Licht an den Mützen.«

Martin fand eher, dass sie wie Zwerge mit Laternen in der Hand aussahen, die auf dem Weg in eine Mine waren, wo sie Gold und Edelsteine gewinnen wollten, und Marie-Louise sagte, die Abendwolken glichen einem Berg.

Eric wurde gereizt, als der Verkehr auf der Einfallstraße nach Vase fast zum Erliegen kam, seine mangelnde Geduld versetzte ihm einen Stich schlechten Gewissens, und obwohl er sich in Wirklichkeit ausgezeichnet beherrscht hatte, überkam ihn das Gefühl, er müsse seine Untauglichkeit als Familienvater und die mangelnde Weihnachtsstimmung kompensieren, also hielt er an einer Konditorei in der Hauptstraße von Vase an. Dort aßen sie Sahnetörtchen und tranken heißen Kakao, und die Kinder wirkten zufrieden. Am Abend hatte er dann gedacht, diese Tradition könnte man durchaus einführen, das Bittere mit dem Süßen kombinieren, Törtchen nach dem Friedhof.

Jetzt stand er auf, um die Platte umzudrehen, doch stattdessen ging er nach unten und zog sich Windjacke und Schuhe an. Barbara hatte eine wundersame Wandlung durchlaufen und sah aus, als würde sie ihn nur aus Mitleid ins Haus lassen. Er stand in ihrem Wohnzimmer, ohne dass einer von ihnen etwas sagte, und überlegte, ob er sie vielleicht missverstanden hatte, als sie noch vor kurzem mit Tränen in den Augen in seinem Flur gestanden hatte. Ob sie vielleicht nur mit ihm hatte sprechen wollen, weil sie Freunde waren und ihre gemeinsamen Gespräche vermisste, und ob er derjenige war, der alles falsch interpretierte.

»Ich weiß nicht, was in mich gefahren ist«, sagte er.

Über dem Sofatisch brannte eine einsame Lampe, das übrige Wohnzimmer lag im Dämmerlicht.

Sie erwiderte nichts, stand in ihrem Samtanzug mitten auf dem langflorigen Teppich, eine ihrer langen, schlanken Zigaretten zwischen Zeige- und Mittelfinger.

»Was liest du?«, fragte er und machte eine Kopfbewegung in Richtung des Buches, das aufgeschlagen auf dem Tisch lag.

»Die Kinder sind bis morgen bei meinen Eltern«, sagte sie, »sie wollten Weihnachtsgeschenke kaufen und Konfekt machen.«

»Aha.« Er nickte, erleichtert darüber, dass sie überhaupt mit ihm sprach.

»Warum bist du gekommen?«

Er verwickelte sich in eine krude Erklärung, die teils stimmte und teils gelogen war, über Einsamkeit und die Angst davor, eine gute und wertvolle Freundschaft zu zerstören, darüber, dass er ihren guten Rat schätzte und dass sie ihm mit den Kindern half und dass sie ihm um Himmels willen verzeihen möge, dass er sich so ungeschickt benommen hatte. Sie sah zu Boden, während er redete, und zeichnete mit ihren nackten Zehen Wellen in den Teppich. Sie fragte, ob er einen Drink haben wolle, und lächelte, als er auf die Uhr sah.

»Aber nur einen. Ich habe den Kindern versprochen, mit ihnen zusammen das Haus zu schmücken, wenn sie nach Hause kommen.«

Ein einziger Drink macht niemanden übermütig und taugte anschließend weder als Erklärung noch als Entschuldigung. Sie führte ihn ins Schlafzimmer, wo er noch nie gewesen war, zog die Gardinen vor und knipste eine Lampe auf dem Nachttisch an. Er nahm sie von hinten auf dem gelben Bettüberwurf und betrachtete sich und sie dabei im Spiegel des Kleiderschranks. Sie hob das Gesicht und begegnete seinem Blick, und das erregte ihn. Er zog sich aus ihr heraus, um nicht zu kommen, drehte sie auf den Rücken und vergrub seine Zunge in ihrem Schoß. Als er merkte, dass sie kurz vor dem Orgasmus war, steckte er erst zwei, dann drei und schließlich vier Finger in sie hinein und stieß immer wieder zu, bis sie von ihm wegrobbte und er einen atemlosen Moment warten musste, bis sie ihn wieder in sich eindringen ließ. Er krallte seine Finger in ihre Hüften und bohrte sich mit aller Kraft in sie hinein, sodass sie wimmerte und sich am Kopfteil des Bettes festklammerte, bis er kam. Anschließend lagen sie schweigend nebeneinander. Sie breitete die Decke über sie beide, er schloss die Augen und lauschte ihren Atemzügen, die allmählich ruhiger wurden.

»Du solltest lieber lüften«, sagte er und lächelte, nachdem er sich im Badezimmer gewaschen hatte und zu ihr zurückkam, um sich anzuziehen. »Hier stinkt es nach Sex.«

»Das werde ich so lange genießen, bis es sich von selbst verflüchtigt hat«, erwiderte sie lächelnd, ohne die Augen zu öffnen.

Sie hatte die Decke beiseitegeworfen, ihr Schamhaar wuchs in einem schmalen Strich in Richtung Nabel empor, und er küsste ihren weichen, weißen Bauch. Sie erschauerte und öffnete die Augen, zog ihn zu sich und wollte ihn küssen, aber er ließ ihre Lippen die seinen nur streifen, ehe er sich aus ihrer Umarmung löste. Sie stemmte sich auf die Ellbogen und betrachtete ihn. Dann ging sie ins Bad und kam in einem gesteppten, blauen Bademantel wieder heraus, er hatte sich inzwischen angezogen. Sie hatte den Mantel nicht geschlossen, und er legte die Hände auf ihre Brüste, als sie ihn umarmte. Er wusste nicht, ob das Ganze ein weiterer Fehler gewesen war oder eine Versöhnung, aber hinterher ging es ihm gut.

Die Kinder und er schmückten das Haus für Weihnachten, und er brachte Flora und Martin mehrmals zum Lachen. Marie-Louise kam später nach Hause als vereinbart. Sie wirkte betrübt, zwar lachte sie, wenn er herumalberte, aber man konnte ihr ansehen, dass sie nicht glücklich war. Nach dem Abendessen wollte sie sofort ins Bett.

»Bleib doch noch ein bisschen mit uns wach«, bat er. »Wir könnten was spielen. Es sind doch Weihnachtsferien.«

Ohne großen Enthusiasmus tat sie, worum er sie bat, offenbar aber nur ihm zuliebe. Sie wollte ihnen in der Küche Tee machen, und er musste Flora nach ihr schicken, als das Monopoly-Geld längst verteilt war und Martin all die grünen und roten Häuser und Hotels sortiert hatte. Kurz darauf kam Flora wieder zurück.

»Sie weint«, erklärte sie. »Sie sagt, sie würde gleich kommen.«

Also warteten sie noch einen Moment und verzichteten darauf, ihre roten Augen zu kommentieren, als sie schließlich auftauchte. Um kurz nach elf schickte er sie ins Bett. Martin wurde fuchsteufelswild, weil er gerade die teuersten Grundstücke gekauft hatte und davon überzeugt war, dass sie das Spiel nur unterbrachen, um ihm keine Miete zahlen zu müssen. Flora machte sich über ihn lustig, Marie-Louise stand wortlos auf und trug die Tassen hinaus, und Eric musste Martin versprechen, das Brett stehenzulassen und die Runde am nächsten Tag zu Ende zu spielen.

»Angenommen, man würde ein Weltall-Monopoly erfinden«, sagte Flora, »welcher Planet wäre dann am teuersten?«

Darauf wusste er keine Antwort.

»Darf ich morgen zu Mia fahren?«, fragte sie, und obwohl er sie daran erinnerte, dass sie Marianne am Bahnhof in Rossel abholen müssten, lag sie ihm weiter in den Ohren und sagte, sie wollten Geschenke austauschen und dass sie doch dort sein könne, während er seine eigenen Einkäufe erledigte, und anschließend allein zum Bahnhof laufen, wenn Marianne ankam.

»Dir geht es gut auf der neuen Schule«, flüsterte er und stopfte die Decke um sie herum fest. »Das freut mich.«

Sie nickte und zog die Beine an die Brust, er ließ seine Hand an ihrem Rückgrat entlanggleiten, lauschte ihren Atemzügen in der Dunkelheit.

»Papa?«, fragte sie, und er beugte sich näher zu ihr.

»Ja?« Sie duftete fremd und würzig, und ihm kam in den Sinn, dass sie genau wie Marie-Louise ein verpupptes Insekt war, das er im Grunde genommen gar nicht kannte. Der Gedanke machte ihn traurig.

»Du redest doch mit Marie-Louise, oder?«

»Das hatte ich vor.«

»Ja«, sagte sie und entzog sich seiner Berührung. »Aber du musst richtig mit ihr reden.«

Er sprach mit Marie-Louise und hätte ihr gern zugehört, aber sie sagte nichts. Sie wandte sich von ihm ab und behauptete, es wäre nichts, sie sei nur müde und wisse selbst nicht, warum sie so empfindlich sei. Sie blieb weiter abweisend, also bohrte er nicht länger nach, und als er im Badezimmerschrank eine neu angebrochene Packung Damenbinden fand, dachte er, dass sie wahrscheinlich deshalb so verschlossen gewirkt hatte. Genau so war Alice auch gewesen, wenn sie ihre Periode hatte, und es ging innerhalb weniger Tage vorüber.

Sie überstanden Weihnachten, es war sogar schöner gewesen als im Jahr davor, das wiederum besser gewesen war als das erste furchtbare Weihnachten nach Alices Tod. Noch dazu fiel es Eric leichter, Mariannes Anwesenheit zu ertragen, einige Male ertappte er sich sogar dabei, dass er sich wohlfühlte. Er dachte hin und wieder an Barbara und war zufrieden, dass er die Angelegenheit ordentlich beendet hatte. Und dabei sollte es auch bleiben. Allerdings waren sie auch gut miteinander gewesen, Barbara hatte keinen Hehl daraus gemacht, dass er sie beide Male besser und schneller befriedigt hatte, als Alan es je vermocht hatte. Und auch für ihn selbst war es ein erfüllendes Erlebnis gewesen. Was Alan darüber wusste oder nicht, tangierte ihn nicht. Er hätte es vorgezogen, wenn sie es für sich behielt, hatte aber nicht vor, ihr das zu sagen. Erst Ende Januar nahm er wieder Kontakt zu ihr auf, und diesmal, weil er einen Rat von ihr brauchte.

Im Lauf der Woche, in der Marianne bei ihnen gewesen war, hatte Marie-Louise sich wieder beruhigt, und Eric dachte, dass er mit seiner Vermutung richtig gelegen hatte. Marianne und Marie-Louise gingen zusammen spazieren, Arm in Arm, wie Freundinnen. Eric stellte sich vor, dass Marie-Louise sich Marianne anvertraute, dass sie alles aufsparte, bis die beiden sich in den Sommer- und Weihnachtsferien sahen und dann mit ihr über Dinge redete, die ein Mädchen unter normalen Umständen mit ihrer Mutter besprach. Flora hatte Marianne den Vorfall von damals offenbar nie verziehen, und insgeheim amüsierte er sich über die Sturheit seiner Tochter Sie ging Marianne so weit wie möglich aus dem Weg und antwortete ihr zwar höflich, aber kühl.

Marie-Louise war schrecklich traurig, als Marianne wieder abreiste. Sie schloss sich in ihrem Zimmer ein und hörte stundenlang Musik, die wie Weihrauch unter ihrer Tür hervorquoll und ihnen allen schon nach ein paar Tagen die Luft zum Atmen nahm. Wenn er sie fragte, was sie bedrückte, antwortete sie entweder ausweichend oder gar nicht.

»Das würdest du sowieso nicht verstehen«, sagte sie und blieb mit im Nacken verschränkten Händen auf dem Bett liegen und starrte den Ventilator an der Decke an.

Eric bat Flora, einen Versuch zu unternehmen, mit ihr zu reden. Die Augen verdrehend, kam sie seiner Bitte nach, wurde jedoch schon kurz darauf von einem Sturm wütender Worte wieder aus Marie-Louises Zimmer gefegt. Er schimpfte mit Flora, sie müsse etwas falsch gemacht haben, wahrscheinlich sei sie nicht einfühlsam genug gewesen, habe gegen Marie-Louise gestichelt oder sie geärgert, woraufhin Flora zornig und verletzt aus dem Haus rannte. Anschließend schlug er strengere Töne an und forderte eine Erklärung von Marie-Louise, aber das hatte nur zur Folge, dass sie vom Bett aufstand und ihn bat, sie in Ruhe zu lassen, damit sie ihre Hausaufgaben erledigen konnte.

»Ich möchte nächstes Jahr aufs Gymnasium«, sagte sie, als wäre er begriffsstutzig, »und ich will diese Gelegenheit auf keinen Fall versäumen.«

An diesem Abend rief er Marianne an. Sie hörte ihm zu und trug mit wohlwollenden und mitfühlenden, aber nur einsilbigen Worten zum Gespräch bei, und er spürte deutlich, dass auch sie bei der Klärung des Problems keine Hilfe war.

»Es ist nicht immer leicht, ein großes Mädchen zu werden«, sagte sie schließlich, und das war so banal, dass sie genauso gut hätte schweigen können. »In diesen Jahren passiert so viel.«

»Aber warum jetzt?«, fragte er. »Und warum will sie nicht mit mir sprechen?«

Marianne murmelte ausweichend eine belanglose Antwort, als er sich jedoch in einem hellen Moment zusammennahm und sie fragte, ob es um eine unglückliche Liebe ginge, schwieg sie lange genug, um ihn davon zu überzeugen, dass er es auf den Punkt gebracht hatte.

Er ließ Marie-Louise Zeit und achtete darauf, dass sie weder die Schule noch ihre Arbeit bei Herrn Carl vernachlässigte. Hin und wieder vergaß sie einzukaufen, und manchmal kam sie später nach Hause als vereinbart, sodass sie das Abendessen verschieben mussten. Aber so pflichtbewusst, wie sie sonst war, ließ er ihr das guten Gewissens durchgehen. Nach vier weiteren Wochen jedoch, als sie zunehmend geistesabwesend und zerstreut wirkte, rief er Barbara an.

»Was soll ich dazu sagen?«, fragte sie, nachdem er ihr das Problem geschildert hatte. Er konnte hören, wie sie sich eine Zigarette ansteckte.

»Normalerweise kannst du doch immer irgendetwas sagen, das mir dabei hilft, das Richtige zu tun«, antwortete er und zeichnete mit dem Finger ein Haus auf den Tisch. Wände, Dach und Schornstein.

Sie zog am anderen Ende der Leitung an ihrer Zigarette und blies den Rauch aus, sagte jedoch nichts.

»Ist irgendetwas, Barbara?«, fragte er und ärgerte sich über seine eigene Naivität. Als sie nichts von sich hören ließ, dachte er, die Sache wäre auch für sie erledigt. Jetzt merkte er, dass er sich geirrt hatte.

»Ha«, sagte sie, doch er konnte hören, wie ihr Atem nach dem kurzen, höhnischen Ausbruch kürzer und heftiger ging, hörte, wie er am anderen Ende der Leitung nachgab und einstürzte.

»Barbara«, sagte er und bemühte sich, zuvorkommend zu klingen. »Du und ich, wir sind Freunde, oder etwa nicht? Wenn ich dir irgendetwas getan habe, dann musst du es sagen.«

»Freunde«, schnaubte sie. »Du bist mir ein schöner Freund Eric.«

Es war unnötig und albern, so miteinander zu reden. Sie hatte es ebenso sehr gewollt wie er, vielleicht sogar noch mehr, und dennoch klang sie, als hätte er ihr etwas angetan.

»Also gut«, sagte er und versuchte, genauso diplomatisch zu klingen, wie wenn er mit einem schwierigen Kunden sprach. »Ich wollte dich um einen Rat bitten, aber wenn du keine Lust dazu hast …«

»Lust?«, schrie sie in den Hörer und begann dann so laut und herzzerreißend zu schluchzen, dass er sie nicht mehr verstehen konnte.

Eines ihrer Kinder sagte etwas, eine Tür schlug, ihr Schluchzen wurde heftiger.

»Du ahnst ja nicht«, konnte sie gerade so hervorstammeln, »wie schwierig das für mich war.«

Er fragte, was genau schwierig gewesen sei, versuchte, sanft und geduldig zu sein, woraufhin sie jedoch nur noch lauter heulte.

»Ich wollte doch nur … wir sollten …«

Im Hintergrund rief Alan nach ihr, wütend und zugleich flehend, anscheinend hatte sie ihn ausgesperrt.

»Lass uns ein anderes Mal darüber reden, okay?«, schlug er vor, und sie schniefte so laut, dass er den Hörer vom Ohr weghalten musste.

»Ja«, flüsterte sie, »aber du verschwindest ja einfach.«

»Ich verschwinde nicht. Ich bin da, wo ich schon immer gewesen bin.«

»Das meine ich nicht.« Sie begann erneut zu weinen, diesmal beherrscht und gedämpft. »Du verschwindest die ganze Zeit.«

»Ich bin genau hier«, sagte er und versuchte fröhlich zu klingen, »im Glasschwärmerweg 10, und ich bin dein Freund, ja?«

Er spürte, dass sie lächelte.

»Dann lass uns das sagen, oder?«, fuhr er fort. »Wir reden ein anderes Mal miteinander.«

»Versprichst du das?«, flüsterte sie mit einer dünnen und mädchenhaften Stimme.

»Du rufst mich einfach an, wenn es dir passt«, sagte er und hämmerte mit einem Kugelschreiber Punkte auf einen Briefumschlag.

»Und dann reden wir?«

»Jaja, dann reden wir.«

Barbara rief ihn gleich am nächsten Tag im Büro an. Ihn bei der Arbeit zu kontaktieren ging eigentlich zu weit, aber es war wohl besser, sie nicht darauf hinzuweisen. Als er ihr weder mit Smalltalk noch mit belanglosen Fragen entgegenkam, begann sie mit leiser und angespannter Stimme zu sprechen, im Hintergrund war ein Rascheln zu hören. Sie klang nicht mehr wütend, sondern erzählte von ihrer Einsamkeit, von ihrer Ehe, die sie nicht mehr ausfüllte, von gescheiterten Gesprächen und Menschen, die sich auseinanderlebten. Es waren Dinge, die man sagte, um sich zu rechtfertigen, dachte er und lehnte sich im Stuhl zurück. Er sah Barbara und Alan vor sich, nackt und unglücklich, wie sie sich nacheinander ausstreckten. Ihre Arme waren aus Kaugummi, und es gelang ihnen nicht, sich gegenseitig zu berühren. Er richtete sich auf, drehte sich mitsamt dem Stuhl zum Fenster um und sah auf die Stadt. Als er zur Arbeit kam, war es so neblig gewesen, dass er den Fluss nicht sehen konnte, jetzt schlängelte er sich mattgrün unter einem weißen Himmel dahin. Es sah aus, als würde es Schnee geben, dann könnte er mit den Kindern Schlittenfahren gehen, zumindest mit Martin und Flora, wenn Marie-Louise sich weiterhin hinter ihrem Teenager-Trübsinn verschanzte.

Barbara hatte aufgehört zu sprechen, Eric wusste nicht, wie lange sie schon schwieg. Er hörte ihrem angehaltenen Atem an, dass sie irgendeine Erwiderung von ihm erwartete.

»Das ist ja eine schöne Bescherung«, sagte er und legte seine Brille auf den Tisch. Er musste sich einen Termin beim Optiker geben lassen, seine Augen waren schlechter geworden, er bekam Kopfschmerzen und hatte Schwierigkeiten, die Zeitung zu lesen. Das ärgerte ihn und erinnerte ihn daran, dass er älter wurde.

»Das kannst du wohl sagen«, sagte Barbara nach einer Pause. Sie klang immer noch erwartungsvoll.

Er räusperte sich.

»Hast du es denn gar nicht so empfunden?«, fragte sie, wie ein Hund, der sich auf den Rücken legte und seinen Bauch entblößte.

Am liebsten hätte er gefragt, wie, aber das konnte er sich nicht erlauben, und so schwieg er lange, in der Hoffnung, sie würde sich die Worte, die zu formulieren er selbst nicht imstande war, aus der Stille herausziehen.

»In erster Linie finde ich, dass du eine großartige Freundin bist«, begann er, als sie nichts sagte, »ich schätze deinen Rat wirklich sehr. Aber es gibt doch in allen Ehen solche Phasen, wie du sie beschreibst, und es wäre dumm, wenn das dazu führen würde …«

»Ich bedeute dir nichts!«, schrie sie. »Ich war dumm und

naiv, ich habe darauf gewartet, dass du mich anrufst, und du hast nicht einen Gedanken an mich verschwendet.«

Er versuchte ihr zu versichern, dass dem wirklich nicht so war, aber sie wollte nicht auf ihn hören. Er stammelte auch etwas davon, dass er nicht sicher war, ob er noch länger an die Ehe glaubte, doch auch das fiel nicht auf fruchtbaren Boden. Mit einem neuen Unterton in ihrer Stimme schob sie ihn von sich weg, anstatt sich weiter um ihn zu bemühen. Damit ließ es sich leichter leben.

»Halte dich von mir fern«, sagte sie, »bis auf weiteres ertrage ich es nicht, dich zu sehen. Die Kinder können natürlich gern kommen.« Ihre Stimme brach.

»Verdammt noch mal, Barbara.« Er wurde von einem plötzlichen Zorn ergriffen. »Du redest, als wären wir ein Paar, dabei habe ich dir doch nie etwas versprochen, wir hatten beide unseren Spaß, und jetzt …«

Weiter kam er nicht, sie hatte aufgelegt. Er ging eine Runde durch sein Büro und versuchte, das Telefonat abzuschütteln. Doch noch bevor er sich wieder der Arbeit zuwenden konnte, rief sie erneut an. Er reagierte gereizt und verhalten.

»Soweit ich verstanden habe, wolltest du wegen Marie-Louise mit mir sprechen«, sagte sie, und er richtete sich auf seinem Bürostuhl auf.

»Das stimmt«, setzte er dankbar an, sie unterbrach ihn jedoch, bevor er dazu kam, Näheres auszuführen.

»Es kursieren Gerüchte über sie. Du solltest in Zukunft besser auf sie aufpassen.«

»Gerüchte?«, fragte er. »Was für Gerüchte?«

»Es scheint, als hätte sie sich in allzu tiefe Gewässer begeben.«

»Ich habe keine Ahnung, wovon du sprichst.«

»Das dachte ich mir. In meinen Augen zeigt das mit aller Deutlichkeit, dass du mehr mit ihr reden solltest.«

»Das versuche ich ja«, begann er, aber sie fiel ihm erneut ins Wort.

»Und wo wir gerade dabei sind. Was die anderen beiden angeht – die meisten halten Flora für … tja, was soll ich sagen? Hast du sie dir in letzter Zeit überhaupt mal genauer angesehen?«

Das meinte Eric schon, aber Barbara lachte nur. »Sie sieht aus wie ein Hippiekind«, schnaubte sie verächtlich, »und noch kurz vor Weihnachten ist sie barfuß durch den Wald gerannt.«

Eric konnte nicht verstehen, was daran so schlimm sein sollte. Flora kannte sich mit dem Laufen besser aus als die meisten anderen, und wenn sie fand, dass es ohne Schuhe besser war, wollte er sie auf keinen Fall daran hindern.

»Das Stirnband und ihre verfilzten Haare … Und Martin«, fuhr sie unbeirrt fort, »er wird schon irgendwie durchkommen, er ist immerhin ein Junge, aber er prügelt sich ständig. Ist dir klar, dass die anderen Kinder Angst vor ihm haben?«

Eric antwortete nicht, und nachdem er das Gespräch kurz darauf beendet hatte, konnte er sich nur noch an die Hälfte von all dem erinnern, was sie gesagt hatte. Sie war wütend und verletzt. Und fühlte sich deshalb dazu berechtigt, Gehässigkeiten von sich zu geben, so waren die Menschen, nicht anders als Tiere, scharfe Krallen und Zähne, Angriff, Abwehr, Angriff. Dennoch beschäftigten ihn ihre Vorwürfe, er verbrachte ein langweiliges Mittagessen mit seinen Kollegen und verließ das Büro schon früh. Er war mit dem Auto in der Stadt und wollte Flora aus der Schule abholen. Sie redete nicht gern mit ihm über persönliche Dinge, aber auf der halbstündigen Fahrt zurück nach Vase würde er ihr bestimmt das eine oder andere aus der Nase ziehen können.

Sie war überrascht, aber nicht gerade begeistert, als sie ihn sah. Er lehnte am Zaun des Schulhofs und beobachtete sie, als sie mit Mia zusammen aus dem Gebäude kam.

»Papa?«, fragte sie und ließ Mias Arm los. Es klang halb vorwurfsvoll und halb beunruhigt, und er versicherte ihr, dass alles in Ordnung sei, er habe einfach nur früher Feierabend gemacht und Lust gehabt, sie abzuholen.

Sie schielte zu Mia hinüber, die sich ein paar bunte Wollfäustlinge anzog.

»Wir sehen uns einfach morgen«, sagte Mia, aber Flora hielt sie fest.

»Willst du nicht mit zu mir kommen?«, fragte sie, und Mia warf Eric einen unsicheren Blick zu. »Du kannst bei mir übernachten, oder?«

Eric schüttelte den Kopf. »Nicht heute«, sagte er. »Mia ist sonst jederzeit bei uns willkommen, aber heute passt es nicht.«

Flora sah ihn ungläubig an, sie war außer sich vor Wut, ballte die Faust und hob sie zur Schulter.

»Ist schon okay, Flora«, sagte Mia und befreite sich aus ihrem Griff. »Lass uns später telefonieren, ja?«

Auf der Fahrt durch Rossel gab Flora nur einsilbige Antworten. Eric erkundigte sich nach ihrem Tag und nach Mia und den anderen Freundinnen, aber es war deutlich, dass sie nicht mit ihm sprechen wollte. Das irritierte ihn. Er kam und holte sie ab, und nur weil sie den Nachmittag ein einziges Mal nicht mit ihrer merkwürdigen besten Freundin verbringen durfte, sondern ihrem unglaublich langweiligen Vater ausgeliefert war, benahm sie sich wie eine verzogene Göre. Schließlich sagte er auch nichts mehr, sie fuhren aus der Stadt hinaus, an den Feldern vorbei, hinein in den Wald. An der Abfahrt, die zu den Herzbergen und zum Paradies führte, stiegen ihm plötzlich Tränen in die Augen, und das überrumpelte ihn. Er dachte kaum noch an Rachel, ab und zu träumte er nachts von ihr, hin und wieder schlich sie sich in seine Fantasien, meist kurz bevor er kam, damit konnte er leben. Er schlug heftig mit der Faust gegen das Lenkrad.

»Sprich gefälligst ordentlich mit mir«, sagte er und konnte im Augenwinkel sehen, wie Flora zusammenzuckte.

»Ich habe doch gar nichts gesagt«, erwiderte sie.

»Dann sprichst du auch nicht ordentlich, oder? Du ignorierst mich, als wäre ich eine Plage. Dabei ist das Einzige, was ich getan habe, dich von der Schule abzuholen, freundlich und froh, dich zu sehen, in der Hoffnung, dass wir den Nachmittag zusammen verbringen würden.«

Sie atmete lautlos, er schwitzte, sie sagte nichts. Und er hörte selbst, wie lächerlich das klang. Schweigend rauschten sie durch den Wald.

»Ich glaube, es fängt bald an zu schneien«, sagte er, als sie ins Schmetterlingsquartier einbogen. »Willst du dann immer noch barfuß laufen?«

Sie drehte sich blitzschnell zu ihm um und sah ihn misstrauisch an. »Vielleicht«, antwortete sie und sah erneut aus dem Fenster. »Man kann nie wissen.«

Er verschonte die drei bis zum Abendessen. Martin war nicht zu Hause, Marie-Louise auf ihrem Zimmer, Flora hörte so laut Bowie, dass man keinen klaren Gedanken fassen konnte, aber er wollte sich nicht wieder mit ihr streiten, also ließ er sie in Ruhe. Er gab sich Mühe beim Kochen, und als er den Tisch deckte, fand er in der untersten Schublade eine Tischdecke, an die er sich nicht mehr erinnern konnte, sie war taubenblau mit kleinen orangefarbenen Vögeln und einer Borte aus roten und blauen Beeren. Es würde Eintopf geben, das war schön unkompliziert. Er grübelte, wie er die Sache am besten angehen sollte, und beschloss, alles auf sich zukommen zu lassen. Er wollte sich anhören, was sie zu sagen hatten, wollte sich Zeit nehmen und auf sie eingehen. Es sollte kein Verhör werden, sondern ein Gespräch, sie würden es sich gemütlich machen, zusammen essen und etwas spielen, und anschließend würde er die nötige Ruhe haben.

Frauen wurden boshaft, wenn sie sich zurückgewiesen fühlten. Dann stichelten sie und machten verwirrende Andeutungen, die nicht unbedingt etwas mit der Wahrheit zu tun haben mussten. Selbst Alice war mitunter so gewesen. Und Rachel eigentlich auch, obwohl sie anders war, womöglich weil sie jünger war. Er schwitzte das Fleisch an und hackte Zwiebeln, legte den Deckel auf den Topf und massierte seinen Nacken. Vielleicht änderte sich das mit der Zeit, das konnte man jedenfalls hoffen – dass Männer und Frauen der Umgang miteinander irgendwann leichter fiel. Er pfiff leise vor sich hin, dachte an Floras Sturheit und Marie-Louises abweisende Art, ihre Mauer aus Glas, durch die man glaubte hindurchsehen zu können, die sich jedoch als bruchsicherer Spiegel erwies. Er hatte immer gedacht, dass es einfacher wäre, Mädchen zu haben als Jungen. Inzwischen war er sich nicht mehr sicher. Sie ließen sich leichter zum Mithelfen bewegen, behandelten sich gegenseitig und auch ihn meist liebevoll. Gut möglich, dass Martin sich hin und wieder mit anderen Jungs prügelte und bockig und verschlossen und nicht so reif war wie etwa seine Schwestern im selben Alter. Dennoch fiel der Umgang mit ihm leichter. Natürlich sagte auch er nicht sonderlich viel, aber wenn Flora schwieg, fühlte es sich an wie Hohn, und wenn Marie-Louise nicht redete, wirkte es so aufdringlich, als wäre es seine Pflicht, dieses Schweigen zu durchbrechen und sie aus ihrem gequälten Dasein zu erlösen. Martin war stumm, weil er nichts zu sagen hatte, und das war nachvollziehbar.

In der Küche duftete es warm und gut, draußen begann es zu schneien, seine Vorahnung hatte ihn nicht getrogen. Feine Flocken landeten auf dem Fenster und rannen kurz darauf an der Scheibe hinab. Wenn es weiterschneite, würden sie vor dem Zubettgehen vielleicht einen Spaziergang im Wald machen können. Und dann konnte Flora seinetwegen auch die Schuhe ausziehen, wenn sie das unbedingt wollte.

Eric gab sich Mühe, fröhlich zu wirken, aber alle drei benahmen sich wie Spielzeug, das er aufziehen musste. Sie antworteten auf seine alltäglichen Fragen, sobald er die Aufmerksamkeit jedoch auf einen Einzelnen richtete, setzte die Mechanik der anderen aus, und sie verfielen in Schweigen Auf Dauer wurde das anstrengend, und so wechselte er beim Hauptgericht die Strategie und fragte sie direkt.

»Warum läufst du eigentlich ohne Schuhe?«, wandte er sich an Flora, es war noch die ungefährlichste aller Fragen, auf die er eine Antwort haben musste.

»Das mache ich gar nicht immer«, antwortete sie. »Ist das ein Problem?«

Er schüttelte den Kopf. »Für mich nicht. Ich möchte nur wissen, warum.«

»Ich habe in der National Geographic etwas über die Sandvölker in der Sahara gelesen. Sie sind ausdauernder als Antilopen, und sie tragen keine Schuhe.«

»Also geht es darum, Afrikaner zu spielen?«, fragte er und nickte ihr wohlwollend zu. Es war ein Fehler, dass er sich so selten Zeit nahm, sich anzuhören, was sie beschäftigte.

»Nicht direkt.« Sie vergrub das Gesicht zwischen den Händen.

»Nimm die Ellbogen vom Tisch«, sagte er und pikste sie mit dem anderen Ende seiner Gabel, als sie nicht reagierte.

Langsam und mürrisch zog sie die Arme ein wenig zu sich, sodass der Ellbogen gerade so nicht die Tischplatte berührte. Er sah weg, um sich nicht provozieren zu lassen, und wandte sich stattdessen Martin zu.

»Wie läuft es bei dir in der Klasse? Du hast es nicht bereut, dass du in Vase geblieben bist?«

Martin war mit dem Essen fertig und gerade damit beschäftigt, seine Fleischreste in mikroskopisch kleine Stückchen zu schneiden und anschließend in der Soße zu einem

Muster zu arrangieren. Er ließ die Hände auf dem Besteck ruhen. »Ich werde die Schule nicht wechseln.«

»Das hat auch niemand verlangt«, erwiderte Eric lachend. »Wie kommst du denn auf die Idee?«

Martin antwortete nicht, sondern konzentrierte sich wieder darauf, sein Fleisch zu zerstückeln.

»Was ist denn mit euch los?«, fragte Eric und fasste sich an die Schläfe. »Ich frage euch aus Interesse etwas, und ihr antwortet, als wäre ich euer Feind. Was habt ihr denn?«

Niemand sah ihn an. Marie-Louise war die Einzige, die noch nicht mit dem Essen fertig war.

»Entschuldigung, Papa«, antwortete sie, obwohl sie gar nichts getan hatte. »Wir sind wohl einfach nur müde.«

Er tätschelte ihr die Hand und streckte sich, um Flora über die Wange zu streichen, aber sie wandte sich von ihm ab.

»Darf ich jetzt aufstehen?«, fragte Martin. Eric schüttelte den Kopf.

»Ich weiß nicht mehr, was ich mit euch machen soll«, begann er und räusperte sich. Flora rutschte gereizt auf dem Stuhl hin und her, es stimmte, ihr Haar wirkte nicht gerade frisch geschnitten und gepflegt, aber wie eine Puppe musste sie seinetwegen auch nicht aussehen. Sein Blick wanderte zu Martin, der hatte direkt hinter dem Ohr eine Schramme, die Eric vorher nicht aufgefallen war. Er berührte sie mit dem Zeigefinger.

»Was ist denn da passiert?«, fragte er.

Martin fasste sich an die Stelle, ein oberflächlicher Kratzer, nicht länger als eineinhalb Zentimeter, der von allem Möglichen herrühren konnte.

»Ich habe mich wohl geratscht.«

»Und woran?«, wollte Eric wissen, aber das wusste Martin nicht mehr. Und dann war es einige Minuten lang ganz still.

»Gut«, setzte Eric schließlich an und rutschte mit seinem Stuhl zurück. »Dann sage ich es freiheraus: Ich weiß nicht, ob das nur Gerüchte sind, aber ich höre, dass über euch alle geredet wird.«

Flora und Martin wirkten ungerührt, Marie-Louise stand kurz auf, setzte sich aber sofort wieder.

»Wer redet denn über uns?«, fragte Flora und kniff ein Auge zusammen, während sie mit den Fingern irgendetwas hinter Erics Rücken abzumessen schien.

»Das spielt keine Rolle«, antwortete Eric, »und ich nehme es auch nicht besonders ernst, aber ihr müsst mir helfen zwischen Lüge und Wahrheit unterscheiden zu können.« Sie nickten aufmerksam oder zerstreut, das war schwer zu sagen »Von dir höre ich, du würdest dich die ganze Zeit prügeln« wandte er sich an Martin, der sein Fleischmassaker inzwischen beendet hatte.

»Das stimmt nicht. Ich prügle mich nicht mehr als andere.«

Eric wollte wissen, wie oft das vorkam, aber darauf konnte Martin keine Antwort geben.

»Im Durchschnitt?«, fragte er, Martin zuckte jedoch nur mit den Schultern.

»Und wenn es dir nicht gefällt, dass man über dich redet«, sagte er zu Flora, »brauchst du dir nur die Haare kämmen und Schuhe anziehen.« Er lachte und hob entschuldigend die Hände. Sie durften gern wissen, dass er das albern fand. Flora ließ sich von ihm übers Haar streichen.

»Sie sieht wirklich aus wie ein Hippiekind«, mischte sich Marie-Louise mit verschränkten Armen ein. »So läuft in Vase sonst niemand rum.«

»Ein Hippiekind?«, fragte Eric lachend. »Das ist doch wohl nicht weiter tragisch.«

Flora schnitt Marie-Louise eine Grimasse.

»Aber hässlich ist es auf jeden Fall«, fuhr diese fort, »es ist ungepflegt und hässlich, und sie könnte wenigstens mal neue Klamotten vertragen.«

»Neue Klamotten?« Eric betrachtete Flora. Sie trug zerschlissene Jeans mit weiten Hosenbeinen und eine wattierte Weste mit Blümchenmuster über einem gelben T-Shirt. Ums Haar trug sie ein dünnes, geflochtenes Band, und sie hatte verschiedene Socken an, das erschien ihm keineswegs anstößig. »Brauchst du denn welche?«

»Ist mir egal«, sagte Flora und räusperte sich. »Vielleicht.«

»Es kann sein, dass du dein eigenes Kleidergeld brauchst, so wie Marie-Louise«, stellte er fest. »Es ist wohl auch an der Zeit.«

»Als ob das was helfen würde«, erwiderte Marie-Louise, »solange sie sich die Sachen selbst aussuchen darf...«

»Jetzt ist es aber mal gut. Es gibt keinen Grund, so zu deiner Schwester zu sein.«

»Ich würde gern aufstehen«, sagte Marie-Louise und erhob sich. »Ich muss noch Hausaufgaben machen. Und obwohl ich die anderen gut verstehen kann, bin ich es auch leid, dass sie über Flora reden, denn das trifft mich genauso.«

»Setz dich bitte wieder hin«, sagte Eric und nahm ihren Arm. »Ich muss auch mit dir reden.«

Die anderen bekamen die Erlaubnis, in ihre Zimmer zu gehen. Er würde Marie-Louise zu einem Gespräch überhaupt nur bewegen können, wenn sie unter sich waren. Er hielt die weibliche Empfindsamkeit gegenüber der Meinung anderer Frauen für eine Art ständiger Selbstüberprüfung und Unsicherheit, und für gewöhnlich fiel es ihm schwer, sich in die Gedanken einer Frau hineinzuversetzen. In diesem Moment war ihm jedoch klar, dass er sein Wissen nutzen musste, um Marie-Louise dazu zu bringen, sich zu öffnen.

»Es gibt jemanden, der sagt, du hättest dich in allzu tiefe

Gewässer begeben. Was bedeutet das, Marie-Louise? Wärst du bitte so nett, mir das zu erklären?«

Doch sein Vorstoß erzielte nicht die erhoffte Wirkung. Sie stritt alles ab. Erst warf sie ihm vor, er habe das selbst erfunden, weil er nicht akzeptieren könne, dass sie kein Kind mehr sei, anschließend beharrte sie stur darauf, zu erfahren, wer so boshafte Gerüchte über sie in die Welt setzte. Er behielt es wohlweislich für sich, denn mit Sicherheit würde es sie verletzen, dass es Barbara war, die sich immer so viel um sie und ihre Geschwister gekümmert hatte.

»Ich bin doch nicht dumm. Ich habe schon seit der Weihnachtszeit gemerkt, dass du nicht mehr du selbst bist«, unterbrach er sie.

»Ich selbst? Weißt du überhaupt, wer ich bin?«

Das glaubte er durchaus zu wissen, aber sie schnaubte nur verächtlich. Ihre ungewohnte Reaktion und seine eigene Verblüffung schienen seine Behauptung tatsächlich zu widerlegen, zumindest teilweise.

»Du wirst immer mein Mädchen sein«, lenkte er ein, aber das besänftigte sie nicht. »Du bist doch sonst nicht so, du bist doch …«

»Fröhlich und unkompliziert«, unterbrach sie ihn und stand so abrupt auf, dass der Stuhl fast nach hinten umfiel. »Die lächelnde, höfliche, nette Marie-Louise. So hättest du mich wohl gern, was? Hättet ihr mich nicht alle gern so? Das ist einfach nur zum Kotzen.«

Er musste lange und geduldig auf sie einreden, ehe sie sich wieder setzte. »Ich liebe dich«, sagte er. »Ich will nur, dass es dir gutgeht.« Am Ende legte sie den Kopf auf den Tisch und weinte.

»Die Tischdecke hat Mama immer genommen, wenn ich Geburtstag hatte, als ich klein war«, schluchzte sie. »Marianne hat sie ihr zu eurer Verlobung geschenkt.«

Eric strich ihr über das Haar, er log und behauptete, daran könne er sich gut erinnern. Sie sah ihn mit rotgeweinten Augen an. »Ich möchte nicht, dass du dir um mich Sorgen machst«, flüsterte sie. »Ich schaffe das allein. Es ist nichts Ernstes.«

»Natürlich mache ich mir Sorgen«, flüsterte er zurück. »Ich bin dein Vater, und wenn du meine Hilfe brauchst, sollst du zu mir kommen.«

Marie-Louise schien die Situation neu abzuwägen. Sie trocknete sich mit dem Ärmel das Gesicht. »Ich finde es nicht immer leicht, herauszufinden, was die Jungs wollen«, sagte sie schließlich und versuchte zu lächeln.

»Die Jungs?« Eric lehnte sich im Stuhl zurück. Also hatte er mit seiner Vermutung recht behalten. »Das wissen sie meistens nicht einmal selbst.«

Ihr Gesicht war vom Weinen rot gefleckt, aber sie schien nicht länger auf ihn wütend zu sein.

»Gewöhn dich lieber gleich daran«, sagte er und lachte, »das wird nämlich auch nicht besser, wenn sie zu Männern werden.«

»Wie kannst du so etwas sagen«, flüsterte sie, und er merkte, wie dumm und zynisch das in ihren Ohren geklungen haben musste.

»Nein, das war doch nicht ernst gemeint«, ruderte er zurück. »Männer und Jungs sind einfach gestrickt. Ihr Frauen messt uns mehr Tiefe bei, als wir tatsächlich haben.«

Auch das war offenbar nicht richtig gewesen, sie zog sich wahrnehmbar wieder zurück, und bald darauf gab er es auf, das Gespräch retten zu wollen. Immerhin war es eine Erleichterung, zu wissen, dass er mit seiner Annahme nicht völlig falsch gelegen hatte. Sie räumten gemeinsam den Tisch ab und spülten.

»Könnten wir uns nicht auch eine Geschirrspülmaschine kaufen?«, fragte sie und trocknete sich die Hände an der

Schürze ab. »Barbara hat gerade eine bekommen, und das ist so eine Erleichterung.«

Eric wollte gern darüber nachdenken, auf die Idee sei er noch gar nicht gekommen. Da musste sie lachen und sagte, das wundere sie kein bisschen, da er so gut wie nie abwasche. Er schlug aus Spaß mit dem Geschirrhandtuch nach ihr, und sie ging hinter dem Tisch in Deckung. Es war schön, sie wieder lachen zu hören, und er dachte, dass er vielleicht doch nicht so sehr versagt hatte.

Sie ging auf ihr Zimmer, er schaltete den Fernseher ein und überlegte, ob er die Kinder rufen sollte, damit sie zusammen Nachrichten sehen konnten, aber er genoss die Ruhe und ließ es bleiben. Präsident Nixon sprach über den Beschluss, die Offensive gegen Nordvietnam zu beenden, und sagte, dass es nur noch wenige Tage bis zu einem Friedensabkommen dauern werde. Er lächelte und sah weniger gequält aus, als man es von einem Mann mit so vielen Feinden erwarten würde. Eric erinnerte sich, wie Rachel und er einmal über den Vietnamkrieg gesprochen hatten und sie sich so sehr über die dortige Situation ereiferte, dass sie ihm eine Ohrfeige verpasste, obwohl sie im Grunde einer Meinung waren. Anschließend hatte sie sich immer wieder entschuldigt und konnte überhaupt nicht verstehen, was an der Situation so komisch war, als er anfing zu lachen.

»Genau so fangen Kriege an«, hatte sie mit Tränen in den Augen gesagt, »mit einer unnötigen und sinnlosen Aggression. So bin ich doch eigentlich gar nicht.«

»Darf ich denn damit rechnen, dich bald in Uniform zu sehen?«, hatte er sie geneckt.

Es war gut, die positiven Dinge in Erinnerung zu behalten, sie fraßen ein wenig von dem auf, was danach kam.

Auf das Nixon-Interview folgte ein Beitrag aus Island, wo der Heimaey-Vulkan ausgebrochen war. Es war ein beeindruckendes Schauspiel, wie die Natur die Erde aufbrach, Wellen von schwarzem Rauch über glühender Lava, Menschen wurden evakuiert, eine ganze Stadt zerstört. Er holte sich einen Kaffee und machte es sich wieder im Sessel bequem. Irgendwie würde sich schon alles fügen, die Kinder würden im Leben zurechtkommen, und auch Barbara, die sich noch verschmäht und einsam fühlte, würde sich früher oder später beruhigen. Sie mochte seine Kinder, das wusste er, und würde niemals etwas tun, das ihnen schadete.

Am Ende der Sendung gab es eine Studiodiskussion über einen Gesetzesvorschlag zum Recht auf Abtreibung, der es allen Frauen erlauben sollte, in den ersten drei Schwangerschaftsmonaten einen Abbruch vorzunehmen. Eine blonde Frau von einem Beratungszentrum für Frauen in Farring kämpfte gegen den Gesundheitsminister und einen Abgeordneten der Christliberalen um die Redezeit. Der Moderator hatte seine liebe Mühe, die Frau zur Ordnung zu rufen.

»Alle Frauen haben ein Recht darauf, über ihren eigenen Körper zu bestimmen«, sagte sie und warf ihm über ihre große Brille hinweg einen strengen Blick zu.

Obwohl Eric im Grunde genommen fand, dass sie recht hatte, war das eine Aussage, die man in der Frauendebatte schon tausendmal gehört hatte, und das ermüdete ihn. »Was bedeutet das?«, flüsterte er in seine Kaffeetasse. »Dass die Männer gar kein Mitbestimmungsrecht haben?«

Im nächsten Moment stellte der Christliberale genau dieselbe Frage, und in Eric machte sich Unbehagen breit. Wenn es eine politische Richtung gab, mit der er sich auf keinen Fall identifizieren wollte, war es die konservative Rechte mit ihrem nebulösen Geschwafel über die Unantastbarkeit des Lebens und die heilige Ehe.

»Wir haben in diesem Bereich schon seit einigen Jahren eine verhältnismäßig liberale Gesetzgebung«, warf nun der

Minister ein und legte beide Hände auf den Tisch. »Wenn man auf die vierzig zugeht oder bereits viele Kinder hat, kann man die Erlaubnis beantragen, in den ersten drei Monaten der Schwangerschaft einen Abort vorzunehmen.«

Diese Aussage löste sowohl beim Christen als auch bei der Blondine Kopfschütteln aus.

»Wir müssen besser werden, diese Frauen zu beraten«, sagte der Christliberale, »sie darin unterstützen, die wichtige Mutterrolle zu übernehmen, oder sie über die Möglichkeit aufklären, das Kind zur Adoption freizugeben.«

»Das wahre Unglück der Frauen ist doch, dass sie immer noch behandelt werden, als hätten sie keine Rechte«, fiel ihm die Blonde ins Wort und klopfte mit dem Zeigefinger auf den Tisch. »Warum dürfen die Frauen nicht über sich selbst bestimmen, so wie es den Männern schon immer möglich war?«

»Es geht hier um Menschenleben«, konterte der Christ.

Eric schaltete den Fernseher aus. Die aggressive Art, mit der die Frau für ihre Sache eintrat, fand er abstoßend. Außerdem konnte Beratung doch wohl tatsächlich eine bedenkenswerte Möglichkeit sein. Er stand auf, im Garten erleuchtete der Schnee den Rasen in unregelmäßigen Feldern. Er öffnete die Terrassentür und streckte den Arm in die Dunkelheit, große, kalte Flocken schmolzen auf seiner Handfläche. Irgendwo in der Nähe jauchzten Kinder mit all der kindlichen Freude, die der erste Schnee mit sich bringt. Er wusste nicht, was er vom Recht des ungeborenen Lebens halten sollte. Ab wann man von einem Menschen sprechen konnte, ob schon ab dem Moment der Befruchtung oder erst später. Er hatte die Bilder der Abtreibungsgegner von kleinen Föten gesehen, die haargenau so aussahen wie Babys, und fand den Gedanken unheimlich, dass sie zerstückelt und durch ein Stahlrohr hinausgesaugt würden. Auch darüber hatten Rachel und er diskutiert, doch er konnte sich nur noch an Bruchstücke dieses Gesprächs erinnern. Es hatte jedenfalls nicht mit einer Ohrfeige geendet. Ihrer Meinung nach ergab es jedenfalls keinen Sinn, die Sache aus dieser Perspektive zu betrachten. Man könne einer Frau nicht auferlegen, sich um ein Kind zu kümmern, das sie nicht haben wolle, und auch für das Kind verhieße das nichts Gutes. In letzterem Punkt hatte sie sicher recht.

»Wärst du denn nicht gern am Leben«, hatte er sie gefragt, »selbst wenn du nicht von Anfang an erwünscht gewesen wärst?«

»Wir sprechen doch hier nicht über mich«, hatte sie geantwortet. »Meine Eltern haben jahrelang versucht, ein Kind zu bekommen, bis es endlich klappte.«

»Aber du hättest unerwünscht sein können. Hätte das denn einen Unterschied gemacht?«

»Hätte ich nicht«, erwiderte sie, und er wunderte sich über ihre Antwort. »Man kann niemand anderes sein als der, der man ist.«

Er schloss die Terrassentür. Die enorme Stille in diesem Haus weckte die Erinnerung an Rachels Stimme. Er liebte die Art und Weise, wie sie hallo sagte, wenn sie ans Telefon ging und hörte, dass er es war. Dann zog sie die Vokale in die Länge, als würde sie singen.

Er schlich die Treppe hinauf, legte sich auf den Diwan im Arbeitszimmer und betrachtete durch das Fenster den Himmel. Löchrige Wolken ließen den Schnee fallen und fallen, ließen ihn schweben und schwindelerregend in der Dunkelheit kreisen. Marie-Louise machte in ihrem Zimmer Musik an, Flora rief sofort, sie solle sie leiser stellen.

Eric sprang auf. »Lass deine Schwester in Ruhe«, rief er viel zu laut und viel zu erzürnt. Er riss ihre Tür auf, Flora hockte im Schneidersitz auf dem Bett und las ein Buch. Sie ignorierte ihn, und Eric schloss die Tür wieder hinter sich. Er fühlte sich unpässlich, ja beinahe krank. Er lehnte die Stirn an die

Tür, dann öffnete er sie erneut. »Wir müssen Rücksicht aufeinander nehmen. Darum geht es mir doch nur.« Flora zog die Augenbrauen hoch und nickte ein einziges Mal.

Anschließend klopfte er bei Marie-Louise, ihre Tür war abgeschlossen, als er die Klinke nach unten drückte. Sie drehte die Musik leiser und fragte, was er wolle, ohne ihm zu öffnen Martins Zimmertür schob sich einen Spaltbreit auf, und er lugte hinaus. Eric gab sich Mühe, ihn anzulächeln. Da verschwand er genauso lautlos wieder, wie er aufgetaucht war.

»Ich muss mit dir reden«, sagte er durch Marie-Louises Tür »Es ist wichtig.«

Nach einer halben Ewigkeit öffnete sie ihm endlich, machte aber keine Anstalten, ihn hereinzulassen, bis er sie explizit darum bat. Sie setzte sich auf den Stuhl. Ihr Tagebuch lag auf dem Tisch, sie legte die Hand darauf, obwohl es geschlossen war.

»Da ist etwas, das ich wissen muss«, sagte er und setzte sich auf das Bett. Er räusperte sich. Marie-Louises Blick ruhte auf ihm, sie berührte das Hängeschloss ihres Tagebuchs, ein zarter Laut von Nägeln auf Metall.

»Wart ihr miteinander im Bett?«, fragte er, und Marie-Louise erstarrte. »Ich muss sichergehen, dass du auf dich aufpassen kannst.«

»Ich bin fünfzehn«, sagte sie entrüstet. »Was denkst du denn von mir?«

»Du wirst diesen Sommer sechzehn. Ich weiß nicht, wann man als junger Mensch heute damit anfängt.«

»Hast du mich je sagen hören, ich hätte einen Freund?«

»Man kann ja durchaus …«, begann er, bereute es aber sofort. Es gab keinen Grund, so etwas zu sagen.

»Was denkst du von mir? Ich bin nicht so ein Mädchen.«

»So ein Mädchen?« Er stand auf. »Ich möchte doch nur, dass du auf dich achtgibst, Marie-Louise, das ist alles.«

Sie kehrte ihm den Rücken.

»Das war alles«, sagte er schließlich, blieb aber noch einen Moment stehen. »Mehr wollte ich gar nicht.«

Er hatte getan, was er konnte. Er wusste nicht, was die Jugendlichen dachten und taten. Im Paradies und in bestimmten Kreisen hatte man anscheinend einen anderen Blick auf diese Dinge als in Vase. Selbst Rachel, die als behütetes Einzelkind in einem Mittelklasseviertel aufgewachsen war, schien in ihrer Teenagerzeit freizügiger und frivoler gewesen zu sein als er, wenn man ihren Erzählungen glaubte. Sie war noch so jung und sprach doch ab und zu, als wäre ihre Generation die erste, die entdeckt hatte, dass Sex Spaß machen konnte. Sie war auf dem Gymnasium von einem älteren Jungen entjungfert worden, als sie gerade in die Oberstufe gekommen war, und hatte kurz nach dem Abitur zum ersten Mal Gruppensex ausprobiert. Er wusste nicht, was ihn geritten hatte, als er glaubte, seine Töchter wären genauso. Im Grunde lag Vase näher an der Wirklichkeit als das Leben, das Rachel geführt hatte. Der Alltag im Vorort war viel gewöhnlicher und exemplarischer als das Paradies und ihre linken, drogenkonsumierenden Freunde, als die Revolution der Liebe – und auch als er selbst. Er musste bei dem Gedanken lachen, es war seltsam, aber durchaus bequem, dass seine eigenen Kinder eine altmodischere Perspektive auf die Dinge hatten als er. Das konnte ihm jedenfalls einiges an Kummer ersparen.

»Was sagst du, Alice«, flüsterte er, als er sich wieder auf den Diwan gelegt hatte. »Glaubst du, es wäre leichter, in der heutigen Zeit aufzuwachsen? Wäre es nicht besser gewesen, wenn wir gelernt hätten, offener über Sex zu reden?«

Alice antwortete nicht, Eric betrachtete den Schnee. Sie sollten wirklich einen Spaziergang machen, nichts war so magisch wie Neuschnee, aber er konnte sich nicht aufraffen. Und die Kinder hatten für heute offensichtlich auch mehr als genug von ihrem Vater.

Eric hatte die Tür nicht ganz geschlossen, als er mit Marie-Louise gesprochen hatte, und obwohl es nicht beabsichtigt gewesen war, hatte Flora das Gespräch belauscht. Sie war auf dem Weg von der Toilette zurück in ihr Zimmer, sie las gerade *Madame Bovary* und war an der Stelle im Buch, wo Emma Monsieur Léon begegnet. Trotzdem war sie stehen geblieben, es war ein merkwürdiges Gespräch. Eric schien unsicher, und Marie-Louise hatte geklungen, als würde sie lügen.

»Darf ich eine Runde im Wald laufen gehen?«, fragte sie jetzt durch den Türspalt zu Erics Arbeitszimmer. »Wenn ich auf den großen Wegen bleibe?«

Eric hörte Musik über Kopfhörer und antwortete nicht.

»Ich habe immerhin gefragt«, flüsterte sie und schlich die Treppe hinab, »mehr kann er nicht erwarten.«

Flora dachte ab und zu an Räuber und Vergewaltiger wenn sie allein im Wald war. Daran, dass niemand sie hören würde, wenn sie schrie, und ob man sich besser wehrte oder ob man sich lieber widerstandslos ergeben sollte. Daran, wie lange es dauern würde, bis man sie fand, wenn sie ermordet würde. Es kam darauf an, schneller zu laufen als die Gedanken und in der Vereinigung von Füßen und Wegen, flüsterndem Moos, Ästen und Wurzeln neue Wörter hervorzubringen. Sie lauschte ihrem Atem, ihren Schritten, schneller und schneller, bis sie sangen: *Ich habe keine Angst, ich habe keine Angst.*

An diesem Abend brauchte sie ihre Schritte nicht zum Singen zu bringen. Sie war sicher, dass Marie-Louise etwas Wichtiges verheimlichte, und weil Eric es offenbar nicht herausfinden wollte, musste sie es selbst tun. Sie hatte die Laufschuhe nicht Erics wegen angezogen. Der Schnee legte sich verräterisch weich über spitze Steine und Zweige, und die Kälte würde die Füße so gefühllos machen, dass sie eine Verletzung erst spüren würde, wenn es zu spät war. Sie musste an einen Wintertag vor einigen Jahren denken, als sie sich mit Tutku geprügelt und Nasenbluten bekommen hatte. Sie hatte Schnee in einen Handschuh schaufeln und ihn gegen die Nase pressen müssen, um die Blutung zu stillen. Dort, wo das Blut auf den Schnee getropft war, waren geschmolzene Punkte mit zartrosa Rändern zu sehen, sie sahen aus wie Vogelbeeren, die Wintermahlzeit der Vögel. Die Punkte verliefen ineinander und erinnerten Flora inmitten der weißen Weite an die Silhouette eines zusammengekrümmten Menschen.

Sie blieb am See stehen, bahnte sich zwischen Zweigen und Gestrüpp den Weg zum Ufer. Wenn sie die Luft anhielt, konnte sie hören, wie die Schneeflocken auf die zart vereiste Oberfläche fielen. Sie fing ihren nebligen Atem mit den Händen auf. Auf der gegenüberliegenden Seite schwebten die weißen Baumkronen über einem schwarzen Saum. Es würde eine gute Stunde dauern, den See zu umrunden. Sie sollte es nicht tun, denn es erhöhte die Wahrscheinlichkeit, dass Eric ihre Abwesenheit bemerken und unruhig werden würde. Trotzdem war es die einzige Runde, auf die sie Lust hatte. Sie folgte dem Ufer, und dort, wo der Weg sich teilte, lief sie weiter am Wasser entlang, anstatt abzubiegen und an der Schutzhecke vorbei zum Schmetterlingsquartier hinaufzulaufen. Sie rannte nicht so schnell, wie sie eigentlich konnte, und fing mit ihren Armen Flocken auf. Ein Stück entfernt lief eine graue Hündin im selben Tempo. Wenn sie zwischen die Baumstämme spähte, konnte sie ihre Schwanzspitze sehen.

»Du vermisst mich überhaupt nicht«, dachte Flora, und Tutku antwortete im Nu.

»Du vermisst mich auch nicht.«

In dieser Feststellung lag kein Bedauern, aber Flora bekam dennoch Seitenstechen und musste anhalten. Sie beugte sich vor und presste die Hand gegen die Rippenkante. »Ist das wirklich wahr?«, flüsterte sie, und zum ersten Mal seit Monaten kam Tutku so nahe, dass sie ihr über das Fell streichen konnte.

»Das wird die Zeit zeigen«, antwortete die Hündin und schmiegte sich an sie. Unter ihrem Bauch hingen Eisklumpen im Fell, auf ihrem Rücken funkelten Tropfen.

»Verschwindest du einfach?«, fragte Flora und legte die Hand auf Tutkus feuchte Schnauze.

Die Hündin schüttelte den Kopf. »Und du?«

Flora hockte sich vor Tutku in den Schnee, sie war schweißdurchnässt. Sie schüttelte ebenfalls den Kopf, und die Hündin stupste sie an. »Darüber muss man nicht traurig sein.«

»Du«, begann Flora, doch Tutku stupste sie jetzt so heftig, dass sie sich mit der Hand abstützen musste, um nicht nach hinten umzufallen. Im Bündchen ihres Ärmels war Schnee, den sie verärgert ausschüttelte, während die Hündin wieder zwischen den Baumstämmen abtauchte.

»Du könntest wenigstens kommen, wenn ich dich brauche. Und du könntest aufhören, dich so rarzumachen, nur weil du in Wirklichkeit mit anderen Sachen beschäftigt bist«, rief Flora ihr hinterher.

Tutku antwortete nicht, drehte sich auf einer Lichtung aber noch einmal um, und in der Dunkelheit sah es aus, als würde sie lachen.

Eric war auf dem Diwan im Arbeitszimmer eingeschlafen und hatte nicht bemerkt, dass Flora weg war. Er wachte auf, als sie die Haustür öffnete, stand benommen und verschlafen auf dem Treppenabsatz und sah auf seine Uhr, ohne die Ziffern deuten zu können.

»Ich war eine Runde laufen«, sagte sie. »Ich gehe jetzt duschen.«

»Du warst laufen?« Eric stützte sich auf dem Geländer ab. »Mitten in der Nacht?«

»Es ist erst neun Uhr«, sagte Martin, der aus seinem Zimmer gekommen war und sich an seinen Vater presste. »Liest du mir etwas vor, Papa?«

Flora zwängte sich an ihnen vorbei ins Bad, verriegelte die Tür und zog sich aus. Ihre Beine brannten, sie ließ die Wanne volllaufen und tauchte mit geschlossenen Augen unter. Anschließend wickelte sie sich ein Handtuch um und ging, ohne anzuklopfen, in Marie-Louises Zimmer. Ihre Schwester lag regungslos auf dem Bett.

»Du sollst anklopfen«, sagte Marie-Louise und blieb liegen.

»Wer ist es?«, fragte Flora.

»Wie, wer?«

»Dein Freund?«

»Ich habe keinen.«

»Ich habe euch zusammen gesehen«, log Flora. Sie war sich ihrer Sache so sicher, dass sie ein hohes Risiko spielte.

Mit Marie-Louises Reaktion hatte sie allerdings nicht gerechnet. Sie sprang aus dem Bett und schlug nach ihr. »Du lügst«, fauchte sie. »Du lügst doch immer.«

Es war nicht der Angriff, der Flora am meisten überraschte. Es war Marie-Louises rasender und schreckerfüllter Blick.

»Wer ist es?«, wiederholte Flora und rückte ein Stück von ihrer Schwester ab. »Ich weiß, dass es jemanden gibt.«

»Hast du nicht behauptet, du hättest uns gesehen?« Marie-Louise schrie jetzt fast. »Dann hättest du ihn wohl erkannt.«

»Ich war nicht nah genug dran«, behauptete Flora.

Marie-Louise ließ ihre Hände fallen. Sie sah ungeheuer traurig aus. »Es ist niemand, den du kennst«, sagte sie und legte sich die Hände auf die Schultern. »Kann es dir denn nicht einfach egal sein?«

Flora setzte sich auf die Bettkante, Marie-Louise auf ihren

Schreibtischstuhl. Sie frisierte sich mit einem breiten, roten Plastikkamm, sie sagte nichts mehr, scheuchte Flora aber auch nicht aus dem Zimmer.

»Warum benutzt du keine Bürste?«, fragte Flora.

Marie-Louise warf ihr im Spiegel einen kurzen Blick zu.

»Ich finde, mit einem Kamm tut es immer so weh«, fuhr Flora fort. Ihre Stimme bebte, sie hatte ihre Schwester nicht verletzen wollen.

Es dauerte lange, ehe Marie-Louise antwortete. »Es ist schonender«, sagte sie schließlich und fuhr langsam mit dem Kamm durch ihr Haar.

»Wirklich?« Flora war erleichtert, dass Marie-Louise etwas gesagt hatte. Sie rutschte nervös hin und her. Sie wollte nicht aufgeben, bevor sie mehr erfahren hatte.

»Hör auf, den Bettüberzug so zu zerwühlen«, sagte Marie-Louise, noch immer, ohne sich umzudrehen. Sie klang nicht länger wütend.

»Magst du die Carpenters immer noch am liebsten?«, fragte Flora, während sie den Überwurf glattstrich. Jede kleinste Unebenheit ihrer Handfläche kratzte über den blanken Chintz.

»Am liebsten?« Marie-Louise hielt mit dem Kämmen inne. »Was meinst du damit?«

»Na, lieber als alle andere Musik.«

Marie-Louise nickte und widmete sich wieder ihren Haaren.

»›Rainy Days and Mondays‹ ist ja ganz okay«, sagte Flora so dahin. Sie meinte es weder ernst noch unernst.

»Okay?«, ereiferte sich Marie-Louise ein wenig. »Du meinst wohl, es ist fantastisch.«

Flora konnte genau sehen, wie Marie-Louise sich anstrengen musste, nicht zu lächeln. Es war ein schmaler Spalt, aber durch ihn würde sie sich hindurchzwängen können. »Nur

Bowie ist fantastisch«, sagte sie und krabbelte auf dem Bett nach hinten, lehnte den Rücken an die Wand und drückte eines von Marie-Louises Rüschenkissen an sich. »Das müsstest du doch inzwischen verstanden haben …«

Marie-Louise schüttelte den Kopf. Sie sah glücklich aus.

»Ihr Mund sieht aus, als wäre er aus einer Zeitschrift ausgeschnitten und verkehrt herum aufgeklebt worden.« Flora nickte zu einem Plakat, das eine singende Karen Carpenter in einem hellgelben Kleid zeigte.

Marie-Louise zog die Augenbrauen hoch.

»Aber sie hat schöne Haare«, sagte Flora. »Genau wie du.«

»Dummerchen.«

Flora hatte eine Hand durch den Spalt gezwängt, sie wagte es nicht, Marie-Louise anzusehen, während sie die Öffnung noch mehr zu weiten versuchte. Sie fuhr mit dem Zeigefinger an der Unterkante eines Plakats entlang.

»Du darfst es nicht zerknittern!«, mahnte Marie-Louise, und Flora ließ davon ab.

»Ich habe Patricia neulich am Bahnhof gesehen, als ich aus der Schule nach Hause kam«, sagte Flora. »Sie war zusammen mit Barbara auf dem Weg nach Rossel. Die beiden wollten bummeln gehen.«

»Aha.« Marie-Louise teilte ihr Haar in Strähnen auf. Sie mochte ihr glattes Haar nicht und flocht es nachts zu Zöpfen.

»Ich fand sie so hübsch, als wir jünger waren.«

»Ja«, sagte Marie-Louise abwesend, während sie sich im Spiegel betrachtete und die Strähnen ineinanderlegte. Flora schielte zu ihr hinüber.

»Aber das ist sie nicht mehr, oder?«

»Ich weiß nicht«, sagte Marie-Louise. »Sie hat schöne Klamotten.«

»Sie wird allmählich dick. Hast du mal ihre Oberschenkel gesehen?« Marie-Louise schüttelte den Kopf und lächelte sich im Spiegel an, um ihre Zähne zu betrachten. »Außerdem hat sie im ganzen Gesicht Pickel. Und ein Pferdegebiss.«

»Wir sind immer noch befreundet«, warf Marie-Louise ein und hob warnend den Zeigefinger, aber es schien sie nicht ernsthaft zu stören, was Flora da sagte.

»Du bist auf jeden Fall hübscher«, erklärte Flora und presste sich das Kissen gegen die Brust. »Eindeutig.«

»Das hast du nett gesagt.« Marie-Louise legte den Kamm beiseite. Sie strahlte eine sanfte und leichte Traurigkeit aus, die nicht mehr so bedrückend wirkte wie zuvor. »Hübsch zu sein reicht nur nicht immer aus, nicht wahr?«

Da konnte Flora sich nicht mehr bremsen. Sie wusste so viel Gutes über ihre Schwester zu sagen, dass sie sich förmlich überschlug. Nicht nur war Marie-Louise hübsch, sie war auch noch klug und fleißig, und Flora bewunderte sie mehr als alle anderen Mädchen. Ihre eigenen Worte machten sie ganz atemlos, sie waren eine Girlande aus Glanzpapier, die allerdings viel zu lang und ungeschickt und erdrückend geriet.

»Jetzt musst du gehen«, unterbrach Marie-Louise sie schließlich. Sie klang nicht böse, aber bestimmt. »Ich muss ein Telefonat führen.«

»Mit ihm?«, flüsterte Flora und gab sich Mühe, ein komisches Gesicht zu ziehen, damit Marie-Louise nicht wieder wütend wurde.

Sie schüttelte den Kopf. »Vielleicht«, sagte sie dann. »Man kann nie wissen.«

»Liegt es daran, dass Papa es nicht wissen darf? Glaubst du, es würde ihm nicht gefallen, dass du einen Freund hast?«

»Papa?« Schlagartig richtete Marie-Louise sich auf, ein eiserner Pfahl, ein Blick wie ein Blitz. »Das ist mir so was von egal.«

Als Flora später am Abend im Bett lag, drehte und wendete sie diese letzte Bemerkung hin und her. Auch in den Tagen danach tauchte sie immer wieder auf, ein in der Dunkelheit ausgelöstes Blitzlicht, das einem die Sicht nahm. *Das ist mir so was von egal*, und ihr Tonfall hatte die ganze lange Girlande aus Schmeicheleien zusammengeknüllt und Flora in den Rachen geschoben, sodass diese umhertorkelte wie ein dummes, ausgestopftes Tier. Marie-Louise hatte so hasserfüllt geklungen, so anders, als sie normalerweise sprach. Flora verstand weder, warum Marie-Louise so wütend auf Eric war, noch, wie es ihr gelang, das im täglichen Zusammensein zu verbergen. In Floras Erinnerung stand Marie-Louises Bemerkung schon bald in keinem Verhältnis mehr zur Realität. Sie fügte andere Worte hinzu, die gar nicht gefallen waren. *In Wahrheit hasse ich ihn, ich wünschte, er wäre tot.* Sie wusste genau, dass Marie-Louise so etwas Schlimmes gar nicht gesagt hatte, aber es machte sie traurig, sich das vorzustellen. Nachdem sie einige Wochen lang in ihren Grübeleien versunken gewesen war, ging sie zu Marie-Louise und konfrontierte sie plump und direkt mit der Frage, warum sie Eric hasste.

»Wie kommst du denn darauf?«, fragte Marie-Louise und schüttelte den Kopf.

Doch obwohl Flora sehen konnte, wie überrascht Marie-Louise war, genügte ihr das nicht. Entweder musste Marie-Louise es abstreiten oder sich erklären. Sie hätte sagen müssen: Natürlich hasse ich Papa nicht, ich liebe ihn doch. Das war das Einzige, womit Flora leben konnte. Aber Marie-Louises Schweigen zeugte von einer Gleichgültigkeit, die Flora zur Verzweiflung brachte.

»Liebst du ihn denn?«, fragte sie, es war dumm und erniedrigend.

»Natürlich«, antwortete Marie-Louise, »er ist schließlich mein Vater, oder etwa nicht?«

Und obwohl das ausreichen musste, machte es alles nur noch schlimmer. Denn hinter diesen eigentlich richtigen Worten lag eine Kälte, die sie falsch klingen ließ. Und sie wurden von Floras Fantasie zerschlagen, und überall bohrten sich kleine scharfe Scherben hinein. Hatte Marie-Louise in Wirklichkeit angezweifelt, dass Eric ihr Vater war? *Er ist schließlich mein Vater, oder etwa nicht?* Genau so hatte sie es gesagt, und das Fragezeichen war ein Galgenhaken, von dem Flora hinabbaumelte. Manchmal hörte man von Leuten, die erst spät herausfanden, dass sie einen anderen Vater hatten Weil sie adoptiert waren oder weil ihre Mutter vor der Ehe eine Affäre hatte und von einem anderen Mann gerettet werden musste, der ihr anbot, sie zu heiraten und einen Strich unter die Vergangenheit zu ziehen.

Sie vertraute sich Mia an, in der Hoffnung, dass die ihre Befürchtung entkräften würde.

»Das weiß man nie«, war jedoch alles, was diese dazu sagte, »jedenfalls sieht ihm keiner von euch besonders ähnlich.«

Das war die falsche Antwort. Flora sagte, Martin habe dieselbe Haarfarbe, und Marie-Louises Kinn und Unterlippe erinnerten ein wenig an Eric. Obwohl sie es nicht beabsichtigt hatte, klang sie eher beleidigt als traurig, und Mia wollte nicht mehr mit ihr reden, bis sie sich für ihre Patzigkeit entschuldigte.

»Ich habe doch nur gesagt, dass es gut sein könnte«, meinte Mia, als sie wieder Freunde waren und das süßeste Zuckerei der Welt zusammenrührten. »Ich habe nicht gesagt, dass es so ist.«

»Aber wenn es so ist«, flüsterte Flora, »wie findet man es dann heraus?«

»Keine Ahnung. Dein Vater hat doch bestimmt irgendwelche Dokumente.«

Sie aßen Zuckerei und sprachen über andere Dinge. Flora

glaubte schon, Mia hätte es wieder vergessen, bis Ellinor zu ihnen kam und ihre tonverschmierten Hände im Spülbecken wusch.

»Wie findet man heraus, ob man adoptiert ist?«, fragte Mia den Rücken ihrer Mutter. Flora wollte ihr Zeichen geben, nicht noch mehr zu sagen, aber Mia konzentrierte ihren Blick auf den Löffel, mit dem sie das Zuckerei auskratzte.

Ellinor trocknete sich die Hände an der Schürze ab und lehnte sich mit verschränkten Armen gegen den Küchentisch. Schon seit Flora und Mia nach Hause gekommen waren, wirkte sie bedrückt, sie hatte mit gebeugtem Rücken an ihrer Drehscheibe gesessen und sich zur Begrüßung nicht umgedreht, wie sie es sonst immer tat. Außerdem machte es den Anschein, als hätte Ellinor Mia gar nicht gehört, als diese sie später zweimal fragte, ob sie sich Eier nehmen dürften, obwohl sie direkt hinter ihr gestanden hatte.

»Sag schon, Ellinor.« Mia stieß sie an. Ihre Mutter fasste sich mit der Hand an die Stelle, wo Mia sie getroffen hatte. Flora bekam Mitleid mit ihr und wurde wütend auf Mia, die so gleichgültig wirkte.

»Hallo! Ellinor!«, rief Mia und hieb mit dem Löffel auf den Tisch. »Erde an Ellinor!«

»Adoptiert?«, fragte Ellinor und schauderte. Sie sah von einer zur anderen. Flora starrte aus dem Fenster. Man konnte die wogenden Haarschöpfe der Passanten sehen, die auf der Straße vorbeigingen.

»Alle Menschen überlegen irgendwann einmal, ob sie adoptiert wurden«, antwortete Ellinor und lachte. Es klang wie ein trauriges Zwitschern.

»Aber wie findet man es heraus?«, fragte Mia beharrlich.

»Es gibt Adoptionspapiere und so etwas.« Ellinor schloss die Augen. »Hört mal, Mädels, ich muss heute Abend mal raus. Ich weiß nicht, ob Jonathan Pläne hat, aber vielleicht könnte Flora hier schlafen, damit du ein bisschen Gesellschaft hast, Mia?«

Mia wollte wissen, wo Ellinor hinging, doch die antwortete nur, dass sie jemanden treffen würde, den Mia nicht kannte. Und dass sie nicht ausschließen könne, dass es spät werde. Mia wurde immer garstiger und setzte ihre Mutter weiter unter Druck, bis diese schließlich verkündete, eine Frauengruppe besuchen zu wollen. Erst lachte Mia und unterstellte ihr, dass sie log, dann sprang sie auf und ging auf ihre Mutter los. Flora versuchte einzuschreiten und meinte, bestimmt bei Mia übernachten zu dürfen, sie müsse nur Eric Bescheid geben, doch die beiden bemerkten sie nicht länger. Mia packte den Arm ihrer Mutter und rüttelte daran, und Flora konnte ihrem Gespräch nicht länger folgen. Sie rief ihnen von ihrer Luftblase aus zu, sie sollten endlich aufhören, was Mia schließlich zur Besinnung brachte. Sie rannte die Treppe hinauf. Ellinor legte den Arm um Flora und begann zu weinen. Sie legte ihren großen, schluchzenden Kopf auf Floras Schulter, deren T-Shirt dort in wenigen Sekunden ganz durchnässt war.

»Übernachtest du denn hier?«, fragte Mia später, als Flora sich von Ellinors wirrem Gerede über gebrochene Herzen und darüber, was sie alles schon allein hatte durchstehen müssen, befreit hatte. Flora antwortete nicht sofort, sie wäre lieber nach Vase gefahren, aber Mia sah so verloren und unglücklich aus, wie sie da mit roten Augen auf ihrem Bett unter Jim Morrison saß.

»Bitte!«, flüsterte sie.

»Wir könnten auch zu mir fahren«, schlug Flora vor, aber das sah Mia nicht ein.

Sie blieben auf dem Zimmer, bis Ellinor ging. Das Telefon klingelte im Laufe des Nachmittags mehrmals. Zuerst ließ Ellinor es klingeln, später hörten sie sie in der unteren Etage jemanden am anderen Ende des Hörers anschreien, dann lachte sie. Schließlich klopfte sie an die Tür, um sich zu verabschieden. Sie trug die Haare offen, hatte sich mit Perlenketten und bunten indischen Armreifen behängt und duftete nach Ylang-Ylang-Öl. Sie warf ihnen Handküsse zu, ohne das Zimmer zu betreten.

»Jonathan kommt bald«, sagte sie, »also falls du lieber nach Hause gehen würdest, Flora …«

Flora schüttelte den Kopf. Dennoch war es eine Erleichterung, dass Jonathan auch da sein würde.

»Zusammen mit Tina?«, fragte Mia. »Dann hören wir die beiden bestimmt die ganze Nacht«, fügte sie hinzu und hüpfte vielsagend auf dem Bett auf und ab.

»Mia.« Vielleicht war es als Zurechtweisung gedacht, aber Ellinors Tonfall war milde. Als sie die Treppe schon halb unten war, drehte sie sich noch einmal um und kam zurück. Sie stand im Türrahmen und rollte ein schmales Tuch zwischen den Fingern zusammen und wieder auseinander. »Das, wonach ihr mich vorhin gefragt habt, das betraf doch keine von euch beiden, oder?«

»Was?«, beeilte Flora sich zu fragen, obwohl sie genau wusste, wovon Ellinor sprach.

»Ihr seid euren Vätern beide wie aus dem Gesicht geschnitten«, fuhr Ellinor unverdrossen fort.

»Geh jetzt, Mama«, unterbrach Mia sie. »Geh einfach.«

Stattdessen trat Ellinor ins Zimmer. Sie wollte sie beide umarmen. »Ich wollte es nur noch mal sagen.« Dabei strich sie Mia übers Haar.

»Bis bald, Mama«, und jetzt klang auch Mia nicht mehr so wütend.

»Und übrigens: Vielleicht solltest du in Zukunft nicht mehr so schlecht über meinen Vater sprechen, wenn ich ihm so ähnlich sehe«, höhnte sie dann aber im selben Moment, als Ellinor die Tür hinter sich geschlossen hatte.

Flora sagte nichts. Das schwere, drückende Gefühl war fort sie konnte fast aus dem Fenster schweben. Natürlich sahen sowohl sie als auch Marie-Louise Eric ähnlich, sie hatten dieselben Hände und Füße, und Alice hatte immer gesagt, Flora habe auch sein Temperament geerbt.

»Wann kommt denn Jonathan?«, fragte sie und puffte Mia an, um die Glocke des Schweigens zu durchbrechen.

»Uuuuh, Jonathan!«, lachte Mia. »Bist du etwa scharf auf meinen großen Bruder?«

Sie rauften zum Spaß. Mia zog Flora auf den Boden, sie setzte sich auf sie und presste die Knie auf Floras Arme, sodass sie sich nicht befreien konnte. Mia hörte nicht auf, Flora mit Jonathan aufzuziehen. Die stritt alles ab und krümmte sich vor Lachen, als Mia sie durchkitzelte und ihr Gesicht mit ihren Haaren bedeckte. Anschließend blieben sie lange auf dem Boden in Mias Zimmer liegen. Sie hörten Musik und sangen und sprachen nicht viel. Flora war ruhig und nervös zugleich, der Abend breitete seinen blauvioletten Fächer über den Tag. Mia drehte sich zu ihr um, sie strich mit dem Finger über Floras Nase und fragte flüsternd, ob sie jemals Pot geraucht habe. Als Flora den Kopf schüttelte, fragte sie: »Hast du nicht Lust, es auszuprobieren?«

»Dafür sind wir noch nicht alt genug«, antwortete Flora, was Mia zum Lachen brachte.

»Wenn man der Polizei glaubt, ist niemand alt genug dafür. Wenn die Leute sich danach richten würden, dann …« Sie stieß einen leisen Pfiff aus und verschränkte die Hände hinter dem Nacken.

Flora erwiderte nichts, sie war nie auf die Idee gekommen zu kiffen, und jetzt erschien ihr das merkwürdig und peinlich.

»Ich weiß, wo meine Mutter ihr Gras versteckt«, fuhr Mia fort, richtete sich auf und ging in die Hocke. »Und ich weiß auch, wie man einen Joint dreht.«

Flora kannte sich mit Pot und Joints nicht aus. Sie hatte einmal eine Geschichte gehört, dass einer aus dem Fenster gesprungen war, nachdem er etwas geraucht hatte. Sie legte die Arme auf dieselbe Weise unter den Kopf, wie Mia es zuvor getan hatte, und hoffte, sie würde entspannt aussehen.

»Komm schon«, drängte Mia hartnäckig, »sei nicht so langweilig.«

Flora antwortete mit einem zweideutigen Murmeln, woraufhin Mia lachend aufsprang. »Warte«, sagte sie und verschwand aus der Tür. Flora konnte hören, wie Mia die Treppe hinunterrannte und im Zimmer ihrer Mutter rumorte. Sie stieß sich an irgendetwas, fluchte leise, wühlte weiter.

Es war Jonathan, der Flora zu Hilfe kam. Sie war voller Dankbarkeit, als sie ihn die Treppe hinaufsteigen und Mia fragen hörte, was um alles in der Welt sie da tat.

»Nichts! Jedenfalls nichts, was dich etwas angeht.«

Jonathan war da anderer Meinung. Flora kroch bis zur Tür, um zu lauschen, er schimpfte nicht mit Mia, sondern klang ernst und erwachsen und sagte, es sei dumm, damit anzufangen, wenn man nicht einmal vierzehn war.

»Ich habe in einem Monat Geburtstag!«, protestierte Mia, aber etwas in ihrem Tonfall verriet Flora, dass sie ihr Vorhaben aufgeben würde.

»Fünfzehn oder sechzehn wäre noch besser«, sagte Jonathan. »Das hat was mit den Hormonen zu tun, die sich erst beruhigen müssen.«

»Als ob das bei dir der Fall wäre«, konterte Mia, und Jonathan musste lachen.

Den Rest des Gesprächs konnte Flora nicht mehr richtig verstehen. Ellinors Name fiel einige Male, genau wie ihr eigener. Sie knipste Mias Nachttischlampe an, außer auf dem Bett und an der Stelle auf dem Boden, wo sie gesessen hatten, herrschte überall Durcheinander. Es wirkte auf eine Art einsam, wie es von Menschen hinterlassene Dinge mitunter taten. Sie schob etwas Kleidung zu einem Haufen zusammen, stellte einige Bücher ins Regal, kratzte sich am Handrücken und Hals und Knie, ihre Haut spannte am ganzen Körper.

»Räumst du auf?«, fragte Jonathan, und sie fuhr zusammen, weil er und nicht Mia den Kopf zur Tür hereinsteckte. »Kannst du dich auch um mein Zimmer kümmern?«

Ihr fiel keine schlagfertige Antwort ein, und sie wünschte, sie hätte das Licht ausgelassen, damit er nicht sehen konnte, wie sie rot wurde. Aber er tat, als bemerke er es nicht. Er habe Mia ins Bad geschickt, *das dreckige Balg,* und er lächelte, als er das sagte, und seine Augen verschwanden dabei genauso wie Mias, wenn sie lachte.

»Schickst du mich danach auch ins Bad?«, fragte sie.

»Man kann nie wissen.« Er klopfte leicht mit dem Handgelenk gegen den Türrahmen und hob das Kinn ein Stück an, sodass sein langes Stirnhaar zur Seite fiel. Er sah sie an, ohne etwas zu sagen, für einen Moment wirkte er genauso schüchtern wie sie angesichts ihrer Unverfrorenheit, von der sie nicht ahnte, woher sie plötzlich kam.

»Ihr habt doch bestimmt auch noch nichts gegessen?«, fragte er und klopfte noch einmal gegen den Türrahmen. Als sie den Kopf schüttelte, schlug er ihr vor, mit ihm nach unten zu kommen, irgendetwas werde sich bestimmt finden. Er rief in Richtung Badezimmertür, dass es gleich Essen gebe. Mia rief irgendetwas Unverständliches zurück, und Flora und Jonathan mussten lachen.

Er wischte den Tisch ab und beauftragte Flora damit, Teller aus dem Schrank zu holen, während er den Kühlschrank durchsuchte.

»Wie viele sind wir?«, fragte sie ihn, und er fragte zurück, ob sie nicht zählen könne.

»Kommt Tina?« Als sie den Namen aussprach, wurde ihr Gesicht ganz heiß.

»Tina?«, fragte er, ohne sich zu ihr umzudrehen. »Tina, Tina, wer ist Tina?« Und dann lachte er.

Mia trug ein Handtuch um den Kopf und ein anderes um den Körper. Sie sah aus wie eine Königin, ihre Haut glänzte von Öl, und sie duftete wie ihre Mutter.

Es gab Brot und Käse und irgendeine Kräuterpastete, von der Jonathan in einer liebevollen Parodie auf Ellinor behauptete, sie sei gesund und stecke voller Vitamine. Sie sprachen von den Lehrern in der Schule und von einem Frauenlager auf einer Insel vor der Küste, an dem Mia letztes Jahr mit Ellinor teilgenommen hatte und wo sie auch diesen Sommer hinfahren wollten.

»Ganz abgesehen davon, dass da nur Frauen mitmachen dürfen, würde ich unter keinen Umständen hinfahren«, sagte Jonathan. »Ich reise mit Tina und ein paar Freunden in den Süden.«

»Wie könnt ihr euch das leisten?«, fragte Mia und sah beleidigt aus.

»Wir trampen und wohnen bei irgendeinem Cousin. Außerdem rechne ich damit, dass ich Papa noch ein bisschen Geld abluchsen kann.«

»Soll ich dann den ganzen Sommer mit Ellinor allein sein?«, fragte sie.

»Das musst du mit dir selbst ausmachen«, sagte er und strich ihr eine Locke, die sich unter dem Handtuch hervorgemogelt hatte, aus dem Gesicht. »Ich kann doch nicht mein ganzes Leben nach dir richten.«

Mia sprang so abrupt auf, dass ihr Glas umfiel. Flora glaubte erst, sie mache Spaß, begriff jedoch, dass es ernst war, als Mia die Treppen hinaufstampfte und oben die Tür hinter sich zuwarf.

Jonathan wirkte betrübt. »Ich weiß nicht, was sie sich vorstellt«, sagte er und wischte ihr verschüttetes Wasser auf.

Es war schwer, zu sagen, ob er mit sich selbst oder mit Flora sprach. Sie erwiderte lieber nichts.

»Ein schwieriges Alter.« Er wrang den Lappen über der Spüle aus. »So ist es einfach.«

Flora half ihm beim Abwasch, sie schwiegen beide.

»Vielleicht solltest du zu ihr hochgehen«, sagte er schließlich, als sie fertig waren. Er trocknete unaufhörlich seine Hände am Geschirrtuch ab. »Es wäre wohl nicht so schlau, wenn ich es täte.« Flora nickte. »Sie wird sich schon wieder einkriegen, es war nur einfach alles etwas viel für sie, verstehst du?« Er berührte flüchtig ihre Wange, und Flora nickte erneut. Das war leicht zu verstehen, er konnte auf sie zählen.

»Hey«, flüsterte er und steckte seinen Kopf in den Flur, als sie gerade die Treppe hinaufging. »Es ist eine große Hilfe, dass du hier bist, du hast so einen positiven Einfluss auf sie.«

Wieder klang er wie ein Erwachsener.

»Sie ist doch meine Freundin«, erwiderte sie nur. Aber es war ein schönes Gefühl, dass er sich auf sie verließ.

»Eine solche Freundin«, sagte er und blies sich das Haar aus der Stirn, »könnten wir alle gut gebrauchen.«

Mia tat so, als wäre alles wie immer, als Flora ins Zimmer kam. Sie erwähnte weder Jonathan noch das Hasch oder das Sommerlager mit einem Wort, sondern sprach in einem fort über Chris und eine Episode in der Schule, die sie schon mindestens zwanzigmal durchgekaut hatten, bei der er sie am Arm berührt und irgendetwas zu ihr gesagt hatte, vielleicht hallo, vielleicht etwas anderes, das konnte sie nicht genau sagen. Sie drängte Flora dazu, mit der Sprache herauszurücken, in wen sie verliebt war, aber sie stritt ab, dass es jemanden gab.

»Vielleicht stehst du ja in Wirklichkeit auf Mädchen«, wunderte sich Mia, als sie sich hinlegte.

»Warum sagst du so was?«, fragte Flora, während Mia die Nachttischlampe löschte. Die Fenster leuchteten orangegrau und gardinenlos.

»Es ist dumm, so etwas zu sagen«, beharrte Flora. »Wie kommst du darauf?« Sie musste sich Mühe geben, sich zu beherrschen. Sie verstand nicht, warum Mia immer so sticheln musste.

»Es gibt keinen Grund, Vorurteile zu haben«, sagte Mia und räkelte sich. »Lesben sind Menschen wie du und ich.«

»Das habe ich auch nicht in Frage gestellt. Ich bin nur einfach nicht lesbisch.«

»Aha«, sagte Mia und wandte ihr den Rücken zu, das Bett knirschte, ihr Haar war eine Wolke in der Dunkelheit. »Ich finde es nur ein bisschen merkwürdig, dass du für niemanden schwärmst, obwohl das doch alle tun.«

»Vielleicht bin ich einfach wählerisch«, konterte Flora, und Mia musste lachen.

Sie wusste genau, dass das ein dummer Spruch war. Ein idiotisches Ablenkungsmanöver, das ihr nicht helfen würde. Für einen kurzen Moment überlegte sie, ob sie sich Mia anvertrauen sollte. Sie sprach es in Gedanken aus: Ich mag Jonathan. Und sie erschrak darüber, wie leicht es wäre, das zu sagen. Aber er war nicht nur einer der Jagger-Jungs, er war auch Mias großer Bruder, und obwohl sie Freundinnen waren und Flora jetzt Zugang zu einer Welt der Freundschaft und Vertraulichkeit hatte, reichte das nicht aus, um sie an die Spitze jener Hierarchie zu bringen, an der sich alle orientieren mussten. Diese Ordnung war wie eine Pyramide aus Luft, und sie waren Ballons, die mit unterschiedlichen Gasen gefüllt waren. Die Luft konnte entweichen, man konnte sinken oder schrumpfen, aber nie höher schweben, als das eigene Gewicht es zuließ. Es war ein flimmernder, geschlossener Kreislauf aus all dem, was man zu erfüllen hatte, um dazuzugehören, aus all den unsichtbaren Faktoren, die jemandes Position bestimmten. Einige der Dinge, die Status einbrachten, konnten variieren, anderes war schon im Voraus festgelegt, so konnte man ein unglückliches Händchen vielleicht aufpolieren, aber nie austauschen. Flora fand keine Ruhe. Wenn sie es erzählte und Mia das Geheimnis nicht sorgsam bewahrte, würde sie nicht nur wieder an die Schule in Vase wechseln müssen, sondern auch vor Scham sterben.

»Es gibt da tatsächlich jemanden«, flüsterte sie, »aber das Ganze ist so kompliziert, dass ich es nicht erzählen wollte.«

»Kompliziert?« Mia drehte sich zu ihr um, ihr Gesicht tauchte über der Bettkante auf. »Inwiefern?«

»Es ist ein Typ aus Vase«, log sie, »von dem ich mir sicher war, dass meine Schwester auf ihn steht, aber das ist wohl doch nicht so. Jedenfalls mussten wir es geheim halten, damit es sie nicht verletzt.«

»Was denn geheim halten?«, flüsterte Mia. »Habt ihr was gemacht?«

»Nichts Besonderes«, sagte Flora und gähnte. »Aber er ist fünf Jahre älter als ich und viel erfahrener.«

Mia wollte Details, und Flora dichtete weiter. Robert wurde zum Protagonisten ihrer Geschichte, sie machte ihn zu einem der hübschen, populären Jungs aus Mikes Gang und sagte, dass sie sich geküsst hätten und dass es schwer sei, weil er eindeutig mehr in sie verliebt sei als umgekehrt. »Er hat mir eine Halskette mit einem Herz zu Weihnachten geschenkt«, log sie und formte Zeigefinger und Daumen zu einem Herz, »aus Gold, mit einem roten Stein drin.«

»Wow«, sagte Mia, »dass du das alles vor mir geheim gehalten hast!«

»Naja, es lag ja vor allem an Marie-Louise, sie ist immerhin meine Schwester. Und außerdem konnte ich die Halskette nicht annehmen. Dann hätte er nur geglaubt, dass da mehr wäre, und etwas von mir erwartet, das ich nicht will. Seitdem haben wir uns nicht mehr so oft gesehen.«

»Ich hätte doch nie etwas zu Marie-Louise gesagt.« Mia zog ihren Kopf wieder zu sich ins Bett.

»Das weiß ich doch«, sagte Flora und streckte die Hand in der Dunkelheit nach ihr aus. Sie berührte ihren Hals, tastete abwärts nach ihrem Arm. »Aber ich habe es einfach nicht über mich gebracht.«

Sie schwiegen lange. Flora lauschte Mias Atemzügen, bis die plötzlich zu lachen anfing und ein Kissen nach Flora schleuderte. »Mit Zunge und allem?«

»Wie denn sonst?« Flora warf das Kissen zurück und musste ebenfalls lachen.

Als sie sich wieder beruhigt hatten, fragte sie: »Wie lange sind dein Bruder und Tina eigentlich schon zusammen?«

»Nicht mal ein halbes Jahr. Seit Ende der Sommerferien.«

»Sie ist hübsch«, flüsterte Flora.

»Sie hat ihn mit was Ekligem angesteckt«, berichtete Mia, »so eine Geschlechtskrankheit mit kleinen Tieren.«

Flora stieß einen leisen Pfiff aus.

»Joni aus der Achten könnte eigentlich gut lesbisch sein«, sagte sie dann. »Mit diesen Haaren sieht sie jedenfalls so aus.«

»Das stimmt«, flüsterte Mia und stützte sich wieder auf die Ellbogen. »Lesben haben immer so komische Haare, oder?«

Darüber waren sie sich einig. Flora kannte zwar keine anderen Lesben als Susan, wenn die Gerüchte über sie denn überhaupt stimmten, aber ihr Haar war auf jeden Fall hässlich und selbstgeschnitten.

»Aber was, wenn Jonis Mutter ihr diese Frisuren verpasst«, überlegte Flora. »So was würde ich meiner Tochter nie antun.«

»Ihre Mutter ist sicher auch lesbisch«, meinte Mia. »Manche Frauen werden das, nachdem sie Kinder bekommen haben.«

Sie unterhielten sich lange, ungezwungen und kichernd.

Über die anderen zu reden war so, als baute man in der Dunkelheit ein glühendes Treibhaus.

Es war verführerisch leicht, von Robert zu erzählen. Die Geschichten wuchsen aus dem Nichts, und Flora musste sich Mühe geben, die Details im Überblick zu behalten. Davon abgesehen hielt es Jonathan auf erträgliche Distanz und machte sie mutiger. Wenn sie in der Schule an ihm und Tina und den anderen Jungs vorbeiging, konnte sie grüßen, ohne rot zu werden. Und sie ertappte sich bei dem Gedanken *Ich habe ja Robert*, wenn Tina ihre Arme um Jonathan schlang und ihn vor allen anderen küsste. Wenn es nach ihr ginge wäre Robert ein abgeschlossenes Kapitel, erzählte sie Mia. Er war derjenige, der nicht loslassen konnte. Robert warf Kieselsteine an ihr Fenster und fragte sie, ob sie nicht im Wald spazieren gehen wollten. Flora sagte nein, wusste sie doch genau was er dabei im Sinn hatte. Sie war eine tugendhafte Barbie mit einem falschen und verliebten Ken, eine Duchesse ohne Katzenjungen, die von einem jaulenden Thomas O'Malley gejagt wurde. Der Ballon wurde bis zum Bersten mit Luft vollgepumpt, sodass sie so weit oben an der Spitze der Hierarchiepyramide schwebte, wie sie nur konnte. Anfangs sprachen sie viel davon. Mia fragte mit verschwörerischem Blick und gedämpfter Stimme, ob sie den anderen davon erzählen dürfe. Flora gab ihre Zustimmung und versuchte, nonchalant auszusehen und möglichst unbeeindruckt auf die Fragen zu antworten. *Fünf Jahre! Das ist aber doch viel. Was für eine Haarfarbe hat er? Warst du jemals in ihn verliebt? Kann er gut küssen? Hat er Pickel? Durfte er dich anfassen? Weiß deine Schwester jetzt davon? Was ist, wenn dein Vater es herausbekommt?*

Wenn sie das Interesse verloren, warf sie ihnen einen neuen Köder hin. Dann war Robert wieder einmal vorbeigekommen, den Tränen nahe, und sie hatte nachgegeben und mit ihm einen Spaziergang im Wald gemacht, aber das hatte sich als Fehler erwiesen, denn sie hatten sich geküsst, obwohl sie genau wusste, dass es nicht nett von ihr war, ihm falsche Hoffnungen zu machen.

»Ich würde nie jemanden küssen, in den ich nicht wenigstens ein bisschen verliebt bin«, sagte Jill und hielt eine Nadel gefährlich nahe an den prall gefüllten Ballon.

»Ich würde es machen, wenn es das erste Mal ist«, sagte Sylvia, »nur um ein bisschen zu üben.«

»Aber ein bisschen gemein ist es schon, oder?«, warf Jill ein. »Und vielleicht ist es auch dumm, wenn du ihn im Glauben lässt, dass du mehr willst. Ich meine, dann kannst du später auch nicht ankommen und sagen …« Sie verstummte.

»Das liegt doch nicht in Floras Verantwortung«, kam Mia ihr zu Hilfe, »wenn er glaubt, dass sie etwas von ihm will, wozu sie nicht ja gesagt hat, dann ist das nicht ihr Problem.«

»Schon möglich«, wandte Jill ein, »aber was nützt das, wenn sie mitten im Wald sind und er plötzlich auf dumme Ideen kommt.«

»Es ist doch nur Robert«, sagte Flora. »So einer ist das nicht.«

Sie wechselten das Thema und sprachen über Tina, die immer nach Rauch roch, von einem Tanzwettbewerb, an dem Jill teilnehmen würde, und über andere Alltäglichkeiten, bevor sie ihre Lieblingsthemen von Neuem einkreisten: die Jungs und die Welt, die sie mit der Zeit erobern wollten. Ein Mädchen aus Jills Tanzmannschaft hatte plötzlich aufgehört, obwohl sie zu den Besten gehörte. Niemand wusste, warum, bis sie eines Tages mit einem Kinderwagen auf der Straße gesehen wurde. Sie übertrumpften sich gegenseitig mit Geschichten von gefallenen Mädchen, die zu schnell zu weit gegangen waren.

»Ich finde, man sollte mit dem Sex warten, bis man sechzehn ist«, sagte Sylvia. »Mindestens!«

Dem stimmten auch die anderen zu, bis auf Mia, die es sich von ihrer überlegenen Position aus als Einzige erlauben konnte, anderer Meinung zu sein. »So ein Unsinn«, sagte sie, »so genau kann man das doch vorher gar nicht sagen.«

Jill fühlte sich eindeutig provoziert, wollte sich aber nicht mit Mia anlegen. »Wer ist schon gern leicht zu haben?«, sagte sie nur und scharrte mit der Fußspitze auf dem Boden.

»Leicht zu haben?«, erwiderte Mia und warf den Kopf in den Nacken. »Wer ist schon gern prüde?«

Prüde oder leicht zu haben, beides war unerträglich, sie sprachen über Regeln und Fortschritte und Stadien, als wäre es eine Wissenschaft, über Zungenküsse und Schmuseblues als unterste Etage eines Hauses, in dem die verschiedenen Stockwerke schwindelerregend weit auseinanderlagen: Fummeln über der Kleidung im ersten Stock, Hände unter der Bluse im zweiten und das eigentliche Ziel, der Beischlaf, Sex, Vögeln, Ficken, am Ende einer steilen Wendeltreppe, es war die oberste Etage, der magische Schlüssel, der ein Mädchen vielleicht zur Frau machte.

So oder so, das Wettrennen musste in Gang kommen, es würde nichts passieren, wenn sie nicht dafür sorgten, ein Puppenhaus zu bauen, in das sie die Jungs einladen konnten. Kurz nach den Osterferien in der achten Klasse machte Mia im Namen aller den ersten Schritt und veranstaltete ein Fest, zu dem sie auch ein paar Jungs aus der Klasse einlud. Ellinor war nicht zu Hause, sie waren vierzehn Jahre alt, und Mia sagte, ihre Mutter sei der Meinung, in dem Alter eng umschlungen miteinander tanzen zu dürfen, ohne dass jemand sie beaufsichtigte. Dafür war Jonathan da. Er trank Bier mit den Jungs und redete über Musik. Sie tanzten im Keller, und obwohl es das erste Mal war, gab es bereits unausgesprochene Regeln. Die langsamen Nummern wurden erst nach ein paar Stunden gespielt, als jeder mit jedem tanzte, und es waren die Jungs, die bestimmten. Sie forderten die Mädchen zu den langsamen Tänzen auf, stumme, ausgestreckte Hände, ein sanfter Griff am Arm, eine wortlose und exakte Choreographie, in der derjenige, der sich erdreistete, ein für ihn unerreichbares Mädchen zu fragen, mit einer Kopfbewegung abgewiesen wurde.

Nach den unerträglich langen Sommerferien zwischen der achten und neunten Klasse trafen sie sich im September erneut in Mias Keller. Flora war jetzt ebenfalls vierzehn und im Laufe des Sommers förmlich explodiert. Sie merkte es an den Hosen, die ihr zu kurz wurden, und den Oberteilen, die über der Brust spannten. Mit verblüfftem Stolz nahm sie zur Kenntnis, dass die Jungs ihren neuen Körper mit denselben zerstreuten Blicken – auf und ab und auf – bedachten, um die sie die anderen Mädchen früher beneidet hatte. Sie sprachen darüber, während sie sich für das Fest zurechtmachten. Über gedankenlose, schwanzgesteuerte Jungs, die nur auf ihren Busen starrten. Sie nannten sie kindisch und dumm und sagten, *so sind die Jungs,* aber die größte Kränkung bestand darin, diejenige zu sein, die keine Blicke auf sich zog, weil man nicht ausreichend entwickelt oder hübsch genug war. Sie sammelten diese Blicke, wie kleine Sträußchen aus Geldscheinen, eine Ersparnis, mit der man prahlen konnte, diskret, nie direkt. Auch wenn die Mädchen jene Aufmerksamkeit, wenn sie durch die Stadt gingen und ausgewachsene Männer ihren sommergebräunten Beinen hinterherglotzten, so wenig schätzten, dass sie sich innerlich verkrampften und aus Angst eine Straße früher abbogen, auch wenn das den Schulweg doppelt so lang machte, prahlten sie damit voreinander. Sie prahlten und zogen Grenzen zwischen denen, die weiblich genug waren, und denen, die es noch nicht waren. Nichts schien wichtiger, als sich auf der richtigen Seite dieser Grenze zu befinden.

Und so gelang es Flora, in Gesprächen mit Mia und in Andeutungen den anderen Mädchen gegenüber auch beinahe zu vergessen, wie peinlich es ihr gewesen war, als sie Eric im Büro anrufen musste, weil sie zum ersten Mal ihre Blutung hatte. Vor lauter Scham, ihn in etwas so Intimes einweihen zu müssen, hatte sie geflüstert, als sie mitten in den Sommerferien zu Hause in seinem Arbeitszimmer stand, den Hörer ans Ohr gepresst, und ihn endlich anrief, nachdem sie einen halben Vormittag lang gegrübelt hatte, wie sie es vermeiden könnte. Marie-Louise konnte sie nicht fragen, die war für zwei Wochen bei Marianne in Farring. Flora wusste, wo Marie-Louise ihre Binden aufbewahrte, und hatte sich bereits eine genommen, es war eine irritierende Erinnerung an den neuen Körper, von dem sie sich in diesem Moment nur im Stich gelassen fühlte. Obwohl sie an diesem Tag nichts vorhatte, zog sie sich aus Furcht davor, dass man die Binde durch die Kleidung hindurch sehen könnte, dreimal um. Marie-Louises Packung war allerdings fast leer, und sie wusste nicht, wie lange die Blutung noch anhalten würde. Also zog sie das alberne Heft zurate, das Marie-Louise ihr einmal gegeben hatte. Drei bis vier Tage blutete man, stand dort, am stärksten am zweiten und dritten Tag. Sie hatte überlegt, ob sie mit Toilettenpapier über die Runden käme, um nicht ihren Vater anrufen und durch den brennenden Reifen springen zu müssen, der seine Welt von der ihren trennte. Zuletzt musste sie streng mit sich sein. Dummes Mädchen, sagte sie zu sich selbst, das ist doch ganz natürlich, er ist dein Vater, da ist doch nichts dabei. Eric lauschte und sagte aha und fragte, ob sie mit Marie-Louise gesprochen und die Lage im Griff hätte.

»Ich brauche Binden«, sagte sie.

»Soll ich welche für dich kaufen?«, fragte er, schwenkte dann aber um: »Vielleicht ist es einfacher, wenn du Geld bekommst und das selbst erledigst. Ich weiß auch nicht, welche man da nimmt.«

»Okay«, sagte sie, »in Ordnung.«

Aber es war nicht in Ordnung, denn sie wollte nicht in der Apotheke oder Drogerie stehen und Binden kaufen, mitten in den Sommerferien, wenn alle anderen, die nicht im Urlaub waren, auf der Straße herumstreunten. Sie überlegte, zum Bahnhof zu radeln und nach Rossel zu fahren, wo das Risiko, auf jemanden zu stoßen, den sie kannte, geringer war.

»Aber das weißt du ja auch nicht«, hatte Eric schließlich lachend gesagt.

»Was weiß ich nicht?«

»Welche man am besten kauft.« Er räusperte sich. »Für dich ist es ja auch neu.«

Es war eine Erleichterung, Mia davon erzählen zu können, einstudiert beiläufig, als diese endlich, endlich aus ihrem Sommerlager und den Ferien bei ihrem Vater zurückkehrte, größer und erwachsener als zuvor, erholt und glücklich und voller Geschichten, die sie kaum erwarten konnte, ihrer besten Freundin zu erzählen.

»Ich habe nicht so viel gemacht«, erklärte Flora, nachdem Mia sehr ausführlich von ihren Sommererlebnissen berichtet hatte. »Wir waren ein paar Wochen auf Lilleø und haben Marie-Louise auf dem Rückweg in Rossel abgesetzt. Ja, und dann habe ich, du weißt schon, meine Tage bekommen.«

Mia drückte ihren Arm und lächelte. »Aber dann ist es doch umso besser, dass du Robert hast«, sagte sie, und Flora wusste nicht, was er mit der Sache zu tun hatte. »Ich meine, wenn Marie-Louise nicht da war, um sich um dich zu kümmern.«

»Zwischen Robert und mir ist es aus«, sagte Flora, und die Wut darüber, dass Mia die allerwichtigste Nachricht nicht beachtet hatte, machte sie verschlossen. Mia fragte, ob es ihr gutginge.

»Natürlich«, antwortete Flora, »ich war doch sowieso nicht in ihn verliebt.«

Mia meinte, dass man trotzdem traurig sein könne. Und fragte dann endlich: »Und mittendrin hast du auch noch deine Tage gekriegt?« Also hatte sie es doch gehört. »Wie habt ihr es denn gefeiert?«

Flora verstand die Frage nicht, und Mia wurde wütend, als sie hörte, dass das Ereignis gar nicht gewürdigt worden war. »Das ist natürlich auch keine Aufgabe für einen Vater«, lenkte sie nach ihrer Attacke auf Eric ein. »Das ist klar. Aber trotzdem.«

Anschließend erzählte Mia unglaubliche Geschichten über Menstruationsgeschenke und Sträuße mit roten Rosen und Abendessen in Restaurants, und Flora traute ihren Ohren kaum. Was Mia selbst betraf, so fand sie, ihre Mutter hätte den Bogen überspannt, als sie die Menstruation ihrer Tochter vor den Frauen im Arbeitskollektiv über Drehscheiben und Webstühle und Nähmaschinen hinweg verkündete, woraufhin alle in Klatschen und Pfiffe ausbrachen.

»Aber es ist trotzdem wichtig, Flora«, fügte Mia ernst hinzu. »Das ist der Moment, in dem man zur Frau wird!«

»Ist das so?«

»Das sagt jedenfalls meine Mutter.«

»Sex zählt garantiert mehr«, entgegnete Flora, und dann lachten sie beide.

»Ich werde es Ellinor erzählen. Es ist doch schade für dich, wenn du nicht gefeiert wirst.«

Flora versuchte, sie davon abzuhalten, aber es war aussichtslos. Es kam ihr so unangemessen vor, dass sie kaum ein Wort sagen konnte. Glücklicherweise blieb sie von der Verkündung vor dem Frauenkollektiv verschont. Es war ein Sonntagnachmittag, es regnete, und Ellinor lag im Bett, las einen Roman und trank Weißwein. Sie wirkte so entspannt und glücklich wie lange nicht mehr, sie war tiefgebräunt, ihr Haar war wirr und sonnengebleicht, genau wie Mias.

»Herzlichen Glückwunsch, mein Mädchen«, sagte sie und winkte ihr mit dem Buch zu. »Na, dann lauft mal los und kauft Kuchen!«

Sie gingen in die gute Konditorei. Mia bestand darauf, dass sie dem Anlass entsprechend Kuchen kauften, der etwas Rotes hatte. Ellinor stand auf und kochte Tee und hielt einen Vortrag über den wunderbaren, fantastischen, kindergebärenden Körper der Frau, sodass Flora inmitten dieser Welt, die ihr viel zu erwachsen und fremdartig erschien, tatsächlich das Gefühl überkam, es wäre etwas Besonderes.

»Und was ist mit deinem Vater?«, fragte Ellinor, den Mund so voller Beeren und Sahnecreme, dass sie die Hand davorhalten musste.

»Was soll mit ihm sein?«, erwiderte Flora.

»Hat er es gut aufgenommen? Hat er mit dir darüber gesprochen?«

Flora nickte. Sie wusste nicht, was eine angemessene Reaktion gewesen wäre. Er hatte ihr den Schlüssel zur Haushaltskasse gegeben und sie das kaufen lassen, was sie brauchte.

»Ich habe eine große Schwester«, sagte sie. »Eigentlich rede ich mehr mit ihr über solche Sachen.«

Ellinor war das Lachen vergangen. »Eine Schwester, aha.« Sie kratzte mit dem Nagel ein Zickzackmuster in die Sahnecreme, die auf ihrem Teller übriggeblieben war. »Männer verstehen sowieso nichts von solchen Sachen«, fuhr sie dann fort. »Sie halten die Monatsblutung der Frau für etwas Beunruhigendes. Dieses monatliche Ereignis im Leben einer Frau interessiert sie nur insofern, als dass sie keinen Sex haben können, wenn es eintritt, oder ihre Freiheit verlieren, wenn es ausbleibt.«

»Es ist doch nur Blut«, sagte Mia und pustete auf ihren Löffel.

»Nur Blut?« Ellinor schlug mit den Handflächen auf den Tisch. »Das ist doch nicht *nur* Blut, Mädchen, das ist das Blut des Lebens!«

»Dann kann ich gut verstehen, warum die Männer es mit der Angst zu tun bekommen«, sagte Mia und umschloss ihre Tasse mit beiden Händen.

»Machst du Witze? Das ist nicht besonders lustig.«

»Jetzt reg dich ab«, flüsterte Mia, ohne ihre Mutter anzusehen.

Das waren natürlich nicht die richtigen Worte, um ihre Mutter zur Ruhe zu bringen. Ellinor dozierte beharrlich weiter, während Mia einen Punkt hinter ihrem Rücken fixierte. Das schien Ellinor jedoch nicht weiter zu stören, sie erzählte von altem Aberglauben und Hexenkuchen mit Menstruationsblut, mit dem eine Frau einen Mann für immer an sich binden konnte.

»Und was den Sex angeht«, fuhr sie fort, »sollte die Menstruation kein Hindernis darstellen. Das ist nichts, was sich nicht mit ein paar Handtüchern über dem Laken lösen ließe. Außerdem können Orgasmen Regelschmerzen lindern.«

»Jetzt reicht es aber«, rief Mia und knallte ihre Tasse so hart auf den Tisch, dass der Tee überschwappte. Kleine Rinnsale tropften auf Floras Hose, und sie rückte abrupt vom Tisch weg. »Siehst du, Flora findet es auch eklig, dir zuzuhören.« Sie deutete auf Flora, die aufgestanden war und ihre Hosenbeine vom Körper wegzog, um ihre Beine zu kühlen.

»Ich …« Doch bevor Flora noch mehr sagen konnte, war Mia schon aufgesprungen und hatte sie mit sich gezogen.

»Entschuldigung«, sagte Mia, als sie in ihrem Zimmer waren, »ich weiß nicht, was mit meiner Mutter los ist. Dieses Frauenlager hat ihr lauter Flausen in den Kopf gesetzt.«

Flora schüttelte den Kopf. »Das mit dem Kuchen war doch nett von ihr. Ich hatte mich nur an dem Tee verbrannt.«

Mia sah sie verwirrt an, dann musste sie lachen. Sie setzte sich aufs Bett, legte den Kopf in den Nacken und lachte laut, warf sich jedoch im nächsten Moment vor und schlug die Hände vors Gesicht.

»Weinst du?«, fragte Flora und setzte sich neben sie. Mia bebte, Flora legte die Arme um sie. Mia wollte die Hände nicht wegnehmen. Flora zerrte an ihrem Arm, im Zweifel, ob es Spaß oder Ernst war, Mia riss sich los und verkroch sich in der Ecke ihres Betts.

»Geh nach Hause«, sagte sie, ohne aufzusehen.

»Willst du mir nicht erzählen, was los ist?«, fragte Flora, und ihre Stimme verschwand beinahe.

»Du sollst gehen«, wiederholte Mia, sie klang nicht wütend.

Flora wurde wagemutiger. »Das kann ich nicht. Du kannst doch nicht allein hier sitzenbleiben und weinen.«

Da warf Mia sich ihr an den Hals, schluchzte heftig und dramatisch und redete wild durcheinander. Sie vermisste ihren Vater, so viel verstand Flora, aber sie hasste ihn auch. Und liebte ihn. Und wollte ihn nie wieder besuchen.

Flora berichtete Marie-Louise von Ellinors Fest. Sie erzählte von dem Kuchen und der Begeisterung, verschwieg jedoch den Streit und alles, was Mias Mutter über Sex gesagt hatte.

»Das ist doch merkwürdig«, meinte Marie-Louise, »etwas zu feiern, das dich jeden Monat plagen wird, bis du alt wirst.«

»Ich fand es nett von ihr. Mia wurde noch mehr gefeiert, als es bei ihr so weit war.«

»Ich finde, du solltest mit Fremden nicht über solche Dinge reden. Das ist viel zu privat.«

»Ellinor ist keine Fremde.«

»Doch, ist sie. Sie gehört nicht zu unserer Familie.«

Flora meinte, das spiele keine Rolle, und Marie-Louise

wurde sauer. In letzter Zeit war sie launisch und stieß sich an den merkwürdigsten Dingen.

»Du bist naiv«, blaffte sie Flora an. »Du plauderst alles aus, es ist wirklich peinlich, dass du das nicht merkst.«

»Mit wem sollte ich denn sonst reden? Dir ist es doch egal« schrie Flora, und Marie-Louise wich einen Schritt zurück.

Sie standen in der Küche, Eric war noch nicht zu Hause Martin ging eigene Wege und äußerte sich nicht mehr darüber, was er nach der Schule trieb. Kurz nach den Sommerferien hatte sein Lehrer angerufen und sich bei Eric erkundigt, ob Martin krank sei und wann er wieder in die Schule käme. Eric hatte Martin ausgeschimpft, allem Anschein nach erschien er anschließend wieder zum Unterricht, aber er war nie mit der Sprache herausgerückt, wo er an den Tagen gewesen war, die er geschwänzt hatte.

»Willst du auch Tee?«, fragte Marie-Louise und füllte Wasser in den Kessel.

Flora nickte hinter ihrem Rücken.

»Du hättest auch mit Barbara sprechen können«, sagte Marie-Louise, ohne sich umzudrehen. Sie bewegte sich wie in Zeitlupe, öffnete den Schrank, die Teedose, die Teekanne, Deckel auf, Deckel zu.

»Barbara gehört auch nicht zu unserer Familie.«

»Aber sie hat uns immer viel geholfen.« Marie-Louise stellte Tassen auf den Tisch. Sie drehte sie so, dass sie wie perfekte Spiegelbilder mit den Henkeln in dieselbe Richtung zeigten. »Barbara kennt uns.«

Flora erwiderte nichts, der Wunsch nach Frieden hielt sie zurück. Sie saßen sich gegenüber und tunkten Kekse in den Tee, Marie-Louise erzählte von ihren Wochen bei Marianne. Flora sagte, sie habe sich gelangweilt.

»In Wirklichkeit ist es nur ein Teil dessen, wie es eben ist«, sagte Marie-Louise schließlich. Sie hatte etwas Zartes und

Verzagtes an sich, Alices blondes Haar, ihre hellen Sommersprossen und die sonnenempfindliche Porzellanhaut. »Erwachsen zu werden, meine ich.«

Flora musste lachen. Erwachsen zu werden. Marie-Louise war gerade erst sechzehn geworden.

Am Abend kam Marie-Louise in Floras Zimmer und setzte sich ans Fußende ihres Betts. Sie hatte alberne kleine Zöpfe auf dem ganzen Kopf.

»Natürlich hat die Monatsblutung auch etwas Gutes an sich«, sagte sie und legte ihre Hand auf Floras Fuß unter der Bettdecke. »Dann weiß man, dass der Körper funktioniert und das tut, was er soll. Nur in deinem Alter erscheint das so unnötig.«

»Wir brauchen nicht mehr darüber reden«, flüsterte Flora.

»Nein.« Marie-Louise tätschelte ihr das Bein. »Jetzt musst du nur daran denken, dass du alt genug bist, um ins Unglück zu geraten.«

Wenn Marie-Louise so etwas sagte, war das schlimmer, als wenn Ellinor über Sex redete.

»Ich bin doch erst vierzehn«, wisperte Flora und zog das Bein zu sich. »Ich weiß nicht, was du von mir denkst.«

»Das passiert auch vierzehnjährigen Mädchen«, erklärte Marie-Louise und stand auf. Sie stemmte die Hände in die Lenden und lehnte sich zurück. »Und bei diesen Menschen, mit denen du da in Rossel zu tun hast, dachte ich nur …«

»Ich weiß nicht, wovon du redest.«

»Es geht nicht darum, dass du mir alles erklären musst. Aber ich verstehe, dass es schwer ist, mit Papa über so etwas zu reden.« Marie-Louise ging zur Tür. Sie blieb eine Weile mit dem Türgriff in der Hand stehen, streckte den Spann durch und zeichnete mit ihrem nackten Fuß Kreise auf den Teppich.

»Warum sagst du so etwas?«, fragte Flora und streckte den

Arm unter der Decke hervor, um die Nachttischlampe auszumachen.

»Diese Mia«, begann Marie-Louise, besann sich dann aber »Ihre Mutter ist ein richtiger Hippie. Alle wissen doch, wie die sind. Und du hast selbst von einer Lehrerin erzählt, die sagte, dass das Sexuelle …«

Das Letzte sagte Marie-Louise so höhnisch, dass Flora sich im Bett aufsetzte. »Es ist nichts Schlimmes, ein Hippie zu sein«, sagte sie bestimmt und räusperte sich. »Eigentlich habe ich auch vor, einer zu werden.«

Marie-Louise brach in Gelächter aus. Es war ein besserwisserisches, spöttisches Lachen, bei dem Flora innerlich verkrampfte. »Schlaf gut, kleiner Hippie«, sagte sie dann und schloss die Tür hinter sich. In der nächsten Sekunde öffnete sie sie wieder und steckte ihr lachendes Gesicht hinein, das im Gegenlicht aus dem Flur nur kaum zu erkennen war. »Du bist so verrückt, dass das die Jungs wahrscheinlich sowieso fernhält.«

Im Zimmer war es stockfinster, Flora hatte Herzklopfen und knipste die Lampe an. Doch sie konnte nichts sehen, machte sie wieder aus und ging zum Fenster. Für einen Moment stellte sie sich vor, dass Robert auf dem Rasen im Vorgarten stehen und Steinchen gegen das Fenster werfen würde, krank vor Liebe und Sehnsucht, aus dieser schrecklichen Lügengeschichte ausgebrochen, mit einem Mal real, aus Fleisch und Blut und Gedanken, die um sie kreisten.

Plötzlich raschelte es, ein träges Kratzen, ein Geräusch von Blättern auf Pelz. Sie hatte Tutku seit jenem Abend, als sie im Schnee gelaufen war, nicht mehr gesehen und kaum an sie gedacht. Jetzt glitt das Tier lautlos durch die Hecke, es wühlte mit den Vorderpfoten und der Schnauze im Rasen. Flora kippte das Fenster, die Sterne glitten mit dem Wind durch die Nacht.

»Tutku«, rief sie mit ihrer sanftesten Stimme, »Tutku, komm zu mir hoch.«

Sie konnte sehen, dass die Hündin sie gehört hatte, ein unmerkliches Zucken gespitzter Ohren. Tutku setzte sich auf den Rasen und reckte stumm die Schnauze zum Himmel. Flora rief sie erneut, die Hündin hustete und schleppte sich angestrengt über das Gras, ehe sie am Gartenweg stehenblieb und sich hinlegte. Im Schein der Straßenlaterne konnte Flora erkennen, wie es um Tutku stand. Die Hündin sah schwach und krank aus, ihr Fell war verfilzt und schmutzig.

»Tutku, was ist denn mit dir?«

Doch die Hündin reagierte nicht, sie hustete auf dieselbe Weise wie zuvor, ein pfeifender, fauchender Husten. Flora schloss das Fenster und ging nach unten. Im Wohnzimmer lief der Fernseher, die laute, klagende Erkennungsmelodie eines Western, Eric, der sich bewegte, ein knarrender Stuhl. Als sie hinauskam, war Tutku weg. Flora kniete sich hin, der Boden war immer noch warm von ihrem Körper, ein Halbkreis aus dunklen Tropfen, Speichel oder Blut, dort, wo der Kopf gelegen hatte. Flora rief und lockte, sie ging auf die Straße hinaus und hielt Ausschau, glaubte etwas weiter den Glasschwärmerweg hinab eine Schwanzspitze aus einer Hecke ragen zu sehen und rannte in ihrem Nachthemd los, nur um einen losen Ast vorzufinden. Sie ging eine Runde durch den Vorgarten, bevor sie sich wieder auf die Bodenplatten kniete und vorsichtig das Tropfensiegel berührte.

Am Tag darauf waren die Tropfen zu kleinen, verwischten Flecken geworden, graurote, versteinerte Schneeflocken. Flora achtete darauf, nicht auf sie zu treten. Sie dachte an Tutku, sie wollte im Wald nach ihr suchen, schob es aber vor sich her. Am Ende der Woche lief sie eine Runde, sie konnte ihre ängstlichen Gedanken über Vergewaltiger und Mörder nicht beherrschen und hielt sich an den Weg, der an der Schutzhecke entlangführte. Das Waldgeflüster, das Vogelgeschnatter, die aufgeregten Frösche im See. Nirgendwo auch nur der Schatten eines wilden Hundes. Es war Anfang September. Die Blätter hatten die knackige Kraft des Sommers verloren, sie zerfransten, wenn man an ihnen zog.

Als sie nach Hause kam, saß Marie-Louise in der Küche. Sie sah verweint aus, wollte aber nicht erzählen, was los war. Sie griff nach Floras Arm, als sie nach oben gehen wollte. »Hast du Lust, Karten zu spielen?«, fragte sie und hielt Flora fest.

Flora zog den Arm zu sich. »Ich muss duschen«, sagte sie, aber Marie-Louise griff erneut nach ihr.

»Bitte!«, flüsterte sie.

Marie-Louise spielte gedankenlos und ohne Engagement. Flora gewann mehrmals hintereinander, doch sobald sie im Begriff war aufzustehen, bat Marie-Louise sie um ein weiteres Spiel. Als Eric aus dem Büro kam, saßen sie immer noch dort. Er schaltete das Licht in der Küche ein.

»Meine Mädchen«, sagte er und küsste erst Marie-Louise, dann Flora. »Habt ihr es euch hier schön gemütlich gemacht?«

Kapitel 10

Der Verlust von Alice und die gescheiterte Beziehung zu Rachel hatten Eric verändert. Es war leichter, vielleicht sogar besser, wenn man davon abließ, eine so komplexe Veränderung nachvollziehen zu wollen. Doch seine Intention war und blieb gespalten: einen Zusammenhang erkennen oder alles vergessen zu wollen. Genau darüber hatte er an jenem bewölkten späten Septembernachmittag nachgedacht, als er seine kartenspielenden Töchter im Halbdunkel am Küchentisch vorfand. Im Zug hatte er versucht, sich auf zwei Fragen zu konzentrieren: Wie habe ich mich verändert? Warum erkenne ich mich selbst nicht wieder? Letzteres beschäftigte ihn am meisten. Denn wie sollte er sich auf sich verlassen können, wenn er nicht wusste, wer er war. Das waren die Nachwirkungen des beinahe unmenschlichen Drucks, der seit Alices Tod auf ihm lastete. Das Leben hatte ihn von einer Ecke des Boxrings in die andere geprügelt, und das machte ihn reizbarer und unkonzentrierter, als er normalerweise war.

Rachel war seit über einem halben Jahr fort. Die meisten Tage beruhigte er sich damit, dass er nach der ersten, aber nicht unbedingt besten Chance gegriffen hatte – in einem verzweifelten Versuch, die Leere, die die eine Frau hinterlassen hatte, mit einer anderen auszufüllen. Doch damit konnte er nur scheitern. Trauer lässt sich nicht mit einer solchen Form der Liebe vertreiben. Trauer ist eine Säure, die das, was unter anderen Umständen schön und stark geworden wäre, so durchlöchert, dass man es mit zwei Fingern zu Staub zerschnipsen kann. Diese Einsicht ließ ihn seine Dummheit und seine Angst leichter verzeihen und mit dem Gedanken besser leben, dass er weder als Liebhaber noch als Vater genügt hatte.

Innerlich zerrissen, wurde er teils von dem angenehmen Gefühl ergriffen, unverletzlicher geworden zu sein, teils vereinnahmte ihn der bedrückende Gedanke, abgestumpft zu sein. Nur indem er sich einen Überblick darüber verschaffte wer er geworden war, konnte er herausfinden, was er mit dem kläglichen Rest Dasein anfangen sollte, das ihm geblieben war. Er war nicht deprimiert, aber sicher, dass er die Dinge so sah, wie sie waren, in all ihrer Schönheit und Hässlichkeit. Er erstellte Listen über Gutes und Schlechtes, Kompassachsen und Landkarten.

Die Kinder standen natürlich auf der Plusliste. Seine Arbeit eigentlich auch, obwohl sie ihm nicht mehr so viel Spaß bereitete wie früher. In den letzten Monaten hatte ihn immer öfter der unangenehme Verdacht beschlichen, dass sein Chef ihn nicht mehr so schätzte wie zuvor. Im ersten Jahr nach der Katastrophe erschien es nicht verwunderlich, dass er nicht befördert wurde. Obwohl dadurch andere an ihm vorbeizogen, hatte er es als Wunsch der Führungsebene gedeutet, ihn in schweren Zeiten ein wenig zu entlasten. Damals hatte er keinen Grund gehabt, das als etwas anderes als Rücksichtnahme seitens seines Chefs zu interpretieren. Aber jetzt war Alice schon seit vier Jahren tot, und er fühlte sich übergangen. Dabei hatte Eric immer hart gearbeitet. Im Büro hatte er Zuflucht gesucht und in der Gewissheit Halt gefunden, wenigstens irgendetwas zu können, wenn er schon als Ehemann so eindeutig versagt hatte. Es gab keine angemessene Erklärung, warum die Anerkennung ausblieb.

Auf dem Heimweg vom Bahnhof fiel ihm plötzlich auf, dass er den Wunsch nach Selbsterkenntnis auf ein Spiel vom Niveau jener Kreuzworträtsel reduziert hatte, über die sich die anderen Fahrgäste während der Zugfahrt zurück in die Vororte beugten. Er blieb lange vor dem Glasschwärmerweg 10 im Auto sitzen, es war eine banale und zugleich schwindelerregende Einsicht. Wir haben nur eine Chance, hatte Sufi einmal zu ihm gesagt, niemanden macht es glücklich, sich selbst etwas vorzulügen. Der Gedanke hatte ihn schon tausendmal gestreift, aber nie war er ihm so klar erschienen wie in diesem Moment: Er war ein falscher Mensch geworden. Er musste aus seiner Blase voller Lügen und Heuchelei ausbrechen. Solange Alice lebte, hatte er sie als Ausrede dafür vorschieben können, dass er den Traum von einem anderen Leben nicht weiterverfolgen konnte. Als sie gestorben war, redete er sich mit der Trauer und dem Bedürfnis der Kinder nach Stabilität heraus. Seither waren vier Jahre vergangen, und soweit er es beurteilen konnte, ging es ihnen allen vieren gut. Sie hatten all das Schlimme nicht vergessen, aber es war zu einer Narbe geworden, mit der man unbemerkt leben konnte. Mit anderen Worten, es blieben ihm keine Ausflüchte mehr.

Diese Erkenntnis erfüllte ihn mit Schrecken und Begeisterung zugleich. Seit er von zu Hause ausgezogen war, hatte er einen solchen Rausch nicht mehr erlebt, das Gefühl, alles sei möglich. Sufi sprach schon lange davon, nach Indien zu reisen und in einem Aschram zu leben. Eric könne mitkommen, wenn er wolle. Er könne auf Reisen gehen und die Kinder zu Hause lassen – im Internat, bei Marianne, bei Barbara oder Ellinor. Kinder seien am glücklichsten, wenn sie glückliche Eltern hätten. Das war eines von Sufis Mantras, und obwohl Eric mitunter dachte, dass sein Freund es zum Vorwand nahm, seinen Sohn nicht öfter zu besuchen, lag doch ein Körnchen Wahrheit darin. Ein halbes Jahr könnte er durchaus fortbleiben. Seine Kinder waren eigenständig und klug, sie würden einander vermissen, aber die Sehnsucht bestätigt die Liebe, und das war nicht das Schlechteste.

Er saß im Auto und träumte von Indien. Die Wärme, das einfache Leben, keine anderen Pflichten zu haben als die Vertiefung in Meditation, Gymnastik und körperliche Arbeit. Er nickte ein, und Rachel kam ihm im Traum in einem Sari entgegen. Sie streckte die Hände aus und berührte seine Stirn, und er fühlte sich durch und durch glücklich. Als er erwachte, konnte er ihre Finger noch immer spüren. Und als er auf dem Plattenweg vor dem Haus stand, sah er seine eigenen Gedanken auf einmal wie ein riesiges Schiff vor sich, das gegen den Wind kreuzte, und er verstand, dass es ein Zeichen war, eine Art spirituelle Bestätigung, dass er auf dem richtigen Weg war. Er verstand auch, dass Rachel sich ihm nur als Symbol gezeigt hatte. Sie war die Liebe, von der er in einem wunderbaren kurzen Aufblitzen geleitet wurde. Er war beeindruckt, wie das Universum Möglichkeiten fand, jedem einzelnen Menschen zu berichten, was für ihn das Richtige war. Er hatte ähnliche Geschichten von anderen gehört, jetzt erlebte er es zum ersten Mal selbst. Es war wie die magische Initiation eines Gottes, der sich wie eine Welle erhob, die ihn und alle anderen davontrug, die sich bereit erklärten, auf ihr eigenes Inneres zu hören.

Er stellte seine Aktentasche auf dem Gartenweg ab, drehte sich einmal um die eigene Achse und füllte seine Lunge mit der kühlen Spätsommerluft. In der Dämmerung legte er den Kopf in den Nacken, er lachte direkt in den Himmel, fühlte sich verrückt und war doch mehr er selbst, als er es lange gewesen war. Die große, betörende Freiheit strömte aus ihm heraus und brachte die Luft, die Bäume und das Gras dazu, im Takt seines eigenen Herzens zu singen. Er hatte Lust, sich in seinem eigenen Garten bäuchlings auf den Boden zu werfen, die Erde zu küssen und mit allem eins zu werden. Er legte seine Hände aufs Herz, es war ein feierlicher Moment der Wahrheit und des Paktes, den er einging, indem er sich selbst eine neue Form der Treue gelobte und sich in die große Veränderung einweihen ließ, die ihn erwartete. Er wollte

Sufi noch am selben Abend anrufen und freute sich schon bei dem Gedanken, wie glücklich und überrascht sein Freund sein würde.

»Ist das wahr, Eric?«, flüsterte er schmunzelnd vor sich hin, als er den Schlüssel ins Schloss steckte. »Hast du endlich den Mut gefunden, diesen Schritt zu gehen?«

Der Anblick seiner Mädchen in der Küche minderte seine Gewissheit und Freude nicht im Geringsten. Vielmehr fühlte sich Eric bestärkt, dass sie sich aufeinander verlassen konnten und ihnen dies in der bevorstehenden Zeit Kraft geben würde. Marie-Louise würde ein halbes Jahr bei Marianne in Farring guttun. Flora würde Marie-Louise entweder begleiten oder bei Mia wohnen; er konnte sich nicht vorstellen, dass Ellinor etwas dagegen hatte. Er würde sie natürlich dafür entschädigen, sie wirkte, als könnte sie etwas Geld gebrauchen. Für beide Mädchen wäre es spannend, andere Wohnmodelle auszuprobieren. Martin würde zufrieden sein, solange er in Vase bleiben durfte, der Streit mit Barbara war inzwischen beigelegt, dessen war Eric sich sicher, obwohl sie seither nicht mehr miteinander gesprochen hatten. Die Idee, die Kinder mitzunehmen, erschien ihm eher irrsinnig als gut, außerdem würde ihn das vom eigentlichen Ziel seiner Reise abhalten; noch dazu war Indien mit all der Armut, den Drogen, Krankheiten und der Hitze kein passender Ort für Kinder. Sie würden auf eigene Reisen gehen, wenn sie älter waren. Wir müssen unseren Kindern die Freude an der Veränderung vermitteln, hatte Sufi einmal gesagt, und der Satz ploppte in seinen Gedanken auf, während er mit den Mädchen in der Küche plauderte.

Marie-Louise hatte begonnen, das Abendessen zuzubereiten, aber er hatte sie und Flora und Martin kurzerhand ins Restaurant eingeladen. Es wurde später als erwartet. Martin war mürrisch und widerspenstig, was Eric unter anderen

Umständen dazu bewogen hätte, ihn allein zu Hause zu lassen, damit er lernte, sich ordentlich zu benehmen. Doch diesmal fühlte Eric sich so voller neuer Energie, dass er die Dinge weniger genau nahm. Er lachte nur und tat im Scherz so, als würde er Martin einen Schlag in den Nacken verpassen, doch der Junge duckte sich weg. Das ärgerte ihn, er hatte die Kinder seit Alices Tod im Großen und Ganzen nicht geschlagen, da ihm diese Form der Strenge zunehmend unnötig und auf unheimliche Weise autoritär erschienen war. Eltern haben ihre Machtposition schon immer missbraucht, um ihre Kinder zu beherrschen, Familien glichen mitunter einem Miniaturmodell eines Diktaturstaates. Das hatte Rachel einmal gesagt und Eric damit getroffen, woraufhin er ihr vorgeworfen hatte, dass sie keine Kinder habe und deshalb offensichtlich nicht wisse, wovon sie rede.

Er hielt den Kindern die Autotür auf und verbeugte sich wie ein alberner Butler, aber Flora war die Einzige, die lachte. Marie-Louise lächelte immerhin, Martin hingegen verkrümelte sich auf den Rücksitz und zog eine beleidigte Miene. Zwei fröhliche Kinder waren genug, er wollte sich nicht aus der Fassung bringen lassen und erkundigte sich interessiert nach ihrem Tag.

»Das willst du lieber nicht hören«, brummelte Martin, und da wurde es Eric allmählich doch zu bunt. Er sah ihn im Rückspiegel an, als sie vom Glasschwärmerweg auf die Hauptstraße einbogen.

»Was sagst du da?« Eric klang so streng, dass der Junge sich eines Besseren besann.

»Nur das Übliche in der Schule«, winkte der beschwichtigend ab, »und danach auch das Übliche.«

»Und was ist das Übliche danach?«, wollte Eric wissen und gab sich Mühe, möglichst unbekümmert zu klingen. Doch er hörte nicht richtig zu, und als ihm auffiel, wie er mechanisch und unmotiviert nickte und in unregelmäßigen Abständen aha und ach so sagte, hatte Martin sich wieder in sein Schweigen zurückgezogen.

Der Ausflug endete damit, dass sie mit hängenden Köpfen in einem Restaurant der Kette Loris auf der Hauptstraße von Vase vor Steak mit Ofenkartoffel saßen. Eric war erschöpft und sehnte sich danach, wieder nach Hause zu fahren und die Kinder ins Bett zu bringen, damit er zur Ruhe kommen und wieder einen kleinen Zipfel dieser großen, kosmischen Freude erhaschen konnte.

Als es so weit war und er allen dreien gute Nacht gesagt hatte, rief er Sufi an. Der klang jedoch nicht ganz so begeistert, wie Eric es erwartet hatte.

»Natürlich haben wir für dich noch einen Platz«, sagte er nur, »wir können ja darüber sprechen, wenn wir uns das nächste Mal sehen.«

Eric erzählte, wie er die praktischen Angelegenheiten regeln wollte, berichtete von den Kindern und dem Guthaben, das er auf der Bank hatte. »Und wenn mein Büro mir nicht frei gibt«, sagte er triumphierend, »dann kündige ich verdammt noch mal, Sufi, das habe ich schon beschlossen.«

»Eins nach dem anderen«, erwiderte Sufi.

»Ich habe es beschlossen«, wiederholte er, weil er sich durchaus darüber im Klaren war, dass er sich nicht zum ersten Mal von etwas mitreißen ließ, um anschließend einen Rückzieher zu machen. Sufi sollte wissen, dass es ihm diesmal ernst war.

Es geschah so gut wie nie, dass die Kinder noch einmal aufstanden, wenn sie bereits im Bett waren, und wenn es doch einmal vorkam, war es nie Marie-Louise, die ihn störte. Er erschrak, als er sie entdeckte, sie stand barfuß und im Nachthemd in der Tür seines Arbeitszimmers. Er beendete das Telefonat und fragte sie, wie viel sie davon mit angehört hatte.

»Ich habe nichts gehört«, antwortete Marie-Louise und blieb in der Tür stehen.

»Das glaube ich nicht.« Er bedeutete ihr mit einer Geste dass sie hereinkommen sollte.

»Aber es stimmt«, sagte sie. »Ich habe gehört, dass du telefonierst, aber als ich kam, hast du gerade aufgelegt.«

»Marie-Louise«, er versuchte, so geduldig wie möglich zu klingen, »ich sehe dir doch an, dass du völlig verschreckt bist.«

Da brach sie zusammen, ein Kasperle mit gekappten Schnüren, und er musste sie zum Sofa führen, Taschentücher holen und gegen zappelnde, trommelnde Hände und Arme ankämpfen, bis er sie endlich umarmen konnte. Wie sich herausstellte, hatte sie wirklich nicht gehört, worüber er mit Sufi gesprochen hatte, aber sie wollte auch nicht damit herausrücken, was sie bedrückte. Ihr Schluchzen wurde zu einem Wimmern, sie krümmte sich zusammen, den Kopf auf seinem Schoß. Ihr Haar fühlte sich an wie Alices, und er war berührt. Schließlich beruhigte sie sich, und er blieb sitzen, die Arme um sie gelegt, obwohl es unbequem war. Ihre Atemzüge verrieten, dass sie eingeschlafen war, und er fragte Alice um Rat, so wie er es in der Zeit nach ihrem Tod oft getan hatte, doch sie antwortete ihm nicht.

»Ist es all das, was du verloren hast?«, flüsterte er mit dem Mund an Marie-Louises Haar und wusste kaum, ob er zu sich selbst oder zu ihr sprach. »Ist es das, was jetzt zurückkommt?«

Marie-Louise entzog sich im Schlaf seiner Umarmung und glitt auf den Boden, sie legte die Arme über ihren Kopf, wie ein Soldat im Schützengraben, und er legte sich neben sie, um auf sie aufzupassen.

Als es dämmerte, wachte Eric davon auf, dass Marie-Louise die Tür hinter sich schloss. Er deckte den Frühstückstisch und dachte an die Distanziertheit, die er in Sufis Stimme zu hören geglaubt hatte.

»Er wird schon sehen, dass ich es ernst meine«, flüsterte er, »und wenn ich ihm zum Beweis mit dem Ticket vor der Nase herumwedeln muss.«

Es störte ihn, dass er die ganze Zeit an Sufi oder Alice oder Rachel oder die Kinder dachte. Er musste niemandem etwas beweisen, er würde es für niemand anderen als sich selbst tun. Eine Zeitlang alles aufzugeben war ein großer Schritt. Er hatte eine Ewigkeit gebraucht, den Mut dafür zu sammeln, aber jetzt schien es ihm das einzig Richtige zu sein. Er lauschte den Geräuschen im ersten Stock und erkannte Marie-Louises Schritte, sie ging ins Badezimmer und drehte das Wasser auf. Es war ein schöner morgendlicher Laut, bald würde es ihr wieder gutgehen, ganz gleich, was sie bedrückte. Er strich mit dem Zeigefinger am Gewürzregal entlang und überlegte, ob er, der so empfindliche Geschmacksknospen hatte, wohl das indische Essen mögen würde. Ja, es war ein großer Schritt, aber er war nicht der einzige. Normale, hart arbeitende Männer und Frauen befreiten sich und stellten sich in den Dienst der bunten Revolution der Liebe. Sie veränderten die Welt und machten sie zu einem besseren Ort für kommende Generationen, sie rissen Dinge nieder und bauten andere auf und ließen eine neue prächtige Ordnung erblühen, die alles, was man nicht länger brauchte, mit dem süßen Duft der heißesten Sommer der Menschheit erstickte.

Martin aß hastig, Flora kam in letzter Sekunde und musste ein Brot auf die Hand mitnehmen.

»Du hättest uns ruhig früher wecken können«, sagte sie bockig, »ich konnte ja nicht wissen, dass du ein richtiges Frühstück machen würdest.«

Marie-Louise hatte sich die Haare hochgesteckt und Make-up aufgelegt, ihre Augen waren etwas geschwollen, aber sie war trotzdem so hübsch wie immer.

»Wir müssen reden«, sagte Eric zu ihr, als Martin nach oben gegangen war, um seine Tasche zu packen.

»Fährst du nicht ins Büro?«, fragte sie und studierte ihre Fingernägel. »Ich muss gleich los.«

»Ich fahre dich. Dann können wir uns während der Fahrt unterhalten.«

»Aber dann habe ich mein Fahrrad nicht, wenn ich nach Hause komme.« Sie wich seinem Blick aus.

»Dann musst du eben laufen.«

Im Auto kontrollierte sie unentwegt ihr Make-up, und er hätte sie am liebsten gebeten, damit aufzuhören. Als sie sich dem Gymnasium näherten, setzte er vorsichtig an: »Ich habe mal über die Zukunft nachgedacht. Ich finde, uns allen würde eine Luftveränderung guttun.« Aber er kam gar nicht dazu, noch mehr zu erklären, da sie ihn bereits anschrie, laut und hysterisch, während sie sich mit der einen Hand an den Autositz klammerte und mit der anderen gegen das Armaturenbrett hämmerte. Er musste rechts ranfahren und sie festhalten.

»Ich will es nicht«, schrie sie und entwand sich ihm. »Ich will es nicht haben.«

»Aber, aber, meine Gute, du weißt doch gar nicht, worum es geht.«

»Was weiß ich nicht?«, heulte sie und fummelte am Türgriff herum.

Er hielt sie zurück, sie stemmte sich dagegen, sodass er all seine Kräfte aufbringen musste. »Vielleicht solltest du dir mal einen Termin beim Arzt geben lassen«, schlug er vor, und sie zuckte zusammen.

»Der Arzt kann nichts tun. Und was weißt du schon über mich?«

Die Situation wurde immer verworrener, er musste aussteigen und durchatmen. Er stützte sich auf die Motorhaube, er verstand nicht, wie plötzlich alles aus dem Ruder laufen konnte. Marie-Louise wirkte mit einem Mal wie eine Person, die man in eine Anstalt einweisen sollte. Er stand mit dem Rücken zu ihr, aber sie war wie Napalm, das sich durch das Fenster und durch sein Hemd und seine Haut brannte, bis sein Herz verkohlte. Er musste an die ersten wunderbaren, aber auch aufreibenden Jahre mit Alice denken, und für einen Sekundenbruchteil sah er vor sich, wie Marie-Louise sich von derselben Brücke stürzte wie ihre Mutter. Er öffnete die Tür und zerrte sie nach draußen.

»Sprich doch mit mir, verdammt noch mal!«, brüllte er sie an. Ein Lastwagen zog seine Stimme mit sich, aber sie hörte ihn genau, und für einen Moment besann sie sich.

»Ich bin schwanger, ich war beim Arzt.«

Etwas zwischen ihnen bremste ihre Worte aus und verlangsamte sie so sehr, dass er erst noch dumm fragte, was Marie-Louise da gerade gesagt hatte, ehe die Bedeutung bei ihm ankam. Er setzte sie wieder ins Auto, fuhr weiter in Richtung Gymnasium und begriff erst, wie sinnlos das war, als sie auf dem menschenleeren Parkplatz zum Stehen kamen. Ein einsames Blatt hatte sich in den kurzen Grashalmen neben dem Stellplatz verfangen, es zitterte im Wind, aufrecht wie eine kleine Flamme. Eric legte den Arm um Marie-Louise, ohne den Blick von dem Blatt und dem gemähten Rasen abzuwenden. Er küsste sie auf ihr nach Shampoo duftendes Haar.

»Wie konnte das passieren?«

»Das kannst du dir doch wohl denken.«

Man konnte es sich leicht denken, aber Eric hatte keine Lust, es sich vorzustellen. Sie fragte, ob er wütend sei, und er schüttelte den Kopf. Er sagte, sie würden die Sache schon durchstehen, und sie schüttelte den Kopf. Dann rief er im Büro an und meldete sich krank. Als sie wieder zu Hause waren, beorderte er sie an den Küchentisch, obwohl sie am liebsten ins Bett gegangen wäre.

»Du bist nicht krank«, sagte er und setzte Wasser auf, »und wir müssen reden.«

»Ich will es wegmachen lassen«, erklärte sie.

Er nickte. Daran hatte er zunächst auch gedacht, aber auf dem Rückweg waren ihm immer wieder Geschichten von Frauen eingefallen, die illegale Kliniken aufgesucht und ein böses Ende genommen hatten. Tot, verstümmelt, ein Leben mit Schmerzen und einem zerstörten Unterleib. Ihm war klar, dass es auch seriöse Kliniken gab, und er kannte Leute, die ihm sicher eine gute Adresse nennen konnten, aber es ging hier nicht um irgendeine erwachsene Frau, nicht um eine Geliebte oder Freundin, sondern um seine eigene Tochter.

»Das ist illegal«, sagte er und goss den Tee auf.

»Aber nicht mehr lange. Es ist nur eine Frage der Zeit.«

Er sah sie schweigend an. Sie wussten beide, dass Marie-Louise diese Zeit nicht hatte. Der Gesetzesentwurf wurde permanent revidiert, und es konnte noch ein Jahr vergehen, ehe er in Kraft trat.

»Es ist so ungerecht«, sagte sie schließlich, »dass es von ein paar Monaten abhängt, wie mein weiteres Leben aussehen wird.«

»Du hast das Risiko durchaus vorher gekannt.«

Draußen stürmte es, im Vorgarten wechselten sich Licht und Schatten ab. Die Silhouetten sahen aus wie verzerrte Tiere, die über den Rasen huschten und die Hecke ins Wanken brachten.

»Du könntest das Kind auch zur Adoption freigeben. Ein Jahr mit dem Gymnasium aussetzen und bei Marianne wohnen und wieder zurückkommen, wenn alles überstanden ist.« Es klang furchtbar und kompliziert zugleich.

Marie-Louise riss Fetzen von der Zeitung ab und zerknüllte sie zu winzigen Kugeln. Es war kaum zu begreifen, dass dort, tief in der Dunkelheit, ein fremdes Herz schlug.

»Weiß es der Typ?«, fragte Eric, und sie hielt mit ihren Bewegungen inne. Sie nickte.

»Hast du ihn gern?«, fragte er weiter. »Und hat er dich gern?«

Sie nickte erneut. »Wir lieben uns«, flüsterte sie. »Das ist es nicht.«

Er betrachtete sie lange. Ihr heller Hals, der sich von dem mittelblauen Pullover mit dem runden Ausschnitt abhob, eine durchschimmernde Ader in derselben Farbe, Alices Perlenkette mit dem ovalen, ziselierten Goldverschluss.

»Warum um alles in der Welt habt ihr nicht verhütet?« Eric fuhr sich mit den Händen übers Gesicht. »Du musst dich doch mit solchen Dingen auskennen.«

Ihr Hals und ihre Wangen flammten rot auf. »Ich bin nicht alt genug, um die Pille verschrieben zu bekommen. Und man braucht die Erlaubnis der Eltern, wenn …« Sie scheute sich, mit ihm über so etwas zu reden.

»Ich hätte dir die Erlaubnis erteilt«, sagte er. »Ich habe doch versucht, mit dir darüber zu reden.«

Sie starrte auf die Tischplatte und rollte weiter Kügelchen für ihr Schrotarsenal.

Seine Tochter konnte unmöglich schwanger sein, er wollte nicht Großvater werden, dafür war er noch nicht alt genug. Er schloss die Augen, und Rachel lächelte ihn schief an. Ihn durchfuhr ein Stich der Irritation, weil sie ihn noch immer verfolgte. Er musste an eines der letzten Male denken, als sie zusammen waren. Damals war sie direkt von einem Treffen ihrer Frauengruppe gekommen, und sie hatten über das Recht der Frau gesprochen, über den eigenen Körper zu bestimmen. Das Thema hatte sie mit einer beinahe kriegerischen Leidenschaft erfüllt, sie lagen angezogen auf einem Bett im Paradies und sprachen darüber. Er tat so, als sei er an dem interessiert, was sie sagte, obwohl er eigentlich vor allem Lust auf sie hatte.

»Meiner Mutter gefällt das Älterwerden nicht«, sagte Rachel damals.

»Das geht wohl allen Menschen so«, erwiderte er und streichelte ihre Hand. Schmal und zierlich, eine Silberschlange mit blinden Türkisaugen schlängelte sich um ihren Ringfinger. Sufi hatte ihr den Ring von einer Griechenlandreise mitgebracht. Er habe sofort an sie denken müssen, als er ihn gesehen habe, und sie hatte sich darüber gefreut. Eric störte es, dass Sufi ihr solche Geschenke machte, besonders weil er damals nur ihr allein etwas mitgebracht hatte.

»Das mag schon sein. Aber für Männer ist das anders. Sie können sich immer weiter vermehren, ohne sich um den Nachwuchs kümmern zu müssen, und nutzen das auch oft genug aus.«

»Ich bin nicht so«, erwiderte er, woraufhin sie ihm den Rücken zudrehte.

»Das ist so typisch für dich«, flüsterte sie, »ich erzähle etwas von meiner Mutter, und plötzlich geht es wieder nur um dich.«

Er versuchte, sich zu erklären, sie habe A gesagt, er habe B gesagt, die Stringenz eines Gesprächs. Aber er rannte gegen eine Mauer.

»Meiner Mutter gefällt das Älterwerden nicht«, wiederholte sie mit harter Stimme. »Sie mag den Gedanken nicht, dass ihr Körper darüber bestimmt, ab wann sie keine Kinder mehr bekommen kann, obwohl es ihr schon schwerfiel, mich zu bekommen.«

Darauf fand er keine Antwort.

»Hörst du nicht, wie lächerlich und reaktionär das ist?« Jetzt setzte sie sich auf. »Sowohl, dass sie glaubt, sie wäre nur etwas wert, wenn sie Mutter werden könne, als auch, dass sie die Biologie offenbar für die größte Ungleichheit zwischen Männern und Frauen hält?«

»Ist das denn so falsch?«, entfuhr es ihm. »Mit Frauen passiert etwas anderes, wenn sie Kinder bekommen, als mit Männern.«

Daraufhin warf sie ihm vor, Männer würden so etwas nur behaupten, um Frauen zu unterdrücken. Das erschien ihm jedoch so unlogisch und lächerlich, dass er nicht einmal mehr Lust hatte, sie zu fragen, wie sie das meinte, sondern sich mit dem Gedanken begnügte, dass er immerhin nicht mehr mit ihr schlafen wollte.

Eric öffnete den Kühlschrank. In diesem Augenblick konnten ihm Rachel und all die anderen Emanzen mit ihrem Kampfgeist, ihrer Selbstbezogenheit und ihrem naiven Idealismus den Buckel herunterrutschen. Ihre Treffen und Diskussionsklubs halfen Marie-Louise auch nicht, wenn die tatsächlichen Veränderungen auf sich warten ließen. Ihm war bewusst, dass an alldem nicht diese Frauen schuld waren, aber er war trotzdem wütend auf sie. Die Zeit stand weder im Glasschwärmerweg noch andernorts still. Männer passten nicht auf, Frauen spreizten gedankenlos ihre Beine. So unbedacht entstand das Leben.

»Ihr könntet heiraten und euch eine Wohnung suchen«, schlug er vor.

»Heiraten?« Marie-Louise fegte ihre Papierkügelchen mit der Hand zusammen. »Dazu müsste er sich erst einmal scheiden lassen.«

Kapitel 11

Marie-Louise schloss sich in ihrem Zimmer ein, sobald sie von der Schule nach Hause kam, und verließ es nur zum Essen. Einige Male musste sie sich erbrechen, Flora konnte es kaum mit anhören.

Als Eric es ihnen erzählt hatte, es war beim Abendessen sprang Marie-Louise weinend vom Tisch auf, doch er rief sie zurück und bestand darauf, dass sie sitzen blieb. »Wir können es verkraften, die Wahrheit übereinander zu hören«, hatte er gesagt, aber weder Flora noch Martin wagten es, Marie-Louise anzuschauen.

»Wenn man es mir ansieht, werde ich auf keinen Fall länger in die Schule gehen«, sagte Marie-Louise.

Nach dem Essen umarmte Martin sie in der Küche und legte die Hand auf ihren Bauch. Sie stieß ihn weg, und er rannte hinaus und knallte die Haustür hinter sich zu. Eric lief ihm nach, gab jedoch auf, als er ihn vom Gartenweg aus nicht sehen konnte. Er schüttelte den Kopf über Marie-Louise, sagte aber nichts. Es war bereits dunkel, als Martin zurückkam. Eric rief ihn zu sich ins Wohnzimmer. Eigentlich wollte er ihn beruhigen und sagen, dass sich alles schon wieder normalisieren würde, stattdessen wies er ihn etwas zu barsch zurecht, weil er einfach hinausgerannt war, ohne Bescheid zu geben, wann er wieder nach Hause zu kommen gedachte. Als Martin keinerlei Anstalten machte, sich zu entschuldigen oder zu verteidigen, schickte Eric ihn ins Bett. Flora schlich sich zu ihrem Bruder hinein, er hatte den Rücken zum Zimmer gekehrt und zeichnete etwas mit dem Finger an die Wand. Sie setzte sich auf die Bettkante und strich ihm behutsam über das Haar. Als er klein war, hatte er Locken, jetzt waren seine Haare fast glatt. Er machte eine abwehrende Bewegung mit der Schulter und schob schließlich ihre Hand weg, als sie nicht abließ.

»Warum bist du so?«, fragte sie mit Tränen in den Augen.

Er hörte für einen Moment auf zu zeichnen, antwortete ihr aber nicht.

Ende Oktober war Eric für ein paar Tage geschäftlich in Farring, und in dieser Zeit schwänzte Marie-Louise zum ersten Mal in ihrem Leben die Schule. Sie überredete Martin, bei Barbara zu übernachten, und versuchte Flora dazu zu bringen, bei Mia zu bleiben, aber die wollte nicht. Über dem Glasschwärmerweg 10 lag eine bösartige, dröhnende Stille, und Flora sah sich gezwungen, zu Hause zu bleiben, für den Fall, dass etwas passierte.

»Dieses Kind ist doch kein Weltuntergang«, sagte sie versuchsweise zu Marie-Louise, als sie in der Küche zu Abend aßen. Es klang wie eine Replik aus einer Fernsehserie.

»Was weißt du denn schon davon?«, knurrte Marie-Louise.

»Es ist ein Kind«, erwiderte Flora. »Ein kleines, süßes Baby.«

»Kinder machen alles kaputt.«

»Nicht für Mama.«

»Mama wollte nichts erreichen, sie hatte keine Träume.«

Als Eric am Donnerstagabend zurückkehrte, war er rastlos und gereizt. Er drohte damit, in der Schule anzurufen und bei Marie-Louises Freundinnen, wenn sie nicht freiwillig erzählte, wer der Vater des Kindes war, damit Eric ihn zur Verantwortung ziehen konnte.

»Das Baby soll nicht hier leben«, sagte er, »es braucht etwas anderes als das, was ich ihm bieten kann.«

»Wirfst du mich etwa raus?«, schrie Marie-Louise.

»Erspar mir das Drama«, erwiderte er, und Flora stockte der Atem. »Wie man sich bettet, so liegt man.«

Anschließend versöhnten sie sich wieder, und Eric blieb bei Marie-Louise sitzen, bis sie einschlief. Flora konnte sie in der Dämmerung flüstern hören, doch als sie unter dem Vorwand, zur Toilette zu gehen, an der halbgeöffneten Tür vorbeischlich, verstummten die beiden und nahmen das Gespräch erst wieder auf, als Flora im Bett war.

»Morgen Abend«, sagte Eric, als er vor Marie-Louises Tür stand, »hast du mit ihm gesprochen. Und ich möchte noch vor dem Abendessen davon erfahren.«

TEIL 3

1973–1974

Kapitel 1

Flora stand früh am Samstagmorgen auf, zog sich hastig an und nahm den Zug nach Rossel. Eric schlief noch, er hatte ihr schon vorher erlaubt, bei Mia zu übernachten. Ellinor war nicht zu Hause, und sie wollten wie üblich eine Party feiern. Flora freute sich schon seit Wochen darauf, diesmal würden auch einige von Jonathans Freunden kommen. Sie hatte keine Lust, über Marie-Louise und das Baby nachzudenken, sie schämte sich bei dem Gedanken, dass andere davon erfahren könnten. In dem leeren Eisenbahnwagen roch es nach Rauch.

»Du kannst doch einfach sagen, wie es ist«, sagte Tutku und sprang auf den Sitz gegenüber. »Mit Marie-Louise, meine ich.«

»Du?«, flüsterte Flora. »Du bist also nicht gestorben?«

»Ach, Quatsch. Wer will schon sterben?«

»An diesem Abend …« Flora wollte die Hündin tätscheln, aber die sprang wieder vom Sitz und schlenderte den Gang entlang davon. Als Flora nach ihr rief, blieb sie stehen und drehte sich um. »Du sahst aus, als wärst du krank.«

»Selber krank«, erwiderte Tutku und angelte mit der Pfote ein Apfelgehäuse unter einer Bank hervor. »Du überlegst gerade, deine beste Freundin anzulügen.«

»Tu ich nicht«, sagte Flora, und Tutku knurrte.

»Bist du nur gekommen, um mir eine Szene zu machen?«, fragte Flora. »Wenn das so ist, könntest du meinetwegen genauso gut tot sein. Es gab eine Zeit, als man sich auf dich verlassen konnte.«

»Verlassen? Wer sich idiotisch benimmt, darf auch nichts erwarten.«

Flora stand auf und schlug nach der Hündin, die sich mit

gefletschten Zähnen zurückzog. Sie hatten schon oft gerauft, mal aus Spaß, mal im Ernst. Doch diesmal war es anders, Tutku hatte etwas Fremdes und Boshaftes an sich.

»Kommst du nur, um mich zu ärgern?«, fragte Flora. »Denkst du jemals an etwas anderes als dich selbst?«

»Das fragst ausgerechnet du?« Tutku lachte und sprang erneut auf einen freien Platz. Das Fenster stand offen, wegen des Windes konnte Flora nur schwer verstehen, was sie sagte. Tutku biss in den Sitzbezug und kratzte mit ihren Krallen daran, bis weißgelber Schaumgummi aus einem Riss hervorquoll. Sie hielt inne, als der Kontrolleur vom anderen Ende des Wagens herbeikam, und setzte mit einem Sprung aus dem Fenster. Sie taumelte die Böschung neben dem Bahndamm hinab und verschwand wie ein Rad aus Fell hinter dem Wall

»Vandalismus«, sagte der Kontrolleur und deutete auf den aufgeschlitzten Sitzbezug. »So etwas würde ein liebes Mädchen wie du nie tun, oder?«

Meine Schwester wurde vom Schuldirektor geschwängert, mein Vater sagt, er sei ein Idiot, der ins Gefängnis kommen könne, er hat zwei kleine Mädchen mit seiner Frau, und mein Vater sagt auch, wenn der Direktor sich scheiden ließe, habe meine Schwester seine Familie auf dem Gewissen. Flora stand neben Mia in der Küche und half, Schalen mit Kartoffelchips und Brezeln zu füllen, und sagte nichts. Ihre Gedanken drehten sich wie ein irres Karussell, Worte wurden in alle Richtungen geschleudert.

»Ich merke doch, dass mit dir irgendetwas ist.« Mia wandte sich zu ihr, die Hände in die Hüften gestemmt. »Ich habe nur bald keine Lust mehr, dich danach zu fragen.«

»Dann lass es eben«, erwiderte Flora, »ich habe doch gesagt, dass ich einfach nur müde bin.«

»Na, solange du nicht müde bist, wenn wir nachher feiern.

Du wirst hoffentlich wieder munter, wenn die anderen kommen.«

Natürlich wurde sie munter. Sie war albern und laut, als sie sich später zusammen mit den anderen Mädchen für das Fest zurechtmachten. Sylvia hatte eine ganze Tasche voll Make-up dabei, und Flora kam es vor, als würden sie sich als Erwachsene verkleiden. Immer wenn ihre Gedanken zu Marie-Louise und der ganzen Bescherung wanderten, bemühte sie sich, sie zu verdrängen. Es war leicht, die anderen zum Lachen zu bringen, sie beteiligte sich an ihren immer gröberen Witzen über die Jungs und daran, Jonathan zu überreden, Bier für sie zu kaufen. Mia sagte wie üblich, dass sie auch Hasch rauchen wolle, aber er schüttelte nur den Kopf und sagte, sie sei ein dummes Kind, das noch nicht alt genug für solche Dinge sei.

Flora fand keinen Gefallen am Bier, tat aber so als ob und hockte sich zusammen mit den anderen Mädchen auf das niedrige Sofa. Sie legten die Arme umeinander und hörten Musik und empfingen die Jungs, die später in kleinen Grüppchen eintrafen, duftend und in Matrosenhemden und engen T-Shirts und mit schulterlangem Haar.

Die Tanzhierarchie war unverändert. Flora wurde immer noch von den Jungs aufgefordert, die zur Mittelgruppe gehörten, diese ewigen, kaugummiduftenden Jagger-Aspiranten, die sie an sich pressten, um ihren veränderten Körper zu spüren. Jonathan und seine Freunde blieben in der Nähe des Plattenspielers unter sich. Sie waren zwar nur hier, um die Jüngeren zu beaufsichtigen, aber das hängte die Messlatte für die anderen Jungs trotzdem höher. Hin und wieder kam es vor, dass sie eines der Mädchen aufforderten, aber nie eine andere als Sylvia oder Mia, und selbst dann immer nur aus Spaß.

Flora trank ihr Bier, ihr war auf eine leichte und sauerstoffarme Weise merkwürdig zumute, als hätte jemand einen Ballon aufgepustet und sie darin eingesperrt. Sie trank ein weiteres Bier, Jonathan gab es ihr und sah sie dabei ernst an. Als sie zur Toilette ging, merkte sie, wie er ihr mit dem Blick folgte. Sie setzte sich auf die Kellertreppe, die Musik war ein großes Tier, das auf der anderen Seite der Tür atmete. Sie saß in der Dunkelheit und lehnte sich an die Wand, ihr war schwindelig und traurig zumute. Sie würde ihre Schwester verlieren. Marie-Louise würde ausziehen und nur zurückkehren, um sich mit Eric zu streiten. Sie wäre gezwungen, sich zu schämen und ihren Fehltritt bis in alle Ewigkeit zu bereuen, weil es ihre Schuld war, dass die beiden kleinen Mädchen ihren Vater entbehren mussten.

»Es liegt doch vor allem an ihm«, hatte Flora zu Eric gesagt, »wenn man verheiratet ist, sollte man sich an seine Frau halten.«

Alle Menschen dachten an Schuld. Es gab Täter und Opfer und nichts dazwischen.

Die Tür ging auf, ein Fächer aus Musik, ein Trichter aus Licht. Jonathan rief im Halbdunkel nach ihr, er streckte die Hand aus und stützte sich an ihrer Schulter ab, als er sich neben sie setzte. Er roch gut, er beugte sich vor, sodass ihm die Haare ins Gesicht fielen, und fragte, ob sie betrunken sei. Sie schüttelte den Kopf.

»Bist du müde? Ist etwas mit dir?«

Sie murmelte etwas kaum Verständliches. Müde war sie jedenfalls nicht.

»Wir könnten doch tanzen«, sagte er und lehnte sich an sie. Er lachte, sein warmer Atem an ihrem Hals. »Das wäre doch lustig.« Er steckte sie mit seinem Lachen an.

»Ich weiß nicht, ich bin nicht so in Tanzlaune.«

Er streckte sich, im Dämmerlicht konnte sie sein Gesicht nicht richtig erkennen.

»Möchtest du reden?«, fragte er, aber sie schüttelte den Kopf. Sie konnte ihm unmöglich das sagen, was sie nicht einmal

Mia erzählen konnte. Sie räusperte sich. Es gab eine Grenze, wie abweisend man sein durfte. Jonathan war hübsch, er war beliebt und ging aufs Gymnasium. Sie war die beste Freundin seiner kleinen Schwester, und diese Position erlaubte es ihr keineswegs, seine Geduld zu lange zu strapazieren. Ohne es zu wollen, war sie bereits zu weit gegangen, er war im Begriff aufzustehen, und sie bereute ihre Dummheit. Dann überkam sie der Trotz. Ehrlichkeit um jeden Preis, so lautete Erics Motto, das war sein Plastikschwert und sein Schild, wenn er sie vor allem Bösen dieser Welt beschützen und die Familie zusammenhalten wollte. Trotzdem hatte er sie gebeten, erst einmal niemandem von Marie-Louise zu erzählen. Ihr zuliebe, hatte er gesagt, müssen wir behutsam vorgehen. Verspätete Ehrlichkeit, Ehrlichkeit mit Selbstauslöser, und sein Finger bediente den Knopf.

»Meine Schwester ist schwanger«, flüsterte sie, »wir haben es gerade erst erfahren.«

Es vermittelte ein Gefühl der Geborgenheit, wir zu sagen. Dieses kleine Wort band sie zusammen und verschleierte, dass sie in Wirklichkeit auseinandergedrängt wurden, weil sich etwas viel zu Großes und Fremdes wie ein Keil zwischen sie trieb.

»Wow!« Jonathan setzte sich wieder. »Wie alt ist sie?«

Er stieß einen leisen Pfiff aus, als sie es ihm sagte.

Was sie darum gegeben hätte, mit Jonathan auf einer Kellertreppe zu sitzen, all die unwahrscheinlichen und unerreichbaren Fantasien und Träume, die sie wach gehalten hatten und ihr seit fast einem Jahr Herzklopfen bereiteten, all das sickerte jetzt aus ihr hervor und vereinte sich zu einem Strom aus gedämpften Vertraulichkeiten, einem Herzen mit großen, ausgefransten Schwingen, das seine Augen wild schlagend ins Wasser tauchte, Tränen, die zugleich falsch und aufrichtig waren. Jonathan legte den Arm um sie.

»Was für ein Idiot«, sagte er, als sie erzählt hatte, wer Marie Louise geschwängert hatte. »Was für ein alter Idiot, ein junges Mädchen so auszunutzen. Er hat ihr sicher alles Mögliche versprochen.«

Was er sagte, erleichterte sie. Es rückte die Dinge zurecht Marie-Louise konnte nichts dafür, man konnte sie nicht für eine zerstörte Familie und die schwache Moral eines anderen verantwortlich machen. Gute Mädchen konnten keine Täter sein.

»Ich bin mir sicher, dass er sie dazu verleitet hat«, schluchzte sie. »Meine Schwester ist eigentlich viel zu klug für so etwas.«

»Natürlich ist sie das«, flüsterte er mit dem Mund an ihrem Haar, »aber wahrscheinlich kann man sich nur schwer von ihr fernhalten, wenn sie genauso hübsch ist wie du.«

Flora kicherte.

»Ist sie es etwa nicht?«, fragte Jonathan und ließ sie los. Er beugte sich vor und öffnete die Schnürsenkel seiner Turnschuhe, zog sie stramm und knotete sie wieder zu.

»Ich weiß nicht.«

»Die schönsten Mädchen sind sich dessen nie bewusst.« Er stand auf und blieb vor ihr stehen. »Willst du jetzt tanzen?«

Kurz vor den Sommerferien wurden auf den Partys neue Sitten eingeführt. Wenn »Angie« von den Stones lief oder Marvin Gayes »Let's get it on«, wurde das Licht ausgeschaltet, und die Jungs mussten zusehen, das richtige Mädchen zu fassen zu bekommen, um die Chance auf den ersten Kuss des Abends nicht zu verschenken. Die Mädchen durften den Kopf wegdrehen, wenn sie keine Lust zum Küssen hatten, ihren Tanzpartner jedoch nicht selbst wählen.

Manchmal kam es dabei zu Verirrungen, bisher allerdings rein zufällig, weil niemand mutig oder selbstbewusst genug war, das System herauszufordern. Ein populärer Junge konnte in der Eile den falschen Arm greifen, brachte es nicht über sich, das weniger populäre Mädchen zu demütigen, und absolvierte dann aus reiner Höflichkeit sowohl den Tanz im Dunkeln als auch den Kuss, ohne dass ihr Ansehen dadurch stieg oder seines fiel. Drolligerweise kam es nie vor, dass ein Junge niederen Ranges versehentlich eines der beliebten Mädchen erhaschte, und das war ein Glück, es wäre nicht auszudenken, wie Mia oder Sylvia reagiert hätten, wenn sie mit einem der falschen Jungs hätten tanzen müssen. Eine Zurückweisung des Körperkontakts war nicht ungewöhnlich, das musste man verkraften, aber es gab keinen Grund, sich an einem Mädchen zu versuchen, bei dem man von vornherein als Verlierer galt. Obwohl die Mädchen nicht direkt über diese Episoden sprachen, musste diejenige, die versehentlich zum Vorteil eines rangniederen Mädchens übersehen worden war, ein Zeichen setzen und mit den Zähnen die Kehle der anderen streifen, um diese aus ihrem möglichen Irrglauben zu befreien, unrealistischen Träumen von einem Jungen zu verfallen, der die exklusive Chance einer anderen bleiben sollte. Es war eine Form der Strafe, die man nicht übersehen konnte, die aber dennoch so subtil war, dass sich die Angreiferin jederzeit hinter einem herablassenden Lachen verstecken konnte, einem *sei doch nicht so empfindlich* oder einem *verstehst du denn gar keinen Spaß?*.

Am vergangenen Freitag beispielsweise hatte Frederic, von dem alle wussten, dass Sylvia auf ihn stand und normalerweise mit ihm tanzte, irrtümlich Jills Hand genommen. Sie hatten den Tanz hinter sich gebracht, er hatte ihr den obligatorischen Zungenkuss im Dunkeln gegeben, sie hatte anschließend nicht damit geprahlt, aber dennoch einen vollkommen sinnlosen Stolz ausgestrahlt. In der Woche darauf hatten die Mädchen sich wie üblich vor dem großen Spiegel in Ellinors Schlafzimmer schön gemacht, hatten sich, nur mit einem Slip bekleidet, die Haare gebürstet und sich geschminkt.

»Ich habe in einer Zeitschrift gelesen, dass Männer sich ihre Schwiegermütter anschauen sollen, wenn sie wissen wollen wie ihre Frau einmal aussehen wird«, sagte Sylvia und zog die Bürste durch ihr hüftlanges Haar.

»Das trifft doch wohl nicht immer zu«, erwiderte Mia und presste die Lippen aufeinander. Sie sah aus wie ein Marsmensch mit ihrem neuen, dunkelblauen Lippenstift, Metallic Grandma von Biba, für den überall Werbung gemacht wurde

»Nein, natürlich nicht«, gab Sylvia zu, »aber es ist doch was dran, oder? Wenn man sich uns anschaut, glaube ich schon dass man es sehen kann.«

Jill wurde rot. Sylvia hatte gut reden. Ihre Mutter sah aus wie ein Model, wohingegen Jills Mutter die Dickste von allen war

»Auch wenn Jills Mutter ein bisschen kräftiger ist als sie kann man doch genau erkennen, dass sie denselben Körperbau haben«, fuhr Sylvia fort, und die anderen hielten den Atem an.

»Ich sehe meinem Vater ähnlich«, erwiderte Jill und vermied es, Sylvia anzusehen, »und meiner Großmutter.«

Sylvia trieb Jill in die hinterste Ecke und versperrte ihr den Weg. Es war schrecklich und gemein, in dieser Position gefangen zu sein – sich vor den anderen von der eigenen Mutter distanzieren zu müssen oder aber darin einzuwilligen, eine Kopie von deren weniger schmeichelhafter Seite zu sein.

»Es kommt doch auch sehr darauf an, was man isst …«, begann Flora in einem Versuch, Jill beizuspringen. Aber obwohl es gut gemeint war, klang es ebenfalls gehässig.

Sylvia legte den Kopf in den Nacken, ihr Haar tanzte über der Kante ihres Slips. Sie war diejenige, die hier bestimmte. »Wer isst denn was?«, fragte sie und lachte. »Deine Mutter backt auf jeden Fall die besten Kuchen, die ich je gegessen habe.« Dabei pikste sie Jill mit ihrer Bürste.

Flora schwieg. Sie hoffte, Jill hatte bemerkt, dass sie ihr eigentlich hatte helfen wollen.

»Ich meinte das doch gar nicht nur negativ«, fuhr Sylvia fort und ignorierte die Tränen in Jills Augen. »Du kannst froh sein, dass du den kleinen Busen deiner Mutter geerbt hast, es ist nicht immer lustig, so einen Balkon vor sich herzutragen.« Sylvia bedeckte ihre Brüste mit den Händen. Natürlich konnte es sich keine von ihnen verkneifen, dort hinzusehen. Sie hatte wahrlich keinen Grund zu klagen. Obwohl ihre Brüste groß waren, hingen sie kein bisschen. Sie jammerte darüber, dass die Jungs ihren Blick nicht davon abwenden konnten, aber alle wussten ganz genau, wie stolz Sylvia auf ihre Figur war.

»Ich hätte nichts dagegen …«, sagte Jill leise und untertänig.

»Keine von uns braucht sich zu beschweren«, fiel Sylvia ihr ins Wort. »Du hast die Proportionen deiner Mutter geerbt, Jill, und ihre breiten Schultern, dadurch sitzen die Klamotten oben besser, seht ihr das auch?«

Sie sahen es. Selbst Flora, die es eigentlich nicht wollte, nahm an der kreatürlichen Schau teil und musterte Jill von Kopf bis Fuß. Sie gab sich Mühe, das Gute zu betonen, suchte aber genau wie die anderen Mädchen nach Fehlern, die es ihr erleichterten, mit den eigenen Mängeln zu leben. Breite Schultern, durchaus, aber auch kurze Beine und ein ziemlich unproportionierter Hintern. Flora schluckte. Nur Sylvia konnte das beenden, sie allein bestimmte, wie weit Jill noch in die Ecke gedrängt werden sollte.

»Du hast auch die Hände deiner Mutter«, sagte sie, und damit wussten die anderen, dass es überstanden war. Denn Jills dicke Mutter hatte auffallend kleine, gepflegte Hände mit ovalen, perfekt lackierten Nägeln und teuren und eleganten Goldringen.

»Das sagt mein Vater auch«, flüsterte Jill und hielt ihre Hände vor sich, steife, krumme Finger, kurzgeratene Klauen.

Das Thema war wieder aus der Welt. Jill hatte die Warnung verstanden, obwohl sie an dem, was passiert war, keinerlei Schuld hatte. Es war ein zurückpeitschender Ast, der nicht von dem aufgehalten wurde, der vorweg ging, und deshalb die Aufmerksamkeit der anderen forderte.

»Habt ihr von der Vogue-Kur gehört, die dieser Doktor Atkins erfunden hat?«, fragte Jill und entblößte ihre Kehle freiwillig. Außerdem lenkte sie das Gespräch in vertraute Fahrwasser: Diäten waren ein unerschöpfliches Thema. Was wirkte und was nicht, welche Mutter welche Kur gemacht hatte und wer sie sonst noch ausprobieren wollte. Flora zog sich noch immer gern aus und betrachtete sich im Spiegel Wenn sie laufen ging, band sie sich ein Tuch um die Brüste damit es nicht wehtat, wenn sie hüpften, aber sie geriet nicht aus der Form, ihre Haut war glatt, sie konnte sich auf ihren Körper verlassen. Manchmal störte sie sich daran, dass man ihre Hüftknochen so deutlich erkennen konnte und dass dort, wo das Schlüsselbein mit der Schulter zusammenlief, eine eckige Kante hervorstach, dass ihre Knie knochig waren und ihre viel zu spitze Nase rot anlief, sobald es etwas kälter wurde. Nichts davon berechtigte sie allerdings dazu, an der Schlankheitsdiskussion teilzunehmen. Würde sie etwas sagen, würden die anderen das als reine Koketterie auffassen. Stattdessen ging sie so lange Mias beeindruckende Lippenstiftsammlung durch, schraubte bei einigen den Deckel ab und probierte sie auf dem Handrücken aus, wie sie es bei den Damen in den Kaufhäusern beobachtet hatte.

»Die Vogue-Diät besteht nur aus Fleisch und Fett und solchen Sachen«, fuhr Jill fort und bekam rechts und links über der Slipkante eine Delle zu fassen. »Stattdessen darf man kein Brot und keinen Reis essen.«

»Wie merkwürdig«, sagte Sylvia und sperrte den Mund auf, während sie ihre Augen umrahmte. »Das klingt doch unlogisch, oder?«

»Aber sie scheint gut zu sein«, fuhr Jill fort, »der Erfinder ist selbst Arzt, und als er eines Tages abnehmen wollte, hat er die Diät entwickelt.«

»Tja«, murmelte Sylvia, »man weiß ja nie.«

Es klang jedenfalls besser als halbierte Grapefruits und getoastetes Brot ohne Butter, aber eigentlich waren sie sich alle einig, dass keine von ihnen Grund zum Abnehmen hatte. Auch Jill nicht. Das hatte ja auch niemand behauptet.

»Ich habe vor, mal die Zitronendiät auszuprobieren«, sagte Mia und betrachtete ihren Hintern im Spiegel. »So kann es jedenfalls nicht weitergehen.«

Sylvia wollte sich anschließen, genau wie Jill.

»Zitronensaft, Wasser, Cayennepfeffer und ein kleines bisschen Honig«, zählte Mia auf. »Es ist eine Art Fastenkur, das ist das Einzige, was man fünf Tage lang zu sich nimmt.«

»Damit man am Ende auch wirklich die Nase voll davon hat«, entfuhr es Flora. Die anderen ignorierten ihren Kommentar.

»Man muss sich natürlich darauf vorbereiten«, erklärte Mia weiter, und es klang, als redete sie von einer Expedition in die Antarktis. »Davon kann einem auch schwindelig werden, aber das liegt nur daran, dass der Körper gereinigt wird.«

»Gereinigt?«, fragte Jill und hielt im Kämmen inne. »Wovon denn?«

»Also«, sagte Sylvia und trat einen Schritt vom Spiegel zurück. Sie schmatzte mit den Lippen, ihr glänzender, lilafarbener Lippenstift war kleidsamer als Mias dunkelblauer. »Ein Körper sammelt jede Menge Abfall, und davon bekommt man Kopfschmerzen, Pickel und einen aufgeblähten Bauch.«

»Ih«, sagte Flora und konnte sich nicht zurückhalten. »Und was ist, wenn man solche Probleme nicht hat? Liegt es daran, dass man reiner ist als andere?«

»Nicht unbedingt«, sagte Sylvia schnippisch und würdigte Flora keines Blickes. Sie hatte alles kaputtgemacht, die anderen kamen ihr nicht zu Hilfe, und ihr war klar, dass sie sich Mühe geben musste, das Gespräch auf ein anderes Thema zu lenken.

»Ich weiß einfach nicht, was ich machen soll«, sagte sie und ließ den Deckel der Lippenstiftsammlung mit einem Knall zuschnappen. »Heute Morgen habe ich auf dem Weg zum Bahnhof Robert getroffen, ich komme mir so gemein vor, aber ich kann nicht verstehen, warum er nicht einfach aufgibt.«

Sie schüttelte den Kopf und setzte sich im Schneidersitz auf das Bett. Sylvia zog vielsagend die Augenbrauen hoch und nickte ihr zu. Jetzt war Flora die Aufmerksamkeit der anderen wieder gewiss.

Einen einzelnen Tanz mit Jonathan konnte Flora wagen, ohne dass die anderen es kommentierten. Diese Paarung war zu unwahrscheinlich, als dass es um etwas anderes gehen konnte als eine freundliche Geste des großen Bruders, eine Art erweiterte Geschwisterliebe. Außerdem tanzten sie nur zu einem einzigen Song von den Tramps, einem schnellen, atemlosen Titel, bei dem er ihre Hände hielt und sie umherwirbelte und erst ganz am Ende kurz an sich zog und umarmte. Zuerst hatte es ihr geholfen, ihm alles zu erzählen, nach dem Tanz nagte jedoch der Zweifel an ihr. Mia würde verletzt sein, wenn sie herausfand, dass Jonathan es vor ihr erfahren hatte, und das bereitete Flora neue Gewissensqualen. Jill stand an die Wand gelehnt und betrachtete die anderen. Ihre Wangen glühten nach dem Tanz, sie streckte Flora die Hände entgegen.

»So«, sagte Mia dramatisch und machte das Licht einige Male hintereinander kurz an und aus, um zu zeigen, dass es nun an der Zeit war. Flora verkroch sich hinter Jills Rücken, um sich unsichtbar zu machen. Die Party war nicht mehr lustig. Jill lächelte sie halb entschuldigend, halb strahlend an, als ein Junge sie davonzog. Flora war erleichtert, dass niemand sie aufforderte. Sie war eine der wenigen, die noch nie jemanden geküsst hatte. Das wussten die anderen nicht, sie glaubten, es läge an Robert, dass sie bisher alle abgewiesen hatte.

Angie, Angie, where will it lead us from here? Sylvia tanzte erneut mit Frederic, drückte sich an ihn, noch bevor das Licht ausging, und tauchte anschließend mit glühenden Lippen wieder aus der Dunkelheit auf. *Angie, Angie, ain't it good to be alive?*

Mias Keller war ein Trainingslager, das Timing war entscheidend, am besten, man musste nichts sagen, sondern konnte sich gegenseitig mit immer routinierteren Andeutungen einkreisen. Die Mädchen öffneten die Lippen und legten den Kopf unmerklich in den Nacken, wenn das Licht noch brannte, und warfen mit leicht geschlossenen Augen das Haar zurück. Sie wollten einladend aussehen, ohne vulgär zu erscheinen, auffordernd, aber nicht billig. Es war eine haarfeine Grenze, und nur wenn die Jungs nicht dabei waren, sprachen sie über all das, was es dabei zu bedenken gab: wie viel Haut man zeigen durfte, dass es besser war, die Hände beim Tanz erst auf den Rücken des Partners zu legen und nicht gleich in den Nacken, um nicht zu freimütig zu wirken. Es gab einen ganzen Katalog mit Regeln darüber, wie schnell man voranschreiten durfte.

»Das Durchschnittsalter des ersten Geschlechtsverkehrs bei Mädchen«, verkündete Mia eines Abends, »liegt bei etwa siebzehn Jahren.«

»Dann haben wir ja noch ein bisschen Zeit«, sagte Jill kichernd.

»So lange warte ich garantiert nicht«, erwiderte Mia, und die anderen lachten.

»Ich auch nicht«, stimmte Sylvia ihr zu, »aber es muss der Richtige sein.«

»Das ist klar«, sagte Mia, »aber doch nicht etwa der Mann fürs Leben?«

Nach der Party blieb Flora bei Mia über Nacht. Normalerweise unterhielten sie sich immer noch eine Zeitlang, wenn sie im Bett lagen, aber Flora wurde ihre Nervosität nicht los und behauptete, sie habe Kopfweh. Hin und wieder stöhnte sie leise, um möglichst glaubwürdig zu erscheinen.

Am nächsten Morgen wäre sie am liebsten sofort nach Hause gefahren. Aber Mia wollte noch weiterschlafen und zog sich die Decke über den Kopf, als Flora sie zu wecken versuchte. Die schlechte Ausrede des gestrigen Abends hatte sich bewahrheitet, sie schlich mit hämmernden Kopfschmerzen ins Bad, klatschte sich kaltes Wasser ins Gesicht, saß auf dem Wannenrand und massierte sich die Schläfen. Sie schreckte zusammen, als Jonathan an die Tür klopfte, und zwängte sich, ohne ihn anzusehen, an ihm vorbei, als sie das Bad verließ.

Es war noch zu früh, um nach Hause zu gehen, sie kroch wieder unter die Decke und stupste Mias Arm an, der über die Bettkante hing, doch sie reagierte nicht. Jonathan öffnete die Tür einen Spaltbreit und steckte den Kopf herein, und sie konnte sich nicht mehr rechtzeitig schlafend stellen.

»Kaffee«, flüsterte er. »In der Küche?«

Sie nickte, wischte sich mit dem Zipfel eines T-Shirts ihre Mascara ab, so gut es ging, zog sich ihr Kleid über den Kopf und gab sich Mühe, Mia nicht zu wecken.

»Du siehst traurig aus«, sagte er, nachdem er Kaffee gekocht hatte.

Sie wünschte, sie hätte den Mut gehabt, ja zu sagen, doch stattdessen schüttelte sie den Kopf. »Ich muss bald nach Hause«, flüsterte sie und nahm die Tasse entgegen, die er ihr reichte.

Er begleitete sie zum Bahnhof; er plauderte vor sich hin, sie brachte keinen Ton hervor. Immer wenn sie irgendetwas sagen wollte, zerfielen die Worte in ihrem Kopf.

Es war ein frischer, bewölkter Morgen, die Stadt war sonntagsleer.

»Ich würde gern am Meer wohnen«, sagte Jonathan und trat gegen eine Bierflasche, die sich um die eigene Achse drehte und die Bordsteinkante hinabkullerte, ohne in Scherben zu gehen. »Ich bin dieses Viertel leid.«

»Mir gefällt es ganz gut«, erwiderte Flora und bereute es im nächsten Moment. Das Meer gefiel ihr genauso gut.

»Das liegt nur daran, dass du nicht hier wohnst. Mir würde es auch gefallen, wenn ich nur zu Besuch wäre und mir nicht jedes Mal, wenn ich abends später als neun nach Hause komme, meinen Weg durch die Betrunkenen und Huren bahnen müsste.«

Sie schielte zu ihm hinüber und erwiderte zögernd sein Lächeln.

»Irgendwann komme ich dich mal in Vase besuchen«, sagte er, als sie den Bahnhofsvorplatz überquerten. »Mia hat erzählt, es wäre hübsch da.«

Flora nickte. Der Gedanke, dass Jonathan nach Vase kommen könnte, war schrecklich. Sie hätte keine Ahnung, was sie dort mit ihm anfangen sollte.

»Ich bringe dich bis zum Zug«, sagte er, als sie ihm mit stummen, idiotischen Zeichen zu verstehen gab, dass sie die Rolltreppe zum Gleis hinabfahren wollte. »Ich will sicher sein, dass du in der großen Stadt nicht verloren gehst.«

Sie musste grinsen, er schubste sie im Spaß, sie schubste zurück.

Auf der Rolltreppe stand sie auf der Stufe über ihm.

»Wenn du so groß wärst, bekäme ich es mit der Angst zu tun«, sagte er.

»Das ginge mir genauso, wenn du so klein wärst«, rutschte es ihr heraus.

»Du bist witzig«, sagte er, als sie zusammen auf dem verlassenen Gleis standen.

»Eigentlich nicht.« Flora rieb sich die Arme. Der Wind pfiff durch den Tunnel und am Gleis entlang, tags zuvor war es warm gewesen, aber das Wetter hatte umgeschlagen.

»Finde ich schon«, sagte er und hörte nicht auf, sie anzusehen, »das kannst du gar nicht selbst entscheiden.«

»Hoffentlich ist Mia nicht sauer, weil ich schon gefahren bin.«

Sie konnte nicht hören, was er noch sagte, weil in diesem Moment der Zug einfuhr. Als sie einsteigen wollte, hielt er sie zurück, zog sie ein wenig an sich und legte die Arme um sie. Für einen Moment schien es so, als wollte er sie küssen, sein Gesicht war ganz dicht an ihrem, sie konnte seinen Atem spüren.

»Bis bald«, sagte er, drückte sie kurz und ließ sie wieder los.

Zu ihrer Erleichterung ging Jonathan nicht mehr auf dieselbe Schule, sondern ins Gymnasium nahe der Nationalgalerie. Der Umgang mit Mia am Montagmorgen war anstrengend genug. Sie wirkte mürrisch und kam immer wieder misstrauisch auf Floras frühen Aufbruch am Sonntag zu sprechen.

»Ich habe versucht, dich zu wecken«, erklärte Flora. »Ich bin nach Hause gefahren, weil ich das Gefühl hatte, ich werde krank.«

»War Jonathan schon wach?«, fragte Mia, und Flora nickte. »Habt ihr zusammen gefrühstückt?«, bohrte sie weiter, und Flora schüttelte den Kopf. Das war nicht gelogen, schließlich hatten sie nur Kaffee getrunken.

»Das Gleiche hat er auch gesagt. Also gut.«

Und dann war Flora an der Reihe, die Beleidigte zu spielen. Sie fragte Mia, was sie sich eigentlich einbildete und was so schlimm daran gewesen wäre, wenn Jonathan und sie zusammen gefrühstückt hätten.

»Er ist mein großer Bruder«, sagte Mia mit weit aufgerissenen Augen. »Das wäre doch völlig verkehrt, oder nicht?«

Kapitel 2

Flora legte den Kopf in den Nacken und sah an der Hausfassade empor. Der Himmel war ein blaugestrichener Bienenstock, vor Hitze vibrierend, stechend, summend, kurz vor der Explosion. Der Frühsommer war trocken und warm gewesen, die Straßen rochen nach Staub und Asphalt und Lindenblüten, die auf den Gehsteig rieselten und die Fußsohlen klebrig machten, die Schritte nur noch ein gedämpftes Klacken. Sie schirmte die Augen mit der Hand gegen die Sonne ab, Lichtsäulen tanzten zwischen den Häusern, strenge, waagerechte und senkrechte Linien des neuen Stadtteils von Rossel, messerscharfe Schatten, eine flimmernde Live-Übertragung der Wolken, gespiegelt im Fensterglas, eine unruhige Versiegelung, die nichts von dem Leben preisgab, das zwischen den Betonwänden und den quadratischen, sprossenlosen Fenstern gelebt wurde. Es war Vormittag, und vermutlich war der Wohnblock genauso ausgestorben, wie er aussah. Die Bewohner waren bei der Arbeit, die Schulferien hatten noch nicht begonnen, der Tag gehörte den Alten, Arbeitslosen, Säuglingen und Müttern. Flora war bisher nur einmal hier gewesen, als Marie-Louise eingezogen war. An dem Abend hatten die Häuser mit ihren glühenden Fenstern auf eine besondere Art lebendig gewirkt. Vom achten Stock aus konnte man in die Wohnungen des gegenüberliegenden Blocks sehen, ein Mosaik aus Gelb und Weiß, aus Lampen und Fernsehern, Schatten, die hin und her huschten, Zeichen von Leben.

Sie hatte sich von der Schule freinehmen dürfen, um Marie-Louise zu besuchen. Eric hatte gesagt, dass Flora ein freier Tag vor den Ferien, in denen sie die meiste Zeit würde lernen müssen, ohnehin guttäte.

»Weiß sie denn Bescheid, dass ich komme?«, fragte Flora, als Eric sie auf dem Parkplatz zwischen den Wohnblocks herausließ.

»Natürlich.«

Doch davon war Flora nicht überzeugt. »Es ist nicht lustig, unangemeldet hereinzuschneien«, sagte sie und legte die Hände auf das heiße Wagendach.

»Sie freut sich darauf, dich zu sehen.« Eric sah auf die Uhr. »Ich hole dich auf dem Rückweg vom Büro wieder ab.«

Sie nickte und blieb stehen, während er das Auto sanft wendete und wieder vor ihr anhielt.

»Stell ihr nicht zu viele Fragen«, bat er Flora und streckte die Hand zu ihr hinaus. »Es gibt keinen Grund, die alten Wunden wieder aufzureißen.«

Er drückte die Hand, die sie ihm reichte, dann fuhr er davon, und sie sah ihm nach. Das Licht schlug Flickflacks auf dem weißen Lack, er hatte im Frühjahr einen neuen Wagen gekauft, ein größeres Modell mit drei Sitzreihen und Platz für ein Baby.

Marie-Louise war tatsächlich auf Floras Besuch vorbereitet. Eric hatte am Morgen angerufen und ihr Bescheid gegeben, aber Marie-Louise hatte den Eindruck, dass er es eher Flora zuliebe getan hatte als ihr.

Immer wenn sie stehenblieb, stemmte Marie-Louise die Hände in die Lenden und wirkte fremd zwischen den neuen Möbeln. Vom kleinen Balkon im Schlafzimmer hatte man Ausblick auf eine Rasenfläche und einen Spielplatz zwischen den Häuserblöcken, Marie-Louise öffnete die Türen und stellte zwei Stühle hinaus. Sie tranken Saft und aßen Kekse, weit unter ihnen stieß eine Mutter ihr Kind auf der Schaukel an, die freudigen Jauchzer hallten einsam und gedämpft bis zu ihnen hinauf.

»Glaubst du, es ist bald so weit?«, fragte Flora und deutete mit dem Kopf auf Marie-Louises Bauch.

»Ich weiß, dass es bald so weit ist«, antwortete diese und fügte hinzu: »Wenn das Kind überhaupt hinauswill.«

»Tritt es dich?«, fragte Flora.

»Meistens dann, wenn ich schlafen will.« Marie-Louise legte die Hand auf den Bauch. »Ich hoffe, es ist nicht mehr ganz so lebhaft, wenn es auf der Welt ist.«

»Ich freue mich darauf, es zu sehen.« Flora streckte ihre Füße zwischen den Streben des Balkongeländers hindurch.

Marie-Louise nickte.

»Bist du müde?«

Sie nickte erneut.

»Du kannst dich ruhig hinlegen. Ich kann doch irgendetwas für dich erledigen oder einkaufen gehen.« Flora öffnete die Arme.

»Eigentlich würde ich am liebsten einfach nur reden«, sagte Marie-Louise. »Vielleicht können wir später zusammen das Babybett streichen.«

Doch es war vor allem Flora, die reden musste. Marie-Louise nickte und gab einsilbige Antworten. Hin und wieder lächelte sie, ab und zu sagte sie *Ach* oder *Wirklich?*. Flora erzählte von der Schule, bis ihr einfiel, dass das Marie-Louise womöglich traurig machte. Auf dem Gymnasium hatte man versucht, sie zu überreden, noch ein wenig zu bleiben und die Prüfungen nach der Geburt am Nachschreibetermin abzulegen, aber das wollte sie nicht. Eric hatte sie starrköpfig und stolz genannt, aber das hatte auch nichts geändert. Sie sagte, die anderen würden hinter ihrem Rücken über sie tratschen und dem wolle sie sich nicht aussetzen. Eric versuchte ihr klarzumachen, dass sie früher oder später gezwungen sei, sich mit solchen Dingen auseinanderzusetzen, wenn es um ihre eigene Zukunft ging und ihre Möglichkeiten, für sich selbst zu sorgen, aber irgendwann gab er auf.

Flora redete stattdessen über Mia. Sie war vor drei Wochen

mit einem Jungen von Jonathans Schule zusammengekommen, aber nun war es vorbei, weil sie ihn im Park händchenhaltend mit einer anderen erwischt hatte. Mia hatte ihn geohrfeigt, woraufhin die andere sie bei der Polizei anzeigen wollte. Flora erzählte die Geschichte so komisch, dass Marie-Louise lachen musste. Sie berichtete auch, dass Eric ihr erlaubt hatte, mit Mia und Ellinor in ein Frauenferienlager zu fahren, und als Marie-Louise sie fragte, ob sie bald zur revolutionären Nudistin werde, zog sie die Augenbrauen hoch und antwortete *Natürlich, das bin ich doch schon lange,* woraufhin sie beide lachten. Als Marie-Louise sie dann trotzdem ermahnte und vor Hippiegerede und Kräutergequassel und Haschisch warnen wollte, wechselte Flora das Thema und erzählte von Martin, der am Sonntagabend nicht nach Hause gekommen war. Eric hatte bei der Polizei angerufen, aber dann stellte sich heraus, dass Martin bei Barbara war und Eric ganz vergessen hatte, dass er es ihm selbst erlaubt hatte, dort zu übernachten.

»Momentan ist er völlig … du weißt schon«, sagte Flora und machte eine vielsagende Geste. »Er redet nur noch von Indien.«

»Ich weiß. Ich habe ihm gesagt, dass er warten muss, bis du mit dem Gymnasium fertig bist.«

»Ich komme schon zurecht«, erwiderte Flora. Aber sie bekam jedes Mal Bauchweh bei dem Gedanken, dass Eric wirklich fortgehen wollte. Er hatte ihr vorgeschlagen, vorübergehend bei Mia einzuziehen, aber das wollte sie nicht. »Wenn er wirklich fährt, ziehe ich bei dir ein.«

»Das wird nicht gehen.« Marie-Louise berührte sie am Arm. »Das ist doch kein Leben für eine Fünfzehnjährige, die die Schule nicht versäumen darf – auf einem Sofa zu schlafen und ständig von einem schreienden Baby geweckt zu werden.«

»War doch nur Spaß.«

Marie-Louise zog die Hand zurück. »Was will er denn auch in Indien?«

Flora wünschte, sie könnte Marie-Louise von Jonathan erzählen und davon, wie kompliziert es zwischen ihr und ihm war, seit er sie an jenem Tag im Herbst zum Bahnhof gebracht hatte. Davon, wie geschmeichelt sie zunächst von seiner Aufmerksamkeit war und wie er sie in der darauffolgenden Woche auf der Kellertreppe gepackt und außer sich vor Erregung geküsst hatte. Er hatte sie so heftig an sich gezogen, dass sie kaum Luft bekam und seinen kantigen Körper spürte. Sie öffnete den Mund ein wenig, wie man es ihres Wissens tun sollte, und er umkreiste ihre Zunge wieder und wieder mit der seinen, während sie es steif und passiv über sich ergehen ließ. Es gefiel ihr, dass er sie anschließend in den Armen hielt und seine Lippen an ihren Hals und ihre Ohren legte und flüsterte, dass er sie am liebsten noch hundert Jahre lang küssen würde.

»Ich bin froh, dass ich der Erste war«, flüsterte er, und sie wollte protestieren, denn es war viel zu gefährlich, wenn Mia und die anderen Mädchen davon erfahren und herausfinden würden, dass sie in Bezug auf Robert gelogen hatte, aber sie brachte kein Wort hervor. Außerdem wäre es unglaubwürdig gewesen, nachdem sie während des Kusses reglos mit herausgestreckter Zunge ausgeharrt hatte wie ein toter Gecko. Sie einigten sich darauf, es geheim zu halten, und sie steigerte sich in den Glauben hinein, dass sie nun noch mehr in ihn verliebt war als zuvor. Immer wenn sie allein waren, küssten sie sich, und schon bald genoss sie es, und er wurde eifriger und schob die Hände unter ihr Oberteil und berührte ihre Brüste. Es war aufregend, und sie ließ es zu, während er sich an sie drückte und dabei hart wurde. Es erfasste sie mit Stolz, dass sie eine solche Wirkung auf ihn ausübte. Einmal hatte sie versucht, sich ihm zu entziehen, aber er hatte sie so festgehalten, dass sie Angst bekam. Anschließend hatte er darüber gelacht und es abgetan, doch später kam es zu einem ähnlichen Vorfall, bei dem er sie gegen die Wand drängte und sie erst nach mehrmaligem Protestieren losließ.

»Du kleine Spinnerin«, sagte er danach, »hast du wirklich geglaubt, ich würde dir etwas tun?«

Da sie mit Mia nicht über Jonathan reden konnte, erfand sie eine Geschichte über Annabelle und einen Typ aus der Schule in Vase, der dasselbe getan hatte. Doch das half ihr keine Spur weiter, denn Mia schüttelte erst den Kopf und meinte dann, dass Annabelle ziemlich dumm sein müsse, wenn sie sich so etwas gefallen ließe, und fragte schließlich, ob der Junge zu Hause Probleme habe. Das musste Flora mit einer erfundenen Scheidungsgeschichte von einer Mutter bestätigen, die an Ellinor erinnerte, und Mia erklärte, dass ein Junge in dem Alter natürlich unter so einer Situation leiden konnte. Es sei nicht verwunderlich, dass er es schwerhabe.

»Spielst du mit mir?«, hatte Jonathan sie gefragt. »Du weißt genau, dass man nicht mit mir spielt, oder?«

Schließlich hatte sie sich ein Herz gefasst und ihm gesagt, dass sie nichts mehr mit ihm zu tun haben wolle. Er war so wütend geworden, dass er mit seinen Knöcheln gegen die Kacheln schlug, doch dann hatte er sich entschuldigt und war in Tränen ausgebrochen, sodass sie Mitleid mit ihm bekam. Aber das konnte sie ihrer Schwester nicht erzählen, es war nichts im Vergleich zu ihren Problemen.

»Was um alles in der Welt will er in Indien?«, wiederholte Marie-Louise und stand auf.

»Sich besinnen und zu sich selbst finden«, antwortete Flora mit Erics eigenen Worten.

Marie-Louise verdrehte die Augen. »In seinem Alter. Also ehrlich.«

Anschließend verstummten sie beide. Marie-Louise schloss die Augen und summte eine Melodie, die Flora nicht kannte. Tief unten zwischen den Häusern wurde das protestierende Kind von der Schaukel gehoben und in seine Karre gesetzt. Die Häuser waren ein Trichter, die Geräusche wurden auseinandergeweht und aus einer anderen Richtung zurückgeworfen.

In seinem Alter, dachte Flora. In deinem Alter. Erst vor ein paar Wochen hatten sie Marie-Louises siebzehnten Geburtstag gefeiert, und jetzt wohnte sie hier ganz allein zwischen den Wolken.

»Was machst du denn so den ganzen Tag«, fragte Flora, »seit du nicht mehr in die Schule gehst?«

»Ach, du weißt schon«, antwortete Marie-Louise, »ich muss mich um alles Mögliche kümmern.«

»Zieht Simon auch mit ein?«, fragte Flora, obwohl Eric genau das gemeint hatte, als er sagte, sie solle nicht zu viele Fragen stellen.

Marie-Louise hörte auf zu summen. Sie faltete die Hände über dem Bauch, ein Schweißtropfen rann ihren Hals hinab und wurde vom Schlüsselbein aufgehalten.

»Entschuldige«, flüsterte Flora, doch Marie-Louise hielt die Augen geschlossen.

»Das ist schon in Ordnung«, sagte sie. »Wenn du wirklich wissen willst, womit ich meine Zeit verbringe, werde ich es dir erzählen. In erster Linie warte ich auf irgendetwas: auf das Baby, auf einen Arzttermin, darauf, dass Simon anruft und mir erklärt, wann er kommen kann. Dann warte ich im Waschsalon darauf, dass die Wäsche fertig wird, in der Supermarktschlange, dass ich mit dem Bezahlen an der Reihe bin, oder in der Küche, dass die Kartoffeln endlich kochen. Und darauf, dass Simon anruft, oder hatte ich das schon erwähnt?«

»Entschuldige«, flüsterte Flora.

»Du musst dich doch nicht entschuldigen. Du bist eine der wenigen, die sich für nichts zu entschuldigen brauchen.«

Dann saßen sie wieder schweigend da, und Marie-Louise begann erneut zu summen.

»Ich weiß nicht, wie lange das noch so weitergeht«, sagte sie nach einer Weile. »Manchmal denke ich, dass es in Wirklichkeit für die meisten Frauen so ist. Man wird so leicht von anderen abhängig, stimmt's?«

Flora schüttelte den Kopf. »Du kannst doch später wieder in die Schule gehen. Du kannst dir jemanden suchen, der auf das Kind aufpasst, und wieder lernen und …«

»Das habe ich auch vor«, fiel Marie-Louise ihr ins Wort. »Aber zurzeit warte ich nur.«

Sie klang, als würde sie von einer Arbeit sprechen, die erledigt werden musste. Resolut und nüchtern, eher ungeduldig als betrübt. Flora wurde allmählich nervös, die Luft wirkte so stickig und eingeschlossen, obwohl sie auf dem Balkon saßen.

»Wollen wir jetzt nicht mal dieses Bett streichen?«, fragte sie und stand auf.

Marie-Louise blinzelte und fächerte sich mit einer zusammengerollten Zeitschrift Luft zu, es dauerte lange, ehe sie nickte und auf die Beine kam.

Flora schlug eine Borte mit grünen Elefanten vor, aber Marie-Louise bevorzugte es schlicht. Stattdessen malte Flora einen großen Baum mit einem Vogel in der Krone auf ein Stück Tapete, das Marie-Louise später über dem Bett aufhängen konnte, wenn sie wollte.

»Ich hoffe, es trocknet rechtzeitig«, sagte Marie-Louise, als sie anschließend die Pinsel in Terpentin einweichten.

Das Bett war dunkelgrün und leuchtete in dem leeren Zimmer. Simon hatte Marie-Louise versprochen, mit ihr zusammen einen Wickeltisch und eine Kommode zu kaufen, aber bisher hatten sie es noch nicht geschafft. Eine der wenigen Freundinnen, die Marie-Louise immer noch traf, hatte ein hellgelbes Kaninchen mit Hängeohren und einer Schleife um den Hals gekauft, das nun an der Wand saß und auf seinen Platz in dem frischlackierten Bett wartete.

»Hast du Angst vor der Geburt?«, fragte Flora und hatte im nächsten Moment Zweifel, ob es richtig war, danach zu fragen.

»Ein bisschen«, antwortete Marie-Louise. »Man weiß ja nie.«

Flora nickte. Es war eine erschreckende Vorstellung, dass ein Säugling erst über den eigenen Körper herrschte, um sich schließlich durch die empfindlichste Stelle seinen Weg nach draußen zu bahnen.

»Es führt ja kein Weg dran vorbei, oder?« Marie-Louise kniff Flora in die Nase, so wie es alte Männer bei kleinen Kindern taten, wenn sie lustig sein wollen.

Sie gingen hinaus, um ein Eis zu essen. Sie hielten sich im Schatten, sie schlenderten Arm in Arm, und hinterher lagen sie auf Marie-Louises Doppelbett und hörten Musik.

»Ich vermisse Mama«, sagte Marie-Louise.

Sie lag auf der Seite und hielt sich den Bauch. Flora hockte auf dem Boden neben dem Kassettenrekorder, von den Carpenters zu den Eagles und wieder zurück. Sie drehte die Musik lauter und legte sich wieder aufs Bett. Marie-Louise und sie sprachen fast nie über Alice, sie war so übermächtig und zugleich so unsichtbar geworden, dass man nur schwer wusste, was man sagen sollte.

»Ich weiß nicht, mit wem ich darüber reden soll«, flüsterte Marie-Louise.

»Vielleicht mit Barbara«, schlug Flora vor. Sie hätte gern gesagt, dass sie Alice auch vermisste. Mitunter so sehr, dass es sie völlig zerriss. Dass sie nicht verstand, wie Alice das hatte tun können, dass sie Angst davor hatte, ihr Tod könnte schuld daran sein, dass sie sich verkehrt vorkam, wenn sie mit anderen Mädchen zusammen war.

»Nein.« Marie-Louise setzte sich halb auf. »Mit ihr kann ich schon lange nicht mehr reden. Ich glaube, da ist irgendetwas vorgefallen.« Sie sperrte vielsagend die Augen auf, aber Flora verstand nicht, was sie meinte.

»Zwischen Papa und ihr«, erklärte Marie-Louise und musterte Flora, um zu sehen, wie sie reagierte.

Flora lachte. »Barbara und Papa? Das glaube ich nicht.«

»Möchtest du noch ein Glas Saft, bevor er dich abholt?« fragte Marie-Louise und massierte ihre Unterschenkel in einer merkwürdig ungeschickten, vorgebeugten Stellung. Und als Flora mit zwei vollen Gläsern zurückkam, sagte sie: »Das mit Barbara war nur Spaß. Das weißt du doch, oder?«

Niemand hatte eine Vorstellung davon, was Simon sich bei der ganzen Sache eigentlich dachte. Wie zu erwarten war, hatte Marie-Louise protestiert, als Eric ihn wiederholt zum Essen in den Glasschwärmerweg einlud, bevor sie von dort auszog.

»Nächste Woche zur gleichen Zeit«, verabschiedete Eric sich von Simon nach dem ersten Abendessen Mitte Oktober. Marie-Louise und Flora räumten die Küche auf, während Eric den Gast zur Tür begleitete. Sie konnten die Männer durch das Küchenfenster beobachten, Marie-Louise hatte es gekippt, damit sie hören konnten, worüber die beiden sprachen.

»Es ist gerade schwierig für mich«, erklärte Simon auf eine Frage hin, die sie nicht verstanden hatten.

»Schwierig?«, fragte Eric und boxte ihm mit einer Faust sanft gegen die Schulter. Eine stumme, unmissverständliche Warnung.

»Ich muss auf so vieles Rücksicht nehmen«, begann er, aber Eric fiel ihm ins Wort.

»Das ist mir egal. Sie sollen meine Tochter anständig behandeln.«

Simon hatte Marie-Louise gern. Er legte die Arme um sie und berührte ihren Bauch, bei Tisch nahm er ihre Hand und redete zärtlich mit ihr, und das war der einzige mildernde Umstand dieser peinlichen Essen. Sie begannen mit normalen Gesprächen und endeten stets mit Eric in der Rolle des Verhörleiters: Weiß Ihre Frau davon? Werden Sie sich scheiden lassen? Haben Sie überhaupt genug Geld, um den Unterhalt zu zahlen und gleichzeitig Ihre Familie zu ernähren? Was, glauben Sie, werden Ihre Töchter denken? Simon antwortete ausweichend, besonders wenn es um seine Frau ging.

»Er ist eine Memme«, sagte Eric einmal, als Flora und er nach dem Essen aufräumten.

Flora wusste nicht, was sie von Simon halten sollte. Seine Art irritierte sie; wie er die Tischdecke neben seinem Teller glattstrich, wenn er etwas sagte.

»Die Pille«, sagte Eric und klopfte mit dem Zeigefinger auf den Tisch, »ist der einzige Weg zur Emanzipation der Frau.«

»Und was ist, wenn man verheiratet ist?«, fragte Flora und überlegte, wie das alles für Simons Frau sein mochte.

»Das spielt doch keine Rolle«, antwortete Eric, ohne zu verstehen, worauf sie hinauswollte. »Man kann wohl trotzdem emanzipiert sein.«

Es war nur schwer vorstellbar, dass Simons Frau im Ungewissen lebte. Vase war ein kleiner Ort. Simons Wagen parkte jeden Mittwochabend vor dem Glasschwärmerweg 10, und Marie-Louise konnte ihren Zustand nicht länger verbergen. Im April 1974 entschied Simon, seine Stelle nach Ablauf des Schuljahrs aufzugeben, um weiteren Ärger zu vermeiden.

»Meine Frau ist nicht ganz gesund«, sagte Simon einmal in einem Versuch, Erics Inquisition abzuwehren. Dabei deutete er mit einer fast unmerklichen Geste an, dass es sich nicht um ein körperliches Leiden handelte. »Ich bin gezwungen, Rücksicht zu nehmen. Auch der Kinder wegen.«

Das war das einzige Mal, dass Eric die Besinnung verlor und ihn anbrüllte: »Gesund? Was erlauben Sie sich eigentlich, so mit mir zu reden!«

Simon stammelte eine Entschuldigung und blickte verwirrt von Flora zu Martin, die ihm jedoch nicht beisprangen.

»Meine Mutter«, flüsterte Marie-Louise und nahm Simons Hand, woraufhin Eric jedoch mit der Faust auf den Tisch schlug.

»Halte deine Mutter da raus!«, blaffte er sie an, und an Simon gewandt sagte er, dass seine kleinen Mädchen ihm niemals für irgendetwas dankbar sein würden.

Alle saßen stumm und wie gelähmt um den Tisch. Anschließend entschuldigte Eric sich für seinen Ausbruch und gestand ein, dass er zu weit gegangen war.

Kurz darauf suchte Eric Simon in der Schule auf, und danach fielen die wöchentlichen Abendessen aus. Sie hatten zwei Stunden in Simons Büro miteinander gesprochen und einen Kompromiss gefunden, mit dem sie beide leben konnten und der zunächst in der Wohnung und in Marie-Louises Auszug resultierte. Erics Besuch in der Schule dämmte das Gerede nicht gerade ein, und Marie-Louise konnte ihm das nur schwer verzeihen. Aus Furcht, jemandem zu begegnen, verließ sie das Haus nicht mehr und versuchte Flora zu überreden, für sie einkaufen zu gehen.

»Du musst dich jetzt nicht mehr schämen als beim ersten Mal, als du mit diesem Mann ins Bett gestiegen bist«, sagte Eric.

Eines Nachmittags im Herbst, als Flora zu Fuß einkaufen ging, weil ihr Fahrrad kaputtgegangen war, hielt auf der Hauptstraße auf dem Weg zurück ins Schmetterlingsquartier Barbara neben ihr und bot an, sie mitzunehmen. Sie waren noch nicht lange gefahren, als Barbara das Gespräch auf Marie-Louise lenkte.

»Es geht ja nicht so sehr um die Sache mit dem Kind«, sagte sie und steckte eine ihrer langen, dünnen Zigaretten an, »obwohl es mir für deine Schwester natürlich leidtut, dass diese Falle bereits zugeschnappt ist.« Sie lachte und tätschelte Floras Arm, es war natürlich ein Scherz gewesen. »Was mich so ärgert, ist, dass sie eigentlich viel zu schlau ist für so etwas. Da kommt einem der Gedanke, dass sie schrecklich einsam gewesen sein muss.«

Niemand wagte es, Alice den Kindern gegenüber zu erwähnen, obwohl die meisten sich einig waren, dass ein Zusammenhang bestand. Natürlich war es von einem Mann zu viel verlangt, den kindlichen Bedürfnissen allein gerecht zu werden. Es wäre klüger gewesen, wieder zu heiraten.

»Fünf Minuten zweifelhaftes Vergnügen, und schon hat sie eine ganze Familie zerstört«, sagte Barbara, »das hätte ich nicht von ihr gedacht.«

»Er ist doch wohl derjenige, der seine Familie aufs Spiel gesetzt hat«, erwiderte Flora und hielt das Einkaufsnetz umklammert. »Marie-Louise allein hätte doch nichts zerstören können.«

»Nein, das kannst du wohl sagen. Sie allein konnte nichts zerstören, aber sie hätte auch nicht ihr Höschen fallen lassen müssen, wenn ich es mal so direkt sagen darf. Sie ist alt genug, um zu wissen, dass die Männer völlig verrückt werden, sobald sie ein Stück nackte Haut sehen, aber vielleicht hat es deiner Schwester niemand erzählt ...«

»Sie ist erst sechzehn«, entgegnete Flora.

»Ja«, sagte Barbara und bog in den Glasschwärmerweg ein, »und es ist lieb von dir, dass du deine Schwester in Schutz nimmst. Warte nur ab, bis du irgendwann selbst an Frau Carls Stelle bist. Dann wirst du das bestimmt anders sehen.«

Flora stürzte aus dem Auto, Barbara kurbelte das Fenster herunter. »Ich sage das auch, damit du nicht in dieselbe Situation gerätst«, rief sie ihr hinterher. »Das ist nicht leicht für ein so junges Mädchen.«

Das werde ich auf keinen Fall, hätte sie am liebsten erwidert *ich würde nie auf die Idee kommen, ohne Verhütung mit jemandem ins Bett zu gehen. Das wird mir nie passieren. Und ich werde auch nicht heiraten und garantiert keine Kinder bekommen.*

»Soll ich dir helfen?«, fragte Marie-Louise, als sie das Einkaufsnetz auf den Tisch stellte. Flora zuckte zusammen, sie hatte nicht bemerkt, dass sie da war. Sie räumte den Einkauf weg und setzte sich, ohne ihr zu antworten.

»Barbara hat dich nach Hause gefahren?«, fragte Marie-Louise und blieb stehen.

»Wie konntest du das nur tun? Denkst du immer nur an dich?«

Marie-Louise brach in Tränen aus, aber ausnahmsweise schlich sie nicht die Treppe hinauf, um sich zu verstecken, und Flora bekam ein furchtbar schlechtes Gewissen.

»Ich habe das nicht so gemeint«, hatte sie damals gesagt und ihre Schwester umarmt. »Ich weiß nicht, was in mich gefahren ist.«

Und Marie-Louise hatte es zugelassen, ohne die Umarmung zu erwidern.

»Du hast ja recht«, hatte sie schließlich geflüstert. »Ich dachte nur, er würde mich mehr lieben als sie.«

Kapitel 3

Eric reichte Simon die Hand, er gratulierte ihm zu dem kleinen, rotvioletten Jungen, der in Marie-Louises Armen lag. Dann küsste er seine älteste Tochter, wölbte die Hand über den Kopf des Babys und wurde hinterrücks von einem Stolz überrumpelt, der alle Mühsal ignorierte, die mit diesem Kind verbunden gewesen war. Ihm kamen große und rührselige Gedanken über den Fortbestand der Familie, über das erste Mal, als er seine eigenen Kinder im Arm gehalten hatte, über die Tage mit Alice und den Neugeborenen, besondere, stille Tage, die mit nichts vergleichbar waren. Wie der Blick eines Säuglings ein ganzes Leben einrahmen konnte, die kleinen, hilflosen, rudernden Arme, das Sauggeräusch, wenn er an der Brust der Mutter lag.

»Sie ist tapfer«, sagte die Krankenschwester, die noch im Zimmer war, und tätschelte Marie-Louises Wange.

»Simon war ja auch hier«, antwortete sie und drückte seine Hand an ihre Lippen.

»Ja, was für ein Glück, dass er es rechtzeitig geschafft hat«, stimmte die Krankenschwester zu. »Aber bisher habe ich noch keinen Vater gesehen, der die Kinder selbst zur Welt gebracht hätte.«

»Nein, Gott sei Dank«, warf Eric ein, »so robust sind Männer doch gar nicht.«

Daraufhin musste die Schwester lächeln und zwinkerte ihm kokett zu, und er breitete seine Arme aus, als wollte er sagen: *Habe ich etwa nicht recht?*

»Ich wäre gern dabei gewesen, als meine drei auf die Welt kamen«, sagte er schließlich und zauste Floras Haar. »Als du geboren wurdest, hat man mich rausgeworfen und mir gesagt, ich solle entweder nach Hause fahren oder in der Cafeteria warten. Aber was sollte ich zu Hause? Und wer kann sich vorstellen, bitteren Kaffee zu trinken, während die eigene Frau eine Etage weiter oben liegt und leidet? Ich habe mich draußen auf den Gang gesetzt und mich geweigert, wieder zu gehen, und sie haben mich da sitzen lassen, aber es war schrecklich, sie jammern zu hören, ohne etwas tun zu können.«

Die Krankenschwester zwinkerte ihm erneut zu. »Sie hätten dort drinnen wahrscheinlich auch nicht groß helfen können, oder was meinen Sie?«, sagte sie an Simon gewandt, der rote Augen hatte und Marie-Louises Hand gar nicht mehr loslassen wollte.

Simon beugte sich herab, um den Kleinen und Marie-Louise zu küssen. »Es ist das erste Mal, dass ich eine Geburt erlebt habe. Unglaublich, ich habe einen Sohn.«

»Ja, da kommt noch einiges auf euch beide zu«, sagte Eric.

Martin setzte sich auf einen Stuhl direkt neben der Tür und zog den Reißverschluss seiner Jacke bis unters Kinn hoch, obwohl es warm war. Er war mürrisch und bockig, aber Eric hatte darauf bestanden, dass er mitkam. Flora zwängte sich auf die andere Seite des Betts, und Marie-Louise zog die Bettdecke ein wenig zur Seite, damit sie ihren kleinen Neffen sehen konnte. Er hatte getrocknetes Blut im Haar und winzige Nägel, er hielt die Hände vors Gesicht, als wolle er sich verstecken.

»Er ist so süß«, sagte Flora.

Marie-Louise nickte. »Es ist kaum zu glauben«, flüsterte sie und beugte den Kopf zu ihrer Schwester.

»Tut es immer noch weh?«, wollte Flora wissen, aber Marie-Louise hörte sie nicht.

Als sie später im Fahrstuhl nach unten fuhren, drückte Eric Flora und Martin an sich. »Eigentlich ist es sehr gut, dass Simon Taxifahrer geworden ist, unter den gegebenen Umständen.«

Sie verstanden nicht, was er meinte. In der Halle glitten die Türen fast lautlos auf, Menschen wurden herein- und hinausgeschleust. Ein kleines Mädchen mit einem Tuch um den Kopf kreischte, während ihre Mutter sie in den Aufzug zerrte.

»So kann er im Laufe des Tages bei Marie-Louise vorbeischauen, ohne vor seiner Frau Rechenschaft ablegen zu müssen«, fuhr Eric fort, als sie auf den Vorplatz des Krankenhauses hinaustraten. Es nieselte, das Wetter hatte umgeschlagen, kaum dass die Sommerferien begonnen hatten.

»Na, ich weiß nicht«, meinte Martin, »er muss wohl ziemlich viel fahren, damit er genug Geld verdient, um zwei Familien versorgen zu können.«

Eric blieb stehen und kniff Martin liebevoll in den Nacken. Es war selten, dass er etwas so Vernünftiges von sich gab.

»Irgendjemand hat erzählt, dass Frau Carl angefangen hat, in einem Kindergarten zu arbeiten, obwohl sie eigentlich Lehrerin ist«, erzählte Flora, als sie im Auto saßen.

Eric sah sie über die Schulter hinweg an. Jetzt war Martin an der Reihe, vorn zu sitzen.

»Du musst einen Beruf erlernen, ja?« Er verdrehte den Oberkörper noch immer halb, um sie anzusehen. »Das musst du mir versprechen, Flora.«

»Martin etwa nicht?«, fragte sie und strich mit den Fingerspitzen über den Veloursbezug.

Eric lachte und steckte den Schlüssel ins Zündschloss. »Doch, natürlich. Er muss das natürlich auch.«

Sie würden mit dem Zug auf die Insel Bjørneø fahren. Eric bestand darauf, Flora zum Hauptbahnhof nach Rossel zu bringen, obwohl sie lieber auf eigene Faust von Vase aus aufgebrochen wäre. Eric unterhielt sich immer lange mit Ellinor, sie veränderte sich in seiner Gegenwart. Dann lachte sie anders, und obwohl es Flora egal sein sollte, schämte sie sich genauso sehr für die beiden, wie Mia sich für ihre Mutter schämte.

»Dein Vater ist ein attraktiver Mann«, hatte Ellinor einmal zu Flora gesagt. Ihre Frauengruppe war zu Besuch, und sie tranken Wein, um irgendetwas zu feiern.

»Aha.« Flora wusste nicht, was sie sonst dazu hätte sagen sollen.

»Er wirkt auch nicht so schwanzfixiert wie andere Männer« hatte Ellinor hinzugefügt und ihr einen Kuss auf die Wange gegeben.

»Aha«, hatte Flora noch einmal gesagt, und zum Glück war dann Mia gekommen.

»Du brauchst mich nicht zu fahren, ich bin alt genug, ich komme allein zurecht«, versuchte Flora Eric noch umzustimmen.

»Aber ich würde dich so gern fahren!« Er sprach in einem albernen Ton und faltete flehend die Hände.

»Ich bin schon fünfzehn, das ist peinlich«, versuchte sie, aber es hatte keinen Zweck.

»Ich werde dich vermissen«, sagte er genauso frotzelnd wie zuvor, »ich möchte deine Gesellschaft genießen, solange es geht.«

Er warf ihren Rucksack in den Kofferraum und wunderte sich, wie leicht er war. Sie versicherte ihm, dass sie alles eingepackt habe, was auf der Liste von Ellinor stand, woraufhin er den Verdacht äußerte, dass sie sicher sowieso die ganze Zeit nackt herumlaufen würden.

»Man darf keinen Spiegel mitnehmen«, erklärte sie, »Mia meint, sie könnten sogar auf die Idee kommen, das Gepäck zu durchsuchen, wenn man dort ankommt.«

»Was für ein Quatsch.«

Aber Flora verteidigte die Vorschrift mit Ellinors Worten. »Wir dürfen unsere Zeit nicht damit vergeuden, uns selbst anzugucken. Wir werden uns gegenseitig ansehen, und wir brauchen niemanden zu beeindrucken.«

Auf dem Weg zum Bahnhof machten sie bei Marie-Louise Halt. Sie servierte ihnen am Esstisch Tee.

»Hält er dich die ganze Nacht wach?«, fragte Eric.

»Er hat immerzu Hunger, und wenn ich versuche, den Zeitplan einzuhalten, den mir die Hebamme gegeben hat, schreit er so sehr, dass es nicht auszuhalten ist.«

»Wer will schon nach einem Zeitplan essen?« Eric setzte die Tasse ab. »Gib ihm etwas, wenn er Hunger hat.«

Diesen Rat hatte er im Paradies aufgeschnappt. Seit Jonna in den Süden des Landes gezogen war, fiel es ihm wieder leichter, dorthin zu fahren. Die Kinder im Paradies hingen noch an den Brüsten der Mütter, wenn sie längst laufen konnten. Es war möglich, dass sie dadurch, wie manche behaupteten, verhätschelt und frech wurden, aber sie wirkten zufrieden. Alice war mit diesen Zeitplänen auch nicht besonders gut zurechtgekommen, als Marie-Louise und Flora Babys waren. Er hatte diese Fütterungsordnung als unnatürlich empfunden, es aber nicht gewagt, etwas dagegen zu sagen. Als sie dazu übergegangen war, ihnen die Flasche zu geben, war es einfacher geworden, und sie hatte sich damit abgefunden, eine der Frauen zu sein, die nicht genug Milch haben. Bei Martin hatte sie es gar nicht erst versucht, sondern ihm von Anfang an Muttermilchersatz gegeben.

»Hat Mama das denn auch so gemacht?«, fragte Marie-Louise und schenkte Tee nach.

»Deine Mutter?« Eric räusperte sich. »Sie hat viel zu wenig auf sich selbst vertraut, das war Teil ihres Unglücks.«

Alle verstummten.

»Glaubst du vielleicht, im Amazonas richten sich die Mütter nach Stillplänen?«, fragte er nach einer Weile. »Oder früher, als es nicht mal Uhren gab? Und glaubst du, im ganzen Amazonas wimmelt es nur so von verwöhnten Gören? Und was ist mit den Tieren? Wir sind ja auch eine Art Tiere, oder?« Er kratzte sich in den Achselhöhlen und machte Affengeräusche.

»All dieser Unsinn, mit dem man uns überhäuft«, sagte Eric, als Flora und er wieder im Auto saßen. »Das sind multinationale Konzerne, die Milchpulver zu Gold machen wollen, sie haben das Gesundheitswesen infiltriert und stehen an der Spitze von jenen Kampagnen, deren einziges Ziel es ist, frischgebackene Mütter zu verunsichern.«

Flora nickte, ohne ihm zuzuhören.

Auch das hatte er im Paradies gehört. Erst fand er, das klinge nach dem üblichen antikapitalistischen Misstrauen, doch später hatte er auch in der Zeitung einen Artikel darüber gelesen, wie der Verkauf von Milchpulver an arme afrikanische Länder dazu beitrug, dass mehr Kinder starben – anstatt bessere Nahrung für sie bereitzustellen. Offenbar konnte Muttermilch die Kinder schützen, und wenn die Ersatzmilch mit unreinem Wasser angerührt wurde oder die Frauen keine Möglichkeit hatten, die Flaschen ordentlich zu sterilisieren, bekamen die Kinder Mageninfektionen, mit oft tödlichen Folgen.

Eric versank hinter dem Steuer in Schweigen. Er dachte darüber nach, wie er an Simons Stelle gehandelt hätte. Er würde sich nicht dazu eignen, alberne Lügengeschichten auseinanderzuhalten und für keinen richtig da zu sein. Marie-Louise und der Junge waren am meisten davon betroffen, sie mussten sich damit abfinden, immer an zweiter Stelle zu stehen, solange Simon nicht den Mut aufbrachte, seiner Frau das zu erzählen, was sie zweifelsohne sowieso schon wusste. Weihnachten, Neujahr, Ostern, an diesen Tagen mussten sie ihn entbehren, und Eric machte der Gedanke traurig, wie sehr sich seine Tochter im Stich gelassen fühlen musste. Sie behauptete, sie könne gut damit leben, aber er glaubte ihr nicht.

»Wenn du die Wahl hättest, sähe dein Leben bestimmt anders aus.«

»Die habe ich aber nicht. Ich kann nur das nehmen, was ich bekomme, oder mit ihm brechen, aber wie sollte ich damit leben können, dass ein kleiner Junge seinen Vater nicht kennenlernt?«

Das war für Eric nur ein weiterer Grund, nicht zu lügen. Als Alice noch lebte, hatte ihn hin und wieder der Gedanke gestreift, was passieren würde, wenn er eine andere Frau schwängerte. Er hatte sich damit getröstet, dass Alice im Falle eines solchen Unglücks wenigstens nicht darüber schockiert sein könnte, wie er sich in eine solche Situation gebracht hatte. Allerdings zweifelte er daran, dass sie die Großmut besessen hätte, ihn das Kind sehen zu lassen, und das wäre dem Nachwuchs gegenüber nicht anständig gewesen. Andererseits hatte es schon immer Kinder gegeben, die ohne ihren Vater aufgewachsen waren, es war eine Schande – aber es musste nicht zwangsläufig eine Tragödie sein. Wäre Alice von einem ihrer Liebhaber schwanger geworden, hätte die Sache anders ausgesehen. Dann wäre er gezwungen gewesen, die Vaterschaft ohne Zögern anzuerkennen, weil sie verheiratet waren und er genauso gut der Vater des Kindes hätte sein können wie der andere Mann. So gesehen sollte man als Mann nur mit verheirateten Frauen ins Bett gehen, wohingegen Frauen sich nie mit verheirateten Männern einlassen sollten. Natürlich war er besonders vorsichtig, wenn er mit anderen Frauen zusammen war, und damals erst recht. Er hatte sich nicht immer darauf verlassen, dass sie die Pille nahmen, und hin und wieder Kondome verwendet. Doch das minderte das Gefühl, und obwohl manche Frauen es schätzten, dass er damit länger durchhielt, war es für ihn nie dasselbe. Mit dem neuen Abtreibungsgesetz, das bald in Kraft trat, musste kein Mensch mehr ungewollt Kinder bekommen. Oder jedenfalls keine

Frau, dachte er und sah erneut Marie-Louise vor sich, wie sie in der Tür gestanden hatte, als sie gegangen waren, fast durchsichtig vor Erschöpfung.

Es war gut, dass sie rechtzeitig losgefahren waren, denn so in Gedanken versunken verpasste er die richtige Ausfahrt nach Rossel, sodass sie einen Umweg am Stadtpark vorbei fahren mussten. Flora hätte es ihm nicht verziehen, wenn sie zu spät gekommen wären, sie schielte ständig auf die Uhr während sie sich durch den stockenden Stadtverkehr quälten.

Sie war nur froh, dass er vor dem Bahnhof keinen Parkplatz fand, sondern sich damit begnügen musste, sie abzusetzen. Als sie sich gerade ihren Rucksack über die Schulter geworfen hatte, kamen Ellinor und Mia am Bahnhofsgebäude entlangspaziert, sie hielten sich an den Händen. Als Mia Flora entdeckte, ließ sie ihre Mutter los, lief auf sie zu und schlang die Arme um sie.

»Pass gut auf sie auf«, sagte Eric und winkte Ellinor durch das Fenster hinaus zu.

»Natürlich.« Sie drückte seine Hand. »Wir sind ja zum Glück viele, die auf sie aufpassen können.«

Flora beugte sich durch das Fenster und gab ihm einen Kuss auf die Wange. Sie sah glücklich aus, und das heiterte ihn auf. Am Abend zuvor hatte er Barbara getroffen, mit der er schon lange nicht mehr gesprochen hatte.

»Flora fährt in ein Frauenferienlager?«, hatte sie gesagt. »Das ist doch wohl nicht dein Ernst?«

»Warum nicht? Sie ist im Alltag ja nicht gerade von Frauen umgeben.«

»Die sind doch völlig gestört. Revolutionärinnen, männerhassende Sozialistinnen – bekommst du denn gar nichts mit?«

Der Meinung war Eric schon, aber sie lachte nur. »Hast du gar keine Angst?«, fragte sie.

Eric fühlte sich von ihren Worten überrumpelt. »Du wirkst so wütend, willst du mir irgendetwas sagen?«

Er wusste, wie wichtig es war, offen und entgegenkommend zu sein, auch wenn andere es nicht waren, das war ein nicht unbedeutender Absatz des Karmagesetzes »Du erntest, was du sähst«.

»Ich bin nicht wütend«, sagte Barbara und strich sich das Haar hinter die Ohren. »Ich mache mir nur Sorgen.«

»Du bist eine Frau, eigentlich müsste die Frauenbewegung dich doch interessieren.«

»Warum sollte sie? Diese Frauen sprechen herablassend über mein Leben, sie nennen mich eine Sklavin, weil ich mich um meine Familie kümmere, anstatt einer bezahlten Arbeit nachzugehen, sie bezeichnen Alan und dich und andere Männer als Ausbeuter und behaupten, die Frauen wären eine unterdrückte Klasse, die als Sexobjekte und Diener im Haushalt benutzt werden.«

»Huiuiui«, lachte er, »du bist ja ganz außer dir.«

Daraufhin hatte sie ihn als unverantwortlich und naiv beschimpft, und er hatte das Gespräch nur aus reiner Verblüffung nicht beendet.

»Du bist aber doch wohl auch für die Gleichberechtigung von Mann und Frau?«, fragte er. »Für gleiche Gehälter und für das Recht, über seinen eigenen Körper zu bestimmen?«

»Du klingst auch schon wie eine Frau. Merkst du das überhaupt?«

»Du stimmst mir also nicht zu?«

»Das versteht sich doch von selbst«, antwortete Barbara, »und du weißt genau, dass ich das nicht meine. Vielleicht wäre es sogar die Rettung gewesen für …« Sie unterbrach sich mit einer Handbewegung.

»Sag es freiheraus. Ich weiß schon, dass du Marie-Louise

meinst, aber du verstehst gar nichts. Du machst dich besser als du bist.«

Er hatte versucht, so zu tun, als wären ihm ihre Vorwürfe egal, aber in Wirklichkeit trafen sie ihn. Um Flora machte er sich keine Sorgen. Es konnte ihr unmöglich schaden, eine Woche auf einer Insel in Gesellschaft nackter Frauen zuzubringen, die über die Probleme und Rechte der Frauen diskutierten und Gitarre spielten. Und wenn sie als Sozialistin nach Hause kam, würde er auch damit zurechtkommen. Sein Sorgenkind war Marie-Louise, aber auf andere Art und Weise als Barbara glaubte. Dass andere ihre Töchter davor warnten, mit Jungs ins Bett zu gehen, fand er geradezu lächerlich. Und es machte ihn traurig, dass Marie-Louise nicht mehr Vertrauen zu ihm gehabt hatte, dass sie sich offenbar so sehr geschämt und es nicht gewagt hatte, ihn um Erlaubnis für ein Verhütungsmittel zu bitten.

»Du bist ein böser Mensch«, hatte er zu Barbara gesagt. Am liebsten hätte er sie geschlagen. Sie machte auf dem Absatz kehrt und hetzte im Laufschritt den ganzen Glasschwärmerweg hinunter, während er regungslos dastand, flammend und brennend, zwischen Bungalows und Eingangstoren und der unerträglichen Stille der Vorgärten.

Kapitel 4

Bjørneø lag weit von den Inseln Lilleø und Sandø und den anderen mondänen Ferienorten nördlich von Farring entfernt. Die Eisenbahn folgte der Küstenlinie in südlicher Richtung durch Industriegebiete und Wälder, hinter Rand wurde die Landschaft flacher, und ein ausgedehnter Pinienwald stellte schließlich die letzte Verpuppung dar, ehe der Zug in den heißen, weißen Sommer am Wasser eintauchte. Auf der anderen Seite einer schmalen Landzunge fielen Meer und Himmel in einem scharfen, flimmernden Schnitt zusammen, so unvermittelt und hell, dass man die Augen zusammenkneifen musste. Wenn man vom Bahnhof zum Kai ging, kam man ins Schwitzen. Es gab keine Fährverbindung wie nach Lilleø, und Bjørneø war auch nicht mit dem Festland verbunden wie Sandø. Das überdachte Linienboot hatte den normalen Fahrplan erweitert und pflügte im Pendelverkehr über den Belt, um die Frauen zur Insel zu transportieren. Sie saßen auf ihren Rucksäcken und Schlafsäcken in der Sonne, eine erwartungsvolle Menge mit Kopftüchern und Strohhüten und braunen Gitarrenhüllen, mit halbnackten Kleinkindern und nackten Füßen.

»Papageien und Indianer«, raunte der Kaufmann dem Skipper zu, als er die letzten Versorgungslieferungen an Deck brachte, »ich habe gehört, dass sie die Hüllen fallen lassen, sobald sie da drüben an Land gehen. Aber Männer haben keinen Zutritt, also können wir uns gar nicht daran erfreuen.«

Der Skipper hatte jedoch genug damit zu tun, sein kleines Schiff und die lebhaften Passagiere unter Kontrolle zu behalten, und nicht allzu viel für einen Schwatz übrig. Er kommandierte seinen ältesten Sohn dazu ab, sich um die Vertäuung zu kümmern, hätte ihn aber fast wieder nach Hause geschickt, als die ersten Frauen begannen, sich ihrer Blusen zu entledigen, während sie auf dem Boot in der Sonne warteten. Nicht, weil er den Sohn von dem Anblick verschonen zu müssen meinte, sondern weil der sich nicht mehr konzentrieren konnte und keine große Hilfe darstellte. Damit war er nicht allein. Grüppchen von Anwohnern drängten sich am Kai zusammen, um die Sommergäste zu studieren und sich zu vergewissern, dass die Frauen genauso hemmungslos und befremdlich wirkten wie in den Jahren zuvor, mit dem einzigen Unterschied, dass sich ihre Zahl beinahe verdoppelt hatte.

Es war eine Frauengruppe aus Farring, die zwei Jahre zuvor die Initiative zum ersten Ferienlager ergriffen hatte. Bjørneø war zum einen deshalb ausgewählt worden, weil es im Süden des Landes billiger war als nahe der Hauptstadt, zum anderen gab es hier weder Anwohner noch Ferienhäuser. Zu Fuß konnte man die Insel, die ihre unregelmäßigen, dunklen Klippententakel in ein tiefgrünes Meer streckte, innerhalb von einer Stunde umrunden. Auf der Nordseite von Bjørneø bildeten die flachen, ebenen Klippen ein breites Becken, das nur durch eine enge, kurze Passage mit dem Meer verbunden war, das Wasser lag ruhig und warm in der Sonne, und die Frauen nannten diese Stelle den Kinderkessel, weil es hier die Mütter mit ihren kleinen Kindern hinzog. In der Mitte der Insel bot ein Kranz aus niedrigen Nadelbäumen Schutz. Einige Freiwillige hatten dort armeegrüne Großzelte in langen, geraden Reihen aufgebaut, sodass sie einem Soldatenlager glichen, ehe die übrigen Frauen anrückten. Das Küchenzelt war neben den kleineren Freizeitzelten und dem Waschzelt platziert worden, die Toiletten lagen diesmal im Süden statt im Norden, denn nachdem man im letzten Jahr nicht auf die häufigste Windrichtung geachtet hatte, stank es im gesamten Zeltlager des öfteren nach Fäkalien. Sie hatten Campingkocher und Gasflaschen und Petroleumlampen, auf der Insel gab es keinen Strom. Aber das spielte keine Rolle, die Frauen brachten alles, was sie brauchten, selbst mit. Es war ein Traum, der Wirklichkeit wurde, ein spontan entstandener, hektischer Traum von einer vorübergehenden Freistatt, wo Frauen ihre Gedanken und Erfahrungen austauschen, Manifeste schreiben und sich sonnen, aufrüsten und abrüsten und einander die Nächsten sein konnten, um anschließend gestärkt in die Welt zurückzukehren, die so hoffnungslos und altmodisch von Männern regiert wurde.

Die ersten beiden Frauenferienlager waren ein voller Erfolg, und die Initiatorinnen hatten, berauscht davon, was sie alles allein auf die Beine zu stellen vermochten, den ganzen Winter über in dem neuen Frauenhaus in Farring damit zugebracht, Ideen zu entwickeln, um das nächste Lager noch besser zu machen. Sie wollten niemanden abweisen, weshalb Bjørneø in diesem Jahr zum Bersten gefüllt war.

Hier kam man leicht mit anderen ins Gespräch. Es gab keinen Grund zur Schüchternheit, die Frauen konnten einander umarmen und sich ausziehen und so frei sein, wie man sie geschaffen hatte, im Laufe einer Woche, in der keine anderen Regeln galten als jene, die sie selbst beschlossen hatten. Jungen unter zwölf Jahren waren willkommen, ansonsten hätte man alleinerziehende Mütter und die Frauen, die nicht von ihren Männern unterstützt wurden, zu sehr benachteiligt. Eine der Frauen in der Leitungsgruppe meinte, es wäre zweckmäßig, die älteren Jungen in einem eigenen Zelt unterzubringen, weil über viele Dinge gesprochen wurde, die nur Frauen etwas angingen, aber der Vorschlag wurde abgeschmettert: Das Frauenferienlager war nicht nur eine Freistatt, sondern auch ein Generator für künftige Veränderungen. Wenn sie die Jungen dazu erziehen konnten, weniger mit ihrem Schwanzhirn zu denken, wie es eine der Jüngeren unter Applaus und allgemeiner Heiterkeit ausgedrückt hatte, könne das der Gesellschaft nur helfen, einen besseren und weitsichtigeren Kurs einzuschlagen. »Wenn wir unsere Söhne anständig erziehen, können wir künftige Kriege verhindern« fuhr sie fort, und der Beifall wollte gar kein Ende mehr nehmen, »Frauenhass ist die älteste Form der Dominanz, alle Formen der Unterdrückung und Ausbeutung gehen daraus hervor.« Am Ende stand die junge, rhetorisch gewandte Frau auf »Wir alle mussten uns schon anhören, dass etwas mit uns nicht stimmt. Aber wir haben keinen Grund, uns zu verändern.«

Kinder lernten von den Erwachsenen in ihrer Umgebung, wie sie sich selbst einmal als Erwachsene verhalten würden. Deshalb lag es in der kollektiven Verantwortung, mit gutem Beispiel voranzugehen. Die Kinder hatten nur wenige, einfache Regeln zu befolgen, bei denen es ausschließlich um die Sicherheit beim Baden und den Umgang mit offenem Feuer ging. Der Sommer auf Bjørneø sollte ein Freiheitsparadies für Jungen und Mädchen sein. Darauf hatten sich die Frauen am Abend vor Beginn des dritten Ferienlagers geeinigt, als jemand sich vorsichtig danach erkundigte, ob es Zeltgruppen geben würde, die den Erwachsenen vorbehalten waren, und ob spezielle Orte vorgesehen waren, wo die Lesben miteinander schlafen konnten. Man schärfte den Teilnehmern ein, dass sie rücksichtsvoll sein und daran denken sollten, dass die meisten nachts gern schlafen würden, alles andere wäre nicht nötig. Nur die Workshops zu Selbstuntersuchungen und die Werkstatt für den Mösenabdruck sollten den Erwachsenen vorbehalten sein. Obwohl sicherlich auch Kinder an solchen Aktivitäten Freude hatten, wollte niemand riskieren, sich Ärger mit Leuten einzuhandeln, die diese Idee nicht verstanden oder glaubten, alles würde unter Zwang ablaufen. Die Menschen dort draußen, da war man sich einig, hatten starre Vorstellungen und Gehirne, so träge wie Schildkröten. Revolution im einen Lager, Behäbigkeit im anderen, hin und wieder musste man einander die Hand reichen, wenn der Frieden gewahrt werden sollte.

Flora, Mia und Ellinor warteten seit mehr als einer Stunde darauf, auf die Insel übergesetzt zu werden. Sie waren mit einigen Frauen aus Ellinors Arbeitskollektiv angereist, die sich jetzt in alle Richtungen verstreuten, damit beschäftigt, andere zu begrüßen und zu umarmen. Flora blieb auf einem Poller sitzen, während Mia umherlief und sich irgendwelchen anderen Mädchen vorstellte. Flora war nach der Zugfahrt hungrig und müde. Sie setzte sich in den Schatten unter dem Halbdach einer Bushaltestelle, wo bereits eine junge, rotblonde Frau mit dem Bündel eines schlafenden Babys im Arm saß. Sie lächelte und legte einen Finger an die Lippen. Flora nickte, es war eine Erleichterung, nicht schon wieder mit einer Fremden reden zu müssen. Hin und wieder hob die Rotblonde die Hand und winkte oder warf irgendjemandem Luftküsse zu, sie deutete auf das Kind und gab den anderen zu verstehen, dass sie sich ihnen später anschließen würde. Flora schielte zu ihr hinüber, sie wirkte beinahe zu jung für eine Mutter, genau wie Marie-Louise. Das Kind lag in einem großen Tuch, das sich die Frau umgebunden hatte, ein verschwitztes, kleines Gesicht, um die molligen Handgelenke und Fesseln waren dünne Perlenkettchen gelegt. Die Frau wiegte das Kind vor und zurück, wenn es im Schlaf wimmerte. *Ganz ruhig,* sagte sie besänftigend und *wir sind doch gleich da*. Flora konnte sich Marie-Louise unmöglich in dieser Pose vorstellen, sie wechselte die Kleidung des Jungen, sobald er das kleinste Bäuerchen machte, und schlich auf Zehenspitzen durch das abgedunkelte Zimmer, um ihn nicht zu wecken. Marie-Louise hätte über die gesamte Versammlung am Kai die Nase gerümpft, sie hätte irgendeine halb witzig, halb spöttisch gemeinte Bemerkung über das schlafende Baby gemacht, woraufhin Eric, wenn er auch hier gewesen wäre, gelächelt und gesagt hätte, *So schlimm sei das alles doch auch wieder nicht* oder etwas wie *Das ist doch in Ordnung, solange das Kind den Anschein macht, dass es sich wohlfühlt* oder *Die Menschen sind so unterschiedlich.*

Flora zog die Beine hoch und legte den Kopf auf die Knie. Eric hatte sich verändert. Nach außen hin glich er den anderen Familienvätern in Vase, aber er nutzte jede Gelegenheit, um sich über die Nachbarn lustig zu machen, er nannte sie altmodisch und reaktionär. Er sprach auf eine Art und Weise über sie, die durchblicken ließ, dass er sich über sie erhaben fühlte und für einen emanzipierteren und mutigeren Menschen hielt.

»Warum wohnst du in Vase, wenn du deine Nachbarn nicht ausstehen kannst?«, hatte Marie-Louise ihn einmal gefragt, aber darauf hatte er keine Antwort gehabt.

Jetzt wollte er nach Indien. Flora gefiel der Gedanke nicht, ein heimatloser Zorn wuchs in ihr und wurde so groß, dass sie ihn nicht ordentlich greifen konnte, sondern von seinen gewaltigen, polternden Kräften davongezogen wurde, bis sie so angeschlagen war, dass am Ende nur ein Gefühl von Angst und Unglück übrigblieb. Eric ließ sich nur selten von kritischen Bemerkungen beeindrucken, aber als Flora einmal zu ihm gesagt hatte, dass es leicht sei, modern zu sein, wenn man in Vase wohnte, hatte er sie auf ihr Zimmer geschickt.

Mia kam herbeigerannt, sie hatte ein anderes Mädchen im Schlepptau. Das Kind wurde von Mias schriller Stimme geweckt, die Rotblonde sah sie mit einem milden Vorwurf im Blick an. Sie wickelte das Baby aus dem Tuch und reichte es Flora, die nicht wusste, was sie damit anfangen sollte.

»Danke«, sagte die Rotblonde, als sie das Kind wieder an sich nahm. Sie strich Flora mit einem Finger über die Wange und beugte sich mit dem Kind auf der Hüfte zu ihr. »Kopf hoch«, flüsterte sie und lächelte nahe an Floras Gesicht, »alles ist so gut.«

Flora fiel nichts Besseres ein, als zu nicken. Die junge Frau war ein Insekt, das mit seinem Stachel ein mikroskopisch kleines Loch in sie hineingebohrt hatte, als sie für einen Moment unaufmerksam war, und sich Zugang zu ihren Gedanken verschafft hatte. Jetzt schwirrte sie weiter und verschwand zwischen den anderen Frauen am Kai. Mia und das fremde Mädchen sahen sie fragend an, aber sie machte eine ahnungslose Handbewegung, und die anderen warfen ihr ein solides Tau aus Gelächter zu, an dem sie sich leicht festhalten konnte.

Die Fahrt nach Bjørneø dauerte nur eine Viertelstunde, sie legten an einem Holzsteg in einer Bucht zwischen den Klippen an. Die Strömung riss und zerrte an dem leichten Boot, der Sohn des Kapitäns sprang an Land und musste die Stimme erheben, um für Ruhe zu sorgen, während die Frauen von Bord gingen. Obwohl es windstill war, schlugen die Wellen schäumend an Land, das Meer zerschmetterte Schneebeeren an den Klippen. Das grelle Licht machte einen fast blind, aber Flora blieb stehen und sah auf das Wasser, während das Boot schaukelnd und wippend wieder Kurs aufs Festland nahm, bis Mia sie den staubigen Weg zwischen den Nadelbäumen hinaufzerrte.

Kapitel 5

Aufgemalte rote und gelbe Blumen zwischen grünen Blätterranken, dazwischen ein ovaler Taschenspiegel, der die Sonne einfing und blendende Signale aussandte wie ein Leuchtturm *Spiegelzelt* stand mit geschwungenen Buchstaben darüber, zwischen elf und sechzehn Uhr, ab fünfzehn Jahren.

Mia lachte, als Flora fragte, was hinter dem Vorhang vor sich gehe, sie gab ihr jedoch keine Antwort.

»Ellinor hat mir davon erzählt«, sagte sie später, als sie zum Baden gingen, »sie sagt, wir sollten es ausprobieren, jetzt, wo wir alt genug sind.«

Flora spürte, dass Mia ihre Frage als Scherz aufgefasst hatte, und überspielte es. Seit der Ankunft vor einigen Tagen hatte sie ihre Unwissenheit schon mehrfach zur Schau gestellt: Sie hatte ein Nachthemd angezogen, als sie sich am ersten Abend die Zähne putzten, und war sich zwischen all den nackten Frauen im Zelt dämlich vorgekommen. Sie hatte erfahren, dass sie einen Vorortdialekt hatte, und das war kein Kompliment. Sie fühlte sich eingeschüchtert, als sie an der Reihe war, sich vor ihrer Zeltgruppe vorzustellen, und hatte keine Ahnung, was sie über sich selbst erzählen sollte, nachdem drei erwachsene Frauen vor ihr dran waren, von denen die eine lesbisch war, die andere in einer Frauenkommune wohnte und die dritte soeben ihren Mann verlassen hatte. Und später stellte sie Mia die rhetorische, aber offenbar trotzdem lächerliche Frage, warum hier alle ständig über ihre Körper sprachen.

»Der Körper ist ein Schlachtfeld«, antwortete die junge, rotblonde Frau von der Bushaltestelle, obwohl die Frage gar nicht an sie gerichtet gewesen war.

Sie saßen auf dem Rasen vor dem Küchenzelt und sonnten

sich, als die Rotblonde sich in die Nähe setzte, im Schneidersitz, halb abgewandt, um ihren kleinen Jungen im Auge zu behalten, der neben ihr im Gras lag und etwas unbeholfene Versuche machte, über den Rasen zu robben.

»Dort haben wir unsere größten Niederlagen erlitten, und dort werden wir unsere größten Siege erringen.«

Flora wusste nicht, was sie dazu sagen sollte. Mia hob den Kopf und öffnete ihr eines Auge halb, bevor sie ihn wieder auf den Rasen sinken ließ.

»Du hast keine Ahnung, wovon ich spreche, was?«, fragte die Rotblonde lächelnd an Flora gewandt.

Mia unterdrückte ein Kichern, Flora wurde rot. Sie schämte sich.

»Das kommt schon noch«, sagte die Frau und stand auf. Im Gegensatz zu den meisten anderen auf der Insel war sie nicht nackt, sie trug ein langes, wallendes Kleid, naturfarben mit einer orangefarbenen Borte über der Brust.

»Das war doch die vom Kai, oder?«, flüsterte Mia, als sie gegangen war. »Was ist denn mit der los?«

Sie sahen der Frau nach, die ihr Kind durch die Luft wirbelte, sodass es vor Freude jauchzte. Flora sagte nichts. Sie hätte gern mit Mia zusammen gelacht, doch sie konnte nicht.

Bevor sie ins Spiegelzelt gingen, wollten sie baden, sie liefen im Gänsemarsch den Weg zwischen den Nadelbäumen entlang, aufmerksam, um nicht auf die scharfen Felsen zu treten, die intensiv und trocken nach wildem Thymian, Strandbeifuß und Labkraut dufteten. Kleine, farblose Schwärmer sammelten sich um gelbe Blüten, ausgelassenes Lachen und vereinzelte Rufe von den badenden Frauen drangen zu ihnen herüber. Die Mädchen nahmen den weitesten und schmalsten Weg zum Wasser, um möglichst weit von den anderen entfernt zu sein.

Flora musste immerzu daran denken, was die Frau gesagt

hatte. Sie war sich nicht sicher, ob sie es verstand, aber wenn sie an die Geschichten dachte, die sie bereits in der Zeltgruppe gehört hatte, ergab es seltsamerweise doch einen Sinn. Marschierende Soldaten, Pferde, Kanonen, tieffliegende Jagdbomber und Schützengräben. Körper, die beinahe zerfetzt wurden, Worte wie Atompilze, vom Sieg sprach hier niemand. Unentwegt wälzte sie die Gespräche in ihrem Kopf hin und her. Die Frauen sprachen davon, dass sie sich unfrei fühlten, und davon, sich selbst zu verraten. Es waren Berichte aus einem fernen, realen Leben ohne Gasmasken und Kampfuniformen, es waren nackte Körper, und alle nannten sich Schwestern. Sie hätte gern mit jemandem darüber gesprochen, aber auf keinen Fall mit Mia, und die Rotblonde zu fragen, wagte sie nicht. Erst recht nicht, nachdem Mia sie als verrückt bezeichnet hatte, als sie ihnen auf dem Weg zum Wasser wieder begegnete.

Mia und Flora waren in derselben Zeltgruppe, einer anderen als Ellinor, darauf hatte Mia schon im Zug bestanden. Für Ellinor war das in Ordnung, und Mia hatte Flora erklärt, dass es in der Zeltgruppe tägliche Zusammenkünfte gebe, um über Dinge zu sprechen, von denen man die eigene Mutter lieber nicht reden hören wollte.

»Liebe, Scheidungen, sexuelle Erfahrungen«, ergänzte Ellinor, »Dinge, die alle erwachsenen Frauen teilen, mit denen man sich aber alleine gelassen fühlt.«

»Mama!« Mia hielt sich die Ohren zu. »Schon hast du wieder zu viel gesagt.«

Trotzdem lachten sie beide, und Flora lachte mit ihnen, obwohl sie sich ausgeschlossen fühlte.

»Es geht darum, herauszufinden, was es bedeutet, eine Frau zu sein«, erklärte Ellinor.

Mia sah Flora an, sie zog die Augenbrauen hoch und verdrehte die Augen, aber sie wirkte glücklich.

Seit Beginn des Lagers herrschte strahlender Sonnenschein,

und das Wetter schien sich zu halten. Es hatte Überwindung gekostet, sich komplett auszuziehen. Mia hatte Flora zwar gesagt, dass sie es nicht tun müsse, sie selbst hatte ihre Kleider jedoch abgelegt, und so folgte Flora ihrem Beispiel. Es war schön, einfach so von den Klippen springen zu können und sich in der Sonne zu trocknen. Wie die meisten anderen hatte sie sich sofort einen Sonnenbrand an den Schultern geholt, und am zweiten Tag änderte sich die Mode, von ganz nackt zu unten ohne, mit T-Shirt und Sonnenhut. Flora war noch nie zuvor nackt im Meer geschwommen. Auf Lilleø gab es einen FKK-Strand, aber ihre Familie war nie dort hingegangen. Im letzten Sommer hatte Eric es einige Male vorgeschlagen, aber Marie-Louise und sie hatten sich geweigert.

Wenn Flora nackt badete, fühlte es sich an, als ob eine kalte Hand auf ihrem Geschlecht läge, sie drehte sich auf den Rücken und spreizte unter Wasser die Beine. Sommerferienfreiheit, sonnenverbrannte Haut, Haare, die schon ganz widerspenstig und vom Salz verfilzt waren. Sie tauchte mit kräftigen Zügen, kam wieder an die Oberfläche, prustend und mit einem Mal glücklich.

»Du bist wie ein Seehund«, lachte Mia und umarmte sie.

Flora erwiderte die Umarmung, Mias Körper war glatt und kühl, sie ertastete mit den Zehen einen großen Stein, auf dem sie balancieren konnte, und versuchte Mia hochzuheben. Sie taumelten ins Wasser, das so salzig war, dass es in der Kehle brannte, es war schwer, gleichzeitig zu husten und zu lachen.

Anschließend lagen sie auf den Klippen. Selbst im Halbschatten unter den niedrigen Bäumen war es heiß, zum ersten Mal seit ihrer Ankunft waren sie ganz allein. Das Rascheln der kleinen Wellen auf den Klippen, ein glitzernder, diamantenbesetzter Handschuh, eine Königinnenhand, deren Bewegungen Hofdamen und Diener dazu brachten, wie Schaum zu zerstieben, wie Tropfen und Blasen aufzuspringen.

»Bist du gern hier?«, fragte Mia und drehte sich auf die Seite.
Flora nickte, ohne sie anzusehen.
»Dann warte erst mal, bis du das Spiegelzelt gesehen hast!«
Flora räkelte sich.
»Ich wäre gern so dünn wie du«, sagte Mia und packte eine Delle über ihrer eigenen Hüfte.
»Ich finde dich hübsch«, erwiderte Flora, »und die Jungs mögen Mädchen bestimmt lieber, wenn sie nicht so knochig sind.«
»Die Jungs? Die können mich mal.«
Flora nickte. Sie wussten beide genau, dass keine von ihnen es ernst meinte, aber es tat gut, so zu tun als ob.
»Du hast schöne Brüste«, sagte Flora. »Ich habe nichts.«
»Das stimmt doch gar nicht.« Mia zog an Floras Arm, sodass sie fast umgekippt wäre und sich nicht mehr bedecken konnte. »Du denkst, du würdest immer noch so aussehen wie das kleine Mädchen, das du warst, als du in die Schule gekommen bist.«
Flora schüttelte lachend den Kopf.
»Eine ordentliche Handvoll.« Mia machte ein Clownsgesicht und fasste ihr unerwartet an die Brust. Flora zog sich weg und schlug nach ihr.
»Aber es stimmt! Ich kriege fast einen Steifen.«
Dann heulten sie beide vor Lachen, das alles war einfach zu komisch, und es gab nichts, wofür man sich schämen musste. Flora zog sich das T-Shirt an, sie konnte immer noch spüren, wo Mia die Finger in ihre Brust gegraben hatte.

Das Spiegelzelt war fast voll besetzt, als sie kamen. Die Frauen saßen im Kreis auf Matratzen, während eine der älteren verschiedene Plastikspiegel an alle verteilte. Anschließend stellte sie sich in der Mitte des Kreises auf eine Kiste und drehte sich um die eigene Achse. Sie hatte eine breite Narbe auf dem

Bauch, die zwischen ihren Schamhaaren entsprang und am Bauchnabel endete.

»Das weibliche Geschlecht wurde zum Objekt gemacht«, begann sie, »es wurde als gefährlich, unrein, mystisch, machtvoll, geheimnisvoll und sogar abstoßend bezeichnet. Es wurde überhöht und lächerlich gemacht, es wird von Männern begehrt und doch gefürchtet, sie hecheln ihm hinterher wie Hunde, um ihre eigene Lust zu befriedigen, und in der Weltgeschichte gibt es kaum Grenzen für das, was unternommen wurde, um unser Geschlecht zu unterwerfen.«

Das Licht wurde von den nervösen Spiegeln der Frauen reflektiert, schwirrende Lichtinsekten auf der Zeltplane.

»Wir gebären umgeben von männlichen Ärzten, die Beine in Metallbügel gesteckt, die Männer erwarten von uns, dass wir immer bereit sind, viele von uns leben ihr Leben, ohne ihre eigenen Geschlechtsorgane zu kennen, weil sie nicht hängen und baumeln wie Schwänze, und man sagt uns, es läge an uns, wenn wir keinen Orgasmus bekommen, wenn ein Mann das Rein-raus-Spiel mit uns abzieht.«

Mia sah Flora an und unterdrückte ein Kichern, irgendwo lachte jemand laut.

»Es darf gerne gelacht werden«, sagte die Frau auf der Kiste und ließ ihren Blick von Gesicht zu Gesicht wandern, »aber lasst uns nicht vergessen, dass die Angelegenheit auch ernste Seiten hat. Wir wurden jahrhundertelang von den Männern unterdrückt, das muss endlich ein Ende haben. Wir nehmen die Sache selbst in die Hand, Schwestern, wir lernen uns selbst kennen und lassen es freigebig zu, dass andere uns betrachten, damit wir wissen, dass wir nicht mangelhaft sind, sondern schön, damit wir verstehen, dass eine Frau ganz unterschiedlich aussehen kann, so wie auch die Blumen im Garten allesamt hübsch sind, aber nicht identisch. Wir sind Frauen, wir sind Schwestern, wir wagen etwas, und wir können es.«

Sie hob den Spiegel, bevor sie in die Hocke ging und die anderen aufforderte, näher zu kommen. Flora hatte keine Lust einer alten Frau direkt in den Schritt zu glotzen, aber Mia zog sie mit.

»Wir haben aufgehört, uns zu schämen, nicht wahr, Schwestern?«, rief sie und zog mit Zeigefinger und Daumen ihre Schamlippen auseinander.

»Äußere Schamlippen, innere Schamlippen, Damm, Harnröhre und«, erklärte sie, »das Kronjuwel, die Perle, der Kitzler, die Klitoris, der Quell des Genusses, ob wir nun mit uns selbst Liebe machen oder mit einem Mann oder einer anderen Frau.« Triumphierend legte sie ihren Zeigefinger darauf, und Flora konnte weder hin- noch wegsehen.

Anschließend sollten sie sich selbst studieren. Floras Arme und Hände waren aus porösem Gips, sie zerbröselten, als sie den Spiegel nahm.

»Ihr habt die allerschönsten Blumen zwischen den Beinen«, fuhr die Frau auf der Kiste fort, »Rosen, Lilien, Narzissen, seht euch an, und betrachtet die anderen.«

Nach der Stunde im Zelt brannte die Sonne gnadenlos. Ausgestanzte Silhouetten, der Duft von warmem Gras, eine Libelle, die in der Luft verharrte. Flora war schwindelig, Mia sagte, sie habe Hunger. Seite an Seite lagen sie im Gras, rote und schwarze Spiralen drehten sich so schnell hinter Floras Augenlidern, dass sie nach Luft schnappen musste. Frauen bewegten sich auf dem Platz hin und her, langsame, träge Tiere, sie war nur im Theater, nichts geschah wirklich.

»Ich weiß nicht«, setzte Flora an, sie wollte etwas über das Zelt und den säuerlichen Geschlechtsgeruch sagen.

»Entspann dich.« Mia streckte die Hand nach ihr aus, ohne die Augen zu öffnen. »Wir müssen das ja nicht wiederholen.«

Schon am vierten Tag sehnte sich Flora nach Ruhe. Ellinor hatte vergessen zu sagen, dass sie Ohrstöpsel mitnehmen sollten. Nachts war es heiß im Zelt, obwohl die Öffnung weit offen stand, und sie wachte jedes Mal auf, wenn jemand hustete, sich wälzte, auf die Toilette ging, schnarchte, im Schlaf wimmerte oder lachte. Ihre Erschöpfung verstärkte die Geräusche, warf sie in ihrem Schädel hin und her wie ein Echo, sie hatte permanent Lust, sich die Ohren zuzuhalten. Mia und sie freundeten sich mit einer Gruppe Mädchen in ihrem eigenen Alter an. Es war besser, Teil einer Gruppe zu sein, Mia hörte auf, gegen Flora zu sticheln, und kümmerte sich auch nicht mehr darum, wenn sie einfach schwieg.

Abgesehen von den Zeltversammlungen verbrachten sie nicht viel Zeit mit den Erwachsenen. Die Jüngeren hatten nicht annährend so viele Pflichten im Küchenzelt, sie streiften umher und waren sich einig, die politischen Treffen und meisten freiwilligen Aktivitäten zu schwänzen und stattdessen lieber zu baden.

Eines der älteren Mädchen beharrte jedoch darauf, dass sie in dem anderen Aktionszelt einen Abdruck von ihrer Möse machten. Es sah komisch aus, wie sie nebeneinanderstanden und sich mit roter und blauer Farbe einschmierten, sich auf T-Shirts und Tücher hinabsenkten, Kringelmuster von ihrem Geschlecht hinterließen und anschließend überlegten, mit was die Abdrücke am meisten Ähnlichkeit hatten: einem Gesicht, einem Schmetterling, einer Wunde, einem bärtigen Mann, dem lieben Gott persönlich. Flora wollte einen Abdruck mitten auf ein Oberteil setzen, das sie sich neu gekauft hatte, stolperte jedoch über den Schemel und verschmierte die Farbe am Kragen, ehe sie das Gleichgewicht ganz verlor und auf den Boden kugelte.

»Wahnsinn, was du da für eine Perücke hast!«, rief eines der Mädchen und deutete auf die Grashalme und den Staub, die an der Farbe zwischen ihren Beinen festklebten.

Sie musste sich waschen und von vorn anfangen, während

die anderen längst fertig waren und bei Floras zweitem Versuch zusahen. Sie lachten und feuerten sie so lautstark an, dass die Frauen, die dieses Aktivitätszelt leiteten, sie bitten mussten leiser zu sein. Flora ließ sich mitreißen und konnte gar nicht mehr aufhören, ein plötzlicher Freudenrausch.

»Mösenbatik«, sagte Mia lachend und zeigte auf Floras T-Shirt, und die anderen stimmten ihr zu; die Kette der Abdrücke ähnelte einem Batikmuster. Flora zog es gleich an und die anderen wollten ihre sparsamer dekorierten Oberteile noch einmal umgestalten, damit sie so aussahen wie Floras, aber die Frauen im Zelt hatten genug von ihrem Gekreische und warfen sie raus.

Sie trugen ihre neuen T-Shirts beim Halbzeitfest, das am selben Abend stattfand. Viele Frauen hatten sich für den Anlass hübsch gemacht, trugen lange Röcke oder Overalls, Perlenketten und Tücher, kleine Kränze aus Hasenklee und Storchschnabel im Haar. Sie aßen unter freiem Himmel an langen Tischreihen, zitronenfarbene Sprenkel des bleichen Halbmonds erleuchteten den Himmel, ehe die Nacht hereinbrach. Das Geräusch des Meeres in der Ferne, Lagerfeuerfunken stiegen durch die blaue Dunkelheit zur Himmelskuppel empor, um sich den Sternen anzuschließen. Mia bat Ellinor um die Erlaubnis, Bier trinken zu dürfen. Sie zögerte einen Moment.

»Mein großes Mädchen«, sagte sie dann und zog Mia an sich, »natürlich darfst du, du bist ja so gut wie erwachsen.«

Anschließend zog sie auch Flora an sich und küsste sie auf beide Wangen. Sie roch nach Schweiß und Bier und Sonnenöl, sie war oben ohne und trug ihr Haar offen. Sie sah glücklich aus. Irgendjemand spielte Gitarre und sang mit lauter, durchdringender Stimme, und Ellinor begann zu tanzen.

Wir sind Frauen, Schwestern, haben Mut
Und wir zeigen unsere Wut

Jetzt woll'n wir uns selber retten
Wir lagen viel zu lang in Ketten
Doch das hat uns stark gemacht
Nehmt euch in Acht!

Alles das bleibt nicht beim Alten
Wir wurden viel zu lange kleingehalten
Doch das hat uns stark gemacht
so unbändig stark gemacht!

Mia holte eine Flasche Wein, andere Mädchen brachten Bier, sie setzten sich ins Gras, nahe genug ans Feuer, um die Wärme zu spüren, weit genug vom Gesang entfernt, um sich unterhalten zu können. Sie tranken schnell, als wollten sie es schnell hinter sich bringen, waren aufgekratzt und berauscht und warfen sich auf den Boden. Der Tau ließ das Gras silbrig glitzern, nackte Füße hinterließen dunkle Spuren, holten unablässig weitere Getränke, etwas zu rauchen.

Mia öffnete triumphierend die Hand und präsentierte einen Klumpen Haschisch. Ein anderes Mädchen drehte mit geschickten Fingern einen Joint.

»Ich habe bisher nur Gras probiert.« Mia streckte sich eifrig nach dem Joint, den das Mädchen ihr reichte.

»Dann hast du was, worauf du dich freuen kannst.«

»Meine Mutter findet, dass ich noch nicht alt genug bin«, erklärte Mia und zog so stark an der Tüte, dass sie ihre Backen nach innen saugte, »obwohl sie sonst nicht besonders streng ist.«

»Meine Mutter hat mir beigebracht, wie man Joints dreht.« Das Mädchen lachte. »Sie fand, es wäre besser, dass ich zu Hause bin, wenn ich zum ersten Mal rauche und trinke.«

»Mhmmm«, murmelte Mia und trank aus der Rotweinflasche, sie hielt den Joint von sich, noch nicht dazu bereit, ihn weiterzugeben. »Das sagt meine Mutter auch.«

Es kam ihr vor wie ein Verrat, aber Flora traute sich nicht etwas zu sagen und sich vor den anderen lächerlich zu machen. Es verletzte sie, dass Mia schon einmal gekifft hatte ohne es ihr zu erzählen. Die Sommerferien hatten gerade erst begonnen, noch waren sie nicht durch Mias obligatorischen Besuch bei ihrem Vater getrennt gewesen, und es war nicht vorstellbar, dass Mia vergessen haben könnte, ihr etwas so Wichtiges zu erzählen.

»Mein großer Bruder«, Mia inhalierte erneut, bevor sie den Joint an die Nächste weiterreichte, »hat zum ersten Mal mit seinen Freunden geraucht, als er dreizehn war. Ich fasse es nicht dass meine Mutter unterschiedliche Regeln für uns aufstellt.«

»Das liegt daran, dass er ein Junge ist«, sagte das Mädchen, das den Joint entgegennahm, »die dürfen immer mehr.«

Mia streckte die Arme zum Himmel und bewegte die Handgelenke wie bei einem indischen Tanz. Sie nickte. »Das ist so was von daneben. Er hat auch die Erlaubnis bekommen, dieses Jahr alleine mit seiner Freundin und ein paar anderen in den Süden zu reisen. Das hätte sie mir nie erlaubt.«

»Nein, wenn wir etwas wollen, schwingen sie plötzlich große Reden von Vergewaltigern und gefährlichen Männern ... also ehrlich«, ereiferte sich das Mädchen, das den Joint gedreht hatte. »Dann ist es auf einmal egal, dass ich im Selbstverteidigungskurs war.«

»Jonathan und Tina sind doch gar nicht mehr zusammen«, sagte Flora. Das Mädchen neben ihr reichte den Joint an sie weiter, sie nahm ihn und hielt ihn linkisch zwischen den Fingern.

»Sie haben sich wieder zusammengerauft, kurz bevor wir hierherkamen.« Mia kniff die Augen ein wenig zusammen. »Du weißt doch, wie das mit den beiden ist.«

Es schmerzte und brannte in Flora, aber sie wollte um keinen Preis zeigen, was in ihr vorging. Vielleicht sagte Mia nicht die Wahrheit, vielleicht hatte sie es nur erzählt, weil sie Verdacht geschöpft hatte, dass zwischen Flora und Jonathan etwas gelaufen war. Sie setzte den Joint an und sog den Rauch ein. Ein Rausch der Übelkeit, als sie inhalierte.

»Das stimmt doch nicht«, flüsterte sie und lehnte sich zu Mia hinüber, sodass sich ihre Arme berührten, »Jonathan ist viel zu schlau, um zu ihr zurückzugehen.«

»Ja, das sollte man meinen, was?« Mia legte den Arm um sie. »Ich habe ihn auch gefragt, was es dann eigentlich mit euch beiden auf sich hat.«

Einige der Mädchen begannen zu tanzen, langsame, zeitlupenartige Bewegungen, sie rissen sich die Kleider vom Leib, die Sonne hatte sie gebräunt und ihre Bewegungen geschmeidig gemacht. Auch Mia stand auf, tanzte, drehte sich, lachte. Flora war übel, doch sie nahm den Joint trotzdem noch einmal an. Das Mädchen mit den geschickten Fingern sah sie mit großen, melancholischen Augen an, sie sagte, Flora sei hübsch und sie habe Lust, sie zu küssen. Flora schüttelte den Kopf, elend und ängstlich, sie wollte etwas sagen, konnte aber die Worte nicht formen. Sie kam auf die Beine, wackelte in Richtung Wald und erbrach sich über sich selbst.

Mia bemerkte nichts, sie tanzte mit den Armen um eines der anderen Mädchen, ihr Lachen kam aus dem Weltraum. Flora zitterte vor Kälte, ihr war nicht länger schlecht, aber sie konnte noch immer nichts sagen, ihr Mund war voller Metall. Sie hockte sich ein Stück von den anderen Mädchen entfernt auf den Boden, krabbelte auf allen vieren näher ans Feuer, erreichte es jedoch nicht, ehe sie das Bewusstsein verlor.

Als sie aufwachte, war es um sie herum still. Jemand hatte ihr ein sauberes T-Shirt angezogen und sie zugedeckt, sie fror nicht mehr. Die Zeltplane war ein schwankendes Segel über ihrem Kopf, ihr Mund war trocken. Als sie sich aufsetzte, jagten Fieberschübe durch ihren Kopf.

»Leg dich wieder hin«, sagte jemand zu ihr, und Flora gehorchte. »Ich hole dir Wasser.«

»Haschisch und Alkohol, was?«, fragte die Frau, als sie zurückkam. Flora erkannte sie erst, als sie sich zu ihr hinabbeugte. »Man muss aufpassen, wenn man es noch nie probiert hat und nicht weiß, womit man es zu tun hat.«

Die Rotblonde klang weder vorwurfsvoll noch besorgt. Ihr kann es auch egal sein, dachte Flora und schloss die Augen, und in dem Gedanken lagen Traurigkeit und Freiheit gleichermaßen. Sie kennt mich sowieso nicht.

»Wie heißt du denn weiter, Flora?«, fragte die Frau, aber Flora fühlte sich zu schwach, um zu antworten. Ihre Augenlider glitten zu, ihr war schwindelig, sie war desorientiert und wollte nur noch schlafen.

Als sie das nächste Mal aufwachte, war es immer noch dunkel, sie ahnte nicht, wie spät. Sie hatte etwas geträumt, woran sie sich nicht mehr erinnern konnte, über ihr schwebte lediglich das Gefühl, jemand hätte ihr in der Dunkelheit aufgelauert. Sie fror, dass ihr die Zähne klapperten, und tastete nach weiteren Decken. Wenn Haschisch das Bewusstsein erweitern konnte, wie Ellinor und ihre Freundinnen behaupteten, wollte sie nicht wissen, was sich in ihrem Bewusstsein verbarg, dass es ihr so erging. Jonathan hatte dasselbe gesagt wie Ellinor, er war strenger als sie, und Mia meinte, dass er einfach gern über andere bestimmte. Die Vorstellung von ihm und Tina durchzuckte Floras Körper so sehr, dass sie nicht still liegen konnte, obwohl es wehtat, wenn sie sich bewegte. Vielleicht dachte er, dass sie ihn nicht mochte, nur weil sie es nicht mochte, wenn er so wütend wurde. Nach dem einen Mal im Badezimmer, als er weinen musste, hatte sie sich erbarmt, und alles hatte von vorn angefangen. Vielleicht glaubte er, sie wäre zu jung für ihn, wenn sie ihn nicht mehr machen ließ, als sie zu küssen und ihre Brüste anzufassen. Einmal hatte er ihre

Hand genommen und sie auf die Beule in seiner Hose gelegt. »Schau, was du mit mir machst«, hatte er gesagt. Sie hatte ihn durch den Stoff hindurch angefasst und war verblüfft, wie hart er war.

»Willst du ihn nicht richtig spüren?«, hatte er gefragt, in einem ganz alltäglichen Tonfall. Es war an einem Montagnachmittag vor den Ferien, das Licht vom Regen gedämpft, es sickerte durch die dünnen, roten Gardinen in Ellinors Schlafzimmer und brachte ihre Hände und Gesichter zum Glühen. Mia war in der Bibliothek, um Bücher für eine gemeinsame Schulaufgabe abzuholen, sie hatten sich aufgeteilt, um Zeit zu sparen. Flora hatte versprochen, in der Zwischenzeit weiterzuschreiben, war stattdessen jedoch sofort zu Jonathan gegangen, kaum dass seine Schwester aus der Tür war.

»Willst du es nicht?«, wiederholte er, und sie vergrub ihr Gesicht an seinem Hals. »Nur ein ganz kleines bisschen?«

Sie spürte die Wärme seines Halses an ihren Lippen, Speichel und Aftershave, sie liebte es, die Tür des Badezimmerschranks zu öffnen und seine Sachen zu betrachten: die Zahnbürste, die Rasierseife, den Rasierer, die bernsteinfarbene Flasche mit Jovan Musk, Kamm, Nagelschere, Zahnpasta. Er nahm ihre Hand erneut, und sie zwängte die Finger unter den Stoff, zu der glattesten, wärmsten Haut, und er stöhnte in ihr Ohr, als wäre selbst ihre leichte, ungeschickte Bewegung erregend. Daraufhin war sie mutiger geworden, hatte seinen Penis umschlossen, die Haut glitt so leicht hin und her, sie musste an das tanzende Haus im Vergnügungspark in Rossel denken, an seine lange und steile Treppe, deren Stufen sich bewegten, sodass man sich konzentrieren musste, um nicht zu stolpern. Als sie ihre Hand auf und ab gleiten ließ, presste er seinen Unterleib gegen sie, sie öffnete seinen Gürtel und holte seinen Schwanz ganz heraus. Er schob die Hände unter ihr Oberteil.

»Du darfst nicht aufhören«, drängte er, als sie für einen Moment innehielt. »Versprich mir, dass du nicht aufhörst.«

Sie hörte nicht auf, fasziniert, neugierig, und obwohl sie nicht wusste, was sie tun musste, schien das, was sie tat, auszureichen, denn er kam im selben Moment über ihre Hände, als Mia den Schlüssel im Haustürschloss umdrehte. Flora sprang mit drei lautlosen Sätzen ins Badezimmer, während Jonathan sich mit einem von Ellinors Handtüchern abtrocknete, den Reißverschluss hochzog, seufzte, leicht mit den Fingern gegen die Badezimmertür trommelte, wie ein heimlicher Code, ehe er in seinem Zimmer verschwand.

Flora hatte an seinem Sperma gerochen. Sie ließ warmes Wasser über ihre Hände laufen, benutzte jedoch keine Seife um einen Hauch des strengen, tangartigen Geruchs zu bewahren, der ihr ein solches Herzklopfen bereitete, dass sie lautlos lachen musste, als sie ihr eigenes, erhitztes Gesicht im Spiegel sah.

Anschließend konnte sie sich unmöglich konzentrieren. Mia fragte immer wieder, ob etwas nicht stimmte, und sie antwortete, dass sie müde sei, obwohl sie in Wirklichkeit vollkommen überdreht war und ihr am liebsten alles erzählt hätte. Doch sie schwieg, weil sie wusste, dass es das Dümmste wäre, das sie tun konnte.

Sie hatte bei Mia geschlafen und die ganze Nacht davon fantasiert, wie Jonathan zu ihr hereinkam, ihre Hände nahm und im selben flehenden Ton zu ihr sagte: Du darfst niemals aufhören.

Am nächsten Morgen tat er so, als wäre nichts passiert, wirkte abwesend und gereizt, und das machte sie traurig. Sie versuchte, sich damit zu beruhigen, dass er sich bestimmt nur ihr zuliebe so benahm, damit Mia nichts merkte. Flora kam erst wieder zur Ruhe, als sie sich einige Tage später begegneten und er ihr zuzwinkerte und einen Dank zuflüsterte. Sie hatte gedacht, dass das der Punkt wäre, an dem alles anfing, dass etwas unglaublich Spannendes auf sie wartete, dass es an ihr war, einen kühlen Kopf zu bewahren, damit sie nicht zu schnell weitermachten. Auf ihrer linken Schulter flüsterte ein Teufel: Zu schnell wofür? Aber sie hielt sich an die unausgesprochene Übereinkunft zwischen den Mädchen – ein Schritt nach dem anderen. In dem Moment, als sie ihn berührt hatte, hatte sie das nicht erregt, aber später dachte sie jedes Mal daran, wenn sie sich selbst befriedigte. Es war nicht so sehr sein Schwanz als vielmehr die Vorstellung, dass er alles tun würde, um von ihr zu bekommen, wonach er sich sehnte.

Als sie jetzt, im Zelt, daran dachte, war von der Lust nichts mehr übrig. Die Erinnerung verwob sich mit Mias Worten. Es war klar, dass es für Jonathan nie etwas Besonderes gewesen war, er hatte das schon tausendmal gemacht, mit Tina und sicher auch mit anderen Mädchen. Älteren, hübscheren Mädchen mit mehr Erfahrung, die weiter zu gehen bereit waren als sie. Und obwohl ihre Freundinnen behaupteten, dass die Jungs nur umso eifriger wurden, wenn man sich rarmachte, war sie sicher, dass sie nicht interessant genug war, um Jonathans Aufmerksamkeit auf Dauer zu fesseln, wenn er anderswo leichter zum Zuge kam.

Sie konnte nicht mehr schlafen, sie war erschöpft, fühlte sich jedoch nicht mehr krank. Eigentlich hatte sie kaum an Jonathan gedacht, seit sie auf Bjørneø war, aber jetzt marterte sie sich selbst mit Fantasien über ihn und Tina, obszöne, irrsinnige Sequenzen, in denen die beiden zusammen waren, und sie schalt sich selbst, nie etwas zu wagen. Die Situation war das ganze Frühjahr über kompliziert gewesen, und sie hatte sich in seiner Gegenwart unfrei gefühlt. Das erschien ihr in diesem Moment aber nicht mehr wichtig. Er hielt die Nadel und den Faden in der Hand und hatte sie mit Kreuzstichen übersät. Allein die Vorstellung, dass er sich von ihr abwenden würde, war schmerzlich. Sie musste ihn erreichen, ihm einen Brief schicken und ihm deutlich machen, dass sie mehr wollte, um so die Katastrophe des Verlusts abzuwenden. Für einen Moment beruhigte es sie, dass sie ihm rechtzeitig schreiben konnte, ehe das Boot mit den neuen Lieferungen kam und die Post abholte, dann wiederum verrannte sie sich in Schreckensszenarien, der Brief könnte unterwegs verloren gehen oder Jonathan könnte bereits abgereist sein, sodass der Umschlag mit ihrer leicht zu identifizierenden Handschrift auf der Fußmatte hinter dem Briefschlitz liegen würde, wenn Mia und Ellinor nach Hause kamen. Es wäre besser, ihn anzurufen, obwohl sie unmöglich laut aussprechen konnte, was ihr auf dem Herzen lag. Noch dazu gab es auf der Insel kein Telefon. Wenn man einen Anruf tätigen wollte, musste man sich mit dem Boot zum Festland bringen lassen, und es würde schwierig werden, Mia oder Ellinor von der Notwendigkeit eines Anrufs zu überzeugen, ohne eine Lügengeschichte zu erfinden.

Von einer aberwitzigen Entschlossenheit besessen, log sie sich krank, als die Rotblonde nach ihr sah. Sie habe Gliederschmerzen, sagte sie, und ihr Hals und ihr Bauch täten weh, und noch dazu sei ihr übel.

»Hast du Angst? Liegt es daran?«

Sie schüttelte den Kopf, versuchte, geschwächt und entkräftet auszusehen, und die Frau kniete sich neben sie.

»Wahrscheinlich solltest du besser nicht noch mal kiffen«, sagte sie und strich ihr über das Haar. »Nicht alle vertragen das.«

Flora kamen die Tränen, aus reiner Frustration darüber, dass sie dieses Schauspiel durchhalten musste, nur um diesem bedrückenden Gedanken nachzugehen, von dem sie wünschte, er hätte sich nie in ihr eingenistet. Die Frau ging wieder, bald würden Ellinor und Mia und die anderen Mädchen mit ihrer Lebendigkeit und ihren Fragen und ihrer unwillkommenen Fürsorge herbeistürmen. Flora hatte es auf der Insel gefallen, der Gedanke, sich zu verabschieden und in die Stille im Glasschwärmerweg zurückzukehren, war kaum zu ertragen. Dennoch wurde sie von einer ängstlichen Finsternis durchströmt, die sie dazu drängte, nicht länger hierzubleiben.

»Ihr geht es richtig schlecht«, flüsterte die Rotblonde in der Zeltöffnung. Ellinor steckte den Kopf hinein und sagte etwas zu der jungen Frau, die darauf mit einer resignierten Armbewegung reagierte.

»Wenn ich du wäre, würde ich nicht die Verantwortung für sie übernehmen wollen, wenn es ihr so geht«, fuhr sie fort, »aber es liegt natürlich nicht an mir, das zu entscheiden.«

Flora schloss die Augen, als sie näher kamen. Ellinor legte eine Hand auf ihre Stirn. »Rachel sagt, du bist krank«, flüsterte sie, und Flora öffnete die Augen zu winzigen, elendigen Schlitzen und nickte so jämmerlich, wie sie nur konnte.

»Ihr müsst meinen Vater anrufen«, flüsterte sie, und Ellinor nickte.

»Ich muss später sowieso mit dem Kleinen aufs Festland«, sagte Rachel, »ich bringe ihn für die nächsten Tage zu meinen Eltern. Ich kann deinen Vater anrufen, wenn du mir seine Nummer gibst. Er kommt den ganzen Weg aus Farring, oder? Ich werde ihm sagen, dass er sich beeilen soll.«

Flora nickte. Sie weinte, und die anderen trösteten sie, sie könne nichts dafür, dass sie krank sei, und sie könnten sich gut vorstellen, wie ärgerlich das für sie sein musste. Da weinte sie noch mehr, sie war ein schlechter Mensch, sie kannte den Strom nicht, der sie da mitriss, kannte seinen Ursprung und seine Richtung nicht und hatte ihre Seele doch an ihn verkauft.

»Wie heißt du denn weiter, Flora?«, fragte Rachel und reichte ihr einen Notizblock und einen Bleistift. Ganz unten auf der Seite hatte jemand einen Bären gezeichnet, mit offenem Schlund und spitzen Zähnen.

»Horn«, antwortete sie und schrieb die Telefonnummer auf. »Mein Vater heißt Eric.«

Kapitel 6

Eric nahm Martin mit, damit er auf der langen Fahrt jeman den zum Reden hatte. Er hatte ihm versprochen, dass sie in Farring im Hotel übernachten würden, wenn sie Flora abgeholt hatten, aber noch bevor sie aus Rossel hinausgefahren waren, fiel Eric nichts mehr ein, was er sagen konnte. Es war eine verdammte, verzwickte Situation, so hatte er sich ein Wiedersehen mit Rachel auf keinen Fall vorgestellt. Anfangs hatte er ihre Stimme gar nicht erkannt, und dann verstand er nicht, wovon sie redete.

»Bist du es, Rachel? Bist du es wirklich?«

»Ich hatte keine Ahnung, dass sie deine Tochter ist. Erst als sie erzählt hat, wie du heißt, habe ich gesehen, wie sehr ihr euch ähnelt.«

Natürlich machte er sich Sorgen, dass Flora krank war, aber Rachel hatte ihn beruhigen können.

Eigentlich hatte es Rachel an diesem Morgen nicht gepasst Eric anrufen zu müssen, aber noch weniger hatte sie andere in diese ganze unmögliche Geschichte involvieren wollen. Und dazu wäre sie gezwungen gewesen, da sie an diesem Tag die Einzige war, die mit dem Boot übersetzte, und niemand hätte verstanden, warum sie dem kranken Mädchen zuliebe nicht ein paar Anrufe tätigen konnte. Erst hatte sie den Jungen an ihre Eltern übergeben, war aber zu unruhig gewesen, länger mit ihnen zu sprechen. »Hast du das also auch überlebt, mein Freund?«, hatte sie ihren Vater noch zu ihrem Sohn sagen hören, als die Eltern sich entfernten. Normalerweise wäre es ihr schwergefallen, eine solche Bemerkung zu ignorieren, aber sie tat so, als hätte sie es nicht gehört. Der Junge freute sich, seine Großeltern zu sehen, aber er begann trotzdem zu weinen, als sie sich verabschiedete. Wenn er so reagierte, machte sie das traurig und wütend zugleich. Einerseits hatte sie Lust, ihn gleich wieder mitzunehmen, andererseits wollte sie ihn von sich schieben, weil er ihr den Abschied so schwermachte.

Sie hatte Bauchweh, als sie mit dem Hörer in der Hand in der überhitzten Telefonzelle am Kai stand. Sie hatte die Tür aufgeschoben und mit dem Notizblock gewedelt, aber die Luft stand still. Sie hatte gedacht, dass es genügen müsse, Eric anzurufen, sie müsse ihm ja nicht begegnen, wenn er kam, um das Mädchen abzuholen. Falls nötig, würde sie lügen und behaupten, sie habe Verpflichtungen, die sie nicht absagen könne. Sie hätte ihn früher anrufen können, aber im ersten halben Jahr wäre ihr das unklug vorgekommen, und als der Junge auf der Welt war, erschien es ihr unmöglich.

Sie war lange mit dem Hörer in der Hand dagestanden, ohne Geld einzuwerfen. Erst hatte sie überlegt, ob sie sich als eine andere ausgeben sollte, ihre Stimme verstellen und ihre Botschaft schnell herunterleiern. Als Eric sich dann meldete, musste er mehrmals hallo rufen, ehe sie etwas sagte. Anschließend schoss die Nervosität in ihre Brust wie bei einer Explosion. Die Gedanken sprangen von der Oberseite ab, wie Perlen, die sie nicht greifen konnte. Sie kaufte ein Eis und wartete auf den Skipper, der die Waren vom Kaufmann einlud.

Sie hatte Eric verständlich gemacht, dass jetzt ein schlechter Zeitpunkt war, um sich wiederzusehen, er müsse sich um Flora kümmern. Sie hatte ihm aber versprochen, dass sie sich im Laufe des Sommers treffen könnten, wenn sie wieder in Farring war, und sie versuchte sich damit zu beruhigen, dass sie dieses Versprechen nicht einhalten müsse. Sie hatte ihm nichts erzählt. *Ich musste für eine Weile weg*, hatte sie gesagt, *ich habe keine Luft mehr bekommen*. Und obwohl sie ihm damals genau dieselbe Erklärung gegeben hatte, wirkte er diesmal feinfühliger und klang so, als würde er ihren Entschluss verstehen und anerkennen.

»Wir waren ja nicht unbedingt ein Paar«, sagte er, »du bist mir nichts schuldig.«

Diese Bemerkung ließ sie nicht mehr los. Eigentlich hätte sie das nicht stören dürfen, es war nichts anderes als das, was sie damals auch zu ihm gesagt hatte. Aber jetzt machte es sie traurig. Sie hatte sich vorgestellt, dass er mehr an sie denken würde, als er in dem Telefonat zum Ausdruck gebracht hatte, und sie kam sich dumm vor, weil er in ihren Gedanken immer noch so viel Raum einnahm.

»Idiot«, flüsterte sie und meinte damit sich selbst. »Du riesengroßer Vollidiot.«

Obwohl sie zwischen Rossel und Farring im Großen und Ganzen kein Wort wechselten, schafften Martin und Eric es, in Streit zu geraten. Es war ein albernes Detail – Martin klopfte immerzu mit seinen Schuhen gegen das Handschuhfach, sodass seine weißen Turnschuhe Spuren auf der Leiste hinterließen. Wenn Martin nicht so mürrisch und beleidigt gewesen wäre und Eric nicht so gereizt, wäre die Situation vermutlich nicht eskaliert. Eric bat Martin mindestens zehnmal, damit aufzuhören, doch das Fußgetrommel begann immer wieder von Neuem. Bis Eric schließlich an den Straßenrand fuhr, den Jungen vom Beifahrersitz zerrte und ihn unsanft auf die Rückbank schob. Es war wie ein Blackout, anschließend war er aufgewühlt und versuchte, die Reaktion vor sich zu rechtfertigen, bis er nicht mehr konnte, erneut an den Rand fuhr, die Hände vors Gesicht schlug und eine klägliche Entschuldigung murmelte. Eigentlich hätten sie es dabei belassen können. Eric räumte ein, dass er müde und überfordert sei, doch statt die Entschuldigung anzunehmen, schleuderte Martin sie ihm vor die Füße und warf ihm noch dazu

Schimpfwörter an den Kopf, die ein Elfjähriger gar nicht in den Mund nehmen sollte. Da verlor Eric den letzten Rest seiner Beherrschung und schlug nach Martin, streifte sein Ohr mit der Kante seiner Hand und war völlig unvorbereitet, als der Junge den Angriff parierte und ihn mit der Faust direkt unter dem Auge traf.

»Du darfst mich nicht schlagen«, rief Martin und hielt hitzig die Fäuste vors Gesicht. Ein schmächtiger, sonnengebräunter Junge mit langem Haar, ein Gesicht so feindlich, dass der Schnappschuss des Augenblicks mit Erics Verblüffung verschmolz und sich einbrannte wie ein weißglühendes Negativ.

»Und ob ich das darf«, sagte Eric und hielt sich die Wange. Er studierte sein Gesicht im Rückspiegel, ein kleines, pralles Veilchen direkt unter dem Auge. »Ich setze dich in Farring in den Zug, dann kannst du selbst zusehen, wie du nach Hause kommst.«

»Von mir aus, mir ist alles recht, solange ich dich nicht länger ertragen muss.«

Eric drückte aufs Gaspedal. Sie rauschten die Landstraße entlang, das Auto schwenkte in den Kurven gefährlich aus, und obwohl er gehofft hatte, Martin damit Angst einzujagen, saß der nur mit versteinerter Miene auf dem Rücksitz und schlief am Ende sogar ein, kurz bevor sie die Hauptstadt erreichten. Eric hielt an einer Tankstelle an und ließ den Jungen im Auto warten, während er eine Limonade kaufte und sie auf dem Parkplatz leerte. Er musste an seinen eigenen Vater denken und daran, dass er selbst nicht viel anders gewesen war, als Alice noch lebte. Viel zu gnadenlos gegenüber den Kindern, streng und altmodisch und unerträglich. In Gedanken spürte er Alices stummen, anklagenden Das-hättest-du-besser-machen-können-Blick.

»Du hast es dir so leichtgemacht, Alice«, flüsterte er und lehnte die Stirn gegen das heiße Autodach, »einfach abzuhauen und mir die Verantwortung aufzubürden, alles doppelt so gut machen zu müssen, um deine Torheit zu kompensieren.«

Er wurde aus Martin nicht schlau, aus dessen stummer Verschlossenheit, die er früher als unkompliziert empfunden hatte, von der er inzwischen aber nicht mehr genau wusste ob es wirklich nur reine Jungenhaftigkeit war. Sein Zorn, seine Reizbarkeit, ein Anruf einer besorgten Lehrerin kurz vor den Ferien, anhaltende Gerüchte über häufige Prügeleien Martin hatte keinen Grund, sich so zu verhalten, es sei denn er hatte irgendein Problem. Eric kaufte zwei weitere Limos hielt sie sich kühlend ans Gesicht und setzte sich wieder ins Auto. Martin war aufgewacht, er wich seinem Blick aus, nahm stumm die Limonade entgegen.

»Wenn du willst, kannst du dich wieder nach vorn setzen«, sagte Eric und versuchte, möglichst normal und unbekümmert zu klingen. »Vielleicht sollten wir mal miteinander reden.«

Martin trank langsam von seiner Limonade. »Lass mich einfach am Bahnhof raus.«

Natürlich setzte Eric ihn nicht ab, sondern sauste geradewegs an Farring vorbei. Er deutete auf den Fernsehturm und die Farringbrücke, so wie er es immer getan hatte, wenn sie nach Lilleø gefahren waren. Martin schwieg, erst als sie auf einer Raststätte weiter südlich eine Pinkelpause einlegten, setzte er sich wieder nach vorn. Eric zauste ihm durchs Haar, und er wehrte sich nicht. Vielleicht sollte man es immer so lösen, dachte Eric, ohne viel Gerede, er weiß bestimmt, dass ich ihm nichts Böses will. Man konnte unmöglich wissen, was in einer solchen Situation das Richtige war. Wieder fühlte er sich an seinen eigenen Vater erinnert, und das war es, was ihn am meisten erschreckte – dass ihm dieses Verhalten instinktiv am leichtesten fiel. Er war eine handelnde, sprechende, seelenlose Kopie seines eigenen, veralteten Ichs, das wie ein programmierter Roboter nach dem Jungen geschlagen hatte. Er schielte zu Martin hinüber, der mit seinen rastlosen Händen am Radio herumdrehte. Immerhin hielt er jetzt die Beine ruhig. Eric hatte gehofft, dass ihn seine eigene große Veränderung nach Alices Tod zu einem besseren Vater gemacht hatte, aber diese Art von Entgleisung verunsicherte ihn. Es war schwer, den Kurs im Alleingang zu wechseln. Im Paradies konnten sie miteinander reden, und obwohl er es nicht unproblematisch fand, dass die Kinder von so vielen unterschiedlichen Erwachsenen aufgezogen wurden, erschien es ihm jetzt wie ein Vorteil. Eine Familie mit nur einem Erwachsenen war die labilste Konstellation, die es gab, er hätte den Kindern im Grunde alles antun können, ohne dass irgendjemand es sah und eingriff.

»Weißt du was?«, sagte er, als sie in der späten Nachmittagssonne an der Küste entlangfuhren. »Ich wäre wirklich gern dein Freund.«

Martin hatte die Augen geschlossen, doch Eric hörte seinen Atemzügen an, dass er nicht schlief.

»Dein Kumpel, weißt du? Einer, mit dem man reden und zusammen sein kann und …«

»Du bist mein Vater«, erwiderte Martin. »Kannst du dich nicht einfach darauf beschränken?«

Da musste Eric lachen. Er wollte wissen, was Martin meinte, aber er sagte nur *Nichts* und kein Wort mehr. Wenigstens waren sie keine Feinde mehr, und er leistete keinen Widerstand, als Eric ihn vorsichtig in den Arm boxte. Kurz darauf schlief Martin wieder ein, seinen Kopf an Erics Schulter gelegt.

Martin blieb neben dem Auto stehen, als Eric Flora am Kai abholte. Sie hockte umringt von Mia und einigen fremden Mädchen auf ihrem Rucksack, war sonnengebräunt und unfrisiert und sah ganz und gar nicht krank aus. Sie freute sich, als sie Eric sah, und hing an seinem Hals, während er mit Ellinor redete, er drückte sie an sich und wirbelte sie vorsichtig einmal im Kreis. Sie wog fast nichts, ihre Arme und Beine schlackerten in der Luft. Sie gab ihm einen Kuss auf die Wange.

»Ich war gern dort«, erklärte sie. »Das war es nicht, aber ich bin krank geworden.«

Martin wurde wieder auf den Rücksitz verbannt, damit sie vorn sitzen konnte. Sie unterhielten sich den ganzen Weg bis nach Farring und checkten in einem Motel an der Einfallstraße ein. Eigentlich hatte Eric geplant, in einem der modernen Hotels mit Hafenblick zu übernachten, aber er hatte keine Nerven mehr für den Stadtverkehr und wollte so schnell wie möglich nach Hause.

»Schickes T-Shirt«, sagte er, als er Flora gute Nacht sagte. Er trat einen Schritt zurück, um es besser betrachten zu können. »Ist das Batik?«

Flora zog die Decke bis zum Kinn und schüttelte den Kopf.

»Das ist nur Farbe«, erklärte sie und drehte ihm den Rücken zu. »Wir haben uns alle solche T-Shirts gemacht.«

»Aber die der anderen sind garantiert nicht so schön wie deins«, flüsterte er und löschte das Licht.

Kapitel 7

Noch am selben Nachmittag, an dem sie nach Hause gekommen waren, rief Flora Jonathan an, aber der ging nicht ran. Sie saß in Marie-Louises Zimmer auf dem Fußboden, das Telefon stand immer noch auf dem Fensterbrett, Flora sollte hier einziehen, sobald die Wände gestrichen waren. Sie versuchte es immer wieder, und als sie zum zehnten Mal aus dem Zimmer kam, lehnte Martin am Treppengeländer und wollte wissen, was sie eigentlich mache, aber sie antwortete nicht. Nach zehn Uhr wollte sie eigentlich nicht mehr anrufen, als sie um halb zwölf jedoch immer noch nicht eingeschlafen war, tat sie es doch. Sie knipste die Lampe nicht an, ihre Finger konnten die Nummer blind wählen. Wenn er sich meldete, sollte er nicht erfahren, dass sie es war, die so spät anrief. Sie wollte lediglich kontrollieren, ob er zu Hause war, und sofort wieder auflegen. Doch er ging noch immer nicht ran. Sie verlor den Mut, sie war nur zurückgekommen, um ihn zu erreichen, und hatte auf dem gesamten Heimweg von Farring nach Zeichen gesucht: Wenn sie das grüne Auto überholten, ehe sie bis zwanzig zählte, war er noch nicht abgereist. Wenn das nächste Nummernschild mit J (für Jonathan) oder mit F (für Flora) anfing, dachte er genauso sehr an sie wie sie an ihn. Alberne, magische Gedanken, mit denen sie das Universum lenken wollte.

Jonathan konnte unmöglich wissen, dass sie die Anruferin war, und trotzdem begann sie schon am nächsten Tag zu fürchten, dass er ihr aus dem Weg ging. Sie frühstückte und schmiedete Pläne; sie wollte nach Rossel fahren und durch die Talstraße schlendern, um herauszufinden, ob er sich vor ihr versteckte. Sie suchte Tinas Nummer heraus und rief sie an, die Hand schützend über der Sprechmuschel. Sie legte auf, als es in der Leitung klickte, und musste noch einmal anrufen, weil sie sich nicht sicher war, ob es wirklich Tina gewesen war. Anschließend war sie vor Freude ganz aufgekratzt, weil die beiden immerhin noch nicht zusammen verreist sein konnten. Eine Stunde später versuchte sie es erneut bei Jonathan und bald darauf noch einmal. Die Abstände zwischen den Anrufen wurden kürzer und kürzer, ihre Hand wählte die Nummer auf der Drehscheibe von allein. Ein schleifender, klickender Laut, wenn der Finger losließ und die Wählscheibe zurückschnurrte. Sie musste Bescheid wissen und überlegte, ob sie sich als eine andere ausgeben und erneut bei Tina anrufen sollte. *Wo ist dein Freund?*, könnte sie fragen. *Ich habe eine wichtige Nachricht für ihn.* Sie hoffte, Tina würde antworten, dass sie gar keinen Freund habe, oder den Hörer an einen anderen als Jonathan weiterreichen. Ihre Gedanken verhedderten sich in komplizierten Geschichten und Variationen von Jonathan. Dann rief sie noch einmal an. Es war am frühen Abend, Eric war von der Arbeit zu Hause und rumorte in der Küche, eigentlich hätte sie kochen sollen, doch sie log und behauptete, die Krankheit wäre erneut ausgebrochen. Er nickte und fand, dass sie aussehe, als habe sie Fieber.

»Hallo?«, fragte Jonathan in weiter Ferne, und dann noch einmal: »Hallo?«

»Ich habe gedacht, du wärst verreist«, sagte sie.

Er verstummte zunächst, fragte dann aber, ob sie es sei.

»Wo warst du?«, platzte es aus ihr heraus. »Ich habe schon öfter angerufen.« Sie hätte lieber etwas Lustiges gesagt, mit einer frischen und munteren Stimme, als wäre der Anruf ein spontaner Einfall gewesen.

»Was ist denn los?«, fragte er, nachdem sich das Schweigen qualvoll in die Länge gezogen hatte.

»Können wir uns treffen?«, flüsterte sie.

»Nicht hier«, antwortete er und fügte erst nach einer Pause hinzu, dass ein paar Freunde bei ihm wohnten, solange Ellinor nicht da war.

»Wo dann?«

»Ich kann zu dir kommen«, schlug er vor, und als sie nicht reagierte, fügte er hinzu: »Wenn es dir passt.«

Am nächsten Tag holte sie ihn am Bahnhof ab. Nach einer unruhigen Nacht war sie früh aufgewacht. Eric musste zur Arbeit, Martin würde machen, was auch immer er machte, und obwohl er normalerweise nie zu Hause war, wollte sie ihm nicht zusammen mit Jonathan über den Weg zu laufen.

Jonathan umarmte sie und gab ihr einen flüchtigen Kuss auf die Wange, sie sprachen über Banalitäten, während sie in Richtung Schmetterlingsquartier gingen.

»Wollen wir einen Spaziergang machen?«, fragte sie. »Ich kann dir den Wald zeigen, wo ich immer laufen gehe.«

»Ja, von mir aus«, antwortete er und musterte sie mit alberner Miene von oben bis unten, »zeig mir, wo deine Läuferbeine herkommen.«

Das Licht streute eine Handvoll glänzender Münzen auf den Waldboden, ein kühler und schattiger Wunderbrunnen. Sie blieben stehen und betrachteten ein Wespennest in einem Baum, das umschwirrte Einflugloch, die graue Oberfläche. Jonathan konnte Wespen nicht leiden und war der Meinung, man sollte sie ausrotten. Doch Flora fand, der Wald gehöre den Tieren mehr als den Menschen.

»Reine Romantik«, lachte er sie aus, und sie wurde rot. »Aber schön gemacht ist so ein Wespennest auf jeden Fall.«

»Sie nagen an den Bäumen«, erklärte sie, »und machen aus der Rinde die Papiermasse für den Bau, indem sie sie mit ihrem Speichel vermengen. Am Anfang arbeitet die Königin allein, und sie kümmert sich auch um die ersten Larven, ehe genug Arbeiterinnen da sind.«

»Und was macht sie dann?«, fragte Jonathan und streifte Floras Hand.

»Sie sorgt für das eigene Überleben. Wenn der Winter kommt, sterben alle anderen, nur die Königin nicht.«

»Aber irgendwann stirbt die Königin doch wohl auch«, sagte Jonathan und zog sie an sich. Sie hatten die Lichtung am Mooshügel erreicht.

»Natürlich, aber die Königin bekommt auch wieder Königinnen und immer so weiter.«

»Weshalb wolltest du mich eigentlich sehen? Es klang so, als wäre es wichtig.«

Eine Libelle blieb neben seiner Stirn in der Luft stehen, er schlug nach ihr.

»Du kannst also nicht nur die Wespen nicht leiden«, sagte sie, »du hast sogar vor Libellen Angst.«

Er küsste sie.

»Du hast mir noch nicht geantwortet. Was wolltest du?«

»Ich wollte dich einfach nur sehen. Ich musste an dich denken, als ich auf Bjørneø war.«

Sie setzten sich ins Moos, sie half ihm, ihr T-Shirt auszuziehen und bekam eine Gänsehaut, als er ihre Brüste küsste. Dann zog er auch sein eigenes Oberteil aus, seine Haut war überraschend kühl, als er sich an sie drückte. Ein Jungenkörper, kantig und hart, Knochen, Sehnen und Muskeln, in zarte Haut verpackt, ein Geruch von Schweiß und Deodorant und irgendetwas Unbestimmbarem, Erregendem. Wie er sie umschloss, wenn er sie in den Armen hielt, sodass sie verschwand und wie ein Däumelinchen wieder zwischen seinen Händen auftauchte. Sie wollte ihn überall spüren, wollte sich auflösen und wieder neu zusammensetzen lassen.

»Mia hat gesagt, du würdest mit Tina verreisen«, flüsterte sie und vergrub ihre Nase an seinem Hals, ihre Lippen wund von seinen Bartstoppeln.

Er berührte erneut ihre Brüste, kniff in ihre Brustwarzen.

»Stimmt das?«

Sie ließ ihren Oberkörper nach hinten sinken und legte sich auf den weichen Waldboden, er küsste ihren Bauch und öffnete seine Shorts. Hoch oben ließ der Wind die Baumkronen taumelnd und geplagt gegeneinanderstoßen, der Wald atmete im selben Rhythmus wie sie.

»Mm«, machte er, und sie wusste nicht, ob es ein Ausdruck der Wonne war oder eine Antwort, sie stützte sich auf die Ellbogen und wiederholte ihre Frage.

»Jetzt entspann dich mal«, sagte er und nahm ihr Gesicht zwischen die Hände. »Ich bin hier, jetzt, in diesem Moment, ich bin den ganzen Weg aus Rossel gekommen, um dich zu besuchen.«

Sie hätte sich zu gern entspannt, und sie sank wieder in das kühle Moos zurück und ließ zu, dass er ihr die Hose auszog, aber dann ging es doch nicht.

»Warum kannst du mir nicht einfach antworten?«, fragte sie und entwand sich ihm. »So schwer kann das doch nicht sein?«

»Nein, es ist nicht besonders schwer.« Er setzte sich auf. »Was genau willst du wissen?«

Er log sie nicht an: Tina und er hätten sich vor den Sommerferien häufiger getroffen, und sie gehörte zu denen, die bei ihm eingezogen waren. Er sagte, sie würden sich schon lange kennen, Tina gehörte zu seinem Freundeskreis, und es sei schon die ganze Zeit über geplant gewesen, dass sie zusammen in den Süden fahren würden.

»Und was ist mit mir?«, fragte Flora und mühte sich ab, wieder in ihre Shorts zu kommen.

Er versuchte, die Arme um sie zu legen, aber sie sprang auf und hätte fast das Gleichgewicht verloren, als sie die Füße in ihre Turnschuhe zwängte. »Was hattest du dir mit mir vorgestellt?«

»Jetzt?«, fragte er und blieb sitzen.

»Überhaupt!«

»Flora«, begann er und öffnete die Arme. »Du bist toll aber …« Er sah zu Boden und unterdrückte ein Lächeln.

»Du kannst mich mal.«

Er berührte ihr Bein. »Ich wusste wirklich nicht, dass es dir mehr bedeutet. Das mit uns wäre doch nie gegangen. Ich werde nächsten Monat achtzehn, du bist Mias Freundin, wir gehören nicht zur selben …« Er ließ die Hände umeinanderkreisen.

Sie wusste, dass es ihm nicht gefallen würde, wenn sie davonlief und er selbst aus dem Wald hinausfinden musste, aber sie hatte genau verstanden, was er meinte. Sie verfluchte ihre eigene Dummheit, dass sie sich eingebildet hatte, es könnte gehen. Ihre Freundschaft mit Mia war nicht der Grund dafür, dass die Sache zwischen ihr und Jonathan unmöglich war, sondern der Grund dafür, dass es überhaupt dazu gekommen war. Hätte sie Mia nicht gekannt, wäre sie gar nicht erst in die Nähe eines Jungen wie Jonathan gekommen. Er sagte, sie sei toll, aber er war nun mal in der Sonderklasse. Sie hatte keine Erfahrung, und sie war kurz davor gewesen, weiter zu gehen, als es die anderen Mädchen gewagt hätten, sie hatte Lust auf ihn gehabt und er auf sie, aber sie waren nicht gleichberechtigt.

Sie rannte zurück in Richtung Schmetterlingsquartier, entschied sich um und lief um den See, doch sie bekam Seitenstechen und musste am Königinnenstein stehenbleiben. Sie schlug gegen den rauen Granit, bis es in ihrer Handfläche summte und stach.

Dann kletterte sie auf den Stein und legte sich auf den Rücken. Sie schwitzte, zog T-Shirt, Schuhe und Shorts aus, sodass sie nur noch im Slip war, der Stein war hart und uneben, er presste rücksichtslose Abdrücke in ihre Haut und lenkte sie von den hasserfüllten Gedanken ab, von dem Gefühl, versagt und sich selbst entlarvt zu haben.

Erst am Nachmittag ging sie nach Hause, sie war durstig und erschöpft, aber nicht mehr unglücklich. Sie hatte beschlossen, dass in ihr kein Platz für Jonathan sein sollte, sie musste den Königinnenstein mit eigenen Händen hochstemmen und ihn Jonathan an den Kopf schmettern. Mit einem Mal war ihr klar gewesen, wie sie die dafür erforderlichen Kräfte aufbringen würde. Sie schwor sich zwei Dinge, die alles zum Besseren wenden würden: Sie würde nicht wie geplant aufs Gymnasium in Rossel wechseln. Und sie wollte die Oberstufe nach den Sommerferien nicht als Jungfrau antreten.

Kapitel 8

Eric hatte die Postkarte gelesen, obwohl sie nicht an ihn adressiert war. *Liebe Flora,* stand dort, *ich hoffe, dass Du gut nach Hause gekommen und wieder gesund bist. Denk daran, was ich über Piece gesagt habe, und komm mich besuchen, wenn du in Farring bist.* Ein Bild von einem Gott mit vier Armen auf der Vorderseite, unter dem Text ein gezeichnetes Herz neben den *Herzlichen Grüßen von Rachel.* Ganz unten standen ihre Telefonnummer und die Adresse einer Yogaschule in Farring. Er war davon überzeugt, dass die Nachricht auch für ihn bestimmt war. Rachel hatte versprochen, sich zu melden, sobald sie wieder von Bjørneø zurückgekehrt war, doch seitdem waren schon mehrere Wochen vergangen. Er notierte ihre Telefonnummer und legte die Postkarte mit dem Bild nach oben auf Floras Bett. Anschließend rief er sofort dort an, und eine Frau mit starkem Akzent holte Rachel ans Telefon.

»Ich habe es nicht vergessen«, antwortete sie, als er fragte, warum sie noch nichts von sich hatte hören lassen, »ich bin nur noch nicht dazu gekommen.«

Am liebsten hätte er sie gefragt, was sie so sehr beschäftigt hatte, stattdessen dankte er ihr dafür, dass sie sich um Flora gekümmert hatte.

»Sie ist so ein sympathisches Mädchen«, sagte sie. »Ich fand schon immer, dass du Glück hast, drei Kinder zu haben.«

Das brachte ihn zum Lachen, und sie stimmte ein. Ein kurzes, mystifiziertes Lachen, Hände, die sich ihm vorsichtig entgegenstreckten.

»Ich habe nächste Woche eine Besprechung in Farring«, log er. »Vielleicht können wir uns sehen.«

Er hörte, dass sie rauchte. Sie sagte nichts.

»Am Freitag?«, schlug er vor. »Ich überlege, ob ich übers Wochenende bleibe, vielleicht könnte ich ja sogar bei dir übernachten?«

»Bei mir?« Sie fing an zu lachen. »In der Frauenkommune? Das glaube ich nicht, Eric.«

Er schloss die Augen, wahrscheinlich war sein Vorschlag ohnehin etwas zu gewagt gewesen.

»Aber wir können uns gern treffen«, sagte sie schließlich, und sie vereinbarten, am Freitag am Hafen essen zu gehen.

»Ich habe ein Kind, Eric«, flüsterte sie, und er wusste nicht, was er sagen sollte. »Einen kleinen Jungen. Normalerweise ist es kein Problem, dass eine der anderen auf ihn aufpasst, aber falls doch, muss ich ihn mitbringen.«

Hinterher wünschte er, er hätte sie gefragt, ob sie auch einen Mann habe, obwohl er sich in diesem Fall ja denken konnte, dass sie nicht zusammenwohnten. Erst als er am Freitag am Flughafen stand, fiel ihm ein, dass er sie lieber hätte fragen sollen, wie alt der Junge eigentlich war. Der Gedanke legte sich stramm um seinen Hals, er bekam keine Luft mehr, und die Frau am Check-in musste zweimal nach seinem Ticket fragen, ehe er begriff, was sie von ihm wollte. Er bestellte in der Cafeteria ein Bier und versuchte, sich zu beruhigen. Rachel hätte ihm gesagt, wenn es sein Kind wäre, er musste seine Fantasie zügeln und sich nicht einbilden, eine so große Rolle in ihrem Leben zu spielen. Ohnehin war er nicht mehr sicher, was er überhaupt von ihr wollte, und sie hatte sich offenbar nur ihm zuliebe auf ein Treffen eingelassen. Möglicherweise war die Postkarte an Flora ein Zeichen gewesen, eine Versöhnungsgabe aus zweiter Hand, so luftig, dass sie kaum greifbar war. Aber er wollte die Sache abschließen, ehe er im Dezember nach Indien fuhr. Flora hatte sich plötzlich eingebildet, nach Farring ziehen und dort aufs Gymnasium gehen zu wollen. Eigentlich war es eine absurde und kostspielige Idee, aber für ihn machte es die Dinge leichter, obwohl es ihm für Marie-Louise leidtat, dass sie ihre Schwester nicht mehr in der Nähe hatte. Marianne hatte eingewilligt, Flora bei sich wohnen zu lassen. Und obwohl Flora immer noch Groll gegen Marianne hegte, hatte sie zugestimmt, wohlwissend, dass er es ihr nicht erlauben würde, allein zu wohnen, sie war ja gerade einmal fünfzehn.

»Ich könnte mir auch eine Wohngemeinschaft suchen« hatte sie vorgeschlagen, »vielleicht weiß Rachel ja was.«

Aber das hatte er abgelehnt. »Von dieser Rachel und jeder Form von Piece hältst du dich fern. Konzentrier dich lieber auf die Schule, anstatt über Frauenprobleme zu reden und bei irgendwelchen Vollversammlungen in der Kommune zu sitzen.«

Martin würde bei Barbara wohnen. Sie hatte es sich nicht nehmen lassen, Eric darauf hinzuweisen, wie unverantwortlich sie es fand, einfach auf Reisen zu gehen, aber er hatte auch nicht erwartet, dass sie es verstand.

»Ein Junge in dem Alter braucht seinen Vater«, hatte sie gesagt.

»Er ist immer noch fast genauso alt, wenn ich nach Hause komme, und außerdem verliert er mich ja nicht.«

»Aber dir könnte etwas zustoßen. Es ist immerhin Indien, da weiß man nie.«

»Ich fahre nicht nach Indien, damit mir etwas zustößt«, antwortete er, und sie musste trotz allem lächeln, als er fortfuhr. »Ich bin ein großer Junge, ich kann gut auf mich selbst aufpassen.«

Sufi war bereits abgereist. Eric vermisste ihre Gespräche und war überzeugt, dass er mit dem Versuch, ein glücklicher Mensch zu werden, das größte Verantwortungsbewusstsein bewies. Was er mit Martin anstellen sollte, wusste er ohnehin nicht, sie redeten ständig aneinander vorbei. Eric wünschte sich, jemand würde auf die Uhr schlagen, das Time-out einläuten. Martin würde es nicht schaden, ein wenig reifer zu werden und zu verstehen, dass er die Konsequenzen seines Handelns selbst tragen musste.

Außerdem war die Entbehrung, die er und die Kinder in dieser Zeit verkraften müssten, ganz und gar unbedeutend, verglichen mit dem, was sie bereits durchgestanden hatten. Alice war seit sechs Jahren fort, sie warf noch immer Schatten, aber sie waren darüber hinweggekommen. Wir sind immer noch Menschen, dachte er, niemand ist daran zerbrochen, und jetzt ist der Kapitän an der Reihe, sich auszuruhen. Ihm gefiel die Vorstellung von sich am Steuer, mit Kapitänsmütze oder Südwester. Manchmal sah er sich auf einem Fischtrawler; Ölzeug, Sturm und aufgepeitschtes Meer. Manchmal zog er eine schlanke Luxusyacht vor, weiß und glatt wie ein Wal.

Dieses Bild tauchte vor seinem inneren Auge auf, als er im *C'est ça* im Hafen von Farring saß und auf Rachel wartete. Er war überpünktlich, sie kam zu spät. Er hatte sich an einen Tisch im Freien gesetzt und betrachtete die Schiffe. Das Hafenbecken war ein dunkler Igel, die schaukelnden Masten die aufgestellten Stacheln, die Segler strömten in die Cafés und Restaurants, lederbraune Haut, Segelschuhe und marineblaue Kleidung, kleine Kinder mit orangefarbenen Rettungswesten. Weiter draußen lagen die größeren Schiffe, weiß und rostrot, Tränen aus Salz und Blut. Ein Streifen aus verrottetem Tang am Strand auf der anderen Seite des Bollwerks.

Rachel legte die Hand in seinen Nacken, sie hatte sich lautlos von hinten angeschlichen, und jetzt stand sie mit ihrem nervösen, mädchenhaften Lachen vor ihm. Er hätte fast den Stuhl umgeworfen, als er aufstand, er war überrumpelt, wie sehr er sich freute, sie zu sehen. Sie duftete nach Rosenöl, er konnte ihre Knochen durch die dünne Hemdbluse spüren, ihren starken, schlanken Körper. Er sagte ihr, dass sie fantastisch aussehe. Und sie antwortete mit einem Lächeln, der Sommer habe ihr gutgetan.

»Du mochtest den Winter noch nie.« Sie zog sich nicht zurück, als er seine Hand auf die ihre legte. Und sie lachte, als er sagte, er sei sicher gewesen, dass sie nach Indien gefahren wäre.

»Stattdessen habe ich ein Kind bekommen.« Sie ließ ihren Blick über den Kai schweifen. »Das ist größer als Indien, oder?«

Das war größer als alles andere, darüber waren sie sich einig, und dennoch schien es sie aufrichtig für ihn zu freuen, dass er die Entscheidung getroffen hatte, auf Reisen zu gehen. Er war an die Missbilligung und die Vorurteile der Bewohner von Vase gewöhnt und für ihren Enthusiasmus so dankbar, dass er für einen Moment überlegte, sie zu fragen, ob sie nicht mitkommen wolle. Er konnte ihr Ticket bezahlen, und das Kind musste keinen Hinderungsgrund darstellen.

»Er ist von dir«, unterbrach sie plötzlich seine Gedankenströme. »Aber das hast du dir vielleicht schon gedacht?«

Sie war nicht sicher, ob es eine gute Idee wäre, wenn er das Kind jetzt schon sehen würde. Sie fürchtete, das könnte sie selbst aus der Bahn werfen und diese Unruhe könnte sich auf den Jungen übertragen.

»Wir brauchen Ruhe«, sagte sie. »Es waren wilde Jahre.«

Er war so schockiert, dass er nicht darauf bestand. Sie kam mit in sein Hotel und zeigte ihm Bilder von dem kleinen Jungen. Ben Janus hieß er, und Eric wusste nicht, ob er lachen oder weinen sollte.

»Wie konntest du mir das nicht erzählen?«, fragte er vorwurfsvoll. Ein kleiner, pausbackiger Junge mit blonden Locken; eine Welle aus plötzlichem Zorn und Ohnmacht durchfuhr ihn.

»Glaubst du etwa, es war leicht für mich, allein ein Kind zu bekommen?« Sie saßen auf dem Balkon seines Hotelzimmers, sie lehnte sich mit dem Rücken zu ihm über das Geländer. »Glaubst du nicht, dass das einsam ist?«

Er antwortete, dass sie es ja nicht allein hätte durchstehen müssen, er habe schließlich keine anderen Verpflichtungen als seine drei großen Kinder und hätte sie gern unterstützt. Sie schüttelte nur den Kopf.

Schräg gegenüber öffnete ein kleines Mädchen eine Balkontür, das reflektierte Abendlicht zappelte über Rachels Gesicht. Sie winkte dem Mädchen zu, sie winkte ihr zurück.

»Du«, sagte sie und sah ihn über die Schulter hinweg an. Sie wirkte traurig. »Das zwischen dir und mir, das war so heftig und so verkehrt.«

Sie wollte ihm nicht erklären, wie sie das meinte, und er resignierte.

»Du hast nie geweint«, sagte sie, nachdem sie lange schweigend auf der Terrasse gesessen hatten. »Du wurdest rasend, aber du hast nie geweint.«

Sie tranken Bier aus der Minibar, sie zupfte mit ihren kurzen Nägeln am Etikett. Er wollte wissen, wie es dem Kleinen gehe und ob er ihm ähnlich sehe. Es wurde dunkel, sie deutete auf eine Möwe, die am Himmel vorbeischwebte und vom Flutlicht der Fassaden erleuchtet wurde.

»Sie kommen vom Meer«, sagte er. »Morgens sitzen sie auf den Balkonen und wecken einen mit ihrem Geschrei.«

Sie nahm seine Hand, und er ließ es geschehen. Er hatte genauso viel Lust auf sie wie immer, der Schock peitschte seine Erregung auf und verwandelte sie in einen rasenden, lüsternen Wunsch nach Rache. Er hielt ihr Handgelenk fest gepackt, als sie nackt auf dem Bett lag, sie war feucht und erregt, bat ihn jedoch trotzdem, sie loszulassen.

»Ich möchte mich nicht mehr dominieren lassen«, sagte sie

und sah ihm fest in die Augen. »Ich habe mir geschworen, mich nie wieder irgendeiner Schwanzherrschaft zu unterwerfen.«

Er fügte sich ihr und vögelte sie beherrschter, als er Lust hatte.

Anschließend erklärte sie ihm, dass das etwas sei, woran sie in ihrer Frauengruppe gearbeitet hatte, sie habe erkannt, dass es nicht mit ihren Idealen von Freiheit und Gleichstellung vereinbar sei, wenn sie sich einem Mann sexuell unterwarf. Er warf ein, dass das doch nur ein Spiel sei, woraufhin sie erklärte, dass sie inzwischen verstanden habe, dass *nichts nur* ein Spiel sei.

»Vermisst du es nicht?«, fragte er.

Sie steckte sich eine Zigarette an, ihr Haar streifte sein Gesicht, als sie nach dem Aschenbecher auf seiner Seite des Bettes griff.

»Ob ich was vermisse?«, fragte sie und ließ auf den Ellbogen gestützt einen Rauchring zur Decke schweben. Die Bewegung, mit der sie dabei ihren Hals zurücklegte, erinnerte ihn an einen gefräßigen Vogel.

»Die Art und Weise, wie wir es tun, ich und du, das alles. Ich habe das jedenfalls woanders nie wieder so gefunden.«

Sie legte sich wieder hin, räkelte sich, strampelte die Bettdecken am Fußende zu einem Bündel zusammen. Sie antwortete nicht, streckte sich stattdessen und streichelte mit dem Handrücken seinen Brustkorb.

»Man sieht überhaupt nicht, dass du ein Kind geboren hast«, flüsterte er und küsste ihren Bauch.

Sie lächelte und zeigte ihm ihre mikroskopischen Schwangerschaftsstreifen, von einem behutsamen Raubtier gekratzte Silberstreifen. Er stützte sich auf einen Ellbogen und strich ihr über das Haar. Die Wut war nichts als eine dünne Gardine, direkt darunter lagen Trauer und Zärtlichkeit. Rachel glich noch immer einem großen Mädchen, und wenn sie schlief, sah sie aus wie ein Kind. Sie war diejenige, die diese Heftigkeit, die sie ihm jetzt versagte, ursprünglich in ihm geweckt hatte. Vielleicht, weil sie nie nein zu ihm gesagt hatte, vielleicht, weil sie so zerbrechlich und zugleich zäh wirkte, dass er Lust bekam, sie aufzufressen und in kleinen Stücken wieder auszuspucken. Man konnte schwer wissen, warum ein Mensch zu dem wurde, was er war, Kontakte und Leitungen wurden früh verlegt, auf eine ganz bestimmte, unvorhersehbare Weise, Zahnräder, die ineinandergriffen, Hochspannung, die später das Geschlecht explodieren ließ. Vielleicht sind Rachel und ich wie Quecksilber, dachte er, an der Oberfläche gleichen wir perfekt abgerundeten Einheiten, und doch zittern wir im Inneren und kommen erst zur Ruhe, wenn wir zu einer noch größeren Perfektion verschmelzen. Er musste daran denken, wie Martin einmal, kurz nach Alices Tod, Fieber gehabt und hysterisch geheult hatte und wie das Thermometer zu Boden gefallen war, weil Alices Erste-Hilfe-Kasten nicht richtig geschlossen war. Martin hatte zu weinen aufgehört, als er erstaunt beobachtete, wie sich die Quecksilberkügelchen auf dem Fliesenboden verteilten und wieder zusammenfanden.

Rachel seufzte und lächelte mit geschlossenen Augen.

»Wie kommst du eigentlich zurecht?«, fragte er. »Wovon lebst du?«

Doch sie war eingenickt, ihr Arm fiel über die Bettkante, er nahm ihr die Zigarette aus der Hand und ließ sie schlafen.

In der Nacht tat Eric kaum ein Auge zu, erst kurz vor der Morgendämmerung fiel er in einen tiefen Schlaf und wurde benommen davon wach, wie Rachel aufstand. Es war nicht geplant gewesen, dass sie die ganze Nacht blieb.

»Ich muss nach Hause zu Ben«, sagte sie, während sie ihre Bluse zuknöpfte. Sie stand direkt vor ihm, er strich mit einem Finger durch ihre Schamhaare, woraufhin sie lächelte und sich vor ihn kniete, damit sie ihn küssen konnte.

»Es wird sicher großartig für dich sein, nach Indien zu fahren«, flüsterte sie und legte ihre Hände um sein Gesicht. »Ruf mich an, wenn du wieder zurück bist.«

Er nahm ihre Hände weg und schlug das Laken um seinen Körper. Sie zog Hose und Sandalen an und band ihr Tuch um den Kopf.

»Du darfst mir nicht böse sein«, sagte sie, während sie in ihrer Tasche wühlte. »Ich versuche meine Sache so gut zu machen, wie ich kann.«

So gut, wie du kannst, dachte er, als er später am Flughafen saß. Die Worte kreisten unaufhörlich in seinem Kopf, eine zerschlissene LP mit einem Sprung. Er konnte sich nicht erinnern, jemals gehört zu haben, dass jemand seine Sache so schlecht machte, wie er konnte. Sie hätte genauso gut sagen können, dass sie machte, was ihr passte, ganz egal, was er oder andere davon hielten. Er rief Flora von einer Telefonzelle aus an und fragte, wie die Lage war. Das tat er sonst nie, und sie nahm sofort Verteidigungshaltung an, als er fragte, was sie gerade so machten. »Nichts. Martin ist bei Barbara. Hast du angerufen, um das zu fragen?«

Er sagte, er habe einfach Lust gehabt, ihre Stimme zu hören, woraufhin ihm nur Schweigen entgegenschlug. Ein gelungenes Gespräch war das nicht, aber er wusste auch nicht, was er eigentlich erwartet hatte. Er fühlte sich zugleich aufgewühlt und ruhig, so wie man es eben war, wenn man von Sex und Schlafmangel halb betäubt war. Anschließend rief er Marie-Louise an, sie hob sofort ab, klang jedoch enttäuscht, als sie hörte, dass er es war.

»Ich erwarte einen Anruf«, sagte sie. »Können wir später telefonieren?«

Er überlegte, ob er Barbara anrufen sollte, um mit Martin zu sprechen, erkannte aber sofort die Sinnlosigkeit, sich durch ihre Höflichkeitsfloskeln zu quälen, bis er seinen stets wortkargen Sohn am Telefon hatte, wenn er noch nicht einmal wusste, was er Martin eigentlich sagen wollte.

Er hatte das Bedürfnis, zu dem Gefühl zurückzufinden, dass er dazugehörte. Seinen punktuellen Zweifel, ob er seinen Kindern ein guter Vater war, betrachtete er als gesunde und natürliche Selbstprüfung, eine kontinuierliche Evaluierung im Hinblick darauf, nicht so zu werden wie seine eigenen Eltern. An jenem Nachmittag am Flughafen von Farring ließ sich der Zweifel jedoch nicht mehr in Punkten messen. Er breitete sich zu Flecken aus, brannte Löcher in den Schmalfilm, und alles verschwand mit einem Puff. Er versuchte sich mit dem Gedanken an Indien zu trösten, dort würde er Zeit haben, alles zu überdenken und herauszufinden, was richtig war. In wenigen Jahren wären auch seine beiden Jüngsten von zu Hause ausgezogen, sie würden ihn im Glasschwärmerweg allein zurücklassen und im Zickzack durch ihr eigenes unmögliches Leben finden, vermutlich nicht daran interessiert, seine Meinung zu hören. Es war das Naturgesetz der Generationen, und Eric wurde von dem neuen und unwillkommenen Gedanken beschlichen, dass es für seine Eltern auch ein Verlust gewesen sein musste, als er auszog. Es war eine klaustrophobische Vorstellung, dass er bald dort angekommen war, wo sie waren, als er vor über zwanzig Jahren sein Zuhause, all seine Sachen in einen Karton gepackt, verlassen und zum Abschied nonchalant und gleichgültig über die Schulter hinweg genickt hatte, eher irritiert als berührt vom Anblick des verheulten Gesichts seiner Mutter.

Im Flieger schlief er ein und erwachte aus sonderbaren, unheimlichen Träumen, in denen er wieder ein Kind war und von einem Hund gejagt wurde, während sein Vater ihm hinterherrief, er solle aufpassen, dass das Tier nicht seine Ohren erwische. Er hatte keine Lust, direkt nach Hause zu fahren, noch ein Sonntag im Vorort würde ihn umbringen, also rie er eine Frau an, mit der er sich in letzter Zeit hin und wiede verabredet hatte, und als diese nicht ans Telefon ging, eine an dere, die er schon seit ein paar Monaten nicht mehr getroffen hatte. Er lud sie in der Nähe der Nationalgalerie zum Mit tagessen ein. Sie gehörte zu der Sorte, die am liebsten so ta als würden sie noch etwas anderes miteinander teilen als Sex obwohl ihr Treffen in Wirklichkeit nur darauf hinauslief. Er wusch sich auf der Toilette, in dem Licht wirkte er hohlwan gig, er kaufte ein Päckchen Kaugummi und ein paar Süßig keiten für die Kinder und saß lange im Auto, ehe er aus dem Parkhaus hinausfuhr.

Kapitel 9

Flora witterte die erste offenkundige Chance, ihren Plan in die Tat umzusetzen, als Eric an jenem Wochenende nach Farring fuhr. Sie hatte mit Mia darüber gesprochen, in allgemeinen Floskeln, die unmöglich einen Eindruck davon vermitteln konnten, worum es eigentlich ging.

»Stell dir vor, auf Bjørneø wären auch Jungs gewesen«, hatte sie das Thema vorsichtig angestoßen, als sie auf dem Rasen im Stadtpark lagen, kurz nachdem Mia wieder nach Hause gekommen war.

»Dann wären sie wohl kaum auch nackt herumgelaufen.«

»Aber was wäre, wenn … Angenommen, alle hätten nackt sein müssen. Was, glaubst du, wäre dann passiert?«

Mia stupste sie in die Seite. »Was du für schmutzige Gedanken hast!«

Mia wollte lieber von der Diät reden, die sie mit Sylvia machen wollte, die beiden hatten vor zu fasten.

»Das soll auch gut fürs Gehirn sein«, erklärte Mia. »Diese Rachel mit dem Kind hat eine Yogaschule in Farring. Sie hat es schon oft gemacht, und sie hat es ja wohl nicht nötig, abzunehmen. Sie sagt, in Fernost würden sie das auch machen und dass es irre gesund ist.«

»Sie hat mir eine Postkarte geschickt«, erzählte Flora. »Ich werde sie anrufen, wenn ich nach Farring komme.«

Mia wollte wissen, wann Flora wegziehen würde, und riss die Augen auf, als die erklärte, dass Eric und sie sich darauf geeinigt hätten, am besten schon zu Beginn des neuen Schuljahrs dort zu sein.

»Im September? Das ist ja schon bald.«

»Ich muss bei der Cousine meines Vaters wohnen, aber ich

würde lieber woandershin. Ich dachte, ich könnte Rachel fragen, ob sie was weiß.«

Mia nahm ihre Hand und zog sie an sich. »Ich kann doch nicht ohne dich am Oberstufengymnasium anfangen.«

»Es sind doch nur zehn Monate, und in den Ferien werde ich bei Marie-Louise wohnen, bis mein Vater wieder da ist.«

»Nur?« Mia ließ ihre Hand los. »Hast du denn keine Angst in eine neue Klasse zu kommen, wenn du das ganze erste Jahr weg warst?«

»Ich habe doch dich, wenn ich zurückkomme«, erwiderte Flora und räkelte sich. Sie lag halb im Schatten, ihre Beine ragten in die Sonne, die Wärme lag wie ein Stoff auf ihren Fesseln. »Es sei denn, du hast für nichts anderes mehr Zeit, als den Jungs hinterherzurennen.«

»Oooh ja, die Jungs vom Gymnasium. Ich werde dir schon noch ein paar übriglassen.«

Flora schloss die Augen. »Wie oft denkst du an Sex?«, fragte sie und richtete sich auf.

»Die ganze Zeit. Ist das denn nicht normal?«

Die beiden lachten.

»Was meinst du, wann wir es zum ersten Mal tun werden?«, fragte Flora, woraufhin Mia sie kichernd noch einmal tadelte, dass sie nur schmutzige Gedanken im Kopf habe.

»Nächstes Jahr fahren wir allein per Anhalter in den Urlaub«, sagte Mia, »das steht schon mal fest.«

»Dazu bekommen wir nie die Erlaubnis. Ich jedenfalls nicht.«

»Wir machen es einfach. Wir legen einen Zettel hin und hauen ab, bevor irgendjemand etwas sagen kann.«

»Mein Vater würde mich sicher zur Fahndung ausschreiben lassen. Er hat immer Angst davor, wozu die Leute fähig sind.«

»Die Leute?« Mia lachte. »Der kennt wohl sein eigenes Kind nicht?«

Daraufhin mimte Flora kurz die Beleidigte, und statt sich balgend über den Boden zu rollen wie früher, piksten sie sich ein wenig gegenseitig mit den Fingern. Die Körper von Mädchen, die Frauen spielen, sind von unsichtbaren Mauern umgeben, mit Türen, die auf die richtige Weise geöffnet und geschlossen werden müssen.

»Würdest du nur mit jemandem Sex haben, in den du auch verliebt bist?«, fragte Flora.

»Ich weiß nicht. Es muss irgendwie stimmen, oder? Andererseits will man ja auch nicht ewig Jungfrau bleiben.«

Weiter kamen sie nicht, und Flora wagte es nicht, noch direkter zu werden. Mia war mutig und beliebter als Flora. Die Jungs sahen ihr nach, und sie kam leicht mit anderen ins Gespräch, die sie nicht kannte. Eigentlich war es einleuchtend, dass sie die Erste sein würde. Noch dazu sprach Ellinor gern über Sex, im Gegensatz zu Eric, und sie schämte sich nicht, ihnen ihre Liebhaber vorzustellen. Mia gefiel es nicht, dass sie nackt bei ihnen durchs Haus liefen, Flora hatte einmal mitbekommen, wie sie Ellinor deshalb angeschrien hatte.

»Das ist doch ganz natürlich«, hatte Ellinor darauf geantwortet, »gewöhn dich schon mal daran.«

»Ihr seid hässlich«, schleuderte Mia ihr entgegen, »und ihr wisst es noch nicht mal.«

»Wo hast du so etwas her? Dass es darum geht, hässlich oder schön zu sein? Wie kann es sein, dass mein Kind sich genauso gehemmt verhält wie meine eigene Mutter?«

Es war ganz natürlich, und Ellinor beherrschte sich nicht, wenn sie in der Etage unter ihnen vögelte. Wenn sie weinte und allein Weißwein trank, steckte immer ein Liebhaber dahinter. Sie vertraute sich ihren Freundinnen an, ab und zu aber auch Mia.

»Ich verstehe die Männer nicht«, schniefte sie, »sie denken

mit dem Schwanz, sie spielen mit den Frauen, benutzen sie und werfen sie dann einfach weg.«

»Kannst du dir nicht einfach einen neuen suchen?«, fragte Mia einmal. »Du hattest doch sowieso nicht vor, ihn zu heiraten.«

Anschließend sagte Mia zu Flora, dass sie nie so werden wolle wie ihre Mutter. »Dann lieber gar keinen Mann!« Und Flora gab ihr recht.

Die Jungfräulichkeit zu verlieren war ein abstraktes Projekt das eine genaue Planung erforderte. Flora hatte zwei Möglichkeiten im Kopf und leitete eine Offensive ein. Auf der empirischen Grundlage des letzten Jahres und nach der Episode mit Jonathan hatte sie verstanden, dass man auf keinen Fall über das Ziel hinausschießen durfte. Wahrscheinlich war der sicherste Weg, seine Jungfräulichkeit zu verlieren, den linkischen, pickelgeplagten Jungen zu wählen, der dem untersten Segment des Akzeptablen angehörte. Eine Voraussetzung war dass er aus Vase stammte, damit ihre Klassenkameraden nicht mitbekamen, wie tief sie zu sinken gezwungen war. Hatten die Zeitschriften tatsächlich recht, wenn sie die männlichen Teenager als hormongesteuerte, sexhungrige Wesen beschrieben, die mit so vielen Mädchen wie möglich in die Kiste springen wollten, dann würde ihr das zum Vorteil gereichen. Denn das sollte es ermöglichen, ohne allzu viele Aufwärmübungen zur Sache zu kommen. Sie war nicht an einem festen Freund interessiert, das Ganze sollte so schnell wie möglich überstanden sein, damit sie weiterkommen konnte, ohne dabei ihren Stolz zu verlieren. Sie dachte jeden Tag an Jonathan und träumte sogar ab und zu von ihm. Er sah sie mit demselben überraschten Blick an wie an jenem Nachmittag im Wald: Hast du wirklich geglaubt, aus der Sache mit uns könnte mehr werden?

Hin und wieder rief sie Tina an und legte auf, sobald sie sich meldete. Flora wusste, wann Jonathan und sie in den Süden reisen würden. Ihre Rückkehr war Floras Stichtag.

Die Frauenzeitschriften versuchten, Hilfestellung zu geben, es gab Artikel darüber, was Männern gefiel, über die Geheimnisse der Körpersprache und darüber, wie man seine Anziehungskraft optimierte, indem man die besten Seiten betonte. Sie ging mit einer gewissen Nüchternheit an die Sache heran, zog sich aus und musterte ihren Körper vor dem Spiegel. Sie war immer noch dünn, aber nicht mehr so wie Bowie. Sie betrachtete ihre deutlich markierten Bauchmuskeln und ihre leicht gebogenen, muskulösen Oberschenkel, die dem Unterkörper eine gewisse Schwere verliehen. Sie berührte ihr Schlüsselbein, die runden Brüste, die schmalen Hüften, das dichte, schwarze Schamhaar. Nach der Zeit auf Bjørneø war sie noch immer gebräunt, sie ließ ihre Hände über den Körper gleiten, während sie sich vorstellte, wie es wäre, wenn ein Junge sie liebkoste.

Soweit sie sehen konnte, gab es zwei einleuchtende Möglichkeiten mit unterschiedlichen Vor- und Nachteilen. Robert war im Vorjahr nach Farring gezogen, er hatte sein Abitur gemacht und wollte Ingenieur werden. Er hatte den Vorteil, dass sie sich bereits kannten, was ihr vermutlich viel peinlichen Smalltalk ersparen würde. Der Nachteil an ihm war, dass sie ihn zum einen kein bisschen anziehend fand und zum anderen vor Scham im Boden versinken würde, sollte er ihre Annäherungsversuche abweisen. Die andere Möglichkeit war die Ferienvertretung des Briefträgers, ein Junge, dessen Namen sie nicht kannte. Er war in Marie-Louises Parallelklasse gegangen, sie erinnerte sich vage aus der Schulzeit in Vase an ihn. Er war ein großer, blonder Junge mit einer hübsch gebogenen Oberlippe und tiefliegenden Augen, die ihm einen intelligenten Gesichtsausdruck verliehen. Er war attraktiver als Robert, und dass sie ihn nicht kannte, hatte so wohl Vor- als auch Nachteile – einerseits würde sie mehr Zeit brauchen, um mit ihm anzubändeln, andererseits wohnten sie nicht Tür an Tür, sodass sie ihm hinterher leicht aus dem Weg gehen konnte. Sie beobachtete ihn, wenn er den Glasschwärmerweg entlangradelte. Vor jedem dritten Haus hielt er an ging mit seinen Briefen hin und her und verteilte sie, trank aus einer Trinkflasche und wischte sich mit dem Handrücken den Schweiß von der Stirn. Mit seinem gestreiften Frotteestirnband, das ihm die Haare aus dem Gesicht hielt, glich er einem Tennisspieler. Er kam jeden Tag etwa zur selben Zeit sie spionierte ihm vom ersten Stock aus nach und folgte ihm dann mit dem Fahrrad, wenn er seine Runde beendet hatte Er radelte den Waldweg entlang und machte an einem Picknickplatz Halt, wo er sein Hemd auszog und sich auf der anderen Seite der Schutzhecke ins Gras warf. Flora fuhr noch ein Stück weiter und bog am Rastplatz ab, von dort konnte sie auf einem Pfad bis zu der Stelle zurücklaufen, wo er lag, und ihn heimlich von ihrem Versteck hinter den Bäumen aus beobachten. Er sah aus, als würde er schlafen, er lag immer in derselben Position da, die eine Hand neben dem Gesicht zur Faust geballt, die andere auf seinem Bauch ruhend. Er bewegte sich nur, um ein Insekt zu verscheuchen oder um auf die Uhr zu sehen.

Die halbe Stunde, die er jeden Tag dort lag, sollte genügen, um mit ihm ins Gespräch zu kommen. Sie würde ihre Sportsachen anziehen und sich hinter den Dornenbüschen verstecken, die den Picknickplatz umkränzten. Sobald er sich ins Gras gelegt hatte, würde sie hervorkommen, und es würde so aussehen, als ob sie im Wald laufen gewesen wäre. Die ersten Tage würde sie es dabei belassen, ihn nur zu grüßen, bis sie schließlich eine Konversation einleiten würde. Sie würde sich nach seinem Aushilfsjob und seinen Sommerferien erkundigen, sie könnte etwas über das Wetter sagen, über den jüngsten Abstieg der Rosseler Fußballmannschaft oder irgendetwas anderes Gleichgültiges, Hauptsache, sie redeten miteinander. Von diesem Punkt ausgehend, wurde ihr Plan undeutlicher, ein Schnappschuss im Gegenlicht, der Postbote mit nacktem Oberkörper.

Sie zog ein enges Top mit breiten Trägern an, dazu die kurzen, roten Shorts. Er nickte ihr zu und erwiderte ihren Gruß, schirmte mit der Hand seine Augen vor der Sonne ab, und ihr Herz machte einen Satz, als würde es von einem Trampolin abheben. Dieses Vorgehen wiederholte sie mehrere Tage hintereinander, ehe sie den nächsten Schritt wagte. Sie stützte sich auf einen der Picknicktische, referierte den Wetterbericht, betrachtete seine Hände und stellte sich vor, wie er sie berührte.

Nachdem das einige Male so gegangen war, schlug sie vor, dass sie zusammen ein Eis essen gehen könnten. Inzwischen hatten sie sich über die Schule und die Sommerferien ausgetauscht, nichts Vertrauliches, aber immerhin mehr als nur Hochdruck und Tiefdruck.

»Ein anderes Mal«, antwortete er, und obwohl das nicht die Antwort war, auf die sie gehofft hatte, bog Flora sie sich so zurecht, dass sie ihr später kaum mehr niederschmetternd erschien, immerhin hatte er ihr keine Abfuhr erteilt.

Dennoch erschien ihr der Smalltalk der darauffolgenden Tage wie ein Rückschritt. Es war die reinste Zeitverschwendung. Am einfachsten wäre es, wenn sie es freiheraus sagen könnte, und als sie abends im Bett lag, stellte sie es sich vor. *Ich will mit dir vögeln*, sagte sie in ihrer Fantasie, formulierte es dann aber um zu einem *Nimm mich,* und dann waren sie nackt, und er küsste sie auf den Mund und den Hals und bewegte sich zu ihren Brüsten hinab, während er ihr flüsternd erzählte, wie sehr er sie seit ihrer ersten Begegnung begehrt hatte.

»Ich habe dich gesehen, bevor du mich sahst«, sagte er in ihrer Fantasie, »wenn ich die Post gebracht habe und du im Garten warst, habe ich nur noch daran gedacht, wie ich mit dir ins Gespräch kommen könnte.«

Sie berührte seinen Schwanz und legte seine Hand so zwischen ihre Beine, wie Jonathan es bei sich mit ihrer Hand getan hatte. Obwohl sie sich selbst berührte und schnell kam konnte sie unmöglich einschlafen.

Als sie am nächsten Tag zum Picknickplatz ging, war sie von dem süßen und geheimnisvollen Gefühl beseelt, sie wären sich bereits nähergekommen. Sie war rechtzeitig da, legte sich mitten auf den Rasen und streckte die Arme und Beine zur Seite wie ein Kind, das einen Schneeengel macht. Der Himmel lebte vor Insekten und Schmetterlingen, eine Schar zarter Flügel, weiter oben kreisten Vögel. Die Sonne brannte sich durch die Kleidung, schrieb mit Rot und Schwarz und Weiß unter die Augenlider. Ein sanfter Wind zog einen Duftteppich aus warmer Erde und Geißblatt mit sich; Haut, die von Windstößen gekühlt wurde. Der schlichte Choral der rauschenden Blätter, das unsichtbare Wurzelgeflecht unter dem Rasen, das mit seinen haarfeinen Rüsseln die Feuchtigkeit in sich aufsaugte. Die Glieder strecken und das geschäftige, ungeduldige Kribbeln des Sommers auf den eigenen Körper übergehen lassen. Den mühsamen Weg einer fingerdicken Weinschwärmerraupe über ein Weidenröschen beobachten, wenn sie die Farben der Stängel und wogenden Dolden unter ihrer grauen Haut versteckte, um sich nach der Verpuppung mit deren Rosa und Grün zu schmücken. Flora schlief ein und erwachte mit glühenden Sonnenwangen, die Beine und Arme feucht und vom Gras zerkratzt. Er hätte schon vor einer Stunde hier sein müssen. Sie dachte, dass er sich verspätet haben musste, bohrte mit einem Stock Löcher in den Boden, zupfte die unteren, nierenförmigen Blätter der Glockenblunen ab, jagte Ameisen und Marienkäfer mit einem Fingerschnipsen zur Hölle. Sie wartete so lange, bis ihre Enttäuschung in Zorn umschlug. Am darauffolgenden Tag kam er auch nicht, und als sie sich gerade damit beruhigt hatte, dass sicher sein Sommerferienjob zu Ende war und sie ihn stattdessen in der Fußgängerzone in Vase treffen konnte, sauste er auf dem Waldweg an ihr vorüber. Er radelte im Stehen und trat energisch in die Pedale, ohne sie zu grüßen.

Sie hatte Mia erzählt, dass sie den Briefträger jeden Tag traf, ohne ihr wahres Vorhaben preiszugeben. Am Telefon wurden sie sich jetzt einig, dass er sich entweder interessant machen wollte oder so schüchtern war, dass er nicht wusste, was er machen sollte.

»Oder er hat einfach kein Interesse«, sagte Flora, aber Mia meinte, dass das nicht der Grund sein könne.

»Warum sollte er denn nicht interessiert sein? So wie er mit dir gesprochen und dich angelächelt hat und all das.«

Aber »all das« waren nichts als Fehlschlüsse auf der Grundlage gesammelter Daten. Verletzte Eitelkeit führte schneller zur Einsicht als Verliebtheit. Nach ein paar Tagen der Langeweile war Flora sicher, dass der Postbote sie aus reiner Höflichkeit angelächelt und nur mit ihr geredet hatte, weil sie ihn angesprochen hatte. Sie versuchte sich damit zu beruhigen, dass das in Wirklichkeit kein Grund zur Aufregung war. Der Postbote war nur interessant, wenn er dasselbe wollte wie sie. Und wenn das nicht der Fall war, war es besser, schleunigst Bescheid zu wissen.

Robert war inzwischen nach Hause gekommen, sie hatte bislang aber nur kurz mit ihm gesprochen, denn solange die Geschichte mit dem Postboten noch nicht vorbei war, hatte sie keine Geduld gehabt, sich seine Erzählungen vom Studium anzuhören. Flora wollte abwarten, bis das Wochenende vorüber und er allein zu Hause war, ehe sie ihn anrief. Den

Sonntag verwendete sie darauf, sich mit dem Duschstrahl zu befriedigen, während sie sich auf Robert konzentrierte. Sie lag in der Badewanne und wartete darauf, dass er vor ihrem inneren Auge auftauchte, doch es war schwer, ihn deutlich zu sehen, und als es ihr endlich gelang und sie sich von ihm ausziehen ließ, verwandelte er sich in einen gesichtslosen Jungen mit Jonathans Körper.

Robert war vorher im Süden des Landes gewesen, um seinen Cousin zu besuchen, und verbrachte die letzten beiden Ferienwochen in Vase. Er schien erfreut, sie zu sehen, und streckte ihr zur Begrüßung die Hand entgegen. Dann fiel ihm selbst auf, wie merkwürdig diese Geste war, und er versuchte seine Verlegenheit mit Humor zu überspielen. »Das liegt daran, dass du dich im Laufe des letzten Jahres so verändert hast. Für einen Moment dachte ich, du wärst die Dame vom Finanzamt.«

»Vom Finanzamt?« Flora lachte. »Was Besseres ist dir wohl nicht eingefallen.«

»Mich hat auch nicht so sehr die Tatsache verwirrt, dass sie vom Finanzamt kam«, erwiderte er und bat sie herein, »sondern eher, dass sie so kurze Shorts trägt. Ziemlich unpassend für eine Amtsfrau.«

»Amtsfrau«, wiederholte Flora und nahm die Limonade, die er ihr entgegenstreckte. »Kann man das überhaupt sagen?«

»In diesen Tagen, Flora«, sagte er und schüttelte mit aufgesetztem Ernst den Kopf, »kann man nie diplomatisch genug sein, wenn es um die Gleichberechtigung geht.«

Es war leicht, mit ihm ins Gespräch zu kommen. Sie erzählte, dass sie nach Farring ziehen würde, und fragte ihn über die Stadt aus, und er berichtete ein wenig umständlich von seinem Studium: kluge und idealistische Gedanken über Wasserversorgung und Pumpen für afrikanische Dörfer. Sie bemühte sich, Interesse zu heucheln.

Er fragte, ob sie mit ihm ins Kino gehen wolle, und sie sagte ja und wurde plötzlich so schüchtern, dass er sie neckend fragte, ob sie auch wirklich den Mut dazu aufbrächte, was sie mit einem leichten Schlag gegen seinen Oberarm quittierte.

Kaum war sie wieder zu Hause, rief sie Mia an. Robert taufte sie Marc, um die alte Lügengeschichte nicht mit der Wirklichkeit durcheinanderzubringen.

»Und was ist mit dem Postjungen? Allmählich komme ich nicht mehr mit.«

»Ach, der Postjunge«, seufzte Flora theatralisch. »Können wir den nicht einfach vergessen?«

Und das konnten sie natürlich. Sie sprachen darüber, was Flora ins Kino anziehen sollte, Mia war für etwas Legeres, aber Flora wollte gern ein Kleid anziehen.

»Du trägst doch nie Kleider. Man könnte meinen, du wärst verliebt.«

»Mit einem Kleid ist es leichter, wenn, du weißt schon …«

Und dann sagte Mia wie immer, dass sie nur schmutzige Gedanken im Kopf habe, und sie lachten, denn Flora hatte die Bemerkung natürlich gar nicht ernst gemeint.

»Ich würde auch gern im Vorort wohnen«, sagte Mia, »hier ist wirklich gar nichts los, jedenfalls nicht bei mir. Ellinor arbeitet die ganze Zeit, Jonathan ist wieder da, er und Tina haben sich zerstritten, gestern habe ich gehört, wie sie sich gezofft haben, anscheinend war er wegen irgendetwas eifersüchtig. Wie wäre es, wenn ich dich bald mal besuche?«

Flora sagte ja, toll und natürlich, aber der Gedanke machte sie nervös. Mia durfte unter keinen Umständen kommen. Flora hatte Wichtiges vor, und es wäre eine Katastrophe, wenn Mia entdecken würde, dass Marc Robert war oder umgekehrt.

Anschließend kehrten ihre Gedanken immer wieder zu Jonathan zurück. Sie rief Tina an und legte auf, als sie ranging, obwohl sie das schon lange nicht mehr getan hatte. Es war schlimm, dass er eifersüchtig war. Eifersucht war ein Zeichen von Liebe, und das war eine andere Geschichte als die, die Flora sich gern selbst erzählt hätte, von einer Tina, die Dinge tat, zu denen Jonathan nicht nein sagen konnte, obwohl er nichts für sie empfand.

Der Abend verlief nicht wie geplant. Es lag nicht an Robert. Der nahm während des Films ihre Hand, und hinterher küsste er sie. Sie radelten durch den Wald, und hielten am Königinnenstein an, um sich zu unterhalten. Sie erwiderte seinen Kuss, er berührte ihre Brüste, steckte seine Hand unter ihren Rock und streichelte sie durch ihren Slip hindurch. Er hatte warme und raue Finger, die einen Widerstand auf dem Stoff bildeten, sie schloss die Augen und lehnte den Kopf gegen seinen Hals, ein Geruch von Schweiß und irgendetwas Undefinierbarem, einem Gewürz oder einer Mahlzeit, und plötzlich war all ihre Lust verflogen.

Er versuchte erneut, sie zu küssen, und als sie ihm die Wange zukehrte, gab er es auf und fragte sie, ob er irgendetwas falsch gemacht hätte, doch sie schüttelte nur den Kopf und sagte, sie würde frieren. Sie konnte durch den Stoff seiner dünnen Sommerhose sehen, dass er eine Erektion hatte, und lehnte ab, als er ihr seine Jacke anbot. Sie wolle gern nach Hause, sagte sie, und er folgte ihrem Wunsch ohne Protest. Sie radelten durch den Wald, ohne miteinander zu reden, er streckte sich zu ihr hinüber, um ihre Hand zu nehmen, aber sie ließ kurz darauf wieder los, tat so, als ob ihr Fahrrad schlingerte. Auf dem Hinweg war sie ungezwungen und aufgedreht gewesen und hatte ihn zum Lachen gebracht, jetzt fehlten ihr die Worte. Sie knallte ihr Fahrrad gegen die Garagenwand, ließ ihn abwartend und verwundert auf dem Bürgersteig stehen, rieb sich die Arme und hüpfte von einem Bein auf das andere, um zu zeigen, wie sehr sie fror und wie sehr sie sich beeilen musste, ins Haus zu kommen. Als sie in ihrem Bett lag, weinte sie vor Wut darüber, ihren Plan nicht zu Ende gebracht zu haben, und darüber, dass Jonathan der Grund dafür war, dass sie es nicht konnte.

Sie brauchte Mia nicht einmal anzulügen, es war die übliche, wahrheitsgemäße Geschichte, dass der Junge mehr gewollt hatte als sie.

»Hat er sich wirklich vorgestellt, dass du bis zum Ende gehst?«, fragte sie und klang aufrichtig verärgert. »Was glaubt er denn, wie billig du bist?«

Robert rief am nächsten Tag an, aber sie log und sagte, sie fühle sich schlapp, und am Tag darauf hatte sie Besuch von Mia und ließ ihn nicht herein.

»Jetzt habe ich endlich mal Robert gesehen«, flüsterte Mia, als er wieder gegangen war. »Er sieht ja gar nicht so schlecht aus, aber dieser Hundeblick!«

Flora lag Eric damit in den Ohren, noch vor Ende der Ferien nach Farring ziehen zu dürfen, um sich einleben zu können, bevor die Schule begann. Nach einigem Hin und Her willigte er ein und traf ein Arrangement mit Marianne, die in der Nähe des Gymnasiums wohnte, auf das er selbst gegangen war, und die Flora für ein Jahr aufnehmen würde.

Den letzten Tag vor der Abreise verbrachte Flora bei Marie-Louise. Als diese sagte, dass Flora traurig aussehe, begann sie zu weinen.

»Hat es was mit einem Jungen zu tun?«, fragte Marie-Louise, und als Flora nickte, sagte sie, das sei es nicht wert. »Sieh dir doch nur mich an. So willst du doch garantiert nicht enden.«

Und obwohl Flora nicht nachvollziehen konnte, wie aus ihrem gebrochenen Herzen eine stille Hochhauswohnung und der kleine Christian auf Marie-Louises Arm werden sollte, schüttelte sie vorsichtig den Kopf und schämte sich ihrer nichtigen Probleme.

»Naja«, sagte Marie-Louise, »so schlimm ist das auch wieder nicht. Jedenfalls hast du keinen Grund dazu, traurig zu sein Bald bist du in Farring und lernst interessante Leute kennen Du kannst dir nicht vorstellen, wie neidisch ich bin.«

Im August geriet im Glasschwärmerweg alles aus den Fugen Eric hatte zum ersten Mal den Familienurlaub auf Lilleø abgesagt, weil er im Büro noch so viel zu erledigen hatte. Dann stand Martins zwölfter Geburtstag an. Der wollte nicht feiern, und eigentlich passte es Eric ganz gut, nicht das ganze Haus voller Jungs zu haben, jetzt, da Marie-Louise ihm nicht mehr bei den praktischen Dingen behilflich sein konnte, und so versuchte er Martin gar nicht erst zu überreden. Am Tag darauf verpasste Martin einem anderen Jungen eine geplatzte Unterlippe, die im Krankenhaus genäht werden musste. Martin behauptete, er habe den anderen geschlagen, weil dieser etwas Unverzeihliches gesagt hätte, aber er weigerte sich, Eric Genaueres zu erzählen. Martin bereute nichts, und so musste Eric ihn zwingen, sich zu entschuldigen, und er war genötigt, mit der Mutter des betroffenen Jungen Kaffee zu trinken. Ihm war fast genauso unwohl wie seinem Sohn, als sie dem Dicklippigen und seiner schweigsamen Mutter gegenübersaßen.

»Mein Sohn sollte das Recht haben, in Ruhe gelassen zu werden«, sagte die Mutter zum Abschied. »Es tut mir leid, das so sagen zu müssen, aber Martin eilt inzwischen ein gewisser Ruf voraus.«

»Ich werde dafür sorgen, dass das nicht noch einmal vorkommt«, versicherte Eric.

Martin stand bereits neben dem Auto und wartete auf ihn.

»Nichts für ungut«, fuhr die Frau fort, »aber vielleicht sollte ihr Sohn mal mit jemandem reden.«

Eric räusperte sich, ein plötzlicher Zorn überkam ihn. Jungs prügelten sich, Mütter waren schockiert, so war es doch schon immer gewesen.

»Mit ihm ist alles in Ordnung.« Er klang barscher, als er gewollt hatte. »Und soweit ich es richtig verstanden habe, hat Ihr Sohn ihn provoziert.«

Die Frau reagierte nicht wie erwartet. »Wunderbar«, sagte sie so, dass es fast wie eine Entschuldigung klang, und verschränkte ihre Arme. »Dann ist es so.«

Eric wollte wissen, was sie damit meinte, aber sie antwortete nur etwas kryptisch, dass alle Menschen gern das Beste von ihren Kindern glaubten. »Und um die anderen Kinder machen wir uns nicht so viele Sorgen, wenn es darauf ankommt, nicht wahr?«, fuhr sie fort und sah ihn an.

»Wir haben die Pflicht, sie so zu erziehen, dass sie sich in die Gemeinschaft integrieren«, setzte er an, merkte jedoch selbst, wie platt das klang, und wiederholte lieber, dass er dafür sorgen werde, dass so etwas nicht wieder vorkomme.

Die Frau wirkte wie eine vernünftige und normale Mutter, weit weniger hysterisch als viele andere Mütter in Vase. Die Lippe ihres Sohnes hatte mit fünf Stichen genäht werden müssen, und es war leicht nachvollziehbar, dass sie aufgebracht war. Martin hatte seine Entschuldigung recht gleichgültig heruntergeleiert, und Eric schämte sich und hätte ihn am liebsten genommen und geschüttelt. *Wer bist du?*, hätte er ihn am liebsten gefragt, als sie wieder im Auto saßen, und *Wie bist du so geworden?*.

Stattdessen hielt er einen Vortrag über Verantwortung und gutes Benehmen, und Martin reagierte darauf überraschenderweise mit blanken Augen und einer bebenden Unterlippe. Kaum hatte Eric das Auto geparkt, lief der Junge in den Wald und kam erst, als es längst dunkel war, wieder nach Hause. In der Zwischenzeit war Eric losgegangen, um ihn zu suchen. Eine einsame Nachtwanderung, ein Nebel aus tanzenden Mücken, der Wald, der sich mit seinen peitschenden Ästen hinter ihm schloss. Als er in den Glasschwärmerweg zurückkam, saß Martin draußen auf dem Treppenabsatz, obwohl die Tür nicht abgeschlossen war. Ein schmächtiger Junge mit großen Knien, derselbe Junge, der an Alices Beerdigung seine Hand gehalten und seinem Gemütszustand durch nichts anderes Ausdruck verliehen hatte als durch schwache Morsesignale von einer kleinen Hand an eine große.

»Ich will nicht bei Barbara wohnen, wenn du in Indien bist«, sagte er und wischte sich die Nase mit dem Handrücken ab. »Sie sagt immer so doofe Sachen.«

Eric setzte sich neben ihn. Er dachte, dass eine Umarmung den Jungen in diesem Moment wohl zerbrechen lassen würde, und hielt sich zurück.

»Orion«, sagte er und zeigte zum Himmel, »der große Jäger mit den drei Edelsteinen am Gürtel.«

Martin schniefte, eine feuchte Wärme strahlte von seinem Körper ab wie eine Brücke.

»Sieh mal, der Hundsstern im Großen Hund, man vergisst völlig, wie hell der leuchtet. Er hat auch einen Leitstern, den man den Kleinen Hund nennt, und obwohl es von der Erde aus so scheint, als würde er nur schwach leuchten, ist er nicht nur wärmer als die Sonne, sondern strahlt mehr Licht pro Quadratmeter aus, ist das nicht fantastisch?«

Martin nickte stumm, mit seinem Blick folgte er Erics Finger, der den Himmel in regelmäßige Flächen einteilte.

»Lass uns reingehen und was trinken«, sagte Eric, als er spürte, dass sich der Junge beruhigt hatte. Martin folgte ihm widerstandslos, über sein Gesicht zogen sich Striemen aus Tränen und Schmutz.

»Geh nach oben, und wasch dich«, sagte Eric und nahm das leere Glas an sich. »Es war ein langer Tag.«

Kapitel 10

Flora nahm nur das Nötigste mit. Eric wollte Marianne etwas dafür bezahlen, dass sie Flora aufnahm, doch die wollte davon nichts hören. Dann ist es wenigstens kein Verlust, wenn ich ausziehe, dachte Flora. Marianne weigerte sich sogar, Eric ihre Kontonummer zu geben, als er ihr Geld für Essen und anderen Lebensbedarf überweisen wollte. Also eröffnete er stattdessen ein Konto für Flora und schärfte ihr ein, dass sie rücksichtsvoll sein und hin und wieder von dem Geld einkaufen sollte. Als sie mit ihm um den monatlichen Betrag feilschte, nannte er sie sichtlich amüsiert eine kleine Kapitalistin. Sie sprachen genau ab, wie viel sie davon für sich selbst ausgeben durfte, und Eric betonte, dass er sich auf sie verlasse.

»Zu etwas anderem hast du auch keinen Grund«, sagte sie und schlang die Arme um ihn.

Sie standen am Bahnsteig und warteten auf den Zug nach Farring, es war ein bewegender Abschied. Martin war dabei, und auch Marie-Louise war gekommen, mit Christian in seinem weißen Kinderwagen. Die Mädchen weinten, aber als Martin sie fragte, ob sie es bereue, schüttelte Flora den Kopf.

»Es ist doch nicht mal ein Jahr«, sagte Eric. »Jetzt hört aber auf.«

Sie umarmten ihn und mussten lachen, weil er ebenfalls weinte und sich keine Mühe gab, es zu verbergen.

»Mein kleines Mädchen«, flüsterte er und drückte Flora so fest an sich, dass sie kaum Luft bekam, »meine kleine Flumse.«

Da begann Flora laut zu schluchzen. Seit Alices Tod hatte niemand mehr sie Flora-Mädchen genannt, und aus Erics Mund klang es verkehrt.

»Es tut mir leid«, sagte er und streckte sie von sich, »ich weiß nicht, wo das herkam.«

Sie hatten es nicht mehr geschafft, in der Bahnhofscafeteria noch einen Kaffee zusammen zu trinken, wie Eric es eigentlich vorgehabt hatte. Flora wollte sofort einsteigen, als der Zug einfuhr, und die anderen blieben stehen und winkten, bis sie verschwunden war. Anschließend lud Eric Marie-Louise und Martin zum Mittagessen ein, das Tagesgericht für eine betrübte, kleine Gruppe.

Flora rief noch am selben Abend an, wie sie es versprochen hatte, und Eric sprach sowohl mit ihr als auch mit Marianne.

»Ich habe schon ganz viel geplant«, sagte Marianne, »ich werde ihr die Stadt zeigen, damit sie sich zurechtfindet, und dann wollen wir einen Ausflug zum Strand machen.«

»Aber du darfst nicht alles bezahlen«, erwiderte er. »Sie hat ihr eigenes Geld.«

Flora war nach der Reise und dem aufwühlenden Abschied so müde, dass es ihr nicht schwerfiel, in Mariannes Wohnung einzuschlafen. Sie hatte die kleine Kammer bekommen, die eigentlich Mariannes Schlafzimmer war, sie selbst schlief stattdessen auf einem neu erworbenen Schlafsofa im Wohnzimmer. Das Bettzeug duftete nach Blumen und war knisternd glatt, vermutlich hatte Marianne es gebügelt. Flora kippte das Fenster, doch Marianne schloss es wieder, als sie kam, um ihr gute Nacht zu sagen.

»Keine offenen Fenster bei Nacht«, mahnte sie. »Wir sind hier nicht Vase, man muss sich vorsehen.«

Flora schlief sofort ein, und auch am nächsten Abend brütete sie weniger über Verbrecher und Vergewaltiger mit Saugnäpfen an den Füßen als vielmehr darüber, wie sie Marianne auf schonende Weise beibringen konnte, dass sie sie nicht jeden Abend persönlich ins Bett bringen musste.

Sie besuchten Museen und gingen sogar in den Zoo, sie verbrachten einen Nachmittag am Hafenstrand und aßen in einem italienischen Restaurant zu Abend. Vormittags ging Flora im nahegelegenen Batteripark laufen, es war nicht dasselbe wie der Wald, aber in Ordnung. Im Park gab es einen künstlich angelegten See mit einem Bootsverleih, und morgens glichen die Boote mit ihren taunassen Planen großen Tieren. Marianne zeigte ihr den Weg zum Gymnasium, sie konnte in zwanzig Minuten zu Fuß dorthin laufen oder den Bus nehmen, wenn es regnete.

»Wo ist eigentlich die Rodinstraße?«, fragte Flora, als sie vor dem Schulgebäude standen. »Ich kenne ein Mädchen, das dort wohnt.«

»In der Rodinstraße? Im Bildhauerviertel?«, fragte Marianne. »Sie muss wohlhabend sein.«

»Das glaube ich nicht, sie wohnt in einer Kommune.«

»Ach«, sagte Marianne und hakte sich bei Flora unter. »Davon gibt es in Farring inzwischen ja einige.«

»In Rossel auch.« Flora zog den Arm unter dem Vorwand, sich die Schuhe binden zu müssen, wieder zu sich. »Sie hat eine Yogaschule.«

»Aha«, Marianne räusperte sich, »das klingt exotisch.«

Sie sprachen erst am Abend wieder darüber, als Marianne Kniffel spielen wollte und Flora keine passende Ausrede einfiel, um sich davor zu drücken. Sie tranken Kaffee und aßen Kekse, und Marianne tätschelte sich immer wieder den Bauch und die Hüften und erklärte kichernd, dass sie sich die Süßigkeiten eigentlich verkneifen müsse.

»Was mich bei diesen Kommunen im Bildhauerviertel wundert«, sagte Marianne plötzlich ins Blaue hinein, »ist, dass sie sich einerseits als Sozialisten bezeichnen, andererseits aber Immobilien in einem reichen Bezirk kaufen. Wie lässt sich das vereinbaren?«

»Das weiß ich auch nicht«, antwortete Flora. »Aber wahrscheinlich sind sie darauf angewiesen, ein Haus mit viel Platz zu finden.«

»Ja, das glaube ich gern.« Marianne lachte. »Stell dir mal vor, du musst mit so vielen anderen Leuten zusammenwohnen, und ständig wird alles diskutiert und zerredet, und man hat nichts für sich allein. Für mich wäre das jedenfalls nichts.«

»Aber sie helfen sich auch gegenseitig. Das ist doch wohl gar nicht so schlecht.«

»Sie teilen sich sogar die Unterwäsche, habe ich gehört.« Marianne kicherte und schüttelte den Würfelbecher. »Ein großer Haufen, von dem jeder sich nehmen kann, was ihm gefällt, Männer wie Frauen.«

»Das Mädchen, das ich kenne, wohnt in einer Frauenkommune«, sagte Flora. »Kannst du mir morgen zeigen, wie ich zur Bibliothek komme?«

»Frauenkommune …« Marianne ließ ihre Hand auf dem Würfelbecher liegen, ohne ihn hochzuheben. Sie schüttelte den Kopf, sagte jedoch nichts mehr.

Die Bibliothek war der perfekte Vorwand, um die Nachmittage nicht gemeinsam mit Marianne verbringen zu müssen. Einen Teil der Zeit las sie, den anderen Teil saß sie im Bibliotheksgarten. Es war glasklar, dass sie nicht bei Marianne bleiben konnte. Flora machten schon die unbedeutendsten Kleinigkeiten fast wahnsinnig. Wie Marianne ihren Kaffee umrührte, die kurzen, missbilligenden Laute, die sie von sich gab, wenn sie Zeitung las oder fernsah, ihre endlosen Anweisungen: So legst du eine Bluse zusammen. So faltet man Socken. So vermeidest du Knoten im Haar. Am liebsten hätte sie gesagt, dass sie noch nie ein Kindermädchen oder eine Haushaltshilfe hatte und deshalb durchaus wisse, wie man Klamotten zusammenlegte und auf sich selbst aufpasste. Aber sie schwieg. Weil sie Marianne nicht verletzen wollte, aber auch, weil sie fürchtete, Eric könnte sie, noch bevor er nach Indien abreiste, nach Vase zurückholen und bei Mia unterbringen, wenn Marianne und sie nicht miteinander auskamen. Sobald er weg war, musste sie eine andere Lösung finden. Sie wollte ihn nicht hintergehen, aber es gab Dinge, in die man ihn besser erst einweihte, wenn sie bereits geschehen waren. Eigentlich hatte sie vorgehabt, noch eine Weile abzuwarten, aber nach einem Abend, als Marianne und sie aneinandergeraten waren, hatte sie Rachels Nummer mit in die Bibliothek genommen.

Alles hatte im Grunde damit begonnen, dass Flora sich vorgenommen hatte, sich zusammenzureißen und freundlicher zu Marianne zu sein, die Flora unbedingt Gutes tun wollte und enttäuscht war, wenn sie abends lieber im Bett liegen und lesen wollte, als mit ihr Kaffee zu trinken und Kniffel zu spielen und zu reden. Flora hatte sich *Angst vorm Fliegen* von Erica Yong aus der Bibliothek ausgeliehen. Sie war sich nicht sicher, ob Marianne ihre Lektüre gutheißen würde, und versteckte das Buch vorsichtshalber unter der Matratze. Es war eine ferne und aufregende Welt, und Flora träumte davon, in sie einzutauchen und Teil von ihr zu werden.

»Bist du eigentlich traurig, dass du keine Kinder hast?«, hatte sie Marianne gefragt, und obwohl das eigentlich nicht direkt etwas mit dem Buch zu tun hatte, musste sie daran denken, als sie die Frage stellte. In Wahrheit wollte sie herausfinden, ob Marianne jemals einen Freund oder Liebhaber gehabt hatte.

Marianne schenkte ihnen Kaffee ein und machte zunächst nicht den Eindruck, als sei ihr die Frage unangenehm.

»Das bin ich wohl«, antwortete sie und faltete eine Serviette in der Mitte. »Welche normale Frau ist das nicht?«

»Vielleicht müssen ja nicht unbedingt alle Frauen Kinder bekommen«, erwiderte Flora, doch Marianne schien sie misszuverstehen.

»Ich habe gedacht, du hättest dich verändert«, flüsterte Marianne mit Tränen in den Augen. Und als Flora nicht wusste was sie meinte, sagte sie: »Ich mühe mich hier ab, damit es dir gutgeht, und dann sagst du, ich würde mich nicht dazu eignen, Kinder zu haben.«

Flora versuchte zu erklären, dass für sie selbst der Gedanke, Mutter zu werden, ganz und gar nichts Verlockendes an sich hatte. Wenn sie sich ihr eigenes, zukünftiges Ich vorstellte, beinhaltete diese Vorstellung keine Kinder.

»Ich verstehe nicht, warum du immer so provozieren musst«, zischte Marianne. »Das ist wirklich nicht nett.«

Daraufhin ging Flora in ihr Zimmer und schloss sich ein. Marianne rüttelte an der Tür und wurde völlig hysterisch, als Flora sie nicht hereinlassen wollte.

»Ich sage dem Nachbarn, dass er die Tür eintreten soll«, drohte sie. »Ich nehme dir die Schlüssel weg.«

Flora hielt so lange stand, bis Marianne aufgab. Erst in der Nacht schlich sie ins Bad. Marianne lag mit dem Rücken zu ihr auf der Couch und schlief, doch ihre Atemzüge waren still, wie bei jemandem, der auf der Hut war. Am nächsten Morgen entschuldigte sich Flora, obwohl sie es eigentlich nicht einsah. Marianne nahm ihr die Geschichte, dass sie sofort eingeschlafen wäre, jedoch nicht ab und verlangte ihre Zimmerschlüssel.

»Solange du nicht in meinen Sachen wühlst«, sagte Flora, und auch wenn das möglicherweise ungeschickt war, hatte sie es nicht böse gemeint, aber Marianne war sofort wieder außer sich geraten.

»Was bildest du dir eigentlich ein? Hier anzukommen und die Überlegene zu spielen?«

»Die Überlegene?«

»Ich weiß nicht, was Eric sich dabei gedacht hat, als er dich auf diese Hippieschule geschickt hat«, fuhr sie unbeirrt fort, »und in dieses Frauenferienlager, also wirklich. Ich hatte gehofft, es wären nur deine Anziehsachen und die Haare, aber ich habe das Gefühl, dass man dich dort auch einer gründlichen Gehirnwäsche unterzogen hat.«

»Gehirnwäsche?« Flora stand auf, es war zu demütigend, einfach sitzen zu bleiben. Sie kippte den Rest ihres Kaffees in den Ausguss und blieb unbeholfen mit der Tasse in der Hand stehen, ratlos, was sie sagen sollte.

»Federn und geflochtene Bänder und verfilzte Haare kann ich ja noch ertragen. Und hässliche Farben, Batik, Hemden, Mannshosen und Lederschnüre mit Perlen«, redete Marianne weiter und zeigte mit dem Finger auf Flora. »Aber verschon mich mit deinen unreifen Ideen von Ehe und Mutterschaft!«

Flora war sprachlos, und selbst später, als sie im Bibliotheksgarten saß, wusste sie nicht, was diese heftige Reaktion ausgelöst hatte. Sie fühlte sich ungerecht behandelt und ging im Kopf alle möglichen Antworten durch, die sie hätte geben können, um Marianne in die Schranken zu weisen.

Sie konnte sich nicht aufs Lesen konzentrieren und versuchte vom Münztelefon aus, Rachel in der Frauenkommune zu erreichen, legte jedoch wieder auf, als sich eine fremde Frauenstimme meldete. Stattdessen ließ sie sich von einer Bibliothekarin den Weg zu Rachels Yogaschule erklären. Sie lag in der Etage eines Wohnhauses in der Altstadt nahe dem Kohlebogen. Flora hatte sich etwas Imposanteres vorgestellt als ein handgeschriebenes Schild, einen abgewohnten Treppenaufgang und eine Dreizimmerwohnung. Sie nahm allen Mut zusammen und fragte die Frau hinter dem improvisierten Empfangstresen, ob sie Rachel sprechen könne. Die bat Flora zu warten, bis die Stunde beendet war, also setzte sie sich auf die äußerste Kante einer Bank und bekam Herzklopfen, als die Tür zum Raum nebenan aufging.

Rachel kam als Letzte heraus. Sie trug weite Hosen und

hatte sich ein Tuch um die Brust gebunden, der grüne Turban auf ihrem Kopf ließ ihre Haut durchsichtig erscheinen.

»Flora«, sagte sie zu ihrer Erleichterung. Sie war nervös gewesen, ob Rachel sich überhaupt noch an sie erinnern würde »Was um alles in der Welt machst du denn hier?«

Hätte Flora einige Tage früher angerufen und Eric darüber informiert, dass sie nicht länger bei Marianne wohnen, sondern in eine Wohngemeinschaft ziehen wollte, die sie mit Rachels Hilfe gefunden hatte, hätte er protestiert und ihr damit gedroht, sie zurückzuholen. Erics zerstreute, verzagte Akzeptanz war das einzig Gute an dem Zwischenfall mit Martin, und obwohl die Sache Flora zum Vorteil gereichte, hätte sie sich natürlich gewünscht, dass das alles nicht passiert wäre. Eric sprach zunächst nur kryptisch darüber und wollte nichts Direktes sagen. Erst als sie Marie-Louise anrief, erfuhr sie mehr, obwohl Flora es auch ihr aus der Nase ziehen musste.

»Ich kann das nur schwer glauben«, sagte Marie-Louise, als Flora sie fragte, was eigentlich los war.

»Was kannst du nur schwer glauben? Dass Papa Martin mit nach Indien nimmt?«

»Nein, ich rede von der anderen Sache.«

Und obwohl Flora mehrmals nachhakte, was mit dieser anderen Sache nun gemeint sei, Eric habe ihr gegenüber nur von einer *Anklage* oder etwas Ähnlichem gesprochen, die gegen Martin erhoben worden sei, musste Marie-Louise mehrere Anläufe nehmen, bis sie es über die Lippen brachte.

»Ich habe nicht mehr viele Münzen«, drängte Flora ihre Schwester. »Würdest du mir jetzt bitte erzählen, was passiert ist?«

»Es geht um ein Mädchen aus seiner Klasse. Seit er sich mit diesem Jungen geprügelt hat, sind alle seine Mitschüler gegen ihn.«

»Ein Mädchen?«

»Sie sagt, er hätte sie zu etwas gezwungen.«

»Gezwungen?«

»Auf der Toilette. Nach der Schule.«

»Er ist erst zwölf. Wovon reden die?«

»Man hat sie wohl nach dem Unterricht zusammen gesehen, es steht Aussage gegen Aussage, aber Martin ist von der Schule geflogen, weil Papa sich geweigert hat, ihn zum Psychologen zu schicken.«

Anschließend rief Flora noch einmal Eric an. »Wollten wir nicht ehrlich zueinander sein? Gilt das Versprechen nicht mehr?«

»Es ist nicht so, dass ich es vor dir verbergen wollte. Es gibt nur so viele, auf die ich jetzt Rücksicht nehmen muss.«

Eric wiederholte Marie-Louises Erklärung, mehr wisse er auch nicht, Martin habe nur gesagt, dass er dem Mädchen auf die Toilette gefolgt wäre, weil sie ihm etwas habe zeigen wollen. Als sie dort gewesen seien, habe sich die Sache auf einmal erledigt, und mehr sei nicht gewesen.

»Die sitzen mir jetzt schon seit einer Woche im Nacken«, sagte Eric. »Martin geht nicht mehr aus dem Haus, das sieht ihm überhaupt nicht ähnlich.«

»Vielleicht würde ein Psychologe ja tatsächlich helfen«, schlug Flora vorsichtig vor, aber davon wollte Eric nichts hören.

»Ich habe kein Vertrauen in so einen Schulpsychologen. Mit Martin ist alles in Ordnung.«

»Ich will nicht mehr bei Marianne wohnen«, sagte Flora abrupt. »Ich habe etwas anderes gefunden.«

Eric seufzte. »Martin und ich fahren doch schon in zwei Wochen nach Indien.«

»Es ist eine Wohngemeinschaft in der Nähe dieser Rachel aus dem Frauenferienlager, da wohnen Kinder, Jugendliche und Erwachsene. Ich habe es mir schon angesehen, ich be komme ein eigenes Zimmer, und es kostet so gut wie nicht Wenn du es nicht bezahlen kannst, suche ich mir einen Jol Ich will nur nicht mehr bei Marianne wohnen.«

»Rachel?« Eric seufzte erneut.

»Ich stehe in einer Telefonzelle«, erklärte Flora. »Ich habe kaum noch Münzen.«

»Ich werde das Haus verkaufen, wenn wir zurückkommen« sagte Eric. »Nur, dass du vorbereitet bist.«

Halbherzig gab Eric Flora grünes Licht, allerdings unter der Bedingung, dass sie wieder zu Marianne oder zurück nach Vase ziehen würde, wenn ihm die Wohngemeinschaft nicht zusagte, die er sich vor seiner Abreise nach Indien noch ansehen wollte.

Am Tag ihres Umzugs holte Rachel Flora ab. Sie hatte sich einen Lieferwagen geliehen, sodass sie unterwegs ein Bett und einen Schreibtisch kaufen konnten. Marianne weinte, und Flora hatte ein schlechtes Gewissen. Sie umarmte Marianne, als sie vor der Wohnung standen. Rachel wartete auf dem nächsten Treppenabsatz, sie hielt eine Tüte mit Floras Büchern, den Rest konnte sie allein tragen. Die Möbel kauften sie in einer Halle mit Trödel. Rachel kannte den Besitzer, sie saßen im Hinterzimmer und unterhielten sich, während Flora sich etwas aussuchen durfte. Als sie alles ins Auto geladen hatten, gab Rachel dem Trödelhändler einen langen Kuss.

»Seid ihr zusammen?«, fragte Flora, als sie losfuhren, aber Rachel lachte nur und schüttelte den Kopf.

»Der ist viel zu alt für mich. Aber er kann gut vögeln.«

Flora erwiderte nichts, aber sie musste lachen, und Rachel auch.

»Du bist ja noch nicht so alt«, sagte sie, »aber in ein paar Jahren wirst du verstehen, was das bedeutet.«

»Ich glaube, das tue ich auch jetzt schon«, flüsterte Flora und wurde rot.

»Jaja.« Rachel lachte. »Natürlich weißt du, was das bedeutet, aber ich meinte, es *verstehen,* weißt du?« Sie zwinkerte ihr zu und kniff sie in die Wange. »Solche Männer stehen immer hoch im Kurs, egal wie alt sie sind.«

»Ich bin es leid, noch gar nichts ausprobiert zu haben«, entfuhr es Flora. Ihre Sandalen waren staubig, sie rieb die Riemen mit einem Finger sauber.

Rachel schüttelte den Kopf und lachte noch einmal. »Ich kann mich noch gut an diese Zeit erinnern«, sagte sie, als sie vor der Kamala-Kommune parkten. »Ich hatte eine Heidenangst davor, als alte Jungfer zu enden.«

»Wie Marianne«, flüsterte Flora und schämte sich sofort dafür.

Rachel blickte sie ernst an. Dann nahm sie Floras Gesicht zwischen ihre Hände und strich ihr das Haar hinter die Ohren. »In dir steckt kein bisschen Marianne. Wie bist du denn auf die Idee gekommen?«

Sie wurde durch die Wohngemeinschaft geführt, von einem jungen Typ mit Vollbart, der aus jedem Satz eine Frage machte. *Wollen wir das so abmachen? Kennst du das? Ich studiere Mathe, ich könnte dir ja bei den Hausaufgaben helfen, oder? Du bist aber nicht von zu Hause abgehauen, was?*

»Du darfst nicht schüchtern sein«, hatte Rachel sie vorher ermahnt. »Sie wollen nur sichergehen, dass du wirklich Lust hast, ein Teil des Ganzen zu sein und einen Beitrag zu leisten. Sie wollen nicht irgendjemanden bei sich wohnen haben, und sie hatten befürchtet, dass du ein bisschen jung wärst, obwohl ich ihnen gesagt habe, dass du sehr reif bist für eine Sechzehnjährige.«

Flora hätte sie beinahe korrigiert und gesagt, dass sie erst fünfzehn war, begnügte sich dann aber mit einem Nicken.

Auf Rachels Frage, warum sie in einer Kommune wohnen wolle, anstatt sich ein Zimmer zu suchen, hatte sie geantwortet, dass ihr die Idee gefalle und sie Angst davor habe, einsam zu sein, da sie in Farring so gut wie niemanden kannte.

»Es wäre gut, wenn du dir eine etwas prägnantere Formulierung überlegst«, hatte Rachel erwidert, »damit du das auch den Leuten von Kamala erklären kannst.«

Also hatte Flora eine Rede vorbereitet. Doch das wäre gar nicht nötig gewesen. Sie kannte Rachel, und das war offenbar genug. Als die Besichtigung beendet war, tat ihr das Gesicht weh vom Lächeln. Sie hatte sich bemüht, so zu tun, als wäre alles für sie ganz natürlich und nichts überraschend. Weder die Kochordnung noch die Gemeinschaftsgarderobe, die Besprechungspolitik oder das Kuschelzimmer, *wo man ein bisschen privat sein kann, wenn du verstehst, was ich meine?*

Die Kommune wohnte in einem großen alten Kasten, der Anfang des Jahrhunderts erbaut wurde, es war das letzte Haus im Berniniweg, am Ende der Sackgasse beim Wendehammer, eine Faust an einem ausgestreckten Arm. Drei Etagen mit Keller, verputzter Fassade, Ochsenblutziegeln. Vorbei an blühenden Gärten mit alten Obstbäumen und Duftbeeten, schmiedeeisernen Toren, Steinwegen und ordentlich gestutzten Hecken führte die strenge Einflugschneise hin zur Kamala-Kommune, wo die Hecke nach außen hin in Übereinstimmung mit den Regularien der Grundbesitzer geschnitten war, nach innen jedoch ihre abstehenden, wippenden, von Winden umwickelten Zweige austrieb. Ein niedriges, in Regenbogenfarben gestrichenes Tor, Wildrosen und Sonnenblumen, das dunkle Quadrat des Küchengartens, blühender Dill, üppige, aufgeplatzte Pflaumen, die niemand rechtzeitig eingesammelt hatte, ein Spätsommerfest für die Wespen. Zehn Erwachsene und zwölf Kinder, ein Esstisch mit noch mehr Plätzen in der Küche, eine Flut aus Licht im Wintergarten, wo jemand gerade dabei war, die Fenstersprossen flaschengrün zu streichen, der Geruch von Mörtel, Farbe, Terpentin, von Kräutern und Pfeifenrauch, vom Tun und Treiben vieler Menschen. Auf einer Tafel im Flur waren die vorläufigen Punkte für die nächste Hausbesprechung angeschrieben: Badezimmerreinigung – nicht gut genug!, Schuhregale, kreativer Sonntag (Giebel), gemeinsame Morgengymnastik, Freiwillige für Annies Büchercafé, dürfen wir als Vegetarier Fisch essen?

Flora lieh sich ein Fahrrad und kaufte Kerzen, Kissen und einen gestreiften gewebten Bettüberwurf. Sie stellte ihre Bücher entlang der Fußleiste auf und einen Strauß aus Felberich, Zittergras und Rosen in eine Vase auf das Fensterbrett. Von Rachels altem Liebhaber hatte sie eine Kommode für ihre Klamotten, einen lackierten Schreibtisch und einen gepolsterten Stuhl, ein schmales Bett mit einer Schublade sowie einen bunten Flickenteppich gekauft. Sie hängte ein großes Tuch über die Gardinenstange und ein kleines über die Architektenlampe auf dem Schreibtisch. Das Zimmer sollte schön aussehen, wenn Eric kam. Er sollte wissen, dass sie bestens allein zurechtkam.

Sie empfing ihn am Gartentor, er drückte sie an sich und wollte sie gar nicht mehr loslassen. Sie umarmte auch Martin und nahm seine Hand, wollte ihm unbedingt zeigen, dass sie nichts Schlechtes von ihm dachte.

»Freust du dich auf Indien?«, fragte sie ihn, nachdem sie einen Rundgang durch das ganze Haus gemacht hatten und nun in ihrem Zimmer saßen. Anstelle einer Antwort schnitt er eine zweideutige Grimasse.

»Ich freue mich jedenfalls«, sagte Eric. »Das wird großartig.«

Es sah merkwürdig aus, wenn Eric auf dem Bett saß. Er musste sich nach vorn beugen, um nicht mit dem Kopf an die Dachschräge zu stoßen. Martin blieb am Fenster stehen.

»Das ist ein großer Garten«, sagte er. »Haben die denn nie Klamotten an?«

Flora warf einen Blick über seine Schulter. Eine Frau namens Ines, ihr kleiner Junge, ein älterer Mann, Anni vom Büchercafé und einige der Jüngeren hatten sich in den Garten auf Decken gelegt. »Das Wetter ist gut. Sie sonnen sich nur.«

Eric stand ebenfalls auf. »Das alles macht mir einen guten Eindruck«, sagte er. »Solange sie es mit der Freizügigkeit nicht übertreiben.« Er nickte in Richtung der Nackten im Garten.

Flora zog ihn vom Fenster weg. »Sie können uns sehen.«

»Nur wenn sie nach oben gucken«, grinste Martin.

»Würdest du mich eigentlich auch mit nach Indien nehmen, wenn ich dich darum bitten würde?«, fragte sie und ließ Eric los.

Er fuhr sich durch die Haare. »Dafür ist es ein bisschen spät, oder?«, erwiderte er und setzte sich auf den Stuhl. »Ich verlasse mich darauf, dass du auf dich selbst aufpassen kannst.«

Flora sammelte die Teetassen ein. Sie wollte gar nicht nach Indien, sie wollte in Kamala wohnen und am Gymnasium anfangen und hoffentlich nie wieder nach Vase zurückziehen. Sie hatte nur versucht, Eric von ihren nackten Mitbewohnern abzulenken.

»Außerdem ist es leichter, mit einem Jungen zu reisen«, erklärte Eric. »Aber das hat natürlich nichts mit dir zu tun.«

»Womit hat es dann zu tun?«, fragte sie.

»Mit den anderen Menschen. Auf einen Jungen muss man nicht so sehr aufpassen.«

Ihm fiel ein, dass er ihr ein Geschenk mitgebracht hatte, und er wollte es aus dem Auto holen. Martin saß an ihrem Schreibtisch, sie bewahrte ihre Bleistifte und Filzschreiber in einem Tonbecher auf, er riss ein Blatt Papier von ihrem Block ab und zeichnete ein Flugzeug mit Augen und Zähnen darauf. Sie sagte, er sei ein guter Zeichner, und er verwandelte das Flugzeug in den ersten Wagen einer Achterbahn.

Eric kam mit einem Plattenspieler im Arm zurück. Flora war außer sich vor Freude. Sie stellte ihn neben ihr Bett und bedankte sich so oft, dass Eric verlegen wurde und sie an sich zog. »Du weißt, dass ich dich liebe, oder?«, flüsterte er und drückte sie so fest, dass sie sich kaum rühren konnte.

Am Abend aßen sie zusammen im Panoramarestaurant des Hotels. Eric hatte Rachel angerufen und sie eingeladen mitzukommen, nach all dem, was sie für Flora getan habe, sei das nur angemessen.

»Angemessen?«, wiederholte sie.

»Kannst du nicht einfach ja sagen? Ich würde dich gern sehen.«

Erst hatte sie zugesagt, später aber an der Rezeption angerufen und eine Nachricht hinterlassen, dass sie doch nicht kommen würde.

Durch die Panoramafenster konnten sie bis zur Farringbrücke sehen.

»Ein halbes Jahr ist schnell vergangen«, sagte Eric und berührte Floras Hand. Eine schwere Sonne glühte über dem Meer, ein Streifen rotgoldenes Licht lag wie ein Band über ihren Händen.

Der Kellner kam mit dem Dessertwagen, er schob ihn lautlos über den dicken Teppich. Er lächelte Flora an und nannte sie Fräulein. Sie wählten alle den Rumpudding, der mit einem zarten Sahnehäubchen und rotem Gelee verziert war.

»Idiot«, sagte Eric und blickte dem Kellner hinterher, als er den Wagen fortschob.

Flora sah ihn verwundert an, Martin lächelte.

»Bitte schön, Fräulein, was darf es noch sein, mein Fräulein?

So ein übereifriger Idiot. Das ist ganz schön frech, wenn du hier mit Martin und mir sitzt.«

»Er meint es doch nur nett«, sagte Flora. »Wäre es etwa besser gewesen, wenn ich hier allein gesessen hätte?«

»Nett?« Eric faltete umständlich seine Serviette. Er kniff die Augen zusammen und ließ seinen Blick über Farring wandern. Das Licht war beinahe verschwunden, die Stadt glitzerte zögerlich unter ihnen. »Du darfst nicht so naiv sein Flora.«

Sie sah nach unten und errötete in einem Anfall plötzlicher Wut. Sie hätte ihm am liebsten widersprochen, fand jedoch nicht die richtigen Worte. »Ich hoffe, ihr werdet eine schöne Reise haben«, sagte sie stattdessen. »Und denkt dran, mir Geschenke mitzubringen.«

Dann erzählte Eric von Indien. Das meiste hatte er schon einmal gesagt, und sie hörte nicht zu. Die Dunkelheit war ein Hund mit schwarzem Rücken, ein totes Gewicht, das Blut und Schleim und Sperma aus der Stadt hinauspresste, und das Licht sammelte sich wie ein milchiger See über den ausgetrockneten Straßen und Häusern.

Das ist der Ort, an dem ich lebe, dachte Flora, genau hier wird alles geschehen.